Ein Erdrutsch in den Hügeln von Los Angeles legt eine Höhle frei – mit uralten Wandmalereien mystischer Sonnenmotive. Die junge Archäologin Erica Tyler entdeckt dort die Mumie einer Indianerin. Aber sie muss um diese Ausgrabung kämpfen: gegen Gründstückseigentümer, New Age-Fanatiker, Kunsträuber und ihren alten Widersacher Jared Black, der die Rechte der Indianer Südkaliforniens vertritt und verlangt, die Schätze der Höhle ihren Nachkommen zu übergeben.
Erica findet uralten Indianerschmuck, alte spanische Münzen und ein Blechkruzifix. Was verbirgt sich dahinter? Und warum spürt Erica hier die Präsenz einer langen Ahnenreihe von Frauen – sie, die doch selbst ohne Eltern aufgewachsen ist?
Langsam enthüllt sich die Vergangenheit: von der Indianerin Marimi, die – von ihrem Stamm verstoßen – hier eine neue Familie begründet, über ihre Nachfahrinnen bis zu ihren Töchtern, den Gründermüttern von Los Angeles.
Aber dann wird ein Anschlag auf Erica verübt, bei dem ausgerechnet Jared sie rettet. Kann sie ihm vertrauen?

Barbara Wood, 1947 in England geboren, wuchs in Kalifornien auf. Sie arbeitete nach ihrem Studium zehn Jahre als OP-Schwester in einer neurochirurgischen Klinik, bevor sie ihr Hobby zum Beruf machte und Schriftstellerin wurde. Inzwischen hat sie mehrere sehr erfolgreiche Romane geschrieben, die in ihren deutschen Verlagen Krüger und Fischer Taschenbuch erscheinen. Barbara Wood bereist alle Länder, in denen ihre Romane spielen, und unternimmt sorgfältige Recherchen. Sie lebt in Kalifornien.

Im Fischer Taschenbuch Verlag ist das Gesamtwerk von Barbara Wood erschienen: ›Seelenfeuer‹ (Bd. 15036), ›Herzflimmern‹ (Bd. 28368), ›Sturmjahre‹ (Bd. 28369), ›Lockruf der Vergangenheit‹ (Bd. 10196), ›Bitteres Geheimnis‹ (Bd. 10623), ›Rote Sonne, schwarzes Land‹ (Bd. 16574), ›Haus der Erinnerungen‹ (Bd. 10974), ›Traumzeit‹ (Bd. 16569), ›Der Fluch der Schriftrollen‹ (Bd. 15031), ›Spiel des Schicksals‹ (Bd. 12032), ›Nachtzug‹ (Bd. 15032), ›Das Paradies‹ (Bd. 16572), ›Die sieben Dämonen‹ (Bd. 12147), ›Die Prophetin‹ (Bd. 16573), ›Himmelsfeuer‹ (Bd. 16571), ›Kristall der Träume‹ (Bd. 15954) und ›Das Haus der Harmonie‹ (Bd. 16570).

Unsere Adresse im Internet: www.fischerverlage.de

Für meinen Mann, George, in Liebe

Kapitel 1

Das Lenkrad fest umklammert, jagte Erica den Geländewagen über den Feldweg, wich Buckeln aus, rumpelte durch Schlaglöcher. Neben ihr saß, aschfahl und verschreckt, ihr Assistent Luke, Mitte zwanzig, der nach bestandenem Examen jetzt an seiner Dissertation arbeitete. Luke hatte das lange blonde Haar zu einem Pferdeschwanz gebunden und trug ein T-Shirt mit dem Aufdruck *Archäologen stehen auf ältere Semester.*

»Soll wüst aussehen, Dr. Tyler«, sagte er jetzt, als Erica die gewundene Zufahrtsstraße hinaufpreschte. »Angeblich ist der Swimmingpool in der Versenkung verschwunden, einfach *so.*« Er schnippte mit den Fingern. »In den Nachrichten hieß es, die Doline zieht sich über die gesamte Länge der Mesa, das heißt, sie verläuft unterhalb der Villen von Filmstars, auch der von diesem Rocksänger, der im Fernsehen war, und von dem Baseballspieler, der letztes Jahr sämtliche Runs für sich verbucht hat, und von einem berühmten Schönheitschirurgen. Unter ihren Häusern. Sie können sich vorstellen, was *das* bedeutet.«

Erica war nicht sicher, was *das* bedeutete. Ihre Gedanken drehten sich nur um eins: die erstaunliche Entdeckung, die damit einherging.

Zur Zeit des Unglücks hatte sie an einem staatlichen Projekt oben im Norden gearbeitet. Das Erdbeben vor zwei Tagen, mit einer Stärke von 7.4, war bis San Luis Obispo im Norden und bis San Diego im Süden zu spüren gewesen und hatte im südlichen Kalifornien Millionen Einwohner aus dem Schlaf gerissen. Es war das schwerste Beben seit Menschengedenken und dem Vernehmen nach der Auslöser dafür, dass tags darauf ein Swimmingpool von hundert Fuß Länge, mit Sprungbrett, Rutschbahn und allem Drum und Dran, wie vom Erdboden verschluckt worden war.

Etwas Erstaunliches hatte sich fast unmittelbar darauf ereignet: Als der Pool versank, war Erdreich nachgerutscht und hatte menschliche Knochen sowie die Öffnung zu einer bis dahin unbekannten Höhle freigelegt.

»Das könnte der Fund des Jahrhunderts sein!« Luke wandte den Blick kurz von der Straße und sah seine Chefin an. Da es noch dunkel und die Bergstraße nicht beleuchtet war, hatte Erica die Armaturenbeleuchtung des Wagens angeknipst. Das Licht fiel auf ihr schulterlanges, leicht gelocktes kastanienbraunes Haar und die vom jahrelangen Aufenthalt in der Sonne gebräunte Haut. Dr. Erica Tyler, mit der Luke seit sechs Monaten zusammenarbeitete, war Mitte dreißig, und obwohl er sie nicht unbedingt als Schönheit bezeichnet hätte, fand er sie doch auf andere, nicht unbedingt von Äußerlichkeiten bestimmte Weise reizvoll. »Eine tolle Chance für einen Archäologen, sich zu profilieren«, fügte er hinzu.

»Warum wohl haben wir gerade sämtliche Verkehrsregeln missachtet, um hier runterzubrettern?«, grinste sie ihn an und richtete ihre Aufmerksamkeit wieder auf die Straße, rechtzeitig genug, um einem erschrockenen Eselhasen auszuweichen.

Sie erreichten das Plateau der Mesa, von wo aus man in der Ferne das Lichtermeer von Malibu sah. Das übrige Panorama, im Osten Los Angeles, im Süden der Pazifische Ozean, wurde von Bäumen, höheren Bergspitzen und den Villen von Millionären verstellt. Erica manövrierte den Jeep an herumstehenden Feuerwehrautos vorbei, an Einsatzwagen der Polizei, Lastern, Übertragungswagen und jeder Menge PKW, die entlang der von der Polizei mit gelbem Band markierten Absperrung parkten. Schaulustige saßen auf Kühlerhauben und Autodächern, um von dort aus das Geschehen zu verfolgen, Bier zu trinken und Betrachtungen über Katastrophen und deren Bedeutung anzustellen oder auch nur um eine Zeit lang das Spektakel zu genießen, ungeachtet der per Megaphon verbreiteten Warnungen, dass das Gelände gefährdet sei.

»In den zwanziger Jahren soll die gesamte Mesa der Schlupfwinkel von einer ausgeflippten Spiritistin gewesen sein«, sagte Luke, als der Wagen zum Stehen kam. »Die Leute kamen hier rauf, um mit Geistern zu sprechen.«

Erica erinnerte sich an Wochenschauen aus der Stummfilmära, in denen über Sister Sarah berichtet worden war, eine schillernde Persönlichkeit aus Los Angeles, die nicht nur für Hollywood-Größen wie Rudolph Valentino und Charlie Chaplin Séancen abgehalten hatte, sondern auch bei Massenveranstaltungen in Theatern und Auditorien aufgetreten war; als ihre Anhänger dann in die Hunderttausende gingen, war sie in die Berge gezogen und hatte hier in diesem Tal die Kirche der Geister gegründet.

»Wissen Sie, wie dieser Ort ursprünglich genannt wurde?«, fragte Luke und löste den Sicherheitsgurt. »Ich meine, bevor die Spiritisten ihn mit Beschlag belegten? Lange davor«, sagte er, wobei er mit *lange davor* gleichsam Pergamentrollen mit Wachssiegeln und Duelle im Morgengrauen heraufbeschwor. »Cañon de Fantasmas.« Theatralisch ließ er die verstaubten Worte auf der Zunge zergehen. »Tal der Geister. Klingt unheimlich!« Er schüttelte sich.

Erica lachte. »Luke, wenn Sie's als Archäologe zu was bringen wollen, dürfen Sie sich nicht von Geistern ins Bockshorn jagen lassen.« Sie selbst hatte ständig mit Phantomen und Gespenstern, Geistern und Kobolden zu tun. Sie spukten in ihren Träumen herum und begleiteten ihre Ausgrabungen, und wenn sie ihr auch immer wieder entwischten, sie verwirrten, neckten und frustrierten, hatten sie sie doch niemals verschreckt.

Nachdem Erica aus dem Wagen gestiegen war und den Nachtwind auf ihrem Gesicht spürte, starrte sie regungslos auf das Schreckensszenario. Sie hatte bereits Augenzeugenberichte gehört, wie das Erdbeben den Boden unterhalb der umzäunten Gemeinde von Emerald Hills Estates, einer exklusiven Wohnanlage in den Bergen von Santa Monica, zum Schwanken gebracht hatte und welche Gefahr der Erdrutsch für die umstehenden Villen darstellte. Aber auf das, was sie jetzt sah, war sie nicht vorbereitet.

Obwohl der Himmel im Osten bereits heller wurde, wölbte sich noch immer hartnäckig die Nacht über Los Angeles, weshalb in Abständen Scheinwerfer um das Gelände herum aufgebaut worden waren, um eine Gegend, aus der sich protzige Villen unter einem milchigen Mond wie marmorne Tempel abhoben, in grelles Licht zu tauchen. Im Zentrum dieser unwirklichen Szene befand sich ein schwarzer Krater – der Teufelsschlund, der den Swimmingpool des Filmproduzenten Harmon Zimmerman verschlungen hatte. Hubschrauber knatterten darüber hinweg, warfen grelle Lichtkegel auf Sachverständige, die Gerätschaft in Stellung brachten, auf mit Bohrern und Karten bewaffnete Geologen, auf Männer in Schutzhelmen, die mit wärmenden Kaffeetassen in den Händen den Anbruch des Tages erwarteten, auf Polizisten, die bemüht waren, Bewohner zu evakuieren, die sich sträubten, ihr Haus zu verlassen.

Erica zückte ihren Ausweis, der sie als Anthropologin im Dienste des Staatlichen Archäologischen Instituts legitimierte, und wurde mit ihrem Assistenten durch die gelbe Absperrung gewunken. Sie eilten zum Krater, wo die Feuerwehr von Los Angeles dabei war, den Rand der Abbruchstelle zu begutachten. Erica sah sich suchend nach dem Zugang zu der Höhle um.

»Da drüben?« Lukes magerer Arm deutete auf die gegenüberliegende Seite des Kraters. In etwa fünfundzwanzig Meter Tiefe konnte Erica nicht viel mehr als eine vertikale Spalte in der Klippe ausmachen. »Sieht gefährlich aus, Dr. Tyler. Wollen Sie da etwa reingehen?«

»Wäre nicht die erste Höhle, die ich betrete.«

»Was zum Teufel haben *Sie* denn hier verloren?!«

Erica fuhr herum und sah einen hochgewachsenen Mann mit grauer Löwenmähne und finsterer Miene auf sich zustapfen: Sam Carter, Leiter der Abteilung Archäologie beim Amt für Denkmalschutz in Kalifornien, ein Mann mit farbenfrohen Hosenträgern und Stentorstimme. Und sichtlich alles andere als begeistert, sie hier zu sehen.

»Sie wissen, warum, Sam.« Erica strich sich das Haar aus dem Gesicht und sah auf das Chaos. Bewohner der bedrohten Häuser stritten sich mit der Polizei herum, beschwerten sich über die Zumutung, ihr Anwesen verlassen zu müssen. »Erzählen Sie mir von der Höhle. Waren Sie schon drin?«

Sam bemerkte zweierlei: dass in Ericas Augen ein inneres Fieber glühte und dass ihre Jacke schief geknöpft war. Sie hatte offenbar alles stehen und liegen lassen und war wie von Furien gehetzt von Santa Barbara herübergekommen. »Noch nicht«, sagte er. »Ein Geologe und ein paar Sachverständige überprüfen gerade die Beschaffenheit der Schichtung. Sobald sie grünes Licht geben, werd ich mal einen Blick reinwerfen.«

Er rieb sich das Kinn. Erica loszuwerden würde nicht leicht sein. Wenn diese Frau sich etwas in den Kopf gesetzt hatte, war sie nicht abzuschütteln. »Was ist mit dem Gaviota-Projekt? Ich nehme doch an, Sie haben es in zuverlässigen Händen zurückgelassen?«

Erica hörte gar nicht zu. Sie starrte auf das gähnende Loch am Hang und stellte sich vor, wie jetzt klobige Stiefel auf der empfindlichen ökologischen Struktur der Höhle herumtrampelten, betete, dass dabei nicht wertvolle historische Hinweise unabsichtlich zerstört wurden. Archäologische Funde in diesem Bergland waren kümmerlich genug, ungeachtet der Tatsache, dass es seit zehntausend Jahren besiedelt war. Die wenigen Höhlen, die man entdeckt hatte, erwiesen sich als herzlich unergiebig, weil man zu Beginn des zwanzigsten Jahrhunderts diesem unwegsamen Gebirge mit Bulldozer und Dynamit zu Leibe gerückt war, zugunsten von Straßen, Brücken und dem Fortschritt schlechthin. Begräbnisstätten waren umgepflügt, Umfriedungen von Dörfern eingeebnet, alle Spuren menschlicher Besiedlung zerstört worden.

»Erica?«, versuchte es Sam abermals.

»Ich muss da rein«, sagte sie.

Er wusste, dass sie die Höhle meinte. »Erica, Sie sollten gar nicht hier sein.«

»Übertragen Sie mir den Job, Sam. Sie werden doch hier graben. Zumal, wie es in den Nachrichten hieß, Knochen gefunden wurden.«

»Erica…«

»*Bitte.*«

Unwillig machte Sam kehrt und stapfte zurück durch Zimmermans verwüsteten Garten und weiter bis zum Ende der Straße, wo man eine provisorische Einsatzzentrale eingerichtet hatte. Leute hielten Clipboards und sprachen hastig in ihr

Handy, drängten sich um metallene Klapptische und Stühle; Sprechfunkgeräte und Überwachungskameras waren aufgestellt worden, dazu ein schwarzes Brett für Nachrichten. Ein unweit geparkter Imbisswagen wurde von unterschiedlich Uniformierten belagert, deren Dienstabzeichen sie als Mitarbeiter der südkalifornischen Gaswerke auswiesen, der Wasser- und Elektrizitätswerke, der Polizei von Los Angeles, des Bezirks-Einsatzkommandos. Sogar von der Humanitären Gesellschaft war jemand da und versuchte, verirrte Tiere aus der evakuierten Zone aufzuspüren.

Erica schloss zu ihrem Boss auf. »Was ist eigentlich passiert, Sam? Was führt dazu, dass ein halbes Grundstück plötzlich im Erdboden versinkt?«

»Um das herauszufinden, arbeiten Ingenieure aus der Gegend und staatliche Geologen rund um die Uhr. Die Männer da drüben« – er wies die Straße entlang, dorthin, wo man gerade unter grellem Scheinwerferlicht Bohrgerät einsatzbereit machte – »werden Bodenproben entnehmen, um den Untergrund der Wohnanlage genau zu analysieren.« Jetzt fuhr Sams kräftige Hand über die topographischen Karten und geologischen Gutachten, die auf den Tischen ausgebreitet und an den Ecken mit Steinen beschwert waren. »Diese Unterlagen kamen vor ein paar Stunden von der Stadtverwaltung. Das hier ist ein geologisches Gutachten von 1908. Und hier eins von 1956, als das Areal für eine Bebauung ins Auge gefasst, das Vorhaben dann aber nicht realisiert wurde.«

Erica studierte abwechselnd beide Karten. »Sie stimmen nicht überein.«

»Offenbar hat der jetzige Bauherr nicht überall auf dem Gelände Bodenproben durchführen lassen – was auch nicht Auflage war. Die Tests, die vorgenommen wurden, weisen fest gefügten Untergrund und gewachsenen Fels aus. Aber, wie sich jetzt herausgestellt hat, wurde nur der nördliche und südliche Rand der Mesa geprüft, das heißt die beiden Bergketten, die den Canyon umschließen. Erinnern Sie sich an Sister Sarah aus den zwanziger Jahren? Hier war ihr religiöses Refugium oder was immer das damals war, und es sieht ganz danach aus, als hätte sie den Canyon aufschütten lassen, ohne Erlaubnis dafür einzuholen oder die Behörden auch nur in Kenntnis zu setzen. An die üblichen Verdichtungsmaßnahmen hat natürlich kein Mensch gedacht, und die Aufschüttung dürfte weitgehend mit organischen Stoffen erfolgt sein – Holz, Pflanzen, Kompost –, die nach und nach verrottet und zusammengesunken sind.« Sam starrte mit müden Augen die Straße hinunter, wo inmitten gepflegter Rasenflächen Springbrunnen und exotische Bäume standen. »Die Leute hier haben auf einer Zeitbombe gesessen. Würde mich nicht wundern, wenn die ganze Gegend über kurz oder lang in sich zusammenstürzen würde.«

Während er sprach, ließ er Erica nicht aus den Augen, die die Hände in die Hüften gestemmt hatte und wie ein Sprinter, der kaum erwarten kann, dass das Rennen beginnt, von einem Fuß auf den anderen trat. So sah sie immer aus, wenn sie hinter etwas her war. Erica Tyler war eine der engagiertesten Wissenschaftlerinnen, die er kannte, auch wenn ihr die eigene Begeisterung gelegentlich zum Verhängnis wurde. »Ich weiß, weshalb Sie hier sind, Erica«, sagte er müde, »aber ich kann Ihnen den Job nicht geben.«

Sie wirbelte zu ihm herum, mit hochroten Wangen. »Sam, Sie haben mich verdammt noch mal lange genug Abalonemuscheln zählen lassen!«

Er wollte ja gar nicht abstreiten, dass Ericas Fähigkeiten und Wissen bei der Erforschung von Molluskenlagern völlig vergeudet waren. Aber nach dem Debakel mit dem Schiffswrack im vergangenen Jahr hatte er es für nötig gehalten, dass sie einige Zeit mal ein paar Warteschleifen in einem untergeordneten Job einlegte. Deshalb hatte sie das letzte halbe Jahr einen unlängst entdeckten Erdhügel erforscht, der Indianern als Zufluchtsort gedient hatte, die vor viertausend Jahren nördlich von Santa Barbara gelebt hatten. Ericas Arbeit bestand darin, die Tausende von Abalonemuscheln, die dort gefunden wurden, zu sortieren, zu klassifizieren und ihr Alter zu bestimmen.

»Sam«, beschwor sie ihn und griff nach seinem Arm. »Ich brauche diesen Job. Es geht um meine Karriere. Ich muss die Scharte mit Chadwick auswetzen ...«

»Erica, die Chadwick-Panne ist genau der Grund, weshalb ich Ihnen den Job nicht übertragen kann. Es mangelt Ihnen an Disziplin. Sie sind impulsiv, lassen den nötigen wissenschaftlichen Abstand und die Objektivität außer Acht.«

»Ich habe meine Lektion gelernt, Sam.« Erica war zum Heulen zumute. Das »Chadwick-Fiasko« hatte man im Kollegenkreis Erica Tylers Schiffbruch genannt. Sollte sie für den Rest des Lebens dafür büßen? »Ich werde besonders sorgfältig sein.«

Er runzelte die Stirn. »Erica, Sie haben mein Institut zu einer Lachnummer gemacht.«

»Und mich tausendmal dafür entschuldigt! Sam, seien Sie doch einsichtig. Sie wissen, dass ich alles an Felsmalerei auf dieser Seite des Rio Grande erforscht habe. Niemand ist besser qualifiziert. Als ich im Fernsehen die Höhlenmalerei hier sah, wusste ich: Das ist genau mein Job.«

Sam fuhr sich durch die dichte Mähne. Typisch Erica, von jetzt auf gleich alles stehen und liegen zu lassen. Hatte sie sich überhaupt die Mühe gemacht, einen anderen mit dem Gaviota-Projekt zu betrauen?

»Kommen Sie, Sam. Lassen Sie mich bei einem Projekt mitmachen, für das ich geboren bin.«
Er blickte in ihre Bernsteinaugen und sah Verzweiflung darin. Er wusste nicht, wie es war, beruflich diskreditiert, von Kollegen verhöhnt zu werden, und konnte nur ahnen, wie sehr die vergangenen zwölf Monate Erica zugesetzt hatten. »Ich sag Ihnen was«, meinte er. »Ein Mitglied der Suchmannschaft hat sich erboten, nochmals in die Höhle reinzugehen und Fotos zu machen. Sie dürften in Kürze vorliegen. Sie können sie sich anschauen, mal sehen, wie Sie die Piktogramme deuten.«
»Eine Suchmannschaft?«
»Nachdem der Pool abgerutscht war, stellte sich heraus, dass Zimmermans Tochter vermisst wurde. Deshalb ordnete der Sheriff die Suche nach ihr in diesen Erdmassen an. Und so kam's, dass man auf die Höhlenmalerei stieß.«
»Und das Mädchen?«
»Tauchte von allein wieder auf. Scheint zur Zeit des Erdbebens mit ihrem Freund in Las Vegas gewesen zu sein. Hören Sie, Erica, es bringt nichts, hier noch länger rumzuhängen. Ich setze Sie nicht auf diese Sache an. Fahren Sie zurück nach Gaviota.« In dem Augenblick, da er das sagte, wusste Sam bereits, dass sie seiner Anordnung nicht Folge leisten würde. Wenn Erica Tyler sich etwas in den Kopf gesetzt hatte, war es unmöglich, ihr das auszureden. Wie letztes Jahr, als Irving Chadwick das versunkene Schiffswrack entdeckt und behauptet hatte, es sei ein vor der kalifornischen Küste gesunkenes chinesisches Boot und damit ein Beweis seiner Theorie, dass Asiaten Amerika nicht nur über die Beringstraße, sondern auch übers offene Meer erreicht hätten. Erica hatte sich bereits für Chadwicks Hypothese erwärmt; als er sie dann einlud, im Schiffswrack gefundene Töpfereien zu begutach-

ten, stand für sie fest, dass dies tatsächlich ein Beweis dafür war.
Sam hatte schon damals versucht, sie davon abzuhalten, voreilige Schlüsse zu ziehen, und sie beschworen, langsam und bedacht die Sache anzugehen. Aber Ericas zweiter Name war Überschwang. Sie verkündete weiterhin lauthals, die Töpfereien seien echt, und eine Zeit lang hatten sie und Irving Chadwick sich im Rampenlicht gesonnt. Als sich später dann herausstellte, dass das Schiffswrack eine Fälschung war, und Chadwick zugab, dies alles selbst in Szene gesetzt zu haben, war es für Erica Tyler zu spät. Ihr Ruf war ruiniert.
»In den Nachrichten hieß es, man habe Knochen gefunden«, sagte sie jetzt. »Was haben Sie denn darüber schon herauskriegen können?«
Sam griff nach einem Clipboard, wohl wissend, dass sie versuchte, Zeit zu gewinnen. »Alles, was wir haben, sind kleine Fragmente. Da sich immerhin auch Pfeilspitzen darunter befanden, war das Grund genug, mein Büro anzurufen. Hier ist der Bericht des Coroners.«
Während Erica einen Blick darauf warf, sagte Sam: »Wie Sie sehen, beträgt die Menge an stickstoffhaltigen Komponenten im Knochen weniger als vier Gramm. Und der Benzidinsäuretest weist keinerlei eiweißhaltige Substanz nach.«
»Was bedeutet, dass die Knochen älter als hundert Jahre sind. Konnte der Coroner sagen, wie viel älter?«
»Leider nicht. Und durch Bodenanalysen ist das auch nicht festzustellen, weil wir nicht genau bestimmen können, in welcher Schicht die Knochen lagen. Dieser Canyon wurde vor siebzig Jahren aufgeschüttet, und voriges Jahr, bei den Ausschachtungsarbeiten für den Swimmingpool, wurde das Erdreich umgeschichtet. Als der Untergrund verwässerte und dann bei dem Beben der Boden nachgab, rutschten die Erd-

massen an den Seiten nach. Alles hat sich miteinander vermischt. Trotzdem haben wir Pfeilspitzen gefunden und primitives Werkzeug aus Feuerstein.«

»Was auf eine indianische Begräbnisstätte hindeutet.« Sie reichte ihm das Clipboard. »Die NAHC ist doch sicher schon informiert worden?«, fragte sie und sah sich nach jemandem um, der ein Abgesandter der State of California Native American Heritage Commission sein mochte, der Kommission zur Wahrnehmung von Besitzansprüchen der Indianer.

»Selbstverständlich«, kam es gepresst von Sam. »Und sie ist bereits hier. Das heißt, *er*.«

Sie las Sams Blick. »Jared Black?«

»Ihr alter Gegner.«

Erica und Black waren in der Vergangenheit bereits wegen rechtlicher Angelegenheiten der amerikanischen Ureinwohner aneinander geraten, mit höchst unerfreulichem Ausgang.

Ein junger Mann kam auf sie zugelaufen, mit schmutzverkrustetem Gesicht und Schutzhelm. Er reichte ihnen die Polaroidfotos, die er in der Höhle gemacht hatte, und entschuldigte sich für deren amateurhafte Qualität. Sam dankte dem jungen Burschen und teilte die Aufnahmen zwischen sich und Erica auf.

»Mein Gott«, flüsterte Erica, als sie eins nach dem anderen betrachtete. »Wirklich... *wunderschön*. Und diese Symbole...« Sie stockte.

»Na, was halten Sie davon?«, brummte Sam mit Blick auf die Fotos. »Hinweise auf einen bestimmten Stamm?«

Als sie nicht antwortete, blickte er sie an. Erica starrte mit leicht geöffneten Lippen auf das Material in ihrer Hand. Einen Augenblick lang meinte Sam, sie sei leichenblass geworden, bis ihm klar wurde, dass dieser Effekt wohl vom fluoreszierenden Licht herrührte, das man hastig um die Unglücksstelle herum installiert hatte. »Erica?«

Sie zwinkerte, als ob sie aus einem Trancezustand erwachte. Als sie ihn ansah, hatte Sam ganz kurz das komische Gefühl, dass sie gar nicht wusste, wer er war. Dann kehrte Leben in ihr Gesicht zurück. »Das ist der Fund des Jahrhunderts, Sam«, sagte sie. »Diese Malereien sind umwerfend und außerdem besser erhalten als alles, was ich bisher gesehen habe. Überlegen Sie mal, welche Lücken in der Geschichte der Ureinwohner wir füllen könnten, sobald diese Piktogramme entziffert sind. Sam, bitte schicken Sie mich nicht zurück zu diesen Abalonemuscheln.«

Er seufzte tief. »Also gut. Schauen Sie sich ein, zwei Tage hier um, und lassen Sie uns eine vorläufige Analyse zukommen. Anschließend aber«, sagte er und hob die Hand, »geht's wieder nach Gaviota. Ich kann Sie nicht mit diesem Projekt beauftragen, Erica. Tut mir Leid. Interne Gründe.«

»Aber *Sie* sind doch der Boss ...« Sie brach unvermittelt ab.

Er folgte ihrem Blick und wusste, was sie abgelenkt hatte. In dieser kühlen Stunde kurz vor Tagesanbruch, zwischen übernächtigt wirkenden, unrasierten Männern, die nach Kaffee lechzten und Schlaf und sauberen Sachen, wirkte Commissioner Jared Black, perfekt gestylt in einem dreiteiligen Maßanzug mit feinem Nadelstreifen, seidener Krawatte und auf Hochglanz polierten Schuhen, als hätte er eben einen Gerichtssaal verlassen. Als er näher kam, sah man die funkelnden dunklen Augen unter den gerunzelten Brauen.

»Dr. Tyler. – Dr. Carter.«

»Commissioner.«

Obwohl er sich vehement für die Interessen der Indianer einsetzte, war Jared Black ein reiner Angloamerikaner. Es sei seiner irischen Abstammung zuzuschreiben, hatte er einmal er-

klärt, dass er sich für die Nöte unterdrückter Völker engagiere.
»Wann«, wandte er sich an Sam Carter, »rechnen Sie damit, die Stammeszugehörigkeit der Höhlenmalereien zu identifizieren?« Seinem Ton nach erwartete er umgehend Antwort.
»Das hängt von den Leuten ab, die ich mit dieser Aufgabe betraue.«
Jared würdigte Erica keines Blicks. »Es versteht sich wohl von selbst, dass ich meine eigenen Experten hinzuziehe.«
»*Nachdem* wir unsere Voruntersuchungen abgeschlossen haben«, entgegnete Carter. »Ich brauche Sie wohl nicht darauf hinzuweisen, in welcher Reihenfolge das gehandhabt wird.«
Jared Blacks Augen flackerten. Zwischen ihm und dem Leiter des Staatlichen Archäologischen Instituts herrschte keine Sympathie. Carter hatte sich gegen Blacks Berufung in die Kommission ausgesprochen und als Grund dafür Jareds massive Abneigung gegen akademische und wissenschaftliche Institutionen angeführt.
Ericas Zusammenprall mit Jared Black lag vier Jahre zurück. Damals war ein gewisser Mr. Reddman, ein wohlhabender Mann, der sich in die Einsamkeit zurückgezogen hatte, gestorben und hatte eine bemerkenswerte Kollektion indianischer Artefakte hinterlassen. Sie sollten in seinem Haus ausgestellt werden, das laut Verfügung in ein nach ihm benanntes Museum umzuwandeln war. Man hatte Erica hinzugezogen, um die unschätzbare Sammlung zuzuordnen und zu katalogisieren, und als sie sie einem kleinen Stamm aus der Gegend zuschrieb, beauftragte dieser Stamm den Anwalt Jared Black, spezialisiert auf Grundbesitz- und Eigentumsrechte, vor Gericht Anspruch auf die Objekte zu erheben. Erica ersuchte den Staat, der Klage entgegenzutreten, da der Stamm plane, die Objekte ohne vorherige historische Analyse wieder zu vergraben. »Die Vergangenheit, von der diese

Knochen und Artefakte zeugen«, hatte sie vorgebracht, »ist nicht nur die der Indianer, sondern die aller Amerikaner.« Der Prozess hatte hohe Wellen geschlagen, vor dem Gerichtsgebäude waren demonstrierende Gruppen aufmarschiert –, amerikanische Ureinwohner, die die Rückgabe all ihres Landes und ihrer Kultgegenstände forderten; Lehrer, Historiker und Archäologen, die für die Errichtung eines Reddman-Museums eintraten. Jared Blacks Frau, ein Stammesmitglied der Maidu und eine leidenschaftliche Verfechterin der Rechte der Indianer – einmal hatte sie sich sogar vor einen Bulldozer geworfen, um zu verhindern, dass eine Autobahn durch Indianerland gebaut wurde –, war unter denen gewesen, die sich am lautstärksten dafür eingesetzt hatten, »die Kollektion nicht in die Hand des weißen Mannes zu geben.«
Der Prozess schleppte sich über Monate hin, bis Jared schließlich auf ein bislang unbekanntes Detail stieß: Reddman hatte ohne Wissen der Behörden die Objekte auf seinem eigenen Grundstück, einem Grundstück von fünfhundert Morgen, ausgegraben und unerlaubterweise behalten. Weil zudem die Objekte auf einen altindianischen Erdwall schließen ließen – und Erica, obwohl sie für die andere Seite arbeitete, zugeben musste, dass das Anwesen aller Wahrscheinlichkeit nach auf dem Boden eines uralten Dorfes errichtet worden war –, erklärte Jared Black, dass folglich das Grundstück dem Gesetz nach nicht Mr. Reddman gehört habe, sondern den Nachfahren der damaligen Dorfbewohner. Die fünfhundert Morgen sowie weit mehr als tausend indianische Relikte – darunter seltene Töpfer- und Flechtwaren, Bogen und Pfeile – wurden dem Stamm ausgehändigt, der aus genau sechzehn Mitgliedern bestand. Reddmans Museum wurde niemals gebaut, die Artefakte nie mehr gesehen.
Erica dachte daran zurück, wie die Medien den Kampf zwi-

schen ihr und Jared inner- und außerhalb des Gerichtssaals hochgespielt hatten. Ein inzwischen berühmtes Foto der beiden Streithähne, aufgenommen auf den Stufen vor dem Gerichtsgebäude, war an die Boulevardpresse verkauft worden und unter der Überschrift »Heimlich ein Liebespaar?« veröffentlicht worden. Der Lichteinfall und das unglückliche Timing des Kameraauslösers hatten Erica und Jared in einer jener überspannten, nur Bruchteile von Sekunden dauernden Posen festgehalten, die genau das Gegenteil von dem vermuten lassen, was Sache ist: Erica scheint ihm erwartungsvoll entgegenzusehen, mit weit aufgerissenen Augen, die Zunge zwischen die Lippen geschoben, während Black, der auf der oberen Stufe und damit über ihr steht, die Arme ausstreckt, als wollte er sie im nächsten Augenblick stürmisch umarmen. Beide waren über das Foto und die missverständliche Deutung empört gewesen, kamen aber überein, die Sache auf sich beruhen zu lassen, schon um dem Klatsch nicht noch weiter Vorschub zu leisten.

»Und ich brauche *Sie* wohl nicht darauf hinzuweisen, Dr. Carter«, sagte er zu Sam, »dass ich hier bin, um sicherzustellen, dass Sie Ihre Schändung auf ein Minimum beschränken, und dass ich, sobald die MLD feststehen, Sie und Ihre Mitgrabräuber persönlich und mit besonderer Freude von diesem Gelände begleiten werde.«

Als sie seinen Abgang beobachteten, bohrte Sam die Hände in die Taschen und brummte: »Dieser Kerl ist wirklich nicht mein Fall.«

»Dann tun Sie wohl gut daran«, meinte Erica, »mich in dieses Projekt nicht einzubinden. Denn das würde bei Jared Black das Fass zum Überlaufen bringen.«

Sam sah sie an und bemerkte den Anflug eines Lächelns um ihre Mundwinkel. »Sie wollen diesen Job unbedingt, wie?«

»War ich zu ironisch?«

»Also gut«, sagte er und rieb sich den Nacken. »Eigentlich bin ich dagegen, aber ich denke doch, dass Gaviota ein anderer übernehmen kann.«

»Sam!« Sie konnte nicht anders, als ihm um den Hals zu fallen. »Sie werden es nicht bereuen, Ehrenwort!« Und dann packte sie ihren Assistenten am Arm, schlug ihm dadurch die angeknabberte Bärentatze aus der Hand und sagte: »Luke, an die Arbeit!«

»Es überrascht mich, dass Sam Carter Sie mit diesem Projekt betraut hat, Dr. Tyler«, sagte Jared Black kühl, als sie sich oben auf der Klippe einfanden.

»Ich verstehe einiges von Felsmalerei.«

»Wenn ich mich recht erinnere, auch von chinesischen Schiffswracks.«

Noch ehe Erica antworten konnte, fuhr er fort: »Ich gehe davon aus, dass Sie sich mit der jüngsten Ergänzung des Native American Graves Protection and Repatriation Act vertraut gemacht haben, der zufolge die Entnahme und Analyse von historischen Artefakten zu wissenschaftlichen Zwecken zwar gutgeheißen wird, mit besagten Analysen aber *keine Beschädigung* einhergehen darf und ...«

Sie blieb betont ruhig, gerade wegen seines überheblichen Tons und weil sie wusste, dass er es auf eine Konfrontation mit ihr anlegte. Allein schon seine Unterstellungen ärgerten sie. Jared Black wusste genau, dass Erica in dem Ruf stand, im Umgang mit Artefakten so vorsichtig zu sein wie kaum ein anderer Anthropologe und dass bei *allen* ihren Untersuchungen von Zerstörung nicht die Rede gewesen sein konnte.

Sie unterdrückte ihren Zorn. Es blieb ihr nichts anderes übrig, als Jared zuzugestehen, jeden Schritt ihrer Arbeit zu überwachen. Wenn es Ericas Job war zu bestimmen, zu welchem Stamm die Knochen und die Höhlenmalerei gehörten, war es Jareds Aufgabe, die MLD – die höchstwahrscheinlichen Nachkommen – zu eruieren und ihnen auszuhändigen, was immer Erica fand.

Sie spürte Jareds Blick auf sich ruhen und fragte sich, ob er noch wusste, wie sie sich kennen gelernt hatten. Das war im Bezirksgericht gewesen, als Erica zum ersten Mal im Fall Reddman aussagen sollte. Sie und Black waren sich noch nie begegnet; sie waren zwei Fremde, die sich den Lift teilten. Beim ersten Halt stieg eine schwangere Frau zu, beim zweiten eine Frau mit einem etwa fünfjährigen Jungen. Als sich der Aufzug wieder in Bewegung setzte, starrte der kleine Junge mit großen Augen die Schwangere an. Sie bemerkte seine Neugier und sagte nachsichtig: »Ich erwarte ein Baby. Ein kleines Mädchen oder einen kleinen Jungen wie dich.« Der Junge dachte angestrengt nach und fragte dann: »Meinst du, du könntest es dann später gegen ein Pony eintauschen?« Worauf die Schwangere begütigend lächelte und die Mutter des Jungen einen roten Kopf bekam. Beim nächsten Halt stiegen die drei aus, und nachdem sich die Türen wieder geschlossen hatten, prusteten Erica und der Fremde los. Erica erinnerte sich, dass sie seine ausgeprägten Grübchen wahrgenommen hatte und dass er unverschämt gut aussah. Er wiederum hatte sie mit einem bewundernden Blick bedacht. Dann hatten sich die Türen geöffnet, und sie waren begrüßt worden. Als sie hörte, dass er mit »Mr. Black« angesprochen wurde, war sie wie angewurzelt stehen geblieben. Und als der Anwalt für das Reddman-Anwesen sie Erica nannte, war auch Jared jählings versteinert. Sie hatten sich angestarrt, im selben Augenblick die peinliche Situation erkannt. Sie waren Feinde, Generäle in gegnerischen Kriegslagern. Dennoch hat-

ten sie unabsichtlich ihren Spaß zusammen gehabt, hatten gemeinsam gelacht, sogar ein bisschen geflirtet.
Es erschreckte Erica, verunsicherte sie, wenn sie daran dachte, dass sie, wenn auch nur drei Minuten lang, diesen Mann anziehend gefunden hatte.
Die Öffnung der Höhle lag fünfundzwanzig Meter unterhalb des Hügelkamms hinter dem Zimmerman-Areal, und während über den Bergen im Osten der neue Tag anbrach und die Senke von Los Angeles in klares, abgasfreies Licht tauchte, zurrte Erica den Kinnriemen ihres Schutzhelms fest. Neben ihr, ebenfalls mit letzten Handgriffen beschäftigt, stand Luke, der zum ersten Mal mit einem frischen Fund in Berührung kam und entsprechend aufgeregt war. Mit der Entschlossenheit eines antiken Kriegers, der seine Lenden für die Schlacht gürtet, schlang er sich das Seil mit dem Karabinerverschluss um.
Jared Black rüstete sich ebenfalls. Er hatte seinen eleganten Anzug gegen etwas Robusteres getauscht: einen geliehenen Overall, der auf dem Rücken den Schriftzug *Southern California Edison* trug. Sein Gesichtsausdruck war keineswegs erwartungsvoll, eher trotzig-grimmig. War er sauer? Warum denn? Wollte er mit diesem Projekt nichts zu tun haben? Hatte man ihn gezwungen, es zu übernehmen? So wie Erica die Sache sah, müsste Jared Black doch überglücklich sein, die Arbeit der NAHC und seinen persönlichen Kreuzzug für die Rechte der amerikanischen Ureinwohner einmal mehr ins Rampenlicht zu rücken.
Oder war seine Verstimmung persönlicher Natur? Hatte er ihr noch immer nicht verziehen, was sie an dem Tag gesagt hatte, als sie und ihre Gruppe den Reddman-Prozess verloren hatten? »Mr. Black ist ein ausgemachter Heuchler«, hatte sie vorgebracht, »wenn er einerseits behauptet, für die Erhaltung

der indianischen Kultur einzutreten, und andererseits entsprechende historische Zeugnisse der Erde übergibt und damit in Vergessenheit geraten lässt.«

»Sind Sie bereit, Dr. Tyler?«, fragte der Bergführer, nicht ohne sich zu vergewissern, dass Erica ordnungsgemäß angeseilt war und ihr Klettergurt und der Abseilachter wirklich saßen.

»So bereit wie nur irgend möglich«, gab sie zurück und lachte nervös auf. Noch nie hatte sie sich über eine Klippe abgeseilt.

»Okay. Folgen Sie einfach meinem Beispiel, dann klappt's schon.«

Am Rande der Klippe drehte sich der Führer um, das Gesicht zum Felsabbruch gekehrt, und machte vor, wie man sich weit hinauslehnte und so den kontrollierten Abstieg anging, wie man durch den Achterknoten Seil nachließ, indem man den Druck auf den Strang lockerte, der durch die rechte Hand lief, und dass der andere Arm beim langsamen und vorsichtigen Hinuntertasten nach hinten ausgestreckt den Seillauf regulierte. Als sie den Zugang zur Höhle erreichten, half er erst Erica ins Innere, dann Luke und Jared, die hinter ihr waren.

Die vier seilten sich aus und starrten ins Dunkel. So klein die Höhle auch sein mochte, die Finsternis jedenfalls war gewaltig. Der einzige Lichtblick in der beklemmenden Schwärze waren die spärlichen Lichtpunkte von den Lampen auf ihren Helmen. Als sie mit den Füßen scharrten, hallte ein schwaches Echo von Sandsteinwänden wider, erstarb in der unergründlichen Ferne.

Auch wenn Erica am liebsten einfach ins Innere gerannt wäre und sich die Malereien angeschaut hätte, verharrte sie am Eingang und tastete mit ihrer Taschenlampe systematisch den Boden ab, die Wände, die Decke. Als sie sich überzeugt hatte, dass die Oberflächen nichts archäologisch Bedeutsames aufwiesen, nichts, was unabsichtlich hätte zerstört werden können, sagte sie: »Also dann, meine Herren, gehen wir rein. Passen Sie auf, wo Sie hintreten.« Der Lichtkegel ihrer Taschenlampe streifte die Höhlenwände und die Deckenwölbung. »Wir sollten von jetzt an versuchen, uns zeitlich zurückzuversetzen und uns vorzustellen, was die Menschen damals hier gemacht haben könnten und damit auch, welche Spuren sie hinterlassen haben.«

Sie gingen langsam los, achteten darauf, wohin sie mit ihren Stiefeln traten, derweil acht Lichtkreise wie weiße Motten über Sandsteinformationen tanzten. »Wir können von Glück sagen«, meinte Erica beiläufig, »dass diese Höhle an der Nordflanke der Berge liegt. Sie ist trockener als die Südflanke, wo die ganze Gewalt der Pazifikstürme anbrandet. Der Schutz vor Regen hat zur Erhaltung der Malereien beigetragen. Und möglicherweise auch weiterer Artefakte.«

Schweigend gingen sie weiter. Lichtkegel huschten über weiche Felskonturen, ließen geschwärzte Oberflächen und Büschel von Flechten erkennen. Jeder der vier Eindringlinge war voll konzentriert, seine Sinne geschärft, aufmerksam. Schließlich erreichten sie das Ende der Höhle.

»Da«, sagte der Führer. Er deutete auf die Malereien.

Erica trat erwartungsvoll näher, setzte behutsam einen Fuß vor den anderen. Als die Karbidlampe an ihrem Helm die Piktogramme streifte, stockte ihr der Atem. Die satten Farben der Kreise, die Rot- und Gelbtöne: wie prächtige Sonnenuntergänge! Hinreißend, phantastisch, lebendig. Und außerdem ...

»Können Sie diese Symbole deuten, Dr. Tyler?«, fragte der Führer und legte dabei den Kopf schief, um aus dieser scheinbar wirren Collage von Linien, Kreisen, Formen und Farben etwas herauszulesen.

Erica antwortete nicht. Regungslos starrte sie auf das Gemälde, wie hypnotisiert von den leuchtenden Sonnen und Monden an der Wand.

»Dr. Tyler?«, fragte er erneut. Jared und Luke tauschten einen Blick. »Dr. Tyler«, sagte Luke, »alles in Ordnung mit Ihnen?« Als er ihre Schulter berührte, fuhr sie zusammen.

»Was?« Sie sah ihn entgeistert an, fing sich dann wieder. »Ich bin nur ... Ich hatte nicht erwartet, ein derart gut erhaltenes Gemälde vorzufinden. Kein Graffito ...«, stieß sie ein wenig atemlos aus. »Zu Ihrer Frage, was die Symbole bedeuten«, fuhr sie dann mit festerer Stimme fort, etwas gezwungen, so als müsste sie sich darauf besinnen, wo sie war. »Die religiöse Einstellung in der hiesigen Gegend war auf Schamanismus ausgerichtet, eine Form der Verehrung, die auf der persönlichen Interaktion zwischen einem Schamanen und dem Übernatürlichen basiert. Der Schamane versetzte sich durch den Verzehr von Stechäpfeln oder auf andere Weise in einen Trancezustand und betrat dann die Welt der Geister. Man nannte dies die Suche nach Visionen. Wenn er aus seinem Trancezustand wieder erwachte, hielt er seine Visionen auf Felsen fest. Dies nennt man von Trance beeinflusste Kunst. Jedenfalls ist dies eine der Theorien zur Deutung der südwestlichen Felsmalerei.«

Der Führer beugte sich vor. »Wie kommen Sie darauf, dass das hier das Werk eines Schamanen ist?«, fragte er. »Könnte es sich nicht einfach um ein Graffito handeln und gar nichts bedeuten?«

Erica musterte eingehend den größten der Kreise, der blutrot und von merkwürdigen Punkten umgeben war. *Dies hier hat sehr wohl etwas zu bedeuten.* »Man hat Laborstudien über dieses Phänomen angestellt und nennt es die Neuropsychologie veränderter Zustände. Was die Studien ergeben haben, ist, dass es universelle Bilder bei Menschen aus völlig unterschiedlichen Kulturen gibt, ob bei amerikanischen oder afrikanischen Ureinwohnern oder australischen Aborigines. In erster Linie handelt es sich dabei um farbenfrohe geometrische Formen, die sich mehr oder weniger spontan im optischen System bilden. Sie können es selbst ausprobieren. Schauen Sie kurz in grelles Licht und schließen Sie dann rasch die Augen. Die gleichen Muster bilden sich heraus: Punkte, parallele oder gezackte Linien, Spiralen. Wir nennen sie Metaphern der Trance.«

Er verzog das Gesicht. »Aber die hier sehen nach nichts aus.«

»Sollen sie auch nicht. Diese Symbole sind Ausdruck eines Gefühls oder einer spirituellen Ebene, etwas, das in Wirklichkeit keine körperliche Struktur hat und deshalb nicht darzustellen ist. Allerdings ...« Sie legte die Stirn in Falten, als ihre Taschenlampe eine undefinierbare Form erhellte, verlängert durch etwas, das wie ausgestreckte Arme oder Hörner wirkte. »Es gibt hier einige andere Elemente, die verblüffend sind.«

Luke wandte sich ihr zu, blendete sie kurz mit der Lampe an seinem Helm. »Verblüffend? Inwiefern?«

»Einige dieser Formen passen nicht zu dem, was wir bisher über Trancevorstellungen wissen. Zum Beispiel dieses Symbol hier. Bei all meinen Studien der Felskunst ist mir so etwas noch nicht untergekommen. Die meisten anderen Symbole dagegen tauchen auch in Piktogrammen und Petroglyphen im Südwesten auf. Diese Handabdrücke zum Beispiel. Der Handabdruck ist in der Felskunst weit verbreitet, man findet ihn überall auf der Welt. Er ist die Tür, durch die der Schamane die Welt der Geister betrat. Aber diese anderen Symbole« – sie deutete darauf, vorsichtig, ohne die Fläche zu berühren – »sind mir neu.« Sie schwieg; ihr leichter Atem hörte sich in der Höhle wie ein Luftzug an. »Und da ist noch etwas Erstaunliches an diesen Malereien.«

Ihre Begleiter warteten ab.

»Neben den Piktogrammen, die charakteristisch sind für die ethnographisch erfassten Kulturen dieser Gegend, weist das Wandbild auch typische Motive der Pueblo auf. Eigentlich eine Vermischung mehrerer Kulturen. Südliches Paiute, Shoshone. Irgendwo südliches Nevada.«

»Können Sie das Alter der Malereien bestimmen, Dr. Tyler?«, fragte Luke ehrfürchtig.

»Jedenfalls datieren sie aus einer Zeit, die deutlich früher ist als 500 nach Christus, das lässt sich aus den Darstellungen schließen: Speerschleudern statt Pfeil und Bogen, die in der Neuen Welt um das 5. Jahrhundert herum gebräuchlich wurden. Um das Datum genauer zu bestimmen, müssten wir elektronische Analysen von Mikroproben und eine C^{14}-Altersbestimmung durchführen. Grob geschätzt würde ich sagen, dass diese Malerei an die zweitausend Jahre alt ist.«

Zum ersten Mal meldete sich Jared Black zu Wort. »Wenn der Künstler aus dem Süden Nevadas kam, dann ist das doch eine gewaltige Entfernung. Da hätte er ja immerhin das Death Valley durchqueren müssen.«

»Entscheidender ist doch die Frage: *Warum* hat er das getan?«, entgegnete Erica. »Die Shoshone und Paiute wagten sich niemals über ihre Stammesgrenzen hinaus. Obwohl sie zur Nahrungssuche umherzogen, waren sie eher sesshaft und blieben auf ihrem angestammten Gebiet. Was hat dazu geführt, dass dieser eine seinen Clan verließ und einen so weiten und bestimmt äußerst beschwerlichen Weg zurücklegte?«

Obwohl Jareds Augen unter seinem Helm nicht deutlich zu erkennen waren, spürte Erica seinen durchdringenden Blick. »Demnach vermutlich eine Shoshone-Malerei?«, sagte er.

»Das ist nur eine Vermutung. Studien von Dürreperioden sagen uns, dass vor etwa fünfzehnhundert Jahren Umweltveränderungen in den ostkalifornischen Wüstengebieten die Vorfahren der Gabrieliño-Indianer, eine shoshonisch sprechende Gruppe, nach Los Angeles verschlagen haben. Falls diese Leute einen eigenen Stammesnamen hatten, ist er über die Zeiten hinweg in Vergessenheit geraten.«

»Aber das hier stammt doch von diesen Vorfahren?«, drängte Jared.

Sie bemühte sich, ihre Verärgerung zu unterdrücken. Jared Black war jemand, der Antworten wie aus der Pistole geschossen verlangte. »Ich kann das nicht mit Sicherheit sagen. Tatsächlich glaube ich, dass dies hier älter als fünfzehnhundert Jahre ist. Und bedenken Sie, dass ›Gabrieliño‹ ein Sammelbegriff der Franziskaner für die verschiedenen Stämme in dieser Gegend war.« Sie sah ihn scharf an. »Wir müssen also sehr vorsichtig mit unseren Bezeichnungen sein.«

»Mit Bestimmtheit können Sie es demnach nicht sagen?«

Ihre Gereiztheit schlug allmählich in Zorn um. Sie wusste, worauf er hinauswollte. Den gleichen Vorwurf hatte er ihr im Verlauf des Reddman-Prozesses gemacht, auf ihren Einwand hin, sie benötige mehr Zeit, um die Stammeszugehörigkeit der Knochen und Artefakte zu bestimmen. Damals hatte er durchaus Recht gehabt: Erica *hatte* Zeit gewinnen wollen. Jetzt aber entsprach es der Wahrheit: Sie hatte keine Ahnung, welchem Stamm die Wandmalereien zuzuordnen waren.

Sie trat zurück und bemerkte, dass der Boden unterhalb des Bildes anders beschaffen war als der übrige Boden der Höhle. Er war erhöht und von einer Struktur, die nicht nach einer natürlichen Formation aussah. Sie blickte hinauf zur Decke. Kein Anzeichen für einen Einsturz. Sie kauerte sich an mehreren Stellen nieder und zerrieb die Erde zwischen den Fin-

gern. Überall von derselben Beschaffenheit, gleichmäßig vom Wind in die Höhle hineingeweht. »Da die Malerei nicht eindeutig auf einen bestimmten Stamm schließen lässt«, sagte sie, »schlage ich vor, wir halten anderswo nach Beweismaterial Ausschau. Da wäre zum Beispiel dieser eigenartige Hügel hier.«
Lukes blonde Brauen wölbten sich, seine Augen glänzten erwartungsvoll. »Sie glauben, hier ist etwas vergraben?«
»Möglicherweise. Die rußigen Wände deuten darauf hin, dass Lagerfeuer oder Fackeln gebrannt haben, was bedeuten kann, dass dieser Hügel aus Schichten besteht, die im Laufe von jahrhundertelanger Habitation aufeinander gehäuft wurden.«
»Und jetzt fallen die Heuschrecken drüber her«, murmelte Jared.
»Keine Heuschrecken, Mr. Black. Nur ich. Ich werde die Einzige sein, die hier tätig wird, schon um sicherzustellen, dass der Erdhügel möglichst weitgehend erhalten bleibt.«
»Ausgraben *ist* Zerstörung, Dr. Tyler.«
»Auch wenn Sie's nicht glauben, Mr. Black, aber es gibt tatsächlich Archäologen, die nichts davon halten, an einer Stätte zu graben, nur weil sie da ist. Es muss eine gefährdete Stätte sein. Oder aber es geht, wie in diesem Fall, darum, die Stammeszugehörigkeit unseres Höhlenkünstlers zu ergründen. Möglicherweise sind wir über einen einzigartigen geschichtlichen Hinweis gestolpert.«
»Oder über Gräber, und die sollte man in Ruhe lassen.«
Sie blickte zu Jared, dessen Gesicht durch das Spiel von Licht und Schatten in scharf abgegrenzte Flächen unterteilt war, und wandte sich dann Luke zu. »Als Erstes führen wir eine geochemische Bodenanalyse durch und messen den Phosphatgehalt. Dadurch erfahren wir zumindest, ob diese Höhle bewohnt war. Bis dahin wäre es schön, wenn Sie ein bisschen

was von dieser Wand sauber machten. Unter der Rußschicht könnten sich weitere Piktogramme verbergen.«

Als sie sich umdrehte, um noch etwas zu Jared Black zu sagen, sah sie zu ihrer Überraschung, dass er zum Eingang der Höhle zurückgegangen war. In voller Größe und breitschultrig, die eine Hand an die Mauer gelehnt, in der anderen den Schutzhelm haltend, zeichnete sich seine Silhouette gegen die Morgensonne ab. Am Rande der Klippe stehend sah er aus, als sei er drauf und dran, sich in die Lüfte zu schwingen.

Dieser Augenblick hatte etwas Surreales – die dunkle Höhle, dazu das bedrückende Gefühl der Gesteinsmassen, die Enge der Sandsteinwände, die Stille, die eigentlich mit Frieden erfüllt war, und dann die Öffnung hinaus ins grelle Sonnenlicht über dem Pazifik und oberhalb davon der Lärm von Arbeitsgruppen, Polizei, Sensationshungrigen. Warum stand er dort? Was beobachtete er?

Noch etwas fragte sich Erica: Warum war er derart gereizt hier aufgetaucht? Jared Black schien so angriffslustig wie ein Grizzly, der sein Junges verteidigt. Wenn sie ihn nur irgendwie davon überzeugen könnte, dass sie bereit war, mit ihm zusammenzuarbeiten, dass sie nicht Gegner zu sein brauchten. Aber unbegreiflicherweise schien er versessen darauf zu sein, sie zum Feind abzustempeln. Der Reddman-Prozess lag vier Jahre zurück, und dennoch kam es ihr so vor, als ob das Adrenalin aus jener Schlacht, aus der er siegreich hervorgegangen war, noch immer durch seine Adern floss. Jared Black war ein Mann, der sich auf einen Kampf vorbereitete, und Erica wusste nicht, warum.

Sie leuchtete weitere Ecken der Höhle mit ihrer Taschenlampe aus, als der Lichtkegel auf etwas auf dem Boden fiel. »Luke, was hat Ihrer Meinung nach das da zu bedeuten?«

Luke sah auf den Boden und bemerkte, dass dort Erde aufge-

worfen und etwas Weißlich-Graues zum Vorschein gekommen war. »Ganz frisch«, sagte er, »wahrscheinlich eine Verwerfung infolge des Erdbebens.«
Erica ging in die Hocke und entfernte mit einem kleinen Pinsel vorsichtig die lockere Erde.
»Allmächtiger«, japste Luke und riss die Augen auf.
Jared kam zurück und sah schweigend mit an, wie Erica mit Hilfe ihres Pinsels etwas freilegte, etwas, das wie ein Stein aussah, mit einem Loch darin. Und einem weiteren. Und dann ... Zähne.
Ein menschlicher Schädel.
»Das ist ein Grab!«, flüsterte Luke überwältigt.
»Von wem?«, fragte der Führer nervös.
Erica, die spürte, wie ihr Adrenalinspiegel vor Erregung unvermittelt in die Höhe schoss, antwortete nicht. Aber sie war sich ihrer Sache gewiss. Noch ehe sie zu graben begonnen und Beweise gefunden hatte, wusste sie, dass sie auf die Überreste des Künstlers gestoßen war, von dem das Sonnenbild stammte.

Kapitel 2

Marimi
Vor zweitausend Jahren

Marimi verfolgte die Bewegungen der Tänzer in der Mitte des Kreises und sagte sich, dass die heutige Nacht von Zauber erfüllt sein würde.
Sie konnte den Zauber bereits in ihren Fingern spüren, die geschickt die ovale Unterlage für das bald zu erwartende Baby flochten, die zarten Weidenzweige kreuzweise miteinander verwoben; die Oberfläche würde noch mit Rehleder bezogen und über dem Kopf des Neugeborenen ein geflochtener Sonnenschutz angebracht werden. Sie konnte den Zauber in ihrem Leib spüren, in dem sich neues Leben regte, ihr erstes Kind, das sie im Frühjahr erwartete. Sie sah den Zauber in den geschmeidigen Gliedern ihres jungen Ehemanns, der tanzend die diesjährige Piniennussernte feierte, ein gut aussehender, sehr männlich wirkender Jäger, der sie in die Ekstase körperlicher Liebe zwischen Mann und Frau eingeführt hatte. Marimi hörte Zauber im Lachen der Männer, ob sie nun tanzten oder spielten oder Geschichten erzählten und dabei ihre Tonpfeifen rauchten; sie hörte es in den Weisen der Musikanten, die ihre aus hohlen Vogelknochen gefertigten Pfeifen und Flöten aus Holunderholz erklingen ließen; Zauber lag auch im munteren Plappern der Frauen, die im Schein der vielen Lagerfeuer ihre hübschen Körbe flochten; im Geschrei der Kinder, die Reifen- und Stockspiele veranstalteten oder Ring-

kämpfe auf dem feuchten Waldboden; von Zauber kündeten auch die Gesichter der verliebten jungen Mädchen, die hinter vorgehaltener Hand ihrem zukünftigen Gatten zulächelten. Eine »Geisternacht« nannte es ihre Mutter, wenn die Geister der Vorfahren von den Seelen der Bäume und Felsen und Flüsse angerufen wurden, um das Einssein aller Dinge zu feiern. Für Marimi eine Zeit überwältigender Freude, eine schöne, eine besondere Nacht.

Nur dass sich in ihre Freude über diese festlich begangene Nacht unversehens Angst einschlich.

Auf der anderen Seite des großen Kreises, um den die Familien den Tänzern zusahen, war ein schwarzes Augenpaar fest auf sie gerichtet: die alte Opaka, die Schamanin des Clans, prächtig anzuschauen in ihrem rehledernen Gewand und geschmückt mit Perlen und kostbaren Adlerfedern. Marimi erschauerte unter dem durchdringenden Blick, und die feinen Härchen auf ihrer Haut richteten sich auf. Opaka verschreckte jeden, selbst die Häuptlinge und Jäger, mit ihrem reichen und geheimnisvollen Zauberwissen, weil sie mit den Göttern sprach, weil sie als Einzige des gesamten Clans das Geheimnis kannte, mit der Sonne und dem Mond und allen Erdgeistern zu kommunizieren und deren Macht zu beschwören.

Gewöhnliche Menschen waren nicht in der Lage, zu den Göttern zu sprechen. Wenn ein Mitglied des Clans bei den Göttern einen Gunstbeweis erflehen wollte, musste ein Schamane eingeschaltet werden. Ob sich eine unfruchtbare Frau ein Kind wünschte oder eine ältliche Jungfer einen Ehemann, ob die Geschicklichkeit eines in die Jahre gekommenen Jägers schwand oder ob eine Großmutter nicht mehr fingerfertig genug zum Flechten von Körben war, ob eine Schwangere Schutz vor dem bösen Blick suchte, ein Vater sich fragte, ob im ausgetrockneten Bachbett neben der Unterkunft seiner Familie je wieder Wasser fließen würde, alle wandten sie sich ehrfurchtsvoll an den Schamanen des Clans und trugen ihm demütig ihr Anliegen vor. Jedes Gesuch war mit einer Bezahlung verbunden, ein Grund dafür, weshalb die Schamanen so wohlhabend waren, ihre Hütten die am prächtigsten ausgeschmückten, ihre Ledergewänder die weichsten, ihre Perlenschnüre die schönsten. Arme Familien konnten nur mit Samenkörnern bezahlen, die reichen dagegen mit Schafsgehörn und Elchhäuten. Allen aber stand frei, sich an den Schamanen zu wenden, und alle erhielten sie – durch den Mund des Schamanen – Antwort von den Göttern. In Marimis Clan war der Schamane eine Frau, die allmächtige Opaka. Marimi hatte einmal miterlebt, wie die Alte einen Mann hatte krank werden und dann sterben lassen, nur indem sie auf ihn gedeutet hatte. So mächtig war Opaka.

Warum aber starrte sie jetzt ausgerechnet Marimi an, mit ihren schwarzen, wie Nadelstiche brennenden Augen?

Die junge Frau versuchte, sich ihre Angst nicht anmerken zu lassen, und wandte sich wieder ihrer Flechtarbeit zu, sagte sich nochmals, dass die heutige Nacht eine besondere war.

Es war die Zeit der jährlichen Zusammenkunft, zu der alle Familien des Volkes, das sich selbst die Topaa nannte, ihre Sommerunterkünfte verließen und sich aus allen Richtungen, auch dorther, wo die Erde den Himmel stützt, in den Bergen einfanden, zur Piniennussernte – etwa fünfhundert Familien, alle mit ihrer eigenen runden Grashütte und einem Lagerfeuer. Mit langen Stangen wurden dann die Zapfen von den Bäumen geholt, man röstete die Nüsse und aß sie oder zermahlte sie zu einem Brei, unter den man Wildbret und Fleischsaft mischte; was übrig blieb, wurde für die kommenden Wintermonate aufbewahrt. Während die Frauen Nüsse

sammelten, veranstalteten die Männer eine Treibjagd auf Kaninchen, fingen sie mit Netzen ein und erlegten die Menge, die sie im Winter als Nahrung benötigten.
Zur selben Zeit wurden Eheschließungen vereinbart, was nicht leicht war angesichts der komplizierten Regeln, die festlegten, wer wen heiraten durfte. Da mussten die Abstammung überprüft und bedacht, die Götter angerufen, Omen gedeutet werden. Obwohl die Topaa alle einem Stamm angehörten, waren sie Mitglieder verschiedener Clans, die wiederum unterteilt waren in zweite und erste Familien. Jeder Clan besaß sein eigenes Tiertotem: Puma, Falke, Schildkröte. Die zweite Familie – Großeltern, Tanten, Onkel und Cousinen – nannte sich nach ihrer Abstammung: Volk vom kalten Fluss, Volk in der Salzwüste. Die erste Familie, zu der Mutter, Vater und deren Nachkommenschaft zählte, leitete ihren Namen von ihrer angestammten Nahrungsquelle ab, von ihrer Tätigkeit oder von Besonderheiten des Landstrichs – »Büffelbeerenesser«, »Flussbewohner« oder, wenn sie Schneidewerkzeug aus einem weißen Gestein herstellten, »Weiße Messer«.
Marimi gehörte dem Clan des Rotschwänzigen Falken an, ihre zweite Familie war die der Eselhasenjäger. Der junge Mann, der sie sich zur Frau erkoren hatte, kam aus dem Schildkröten-Clan, dem Volk aus dem Staubigen Tal, den Pfeifenmachern. Er hatte Marimi bei der letzten Ernte mit seinen Possen entzückt, war fesch herausgeputzt und auf seiner Flöte spielend an ihrer Hütte vorbeistolziert, hatte mit Gesten seine Geschicklichkeit beim Speerwerfen angedeutet, aber nicht mit ihr gesprochen. Das war strengstens untersagt. Als sie dann ein Körbchen Lakritze hinausgestellt hatte, um ihm zu bedeuten, dass er ihr gefiel, hatte er dafür gesorgt, dass sein Vater Kontakt mit ihrem aufnahm. Die beiden Männer hatten sich mit den Häuptlingen ihrer Clans besprochen und

die zahlreichen Punkte festgelegt, die es zu verhandeln galt, die Geschenke bestimmt und ob die Braut fortan in der Familie des Bräutigams leben sollte oder umgekehrt. Wenn der zukünftige Ehemann aus einer Familie mit wenigen Frauen kam, zog seine junge Frau mit ihm, und wenn die Frau aus einer Familie mit Witwen und unverheirateten Schwestern stammte, ging der Mann mit ihr. In Marimis Fall war ihr Vater der einzige Mann unter acht Frauen. Deshalb nahm er Marimis Bräutigam freudig als Sohn bei sich auf.

Zur Erntezeit wurde auch an die Grenzen des angestammten Landes der Topaa erinnert, und man lehrte die Kinder, sich die Flüsse einzuprägen, die Wälder, die Bergzüge, die das eigene Gebiet von dem benachbarter Stämme trennten – dem der Shoshone im Norden, dem der Paiute im Süden –, und mit wem die Topaa weder Handel trieben noch sich vermischten noch Kriege anzettelten, schärfte ihnen auch ein, dass es streng verboten war, im Gebiet eines anderen Stammes zu jagen, Samenkörner zu sammeln oder Wasser zu holen.

Zu jeder Pinienernte errichteten die Familien auf dem Gebiet ihrer Vorfahren Unterkünfte, ebendort, wo die jeweilige Familie sich seit jeher zur Erntezeit zusammengefunden hatte. Das Fleckchen, auf dem Marimi ihre Matte ausgebreitet hatte und jetzt den Korb für das Baby flocht, war dieselbe Stelle, auf der ihre Mutter und die Großmutter und ihre Großmütter bis zurück zu den Anfängen ebenfalls ihre Matten ausgebreitet und Babykörbchen geflochten hatten. Eines Tages würde auch ihre erstgeborene Tochter genau an dieser Stelle sitzen und Körbe flechten und dabei den gleichen Tänzen zuschauen, den gleichen Spielen. Die jährliche Piniennussernte bedeutete also mehr als nur das Sammeln von Nahrung für den Winter. Hier war es, wo das Volk die Geschichten seiner Vorfahren erzählt bekam, denn die Topaa hielten engen Kontakt zu ihrer

Vergangenheit, stellten dadurch sicher, dass das, was früher gewesen war, auch heute noch Gültigkeit hatte und morgen auch, bis zum Ende der Zeit. Die jährliche Zusammenkunft zeigte auf, welchen Platz jeder Einzelne in der Schöpfung einnahm und dass er oder sie Teil eines Ganzen war, dass die Topaa und das Land, die Tiere und Pflanzen, der Wind und das Wasser zusammengehörten, miteinander verbunden waren wie die kunstvollen Körbe, die die Frauen flochten.

Die Clans blieben über die Piniennussernte hinaus und überwinterten in den Bergen; erst wenn das junge Grün zu sprießen begann, rüstete man sich zum Aufbruch, zogen die Familien wieder in ihr angestammtes Zuhause, bis zur nächsten Ernte. Marimi und ihr Mann, ihre Mutter und ihr Vater sowie sechs Schwestern kehrten dann dorthin zurück, wo die Familie seit Anbeginn der Zeit gelebt hatte und wo sie fortan wieder der Jagd nach Eselhasen nachgehen würden. Dort würde sie auch ihr erstes Kind gebären und Mutter werden und somit an Ansehen gewinnen, so dass man ihr, wenn sie im nächsten Jahr wieder in den Pinienwald kamen, mit mehr Achtung und Ehrerbietung begegnen würde.

Diese strahlende Zukunft war es, auf die sich Marimi zu konzentrieren versuchte, während Opakas unheimlicher Blick sie durchdrang und erschauern ließ. Warum starrte die Schamanin sie so an?

Das Verhalten der Schamanen des Clans war geheimnisvoll und unergründlich, und es galt bereits als tabu, auch nur Betrachtungen darüber anzustellen oder gar darüber zu sprechen, besaßen doch allein die Schamanen die Macht, sich zwischen der realen und der übernatürlichen Welt zu bewegen. Immer vor Beginn der Ernte, noch ehe die erste Familie ihre erste Unterkunft errichtete, wurden die Gotthütten der Schamanen gebaut. Alle packten mit an, selbst Kinder und Alte, schnitten die besten Äste und Zweige, opferten die besten Häute und Kienspäne, damit die Gotthütte die Götter willkommen heißen konnte und durch Vermittlung der Schamanen die Ernte und das Volk gesegnet wurden. Schon weil man in einer Welt lebte, die unsicher war und gelegentlich mit bösen Überraschungen aufwartete, war es unerlässlich, dass die Schamanen, noch ehe der erste Zapfen vom ersten Baum geholt wurde, sich in die Gotthütten begaben und in Trance versetzten, um in diesem Zustand mit den übernatürlichen Mächten zu kommunizieren und Anweisungen und Prophezeiungen zu erhalten und manchmal neue Gesetze.

Deshalb fürchtete sich Marimi auf einmal vor dieser Nacht der Festlichkeiten. Opaka besaß die Macht der Götter, und aus ihrem Blick, dessen war Marimi sich sicher, sprach Feindseligkeit. Warum? Marimi hatte keine Ahnung, wodurch sie sich den Zorn der Alten zugezogen haben konnte. Hätte ein anderes Stammesmitglied Anlass zu Groll gegeben, wäre Marimi zur Schamanin gegangen und hätte sie angefleht, den Schutz der Götter vor dieser Person zu erbitten. Aber diesmal war es die Schamanin selbst, die Marimi mit einem bösen Blick bedachte!

Sie schreckte zusammen, als ihr unvermittelt Tika einfiel.

Tika war die älteste Tochter der Schwester ihrer Mutter gewesen und von klein auf Marimi schwesterlich verbunden. Gemeinsam hatten sie die geheiligten Riten der Geschlechtsreife abgelegt, und als Marimi und Tika sowie zwölf weitere Mädchen den Initiationswettlauf bestritten hatten und Marimi gewann, das heißt, vor allen anderen die Hütte der Schamanin erreichte, hatte Tika ihr als Einzige Beifall gespendet. Tika war es auch, die während der letztjährigen Ernte heimliche Botschaften zwischen Marimi und dem jungen Jäger hin- und hergebracht hatte, denn es war ihnen untersagt, miteinander zu sprechen, solange die Eheverhandlungen im Gange waren. Und es war Tika, die Marimi und ihrem Ehemann zur Hochzeit einen so ausnehmend kunstvoll verzierten Korb geschenkt hatte, dass der gesamte Clan bewundernd darüber sprach.

Und dann kam Unglück über Tika. Sie hatte sich in einen jungen Mann verliebt, den Opaka für die Enkelin ihrer Schwester bestimmt hatte. Jedem anderen hätte Tika beiliegen können, so Marimis Vermutung, ohne verstoßen zu werden. Aber als man diese beiden in der Grashütte eines Onkels überraschte, berieten sich die Medizinmänner und -frauen, rauchten ihre Pfeifen der Weisheit und bestimmten, dass das Mädchen zu verstoßen sei, der Junge dagegen nicht, weil ihrer Meinung nach das Mädchen ihn angestiftet hatte, ein Stammesgesetz zu brechen. Da der Stamm aus Angst vor der Vergeltung der Götter keines ihrer Mitglieder tötete, nicht einmal dann, wenn sie sich des schlimmsten Verbrechens schuldig gemacht hatten, wurden die Übeltäter lebendig zum Tode verurteilt. Ihr Name, ihre Habe und ihre Vorräte wurden ihnen abgesprochen, sie selbst aus dem schützenden Kreis verbannt, in den sie niemals zurückkehren konnten. Keiner durfte mit ihnen sprechen oder sie ansehen, ihnen auch nichts zu essen anbieten oder Wasser oder Unterkunft. Die Angehörigen schnitten sich die Haare ab und trauerten, als ob der Verstoßene wirklich gestorben wäre. Als Tika zu einer der Namenlosen wurde, hatte Marimis Herz um sie geweint. Jetzt dachte sie daran zurück, wie sie die Freundin am Rande des Pinienwaldes hatte stehen sehen, schwankend wie eine verlorene Seele. Am liebsten wäre sie zu ihr gegangen, hätte den schützenden Kreis verlassen, Tika Nahrung und warme Decken gebracht. Aber das hätte auch Marimi zu einer Verstoßenen gemacht.

Weil sie bereits »tot« waren, lebten Verstoßene nicht lange. Nicht nur, weil sich die Nahrungsbeschaffung als schwierig erwies und weil man den Elementen ausgesetzt war, sondern weil auch der Geist in ihnen erstarb. Wenn der Lebenswille erlosch, ließ der Tod nicht lange auf sich warten. Nach wenigen Tagen war Tika nicht mehr am Rande des Lagers gesichtet worden.

»Mutter«, wandte sich Marimi an die Frau, die, die Beine überkreuzt und mit einer kniffligen Flechtarbeit beschäftigt, neben ihr saß und sang. Singen hauchte dem Korb Leben ein und damit Geist und befähigte die Finger, einen Mythos oder eine wundersame Geschichte in das Muster zu weben. Marimis Mutter war dabei, das Rautenmuster ihres Korbs mit der Geschichte von der Erschaffung der Sterne zu beseelen.

»Mutter«, sagte Marimi jetzt etwas lauter, »Opaka beobachtet mich.«

»Ich weiß, meine Tochter. Nimm dich in Acht. Wende die Augen ab.«

Marimis Blick huschte nervös über die von Lärm erfüllte Ansiedlung, wo der Rauch von fünfhundert Lagerfeuern zum Himmel stieg. Ihr Zuhause im Sommer war die große Wüste, in der die Vegetation hauptsächlich aus Beifuß bestand, während diese Berge bewaldet waren, Pinien und Wacholder wuchsen. Was sich an Spukgestalten in dieser laubreichen Gegend herumtrieb, hätte Marimi in Angst und Schrecken versetzt, wäre da nicht der schützende Kreis gewesen, in dem sie sich zusammen mit ihrem Volk aufhielt. Nachts, wenn die Familien auf ihren Pelzdecken lagen und angsterfüllt dem Stöhnen der Geister in den Bäumen lauschten, hofften sie, dass die Fetische der Schamanen, die man um das Lager herum ausgelegt hatte, stark genug sein würden, die Geister fern zu halten. Deshalb sträubte sich auch keiner, den Schamanen zu bezahlen, denn ein mächtiger Schamane verhieß Sicherheit für den Clan und dass die Götter über ihn wachten. Nur allzu deutlich stand ihnen das entsetzliche Schicksal des Eulen-Clans vor Augen, dessen Schamane an einem steilen Abhang tödlich abgestürzt war und sechsunddreißig Familien hinterlassen hatte, die nun niemand mehr in der Welt der Geister vertrat und in deren Namen niemand mehr zu den Göttern sprach. Noch vor dem Ablauf eines Mondes waren Männer, Frauen und Kinder allesamt krank geworden und gestorben. Der Eulen-Clan existierte nicht mehr.

Marimis Angst wurde immer stärker. Sie zwang sich, nur noch an das Körbchen für ihr Baby zu denken. Aber ihre Finger waren jetzt steif und ungelenk, und sie ahnte, dass der Zauber, den sie in dieser Nacht spürte, nicht unbedingt ein *guter* Zauber war ...

Die Augen auf Marimi an der gegenüberliegenden Seite des Kreises der Tänzer geheftet, dachte Opaka an die Zeit zurück, da sie selbst einen so reizvollen Anblick geboten hatte. Sie saß auf ihrem erlesenen Büffelfell, umgeben von Geschenken und Essen, Perlen und Federn – Gaben, die man ihr gebracht hatte, um Gunstbeweise und den Segen der Götter zu erflehen –, und stellte verbittert fest, dass Marimi mit ihrem runden Gesicht, den lachenden Augen, dem sinnlichen Mund und dem schimmernden schwarzen Wasserfall von Haar – eben all dem, was die Aufmerksamkeit nicht nur des jungen Jägers und jetzigen Ehemanns geweckt hatte – genau das verkörperte wie einstmals Opaka, ehe Alter und zu viele Seelenreisen außerhalb ihres Körpers sie ausgelaugt hatten. Jetzt war Opaka gebeugt, weißhaarig und fast zahnlos.

Aber das war nicht der Grund, weshalb sie das Mädchen hasste. Das Gift, das in Opakas brüchigen Adern floss, hatte sich sechs Winter zuvor zusammengebraut, während der Piniennussmangelzeit, als die Familien ins Waldgebiet gekommen waren und feststellen mussten, dass die Pinienzapfen bereits abgefallen waren und auf dem Boden verrotteten. Als sie erkannten, dass die Götter die Jahreszeit hatten zu früh anbrechen lassen und das Volk Hunger leiden würde, hob ein großes Wehklagen an, und die Schamanen zogen sich in die Gotthütten zurück, um geweihten Mesquite zu verbrennen und zu fasten und Stechäpfel zu essen und zu singen und um Visionen von den Göttern zu erbitten, aus denen sich ableiten ließ, wo das Volk Piniennüsse finden würde. Aber die Götter hatten die Gebete der Schamanen nicht erhört, weshalb den Topaa eine schreckliche Hungersnot bevorzustehen schien.

Und dann war Marimis Mutter mit einer unglaublichen Geschichte bei Opaka vorstellig geworden.

Ihre Tochter, die damals neun Sommer zählte, sei das Opfer einer schweren Krankheit geworden, die mit Kopfschmerzen und Erblindung und Schwerhörigkeit einhergehe. Die Mutter habe den Kopf des Kindes in kaltes Wasser gesteckt und dafür gesorgt, dass sich die Kleine im Schatten aufhielt, und als die Krankheit überstanden gewesen sei, habe Marimi der Mutter von einem Pinienwald auf der anderen Seite des Flusses erzählt. Das sei ein Hirngespinst, habe die Mutter gemeint, und lediglich auf den Hunger und die merkwürdigen Kopfschmerzen zurückzuführen. Sie habe ihre Tochter beschworen, über die Vision Stillschweigen zu bewahren; es stehe allein Opaka zu, dem Clan zu sagen, wo Nahrung zu finden war. Aber Marimi habe auf ihrer Vision von einem Pinienwald jenseits der Grenzen der Topaa beharrt, in dem niemand lebe oder je gelebt habe, es somit kein Tabu sei, dort hinzuziehen und eine reiche Piniennussernte einzubringen.

Als dann die Schamanen aus ihrer Hütte getreten seien und verkündet hätten, diesmal gebe es keine Piniennüsse und

auch keine Kaninchenjagd, da niemand Kaninchen im Wald gesehen habe, und dass die Götter sich von ihrem Volk abgewandt hätten, sei in Marimis Mutter der Entschluss gereift, Opakas Rat hinsichtlich der Visionen ihrer Tochter einzuholen. Der Wald, habe das Kind behauptet, sei in Richtung der aufgehenden Sonne zu erreichen, über einen Fluss hinweg oben auf einem fruchtbaren Hügelkamm.
Opaka hatte daraufhin erklärt, das so beschriebene Land liege jenseits ihrer Stammesgrenze und sei somit ihrem Volk verwehrt. Dem wiederum hatte das Kind widersprochen; der Geist in dem Traum habe ihr bedeutet, das Gebiet sei nicht tabu. Schließlich hatte Opaka der Mutter Stillschweigen über dies alles auferlegt und sich klammheimlich selbst aufgemacht und tatsächlich den Wald mit den vielen Piniennüssen gefunden. Nach ihrer Rückkehr ins Lager hatte sie sich in der Gotthütte auf eine spirituelle Reise begeben und danach kundgetan, die Götter hätten ihr den Weg zu einer reichen Piniennussernte gewiesen, zu einem Ort, an dem niemand zuvor gelebt habe.
Vier mutige junge Männer wurden bestimmt und mit Speeren ausgerüstet. Man hieß sie der Sonne entgegenlaufen; sollten sie jedoch Boden betreten, der tabu war, brauchten sie sich nicht mehr blicken zu lassen.
Während sie unterwegs waren, tanzte das Volk und ernährte sich von Bienenlarven und Honig und den Piniennüssen, die von den massenweise verrottenden noch genießbar waren. Als dann die Jäger zurückkehrten, berichteten sie von einem Waldgebiet auf der anderen Seite des Flusses, das riesig war und unbewohnt seit Anbeginn der Zeit.
Es war doch noch eine gute Jahreszeit geworden, die Piniennussmangelzeit, und bei jeder neuerlichen Zusammenkunft, an jedem Lagerfeuer erzählte man davon. Der Stamm hatte

überschwänglich gefeiert und war mit Körben voller Nüsse in seine Sommerunterkünfte zurückgekehrt. Von dem Mädchen sprach keiner. Die Vision wurde den Schamanen zugeschrieben, die zu den Göttern sprechen konnten, was ein Beweis für ihre Macht war und für die Macht von Opaka.

Seither hatte Opaka Marimi nicht aus den Augen gelassen, hatte verfolgt, ob sie von Kopfschmerzen geplagt wurde oder von Visionen berichtete. Als sie zur Frau heranreifte und zwei Sommer zuvor, im Rahmen des damit einhergehenden Rituals, den Wettlauf gewann, ein Sieg, der ihr innerhalb des Stammes einen Ehrenplatz einräumte und den davonzutragen Opaka, die keine eigenen Enkel hatte, der Enkelin ihrer Schwester gewünscht hätte, war die Wachsamkeit der alten Schamanin noch größer geworden. Nach dem abschließenden Ritual zur Geschlechtsreife, das in einer Zeremonienhütte stattfand, mussten sich die jungen Mädchen wie Marimi auch Visionsprüfungen unterziehen und bestimmten die Klapperschlange zu ihrem Schutzgeist – die Schlange galt als äußerst männliches Symbol und für Jungfrauen, die darauf hofften, ihre Fruchtbarkeit unter Beweis stellen zu können, als Glücksbringer. Marimi jedoch hatte allen Gepflogenheiten zum Trotz den Raben zu ihrem Schutzgeist erklärt.

Was aber Opaka am meisten zu schaffen machte, war, dass das Mädchen zu Visionen fähig war, sogar ohne Zuhilfenahme von Stechapfel, wie bei den Schamanen erforderlich. Was sollte aus der Rangordnung des Stammes werden, wenn einfach jeder mit den Göttern Zwiesprache halten konnte? Chaos, Verrohung, Gesetzlosigkeit wären die Folge. Wo doch nur jene Auserwählten und in die geheimen Schamanenriten Eingeweihten mit der Anderen Welt in Kontakt treten durften! Nur so blieb das Universum im Gleichgewicht, wurde die Ordnung aufrechterhalten. Opaka sah in dem Mädchen eine

Bedrohung für die Stabilität des Stammes. Vor allem jetzt, da sie schwanger war und bald den höher angesehenen Status einer Mutter einnehmen würde.
Ein Privileg, das Opaka nicht kennen gelernt hatte.
Bereits als Baby auserwählt und der Mutter weggenommen worden, um in Abgeschiedenheit bei der Schamanin des Clans aufzuwachsen, war Opaka von der alten Frau in Mysterien und Geheimnisse eingeweiht, in Medizinen und Heillehre unterwiesen worden und wie man zu den Göttern sprach. Das war der Beginn von Entsagung und Heimsuchung gewesen, von unerträglichen Monaten der Einsamkeit und Entbehrung, in denen ihr mit Nachdruck und ohne Liebe eingeprägt wurde, nicht an sich zu denken, sondern ausschließlich an den Stamm, dass sie ein Leben ohne Mann an ihrer Seite zu führen hätte, kinderlos, jungfräulich bis ins hohe Alter. Neidgefühle waren Opaka unbekannt. Sie war dazu erzogen worden, das wohlhabendste und mächtigste Mitglied des Clans zu werden – worauf also sollte sie neidisch sein? Auch Eifersucht war ihr fremd; wenn sie sie spürte, vermochte sie sie nicht zu deuten. Und dass sie vor einem einfachen Mädchen Angst haben könnte, hätte sich Opaka niemals eingestanden. Wer auf direktem Weg zu den Göttern sprach, litt nicht unter unbedeutenden menschlichen Schwächen. Blind für ihren eigenen Groll, für ihre Verbitterung und ihre tief wurzelnde Panik, Marimi könnte ihr eines Tages ihre gottähnliche Macht streitig machen, redete sich Opaka deshalb ein, dass das, was sie mit dem Mädchen im Sinn hatte, zum Besten des Stammes geschah.

Mehrere junge Mädchen, Marimis unverheiratete Freundinnen, kamen vorbei, meinten scherzend, dass sie ja wohl nicht Gefahr liefe, sich heute Nacht zu verkühlen, wenn die grimmige Winterluft in die Unterkünfte drang. *Sie* dagegen hätten nur ihre Felle und Häute, die sie warm hielten, während die glückliche Marimi zusätzlich die Hitze eines Mannes verspüren könne. »Wenn wir dich schreien hören«, sagte die, die demnächst mit einem Jäger aus dem Falken-Clan verheiratet werden sollte, »sollen wir dann kommen und deinem Mann Beine machen?«

Marimi errötete und schalt die Freundinnen lachend einfältige Jungfrauen, wenngleich ihr die Aufmerksamkeit, die man ihr zollte, schmeichelte. Außerdem freute sie sich tatsächlich auf die lustvolle Umarmung ihres Mannes heute Nacht.

Sie wollte den Freundinnen gerade ein Körbchen Beeren anbieten, die sie am Nachmittag gesammelt hatte, als mit einem Mal eine Frau mit einem Kind auf dem Arm schreiend in den Kreis stürzte, die Tänzer beiseite drängte und vor Opaka niederfiel, flehentlich darum bittend, die Medizinfrau möge ihren Sohn retten.

Stille breitete sich aus, nur noch das Knistern der Lagerfeuer war zu hören und, etwas weiter entfernt, das Wimmern von Babys.

Marimi kannte den Jungen. Er hieß Payat und gehörte dem Berglöwen-Clan an, seine zweite Familie war das Volk aus dem Roten Canyon, seine erste Familie die, die an der Salzebene lebt. Mit atemlosen Schweigen verfolgten die Umstehenden, wie Opaka sich jetzt mühsam erhob, sich über den vor Schmerzen laut stöhnenden Jungen beugte und verschiedene Stellen seines Körpers berührte, ihm die Hand auf die Stirn legte, dann die Augen schloss und die Hände mit den Handflächen nach unten über die sich windende Gestalt breitete. Dazu stimmte sie einen mystischen Singsang an, den keiner verstand.

Endlich öffnete sie wieder die Augen, richtete sich, so gut sie konnte, auf und erklärte, der Junge habe ein Tabu gebrochen und werde jetzt von einem bösen Geist bewohnt.

Die Menge rang nach Luft, scharrte nervös, einige verzogen sich sogar. Menstruierende Frauen oder solche, die stillten, eilten in ihre schützenden Unterkünfte, während Männer zögernd nach ihren Speeren griffen. Wenn jemand von einem bösen Geist besessen war, drohte Unheil, konnte doch der Geist jeden Augenblick von dem Besessenen auf jeden anderen überwechseln.

Opaka erklärte den Jungen zum Unberührbaren, dass er so gut wie tot sei und die Götter ihm nicht helfen könnten. Daraufhin beriet sie mit dem Häuptling und den Unterhäuptlingen über sein weiteres Schicksal. Es war ausgeschlossen, dass man ihm gestatten würde, beim Volk zu verweilen. Marimi trat näher an das Geschehen heran.

Payats Mutter beugte sich schluchzend über den Sohn, beschwor den bösen Geist, aus dem Körper auszufahren. Zwei Jägern wurde bedeutet, sie von dem Knaben wegzureißen, denn Opaka zufolge war es tabu, ihn zu berühren. Während aller Augen auf die verzweifelte Frau gerichtet waren, drängelte sich Marimi, neugierig geworden, noch näher. Sie wusste, dass sie eigentlich Abstand halten sollte, denn als Schwangere hatte sie in der Nähe eines Unberührbaren nichts zu suchen. Aber sie hatte noch nie einen Menschen gesehen, der vom bösen Geist besessen war. Jetzt, da sie dicht vor Payat stand, sah sie, dass sein leichenblasses Gesicht vor Schmerz verzerrt war. Welch schreckliches Verbrechen mochte ein so kleiner Junge begangen haben, fragte sie sich, dass er von einem bösen Geist heimgesucht wurde?

Dann entdeckte sie etwas, was den anderen offenbar entgangen war – zerdrückte gelbe Blüten in den Händen des Jungen. Und sofort wusste sie: Das Kind hatte Blätter des Hahnenfußgewächses gegessen. Dadurch war der böse Geist über Payat gekommen! Jeder wusste, dass dem Hahnenfuß ein böser Geist innewohnte und dass man, wenn man davon aß, krank wurde und sterben konnte. Wenn sich die Blätter noch in seinem Magen befanden, so Marimis jähe Erkenntnis, war es dann nicht möglich, den Geist auszutreiben?

Ohne zu überlegen, stürzte sie nach vorn und hob, noch ehe jemand einschreiten konnte, den Jungen auf, drehte ihn auf den Bauch und steckte ihm einen Finger in den Hals. Sofort erbrach sich das Kind.

Die Umstehenden schrien auf, als eine grüne Flüssigkeit in hohem Bogen aus Payats Mund spritzte, und als sich die Lache auf dem Boden ausbreitete, riefen sie, sie habe die Form eines wilden Tiers. Der böse Geist war aus dem Körper des Jungen ausgefahren!

Sofort machten sich Männer daran, Asche auf den grünen Teufel zu streuen, um zu verhindern, dass er sich bei einem anderen einnistete.

Als Marimi den Jungen vorsichtig wieder auf die Erde bettete, stöhnte er auf und verlangte nach seiner Mutter, die ihn sofort weinend und lachend zugleich in die Arme schloss und fest an sich drückte. Die Zuschauer waren überwältigt, sprachen mit gedämpfter Stimme von einem Wunder. Etwas Derartiges hatten sie noch nie erlebt. Und sie sahen Marimi mit anderen Augen an, einige voller Bewunderung, andere überrascht, wiederum andere verängstigt.

Als Payat hustete und die Augen aufschlug und die Farbe allmählich in sein Gesicht zurückkehrte, fingen alle gleichzeitig zu reden an und riefen Marimis Namen in den Nachthimmel.

»Ruhe!«, befahl Opaka unvermittelt und hob ihren mit Federn und Perlen verzierten Medizinstab.

Die Menge verstummte. Aller Augen waren auf die weißhaarige Medizinfrau gerichtet, die, so klein und zerbrechlich sie aussah, einen imposanten Anblick bot. Und in der lähmenden Stille, die sich ausbreitete, wurde sich jeder aus dem Stamm bewusst, dass soeben, vor ihren Augen, das schlimmste Verbrechen begangen worden war, dessen sich ein Topaa schuldig machen konnte: Eine junge Frau hatte sich der Anordnung einer Schamanin widersetzt.

Die Schamanen aller Clans versammelten sich in der Gotthütte, durch deren Dachöffnung sich heiliger Rauch schlängelte. Eine düstere Stimmung verbreitete sich in der Siedlung. Man wartete auf den Urteilsspruch. Marimi weinte angsterfüllt im Schoße der Mutter, ihr junger Ehemann ging zornig vor der Unterkunft auf und ab.

Als die Schamanen wieder erschienen, erklärte Opaka feierlich Marimi und den Knaben zu Verstoßenen. Sie waren tot.

»Nein!«, schrie Marimi. »Wir haben nichts Unrechtes getan!«

Marimis Ehemann spuckte sie an, wandte sich dann ab.

Sie warf sich der Mutter zu Füßen, flehte sie um Hilfe an. Aber auch die Mutter wandte sich ab und hob zur Totenklage an, die fünf Tage und fünf Nächte dauern würde.

Den Rücken Marimi und dem Jungen zugekehrt, stellte sich der Stamm im Kreis auf, und mit feierlichem Ernst sprach Opaka den beiden ihre Namen ab, ihre Kleidung und ihre Habe. Fortan verfügten sie weder über einen Speer, um Nahrung zu beschaffen, noch über einen Korb, um Samenkörner zu sammeln, noch über ein Fell, um sich vor Kälte zu schützen. Sie mussten das Lager, den Kreis verlassen, waren auf sich allein gestellt, körperliche Geister, die niemand eines Blickes oder eines Wortes würdigte und deren irdisches Schicksal in der Hand der Götter lag.

Der Tod wartete schon auf sie.
Marimi und der Junge hockten am Rande der Siedlung, jenseits von Opakas Fetischen und den mystischen Zeichen, die die Alte in Baumstämme geritzt hatte, und verfolgten apathisch das Tanzen auf der Lichtung, sahen die Frauen ihre Körbe flechten, die Männer bei ihren Glücksspielen. Marimis und Payats erste und zweite Familien trauerten. Sie hatten sich das Haar abgeschnitten und die Oberkörper und das Gesicht mit feuchter Erde beschmiert und würden einen vollen Mondzyklus lang kein Fleisch essen. Allen Tanten und Cousinen war das Flechten untersagt, Onkeln und Cousins das Tanzen, und Payats und Marimis Brüder sowie Marimis verwitweter Ehemann durften einen Mond lang nicht auf die Jagd gehen. Darüber hinaus war allen Familienmitgliedern der Verzicht auf geschlechtliche Vereinigung auferlegt, es war ihnen verboten, mit Nichtfamilienmitgliedern zu essen sowie auf den Schatten von Opaka oder jedes anderen Schamanen zu treten.
Sieben Nächte lang hatten die beiden Verstoßenen um ihr Überleben gekämpft. Ausgehungert und von Magenkrämpfen gepeinigt, hatten sie zumindest ein Plätzchen zum Schlafen gefunden, eine kleine Kuhle auf dem Boden, die Marimi mit Laub auspolsterte. Sie hatte Payat an sich gezogen, um ihn zu wärmen; dennoch hatten beide die ganze Nacht gezittert, und der kleine Junge hatte im Schlaf geweint. In dieser ersten langen Nacht hatte Marimi zu den Sternen aufgeblickt und gespürt, wie ihr eine eigenartige Taubheit in die Glieder kroch. Es war nicht der Verlust ihres eigenen Lebens, was sie verzweifeln ließ, sondern der ihres ungeborenen Kindes. Sie hatte die Hände auf ihren Leib gelegt und das Leben gespürt, das sich darin bewegte. Wie sollte sie sich ausreichend ernähren, um das Kind stillen zu können? Wenn sie vor Kälte

zitterte, zitterte dann nicht auch ihr Baby? Und wenn seine Zeit kam, im Frühjahr, würde es dann wegen Opakas Fluch tot zur Welt kommen?

Ohne ihren rehledernen Rock und den Umhang aus Kaninchenfell, ohne die Wärme des Lagerfeuers und der Felldecken in der Unterkunft war Marimi einer Kälte ausgesetzt, die grimmiger nicht sein konnte. Ihre Finger und Zehen waren völlig gefühllos, das Blut schier eingefroren. Noch nie hatte sie derart gefroren wie zu Beginn ihrer Leidenszeit, als sie sich an den kleinen Payat geklammert hatte, der herzzerreißend nach seiner Mutter schrie und dessen Tränen auf seinem Gesicht zu Eis wurden.

Marimi hatte nicht gewusst, was schlimmer war, die Kälte oder die Angst.

Jeden Morgen, bei Sonnenaufgang, sprachen die Schamanen des Clans die vorgeschriebenen Gebete und ließen geheiligten Rauch zum Himmel steigen, streuten Samenkörner in die vier Richtungen, um die Götter zu beschwichtigen und ihnen Respekt und Dankbarkeit zu bezeugen. Von den Schamanen gesegnete wirkungsvolle Fetische hingen an den Eingängen der Familienunterkünfte, um das Böse und Krankheiten fern zu halten. Die Form der Hütten war rund – der Kreis war das heiligste Symbol –, und sie wurden um den großen, ebenfalls runden Tanzplatz errichtet. Das gesamte Lager aus Hunderten von Familien bildete somit einen Kreis, in dem man sich sicher fühlen konnte.

Marimi und der Junge waren aus diesem Kreis verbannt worden und gezwungen, sich allein in dem feindseligen und gefährlichen Land ohne allen Schutz der Schamanen durchzuschlagen.

Überall in dieser unheimlichen und angsteinflößenden Wildnis waren Geister. Sie hielten sich im lehmigen Boden und

in den bedrohlichen Schatten versteckt, sie lauerten im Gestrüpp der Brombeeren und Hagebutten, flatterten in den Ästen herum, beobachteten die schutzlosen menschlichen Wesen, bereit, über sie herzufallen und ihre Körper in Besitz zu nehmen. Marimi war niemals allein in den Wald gegangen, immer war die Familie dabei gewesen, vorneweg die Schamanen mit ihrem heiligen Rauch und den Klappern, um den Weg sicher zu machen. Jetzt war sie nackt und auf sich gestellt, jenseits des Kreises, an einem dunklen Ort, wo sie das Raunen und Rascheln von Spukgestalten und Geistern vernahm, die an ihr vorbeischwirrten, vorbeihuschten, neckend, höhnend, drohend.
Noch schlimmer war, dass sie und der Junge keinen Geschichten mehr lauschen konnten. Wo doch Geschichten, am Lagerfeuer erzählt, die Topaa miteinander verbanden, Legenden und Überliefertes, des Nachts zum Leben erweckt, die Brücke von einer Generation zur anderen schlugen, bis zurück zum Anbeginn der Zeit. Marimis Vater gab wie alle Topaa-Väter die Geschichten weiter, die er am Lagerfeuer seines Vaters gehört hatte, wo man sie wiederum von Vätern übernommen hatte, bis zurück zur allerersten Geschichte und zum ersten Vater, der sie erzählt hatte. Jetzt aber waren Marimi und Payat von diesen Geschichten ausgeschlossen wie auch von ihren Clans und ihren Familien, sie würden niemals in die Arme des Stammes zurückkehren. Sie geisterten um das Lager herum, ernährten sich von Wacholder und den Piniennüssen, die bei der Ernte übersehen worden waren. Viel war das nicht, und schon bald schwanden ihnen vor Hunger die Kräfte. Tage und Nächte gingen so dahin, bis sie nicht einmal mehr imstande waren, Beeren zu suchen. Marimi wusste, dass sie und Payat dem Tod ins Auge sahen, und da war kein Schamane, den sie bitten konnten, bei den Göttern für sie einzutreten.

Durch die Zweige hindurch betrachtete sie den Mond, was eigentlich verboten war. Nur die Schamanen hatten dieses Vorrecht. Noch immer sprach man im Clan über den Cousin, der so lange in den Mond geschaut hatte, dass Krämpfe ihn befallen hatten, bis schließlich Schaum aus seinem Mund trat und er sich auf dem Boden wand. Der Mond konnte aber auch großherzig sein. Als Tikas ältere Schwester einfach nicht schwanger wurde, hatte sie Opaka seltene Turmfalkenfedern zum Geschenk gemacht, worauf die Schamanin in ihrer Gotthütte den Mond um die Gunst eines Kindes angefleht hatte. Im darauf folgenden Frühjahr wurde die Schwester mit einem Knaben gesegnet.

Obwohl Marimi wusste, dass sie den Blick auf den Himmelskörper meiden sollte, vermochte sie es nicht. Ausgezehrt von Hunger, ihre Seele wie ein letzter Funken Glut unter kalter Asche, befand sie sich in einem Zustand jenseits von Angst und Vorsicht. In ihrer kleinen Mulde liegend, Payats knochiger Körper im Tiefschlaf an sie gedrängt, starrte sie unentwegt auf den hellen Kreis am Himmel. Ihre Atemzüge verlangsamten sich, ihr Herz pochte an die Rippen. Ihre Gedanken verselbständigten sich, als sie, ohne es zu bemerken, leise zum Mond sagte: »Dieses Verbrechen ist allein mir anzulasten. Der Junge ist unschuldig, genauso wie das Kind in meinem Leib. Bestrafe mich, nur mich, und lass sie leben. Wenn du mir dies gewährst, werde ich alles tun, was du von mir verlangst.«

Der Mond schien jetzt heller zu strahlen. Ohne zu blinzeln schaute Marimi durch die Äste hinauf zu ihm, sah, wie er weißer wurde, greller, bis seine Leuchtkraft den gesamten Himmel vereinnahmte. Ein stechender Schmerz jagte durch ihren Kopf, für Marimi das Zeichen, dass sie selbst als lebendige Tote noch von dem Leiden geplagt wurde, unter dem sie von klein auf litt. Der Mond bestrafte sie. Sie war so vermessen gewesen, zu den Göttern zu sprechen; jetzt würden die Schmerzen bis zu ihrem Tode nicht mehr aufhören. Dann soll es eben so sein, sagte sie sich und gab sich dem Schlaf hin, der tiefer sein sollte als je zuvor. Als ihr letzter klarer Gedanke auf Wogen des Schmerzes verebbte, durchzuckte es sie: Jetzt sterbe ich.

Aber sie starb nicht, und während sie schlief, erschien ihr ihr Schutzgeist, der Rabe, im Traum. Vor ihr herfliegend, gab er ihr ein Zeichen, und Marimi folgte ihm, bis sie zu einer kleinen Schneise im Wald gelangte, auf der Wolfsmilch wuchs.

Als sie im Morgengrauen erwachte, mehr tot als lebendig, wenngleich von seltsamer Rastlosigkeit erfüllt, kämpfte sie sich mühsam von ihrem Laubbett hoch und folgte der Vision in ihrem Traum. Tatsächlich gelangte sie zu der kleinen Schneise, auf der Wolfsmilch wuchs, und verschlang gierig die stärkehaltigen Wurzeln, die zwar bitter waren, aber nahrhaft. Sie nahm auch für Payat welche mit und überredete ihn, davon zu essen.

Von da an sicherte ihnen Wolfsmilch das Überleben, und als sie allmählich kräftiger wurden, schafften sie es, kleine Fallen zu bauen und ihren Wurzelbrei mit Eichhörnchen- oder Kaninchenfleisch zu ergänzen. Es gab Reisig zum Feuermachen, und schon bald ging Marimi daran, aus Ästen und Laub eine Rundhütte zu errichten. Fernab der Erntesiedlung bastelten sie und Payat sich ein Leben, und obwohl sie mit den Gespenstern und Geistern des feindseligen Waldes allein waren, fürchtete sich Marimi weniger als zuvor, weil sie im Augenblick tiefster Verzweiflung, als sie sich von ihrem Volk verlassen gefühlt hatte und wusste, dass sie und der Junge nur einen Schritt vom Tod entfernt waren, die Eingebung gehabt hatte, sich direkt, ohne die Hilfe eines Schamanen, an den Mond zu wenden – und der Mond hatte geantwortet.

Eines Nachts wurde Marimi erneut von Schmerzen geplagt. Das Stechen in ihrem Kopf war so schlimm, dass sie meinte, Geister gingen mit Speeren auf sie los. Benommen, wie sie war, hörte sie dennoch ihren Beschützer, den Raben, der sie hieß, Opaka zu folgen. Zunächst erschrak Marimi, aber da sie ihrem Schutzgeist gehorchen musste, sagte sie sich, dass sie nichts zu befürchten hatte. Sie war ja selbst so etwas wie ein Geist, und Geister konnten sich überall aufhalten. Es stand ihr also frei, Opaka zu beobachten, wenn sie ihrem Tagewerk nachging.
Marimi trat ins flirrende Sonnenlicht, in Sichtweite von Opaka, die beim Himbeerernten war. Der gesamte Stamm wusste, dass Medizinmänner und -frauen die Beeren und Blätter der Himbeere zur Herstellung von Stimulanzien und Tonika verwendeten, für Tees und Sirups gegen Durchfall und Dysenterie, Geschwüre und Halsentzündung. Himbeeren konnte jeder pflücken; worauf sich aber nur Eingeweihte verstanden, war, die Pflanze zum richtigen Zeitpunkt zu ernten und dazu die richtigen Gebete zu sprechen, denn sonst blieb die Pflanze wirkungslos.
Ungeniert sah Marimi zu, wie Opaka sich einem zu erntenden Strauch näherte, lauschte ihren respektvollen Worten, sah die geheiligten Zeichen, die sie mit ihren Perlen und Federn in die Luft malte. Und als Opaka eine Staude, die sie herausgezogen hatte, beiseite legte, bemerkte Marimi, dass die Wurzel im Boden verblieben, abgebrochen war, was bedeutete, dass die Pflanze ihre übernatürliche Kraft eingebüßt hatte. Da Opaka vornehmlich nachts zum Pflücken ging, merkte sich Marimi die jeweilige Mondphase, die Stellung der Gestirne und ob viel oder wenig Tau die Blätter benetzte.
Sie bekam auch mit, wie Opaka die Enkelin ihrer Schwester über Kräuter und Medizinen aufklärte und das Mädchen

darin unterwies, dass man die Rinde von Erlen erst eine Weile trocknen ließ, ehe man sie kochte, da frische Rinde Brechreiz und Magenschmerzen verursacht, und dass man den Sud drei Tage abstehen lassen muss, bis die gelbe Färbung in eine schwarze umschlägt. Erlentee bei Vollmond verabreicht, erläuterte Opaka der Enkelin der Schwester, sei gut für den Magen und rege den Appetit an. Und die Beeren seien darüber hinaus ein ausgezeichnetes Entwurmungsmittel für Kinder.

Wenn Opaka ihre etwas abseits gelegene Hütte verließ, schlich Marimi hin und wieder in diese Hütte, um herauszufinden, wie die Medizinfrau mit den gesammelten Pflanzen verfuhr. Bei einem ihrer Besuche kam sie hinter das Geheimnis der Innenrinde der Ulme, die sie Opaka hatte schneiden und zum Trocknen ausbreiten sehen. Neben der Rinde, auf einem Rehleder, entdeckte Marimi einen Mörser und einen Stein und in dem Mörser etwas bereits zu Puder zerstampfte Rinde. Und auf einer Schnur trockneten Ulmenzäpfchen, die, wie sie wusste, bei Frauenleiden in die Scheide eingeführt wurden und rektal bei Darmproblemen.

Alles, was Marimi im Laufe des langen Winters, während unter ihrem Herzen ihr Baby wuchs, beobachtete und hörte, prägte sie sich genau ein. Die Schrecken des Waldes umgaben sie weiterhin, bedrohten sie, belauerten sie, schärften ihre Wachsamkeit für boshafte Spukgestalten. Mit allen Mitteln versuchte sie, sich und Payat davor zu schützen, dass ein böser Geist Besitz von ihnen ergriff. Nach und nach spürte sie, wie sich eine Kraft in ihr entwickelte und ein Bewusstsein um Sinn und Zweck. Der Mond hatte sie aus einem bestimmten Grund gerettet, deshalb hielt sie sich an ihre Abmachung mit ihm. Wann immer sie zu einem Teich kam, in dem so viele Blätter herumschwammen, dass der Mond sich nicht darin spiegelte, schob sie für ihn die Blätter beiseite, damit er stolz und schön sein Licht über dem Wasser ausgießen konnte. Und wenn sie im Wald Blumen sah, die nur nachts ihre Kelche öffneten, Nachtkerzen zum Beispiel, entfernte sie die darüber hängenden Äste, damit der Mond freie Sicht auf die prächtigen Blüten hatte, die sich für ihn öffneten.

Auf diese Weise überlebten sie, das unbeugsame Mädchen und der kleine Junge, am Rande des Lagers, dessen Kreis sie nicht zu betreten wagten. Um die Zukunft machte sich Marimi wie alle Topaa keine Gedanken. Es gab ein Heute und eine Vergangenheit; das Morgen war etwas Unbestimmtes und Verwirrendes, schon weil morgen immer zu heute wurde. Sie hätte gern einen Schamanen befragt, was sie tun sollte, wenn das Frühjahr anbrach – sollte sie mit Payat im Wald bleiben oder aber eine Unterkunft für den Sommer suchen, in der Nähe ihrer Familien? Wie verhielten sich lebende Tote? Und wie lernten sie, Geister zu werden? Als Marimi und Payat verstoßen worden waren, hatte es auf der anderen Seite niemanden gegeben, der ihnen das hätte sagen können. Ihrer beider Schicksal war es gewesen zu sterben, aber Marimi hatte zum Mond gebetet, und der hatte ihnen den Weg gewiesen zu überleben. Hatten sie dadurch, dass sie dem Tod entgangen waren, noch mehr Stammestabus gebrochen?

Marimi war zu jung, um lange über diese schwierigen Fragen nachzugrübeln. Stattdessen machte sie sich jeweils bei Sonnenaufgang zur Aufgabe, einen weiteren Tag zu bewältigen, und überließ die Geheimnisse um Leben und Tod den Schamanen.

Und dann kam der Tag, an dem sie sich ihrer wahren Stärke bewusst wurde. In den langen Wochen, in denen sie Opaka verfolgt hatte, war diese immer nervöser geworden. Nur noch verstohlen verließ sie ihre Hütte oder betrat ängstlich den

Wald, stets auf der Hut vor dem allgegenwärtigen Mädchen. Ihre alten Hände fingen an zu zittern, sie wurde unwirsch, zusehends verschreckter. Sie durfte dieses Wesen nicht beachten, und doch machte ihr dieses Wesen zu schaffen, peinigte ihre angegriffenen Nerven. Und eines Tages erlebte Marimi, wie Opaka am Bach plötzlich herumwirbelte und aufschrie und mit ihren heiligen Stöcken rasselte und einen Gesang anstimmte, in einer Sprache, die Marimi fremd war. Marimi blieb unbeirrt stehen, hoch aufgerichtet und stolz, ihr geschwollener Leib Beweis ihrer Lebenskraft und der Willensstärke, die sie vor dem Tod bewahrt hatte. Die alte Frau verstummte und beide starrten sich an. Selbst die Geräusche des Waldes verebbten, so als wären sich Gespenster und Geister, Vögel und kleine Tiere bewusst, dass eine entscheidende Wende stattfand. Schließlich wandte Opaka den Blick ab, kehrte dem Geistermädchen, das sich dem Tod verweigert hatte, den Rücken zu und verschwand zwischen den Bäumen.

Wie ein scharfes, schnell geführtes Messer bohrte sich eines Morgens das grelle Sonnenlicht in Marimis Augen. Reglos lag sie da, apathisch, aber mit dem Kopfschmerz stellte sich eine Vision ein – der Rabe, ihr Schutzgeist, saß auf einem Ast, blinzelte ihr aus kohlschwarzen Augen zu. Und diesmal hörte sie ihn flüstern: »Folge mir.«
Marimi raffte die Kräuter und Pflanzen zusammen, die sie im Lande der Toten gesammelt hatte, auch die Beutel aus Kaninchenfell, die sie gefertigt und mit Samenkörnern und Blättern und Wurzeln gefüllt hatte. »Wir brechen auf«, sagte sie zu Payat und nahm ihn bei der Hand. Von einem seltsamen neuen Vorsatz erfüllt, war sie nicht länger ängstlich darauf bedacht, die Gesetze und Tabus des Stammes zu befolgen. Sie

ging leise zur Unterkunft ihrer noch schlafenden Familie und ergriff ihre Habe, die die Mutter noch nicht vergraben hatte. Sie kauerte sich neben die schlummernde Mutter, und erschrocken darüber, wie alt und hinfällig sie während der langen Trauerzeit geworden war, beugte sie sich über die Schlafende und flüsterte: »Trauere nicht mehr um mich. Ich folge jetzt meinem Raben. Mein Schicksal ist nicht länger mit dieser Familie verknüpft. Ich kann niemals mehr zurückkommen, Mutter, aber in meinem Herzen bleibst du bei mir. Und wann immer du einen Raben erblickst, halte inne und höre zu, was er sagt, denn es könnte der sein, der dir eine Nachricht von mir überbringt. Eine Nachricht, die besagt, dass ich in Sicherheit bin und glücklich und dass ich meine Bestimmung gefunden habe.«

Sie verließ die Hütte und das Lager in ihren schönsten Kleidern, einem langen Rock aus Rehleder und einem Umhang aus Kaninchenfell sowie aus Gras geflochtenen Sandalen. Auf dem Rücken trug sie ihre zusammengerollte Schlafmatte, die sie selbst aus Schilfrohr gefertigt hatte, eine Decke aus Kaninchenfell und die geflochtene Unterlage für das im Frühjahr zu erwartende Baby. Darüber hinaus nahm sie einen Korb zum Sammeln von Samenkörnern mit, einen Speer mit Speerschleuder, Feueranzünder und Beutel mit Heilkräutern. Nicht umsonst hatte der Rabe ihr bedeutet, Opaka zu beobachten und sich mit den Lehren der Medizinfrau vertraut zu machen: Marimi sollte sich auf die weite Reise vorbereiten.

Wenn auch die Topaa auf ihrer unaufhörlichen Suche nach Nahrung ausgedehnte Streifzüge unternahmen, gab es doch Grenzen, und schon von klein auf lehrte man sie, dass »das Land da drüben« den Vorfahren eines anderen Stammes gehörte und es zu betreten den Topaa somit untersagt war. Marimi indes ahnte, dass sie, als sie mit Payat dem voraus-

fliegenden Raben folgte, zum ersten Mal in der Geschichte ihres Volkes auf verbotenes Gebiet geführt werden würde.
Sie marschierten den ganzen Tag über. Als sie die äußerste Grenze im Westen des Topaa-Landes erreichten, ging Marimi zaghaft auf die Böschung zu, hinter der sich unbekanntes Gebiet erstreckte, mit nie gesehenen Bergen und Pflanzen und demzufolge auch fremden Geistern. Sie schaute über das wüstenähnliche Tal, das sich bis zum Horizont erstreckte. Sie wusste, dass äußerste Vorsicht geboten war, um nicht versehentlich einen der Geister zu kränken. Bevor sie den ersten Schritt die Böschung hinunter tat, sagte sie deshalb: »Geister dieser Region, wir haben nichts Böses im Sinn, wir wollen euch nicht den Respekt verweigern. Wir kommen in friedvoller Absicht.« Sie nahm den Jungen fest an der Hand, hob den rechten Fuß und setzte ihn entschlossen auf verbotene Erde.
Payat begann zu weinen. Er zerrte an Marimis Hand und deutete zurück in die Richtung, aus der sie gekommen waren, rief nach seiner Mutter.
Aber Marimi umfasste seine Schultern, sah ihm tief in die Augen und sagte: »Wir können nicht zurück, mein Kleiner. Nie wieder. Ab jetzt bin ich deine Mutter. Ich bin deine Mutter.«
Payat schniefte noch eine Weile, dann versiegten die Tränen, und er schob seine kleine Hand in die von Marimi. »Wohin gehen wir?«, fragte er.
Sie wies zur Sonne, dem riesigen roten Ball am westlichen Himmel, gegen den sich ihr Beschützer, der Rabe, scharf abzeichnete.
Payat bemerkte als Erster die Geier, die über ihnen kreisten.
»Warum führt uns der Rabe nicht zu einer Wasserstelle?«, quengelte er mit trockenen, aufgesprungenen Lippen.
»Ich weiß es nicht«, keuchte Marimi unter der Last des Jun-

gen, den sie auf dem Rücken trug, weil er zum Laufen zu schwach war. »Vielleicht hält er Ausschau danach.«
»Diese Vögel wollen uns auffressen«, sagte Payat und meinte die Geier.
»Sie sind nur neugierig. So was wie uns haben sie noch nie gesehen. Sie wollen uns nichts tun.« Der kleine Junge gab sich mit dieser Notlüge zufrieden.
Viele Tage und Nächte waren sie nun schon unterwegs und hatten eine große Strecke zurückgelegt, an mächtigen und zerklüfteten Klippen vorbei und durch tiefe Canyons, über hügeliges Gebiet und endlose Sandflächen mit nichts weiter als übermannshohen Kakteen, immer dem Raben folgend, der westwärts flog, immer weiter westwärts.
Nachts ruhte sich der Rabe aus, auf einem Felsen oder einem Kaktus oder Baum, und dann rasteten auch Marimi und der Junge, um tags darauf dem Raben erneut auf seinem Flug nach Westen zu folgen. Wohin führte er sie? Zu einem anderen Volk? Marimi beschlich eine leise Unruhe, denn bald würde ihr Baby geboren werden, und es war undenkbar, dass dann nicht ein Schamane bereitstand und die Götter um ihren Segen bat. Wie sollte ihrem Baby Schutz und Wohlwollen der Götter ohne die Fürsprache eines Schamanen zuteil werden?
Während ihres langen Marsches hatten sich Marimi und Payat von den Bohnen des Mesquitestrauchs ernährt, von wilden Pflaumen, Datteln und Kaktusknospen. Wenn sie auf die Jagd gingen und erfolgreich waren, gab es anschließend geschmortes Kaninchen mit wilden Zwiebeln und Pistazien. Fanden sie einmal weder einen Flusslauf noch eine Quelle, löschten sie ihren Durst, indem sie an den dicken Stämmen der Feigenkakteen saugten, die reichlich Flüssigkeit enthielten.

Wo immer sie hinkamen, bewiesen sie dem Land ihren Respekt. Bevor sie etwas von einem Baum brachen, ein Tier töteten, sich an einer Quelle labten oder eine Höhle betraten, wurde ein schlichtes Zeremoniell abgehalten, das eine Bitte beinhaltete oder eine Würdigung. »Geist dieser Quelle«, pflegte Marimi dann beispielsweise zu sagen, »ich bitte dich um Vergebung, dass wir von deinem Wasser nehmen. Mögen wir gemeinsam den Kreis des Lebens vollenden, das uns vom Schöpfer all dessen gegeben worden ist.« Auch Schlingen mit Ködern legte sie aus, und wenn sie sich dann mit dem Jungen hinter den Felsen versteckte, küsste sie ihren Handrücken, um durch dieses schmatzende Geräusch Vögel anzulocken. Und wenn ihr mit diesem Trick ein Fang gelang, bat sie das Tier um Verzeihung und darum, dass sein Geist sie vor seiner Rache verschone.
Einmal, als der Boden grummelte und so heftig schwankte, dass sie und Payat zu Boden stürzten, erschrak Marimi fürchterlich. Bis sie ein Stück zurückging und entdeckte, was zu dem Beben geführt hatte: Sie hatte unabsichtlich das Erdloch einer Schildkröte zertreten. Sie entschuldigte sich bei Großvater Schildkröte und legte die Öffnung zur Behausung des Reptils wieder frei.
Niemals vergaß sie ihre Schuldigkeit dem Mond gegenüber. Wenn sie und Payat etwas aßen, ließen sie immer einen Rest davon übrig, als Gabe für die Mondgöttin, die sie errettet hatte.
Hin und wieder kamen sie durch Gegenden, die darauf hindeuteten, dass hier bis vor kurzem Menschen gelebt hatten: rußgeschwärzte Steine, Knochen von Tieren, Nussschalen. Manchmal wiesen diese Überreste weit in die Vergangenheit zurück, beispielsweise Felszeichnungen, die aussahen, als wären sie vor Urzeiten in den Stein geritzt worden. Marimi war

es, als würden die Geister der Menschen aus jener Zeit ihren und Payats Weg durch das fremdartige Land begleiten, über den heißen Sand, im Schatten mächtiger Dattelpalmen. Dann fragte sie sich, was wohl die Geister von diesen Eindringlingen hielten, die da über das ihnen angestammte Land zogen, und bat sie jedes Mal um Nachsicht, versicherte sie ihrer und Payats Hochachtung.
Der Mond hatte sich seit der Nacht, da Marimi zu ihm gebetet hatte, bereits fünfmal erneuert, unablässig und voller Ehrfurcht beobachtet von der jungen Frau. Nur der Mond konnte in einem endlosen Zyklus von Tod und Geburt vergehen und wieder geboren werden, und nur der Mond spendete des Nachts, wo es gebraucht wurde, Licht, wohingegen die Sonne tagsüber leuchtete, wenn man keines benötigte. Und wenn sie unter dem Mondlicht dahinwanderte, schritt Marimi trotz der Last auf ihrem Rücken und in ihrem Leib zügiger aus, fühlte die Kraft des Mondes durch ihre Adern fließen. Mit jedem Schritt wuchs ihre Energie.
Auf ihrem schier endlosen Weg immer in westlicher Richtung ließ sie ihre Gedanken zu den Sternen fliegen, dort verweilen und dann mit neuem Wissen zurückkehren. Sie wusste bereits etwas, das zu wissen ihrem Volk versagt worden war: dass ein jeder zu den Göttern beten konnte, ohne die Fürsprache eines Schamanen. Die Erfahrung hatte sie auch gelehrt, dass die Welt nicht unbedingt, wie die Topaa glaubten, feindselig war. Gewiss, da gab es überall Geister, aber sie waren nicht ausschließlich böse. Es gab auch freundlich gesinnte, die man um Hilfe und Beistand anrufen konnte, etwa die Vögel, die in der Dämmerung am Himmel kreisten und dadurch auf eine Wasserstelle unter sich hinwiesen. Während die Schamanen der Topaa ihrem Volk weismachten, einzig Furcht sichere das Überleben, lernte Marimi im Laufe ihrer

langen Wanderung über Geröll und vorbei an Kakteen, herumlungernden Kojoten und behäbig dahinziehenden Schildkröten, dass gegenseitige Achtung und gegenseitiges Vertrauen ebenfalls dazu beitrugen, am Leben zu bleiben.
Wenn der Mond nachts mit seinem Licht die karge Landschaft verklärte und ihren Weg beleuchtete, konnte Marimi einfach nicht begreifen, warum die Topaa die Mondgöttin für zornig und furchterregend hielten. Es war nicht nur tabu, zum Mond emporzuschauen; das Volk fürchtete die Göttin wegen ihrer uneingeschränkten Macht über Menstruationsblut, Geburtszyklen und die unergründlichen Geheimnisse der Frauen. Genauso fürchteten die Topaa die Sonne. Sie verbrannte die Haut und entfachte Feuer, löste Dürreperioden aus, war ständig feindlich gesinnt und nur durch die Fürsprache eines Schamanen zu besänftigen. Marimi und Payat dagegen lernten die warme Sonne morgens auf ihren Gliedern schätzen, und sie beobachteten, wie die Blumen sich der Sonne zuwandten und ihren Lauf am Himmel verfolgten. Demnach konnte nach Marimis Verständnis das, was ihr Volk fürchtete, auch geliebt werden, und sie fing an, den Gott der Sonne als Vater anzusehen, der zwar unerbittlich, aber wohlwollend war, und die Göttin des Mondes als milde, liebevolle Mutter.
Jetzt aber befanden sie sich in einer Gegend, in der es kein Wasser gab, keine Beeren oder Samenkörner, und das, was sie an Büschen fanden, war bitter und trocken. Selbst kleine Tiere verkrochen sich in ihren Bau. Marimi trug den Jungen auf dem Rücken, und weil sich ihre Sandalen längst aufgelöst hatten, waren ihre nackten Füße wund und bluteten. Sie lutschten an Kieseln herum, um den Durst zu betäuben. Sie machten an ausgetrockneten Flussbetten Halt, die ja gelegentlich unterhalb der Oberfläche, am tiefsten Punkt an der

Innenseite einer Krümmung, noch einen Rest Wasser aufweisen. Aber sie stießen auf keins.
Schließlich konnten sie nicht mehr weiter. Marimi bettete Payat auf den Sand und reckte sich. Ihr Baby strampelte unentwegt, als wäre es ebenfalls durstig. Als sie nach ihrem Raben Ausschau hielt, konnte sie ihn nirgends entdecken. Hatte ihr Schutzgeist sie in dieser rauen Wildnis allein gelassen? Hatten sie und Payat unterwegs versehentlich irgendeinen Geist gekränkt, möglicherweise eine Schlange verschreckt oder nicht genug Dankbarkeit bezeugt, als sie die letzte Kaktusfrucht zerteilt hatten?
Die Hand schützend über den Augen, musterte sie die öde Landschaft, in der lediglich gedrungene, verwitterte Pflanzen wuchsen und ein trockener Wind leise wehklagend über den Sand strich. In der Ferne, inmitten des hartgebackenen Lehms, sah sie silbrige Wellen schimmern, aber mittlerweile wusste sie, dass das kein Wasser war, sondern ein Trugbild der Geister der Wüste. Sie blickte hinauf ins gleißende Sonnenlicht. Zu ihm, so sagte sie sich, zum Gott der Sonne, ihrem Vater, musste sie beten, jetzt, da der Mond sich zur Ruhe begeben hatte.
Als sie die Arme hob und nach den geeigneten Worten suchte, durchfuhr sie plötzlich ein Kopfschmerz, der sie in die Knie zwang. Die Hände an die Augen gepresst, überließ sie sich dem Schmerz und hatte plötzlich die Vision von einem Kind, das sich verlaufen hatte und zwischen Felsen herumirrte. Sie sah es von oben, wie durch die Augen eines Vogels. Und dann sah sie Menschen, die das Kind suchten, aber in der falschen Richtung, und sich so bei ihrem Bemühen, es aufzuspüren, immer weiter von ihm entfernten.
Kaum war der Schmerz verebbt, sagte sie zu Payat: »Der Rabe hat mir einen Jungen gezeigt, der sich verlaufen hat. Wir müssen ihn finden, ehe die Geier über ihn herfallen.«

Sie entdeckten den Jungen in einem ausgetrockneten, steinigen Flussbett, bewusstlos und fast verdurstet, aber noch am Leben. »Mein armer Kleiner«, flüsterte Marimi und kniete sich neben ihn. »Schau mal, Payat, er hat sich den Fuß verletzt.« Der Knöchel des Kindes war aufgerissen und blutete, blutverschmiert waren auch die Felsen, über die er geklettert war.

Marimi lehnte sich zurück und lauschte, schnupperte. Sie schloss die Augen und spürte der Vision nach, die der Rabe ihr aus der Vogelperspektive gezeigt hatte. »Da ist ein Bach«, sagte sie zu Payat und deutete über das Geröll.

Zuerst stillte Marimi Payats Durst und dann ihren eigenen, brachte auch dem Kind Wasser, das sie ihm tröpfchenweise einflößte. Sie pflückte am Ufer Gundelrebe, wickelte die frischen Blätter um den Knöchel des Kindes. Es gab Fische im Wasser; Payat fing sie mit einem Korb, und an diesem Abend, am Lagerfeuer, das so hell war wie der Vollmond, konnten sich die drei nach Herzenslust satt essen.

Tags darauf hatte sich der Junge bereits weitgehend von seinem Schrecken erholt. Er heiße Wanchem, sagte er, aber den Namen seines Clans oder den seiner Familie kannte er nicht, wusste auch nicht, wo er zu Hause war. Als Marimi überlegte, wie sie es anstellen sollte, ihn zu seinem Volk zurückzubringen, sah sie den Raben wieder, der ungeduldig am Himmel kreiste. Es blieb ihr keine andere Wahl, als ihm zu folgen. Also schulterte sie Korb und Decke, ergriff ihren Speer, setzte sich Wanchem auf die Hüfte, nahm Payat an der Hand und zog einmal mehr der untergehenden Sonne entgegen.

Schließlich gelangten sie zum Westrand der Wüste, wo zerklüftete hohe Berge senkrecht emporragten. Marimi fand einen Durchgang, und nach beschwerlichen Tagen breitete sich vor dem Trio eine üppig grüne Ebene aus, von einem Grün, wie sie es noch nie gesehen hatten, durchsetzt mit Bäumen, so weit das Auge reichte, mit Flüssen und Teichen und sanften Hügeln. Auf ihrem Abstieg hinunter ins Tal stießen sie auf einen ehemaligen Trampelpfad, und da sie mutmaßten, er werde sie zu Nahrung und Wasser führen, folgten sie ihm. Und tatsächlich fanden sie sich nach einer Weile umgeben von Bäumen voller Früchte und Nüsse, von klaren, fischreichen Wasserläufen. Am liebsten wäre Marimi stehen geblieben und hätte gesagt: Hier sind wir zu Hause. Aber der Rabe flog immer weiter nach Westen, und Marimi folgte ihm, ohne eine Sekunde zu zögern.

Sie gingen den Pfad weiter, durch Lichtungen und offenes Land, über sumpfiges Gebiet und an großen, mit einer schwarzen Masse gefüllten Tümpeln vorbei, an deren Oberfläche es brodelte und die einen beißenden Gestank verbreiteten. Noch immer gen Westen zu, begegneten sie gelegentlich ein paar Leuten, die freundlich waren, aber sich einer für Marimi unverständlichen Sprache bedienten. Sie lebten in kleinen Rundhütten und teilten ihr Essen mit den Wanderern. Hin und wieder unterbrach Marimi ihren Weg, um nach einem kranken Kind oder Erwachsenen zu sehen, behandelte den Patienten mit Heilkräutern aus ihrem Gepäck.

Und dann wurde die Luft allmählich kühler, frischer und roch nach Salz. Als Marimi schließlich in der Ferne die begrünten Berge erblickte, spürte sie, dass ihr Ziel in Reichweite lag. Bald, so versicherte sie Payat und Wanchem, würde der Rabe sich endgültig niederlassen.

Als sie sich den Ausläufern der bewaldeten Berge näherten, ballten sich dunkle Wolken am Himmel zusammen. Wind zog auf, beutelte den Raben und hinderte ihn am Fortkommen. Er

kreiste über ihnen, derweil Marimi die beiden Knaben an sich zog und die Kaninchendecke um sie schlang. Als der Sturm losbrach, kauerten sie sich unter eine gewaltige Eiche und wurden Zeuge, wie Bäche anschwollen, Schluchten und Felsen überschwemmten und die drei verschreckten Wesen mitzureißen drohten. Entsetzt sahen sie mit an, wie Erdschollen abbrachen und sich mit einer breiten Schlammlawine zu Tal wälzten. Der Wind heulte und zerrte an der knorrigen Eiche. Marimi verlor ihren Raben aus den Augen und fragte sich beklommen, ob sie und die Knaben ein Tabu gebrochen hätten und jetzt bestraft würden.
Und dann setzten die Wehen ein.
Sie ließ die beiden Jungen unter dem Baum zurück und stürzte hinaus in den Regen, auf der Suche nach einer Zuflucht. Blindlings tappte und stolperte sie über Geröll und niederes Buschwerk in Richtung der Berge, an deren Fuß sie ein trockenes Plätzchen zu finden hoffte und Schutz vor dem Unwetter.
Durch die herniederprasselnden Wassermassen machte sie schließlich die schwarzen Umrisse des Raben aus, der Wind und Wetter trotzte und sie zu einer höhergelegenen Felswand lockte. Vor den Felsbrocken ließ er sich nieder, schüttelte sich und sah sie in stummer Zwiesprache eindringlich an. Marimi kletterte über die Felsen, nicht ohne immer wieder auf dem nassen Untergrund auszurutschen, und stellte dann fest, dass sich hinter den Findlingsblöcken, auf denen der Rabe hockte, in der Wand eine Schlucht öffnete. Als sie sich näher in dem schmalen Tal umsah, entdeckte sie den Eingang zu einer Höhle – ein sicheres Plätzchen für sich und die beiden Jungen. Später, wenn ihr Baby geboren und sie wieder bei Kräften war, wollte sie zu den Findlingsblöcken zurückgehen und zwei Zeichnungen in den Fels ritzen: das Symbol ihres Raben, aus

Dankbarkeit dafür, sie hierher geleitet zu haben, und das Symbol des Mondes, der ihre Gebete erhört hatte.

Marimi war nicht überrascht, zwei Mädchen zu gebären, waren doch in ihrer Familie seit Generationen nur Mädchen zur Welt gekommen. Als sie sich etwas erholt hatte, flog der Rabe hinauf zum Kamm des Berges, und Marimi kletterte ihm mit ihren Babys sowie Wanchem und Payat hinterher. Oben angekommen, blieben sie wie gebannt stehen.

Sie waren am Ende der Welt angelangt: Vor ihnen erstreckte sich die größte Wasserfläche, die Marimi je gesehen hatte. Das muss das Land der Toten sein, überlegte sie, der Ort, zu dem sich die Topaa nach ihrem Tod begaben. Ein atemberaubend majestätischer Ort.

Der Rabe hatte sich in einer Eiche niedergelassen. Er trug etwas im Schnabel. Das ließ er jetzt fallen, ehe er auf Nimmerwiedersehen davonflog. Marimi hob dieses Etwas auf, einen seltsamen, wunderschönen Stein, rund und glatt und blauschwarz wie die Feder eines Raben. Als sie die Finger um ihn schloss, spürte sie aus ihm die Kraft des Rabengeistes auf sich übergehen.

Wieder blickte sie auf das blassblaue Wasser und sah unweit der gegenüberliegenden Küste dünne Rauchwolken von Kochstellen aufsteigen. »Von diesen Menschen werden wir uns fern halten«, sagte sie. »Sie haben Bräuche und Tabus und Gesetze, die sich wahrscheinlich von unseren unterscheiden. Da man uns verstoßen hat, werden wir von nun an ein eigenes Volk sein. Dies soll unser Zuhause werden. Wir wollen es den Ort des Volkes nennen«, fügte sie hinzu, wobei sie die Worte in ihrer Sprache zusammensetzte: *Topaa,* das bedeutete »das Volk«, und *ngna* »der Ort des«.

Sie verließen die Höhle von Topaa-ngna und zogen in das marschähnliche Umland des Ozeans, nicht weit von den Ausläufern der Berge entfernt. Sie errichteten Rundbauten und jagten niederes Wild und zogen einmal im Jahr ins Gebirge, um Eicheln zu sammeln. Die Höhle suchte Marimi immer dann auf, wenn sie um Rat von ihrem Raben nachsuchte, und sie sah zum Mond, wenn sie spürte, dass die Gabe des Geistes sie überkam. Mit heftigen Kopfschmerzen machte sie sich dann schnurstracks auf in das kleine Tal und hockte sich in die dunkle Höhle, überließ sich ihren Visionen. Auf diese Weise vermittelten sich ihr die Gesetze, die für ihre neue Familie gelten sollten.

Ihr war bewusst, wie ungemein wichtig es war, über den Clan sowie über die zweite und die erste Familie genau Bescheid zu wissen. Denn darüber in Unkenntnis zu verweilen konnte dazu führen, dass man unwissentlich ein Tabu brach. Deshalb versuchte sie, sich Wanchems Abstammung zurechtzubasteln. Da der Rabe sie zu ihm geführt hatte, ordnete sie ihn kurz entschlossen dem Raben-Clan zu, seine zweite Familie wurde zu dem Volk, das mit dem Kaktus lebt, und seine erste Familie Marimis neue: »Das Volk, das Eicheln isst.«

Die kleine Familie gedieh und wurde größer. In ihrem vierten Winter in den Bergen fiel Schnee und bedeckte Bäume und Gewässer. Ein Bärenjäger, der sich verirrt hatte, suchte Zuflucht in Marimis Höhle, wo sie ihn fand. Er blieb bis zum Frühjahr in der Familie, dann zog er weiter. Im Sommer gebar Marimi die Babys, die sie von ihm empfangen hatte, wiederum Zwillingsmädchen.

Als die Kinder größer wurden und sich dem heiratsfähigen Alter näherten, fing Marimi an, sich Gedanken um Tabus und Familienbande zu machen. Nach den geltenden Regeln, die nicht von ihr stammten, sondern zu Anbeginn der Zeit von den Göttern ergangen waren, durfte ein Bruder nicht seine Schwester heiraten, genauso wenig wie die ersten Cousins mütterlicherseits untereinander. Wurden diese Gesetze gebrochen, konnte ein Stamm krank werden und sterben. Aber Marimi wusste, dass diese Regel nicht für erste Cousins mütterlicherseits und erste Cousins väterlicherseits galt, und was die Familie brauchte, war neues Blut. Deshalb suchte sie in der Höhle um Rat nach, und der Geist des Raben bedeutete ihr, sich in einem benachbarten Stamm nach einem Ehemann umzuschauen und ihn zurückzubringen.

Mit ihrem Speer und einem Korb Eicheln zog Marimi ostwärts, zu einem Dorf, durch das sie vor längerer Zeit gekommen war. Dort bot sie Perlen an, die sie in Muscheln gefunden hatte und die sehr geschätzt waren; dem zukünftigen Ehemann versprach sie große Mengen Eicheln und reiche Fischgründe. Er müsse jedoch, sagte sie, nach Art der Topaa leben und zu einem der Ihren werden. Seine Familie stimmte zu, denn es schien klug, mit einem Stamm an der Küste, wo es viel Otterfell und Walfleisch gab, eine Verbindung einzugehen. Der erwählte Ehemann war vom Hirsch-Clan, dem Volk, das auf schwankendem Boden lebt, »Bewohnern der Sümpfe«. Jetzt schloss er sich dem »Volk, das Eicheln isst« an.

Als Marimis erstgeborene Töchter zu Frauen wurden, heirateten sie Payat und Wanchem. Auch eine Tochter des Bärenjägers heiratete Payat, den Marimi zum Häuptling ihres kleinen Stamms erhoben hatte, als dem, dem mehr als nur eine Frau zustand. Die zweite Tochter des Jägers fand einen Gatten in einem Mann aus dem Osten, der ursprünglich Otter jagen wollte und sich dann zum Bleiben entschlossen hatte. Marimis Ehemann aus dem Hirsch-Clan schenkte ihr drei Söhne und vier Töchter, die zu gegebener Zeit heirateten und den Stamm vergrößerten.

Im Laufe der sich abwechselnden Jahreszeiten unterwies Marimi ihre Töchter und Enkelinnen im Flechten von Körben und wie man dazu sang, damit dem Korb Leben und auch Geist eingehaucht wurde. Sie lehrte die Heranwachsenden die Regeln und Tabus der Topaa: dass man Heuschrecken und Grillen nur dann essen durfte, wenn es genug davon gab; dass bei der Eichelernte immer ein paar liegen gelassen werden mussten, um auch für das nächste Mal eine reiche Ernte sicherzustellen; dass ein Mann seiner Frau während der fünf Tage ihres Mondes nicht beiliegen durfte; dass der Jäger nicht von dem von ihm erlegten Wild aß, sondern vom erlegten Wild eines anderen Jägers. Ohne Verhaltensregeln und ohne die Tabus zu kennen, sagte sie, fände man sich im Leben nicht zurecht. Dass es Verhaltensregeln gab, hatte die Natur die Topaa gelehrt: Katzen paarten sich nicht mit Hunden, Wild aß kein Fleisch, die Eule jagte nur nachts. Und so wie die Tiere sich an bestimmte Regeln hielten, sollten es auch die Topaa tun.

In einem Herbst wurden die Eichen von einer Dürre heimgesucht; ihre Früchte fielen wie Asche zu Boden, und alles an kleinerem Getier verschwand, sodass sie nicht einmal mehr ein Eichhörnchen braten konnten. Die Familie litt zusehends Hunger, bis Marimi sich darauf besann, dass sie dereinst den Mond um Hilfe angefleht hatte. Jetzt betete sie abermals zu ihm, respektvoll, versprach, sich dankbar zu erweisen. Und das Wunder geschah: Eine Nacht später wurden Fische ans Ufer gespült, quicklebendige Fische. Sogleich ordnete Marimi an, mit Körben den Strand abzusuchen und die Fische einzufangen, die, wenn sie getrocknet waren, ausreichend Nahrung bis hinein ins Frühjahr boten, wenn es wieder Beeren und Samenkörner im Überfluss geben würde. Aus Dankbarkeit veranlasste Marimi, dass ihre Kinder das nächste Mal, als wieder Fische ans Ufer gespült wurden, einige zurück ins Wasser warfen. »Was wir von den Göttern nehmen«, sagte sie, »geben wir den Göttern zurück.«

Auch welche Bedeutung dem Geschichtenerzählen zukam, schärfte Marimi ihrer Familie ein, und dass die Geschichten weitergegeben werden müssten, damit der Clan über seine Vergangenheit Bescheid wisse und die Vorfahren in Erinnerung behalte. Dementsprechend erzählte sie ihnen jede Nacht am Lagerfeuer von der Erschaffung der Welt und der Erschaffung der Topaa, Geschichten von den Göttern und lehrreiche Fabeln. Sie unterwies sie darin, voller Ehrfurcht zur Sonne und zum Mond zu beten, und klärte sie darüber auf, dass die Topaa Kinder der Götter seien und nicht der Fürsprache eines Schamanen bedürften. Wie alle Eltern vernähmen auch Sonne und Mond gern die Stimmen ihrer Kinder, vorausgesetzt, sie verhielten sich respektvoll und gehorsam und versprächen, sich ehrerbietig zu erweisen. Dann würden die Götter ihre Kinder beschützen und für ihr Wohlergehen sorgen.

Wieder und wieder hielt Marimi im Laufe der Jahre inne und blickte gen Osten, wo eine kleine gelbe Sonne über den Gipfeln aufging. Wenn sie dann an ihre Mutter und den Clan dachte, spürte sie im Herzen einen stechenden Schmerz.

Als Marimis Haar so weiß geworden war wie der Schnee, der ihr vor langer Zeit den Bärenjäger zugeführt hatte, und sie wusste, dass sie bald die Reise nach Westen über den Ozean, zu ihren Vorfahren, antreten würde, hielt sie sich tagsüber nur noch in der Höhle auf und mischte Farben: Rot aus der Rinde der Erle, Schwarz aus Holunderbeeren, Gelb aus Hahnenfuß, Purpur aus Sonnenblumen. Damit zeichnete sie in Form von Piktogrammen, die sie auf die Wände der Höhle malte, gewissenhaft ihren Weg durch die Große Wüste auf, um für nachfolgende Topaa die Geschichte ihres Stammes festzuhalten.

Schließlich legte sie sich zum Sterben nieder, im Kreise ihrer Familie, die jetzt neun Familien aus fünf Stämmen und vier Clans umfasste sowie Brüder einer Gruppe, die Schwestern einer anderen geheiratet hatten, und Fremde, die hinzugekommen und weitere Töchter geheiratet hatten; alle Mitglieder der jüngsten Generation stammten direkt oder indirekt von Marimi ab. Sie hatte sie gelehrt zu jagen und Nüsse zu sammeln, das Korbflechten und die Lieder ihrer Vorfahren, die Verehrung der Mondgöttin und in Eintracht mit den Geistern zu leben, die jedem Tier innewohnten, jedem Fels und jedem Baum. Sie hatte ihnen eingeschärft, nie zu vergessen, dass sie Topaa waren.

Payat, inzwischen selbst Großvater, lächelte traurig, als Marimi ihm segnend die Hand auflegte. »Denk immer daran«, sagte sie, »in meiner Familie darf niemand verstoßen werden. Es soll keine lebenden Toten geben, wie du und ich es einst waren. Unterweise unser Volk darin, nicht wie wir damals in Furcht und Hilflosigkeit zu leben, sondern in Liebe und Frieden.«

Dann sagte sie: »Vergiss nicht, den Kindern unsere Geschichte zu erzählen, von unserem langen Weg von Osten her und wie die Erde gebebt hat, als wir auf den Unterschlupf von Großvater Schildkröte traten, wie wir Wanchem am geheimnisvollen Fluss fanden und wie der Mond uns beschützt und unseren Weg erhellt hat. Halte die Kinder an, diese Geschichten in sich aufzunehmen und sie ihren Kindern weiterzuerzählen, auf dass kommende Topaa-Generationen um ihre Anfänge wissen.«

Dann rief sie ihre Urenkelin, die seit ihrer Kindheit von quälenden Kopfschmerzen und Halluzinationen heimgesucht wurde, was Marimi nicht länger als ein Leiden ansah, sondern als einen Segen. Sie legte dem Mädchen die Hand auf und sagte: »Die Götter haben dich auserwählt, meine Tochter. Sie haben dir die Gabe verliehen, die Geister anzurufen. Deshalb gebe ich dir meinen Namen, denn ich werde zu unseren Vorfahren gehen, und dadurch, dass du meinen Namen annimmst, wirst du ich werden, Marimi, die Medizinfrau des Clans.«

Sie bestatteten sie mit großem Zeremoniell und zusammen mit ihren Medizinbeuteln, ihrer Speerschleuder, ihren Haarnadeln und Ohrringen in der Höhle von Topaa-ngna und entsandten ihren Geist nach Westen. Den Geisterstein des heiligen Raben jedoch behielten sie und hängten ihn dem auserwählten Mädchen um den Hals, das jetzt den Namen Marimi trug und fortan die Medizinfrau des Clans sein würde, deren Aufgabe es war, bis zum Ende ihres Lebens über die Höhle der Ersten Mutter zu wachen.

Kapitel 3

Dein Name lautet Zieht mit der Sonne, und du warst mit Jägern unterwegs; du hast dich von der Gruppe zu weit entfernt und verirrt und deshalb hier niedergelassen und diesen Ort zu deinem Heim gemacht.

Nein, überlegte Erica, als sie die Fotos von dem Skelett in der Höhle betrachtete. Diese Frau würde sich niemals verirren.

Du bist Seehund-Frau und in einem langen Kanu vom Nordwesten hierher gekommen. Du und dein Liebster flohen vor den Stammes-Tabus, die euch eine Heirat untersagten.

Oder du kamst von weit westlich gelegenen, längst wieder im Meer versunkenen Inseln und wurdest nach einer Göttin benannt.

Während sie sich mit Daumen und Zeigefinger die Nasenwurzel rieb, lehnte sich Erica von ihrem Arbeitstisch zurück, reckte sich und ließ zur Lockerung Kopf und Schultern kreisen. Sie warf einen Blick auf die Uhr. Wo war nur die Zeit geblieben?

Sie griff nach dem kalt gewordenen Kaffee und schaute nachdenklich auf das Sammelsurium vor sich – Artefakte, die untersucht und beschriftet und katalogisiert werden mussten. Der Wohnwagen, in dem sie saß, war zu einem Labor umfunktioniert worden und beherbergte jetzt wissenschaftliches Gerät, Mikroskope, hochbeinige Hocker sowie ein schwarzes

Brett mit Pins, Zetteln und Zeichnungen. Draußen wurde es allmählich dunkel; Erica war allein im Labor, wo sie die letzten Fundstücke des Tages sortiert hatte. Die anderen hielten sich entweder noch beim Essen im Zelt der Cafeteria auf oder hockten irgendwo im Camp zusammen.

Nachdem sie den Schädel im Boden der Höhle freigelegt hatte, hatte Sam Carter einer groß angelegten Ausgrabung zugestimmt. Die Umweltschutzbehörde hatte grünes Licht gegeben, worauf Sam, der zum Projektleiter bestimmt wurde, trotz scharfer Kritik innerhalb und außerhalb des Staatlichen Archäologischen Instituts Erica die ehrenvolle Aufgabe übertrug, die Arbeiten vor Ort durchzuführen. »Seien Sie objektiv, Erica«, hatte er sie jedoch gewarnt. »Nach der Schlappe mit dem Chadwick-Schiffswrack hätte sich manch einer gewünscht, man würde Sie hochkant rausschmeißen. Aber Sie sind eine gute Anthropologin, und ich finde, Ihre Karriere sollte wegen eines einzigen Ausrutschers nicht gleich den Bach runtergehen.«

Erica hatte versprochen, vorsichtig zu sein, und sich mit dem für sie charakteristischen Elan und Eifer an die Arbeit gemacht. Als Erstes wurde der Boden der Höhle mit Pflöcken und Seilen abgesteckt, dann hatte sie mit der Kante eines kleinen Spatens vorsichtig die oberste Schicht abgekratzt und ihrem Überschwang zum Trotz darauf geachtet, nicht weitere Schichten mit eventuell tiefer liegenden historischen Schätzen zu durchstoßen. Die abgekratzte Erde wurde in Eimer gefüllt und nach oben gehievt und dann von Praktikanten nach archäologisch Verwertbarem durchgesiebt.

Außerhalb der Höhle gingen Geologen, Ingenieure und Bodenspezialisten gewissenhaft ihren Aufgaben nach. Am Emerald Hills Drive herrschte alles andere als beschauliche Ruhe.

Und Jared Black, natürlich, hatte *seinen* Job.

Ein Wettrennen war entbrannt. Jared fiel es zu, so schnell wie möglich den oder die Indianer ausfindig zu machen, die mit an Sicherheit grenzender Wahrscheinlichkeit als Nachfahren in Frage kamen, und ihnen dann die Höhle samt Inhalt zu übereignen. Wenn es dazu kam, würde Erica aller Voraussicht nach ohne Job dastehen. Sie war Angloamerikanerin, und falls man die Höhle den Ureinwohnern zusprach, würden die ihre eigenen Leute mit der weiteren Ausgrabung betrauen oder aber die Arbeiten einstellen und die Höhle versiegeln. Deshalb machte Erica so viele Überstunden, wollte unbedingt den Geheimnissen der Höhle auf die Spur kommen, ehe Jared Black sein Ziel erreichte.

Der erste Besucher, mit dem er hier aufgetaucht war, war Antonio Rivera gewesen, Häuptling des Stammes der Gabrieliño, der möglicherweise die Malerei identifizieren konnte, was Jared erlauben würde, die Räder der Justiz in Bewegung zu setzen. Da der Besucher im fortgeschrittenen Alter war, hatte man ihn auf einem Stuhl in die Höhle hinabgelassen. Als Häuptling Rivera sich dann in die Betrachtung der Piktogramme versenkte, hatte Erica die Arbeit unterbrochen und beobachtet, wie sein kupferfarbenes, verwittertes und von unzähligen Fältchen zerfurchtes Gesicht zu einer Maske erstarrte, die hellwachen Augen dagegen von einem Symbol zum anderen huschten, innehielten, ein Detail fixierten, darauf starrten, es einsogen, weiterwanderten. Fast eine Stunde lang hatte er dagesessen, ohne sich zu bewegen, steif und starr, die grobschlächtigen, schwieligen Hände flach auf die Knie gelegt, nur die Augen hatten die prächtige Wandmalerei aufgenommen. Schließlich hatte er sich mit einem brüchigen Seufzer erhoben und gesagt: »Nicht von meinem Stamm.«

Alle möglichen Stammesmitglieder schleppte Jared in die Höhle – Tongva, Diegueño, Chumash, Luiseño, Kemaaya –

Junge und Alte, Männer und Frauen, in Anzügen oder Jeans, das Haar gestutzt oder zu Zöpfen geflochten. Da standen oder saßen sie dann rum und sannen den unergründlichen Geheimnissen der uralten Malerei an der Wand nach. Und wenn sie dann wieder abzogen, schüttelten sie jedes Mal den Kopf und sagten: »Nicht mein Stamm.« Einige der Besucher bedachten Erica mit unverhohlen abschätzigen Blicken, im Gedenken an einstige Tabus in Bezug auf Frauen, die es wagten, sich an geheiligten Orten aufzuhalten. Es gab auch welche, die sich in der Höhle sichtlich unwohl fühlten. Eine Frau vom nördlich von Santa Barbara beheimateten Stamm der Purisima verließ panikartig die Höhle und sagte, sie habe ein Tabu gebrochen; es sei Frauen verboten, einen Blick auf die geheiligten Symbole eines visionären Schamanen zu werfen, und als Folge ihres Besuchs hier unten drohte ihr gesamter Stamm mit einem Fluch belegt zu werden. Einige wenige immerhin bezeugten Erica Bewunderung für ihre Arbeit. Ein junger Mann vom Stamme der Navajo und Professor für Geschichte der amerikanischen Ureinwohner an der Universität von Arizona schüttelte Erica die Hand und sagte, er freue sich darauf, vom weiteren Verlauf ihrer Tätigkeit zu erfahren.
Auch angloamerikanische Experten, die an der Universität die Lebensweisen der Indianer studiert hatten, bot Jared auf. Aber trotz Examen und allem angelesenen Wissen schüttelten auch sie die Köpfe und zogen wieder ab.
Das Bild war nicht das einzige Rätsel in der Höhle.
Da war zum Beispiel das Ein-Cent-Stück von 1814, das sie tags zuvor gefunden hatte. Im Jahre 1814 war es Kaliforniern untersagt, mit Amerikanern Handel zu treiben. Amerikanische Schiffe durften weder in San Pedro noch in San Francisco anlegen, und jeder, der ein Schiff verließ, wurde gefangen genommen und deportiert. Wie also kam eine amerikanische

Münze in die Höhle? Jahre später, als Kalifornien bereits Teil der Vereinigten Staaten war, konnte das nicht geschehen sein, dazu war die Prägung zu scharf. Man sah deutlich den Kranz um die Worte *One Cent* und drum herum *United States of America* und auf der Rückseite das Haupt der Freiheitsstatue, mit einem Kranz auf den Locken und umlaufend zwölf Sterne und die Jahreszahl 1814, alles wie frisch aus der Punze. Eine Münze, die jahrelang in Umlauf war, sähe weitaus abgegriffener aus. Diese hier war kurz nach der Prägung hier gelandet. Und das warf Fragen auf.

Da war noch mehr.

Erica sah sich die Schwarzweißfotos an, die am schwarzen Brett hingen und von einer bemerkenswerten Entdeckung zeugten, die Luke beim Reinigen der Höhlenwände gemacht hatte: die in den Sandstein geritzten Worte *La Primera Madre* – Die Erste Mutter.

Wer war diese Erste Mutter? War das möglicherweise ein Hinweis auf die Identität der Lady?

So nämlich nannten sie sie: die Lady. Die Frau, auf deren intaktes Skelett Erica gestoßen und das dann vorsichtig freigelegt worden war, zusammen mit Grabbeigaben, Überresten von Kleidung, ja sogar langen weißen Haarsträhnen.

Die Geschlechtsbestimmung war leicht gewesen: Das Becken entsprach eindeutig dem einer Frau. Ihr Alter zum Zeitpunkt ihres Todes, das Erica auf zwischen achtzig und neunzig taxierte, wurde anhand ihres Gebisses bestimmt: Die Zähne dieser Frau waren fast bis auf die Kieferknochen abgescheuert, was auf lebenslang mit grobem Sand und Schmutz versetzte Nahrung deutete. Das geschichtliche Alter des Skeletts zu bestimmen war etwas anderes und erforderte eine C^{14}-Analyse. Das Knochengewebe ließ auf ein Alter zwischen neunzehnhundert und zweitausendzweihundert Jahren schließen; allein die Tatsache, dass man der Frau einen Speer und eine Speerschleuder und nicht Pfeil und Bogen mit ins Grab gelegt hatte, untermauerte die These, dass sie vor mehr als fünfzehnhundert Jahren gestorben war.

Darüber hinaus hatte Erica Anhaltspunkte dafür gefunden, dass die Lady eine Medizinfrau gewesen sein musste. Zusammen mit dem Skelett waren Beutel freigelegt worden, die Samenkörner enthielten, sowie geflochtene Körbchen mit Kräutern. Das meiste war verrottet, aber mikroskopische Analysen hatten einiges davon als Heilkräuter identifiziert.

Was dagegen ein Rätsel blieb, war ihre Stammeszugehörigkeit. Die Frau war von stattlicher Größe gewesen, was auf Mojave deutete, einen der Stämme des nordamerikanischen Kontinents von auffallend hohem Wuchs. Die Grabbeigaben entsprachen nicht denen der Chumash, die zudem ihre Toten nicht auf dieser Seite von Malibu Creek bestatteten. Auch eine Gabrieliño konnte die Frau nicht gewesen sein, denn die pflegten ihre Toten einzuäschern. Bei den Indianern aus der Los-Angeles-Senke wiederum war es Brauch gewesen, die Habe des Toten feierlich zu zerstören – ein Pfeil oder ein Speer wurde zerbrochen –, sodass die Objekte starben und ihre Geister dem Besitzer ins Jenseits folgen konnten. Die aufgefundenen Objekte indes waren intakt.

Wer immer sie war und welchem Stamm sie auch angehört haben mochte – die, die sie beerdigt hatten, waren liebevoll und behutsam und mit großer Ehrerbietung zu Werke gegangen. Die Lady war in Seitenlage gefunden worden, die Arme auf der Brust verschränkt, die Knie leicht angewinkelt, der Position eines Fetus oder eines Schlafenden ähnlich. Sie war in eine Decke aus Kaninchenfell gehüllt worden, das sich größtenteils zersetzt hatte, von dem aber doch noch Spuren an dem Skelett hafteten. Um den Hals trug sie mehrere Perlenketten, Perlenstränge auch an beiden Handgelenken. Eine Pollenanalyse hatte ergeben, dass man sie auf Blumen und Salbei gebettet und ihr in Reichweite kleine Essensgaben hingestellt hatte – Samenkörner, Nüsse, Beeren. Die persönliche Habe der Frau war sorgfältig um ihren Leichnam drapiert worden: gefiederte Haarnadeln, gravierte Ohrringe aus Knochen, eine Flöte aus dem Röhrenknochen eines Vogels sowie andere Gegenstände, die Erica nicht identifizieren konnte, denen sie aber rituelle Bedeutung beimaß. Spuren von Ocker ließen vermuten, dass der Leichnam vor der Bestattung rot bemalt worden war.

Während die Geräusche aus dem Camp durch das offene Fenster drangen – jemand spielte Gitarre, ein Volleyball-Match war im Gange –, versetzte sich Erica in längst vergangene Zeiten zurück. Sie starrte auf die Fotos über der Werkbank, auf das weiße Haar und die brüchigen Knochen, die einstmals zu einer lebendigen, atmenden Frau gehört hatten, und verspürte mit einem Mal ein überwältigendes Verlangen, die Geschichte der Lady zu ergründen.

Geschichten waren es doch, die einen Menschen ausmachten und eine Seele einhauchten. Nie würde Erica den Tag vergessen, an dem sie zum ersten Mal den Wunsch gehabt hatte, den Geschichten von Menschen nachzuspüren. Dieser Tag war entscheidend für ihr weiteres Leben gewesen. Sie hatte als Zwölfjährige mit ihrer Klasse ein Museum besucht. In der anthropologischen Abteilung hatten sie die Dioramen betrachtet, und der Lehrer hatte ihnen vom Leben der Indianer in dem rekonstruierten Dorf hinter der Glasscheibe erzählt. Erica war von tiefer Ehrfurcht ergriffen worden, als sie sich vorstellte, dass diese Menschen seit langem tot und doch hier waren und Leuten von heute veranschaulichten, wie sie gelebt hatten! Wie schön es doch war, Menschen nicht sterben

und in Vergessenheit geraten zu lassen, sondern eine lebendige Erinnerung an sie zu bewahren.
Wer bist du?, fragte Erica stumm den ovalen Schädel mit den feinen Wangenknochen und der so zerbrechlichen Kinnlade. Wie war dein Name? Wer hat dich geliebt? Wen hast du geliebt? Allein in der Höhle, um sie herum Dunkel und Stille, war Erica, als sie das spröde Skelett der Lady in der so anmutig angewinkelten Seitenlage freilegte, von einer Zärtlichkeit übermannt worden ähnlich der, die man verspürt, wenn man ein Kind tröstet oder ein Baby stillt. Sie hatte das Gefühl gehabt, dass sie diese vergessenen, sich selbst überlassenen Knochen beschützen musste. Am liebsten hätte sie sie an die Brust gedrückt und in Sicherheit gewiegt.
Seit diesem Augenblick stand ihr Entschluss fest: Sie wollte die Identität der Frau ergründen, bevor Jared Black die rechtmäßigen Eigentümer der Höhle fand.
Vielleicht würde der neueste Fund, der heute Nachmittag in der Höhle ausgegraben worden war, einen entscheidenden Hinweis geben. Das seltsame Objekt hatte in etwa die Größe und Form eines kleinen Fußballs und bestand aus Kaninchenfell, das mit Tiersehnen umwickelt und mit Perlen verziert war. Erica hatte es in einer Schicht unterhalb der mit der Münze von 1814 gefunden, aber oberhalb der, die irdene Scherben enthalten hatte. Da die Indianer des Los-Angeles-Beckens keinen Ton gebrannt, sondern ihre Töpferwaren von durchziehenden Pueblo bezogen hatten, durchstöberte Erica entsprechende Kataloge über südwestliche Töpferkunst, deren Alter und Herkunft feststand. Anhand des Bleigehalts in der Glasur und der Beschaffenheit des Sandsteins hatte sie feststellen können, dass die Töpfe um 1400 herum in Pecos, einem großen Indianerdorf am Rio Grande, gefertigt worden waren. Blieb noch immer eine Zeitspanne von vierhundert

Jahren zu überbrücken, die weitere Analysen erforderlich machte, um das Jahr, in dem das Kaninchenfell in der Höhle hinterlassen worden war, genauer zu bestimmen.

Erica war sich sicher, dass es etwas enthielt. *Die Opfergabe eines Nachfahren, der in der Höhle ein Wunder erfleht hatte – eine Frau, die sich ein Kind wünschte, ein Krieger, der ein junges Mädchen begehrte.*

Erica wollte das Bündel schon öffnen, beschloss dann aber, schon um ihren ermüdeten Augen eine Erholungspause zu gönnen, erst einmal einen Spaziergang zu machen und ein wenig frische Luft zu schnappen. Sie angelte sich aus dem Durcheinander auf ihrem Tisch ein Buch heraus und klemmte es sich unter den Arm.

Hinter dem Zimmerman-Grundstück erstreckte sich der Nordkamm des Canyons, wohingegen die Villa des Produzenten auf dem Südkamm lag, gegenüber des vom Absacken bedrohten Geländes. Hier, zwischen Eichen, Zwergpinien und Chaparral, waren Wohnwagen und Zelte als Unterkunft für Archäologen und Praktikanten aufgestellt worden, die sich vor Ort niedergelassen hatten, um zu sieben und zu säubern, auszusortieren, zu katalogisieren und zu fotografieren, zu analysieren und zu testen, was immer aus der Höhle und aus dem Krater von Zimmermans Swimmingpool angeschleppt wurde – vornehmlich menschliche Knochen.

Tagsüber herrschte reges Treiben. Während Polizei, Katastropheneinsatzkommandos und jede Menge Mitarbeiter der Stadt mit Hausbesitzern, Andenkensammlern und Fernsehteams alle Hände voll zu tun hatten, überprüften vereidigte Landvermesser die Bodenbeschaffenheit der Mesa und verglichen sie mit älteren kartographischen Unterlagen. In der gesamten Umgebung waren sie zugange, mit Wasserwaagen,

Theodoliten, Bohrgerät, Spitzhacken, elektronischen Entfernungsmessern, seismischen Analyseapparaturen und sonstigem Zubehör zum Abfüllen von Bodenproben für Laboranalysen. Da ein weiterer Garten teilweise abgesunken war, bot sich der bizarre Anblick eines kunstvoll auf Renaissance getrimmten und jetzt gespaltenen, schief liegenden Springbrunnens.

Archäologen waren nicht die Einzigen, die sich auf dem Gelände eingenistet hatten. Da waren Leute vom Seismographischen Institut, die ihre überall auf der Mesa und Emerald Hills Estates postierten hochsensiblen Instrumente überwachten; von den Hausbesitzern engagierte Wachposten, die die Villen vor Einbrechern schützen sollten; Bauarbeiter, die abgestellt worden waren, die Klippe, den Swimmingpoolkrater und das Innere der Höhle abzustützen – Männer mit Bauhelmen, die mit den langbeinigen Archäologiestudentinnen flirteten, die man von der Universität in Los Angeles geholt hatte. Viele der Behelmten waren Indianer, die im Zuge der neuen Gesetze angeheuert worden waren, an denen auch Jared Black mitgewirkt hatte. Sein Standpunkt war gewesen, dass sich durch die Baustellenüberwachung an indianischen Grabhügeln nicht nur Jobs für die Indianer anböten, sondern dass dadurch auch das kulturelle Bewusstsein von Stammesangehörigen gestärkt und einschlägige Trainingsprogramme mitfinanziert würden und so Experten zur Verfügung stünden, auf die Baubehörden und Regierungsstellen im Hinblick auf die staatlichen Umweltschutzauflagen nicht verzichten könnten.

Vor Ort, auf der anderen Seite der polizeilichen Absperrung, hatten sich aber auch demonstrierende Indianer eingefunden, die ungeachtet dessen, dass niemand wusste, zu welchem Stamm die Höhle und das Skelett gehörten, eine Einstellung der Ausgrabung forderten. Andere Indianer wiederum waren fürs Weitermachen, in der Hoffnung auf schlüssige Beweise. Jared Black wurde häufig gesehen, wie er im Gespräch mit Demonstranten versuchte, zwischen den aufeinander prallenden Interessengruppen zu vermitteln. Es hatte bereits eine Schlägerei gegeben; Demonstranten waren in Handschellen abgeführt worden. Emotionen schwappten hoch. Seit dem NAGPR-Erlass von 1990 wurden überall im Land Skelette aus Museen und Sammlungen den rechtmäßigen Besitzern zur Wiederbestattung übergeben. So hatte das Smithsonian bereits zweitausend Skelette herausgerückt, die vierzehntausend restlichen sollten folgen. Mit der »Lady« von Emerald Hills dagegen verhielt es sich so, dass, weil ihre Stammeszugehörigkeit noch nicht geklärt war, einige Stämme befürchteten, ein Angehöriger eines rivalisierenden Stammes könnte sich der Knochen bemächtigen und sie und ihre Nachkommen mit einem Fluch belegen.

Als Erica durch das lärmende Camp schritt, warf sie einen Blick hinüber zu Jared Blacks protzigem Winnebago, der mit seiner Länge von vierzig Fuß abseits der bescheideneren Zelte und Wohnmobile parkte. Im Inneren brannte kein Licht. Sie hatte Black am frühen Morgen wegfahren sehen, derart überstürzt, als ob der Rücksitz seines Porsches in Flammen stünde. Offenbar war er noch nicht zurück.

Jared war kein Müßiggänger. Obwohl er der Kommission zur Wahrnehmung von Besitzansprüchen der Indianer angehörte, war er weiterhin als Anwalt in einer renommierten Kanzlei in San Francisco tätig. Im Moment hatte er seine Mitarbeiter darauf angesetzt, nach Unterlagen und alten Aufzeichnungen über die Höhle zu forschen, die Bücher der Franziskaner-Missionen durchzuforsten, Stadt-, Bezirks- und Staatsarchive zu wälzen, um herauszufinden, ob jemals in dieser Gegend irgendwelche Indianer als Grundbesitzer eingetragen worden waren oder ob irgendetwas auf einen bestimmten Stamm hindeutete.

Erica war einmal in seinem Wohnmobil gewesen, bei einem Treffen mit Angehörigen eines hier ansässigen Stammes, zu dem Jared sie und Sam hinzugezogen hatte. Der Winnebago war mit allen elektronischen Schikanen ausgestattet, eine Luxusoase, Kingsizebett, Kühlschrank, Spülmaschine, Mikrowelle, automatische Eiswürfelmaschine, samtweiche Auslegware, gläserne Vitrinen mit erlesenen Kristallgläsern inklusive. Feudaler als alle Apartments, in denen Erica je gewohnt hatte. Jared Black, Anwalt und Verfechter der Rechte der Indianer, war ihrer Meinung nach ein ausgemachter Angeber, der gern im Rampenlicht stand. Seine Sekretärin, die ihm eine hiesige Kanzlei aus Gefälligkeit zur Verfügung gestellt hatte, erschien jeweils morgens und zog dann mit einer dicken Aktentasche wieder ab. Den ganzen Tag über sah man Leute Jareds Wohnmobil betreten und wieder verlassen – Anwälte, Politiker, Stammesvertreter. Sein Berufsleben war ein offenes Buch.

Der Privatmann Jared Black hingegen gab Rätsel auf.

Am Ende des Tages, wenn die Arbeiten eingestellt wurden und die Teams nach Hause fuhren, wenn Erica und ihre Leute das Werkzeug aus der Hand legten und die Cafeteria oder ihre Unterkünfte aufsuchten, kam auch Jared Black zum Ende. Blieben die Besucher weg, ging das Licht in seinem Wohnmobil an, wurde die Tür zugemacht. Niemals gesellte er sich zu den anderen; er speiste allein. Gegen acht Uhr dann zog er mit einer kleinen Sporttasche los und kam zwei Stunden später mit feuchtem Haar zurück. Erica mutmaßte, dass er irgendwo ein Fitnesscenter aufsuchte, dort möglicherweise Handball spielte oder seine Bahnen schwamm, nur dass er, was immer er trieb, nicht nur zwei- oder dreimal in der Woche tat, sondern mehr oder weniger Abend für Abend. *Er trainiert Preisboxer und Kung-Fu-Stars. Er klettert jede Nacht die Fassade des Bonaventure Hotels hoch, selbstverständlich mit Erlaubnis der Direktion. Er erwürgt Alligatoren, die dann zu Gucci-Brieftaschen verarbeitet werden.* Was immer es war, es kam seiner Figur zugute. Selbst in einem Dreiteiler fiel sofort auf, dass Jared Black einen drahtigen, muskulösen Körper besaß.

Soweit Erica es beurteilen konnte, war er kein geselliger Mensch. Warum war seine Frau nicht mitgekommen? Vor ein paar Wochen war er für vier Tage weggefahren, wahrscheinlich nach San Francisco, wo er lebte. *Er und seine Frau haben sich leidenschaftlich und hemmungslos geliebt. Überall haben sie es getrieben – im Schlafzimmer, im Golden-Gate-Park, in einem Cable-Car – ein Liebesrausch ohne Ende, um Versäumtes nachzuholen und als Vorschuss auf die vor ihnen liegenden Monate der Enthaltsamkeit.*

Bei Jared passte im Gegensatz zu anderen nichts zusammen. Erica wusste nur oberflächlich über ihn Bescheid, die Fundstücke jedoch, die unter seinen undurchdringlichen Schichten vergraben waren, konnte sie nicht freilegen.

Eins jedoch stand fest: Sie misstraute ihm.

Eine dröhnende Stimme durchbrach ihre Gedanken. »Da sind Sie ja!« Sam Carter trat aus dem Cafeteria-Zelt, Kaffeeflecken auf seinem Schlips. »Ich wollte gerade zu Ihnen.« Die Nachricht war nicht gut. »Hab eben mit der Katastropheneinsatzzentrale telefoniert. Wir sind der Natur auf Gedeih und Verderb ausgeliefert, Erica. Diese Nachbeben gestern, ein weiterer Swimmingpool, der absackt... sie halten es für möglich, dass der gesamte Canyon innerhalb von Sekunden wegbricht. Stellen Sie sich darauf ein, über kurz oder lang das Lager zu räumen.«

»Aber ich bin noch nicht fertig!«

»Die Leitung des Katastropheneinsatzes ist nicht bereit, bei einem abermaligen heftigen Nachbeben – mit dem gerechnet wird – die Verantwortung für Ihre Sicherheit zu übernehmen.«
»Ich übernehme die Verantwortung für mich.«
»Erica, für Ihre Sicherheit trage *ich* die Verantwortung, und wenn die Zentrale sagt, wir müssen weg, dann müssen wir weg.«
Er sah das Buch unter ihrem Arm. Als sie seinen fragenden Blick bemerkte, reichte sie es ihm. *Ein außergewöhnliches Medium, gut in Szene gesetzt: Das geheimnisumwobene Leben und Wirken von Sister Sarah.* Der Titel entsprach dem einer Reportage aus der *Los Angeles Times* von 1926, in der vom überwältigenden Erfolg der Massenséancen des Mediums im Shrine Auditorium berichtet wurde, bei denen mehr als sechstausend fanatische Anhänger behauptet hatten, Geister zu sehen und mit ihnen zu sprechen. »Kleine Bettlektüre vor dem Schlafengehen?«, fragte Sam.
»Ich möchte wissen, was Sister Sarah hierher gezogen hat. Warum sie diesen Canyon für ihre Kirche der Geister erwählte.«
»Vermutlich, weil's billig war. In dieser Gegend war Land damals sehr günstig zu haben. Keine Straßen, unerschlossenes Gebiet. Muss hart gewesen sein, hier zu leben.« Er überflog die Seiten mit den Schwarzweißfotos und hielt bei einem Porträt inne, das Sister Sarah weiß gewandet und in theatralischer Pose zeigte, mit gewelltem Haar und umflortem Blick. Sie glich eher einem Stummfilmstar, fand er, denn einer Spiritistin. Und dann erinnerte er sich undeutlich, dass ihre Karriere tatsächlich so angefangen hatte. War sie nicht »entdeckt« worden oder so etwas in der Art?
Er gab Erica das Buch zurück und spähte hinüber zu dem

Winnebago. »Ich suche unseren Freund, den Commissioner. Haben Sie ihn gesehen?«

»Ich glaube nicht, dass er zu Hause ist.«

»Was treibt er denn Abend für Abend?«

»Er nimmt Gitarrestunden, bei einem ehemaligen Jazzmusiker.«

Sam sah sie verblüfft an, bemerkte dann ihr ironisches Lächeln. »Erica, eines Tages wird Ihnen Ihre Phantasie noch mal übel mitspielen.«

... *»Mein Vater ist ein Spion und meine Mutter eine französische Prinzessin, die von ihrer Familie enterbt wurde, weil sie ihn geheiratet hat.«*

... *»Erica, Liebes, warum lügst du die anderen Kinder an?«*

»Das ist nicht gelogen, Miss Barnstable. Das sind Geschichten.«

... *»Alle mal herhören. Erica hat euch etwas mitzuteilen. Nur zu, Erica, sag der Klasse, es tut dir Leid, dass du gelogen hast.«*

»Haben Sie das Fellbündel schon geöffnet?«, fragte Sam. Anzunehmen, dass sie, auch ohne den Inhalt zu kennen, bereits eine Theorie dafür hatte, was darin sein mochte. Genau das war es, was sie beim Chadwick-Schiffswrack in Schwierigkeiten gebracht hatte: zu viel Phantasie und versessen darauf, Zusammenhänge zu konstruieren. Wenn die Tatsachen nichts hergaben, reimte sich Erica selbst etwas zusammen. Eine Tonscherbe in ihrer Hand war nicht einfach eine Tonscherbe, sondern zeugte von einer verärgerten Frau, die wütend auf dem Ton herumknetete und dabei an ihren Mann dachte, der der Frau seines Bruders schöne Augen machte oder faul war und nicht für die Jagd taugte, weshalb seine Frau gezwungen war, Gefäße herzustellen, um sie dann gegen Fisch und Fleisch einzutauschen, derweil ihr Mann drauf und dran war, ein

Stammestabu zu brechen und sie damit alle ins Verderben zu stürzen. Erica ging voller Leidenschaft an ihre Arbeit. Ohne den dafür erforderlichen wissenschaftlichen Abstand. »Seht euch das mal an!«, konnte sie ausrufen und ein schmutziges, vermodertes Etwas hochheben. »Ist das nicht irre? Spricht das nicht für sich selbst?«

Die Geschichten mussten nicht stimmen, konnten aber doch immerhin möglich sein.

Vielleicht war sie deshalb eine Einzelgängerin. Vielleicht genügten ihr ihre Geschichten. Sam wunderte sich, wie rasch Erica sich im Camp eingerichtet und mit dem wenigen, was sie besaß, ein Zelt in ein Zuhause verwandelt hatte. Eine feste Wohnung besaß sie nicht; als Adresse diente ihr ein Postschließfach in Santa Barbara. Sie war unglaublich flexibel und bereit, von einer Sekunde zur anderen einen Job zu übernehmen. Häufig spielte sie amüsiert auf ihr »Vagabundenleben« an. Eine Zeit lang hatte Sam sie darum beneidet, so ohne Wurzeln zu sein, während er selbst ein mit Hypotheken belastetes Haus in Sacramento am Bein hatte, außerdem waren da noch seine erwachsenen Kinder und die Enkel, die unweit von ihm wohnten, und seine Ex-Frau, mit der er sich noch immer gut verstand und die noch immer in der Nachbarschaft lebte, schließlich seine gebrechliche Mutter, die in einem Pflegeheim in der Nähe untergebracht war. Einfach zusammenpacken und losziehen können, ohne Erklärungen, ohne zu versprechen, anzurufen oder bald wiederzukommen, war ein Midlife-Traum von ihm gewesen. Sein Neid war jedoch verpufft, als er einmal kurz vor Weihnachten mit Erica in der Mojavewüste mit einer Grabung beschäftigt war und über die Feiertage zu seiner Familie zurückflog. Erica war dageblieben und hatte Knochen katalogisiert. Nachher erfuhr er, dass sie ihren so genannten Weihnachtsschmaus in der Kneipe neben der Tankstelle eingenommen und mit drei Lastwagenfahrern, zwei Beamten der California Highway Patrol, zwei jungen Anhaltern, einem ortsansässigen Ranger und einem eisgrauen Schürfer namens Clyde Truthahnfleisch und Moosbeeren aus der Dose gegessen hatte. Nach Sams Gefühl war das Vereinsamung pur, das Schlimmste, was er je zu hören bekommen hatte.

Gelegentlich fragte er sich, wie es wohl um ihr Liebesleben bestellt war. Er hatte Männer kommen und gehen sehen, aber lange waren sie niemals geblieben. Wie endete bei ihr eine Beziehung? Sagte Erica »Du musst jetzt gehen«? Oder stießen sich ihre Partner daran, dass das Körperliche alles war, was sie ihnen gewährte, dass für ihr Herz ›Betreten verboten‹ galt? Zu Beginn ihrer Zusammenarbeit hatte er eine Zeit lang mehr als berufliches Interesse für sie bekundet, aber Erica hatte ihm auf nette Art klar gemacht, dass sie ihn bewunderte und respektierte und nicht riskieren wollte, ihr gutes Einvernehmen aufs Spiel zu setzen. Damals hatte er angenommen, ihre ablehnende Haltung sei auf den Altersunterschied von zwanzig Jahren zurückzuführen, aber inzwischen ahnte er, dass Erica *niemanden* in ihre sorgsam bewachten Mauern eindringen lassen würde. Möglicherweise hing das mit ihrer Vergangenheit zusammen. Man konnte nicht behaupten, Erica Tyler hätte es leicht gehabt.

»Warum lässt sich eigentlich Jareds Frau niemals blicken?«, fragte Erica jetzt, da sie und Sam noch immer zu dem dunklen Wohnmobil hinüberstarrten.

Er sah sie verständnislos an. »Jareds Frau? Heißt das, Sie wissen nichts davon?«

»Hallo, mein Sohn, deine Mutter und ich haben eben von dir gesprochen und uns gefragt, wie's dir geht.«

Jared machte Anstalten, zum Anrufbeantworter zu eilen, und blieb dann auf halbem Weg stehen.
Er schmiss seine Aktenmappe und die Wagenschlüssel auf einen Tisch und lauschte der Stimme seines Vaters, die durch den Lautsprecher kam. »Wir haben in der Zeitung über dich gelesen ... über deine Arbeit in Topanga. Wir sind sehr stolz auf dich.« Pause. »Na ja, ich weiß, dass du viel zu tun hast. Meld dich trotzdem mal. Ruf wenigstens deine Mutter an, sie freut sich bestimmt drüber.«
Jared drückte auf »Stopp« und starrte dann lange das Telefon an. Tut mir Leid, Dad, hätte er am liebsten geantwortet. Alles, was zu sagen war, ist gesagt worden. Es gibt nichts mehr zu bereden.
Er knipste das Licht an und machte sich einen Drink zurecht, nahm sich das Fax vor, das gerade vom Congressional Native American Caucus in Washington hereingekommen war. Aber sosehr er auch versuchte, sich auf den Text zu konzentrieren, musste er den Brief schließlich beiseite legen. Der Anruf seines Vaters hatte die Wunde wieder aufgerissen, seinen Zorn hochkommen lassen.
Erregt lief er in seinem Wohnmobil auf und ab, vom Fahrersitz zum Schlafraum, schlug die Faust in die Handfläche. Es drängte ihn, in den Club zu gehen. Er konnte spüren, wie die Wut in ihm anschwoll, wie Lava im Inneren eines Vulkans. Nur eine Stunde im Club, sich bis an die Grenzen der Leistungsfähigkeit verausgaben, und alle bösen Gedanken wären verraucht. Aber das Fitnesscenter war heute wegen Wartungsarbeiten geschlossen, Tiger und Tigerinnen mussten zusehen, wo sie anderswo in Los Angeles ihre Energie und ihre Frustrationen austoben konnten. Allein der körperlichen Fitness wegen ging Jared, wie die meisten Mitglieder auch, nicht in den Club.

Als er sich in dem Wirrwar seines temporären Zuhauses/Büros umsah – der Computer, der nie ausgeschaltet wurde, die Telefone, die unentwegt klingelten, das Fax, das eine Nachricht nach der anderen ausspuckte, und das viele Papier, aufeinander geschichtet oder verstreut herumliegend, als ob ein Schneesturm eine Handbreit hoch Dokumente, Schriftsätze, Kurzmitteilungen, Briefe, Verträge, Beschlüsse hereingetrieben hätte –, befand er, dass das Wohnmobil trotz seiner Ausmaße zu eng für ihn und seinen Ingrimm war. Er griff nach einer Jacke und stürzte hinaus in die frische Nachtluft.

Am Rande der Mesa, auf einem Felsvorsprung über dem Meer, stand ein entzückender Pavillon im viktorianischen Stil, eine Hinterlassenschaft von Sister Sarah und ihrer Kirche der Geister. Der Bauherr von Emerald Hills Estates hatte ihn restaurieren lassen und dann das umliegende Gelände zu einem kleinen Park für die Bewohner umgestaltet. Bedauerlicherweise war die Anhöhe zur gefährdeten Zone deklariert worden; entsprechende Warntafeln hatten Wirkung gezeigt und hielten Spaziergänger fern. Gerade deshalb kam Erica gern hierher.
Seit ihrem ersten Besuch vor ein paar Wochen vermittelte ihr dieser Ort das Gefühl von Frieden. Vielleicht lag das daran, dass sie dann weg vom Camp und ihrer Arbeit war, fernab vom hektischen Getriebe der mit Feuereifer werkelnden Praktikanten und der übrigen Crew. Oder war es einfach die Atmosphäre, die von diesem bezaubernden Pavillon ausging, dem Relikt einer weniger hektischen Vergangenheit, Symbol einer weniger turbulenten Zeit?
Sie warf einen Blick auf das Buch in ihrer Hand. Was hatte Sister Sarah hierher gezogen? Hatte sie auf diesem Bergkamm einen unerklärlichen Frieden verspürt, oder …

Sie erschrak, als sie plötzlich daran dachte, dass damals der Canyon ja noch gar nicht aufgeschüttet war und somit der Zugang zur Höhle frei gelegen hatte. War Sarah hineingegangen und hatte sich das Bild angeschaut und es als Omen gedeutet, hier ihre Kirche zu errichten? Ihren Ausführungen nach hatte sie diese Gegend zum Standort für ihren Tempel des Spiritualismus bestimmt, weil von hier aus Verbindung zur Anderen Welt bestand. Was genau aber bedeutete das? Hatte sie ihre Kirche des Paranormalen hierher gebaut, weil man den Canyon »den der Geister« nannte? Zog es sie gerade deshalb an, weil die Mär umging, hier lebten bereits Geister? Erica hatte gerade erst mit der Lektüre der Biographie dieser rätselhaften Gestalt aus den zwanziger Jahren begonnen, dieser Frau, deren Gesicht jedem Amerikaner aus Zeitungen, Zeitschriften und Wochenschauen wohl vertraut war – eine schillernde Persönlichkeit, deren Theatralik und beschwörende Stimme ein gefundenes Fressen für Karikaturen und Gesellschaftskomödien waren, während praktisch niemand etwas über ihr Privatleben oder ihre Vergangenheit wusste. Sister Sarah war aus dem Nichts aufgetaucht, über Nacht zur Sensation geworden und dann ebenso rasch und unter mysteriösen Umständen wieder in der Versenkung verschwunden. Auch ihre Glaubensgemeinschaft hatte nicht überlebt.

Erica betrat den Pavillon, der im Mondlicht wie eine Hochzeitstorte leuchtete, und als sie mit der Hand über die Holzkonstruktion fuhr, war ihr, als summe sie vor Geschichten – von geraubten Küssen und gebrochenen Versprechen, von Rendezvous im Mondenschein und Séancen für die Toten. Musik und Liebe und Enttäuschung und Gier und spirituelle Kontemplation waren über die Jahrzehnte hinweg von diesen alten Brettern absorbiert worden, bis der Pavillon unter der

Last der unterschiedlichen Lebensweisen, die hier ihre Spuren hinterlassen hatten, vibrierte.
Als sie über das Meer blickte, fragte sie sich, ob ihrer Mutter, wo immer sie sich gerade aufhielt – auf den Champs-Élysées in Paris oder an einem Karibikstrand –, nicht etwas abging. *In diesem Augenblick spaziert sie durch den Central Park, am Arm ihres zweiten Ehemanns, einem Zahnarzt, und hat das Gefühl, dass ihr etwas fehlt. Sie weiß nicht, dass dreitausend Meilen weiter weg das, was ihr fehlt, ihre Tochter nämlich, herumläuft, atmet, träumt.*
Erica strich sich das Haar zurück, als sie plötzlich merkte, dass sie nicht allein war. Jemand stand draußen vor dem Pavillon, am äußersten Rand der Felsnase. Jared Black! Die Beine gespreizt, die Hände in die Hüften gestemmt, vermittelte er den Eindruck, als habe er sich auf eine Auseinandersetzung mit dem Meer eingelassen.
Jählings wandte er sich um. Erica erschrak, als sie sein Mienenspiel sah, in dem ein Sturm zu toben schien.
Einen Augenblick lang schien die Zeit stillzustehen, der Wind abzuflauen, alles zu erstarren. Sie waren noch nie allein gewesen. Wann immer Erica seit Beginn des Projekts mit Jared zusammengetroffen war, hatte es da immer noch andere gegeben, mit denen es etwas zu besprechen und Angelegenheiten zu regeln gab. Privat hatten sie sich absolut nichts zu sagen. Wer von ihnen sich wohl als Erster verzog?
Zu ihrer Überraschung trat Jared zurück von der gefährlichen Kante der Klippe und kam die knarzenden Stufen zum Pavillon hinauf. Unter dem kühn geschwungenen und mit Schnörkeln versehenen Dach hielt er inne. »Von hier aus dürfte Sister Sarah gepredigt haben. Diese Konstruktion trägt einer guten Akustik Rechnung.«
Erica sah zum Dach hinauf. »Wie kommen Sie darauf?«

»Ich hab mal Architektur studiert«, sagte er und fügte lächelnd hinzu: »In der jüngeren Steinzeit.«
Sein Lächeln verblüffte Erica nicht weniger als die humorige Bemerkung. Bis ihr klar wurde, dass beides verkrampft war. *Er will etwas überspielen, was ich nicht mitbekommen soll. Sein Gesichtsausdruck, diese Wut beim Anblick des Meeres.*
»Für gewöhnlich bin ich hier ganz für mich«, sagte sie. Eine eigenartige, nicht zu deutende Stimmung lag in der Luft. »Die Warnschilder schrecken die Leute ab.«
»Mit Warnschildern erreicht man gelegentlich genau das Gegenteil von dem, was sie bewirken sollen.« Er schwieg, beobachtete sie.
Erica wusste nichts darauf zu antworten. Sie hatte das Gefühl, Jared müsse sich zusammenreißen, und dass er, wenn er sich auch nur ein wenig gehen ließ, nur einen Augenblick lang nicht aufpasste, etwas erkennen lassen würde, was ihm in Gegenwart anderer peinlich war.
»Die spanischen Interessengruppen rufen ständig bei mir an«, sagte sie, weil ihr nichts Besseres einfiel. Seit die Entdeckung des Graffito *La Primera Madre* publik geworden war, wurde Erica von Leuten bestürmt, die alle die Inschrift sehen wollten; Journalisten baten sie um eine Deutung des Begriffs »Die Erste Mutter«, Amerikaner mexikanischer Abstammung meldeten Besitzansprüche auf die Höhle an.
»Wir sind im Augenblick die Attraktion schlechthin.« Er lächelte abermals.
Erneut breitete sich Schweigen aus. Obwohl es tausend Dinge zu besprechen gegeben hätte – ihre zunehmende Sorge um die mangelnde Absicherung der Höhle zum Beispiel –, brachte Erica nichts weiter heraus als das, was sie im Moment am meisten beschäftigte. »Sam Carter hat mir vorhin das mit Ihrer Frau erzählt. Ich hatte keine Ahnung. Ich hielt damals

in London Vorlesungen und bekam nicht mit, was zu Hause passierte. Tut mir sehr Leid.«
Er presste die Lippen zusammen.
»Sie war so jung«, sagte Erica. »Sam hat nicht gesagt, wie …«
»Meine Frau starb im Kindbett, Dr. Tyler.«
Erica starrte ihn an.
»Das Baby auch«, fügte er leise hinzu und blickte hinaus aufs dunkle Meer.
Erica war wie gelähmt. Es kam ihr vor, als sähe sie den Mann zum ersten Mal. »Sie muss Ihnen fehlen.« Das war schwach, aber irgendetwas musste sie doch sagen.
»Tut sie. Ich weiß gar nicht, wie ich die letzten drei Jahre durchgestanden habe. Es erscheint mir einfach so unfair. Netsuya hatte so viel vor, so viele Pläne und Träume. Sie wollte zweihundert Jahre Unrecht wieder gutmachen und ihrem Stamm seine Geschichte wiedergeben.« Er sah Erica an. »Sie war eine Maidu. Ihnen brauche ich ja wohl nicht zu sagen, was das bedeutet hätte.«
Als Anthropologin mit Schwerpunkt Kalifornische Ureinwohner war Erica mit der Geschichte der Maidu vertraut. Sie entsprach in etwa der jedes anderen Stammes an der Westküste. Obwohl sie von spanischen Missionaren, die die Kulturen entlang der Küste zum Untergang verurteilt hatten, unbehelligt geblieben waren, ereilte die Maidu dennoch ihr Schicksal, zur Zeit des Goldrauschs, als Weiße in ihrer Gier nach dem kostbaren gelben Metall alles vernichteten, was sich ihnen in den Weg stellte, ob Berge oder Menschen. Malaria und Pocken hatten den Stamm größtenteils dahingerafft, und dann hatten die Goldsucher das Wild verjagt und Fischgründe ausgerottet, durch ihre Schürfmethoden, die die Flüsse und alles Leben darin ersterben ließen. Das Leben, wie

die Maidu es seit Jahrhunderten gekannt hatten, war in Windeseile dahin.
»Nach Abschluss ihres Jurastudiums«, sagte Jared mit dem Rücken zu Erica in die Nacht hinaus, »nahm Netsuya ein Projekt in Angriff, bei dem es um die Beschaffung von Wohnraum ging, um Altenpflege, Krankenvorsorge, die Wahrung kultureller Besonderheiten sowie um wirtschaftlichen Aufschwung und Stipendien für ihr Volk. Ihr eigentlicher Traum jedoch war, eines Tages einen amerikanischen Ureinwohner auf dem Posten des Gouverneurs von Kalifornien zu sehen.«
Erica lauschte den Worten, die im Wind verhallten. In die nachfolgende Stille hinein und während Jared Black weiterhin dem Ozean zugewandt blieb, sagte sie: »Netsuya ist ein hübscher Name. Was bedeutet er?«
Er drehte sich zu ihr um. Sie versuchte, die Farbe seiner Augen zu definieren. Stahlgrau traf es nicht ganz. Sie haben die Farbe von Schatten, überlegte sie, und von Geheimnis. »Ehrlich gesagt, keine Ahnung«, antwortete er. »Ihr richtiger Name, das heißt ihr Taufname, war Janet. Als sie sich dann der Anliegen ihres Volkes annahm, legte sie sich den Namen ihrer Urgroßmutter zu.« Er ließ Erica nicht aus den Augen. Sein Gesicht verriet nicht genau, was in ihm vorging. Da war dieser Trotz, der ihn seit seiner Ankunft zu beherrschen schien, aber darüber hinaus zeichneten sich andere Gemütsbewegungen auf seinen Zügen ab, wie auf der Oberfläche eines dunklen Sees, über den eine Brise streicht.
Sie dachte daran, wie aggressiv er zu Beginn der Ausgrabungen gewesen war. Hing das etwa mit seiner Frau zusammen? Bekanntlich war Jared, ehe er Netsuya kennen gelernt hatte, als Fachmann für Eigentumsrecht der Rechtsvertreter von Unternehmen und Erben bei Auseinandersetzungen um Grundbesitz gewesen; erst seit seiner Heirat mit einer Ver-

fechterin der Rechte der Indianer nahm er deren Interessen wahr. Inzwischen war er fast ausschließlich auf diesem Gebiet tätig. Vielleicht entsprach es dem Wunsch der Toten, den Kampf fortzusetzen. Ein Geist konnte einen durchaus motivieren.

Zu Ericas Überraschung lehnte sich Jared jetzt an einen geschnitzten Pfosten und verschränkte die Arme. Bemühte er sich etwa, locker zu sein, einzulenken? Und als er zu den Sternen emporschaute und sagte: »Die Maidu glauben, dass die Seele eines guten Menschen die Milchstraße entlang nach Osten zieht, bis sie beim Schöpfer angelangt ist«, weigerte sie sich noch immer, von ihrer Skepsis abzurücken. Sie waren weiterhin Gegner, und der Hauptgrund, weshalb Jared an dem Projekt mitarbeitete, war, es Erica aus der Hand zu nehmen. Mit einem Blick auf ihre Uhr sagte sie: »Für mich wird's langsam Zeit, es gibt noch einiges zu tun.«

Statt weiterhin in den Himmel zu starren, fixierte er jetzt einen Punkt irgendwo draußen auf dem schwarzen, rollenden Ozean. Erica ahnte, dass er etwas Wichtiges erwog oder gegen etwas in seinem Inneren ankämpfte. Als er sie ansah, zuckte sie zusammen. Und als er dann sagte: »Wie ich höre, haben Sie heute in der Höhle etwas Außergewöhnliches entdeckt«, hatte sie das Gefühl, dass dies keineswegs dem entsprach, was er hatte sagen wollen.

»Sie können gern ins Labor kommen und zusehen, wenn ich es öffne.«

Sie wollten gerade den Pavillon verlassen, als die Stille von ohrenbetäubendem Knattern zerfetzt wurde.

»Was ist *das* denn?«, wunderte sich Jared.

Ein Polizeihubschrauber flog über Emerald Hills Estates, den starken Scheinwerfer auf einen Punkt des Geländes gerichtet.

Sie rannten den Pfad zurück und über das Grundstück und sahen eine Traube von Menschen auf der Straße vor Zimmermans Anwesen. Hausbesitzer – Männer, Frauen, Kinder und Haustiere – mit Schachteln und Koffern, Schlafsäcken und Kissen. Harmon Zimmerman, in einem Adidas-Jogginganzug, herrschte den Wachposten an, der angesichts all der Leute, die da durch die Sicherheitsabsperrung drängten, offenbar die Nerven verloren und die Polizei alarmiert hatte.

»Warum zum Teufel haben Sie das getan, Sie Trottel?«

»Das ist m-mein Job, Sir. Das muss ich ...«

»Ja, das ist sehr wohl Ihr Job, schließlich haben *wir Sie angeheuert,* Sie Nachtwächter. Und wir sind es auch, die Ihnen Ihren Lohn zahlen. Warum schicken Sie dann *uns* die Bullen auf den Hals?«

Der eingeschüchterte Wachposten blieb die Antwort schuldig, da mischte sich bereits Jared ein. »Wie der Mann schon sagte – er hat die Polizei gerufen, weil er genau deswegen angeheuert wurde. Was haben Sie dagegen einzuwenden?«

»Sie ... Sie Wichtigtuer von einem Anwalt!«, ging Zimmerman auf Black los. »Ihnen und dieser Frau« – er deutete auf Erica – »haben wir's zu verdanken, dass sich das hier so lange hinzieht. Inzwischen werden unsere Häuser geplündert, und unser Rasen verwildert. Geradezu gespenstisch sieht es hier aus.«

Erica schaute die dunkle, verwaiste Straße entlang, die nur auf einer Seite bebaut war. Die gegenüberliegende war von Bäumen gesäumt, dann ging es über einen sanften Abhang hinunter in den nächsten Canyon. Hübsche Häuser, aber überall erstickte der Rasen in Unkraut, mussten Rosen zurückgestutzt werden. Ungepflegt wirkte alles, wie das Schloss von Dornröschen. Die holde Maid war in den Schlaf gesunken, und jetzt forderte die Natur ihr Reich zurück. Um die Situation zu retten, bedurfte es mehr als eines schmucken Prinzen. Die gesamte Gegend war zur gefährdeten Zone erklärt worden. Bodeningenieure hatten die Straße der Länge nach aufgebohrt und festgestellt, dass sich der ganze Canyon, von der Nordbegrenzung bis zu seiner Öffnung im Süden, destabilisierte und in die tiefer gelegenen Canyons ergoss. Es war fast so, als sei der Canyon dabei, aus eigener Kraft seinen ursprünglichen Zustand wiederherzustellen, nachdem Menschen eingegriffen und versucht hatten, seine natürliche Formation zu verändern.

Schutzzäune gegen Tornados waren um Emerald Hills Estates gezogen worden; nur durch die Gittertore, die nachts versperrt waren, gelangte man in die Anlage und wieder hinaus. Trotz dieser Vorsichtsmaßnahme und der zusätzlichen privaten Sicherheitsdienste waren die Häuser inzwischen ein gesuchtes Ziel für Einbrecher. Sämtliche Möbel waren zwar ausgeräumt, aufwendige Installationen aber zurückgelassen worden. Die Polizei hatte bereits zwei Männer festgenommen, als sie sich der goldenen Armaturen im Badezimmer eines Hauses zu bemächtigen versuchten, und ein Hausbesitzer, der vorbeigekommen war, um nach dem Rechten zu sehen, musste zur Kenntnis nehmen, dass sämtliche Küchengeräte verschwunden, importierte Marmorkacheln von den Wänden im Bad abgeschlagen, Kupferrohrleitungen herausgerissen worden waren. Klammheimlich und ohne Hinweis darauf, wann und wie die Diebe das bewerkstelligt hatten.

Deshalb waren die Hausbesitzer übereingekommen, ungeachtet der Tatsache, dass die Behörden ihre Genehmigung versagten und die Strom- und Wasserversorgung nicht funktionierte, ihre Villen wieder zu beziehen. Zimmerman und die anderen forderten, die Baufirma, die seinerzeit tätig gewesen war, solle den Canyon wieder aufschütten und vorschriftsmäßig verdichten und ihn darüber hinaus mit Stahl und Beton abstützen, kurzum das Gelände stabilisieren.

»Wir dachten, alles würde schon vor Wochen erledigt sein«, fuhr Zimmerman, Sprecher der aufgebrachten Bewohner, fort, »und dass wir wieder in unsere Häuser könnten. Das zieht sich ja endlos hin.« Er knuffte Jared in die Schulter. »Sie mit Ihren Indianern«, und dann fuchtelte er vor Ericas Nase herum, »und Sie mit Ihren Knochen ...«

Jetzt rückte die Polizei, die ihre Straßenkreuzer vor dem Zaun geparkt hatte, zu Fuß an.

»Wir gehen nicht!«, brüllte der Zeitschriftenverleger, der eine im Tudorstil erbaute Villa von 800 Quadratmeter sein Eigen nannte und dessen Tennisplatz einen Meter abgesunken war.

Zimmerman verschränkte die Arme. »Wir lassen uns nicht vertreiben. Hier wohnen wir und hier bleiben wir.«

»Das Gebiet ist instabil, nicht sicher«, sagte Jared.

»Wissen Sie, was mich dieses Haus gekostet hat? Drei Millionen. *Ohne* den Pool und den teuren Rosengarten, der, wie ich hinzufügen darf, total ruiniert ist, weil jeder da durchtrampelt. Die Versicherung zahlt nicht, und verkaufen lässt sich so was natürlich auch nicht. Glauben Sie vielleicht, ich würde das alles einfach aufgeben? Man hat uns lange genug belästigt und herumgeschubst. Hören Sie zu, Sie Klugscheißer aus Sacramento, Sie machen sich für die Rechte der Indianer stark – wie aber steht's mit *unseren* Rechten? Einige von uns haben ihre gesamten Ersparnisse in diese Häuser gesteckt. Oder wollten sich hier zur Ruhe setzen. Wo sollen wir jetzt hin? Verraten Sie mir das mal. Nein, Sir, wir bleiben, und niemand wird uns von *unserem* Grund und Boden vertreiben.«

Jetzt mischte sich Erica ein. »Mr. Zimmerman, ich verspreche Ihnen, dass wir so rasch wie möglich wieder ...«

»Und ich verspreche *Ihnen* etwas, Lady. Ich habe bereits meine Anwälte eingeschaltet. Wir lassen diese Höhle versiegeln, den Canyon auffüllen und unsere Häuser und alles drum herum wieder in Ordnung bringen. Und Sie können sich Ihre Indianer und Ihre Knochen wer weiß wohin schieben. Kapiert?«

Pinzette und Skalpell lagen bereit, um das geheimnisvolle Bündel aus Kaninchenfell zu öffnen. Sam saß neben Erica auf einem Hocker. Sein Magen knurrte, weil er sich – mal wieder – eine Hungerkur verordnet hatte. Luke war damit beschäftigt, einen Film einzulegen, Belichtung und Tiefenschärfe zu überprüfen.

»Meine Herren?«, sagte Erica. »Sind wir so weit?«

Ehe einer antworten konnte, betrat Jared den Wohnwagen, ließ die Aluminiumtür hinter sich zuschnappen, um den kalten Nachtwind fern zu halten. Er hatte noch mit Zimmerman konferiert, um weitere Informationen aus ihm herauszuholen. »Genau das, was ich erwartet habe. Sie wollen sich auf die Gewährleistungspflicht der Baufirma berufen und vorbringen, dass das Gelände nicht ordnungsgemäß planiert worden ist. Wenn das Gericht diese Ansicht teilt und auf Durchführung entsprechender Ergänzungsmaßnahmen erkennt, wird der Baufirma nichts anderes übrig bleiben, als den Canyon aufzuschütten.«

»Können Sie was dagegen unternehmen?«

»Das werde ich mit allen Mitteln versuchen.« Jared sah auf das Tablett und runzelte die Stirn. »Ist das ein Tier?«

»Nein. Etwas, das in ein Tierfell eingewickelt ist.«

»Alt?«

»An die dreihundert Jahre, würde ich sagen. Dr. Fredericks, unser Dendrochronologe, hat Proben von hier heimischen

Bäumen genommen und festgestellt, dass ein Großteil dieser Gegend vor dreihundert Jahren einem Flächenbrand zum Opfer fiel. Mikroskopische und chemische Analysen einer dünnen Schicht Ruß und Asche auf dem Boden der Höhle entsprechen der Konsistenz der Rinde jenes Kernholzes. Das Fell hier lag unterhalb dieser Schicht, was bedeutet, dass es dort vor mindestens dreihundert Jahren zurückgelassen wurde. Könnte von den Chumash sein. Die Perlen ähneln denen, die sie als Zahlungsmittel verwendeten.«

Erica stellte den beweglichen Arm der Lampe so ein, dass das Licht voll auf das Bündel fiel, dann ging sie daran, mit Pinzette und Skalpell die Sehnen durchzutrennen, die um das Kaninchenfell geschlungen waren. Luke hielt jede Phase im Bild fest.

Durch die dünnen Wände des Wohnwagens hörte man draußen Leute vorbeigehen, Lachen und Rufen, derweil im Inneren Jared, Sam und Luke mit angehaltenem Atem Erica über die Schulter schauten.

Nachdem sie die Sehnen zerschnitten und mit äußerster Vorsicht beiseite geschoben hatte, klappte sie behutsam und so, als habe sie ein lebendiges Wesen vor sich, das brüchige Fell an den Kanten auseinander, so lange, bis die letzte Schicht Fell abgelöst war.

Allgemeine Verblüffung machte sich breit. »Ich fasse es nicht!«, platzte Luke heraus. »Wie kommt *die* denn hierher?«

»Großer Gott«, murmelte Sam und fuhr sich mit den Händen durch die Mähne.

»In welcher Schicht, sagten Sie, haben Sie das da gefunden?«, fragte Jared ungläubig.

Ericas Stimme klang genauso verwundert. »Unmittelbar unter dem Jahr sechzehnhundert.« Sie zwinkerte verwirrt.

»Diese Ära ist nicht mein Fachgebiet, ich müsste einen Historiker fragen, aber anhand der kunstvollen Ausführung und der verwendeten Materialien würde ich mal sagen, sie wurde so etwa vor vierhundert Jahren angefertigt. Ein holländisches Fabrikat, meiner Meinung nach.«
»Aber das ist doch unmöglich«, wandte Luke ein. »Da waren doch noch keine Europäer in Kalifornien! Erst zweihundert Jahre später.«
»So steht's in den Geschichtsbüchern, Luke, aber an ihrem Alter besteht kein Zweifel. Ebenso wenig wie ein Zweifel daran besteht« – sie hielt den überraschenden Fund ans Licht –, »dass dies hier eine Brille ist.«

Kapitel 4

Marimi
1542

Ein Meeresungeheuer! Ein Meeresungeheuer!«
Alle stürzten zum Strand, um zu schauen, wohin der Junge deutete. Und tatsächlich, da draußen auf den Wellen trieb ein Tier, wie es noch keiner je gesehen hatte.
Man schickte nach der Medizinfrau. Sie kam mit ihrem zauberkräftigen Rauch und dem Sonnenstab an, ein hochgewachsenes junges Mädchen in einem hübschen, aus Gräsern geflochtenen Rock, über dem sie einen kurzen Umhang aus Seeotterfell trug und an den Ohrläppchen Röhren, die aus dem Beinknochen eines Pelikans gefertigt und mit den Federn der Schopfwachtel verziert waren. Ihre nackten Brüste schmückten zahlreiche Perlenketten sowie eine lederne Schnur mit einem ebensolchen kleinen Beutel, in dem sich der Geisterstein des Raben befand, das Vermächtnis der Ersten Mutter, über Generationen hinweg weitergereicht. Das Mädchen hieß Marimi, so genannt, weil sie die Hüterin der heiligen Höhle in Topaa-ngna war. Früher hatte sie anders geheißen; als sie dann aber Anzeichen der Gabe des Geistes zu erkennen gegeben hatte – Kopfschmerzen, Visionen und Trancezustände –, war sie zur Nachfolgerin der alten Medizinfrau, die ebenfalls Marimi hieß, erkoren und für den Dienst an den Topaa und der Ersten Mutter ausersehen worden, der höchsten Ehre, die einem Mitglied des Clans zuteil werden konnte.

Marimi erwies sich jeden Tag aufs Neue dankbar, mit dieser Gabe gesegnet zu sein, auch wenn ihr Dienst an der Ersten Mutter mit dem Verzicht auf Ehe und körperliche Vereinigung einherging. Wenn sich gelegentlich nachts, wenn sie allein in ihrer Hütte lag, Gedanken um Liebe und Kinder einschlichen oder wenn sie daran dachte, wie jung sie noch war und dass ein ganzes Leben in Enthaltsamkeit vor ihr lag, dann sagte sie sich, dass der jungfräuliche Zustand Voraussetzung war, sich und ihren Geist rein zu halten, dass dies eigentlich nur ein kleines Opfer war angesichts der Ehre, der Ersten Mutter zu dienen.

Sie blinzelte hinaus aufs Wasser. »Kein Meeresungeheuer«, verkündete sie. »Ein Mann.«

Stimmen schwirrten wie Fliegen durcheinander. »Ein Mann? Einer von uns? Aber es fehlt doch keiner. Alle Boote sind heute zurückgekommen. Die Jäger des Meeres sind vollzählig. Was tut ein Mann auf dem Wasser?« Und dann Raunen und Mutmaßungen im Flüsterton. »Einer vom Stamm im Norden? Von den gefürchteten Chumash? Er kommt, um Fluch über uns zu bringen! Schick ihn wieder hinaus aufs Meer.«

Marimi hob die Arme, worauf die Menge verstummte. Majestätisch auf einer Düne stehend, über sich Möwen, die am strahlend blauen Himmel kreisten, das lange schwarze Haar im frischen Wind vom Meer her flatternd, behielt die Schamanin den wie leblos treibenden Mann draußen auf dem Wasser im Auge und fasste einen Entschluss. Sie rief nach einem Boot, und sofort rannten alle zurück ins Dorf und schulterten eines der großen, aus Treibholz zusammengefügten und mit Harz abgedichteten seetüchtigen Kanus. In diesen mächtigen Booten, in denen mehr als ein Dutzend Männer Platz fanden, fuhren die Topaa mit ihren Speeren, Netzen und Haken Tag für Tag hinaus aufs Meer, um Wale, Tümmler, Seehunde und Rochen zu erlegen. Jetzt aber brachten sie das Kanu zu Wasser, um eine andere Beute zu jagen. Unter den Blicken der Zurückgebliebenen tauchten die Ruder im Takt in die Wellen, bis die Männer den Dahintreibenden erreicht hatten. Sie nahmen ihn an einen Walhaken und hievten ihn an Bord.

Die Flut schwemmte das Kanu an Land und damit auch den geheimnisvollen Fang, der sich tatsächlich als ein Mann entpuppte, der da, mit dem Gesicht nach unten, regungslos auf einer Holzplanke im feuchten Sand lag. Die Menge hielt abermals den Atem an. »Kein Chumash! Schaut mal die Häute an seinem Körper an! Und seine Füße sind so groß wie die eines Bären!« Verängstigt wichen sie zurück.

Der Häuptling, mächtig auch er, aber auf andere Weise als Marimi, trat zu der Schamanin und besprach sich mit ihr. Gemeinsam würden sie entscheiden, wie sie auf dieses unerwartete Ereignis zu reagieren gedachten.

In den vergangenen Wochen hatte man weit draußen auf dem Meer seltsame Kreaturen gesichtet, mit großen, viereckigen Flügeln und aufgedunsenen Leibern. Jäger waren hinausgepaddelt und hatten dann berichtet, dass das keine Lebewesen seien, sondern seetüchtige Boote, wie sie die Topaa noch nie gesehen hätten. Angehörige eines Stammes im Süden, die nach Norden gezogen waren, um mit den Chumash Handel zu treiben, und jetzt auf dem Rückweg vorbeikamen, erzählten, weißhäutige Männer seien auf den Inseln gelandet und hätten Tauschgeschäfte gemacht und mit den Stammesältesten gefeiert, ehe sie wieder in ihren herrlichen Kanus über das Wasser entschwunden seien.

Freundliche Besucher, sagten sie, von weit her. Aus dem Land der Vorfahren.

Gehörte dieser Mann hier etwa zu ihnen?, fragte sich Marimi mit Blick auf den salzverkrusteten Körper, der da bäuchlings vor ihr lag und in so merkwürdige Häute gehüllt war. Warum hatte er sein Kanu verlassen?
Auf ihre Anweisung hin drehte man den Mann auf den Rücken. Ein Aufschrei wie aus einem Munde. Er hatte zwei Augenpaare! »Ein Ungeheuer!« – »Ein Teufel!« – »Werft ihn wieder ins Meer!«
Marimi gebot erneut Schweigen und musterte den Fremden eingehend. Er war sehr groß und besaß ein eigenartig schmales Gesicht, eine lange, gebogene Nase und blasse Haut. Und diese Augen! War er etwa ein Vorfahre, zumal er von dort gekommen war, wo die Geister der Toten wohnen, weit draußen im Westen, jenseits des Ozeans? Vielleicht hatte man ja nach dem Tod dem Geist ein zweites Paar Augen gegeben.
Sie kniete sich hin und legte die Fingerspitzen an seinen kalten Hals. Ganz schwach spürte sie einen Rest Leben pulsieren. Am liebsten hätte sie sich in ihre Höhle zurückgezogen und den Rat der Ersten Mutter eingeholt, aber der Fremde stand auf der Schwelle zum Tod, es blieb keine Zeit.
Marimi richtete sich auf und befahl fünf kräftigen Männern, den Fremden in ihre Unterkunft am Rande des Dorfes zu bringen.

Sie sprach ein stilles Gebet. Dieses zweite Paar Augen! War das Magie? Konnte er sie sehen, trotz der geschlossenen Lider? War er möglicherweise doch ein Ungeheuer?
Aber er kam aus dem Westen, aus dem Land der Vorfahren…
»Freundliche Besucher«, hatten die Händler aus dem Süden gesagt.
Als Erstes musste sie ihn entkleiden. Sie fing bei seiner ko-

mischen Kopfbedeckung an, die nicht wie die der Topaa aus Gräsern gefertigt war, sondern aus einer ihr unbekannten Haut. Als sie sie vorsichtig entfernte, schrie sie auf. Sein Haar brannte lichterloh! Sie runzelte die Stirn. Wie konnte sein Haar brennen, ohne ihm den Schädel zu versengen? Sie sah genauer hin, berührte zögernd die Locken von der Farbe des Sonnenuntergangs. Er musste mit seinem Boot zu weit hinausgefahren sein, und sein Kopf war an die Sonne gestoßen. Das konnte die einzige Erklärung sein. Das flammend rote Haar war zudem sehr kurz, fast bis auf die Kopfhaut gestutzt; sein Kinn dagegen und die Oberlippe waren mit längerem, kratzig-gelocktem Haar bedeckt! Die Männer der Topaa trugen ihr Haar lang, und in ihrem Gesicht wuchs nichts dergleichen.

Sie betrachtete die Schichten, die seinen Körper vom Hals bis zu den Zehen verhüllten und nur das Gesicht und die Hände freigaben. Was sich darunter verbarg, konnte sie sich nicht vorstellen. Die Männer ihres Stammes trugen nichts außer einem Strick um die Hüften, an dem sie Proviant und Werkzeug befestigten. Hatte der Fremdling unter seinen Schichten Ähnliches vorzuweisen?

Marimi wusste weder, dass jede dieser Häute einen besonderen Namen hatte, noch dass sie dabei war, den Unbekannten aus einigen der edelsten Gewebe europäischer Herkunft zu schälen, noch dass Schnitt und Machart dieser Schichten dazu gedacht waren, die Würde und Wohlhabenheit des Trägers zum Ausdruck zu bringen. Da war zunächst ein gestepptes schwarzer Wams aus Samt mit geschlitzten Ärmeln, die das feine weiße Leinenhemd darunter zur Geltung brachten; über dem Wams trug der Mann einen roten Brokatrock mit Gürtel, der wie eine Art Faltenrock die Knie umspielte und durch den ein Hosenlatz aus rotem Samt spitzte. Die Strümpfe waren weiß und am Knie gebunden, die gesteppten Bundhosen aus schwarzem Samt. Auch der Hut mit der niederen Stulpe und breiten Krempe, den Marimi beiseite gelegt hatte, war aus schwarzem Samt und mit Pelz und Perlen verbrämt. Die Manschetten der Hemdärmel waren mit Rüschen gesäumt, das Hemd selbst um den Hals herum gefältelt. Als sie zu guter Letzt seine Füße aus ihrer eigenwilligen Verschnürung löste, stellte sie fest, dass sie weich waren und ohne Hornhaut, so wie auch seine Hände weich und zart waren wie die eines Kindes.

Jetzt, da er nackt vor ihr lag, gewahrte sie das sonnenfeurige Haar an seinen Leisten. Wie hatte die Sonne ihn dort streifen können? Seine Haut war zart und bleich, so weiß wie die Schaumkronen auf der allmorgendlichen Flut. Und dann sah sie die gereizte Färbung an seinen Beinen und Armen und als grindigen Ring um seinen Hals. Sogleich war ihr klar, was ihm zu schaffen machte.

Aber zunächst brauchte er Wasser. Sie richtete ihn leicht auf, stützte ihn unterhalb der Schulter, und es gelang ihr, ihm die Flüssigkeit zwischen die rissigen, aufgeplatzten Lippen zu tröpfeln. Als er beim Schlucken nicht länger husten musste, legte sie ihn wieder hin und holte den Behälter mit ihren Heilmitteln, einen Binsenkorb, in dem sich ein kleiner Stößel befand sowie ein Mörser aus Quarzgestein, Messer aus Feuerstein, ein Feueranzünder und verschiedene der Heilung dienende Fetische. Sie griff nach einem Stein, der als lebendig erachtet wurde, weil er mit Kräutern, denen ungeahnte Energie innewohnte, umwickelt, anschließend in Kolibriblut und Öl von einem Aal getaucht und dann in weiße Daunen gehüllt worden war. Diesen Stein legte sie dem Fremdling auf die Stirn. Daraufhin bedeckte sie seine Brust mit einem Halsschmuck aus Adler- und Falkenknochen, ungeachtet seines eigenen Halsschmucks, der aus einem unbekannten schimmernden Material gefertigt war, fast identisch mit der Farbe seines Haars, und an dem etwas hing, das aussah wie zwei winzige gekreuzte Stäbe und daran die ebenso winzige Gestalt eines Mannes.

Jetzt holte sie aus einem ihrer vielen Körbe eine Hand voll getrockneter Keime, tunkte sie in heißes Wasser, ließ den Sud abkühlen und betupfte dann die entzündeten Stellen seines Körpers. Er wachte kurz auf, murmelte apathisch »Pocken, Pocken« und versuchte, sie wegzustoßen. Zur Behandlung der Schürfwunden, die er sich auf der hölzernen Planke und in der rauen See zugezogen hatte, bereitete Marimi aus verkochten Blättern und Zweigen einen Brei zu, den sie ihm als Umschlag auflegte. Die Blätter verwendete sie auch für einen Tee, den sie ihm zur Stärkung einflößte.

Was sie faszinierte, war sein Haaransatz. Er verlief nicht wie bei ihr quer über die Stirn, sondern in Form einer Pfeilspitze von einem Punkt weiter hinten aus, und das erinnerte sie an einen Adler, den sie einmal in den Bergen, auf dem Weg zur Höhle der Ersten Mutter, gesehen hatte. Seine buschigen rötlichen Augenbrauen unterstrichen das Adlerhafte zwar noch, aber wenn er in seiner Ohnmacht immer mal wieder kurz die Augen aufschlug, sah Marimi, dass dies nicht die Augen eines Vogels waren. Göttin des Mondes, sie hatten die Farbe des Himmels! Hatte er zu lange dort hinaufgeschaut und sich angesteckt?

Sein zweites Paar Augen wagte sie nicht zu berühren. Dies zu tun war möglicherweise tabu.

Allmählich erlaubte es ihm sein Zustand, zwischendurch ein paar Happen zu sich zu nehmen. Marimi flößte ihm eine stärkende Suppe aus Eicheln und Kaninchenfleisch ein. Wenn er den Blick auf sie richtete, schaute er durch sie hindurch – so lange war er auf dem Meer getrieben und so lange ohne Trinkwasser gewesen, dass seine Sinne noch immer gestört waren. Aber sie konnte ihn füttern und seinen Durst stillen und die entzündeten Gliedmaßen in kühlem Kräutertee baden. Als dann nach und nach die Farbe in sein Gesicht zurückkehrte und sein Atem ruhiger ging, wusste sie, dass er sich auf dem Weg der Besserung befand.

Das Erste, was er wahrnahm, als er wieder zu sich kam, waren zwei pralle braune Brüste. »Heiliger Klabautermann!«, rief er aus. Dann bemerkte er, dass er nackt war. »Heilige Mutter Gottes!«, stieß er aus, sprang auf, um sich gleich darauf benommen am Kopf zu fassen.

Als der Schwindelanfall nachließ und er einigermaßen klar denken konnte, sah er das Mädchen mit der bronzefarbenen Haut an, das da, einen Korb Blätter auf dem Schoß und mit nichts weiter als einem Grasrock bekleidet, mitten in der Hütte hockte und ihn verwundert anstarrte.

»Wo sind meine Kleider?«, herrschte er sie an und griff nach der Pelzdecke, um sie sich um die Hüften zu wickeln. »Wo ist meine Mannschaft?« Und dann erstarrte er. »Moment mal. Ich war dem Tod nahe.« Er untersuchte seine Arme und Beine, an denen nur noch Spuren des Ausschlags zu erkennen waren. »Keine Pocken mehr. Und gestorben bin ich auch nicht.«

Zu seiner Verwunderung fing das Mädchen an zu kichern, lachte dann hinter vorgehaltener Hand derart hemmungslos, dass er nur noch ungehaltener wurde. »Was hast du denn? Bist du übergeschnappt? Und bei allen Heiligen und Engeln – wo bin ich eigentlich?«

Er begab sich zur Öffnung der Unterkunft und schaute hinaus ins trübe Morgenlicht. Nebelfetzen waberten über den

Boden, und die Luft war durchdrungen vom Salzgeruch des Meeres. Durch den Dunst erblickte er weitere Hütten, ebenso rund wie die, in der er sich befand, sowie Menschen, die um Kochstellen hockten.

Als er einen Klaps auf seiner Schulter spürte, drehte er sich um und stand fast in gleicher Augenhöhe dem Mädchen gegenüber. Himmel, wie groß sie war! Nur dass sie jetzt nicht mehr kicherte, sondern mal hier, mal dort seine Arme berührte, ganz zart, so als huschten Schmetterlinge über seine Haut. Dazu plapperte sie in der ihr eigenen Sprache, erklärte etwas, schien es jedenfalls zu versuchen. Gestikulierte. Deutete irgendetwas auf seiner Haut an und dass sie wohl etwas gekocht und ihm auf die Gliedmaßen gestrichen hätte.

»Was sagst du da, Mädchen? Dass du Pocken heilen kannst?« Seine rotgoldenen Brauen zogen sich zusammen. »Deshalb haben sie mich nämlich im Meer ausgesetzt. Weil ich krank wurde und der Kapitän und die Mannschaft dachten, das sei ansteckend und könnte sie alle umbringen. Ich bin Chronist, musst du wissen, ich fuhr mit Cabrillo zur See. Nach einem Zwischenstopp in einer von hier aus südlich gelegenen Bucht, wo wir Wasser fassen wollten, überzog sich meine Haut mit einem pockenartigen Ausschlag, und die Seeleute, diese syphilitischen Hurensöhne, schmissen mich über Bord, unweit einer dieser verfluchten Inseln, auf denen solche wie du leben. Keiner hatte Erbarmen mit mir. Nicht eine einzige christliche Seele war darunter.«

Er hielt inne, rieb sich das Kinn. »Ich weiß noch, dass ich im Wasser rumschwamm«, sagte er leise, »und meine Vaterunser und Ave Marias betete. Und dass das Schiff den Anker lichtete und in See stach und ich auf einem Stück Holz von der gnadenlosen Flut von den Inseln abgetrieben wurde. Meine entzündete Haut brannte wie Feuer. Ich hab mich ge-

fragt, ob ein Mensch elender zugrunde gehen kann als so. Und dann ...« Er lauschte in sich hinein, versuchte sich zu erinnern. »Ich bin wohl ohnmächtig geworden vor Durst. Durst – das ist das Letzte, was ich noch weiß. Und jetzt ...«
Das Mädchen hörte mit großen, furchtlos blickenden Augen und, wie er fand, geduldig wie eine Nonne zu, so als hätte sie ihn verstanden. Natürlich hatte sie das nicht. »Wie hast du das zuwege gebracht? Nicht mal unser Schiffsarzt konnte mir helfen.«
Anhand seiner Gesten begriff sie schließlich seine Frage. Sie bedeutete ihm zu warten und eilte aus der Hütte. Das gab Godfredo Zeit, Strümpfe und Kniehosen zusammenzusuchen und seine Blößen so gut wie möglich zu bedecken. Das Mädchen kam mit einem Stein zurück, auf dem ein Zweig lag, plapperte wieder in ihrer komischen Sprache.
»Ich verstehe kein Wort«, sagte er und griff nach dem Zweig. Sie schrie auf und wich zurück. Dann erklärte sie lachend und gestenreich, dass dies die Pflanze sei, die die Reizung auf seiner Haut verursacht habe. Mit zu Schlitzen verengten Augen musterte er die aggressiven, in Büscheln zu dreien angeordneten Blätter mit den kleinen grünlichen Blüten. Trotz seiner umfassenden botanischen Kenntnisse, auf die er mit Recht stolz sein durfte, war er sich sicher, dass diese Spezies in Europa unbekannt war.
Es gelang ihm zu rekonstruieren, was passiert war: Die Pflanze war hier heimisch und überall anzutreffen. Den Gesten des Mädchens zufolge machte sie auch ihrem Volk nicht selten zu schaffen, aber sie besaßen ein entsprechendes Heilmittel. Als Fremder wusste er natürlich nichts von den giftigen Eigenschaften dieses Gewächses, mit dem er in Berührung gekommen sein musste, als er und die Mannschaft in der Bucht im Süden an Land gegangen waren.

Sie reichte ihm einen Korb mit langen, von einer rötlichen Schale umgebenen Stängeln mit dunkelgrünen Blättern und zahlreichen bräunlich gelben Blüten, die er auf Anhieb als Beifuß erkannte, der so genannten Mater Herbarum, der Mutter aller Kräuter, die man in ganz Europa zur Linderung von allerlei kleineren Leiden verwendete, auch als Tee und zum Würzen von Speisen.

»Demnach hatte ich nur einen ganz gewöhnlichen Ausschlag?«, meinte er schließlich. »Einen, den selbst Kinder und Alte zu behandeln wissen? Und dieses Lumpengesindel hat mich *deshalb* im Meer ausgesetzt?«

Erst schien sie verwirrt zu sein, dann lächelte sie, lachte schließlich lauthals los angesichts der Entrüstung und des aufgestauten Zorns eines Mannes, der sich dem Tode nahe geglaubt hatte und jetzt erfuhr, dass es nur eine juckende Hautreizung gewesen war.

»Du albernes Ding«, knurrte er und sah sich verärgert in der Grashütte nach seinen übrigen Kleidern um. »Warum findest du das alles so komisch?«

Er wollte sich sein Hemd überstreifen, aber sie packte ihn am Arm und schüttelte energisch den Kopf.

»Warum denn nicht? Das sind meine Sachen, und ich habe nicht vor, so nackt wie du rumzulaufen!«

Wieder schüttelte sie den Kopf. Unwillkürlich verglich er ihr langes flatterndes Haar mit den Schwingen eines Raben. Sie strich ihm über die Arme und deutete dann von Kopf bis Fuß auf seinen Körper, schob zu seinem Entsetzen schließlich auch noch eine Hand in seine Achselhöhle und hielt sich mit der anderen die Nase zu.

»Donner und Doria«, sagte er. »Soll das heißen, dass ich *stinke*? Na klar stinke ich, Weib, das ist der Schweißgeruch eines rechtschaffenen Mannes. Wofür, meinst du, ist Parfüm gut? Ihr Wilden wisst natürlich nicht, was Parfüm ist, ihr belästigt einen mit euren Ausdünstungen.«

Als er ihr aus der Hütte folgte, wurde er von einer wartenden Menge in Empfang genommen. »Grundgütiger Himmel! Sind denn hier alle nackt?«

Einige wichen zurück, als sie seinen Ausruf hörten, aber nachdem das Mädchen ihnen rasch in ihrer Sprache die Zusammenhänge erklärt hatte, lächelten sie, der eine oder andere lachte sogar. Jetzt redete sie auf einen Mann mit Federn im Haar ein, hastig und wild gestikulierend und keineswegs so wie die gesitteten spanischen Damen, mit denen der Fremde Umgang pflegte, bis der gefiederte Mann zum Zeichen, dass er verstanden hatte, nickte und den Besucher am Arm packte.

»Wo bringst du mich hin? In den Suppentopf? Ist es das? Wollt ihr mich vielleicht auffressen?« Aber nein, man geleitete ihn in eine lange und niedrige Unterkunft aus Gras, in der es sehr heiß war und wo nackte Männer vor sich hin schwitzten und Rauch einatmeten und sich dann die nach außen dringenden Giftstoffe von der Haut schabten.

Als auch er sauber und wohltuend erfrischt und wieder in Kniehosen und Hemd, die zwischenzeitlich ebenfalls ausgeräuchert worden waren, die Schwitzhütte verließ, wartete bereits das Mädchen auf ihn.

Jetzt, da er seine fünf Sinne wieder beisammenhatte, musterte er sie eingehender. Intelligente Augen. Und in Anbetracht dessen, was sie für ihn getan hatte, sagte er etwas freundlicher: »Lieber Gott, ihr seid tatsächlich ganz vernünftig. Der Kapitän hielt euch für wilde Tiere ohne jeden Verstand. Aber mit deiner Klugheit hast du mir das Leben gerettet. Dafür habe ich dir noch gar nicht gedankt. Verzeih mir. Ich bin von den Toten auferstanden, und alles, was mir durch den

Kopf ging, war dieses Lumpenpack, das mich über Bord geschmissen hat. Ich bin Don Godfredo de Alvarez. Zu deinen Diensten.« Er verbeugte sich. »Ist hier jemand, dem ich mich für eure Hilfe erkenntlich zeigen kann?«
Sie starrte ihn verständnislos an.
»Das kann ja heiter werden – keine gemeinsame Sprache und keinen Dolmetscher. Wie soll ich dir denn klar machen, dass ich dir meine Dankbarkeit beweisen möchte? Welches Geschenk habe ich zu bieten außer den Kleidern, die ich am Leib trage – und die du mir, wie ich hinzufügen darf, bereits einmal ausgezogen hast!«
Er bemerkte den fragenden Ausdruck in ihren Augen und wie die Menge, die sich um sie herum eingefunden hatte, miteinander tuschelte und immer wieder auf ihn deutete. Seine Augengläser!
Er nahm sie ab, worauf die Umstehenden den Atem anhielten. Einige suchten sogar angsterfüllt das Weite. »Nicht doch«, sagte er. »Davor braucht ihr euch doch nicht zu fürchten.« Als er sie dem Mädchen hinhielt, wich sie entsetzt zurück.
Er setzte sich die Augengläser wieder auf die Nase. »Ich habe sie bei einem Linsenmacher in Amsterdam gekauft, für ein schönes Stück Geld. Ohne sie kann ich weder mein Pergament beschreiben noch in meinen frommen Büchern lesen.«
Der Mann mit dem Federschmuck im Haar, offenbar der Häuptling, trat vor, deutete auf Godfredos Hand und sagte etwas. Godfredo runzelte fragend die Stirn, dann dämmerte ihm, was der Mann meinte, und er sagte: »Das ist ein Ring. Aus Silber.« Er streckte die beringte Hand dem Häuptling hin, aber auch der wich zurück. Dies bewog Godfredo, sich die Grasröcke und die Tierhäute anzusehen, die Perlen und Vogelknochen, die Speere mit den aus Stein gefertigten Spitzen. »Ihr kennt kein Metall?«, fragte er verblüfft, zumal er gerade

aus dem südlich gelegenen Neu-Spanien kam, wo die Azteken, deren Land sie erobert hatten, mit der Gewinnung von Metall und seiner Verarbeitung vertraut waren, sich auf das Weben von Stoffen verstanden, gewaltige Pyramiden und Tempel aus Stein errichtet hatten, Papier herstellten, nach einem komplizierten Kalender lebten, eine Schrift besaßen und Schulen besuchten, in denen ihnen wissenschaftliche und allgemeine Erkenntnisse vermittelt wurden. Merkwürdig, dass ihre Nachbarn im Norden sich keine dieser Fertigkeiten angeeignet hatten. Warum nur hatte Gott diesen Menschen hier derlei Kenntnisse versagt? War es ein Segen oder ein Fluch, sie in Unwissenheit verharren zu lassen?

Gedankenverloren musterte er das barbusige Indianermädchen, dessen feuchtschwarze Augen ihn in Bann hielten. Allmächtiger, dachte er. Wie in einem Traum kam er sich vor.

Der Salzgeruch vom Meer her war jedoch zu wirklich, auch der Schrei der Möwen und die bittere Erinnerung daran, wegen einer Hautreizung über Bord geworfen worden zu sein. »Und all meine Sachen haben sie auch behalten«, fluchte er mit zusammengebissenen Zähnen vor sich hin. »Meine Bücher und Pergamentrollen, mein Gold und meine Preziosen. Dass sie mich in Kleidern ausgesetzt haben, ist wohl dem Umstand zu verdanken, dass sie abergläubisch sind und befürchteten, einen Mann nackt ins Meer zu schmeißen würde Unheil über das Schiff bringen.« Und im Stillen schwor er sich, beim heiligen Blut Christi und Santiagos, mit dem nächsten Schiff, das hier anlegte, nach Neu-Spanien zurückzukehren und dafür zu sorgen, dass es Cabrillo und seinen Höllenhunden noch Leid tun würde, jemals gezeugt worden zu sein.

Am Strand hatte sich eine Menschenmenge eingefunden und verfolgte das Tun des Fremden. Männer hockten im Sand und schlossen Wetten ab, was da wohl im Entstehen war – die einen meinten, eine Unterkunft, andere ein Kanu. Begleitet von einer Kinderschar, suchte Godfredo den Strand nach Treibholz und Seetang ab, schleppte dann vom Inland trockene Eichenäste an. Frauen ließen sich mit ihren Korbwaren häuslich nieder und flochten vor sich hin, ohne diesen Mann aus den Augen zu lassen, der emsig und stöhnend mit seinem fragwürdigen Werk zugange war. Auch Marimi schaute zu. Sie wusste als Einzige, was er vorhatte, war die Einzige, die seinen Schmerz nachempfand. Sein eigenes Volk hatte ihn verstoßen, genauso wie Generationen zuvor die Erste Mutter verstoßen worden war. Wie musste ihm ums Herz sein, wie einsam seine Seele. Vom Stamm getrennt, von den Geschichten, von den Vorfahren! Sie betete, dass sein Volk das Feuer sehen und zurückkommen würde, um ihn mit nach Hause zu nehmen.

Tag für Tag ging Godfredo zum Strand, schichtete umsichtig den Berg Holz und Gras auf, sorgte mit Häuten und Palmwedeln dafür, dass er trocken blieb. Stundenlang suchte er dann den Horizont nach einem Segel ab, bereit, den Feuerstoß zu entzünden, sobald er eins entdeckte, und sich durch Rauchzeichen bemerkbar zu machen, wie schiffbrüchige Seeleute dies seit Jahrhunderten taten. Und nach seiner Rettung würde er Rache üben, denn was Don Godfredo de Alvarez in seinem Innersten bewegte, war nicht etwa Schmerz oder Kummer oder Sorge, wie Marimi glaubte, sondern Zorn im Übermaß und der feste Vorsatz, diesen Schurken jede Stunde heimzuzahlen, die sie ihn sich selbst überlassen hatten.

Bis dahin blieb ihm nichts anderes übrig, als unter den Eingeborenen zu leben.

Man wies ihm eine eigene Hütte zu, ein aus Zweigen und Gras errichteter Rundbau mit einem Loch im Dach, damit der Rauch abziehen konnte. Und während er darauf wartete, dass ein Schiff auftauchte, versuchte Godfredo so viel wie möglich über die Menschen, in deren Mitte er lebte, zu erfahren, hatte er doch Spanien und den Gräbern seiner Frau und Kinder in erster Linie deshalb den Rücken gekehrt, um den Erdball zu bereisen und die neu entdeckten Länder zu erforschen.
Durch Gesten und Zeichnungen auf dem Boden gelang es ihm und Marimi, sich mehr oder weniger zu verständigen; nach einiger Zeit hatte sich Godfredo bereits den einen oder anderen Ausdruck der Topaa angeeignet und Marimi ein paar spanische Worte. Er erfuhr, dass sie mehrere Titel besaß: Hüterin der Höhle, Herrscherin über Kräuter und Gifte sowie Sterndeuterin, ein Amt, das sie bei der Geburt eines Kindes ausübte, um dem Neugeborenen die Zukunft vorauszusagen und ihm einen Namen zu geben. Weiterhin erfuhr er, dass sie ihr Leben lang unverheiratet bleiben musste, da zu befürchten stand, dass die körperliche Vereinigung mit einem Mann sie ihrer Macht berauben und nicht nur ihr Krankheit und Tod bringen würde, sondern dem gesamten Stamm.
Ein grässliches Schicksal, wie Don Godfredo befand.
Längst war er von den Topaa akzeptiert; die Männer forderten ihn auf, sich an ihren Glücksspielen zu beteiligen, die sie mit geradezu fanatischem Eifer betrieben, sodass ein Spiel sich über Tage hinziehen konnte. Godfredo lernte schnell, was es mit den Stöckchen auf sich hatte oder mit den Knöchelchen oder was immer die Spieler warfen oder rollten oder in die Luft schmissen. Er lernte, die Perlen, die als Zahlungsmittel dienten, richtig einzusetzen, und dass ein schlechter Verlierer abschätzig angesehen wurde. Auch eine Tonpfeife zu rauchen gewöhnte er sich rasch an; der Tabak schmeckte ihm. Von

Gärung wussten die Topaa nichts, weshalb sie keinen Alkohol tranken, um sich in Stimmung zu bringen. Als er aus wilden Trauben Wein herstellte und sich eines Nachts voll laufen ließ, gingen die Topaa auf Abstand, weigerten sich, von etwas zu trinken, was bei ihm bewirkte, dass ein böser Geist Besitz von ihm ergriff. Deshalb trank er nur noch, wenn er allein war. Was er zu schätzen lernte, worauf er sich geradezu freute, waren die Schwitzbäder, bei denen er mit den anderen Männern in der Hitze eines Feuers, dessen Rauch durch das Verbrennen verschiedener Borken einen Wohlgeruch verbreitete, zusammenhockte und sich die Haut sauber schabte, um dann erfrischt und mit neuem Tatendrang die Langhütte zu verlassen. Das jährliche Bad zu Hause hatte er dagegen stets widerwillig absolviert.
Andere Gepflogenheiten der Topaa allerdings verstörten ihn. Die Frauen mit ihren schwabbelnden Brüsten und die Männer im Adamskostüm! Geradezu schamlos war das! Außerdem fand Godfredo, dass ihre merkwürdigen Gesetze der Promiskuität Vorschub leisteten: Wenn ein Ehemann seine Frau mit einem anderen in einer eindeutigen Situation ertappte, hatte er das Recht, sich von ihr zu trennen und sich mit der Frau des anderen zusammenzutun. Eine andere Sache war die, dass die Topaa bei Vollmond rituelle Fruchtbarkeitstänze veranstalteten und sich dann in ihre Grashütten verzogen, und was dann dort vonstatten ging, blieb nicht verborgen. Unverheiratete Mädchen wurden ermutigt, sich einen Partner zu suchen, und mehrmals war es vorgekommen, dass verheiratete Frauen ihre Gunst Männern geschenkt hatten, die nicht ihre Ehegatten waren. Marimi versuchte zwar, dem schockierten Godfredo, der ein solches Verhalten missbilligte, zu erklären, dass die Vereinigung von Mann und Frau die Fruchtbarkeit der Erde wecke und sicherstelle, dass der

Stamm sich vermehre, dass das Beiliegen somit heilig sei, aber Godfredo hielt daran fest, dass sie eine unmoralische Rasse waren.
Eines Nachts, als sie sich bereits gut verständigen konnten, erzählte ihm Marimi die Geschichte ihres Stammes, bis zurück zur Ersten Mutter. »Woher weißt du das alles?«, fragte er. »Nichts ist aufgeschrieben.«
»Wir erzählen unsere Geschichte jede Nacht. Die Älteren den Jungen. Auf diese Weise bleibt sie erhalten.«
»Klingt nicht sehr zuverlässig. Eine Geschichte verändert sich, je öfter man sie erzählt.«
»Sie *muss* zuverlässig sein. Wir halten uns an den genauen Wortlaut. Kinder lernen sie auswendig, und wenn sie dann an der Reihe sind, sie zu erzählen, entspricht sie genau der, die sie von ihren Großeltern gehört haben. Wie bewahrt *ihr* denn die Erinnerung an eure Ahnen?«
»Wir haben Bilder. Geburtsregister. Bücher.«
Sie sprachen über ihre Götter. Er zeigte ihr das Kruzifix und erzählte ihr von Jesus. Sie berichtete ihm vom Schöpfer Chinigchinich und den sieben Riesen, den Begründern der menschlichen Rasse. Auch von der Mondgöttin sprach sie und dass die Topaa zu ihr beteten, was Godfredo recht einfältig fand, weil doch jeder wusste, dass der Mond lediglich ein Himmelskörper war, der, nicht anders als die Sonne und die Planeten, die Erde umkreiste.
Als er die ersten Male gemeinsam mit dem Stamm seine Mahlzeit eingenommen hatte, war er mit Blicken bedacht worden, die keinesfalls Missbilligung ausdrückten, obwohl er, wie er bereitwillig zugegeben hätte, gierig zulangte. Früher hatte er sein Essen regelrecht hinuntergeschlungen, beim Trinken geschlürft und zwischendurch schon mal einen fahren gelassen, ohne sich dafür zu entschuldigen. Hier hatte es

aber doch irgendwie den Anschein, dass ein derartiges Benehmen als unangemessen erachtet wurde. Wenn er sich jetzt abends zu dem ewigen Einerlei aus Eichelbrei oder Kanincheneintopf oder Muschelsuppe niederließ, dachte er umso sehnsüchtiger an die Köstlichkeiten zu Hause, an Rebhühner und Fasane, Würste und Speck, Quittenmarmelade, Florentiner Käse und Marzipan aus Siena. Er lechzte nach Rindfleisch, Lamm, Schwein, Geflügel, Tauben, Ziege und Lamm, nach Keksen und Brot, nach Fleischpasteten, Konfekt und kandierten Mandeln, nach Pilzen und Knoblauch, Gewürznelken und Oliven. Käse, Eier, Milch und Butter tauchten vor seinen geschlossenen Augen auf. Wer hätte gedacht, dass einem Mann solch alltägliche Kost derart fehlen würde? Hitzige, wiewohl freundschaftliche Diskussionen fielen ihm ein, etwa um die Qualität eines bestimmten Käses – Brie, Gruyère, Parmesan. Wie gern hätte er dem Häuptling der Topaa erzählt, dass ein guter Roquefort oder ein würziger Schweizer Käse ungemein köstlich schmeckte. Aber das hätte der Mann nicht verstanden. Die Topaa verwendeten nicht die Milch von Tieren. Dafür waren sie ausgezeichnete Fischer, und Nahrung aus dem Meer gab es reichlich – auch wenn jeder zivilisierte Mensch wusste, dass mit einer guten Soße Fisch noch besser mundete. Vor allem aber verlangte es Don Godfredo nach einem guten Bordeaux.

Wenn er nicht aß oder schlief oder spielte, hielt er am Strand Ausschau – bei Tagesanbruch und zur Zeit der Abenddämmerung, bei Sonne und Regen, Nebel und Wind, allein auf den Dünen oder aber mit einer Schar Kinder, die noch immer von dem Fremden fasziniert waren. Dann redete er in seiner Sprache zu ihnen, spähte zwischendurch immer wieder hinaus aufs Meer. Wären die Topaa des Spanischen mächtig gewesen, hätten sie gemerkt, dass Don Godfredo sehr gebildet

war, dass ihm seine Bücher abgingen, sein Instrumentarium, um Berechnungen anzustellen, seine alchemistischen Reagenzgläser und Phiolen, dass er sich nach seinem Astrolabium, seinem Quadranten und seinen Karten sehnte, nach seinen Uhren und Stundengläsern und Sonnenscheiben, nach Federkielen und Pergament, Tinte und Buchstaben und Worten. Darüber hinaus hätten sie erfahren, dass Don Godfredo wohlhabend war und Bequemlichkeit liebte und dass er Schlösser und weiche Sessel, feines Geschirr und Taschentücher, Federbetten und einen wärmenden Kamin entbehrte. Dazu das politische Geschehen und die Intrigen bei Hofe und Kenntnis darüber, wer augenblicklich gut angesehen war und wer nicht mehr. Die intellektuelle Auseinandersetzung! Sein Pferd! Nach allem, was er als selbstverständlich erachtet hatte, verlangte es ihn jetzt so sehr, dass er den Verzicht darauf geradezu als körperlichen Schmerz empfand.
Eines Morgens, als alles in grauen Nebel getaucht war, keine Möwen am Himmel kreisten und nicht einmal die Kanus zum Fischfang zu Wasser gelassen wurden, musste Don Godfredo, als er in seinen von Feuchtigkeit durchdrungenen Kleidern trübsinnig am Strand stand, an einen Roman denken, der zurzeit in Spanien Furore machte und der den Titel *Sergas de Espléndian* trug. Es ging darin um einen Ritter namens Espléndian, der während der Belagerung von Konstantinopel das Kommando über die Verteidigung der Stadt gegen die anstürmenden Heiden innehatte. Da tauchte plötzlich unter den Belagerern eine Königin von einer weit entfernten, legendären Insel auf, die »rechter Hand von Indien, unweit des irdischen Paradieses« lag. Diese Insel wurde von Frauen mit ebenholzfarbener Haut bewohnt, deren Waffen aus Gold waren, und in den Bergen lebten prächtige Greife. Wenn die Greife Nachwuchs bekamen, so die Geschichte, bemächtigten

sich die Amazonen dieser Jungen und fütterten sie mit männlichen Säuglingen, die die Frauen geboren hatten, sowie mit männlichen Gefangenen. Im weiteren Verlauf des Romans wurde die Königin zum Christentum bekehrt, achtete fortan die Männer, heiratete den Cousin von Esplándian und kehrte mit ihm auf ihr wundersames Eiland zurück.
Jeder, der das Buch gelesen oder die – wohlgemerkt frei erfundene – Geschichte gehört hatte, fragte sich, ob es diese legendäre Insel nicht vielleicht doch gab. Dementsprechend hatte Cabrillo, als er von Mexiko aus Segel setzte, um die nördliche Küste zu erforschen, insgeheim gehofft, ein Land zu entdecken, in dem das einzige Metall wie in dem Buch Gold war. Als sie dann in der Bucht im Süden ankerten und sahen, wie primitiv die Eingeborenen lebten und dass es weder Gold noch herrliche Amazonen noch solche Fabelwesen wie Greife gab, benannten sie hämisch und aus Enttäuschung das Land nach jener Insel: California.
Bei der Erinnerung daran wurde Don Godfredo schwermütig. Weil die Menschen hier nichts besaßen, was für die spanische Krone von Wert gewesen wäre, mochten Jahre vergehen, bis wieder ein Schiff aufkreuzte! Die Wilden hier konnten zwar seinem Körper Nahrung geben, nicht aber seiner Seele. Sie würde verkümmern und sterben und er den Verstand verlieren.
In seiner Verzweiflung schaute er den Strand entlang und sah, dass Marimi, die hochgewachsene Gestalt in Seehundfell gehüllt, die dunklen Augen voller Trauer, ihn beobachtete. Wie konnte er ihr begreiflich machen, dass er diese Hölle, in die ihn seine Kumpane geschickt hatten, nicht ertrug, dass ein Mann eine Aufgabe brauchte, dass er wahnsinnig wurde, wenn er nichts weiter tat als essen und spielen und Pfeife rauchen? »Ich bin ein gebildeter Mann!«, brüllte er dem Wind

zu. »Ich verfüge über Verstand und ich bin wissbegierig! Soll ich denn hier versauern?!«
Marimi trat auf ihn zu und griff nach seinen Händen, drehte die Handflächen nach oben. Sie sagte etwas, aber er schüttelte nur den Kopf. »Ich kann dich nicht verstehen.«
Sie wies auf die Kanus am Strand, auf die Harpunen und Netze. Sie zählte die Namen der Fischer auf, die er kennen gelernt hatte. Sie deutete zur Hütte des Mannes, der Steinmesser herstellte, dann zur Unterkunft der älteren Frau, die Muschelperlen fertigte. Sie hielt ihm seine eigene Hand vors Gesicht und fragte etwas.
»Was ich mache? Willst du das wissen?« Godfredo hatte immer wieder versucht, ihr seinen Beruf zu erklären, aber wie erklärt man einem Mädchen, das das Alphabet nicht kennt und nicht schreiben kann, dass er Chronist war?
Und dann kam ihm die Erleuchtung. »Himmel noch mal! Jetzt weiß ich, was du mir sagen willst! Deshalb bin ich doch aufgebrochen! Um die Reisen und Entdeckungen abenteuerlustiger Männer aufzuzeichnen! Und was tu ich? Hock auf meinem Hintern und warte drauf, dass man mich rettet!«
Am liebsten hätte er sie auf der Stelle geküsst und es auch beinahe getan, wenn sie ihn nicht plötzlich so merkwürdig angeschaut hätte, so als hätte sie seine Absicht erkannt, und zurückgewichen wäre.
Godfredos düstere Stimmung schlug um in Begeisterung für sein Vorhaben. Als Erstes tauschte er seinen eleganten Samthut gegen eine Hand voll Federn aus dem Kopfschmuck des Häuptlings und schnitzte sich daraus Schreibkiele. Einem Jäger bot er sein wattiertes Wams für das Fell des Rehs an, das dieser in den Bergen erlegt hatte, und tagelang, derweil der Stamm sich an Wildbret delektierte, sah man ihn das Rehleder bearbeiten, abschaben, spannen und mit Kalk und Bims-

stein glätten, bis er etwas hatte, was er Pergament nannte. Tinte lieferte ihm der Saft des Tintenfischs.

Er war bereit, mit seinen Aufzeichnungen zu beginnen. Dazu musste er erst einmal wissen, wo er eigentlich war.

Als die Spanier auf ihrem Weg nach Norden diese Ebene gesichtet hatten, hatten sie sie Tal des Rauchs genannt. Nicht nur wegen der vielen Lagerfeuer, die zu erkennen gewesen waren, sondern auch wegen der planmäßig gelegten Buschfeuer, die Marimi zufolge neues Wachstum beschleunigten und verheerende Flächenbrände verhinderten. Einen solchen Flächenbrand hatte Godfredo bereits mitbekommen; tagelang hatte das Feuer gewütet, genährt von dichtem und trockenem Gestrüpp. Um dem zuvorzukommen, brannten die Indianer von Zeit zu Zeit und kontrolliert bestimmte Regionen ab. Natürlich mit der Folge, dass sich der Rauch wegen der umstehenden Berge nicht so schnell verflüchtigte und über dem Becken lagerte; an manchen Tagen waren nicht einmal mehr die Gipfel der Berge auszumachen.

Godfredo beschloss, eine Landkarte anzufertigen.

Marimi führte ihn. Wenn sie vor ihm die Pfade beschritt, schwankten ihre üppigen Hüften vor seinen Augen, und hin und wieder erspähte er durch ihren Grasrock hindurch einen weichen, bronzefarbenen Schenkel. Auf Hügelkämmen hielt sie inne, deutete auf Flächen, nannte sie beim Namen. Auf der nördlichen Seite der Topaa-ngna-Berge lebten die Chumash, ihr Dorf hieß Maliwu. Godfredo wiederholte das Wort, sagte aber fälschlicherweise Malibu, worüber Marimi lachen musste. Die Topaa und Chumash waren verfeindet und vermischten sich nicht. Ihre Grenze bildete der Maliwu-Fluss, und zu Godfredos Verwunderung verfügten sie über eine eigene Sprache. »Aber sie leben doch mal gerade auf der anderen Seite der Berge!« Dann aber fiel ihm ein, dass Frankreich und

Spanien ja auch nur durch ein Gebirge getrennt waren. Marimi machte ihn auf weitere Ansiedlungen aufmerksam: auf die der Kawengna und die der Simi. Sie zogen über die Gipfel in ein mit Eichen durchsetztes Tal. Da es keinen Namen hatte, nannte Godfredo es nach den Bäumen – Los Encinos.

Auf ihrer Wanderung vorbei an mehreren Topaa-Dörfern und Siedlungen anderer Stämme fiel ihm auf, dass es nirgendwo Krieger gab. Speere und Pfeile schienen hauptsächlich für die Jagd bestimmt zu sein, nicht aber für den Krieg. Auseinandersetzungen zwischen Stämmen, erklärte Marimi, seien selten und für gewöhnlich rasch beigelegt. Und in der Tat wirkten die Bewohner dieses Tals des Rauchs allgemein friedfertig und nicht aggressiv, im Gegensatz zu den kulturell hoch entwickelten Azteken, die vor ihrer Niederwerfung kämpferisch eingestellt und rachedurstig gewesen waren. Auch ein Vergleich mit seiner eigenen, der in Blut getauchten Geschichte der Europäer drängte sich Godfredo auf. War es etwa so, dass Fortschritt Feindseligkeiten heraufbeschwor?

Was ihm noch auffiel, war, wie ehrfürchtig sich das Mädchen dem Land gegenüber verhielt. Alles wurde geachtet und mit einem Ritual gewürdigt. Ehe Marimi eine Frucht vom Baum pflückte oder Wasser aus einer Quelle trank, ging dem zumindest ein schlichtes Zeremoniell in Form einer Bitte oder einer Anerkennung voraus. Godfredo hatte auch gesehen, dass die Indianer ein erlegtes Tier um Vergebung baten. »Geist in diesem Kaninchen, vergib, dass wir von deinem Fleisch essen. Mögen wir gemeinsam den Kreis des Lebens vollenden, das uns der Schöpfer aller Dinge gegeben hat.« Wie Marimi erklärt hatte, glaubte man, das gejagte Wild ergebe sich freiwillig, sofern der Jäger ihm mit gebührender Achtung entgegentrat.

Weil Marimi sich nicht weit von ihrem Stamm entfernen

wollte und Godfredo nicht von der Küste, währte ihr Ausflug für die kartographischen Aufzeichnungen nicht allzu lange. Nach ihrer Rückkehr und Fertigstellung der Karte fing Godfredo mit der Niederschrift seiner Chronik an, von der er annahm, sie würde nach seiner Rückkehr in Spanien und ganz Europa Aufsehen erregen. Er überschrieb das Pergament mit *Hier beginnt die Chronik und Geschichte meines Aufenthalts unter den wilden Indios von California.* Und er ging mit einem derartigen Eifer ans Werk, dass für andere Gedanken kein Raum blieb, schon weil er hoffte, dadurch einem Schicksal zu entrinnen, das schlimmer war, als auf einer Holzplanke im Meer ausgesetzt zu sein: Es gelüstete ihn nach einem Mädchen, das gelobt hatte, ein Leben lang keusch zu bleiben.

Da es nichts an wissenschaftlichen Erkenntnissen zu verzeichnen gab, begann er mit der Heilkunst, notierte die Heilmethoden und Rituale, denen beizuwohnen Marimi ihm gestattete. Bei einem zahnenden Säugling nahm sie Blütenblätter der Heckenrose, trocknete sie, kochte sie dann auf und bestrich damit das Zahnfleisch des Kindes. Zur Behandlung von Gelbsucht kämmte sie sich das Haar über der noch kochend heißen Eichelsuppe, sodass die Läuse in die Suppe fielen. Godfredo war beeindruckt, entsprach dies doch den Gepflogenheiten in Spanien, wo jeder wusste, dass mit Läusen versetztes Trinkwasser das beste Mittel gegen Leberleiden war.
Er bekam auch Behandlungsmethoden mit, die nicht so eindeutig umrissen oder wissenschaftlich zu begründen waren – wenn nämlich Kräuter und Medizinen nichts halfen und Zauberkräfte herangezogen werden mussten. Godfredo wusste, dass es nicht die »Kraft« in der Adlerfeder war, die Heilung brachte, oder die Reißzähne des Kojoten oder die Haut der Klapperschlange, sondern der unerschütterliche Glaube des

Kranken in die Heilende und der Heilenden an sich selbst. Wenn beide fest daran glaubten, Marimi werde den Patienten gesund machen, trug die positive Einstellung des Patienten zur Genesung bei. Dieses Verfahren nötigte Godfredo direkt Bewunderung ab. Wenn es doch in Europa ebenso sein könnte, wo die meisten Ärzte Scharlatane waren! Und wenn der Wille des Kranken nicht ausreichte, dann trug der Wille des Clans zur Heilung bei – dieses Wunder konnte Godfredo bezeugen: Eines Tages wurde ein von einem Speer durchbohrter Seehundfänger an Land gebracht. Die Wunde eiterte, und der Verletzte hatte hohes Fieber. Marimi entzündete mit dem entsprechenden Ritual ein Lagerfeuer neben dem Sterbenden, seine erste Familie bildete einen engen Kreis um ihn, dahinter seine zweite Familie, bestehend aus Cousins, Onkeln und Tanten. Jetzt klapperte Marimi mit Rasseln in die vier Hauptrichtungen, rief deren Macht an. Sie sang den Mond an. Sie verteilte zerstampften Seetang über dem Körper des Mannes und malte ihm mit Seehundfett und Farbe geheimnisvolle Symbole auf die glühende Haut. Dann hielt sie einen Stein, auf dem Abbildungen von Hundertfüßlern eingeritzt waren, erst dem Mond, dann den vier Winden entgegen, ehe sie einen Klumpen heißes Harz auf den Stein tropfte und dadurch die Abbildungen der Hundertfüßler, Symbole des Todes, überdeckte, »tötete«. Sofort atmete der Mann befreiter, das Fieber schwand, und nach weiteren Gesängen seiner Familie schlug er die Augen auf und bat um Wasser.
Godfredo sprach von Zauberei, Marimi nannte es das Zutun von Geistern. Wenn dagegen Marimi etwas als Zauberei bezeichnete, war das laut Godfredo nichts anderes als eine wissenschaftlich fundierte Erkenntnis. Als er sie endlich dazu überredete, einmal seine Augengläser aufzusetzen, schrie sie auf und sagte, der darin verborgene Zauber lasse sie in eine

andere Welt schauen. Vergeblich versuchte er sie über Glas und Linsen aufzuklären; Marimi wollte nichts davon hören. Und schon gar nicht demonstriert bekommen, wie er damit ein Feuer entfachen konnte, indem er sie einfach in die Sonne hielt, ohne einen Stock in ein Stück Holz bohren zu müssen.
Er schrieb die religiösen Praktiken der Topaa auf. Zur Wintersonnenwende fand sich der gesamte Stamm in einem heiligen Canyon ein und wartete dort, dass Marimi aus einer Höhle trat. Als sie erschien, klopfte sie dreimal auf den Stein an ihrem Sonnenstab, reckte dann den Stab zum Himmel empor und »zog« die Sonne zurück nach Norden, was das Ende des Winters symbolisieren sollte und die allmähliche Rückkehr der Sonne. Auch dass alle jubelten, vermerkte Godfredo in seinen Aufzeichnungen.
Genauso verfuhr er mit ihren alltäglichen Gewohnheiten. Als er sah, wie Marimi in einem Korb Eichelmus kochte und heiße Steine in das dünnflüssige Mahl warf und ständig umrührte, damit der Korb nicht Feuer fing, fragte er: »Warum nimmst du keinen Topf?«
Erst ihr verständnisloser Blick erinnerte ihn daran, dass er keinerlei Tongeschirr im Dorf gesehen hatte. Da gab es zwar ein paar Behältnisse aus Stein, die das Inselvolk gegen Harz eingetauscht hatte, aber Gebrauchsgegenstände aus Ton besaßen die Topaa nicht, stellten sie nicht her; sie benutzten ausschließlich Körbe – ob zum Kochen, zum Aufbewahren von Samenkörnern oder zum Wasserholen.
In seiner Chronik notierte Don Godfredo auch, dass die Zähne der älteren Topaa bis auf die Kiefer abgekaut waren – nicht abgebrochen oder ausgefallen, sondern abgewetzt. Der Grund lag auf der Hand: Der Eichelbrei war mit grobem Sand durchsetzt, in die zerstampften Samenkörner gelangte unwillkürlich eine gewisse Menge Steinpuder, und Wurzeln und

Knollen wurden samt der daran haftenden Erde roh verzehrt.
Des Weiteren hielt Don Godfredo fest, dass die Topaa keine Felder bestellten, das heißt nichts anbauten außer ein wenig Tabak, dessen Blätter nach der Ernte auf erhitzten Steinen getrocknet und dann in kleinen Mörsern zu Tabak für ihre Pfeifen zerstampft wurden.
Hauptsächlich aber ging es in seiner Chronik um Marimi, die ihm immer mehr ans Herz wuchs. Er beobachtete sie, wenn sie ihren Pflichten den Göttern gegenüber nachkam, wenn sie vor ihren Stamm trat, ihr Lachen, ihre natürliche Intelligenz; geheimnisvoll blieb, wenn sie sich einmal im Monat fünf Tage lang allein in eine kleine Hütte am Rande des Dorfes zurückzog, für niemanden zu sprechen war und ihr Essen und Wasser von weiblichen Angehörigen entgegennahm. Bis Godfredo dahinter kam, dass sich alle menstruierenden Mädchen und Frauen des Stammes so verhielten, weil das Monatsblut gewaltige Mondkraft besaß, die es zu bannen galt. Wenn eine Frau während ihrer Periode mit einem anderen Mitglied des Stammes sprach oder sein Essen berührte oder über seinen Schatten schritt, konnte er krank werden und sterben. Es hieß auch, Frauen seien in dieser Zeit anfällig für Krankheiten, weshalb es ihnen untersagt war, sich das Haar zu waschen, Fleisch zu essen, sich bei der Arbeit zu verausgaben, ihren Männern beizuliegen.
Dann kam der Tag, da Godfredo die Frage, die ihm auf dem Herzen brannte, nicht länger für sich behalten konnte. Er fragte Marimi, was passieren würde, wenn sie sich mit einem Mann vereinigte. »Ich würde verbannt werden, und Unheil würde über den Stamm kommen.«
»Und was ist mit dem Mann?«
»Der Stamm würde ihn umbringen.«

Lärm und der Geruch von Rauch weckten ihn.
Er trat vor die Hütte. Alle in der Siedlung waren emsig beschäftigt, Fische in Körbe zu schichten und Otterfelle zu Bündeln zu schnüren. Und schließlich auch noch ihre Unterkünfte anzuzünden. Der Grund für all dies war, dass sie zu ihrer alljährlichen Wanderung ins Innere des Landes aufbrachen, zu Tauschgeschäften mit anderen Stämmen, und dass dies auch die Zeit war, ihre Behausungen niederzubrennen, um nach der Rückkehr neue zu errichten, auf regeneriertem Boden.
Als Godfredo sah, wie die Männer sich die schweren Lasten auf den Rücken wuchteten und mit Riemen befestigten, die sie über die Stirn spannten, nahm er sich vor, ihnen zu zeigen, wie man Räder und Wagen herstellte. Und als sie zu Fuß gen Osten aufbrachen, fragte er sich, ob es in diesem Land keine Pferde gebe oder vielleicht Esel, irgendetwas, was sich zähmen und als Lasttiere verwenden ließ. Über diesen Plan grübelte er während der zwei Tage, die sie unterwegs waren, angestrengt nach.
Längst war sein Haar nachgewachsen. Es zu stutzen war nicht möglich, da die Topaa weder Scheren kannten noch Rasiermesser noch Kämme. Ihre Steinmesser taugten nur für grobe Arbeiten. Da auch sein Bart inzwischen verwildert war, gewöhnte er sich an, ihn jeden Tag mit scharfen Muschelschalen abzuschaben. Jetzt, während er auf dem Weg nach Osten vor sich hin sinnierte, malte er sich aus, dass er die Topaa lehren könnte, Metall aus der Erde zu gewinnen und es zu Gebrauchsgegenständen wie Messer aller Art sowie zu Töpfen zu verarbeiten.
Vieles ging ihm durch den Kopf, als sie zu Fuß dem alten Trampelpfad folgten, diese unübersehbare Menschenschar, ohne ein einziges Tier in ihrer Mitte. Sie kamen an anderen Siedlungen vorbei, von denen einige ebenfalls im Zuge der

großen Zusammenkunft niedergerissen wurden. Sie befanden sich jetzt östlicher, als Godfredo jemals gewesen war, etwa fünfzehn Meilen landeinwärts. Und obwohl sich die einzelnen Stämme in ihren Bräuchen mehr oder weniger ähnelten, gab es so viele unterschiedliche Sprachen wie in Europa. Marimi wies darauf hin, dass der Pfad, dem sie folgten, der war, den die Erste Mutter beschritten hatte, als sie vor vielen Generationen ihren Fuß in diese Ebene setzte, und dass das Volk glaubte, es gebe ihn seit Anbeginn der Zeit.

Endlich waren sie am Ziel angelangt, einem riesigen Lager aus vielen Stämmen und mit entsprechend vielen Hütten. Hier, erklärte Marimi Godfredo, könnten sie eintauschen, was sie brauchten, um ihre Kanus und Körbe wasserdicht zu machen. »La brea«, sagte er, der spanische Ausdruck für die mit brodelndem Pech gefüllten Gruben inmitten des Lagers.

Auch Geschäfte mit Händlern von Stämmen, die weit im Osten siedelten, im Dorf Cucamonga oder noch weiter entfernt, waren Zweck der Zusammenkunft. Als Godfredo sah, dass der alte Pfad weiter nach Osten verlief, fragte er, wohin er führe. »Yang-na«, erwiderte Marimi, und aus ihren Gesten schloss er, dass sie niemals dort gewesen war, niemals weiter als bis zu diesen Pechgruben.

»Du weißt nicht, was jenseits von hier liegt?«, fragte er nochmals, als sie aus mitgebrachtem Reisig ihre Unterkünfte errichteten.

»Warum?«

»Um sich mal umzusehen, wie es dort ist.«

»Wozu?«

Don Godfredo, der Tausende von Meilen gereist war, konnte nicht fassen, dass dieses Mädchen keine Ahnung von der großen weiten Welt hatte, gar nicht wusste, dass sie auf einer Kugel lebte, die einer Umlaufbahn im Weltraum folgte, dass in entlegenen Ländern jenseits des Ozeans von Menschen erbaute Kathedralen zum Himmel emporragten. Diese elenden, mit stinkendem Pech gefüllten Tümpel bildeten die östlichste Begrenzung ihrer Welt. Im Norden schloss ihr Land an einen Gebirgskamm an, auf dem heilige Eichen wuchsen und den sie nicht überquerte, im Westen und Süden war da ein Ozean, der, wie sie glaubte, den Himmel stützte!

Aber wir wissen doch seit fünfzig Jahren, wollte er ausrufen, dass die Welt keine Scheibe ist. Und ganz gewiss nicht von der Größe einer normalen Bratpfanne wie *deine* kleine Welt, sondern weiträumig und erschreckend und überwältigend mit ihren Wundern. Er versuchte, ihr davon zu erzählen, zeichnete Skizzen auf den Boden, deutete mit den Händen Erhabenes an – vergebens. Marimi lachte nur über seine Verrenkungen und meinte, das sei durchaus hübsch ausgedacht.

Von da an wusste Godfredo, was zu tun war. Während Marimis Volk damit beschäftigt war, Eicheln, Speckstein, Meeresfrüchte, Otter- und Seehundfelle gegen Töpferwaren, Mesquitesamen und Rehleder zu tauschen und dabei mit ihren aufgefädelten Muschelperlen zu klimpern, dem allgemein gültigen Zahlungsmittel, legte er sich insgeheim seinen Plan zurecht: Wenn spanische Schiffe auftauchten, was sie eines Tages unweigerlich tun mussten, wollte er dieses Mädchen mitnehmen und ihr die Schönheiten seiner Welt vor Augen führen. Er würde ihr das wunderbare Gefühl von Seide und Perlen auf ihrer braunen Haut vermitteln, ihr die großartigen, von Menschenhand errichteten Monumente zeigen, sie mit Kunstwerken vertraut machen, mit Parfüms und Tapisserien und Tellern aus Silber und Gold; er würde mit ihr ausreiten und sie mit Köstlichkeiten überraschen, wie sie sich das mit ihrer schlichten Denkweise niemals auch nur erträumen könnte.

In dieser Nacht beobachtete er sie besonders eingehend. In leicht vorgebeugter Haltung machte sich Marimi an ihrem Mahlstein zu schaffen. Ihre Brüste wogten verführerisch. Sie hatte sich mit rotem Ocker bemalt, der ihren Körper schimmern ließ und die sinnlichen Hügel und Täler ihrer prallen Figur betonte. Ihr Anblick schürte sein Verlangen nach ihr. Was an diesem so ursprünglichen Geschöpf verzauberte ihn eigentlich derart? Da war zum einen, dass sie ihm das Leben gerettet hatte. Als er damals, vor Monaten, an Land gespült worden war, hatte niemand ihn auch nur anrühren wollen. Einzig Marimi hatte den Mut gefunden. Aber da war noch mehr. Die Anmut zum Beispiel, mit der sie sich unter ihrem Volk bewegte. In Spanien hatte er Frauen erlebt, die einen ähnlichen Status innehatten, Nonnen von hohem Rang oder wohlhabende und einflussreiche Damen, aber anmutig waren nur wenige, und viele nutzten ihre Sonderstellung und ihre Privilegien aus.

Auch eine gewisse Verletzbarkeit war Marimi eigen. Diese merkwürdigen Anfälle, die sie von Zeit zu Zeit heimsuchten, jählings und wo immer sie sich befand. Beim ersten Mal war er furchtbar erschrocken. Sie hatte vor Schmerz aufgeschrien und war auf dem Boden zusammengesackt. Die Männer hatten sich verzogen, die Frauen waren herbeigestürzt und hatten sie in ihre Hütte getragen. Vom Eingang aus hatte Godfredo gesehen, wie sie in stummer Qual den Kopf von einer Seite zur anderen geworfen hatte, dann in einen tiefen Schlaf gesunken war und später von Visionen berichtet hatte. Die Frauen hatten ihm bedeutet, dass dies eine heilige Krankheit sei, die ihr ermögliche, mit den Göttern in Kontakt zu treten. Auch in Spanien gab es solche Leute, fromme Mönche und Nonnen. Aber das waren Christen, die zu Heiligen sprachen, während Marimi eine Heidin war. Und vereinsamt. Denn ob-

wohl sie Teil des Stammes war, ja sogar weitgehend der religiöse Mittelpunkt, stand sie doch im Abseits und lebte für sich allein. Während abends aus den anderen Hütten Stimmengewirr und Lachen drangen, Flötenmusik, die Geräusche der Stöckchen beim Glücksspiel, wenn Männer sich lauthals bei ihren Wetten zu übertrumpfen versuchten und Kinder weinten, blieb es in Marimis Hütte still. Ihre Einsamkeit ließ ihn an seine eigene denken, an die, die sein Herz erfüllte, seit er die drei Gräber in Spanien hinter sich gelassen hatte, seit dem Tod seiner Frau und der Söhne, die ihm das Fieber, das in der Stadt wütete, entrissen hatte.
»Du holde Maid!«, schrie es qualvoll in ihm auf, »merkst du nicht, wie sehr ich mich nach dir verzehre?«

In der letzten Nacht im Lager an den Pechtümpeln fand Godfredo schließlich den Mut, Marimi zu sagen, was ihm auf der Seele brannte. Er erzählte ihr von den Wundern in seiner Welt und wie gern er ihr dies alles zeigen würde. Zu seiner Überraschung fing sie bitterlich zu weinen an und gestand ihm, dass auch sie sich nichts sehnlicher wünschte, als seine Frau zu werden und ihm dorthin zu folgen, wo immer er hinging, dass dies jedoch unmöglich sei. Sie habe sich ihrem Volk verpflichtet und müsse ihr Keuschheitsgelübde einhalten.
Ihr Geständnis kam für Godfredo völlig unerwartet. Bei all seiner fleischlichen Begierde nach dem Mädchen war es ihm nie in den Sinn gekommen, sich zu fragen, was sie für ihn empfinden mochte, geschweige denn davon auszugehen, dass sie das Gleiche für ihn empfand. Jetzt, da sie sich erklärt hatte, schien sein Verlangen nach ihr durch jede Pore seiner Haut zu dringen und sich zu den Sternen emporzuschwingen. »Ich ertrage es nicht, ohne dich wegzugehen!«, rief er. »Aber wenn ich bleibe, darf ich dich auch nicht besitzen! Marimi, wenn du

mit mir kommst, gilt dein Gelübde nicht mehr, und wir können heiraten.«
Mit ihm zu gehen, sagte sie unter Tränen, sei für sie unmöglich, und er dürfe nie wieder von seinen Gefühlen für sie sprechen, das sei tabu und würde Unheil über den Stamm bringen.
In dieser Nacht tobte Aufruhr in Godfredo, und da er keine Ruhe fand, stürzte er hinaus in die von Modergeruch durchzogene Nacht, streifte um die stinkenden Pechtümpel, ohne denen Beachtung zu schenken, die wie ihn der Schlaf floh. Auf und ab ging er und machte zwischendurch seinem Herzen Luft, in einer Sprache, die keiner von denen, die zufällig Zeugen dieser Szene wurden, verstand. Das Volk aus Cahuilla und Mojave und den weiter entfernten Dörfern beobachtete von ihren Lagerfeuern aus, wie der gequälte weiße Mann mit den Dämonen rang.
Und dann kam Godfredo ein Gedanke: Er wollte den Topaa die moderne Welt nahe bringen. Wenn er sie darin unterwies, Papier herzustellen und Metall zu gewinnen, wenn er ihnen den Gebrauch des Rades veranschaulichte und dass man sich Tiere zur Beförderung von Lasten nutzbar machen konnte, wenn er ihnen zeigte, wie man Häuser aus Stein baute und nach der Uhr lebte, würde er Marimi damit die Augen öffnen, und sie würde erkennen, wie wenig sie vom Leben wusste, und sich von ganzem Herzen wünschen, ihm nach Europa zu folgen.

Sein Vorhaben scheiterte.
Obwohl jedes Projekt zunächst eine interessierte Zuhörerschaft anzog, verlor es alsbald seinen Reiz, und die Leute blieben weg. Sie bewunderten zwar die Kerzen, die Don Godfredo hergestellt hatte, aber als sie dann heruntergebrannt waren, sahen sie keinen Grund, weitere Kerzen zu formen. Mit der

groben Seife, die er fabriziert hatte, schrubbten sie sich übermütig im Meer ab, als aber die Seife aufgebraucht war, war auch ihre Begeisterung erschöpft. Er legte ein kleines Feld mit Sonnenblumen an und erklärte ihnen, dass sie auf diese Weise das ganze Jahr über Sonnenblumenkerne haben könnten; als die Blumen verdorrten, weil sich keiner um sie kümmerte, erstarb auch jegliches Interesse daran. Wozu Veränderungen, fragten sie, wenn sie seit Anbeginn der Zeit auf ihre Weise gelebt hatten und zufrieden damit waren? »Veränderung ist Fortschritt«, versuchte er zu erklären. Aber Fortschritt war zu seinem Bedauern etwas, was sie nicht verstehen konnten.

Er suchte Marimi auf und fragte nochmals, ob sie von ihrem Gelübde entbunden werden könnte.

»Gibt es in deinem Land Frauen, die sich und ihre Unberührtheit den Göttern geweiht haben?«, kam die Gegenfrage.

»Ja. Die Klosterschwestern.«

»Wenn du nun eine von ihnen begehrtest, würdest du dann versuchen, sie zu überreden, ihr Gelübde zu brechen?«

Er umfasste ihre Schultern. »Marimi, Ehelosigkeit ist ein Gesetz, das Menschen gemacht haben, nicht Gott!«

»Sprichst du zu deinem Gott?«

Seine Hand glitt von ihr ab. »Ich glaube nicht an ihn.«

Sie griff nach dem goldenen Kruzifix an seinem Hals. »Und dieser Jesus. Glaubst du an ihn?«

»Jesus ist ein Mythos. Gott ist ein Mythos.«

Marimis schwarze Augen blickten ihn unendlich traurig an. Die Krankheit, die Godfredos rechtschaffene Seele umfangen hielt, war offenkundig: Er musste etwas finden, woran er glauben konnte.

Es dauerte wiederum zwei Tage, um von den Pechtümpeln über den alten Trampelpfad in das Tal von Topaa-ngna zu gelangen.

Als sie das Gebirge erreichten, schlugen Godfredo und Marimi einen Weg durch dichtes Chaparral und wilden Flieder ein und kamen zu einer Lichtung, auf der ein Kojotenweibchen sich höchst eigentümlich gebärdete: Es duckte sich auf den Boden, hob die Schnauze, um dann urplötzlich mit Schnappbewegungen in Schrägrichtung hochzuspringen, wieder zu landen und wie verrückt in der Erde zu wühlen. Da dieses Schauspiel andauerte, ging Godfredo in Deckung, aus Angst, es könnte sich um ein tollwütiges Tier handeln. Aber Marimi lachte nur und sagte, das Kojotenweibchen stelle Regenkäfern nach. Und dass der Kojote »der Trickreiche« genannt werde, weil es seine Art sei, sich tot zu stellen, um Geier anzulocken und sich dann ihrer zu bemächtigen.

Vor einer Höhle in einem kleinen Tal blieb Marimi stehen. »Allen außer mir und den Medizinmännern«, sagte sie, »ist es verboten, diese Höhle zu betreten. Dies gilt für alle Topaa sowie für die Mitglieder anderer Stämme. Du jedoch, Godfredo, bist eine Ausnahme, deine Ahnen wohnen sehr weit weg, und ich glaube, dass du mit deinen Augengläsern, die dich Dinge sehen lassen, die andere nicht sehen können, und die auf wundersame Weise ein Feuer zu entzünden vermögen, also dass du in deiner Welt so etwas wie ein Schamane bist. Und deshalb diese heilige Höhle betreten darfst.«

Sie führte ihn hinein und flüsterte andächtig: »Unsere Erste Mutter ruht hier.«

Godfredo sah, dass das Grab alt war, vielleicht tausend Jahre oder noch älter, und als Marimi Blumen darauf legte, sagte sie: »Wir bringen der Ersten Mutter stets ein Geschenk mit.« Dann zeigte sie ihm das Bild an der Wand und berichtete ihm von der ersten Marimi.

»Ich erzähle dir das, Godfredo, weil du hier« – sie legte ihm die Hand auf die Brust – »eine Leere hast. Das ist nicht gut,

denn wenn man diese Leere nicht mit Glauben ausfüllt, nisten sich böse Geister darin ein. Die Geister der Traurigkeit und Verbitterung, der Eifersucht und des Hasses. Ich habe dich hierher geführt, Godfredo, um diese Leere mit der Weisheit der Ersten Mutter zu füllen.«
Godfredo sah auf die kupferbraune Hand auf seinem Hemd, das einstmals weiß gewesen war. Er blickte in die arglosen und doch wissenden Augen des Indianermädchens, wurde sich der mächtigen Felsen um sich herum bewusst, vernahm in der Dunkelheit seltsames Raunen, spürte, wie ihn Schatten umhuschten, aufmerksam, lauernd. Die Höhle erinnerte ihn an eine Grotte, die er als Kind besichtigt hatte und von der es hieß, ein frommer Mann habe dort heilsames Wasser gefunden. Vielleicht gab es ja wirklich so etwas wie wunderträchtige Höhlen, vielleicht war Marimis Erste Mutter tatsächlich hier.
Wie die Topaa-Männer hatte auch Godfredo inzwischen immer Werkzeug bei sich, und jetzt zog er aus dem Lederbeutel an seiner Hüfte einen schwarz glänzenden Obsidian heraus, mit dessen scharfer Kante er auf eine glatte Fläche in der Felswand die Worte *La Primera Madre* ritzte. Dann sagte er lächelnd: »Damit alle künftigen Generationen wissen, wer hier ruht.«
Voller Bewunderung betrachtete Marimi die seltsamen Zeichen. Als Godfredo seine Karte angefertigt und an seiner Chronik geschrieben hatte, war er gleichzeitig bemüht gewesen, ihr das Lesen beizubringen. Als sie jetzt die eben eingeritzten Buchstaben sah, begriff sie urplötzlich. Sie fuhr jeden mit der Fingerspitze nach, sprach sie einzeln aus, verstand ihre Bedeutung.
Godfredo war hingerissen, als er sie dabei beobachtete, und hörte, wie sie die Worte vor sich hin flüsterte. Hier war das

Wunder, nach dem er sich gesehnt hatte, die Verwirklichung seiner Tagträume: Er hatte Marimi etwas aus seiner Welt vermittelt. Und in diesem Augenblick spürte er, dass seine Begierde in ein zärtlicheres Gefühl überging. Er verliebte sich in sie.

Er griff nach ihrer Hand und zwang sie, ihn anzusehen. »Wegen dieser Ersten Mutter bist du Jungfrau?«

»Ja.«

»Wie die Nonnen in Spanien, die ihre Jungfräulichkeit der Mutter Gottes weihen. Marimi, ich kann genauso wenig an deine Erste Mutter glauben wie an eine andere Erste Mutter namens Maria. Aber ich respektiere deinen Glauben und deine Gelübde. Ich werde dich nicht mehr bitten, mit mir zu kommen, weil ich jetzt einsehe, dass das nicht geht. Aber ich kann auch nicht länger bei dir und deinem Volk bleiben. Die Qual ist größer, als ein Sterblicher sie zu ertragen vermag. Ich verlasse dich.«

Als sie zu weinen anfing, schloss er sie in die Arme. Ein Schauer überlief ihn, als ihm bewusst wurde, dass er sie jetzt zum letzten Mal sah.

Er ließ sie los und trat zurück, zwang sich zu sagen: »Du hast erwähnt, dass wir niemals die Erste Mutter besuchen, ohne ein Geschenk zu hinterlassen.« Er nahm seine Augengläser ab und reichte sie Marimi. »Dies ist mein Geschenk für sie.« Und unvermittelt hatte er eine Vision von der Zukunft. »Männer werden kommen und euch vernichten«, stieß er aus. »Ich habe das miterlebt, bei den Völkern im Süden. Sie kommen mit ihren Schriftgelehrten und ihren Priestern und ihren klugen Männern und ihren Soldaten und werden euch das wenige, was ihr habt, wegnehmen und nichts dafür geben, außer dass sie euch unterjochen, wie sie die Azteken und die Inkas unterjocht haben und alle anderen Regionen, in die

Europäer ihren Fuß setzten. Deshalb mache ich mich in den Süden auf, nach Baja California, um diesen so genannten zivilisierten Menschen zu sagen, dass sie hier oben nichts finden. Mit einem bisschen Glück wirst du mit deinem Volk in Ruhe gelassen, zumindest eine Zeit lang.«

Er ging, und Marimi, die in der Höhle zurückblieb, meinte, das Herz müsse ihr zerspringen. Zum ersten Mal wollte sie nicht die auserwählte Dienerin der Ersten Mutter sein. Sie wollte Godfredo.

Sie sah auf die Augengläser in ihrer Hand, diese wundersamen Augen, die einem ermöglichten, andere Welten zu schauen. Sie klemmte sie sich auf die Nase, musterte erst die Buchstaben, die das Wort Erste Mutter ergaben, dann das Wandbild. Sie hielt den Atem an. Die Piktogramme waren größer geworden! Sie nahmen ihr gesamtes Blickfeld ein und enthüllten jetzt winzige Details und Unebenheiten, die sie noch nie bemerkt hatte. Und als sie den Kopf bewegte, schienen sich auch die Symbole zu bewegen!

Unvermittelt schoss ihr ein Schmerz durch den Schädel. Sie schrie auf und sank in die Knie, sackte dann zur Seite, als das altvertraute Leiden sie überkam, alles um sie herum schwarz werden ließ und dann in eine tiefe Ohnmacht überging.

Die Erste Mutter erschien ihr, eine schemenhafte, flimmernde Vision, die sich mehr durch Gesten denn Worte mitteilte, und was sie ihrer Dienerin Marimi zu verstehen gab, war, dass Enthaltsamkeit ein Gesetz der Menschen und nicht der Götter war. Der Ersten Mutter zufolge sollten ihre Töchter fruchtbar sein.

Als Marimi erwachte und der Kopfschmerz abgeklungen war, nahm sie Godfredos wundersame Augen ab, die ihr, wie sie tief beeindruckt feststellte, erlaubt hatten, sich in die übernatürliche Welt zu begeben, wo sie eine Nachricht von der

Ersten Mutter erhalten hatte. Erregt rannte sie aus der Höhle und das Tal entlang, holte Godfredo bei den Findlingsblöcken ein, in die die Symbole des Raben und des Mondes geritzt waren. »Ich will deine Frau sein«, sagte sie.

Weil die Erste Mutter zu Marimi gesprochen hatte und Godfredo kein gewöhnlicher Mann war, sondern von Westen gekommen war, über das Meer, wo die Ahnen lebten, kamen die Häuptlinge und Unterhäuptlinge und Schamanen überein, ihnen die Heirat zu gestatten. Zunächst aber musste die Welt der Geister befragt werden. Fünf Tage lang blieben die Schamanen in der Schwitzhütte, verzehrten Stechäpfel und deuteten ihre Visionen, während Marimi und Godfredo fasteten und beteten und sich auf jede andere Weise in Enthaltsamkeit übten. Als die Stammesältesten wieder erschienen, erklärten sie Godfredo zu einem wiedergeborenen Vorfahren, zu einem von den Göttern gesandten Mann als Gatten für ihre Medizinfrau, deren Macht und die des Stammes durch die körperliche Vereinigung mit ihm gestärkt würde.

Das Hochzeitsfest dauerte fünf Tage. Es wurde ausgiebig gespeist, getanzt, dem Glücksspiel gefrönt. Als in der letzten Nacht zum Höhepunkt der Feierlichkeiten unter dem vollen Mond ein Fruchtbarkeitsritual abgehalten wurde, an dem sich alle Mitglieder des Stammes beteiligten, auf eine Weise, die er dereinst als unmoralisch erachtet hatte, lag Godfredo in Marimis Armen und erfuhr zum ersten Mal, was es bedeutete, wunschlos glücklich zu sein.

Es kam der Tag, da vom Strand her vermeldet wurde, am Horizont seien Segel gesichtet worden. Eilends packte Godfredo seine Landkarten und die Chronik zusammen und rannte erwartungsvoll zum Strand, von wo aus man draußen auf dem

Meer tatsächlich erkennen konnte, dass sich Umrisse von Leinwänden gegen das Blau des Himmels abhoben. Marimi gesellte sich zu ihrem Mann, ihr erstes Kind auf dem Arm. Nicht lange danach, als bereits der gesamte Stamm die Dünen bevölkerte, machte sich Marimi daran, das Freudenfeuer zu entfachen. Als sie jedoch die Spindel in Bewegung setzte, griff Godfredo ein. Ihm war etwas klar geworden, was er bisher nicht bedacht hatte: Wenn er Marimi mit nach Spanien nahm, würde sie dort ebenso viel Aufsehen erregen wie die Wilden von Kolumbus an Isabellas Hof, ein Wesen, das man anstarren, über das man vielleicht sogar lachen würde. Man würde sie ihrer Würde und ihrer Seele berauben; sie würde verdorren und eingehen wie eine entwurzelte Blume. Auch er, so erkannte er plötzlich, konnte nicht gehen und seine geliebte Marimi und den gemeinsamen Sohn verlassen.
Er warf seine Karten und die Chronik auf den noch nicht entzündeten Holzstoß, auf dass das Pergament im Laufe der Zeit feucht werden und verrotten und von der Flut weggespült würde, und kehrte den Segeln am Horizont den Rücken, um sich mit Marimi wieder in ihr gemeinsames Zuhause zu begeben.
Im Laufe der Wochen und Monate, schließlich der Jahre, die ins Land zogen, ging eine merkwürdige Veränderung mit Godfredo vor sich: Nach und nach fand er es ungemein erbauend, nachts am Lagerfeuer den Geschichten zu lauschen, Erzählungen, die von Generation zu Generation weitergegeben worden waren und die die Zuhörer fesselten, sie aufseufzen oder schmunzeln ließen, wenn sie nicht gar die kühnen Unternehmungen ihrer Vorfahren mit lautem Beifall bedachten oder den Atem anhielten, wenn sie hörten, wie Schildkröte Kojote ausgetrickst hatte, wie die Welt erschaffen worden war, dass die Sterne es den Seelen der Toten ermög-

lichten, auf ihre Söhne und Töchter herabzuschauen. Don Godfredo sah in den Worten des Erzählers einen unsichtbaren Faden, der weit zurückreichte und die Gegenwart mit der Vergangenheit verwob, bis man nicht mehr wusste, ob sich das, was der Erzähler zum Besten gab, vor langer Zeit oder gestern erst zugetragen hatte. Das tat auch nichts zur Sache. Die Geschichten waren gut. Unterhaltsam. Und sie vermittelten das Gefühl von Zusammenhalt und Zusammengehörigkeit, sowohl zu den anderen Zuhörern als auch zu denen, die einst gewesen waren.

Was er noch erkannt hatte, war, wie sinnlos und alles andere als ein Statussymbol seine elegante europäische Kleidung hier, unter ausschließlich nackten Menschen, war, dass in einem Land mit heißen, trockenen Sommern und milden Wintern gesteppter Samt und einengende Baumwolle sogar höchst unpraktisch waren. Inzwischen fühlte er sich in seiner Haut ebenso wohl wie die anderen Topaa; er verzichtete fortan auf Wams und Gehrock und Kniestrümpfe und lief herum wie weiland Adam.

Auch seine Zeitmesser und die Wochentage oder welches Jahr man schrieb, bedeuteten ihm nichts mehr. Wie von selbst passte er sich einem neuen Zeitrhythmus an. Wenn er wissen wollte, wie spät es war, hielt er nicht mehr Ausschau nach einer Sonnenuhr, sondern blickte hinauf zur Sonne. Die Namen der Wochentage verloren an Bedeutung, auch die der Monate; es kam einzig und allein auf die Jahreszeiten an, und die, fand er heraus, spürte man instinktiv, so als würde sich der Körper von sich aus darauf einstellen, entsprechend dem Mond und den Gezeiten zu- oder abnehmen, energiegeladen sein oder träge. Der gelehrte Mann fing an, die enge Verbindung der Topaa zum Land und zur Natur zu verstehen. Er sah ein, dass entgegen seiner früheren Meinung und der seiner

Freunde zu Hause der Mensch nicht von Tieren und Bäumen zu trennen war. Es gab ein universelles Netz, gewoben von einem kosmischen Weber, und jeder Mann, jede Frau, jedes Reh und jeder Falke, jede Molluske, jeder Busch, jede Blume und jeder Baum waren unauflöslich miteinander verknüpft.
Das Gefühl, allein und ausgegrenzt zu sein, wich dem einer bisher nicht gekannten Zugehörigkeit. Sein Zuhause in Kastilien wurde zu einem verschwommenen Begriff, unwirklich. Er überließ seine Bücher und Instrumente, Uhren und Schreibkiele sich selbst und rückte von seinem Vorhaben ab, die Topaa mit dem Rad oder der Gewinnung von Metall vertraut zu machen, auch nicht mit dem Alphabet oder Mathematik. Wenn es Gottes Wille war, dass sie wie Adam und Eva im Garten Eden lebten – stand es dann ihm, Don Godfredo de Alvarez, zu, ihnen die Früchte vom Baum der Erkenntnis anzubieten?
Dreiundzwanzig Sommer lebte er unter den Topaa als Marimis Ehemann. Er schenkte ihr zwölf Kinder, und als er starb, zogen sie ihm die Kleider an, in denen er zu ihnen gekommen war, hängten ihm auch das goldene Kruzifix um und äscherten ihn feierlich ein. Anschließend zogen sie in einem prächtigen Kanu hinaus aufs Meer und verstreuten seine Asche auf den Wellen. Sein zweites Paar Augen, die ihr einen wundersamen Blick auf die Welt geschenkt hatten und die er ihr als Unterpfand seiner Liebe vermacht hatte, begrub Marimi in der Höhle, im Grab der Ersten Mutter, als Geschenk des Mannes, der aus dem Meer gekommen war.

Kapitel 5

Schritte. Angestrengtes Atmen. Das Geräusch von grabenden Schaufeln.

Erica riss die Augen auf. Mit angehaltenem Atem lauschte sie in die stille Nacht.

Metall, das auf Erde trifft. Eine Spitzhacke, die an Gestein schlägt. Unterdrücktes Fluchen. Keuchen. Eine – nein, zwei *Personen.*

»Das darf doch nicht wahr sein!« Sie sprang aus dem Bett, angelte sich im Dunkeln ihre Kleider. Sie stürzte ins Freie und hastete durch das Camp zu dem ausrangierten Armeezelt, in dem Luke untergebracht war. Sie zwängte sich durch die Klappe, wäre fast über ihren in einen Schlafsack vermummten Assistenten gestolpert. Sie rüttelte ihn unsanft an der Schulter und zischelte: »Luke! Aufwachen! Jemand ist in der Höhle! Leute! Sie graben!«

Er rieb sich die Augen. »Wa …? Erica?«

»Wecken Sie die anderen. *Sofort!*«

Er setzte sich auf. »Erica?«

Aber sie war schon weg.

»Warte!«, flüsterte einer der Männer und griff nach dem Arm seines Kumpanen. »Hör mal! Da kommt jemand.«

»Unmöglich«, knurrte der andere, dessen Gesicht von der

Anstrengung schweißbedeckt war. »Niemand kann uns hier hören. Mach weiter.«

Aber noch ehe die Spitzhacke erneut dem Gestein zu Leibe rücken konnte, drang ein Lichtstrahl in die Höhle, und eine Frau rief: »Was haben Sie hier zu suchen?« Und bevor die beiden Männer reagieren konnten, ging sie mit einer Schaufel auf sie los und schrie dabei, was ihre Lungen hergaben.

Einem der Eindringlinge gelang es, an ihr vorbei aus der Höhle zu flüchten und das Gerüst hinunterzuklettern, weg von den Schritten, die man jetzt auf das Ausgrabungsgelände zutappen hörte. Der in der Höhle Verbliebene versuchte, Ericas Schaufel zu entgehen, schrie: »Aufhören! Verdammt noch mal!« Als sie erneut zum Schlag ausholte, duckte er sich und stürmte mit eingezogenem Kopf gegen sie an, sodass sie das Gleichgewicht verlor und stürzte, während der Mann das Weite suchte.

»Stehen bleiben!«, rief Erica und kroch ihm auf allen vieren nach. »Haltet sie auf!«

Jetzt hörte man weitere Rufe und dass jemand draußen auf dem Gerüst herumkletterte. Als Erica ins Freie stolperte, prallte sie mit Jared zusammen, der wie alle anderen nur mit dem Nötigsten bekleidet war und noch reichlich benommen dreinschaute, weil man ihn so plötzlich aus dem Schlaf gerissen hatte.

»Die beiden da!«, keuchte Erica und deutete in den Krater des Zimmerman-Pools. »Sie dürfen nicht entkommen!« Jared kletterte bereits das Gerüst hinunter.

Scheinwerfer um das Gelände wurden angeworfen. Gestalten huschten durch die Dunkelheit: die Verfolger der Eindringlinge.

Luke kam die Leiter hinunter, das lange blonde Haar völlig verwuschelt. »Die Polizei weiß bereits Bescheid. Was ist passiert? Sind sie entkommen?«

Aber Erica war bereits auf dem Weg zurück in die Höhle. Der Strahl ihrer Taschenlampe glitt über Boden und Wände.
Sie fuhr zusammen, versteinerte. Das Skelett …
Sie sank auf die Knie, deutete mit zitternder Hand auf die Bescherung: Schädel zertrümmert. Knochen gebrochen. Becken zerquetscht wie ein Ei.
»Heilige Scheiße«, murmelte Luke. »Die haben ja hier gehaust wie die Vandalen.«
»Holen Sie Sam«, sagte Erica gepresst. Der Schädel der Lady. Eingeschlagen. Kinnladen ausgerenkt. »Er hat einen Schlaf wie ein Bär. Wecken Sie ihn.«
»Erica …«
»Gehen Sie schon!«
Schwankend erhob sie sich und richtete die Taschenlampe auf das Bild. Tiefe Kerben im Gestein. Die Eindringlinge hatten an den Piktogrammen herumgehackt.
Sie nahm kaum das Geräusch von Stiefeln wahr, die draußen die Leiter hochkamen, das Keuchen von jemandem, der lange gerannt war. Aber sie hörte, dass er die Höhle betrat, spürte, dass er da war. Und dann hörte sie ihn sagen: »Sie sind entwischt.«
In ohnmächtigem Zorn schloss sie die Augen. *Sie* würde sie finden. Irgendwie würde sie die Männer aufspüren, die das hier angerichtet hatten.
Jared kam auf sie zu, blieb kurz im Halbdunkel stehen, sagte dann: »Hoffentlich geben Sie sich damit zufrieden.«
Sie wirbelte herum. Durch tränenverschleierte Augen sah sie die Dreckspuren und den Schweiß auf seiner nackten Brust als Beweis seiner Bemühungen, die Einbrecher zu verfolgen. Unverkennbar, wie wütend seine Augen blitzten, als er die barbarische Zerstörung in der Höhle zur Kenntnis nahm.
»Wie meinen Sie das?«

»Sie haben diese Frau freigelegt, anstatt sie unangetastet zu lassen«, sagte er. »Ehe Sie mit Ihren Schaufeln und Pinseln anrückten, lag sie in ihrem Grab, in dem sie für alle Ewigkeit zu ruhen hoffte, in Sicherheit.«

Sie starrte ihn an. Er gab *ihr* die Schuld? In der Schwärze der Höhle sah Erica rot.

»Sehen Sie sich das doch an!«, schrie sie. »Dabei bin ich diejenige, die den Schändern dazwischengefunkt hat! Ich kann mich nicht dran erinnern, dass *Sie* irgendwie dafür gesorgt hätten, diese Grabungsstätte, die Sie als derart heilig erachten, zu sichern, Mister Commissioner. *Ich* hingegen habe sehr wohl etwas unternommen!« Damit zog sie etwas aus ihrer Tasche und hielt es ihm unter die Nase. »Dies ist ein ganz gewöhnliches Babyphon. Den Sender habe ich in der Höhle versteckt und den Empfänger an mein Bett gestellt. Geräusche der Einbrecher haben mich geweckt. Ich jedenfalls hab was getan! Und Sie?«

Jared starrte sie mit halb offenem Mund an. Einen Augenblick lang sah es so aus, als würde Erica ihm den Melder ins Gesicht schleudern. Aber sie steckte ihn wieder ein und ging an ihm vorbei zum Eingang, wo sie mit Luke zusammentraf, der eben aus dem Lager zurückkam. »Sie hatten Recht, Erica. Sam hat tief und fest geschlafen.«

Nur mit Mühe brachte sie etwas heraus. »Luke, ich möchte, dass Sie da drin alles fotografieren, genau so, wie es ist. Nichts anfassen, nichts umstellen. Und …« Ein Zittern überkam sie. »Lassen Sie ja keinen rein. Ich muss einen ausführlichen Bericht über diese Schweinerei abfassen, ehe ich mit dem Aufräumen beginnen kann.«

»Hey«, sagte er. »Alles in Ordnung mit Ihnen?«

»Ich muss ganz schnell weg hier, sonst bring ich diesen Kerl noch um!« Sie deutete mit dem Daumen über die Schulter in Richtung Höhle.

Oben auf dem Bergkamm stieß sie auf Sam. Ein Hosenträger war über die Schulter gestreift, der andere baumelte ihm um den Schenkel. Seine Mähne sah aus, als hätte der Blitz dort eingeschlagen.

»Sie werden es nicht für möglich halten, Sam, wenn Sie sehen, was diese Scheusale angerichtet haben.«

»Luke hat mich einigermaßen drauf vorbereitet. Das Skelett... wie übel ist es zugerichtet?«

Tränen rannen ihr über die Wangen, und sie zitterte derart, dass sie die Arme um sich schlingen musste. »Schlimm. Wenn wir doch bloß besser auf sie aufgepasst hätten!«

Sam sah so betreten drein, als ginge es um einen lebendigen Menschen. »Haben sie viel mitgehen lassen?«

Erica wischte sich mit dem Ärmel ihres Sweaters übers Gesicht, schniefte. Dann blickte sie Sam an. »Was haben Sie gesagt?«

»Ob Sie feststellen konnten, wie viel sie haben mitgehen lassen?«

Die Stirn runzelnd, rief sich Erica die Höhle ins Gedächtnis zurück, die verschandelte Wand, das ramponierte Skelett. Dann zeichnete sich ungläubiges Erstaunen auf ihrem Gesicht ab. »Sam! Gar nichts haben sie mitgenommen! Sie sind Hals über Kopf geflohen, ohne einen Sack oder eine Tasche, und soweit ich mich erinnere, haben sie auch nichts dergleichen zurückgelassen.«

»Merkwürdig.«

»Ist es nicht«, sagte sie mürrisch. »Die waren nämlich nicht auf antike Kunst aus. Sam, Sie wissen doch, wie das mit dem Plündern von Ausgrabungsstätten ist. Richtige Diebe grapschen sich, was sie erwischen können, und hauen ab. Sie halten sich nicht damit auf, die Stätte noch eigens zu verwüsten, ebenso wenig wie ein Einbrecher noch zusätzlich die Wohnung des Opfers verwüstet, nachdem er sich bedient hat. Es war vorsätzlicher Vandalismus.«

Der leitende Archäologe spähte den sich nähernden Scheinwerfern entgegen. Die Polizei. »Warum wohl? Was war dann der Zweck dieser Zerstörung?«

»Dass die Höhle für Archäologen wertlos wird. Außerdem bringt das die Indianer so auf, dass letztendlich die Höhle versiegelt wird und die Hausbesitzer ihre Grundstücke zurückerhalten.«

Seine buschigen Brauen wölbten sich. »Sie meinen, Zimmerman steckt dahinter?«

»Jede Wette.« Sie wandte sich in Richtung der Höhle. Am Rande der Klippe wuselten jede Menge Leute herum, wie Ameisen, deren Hügel man einen Tritt versetzt hatte. Jared befand sich unter ihnen, im Gespräch mit indianischen Bauarbeitern, die meisten von ihnen ebenfalls mit blankem Oberkörper. Langes schwarzes Haar rieselte ihnen über die nackten Rücken. Sie waren empört, einige ballten die Fäuste. Wie Krieger, die sich zum Kampf bereitmachen, schoss es Erica durch den Kopf.

Sie wandte sich wieder Sam zu. »Den Hausbesitzern geht es in erster Linie darum, dass die Grabungen eingestellt werden. Wir stehen ihnen bei ihrem Anspruch auf Gewährleistung der Baufirma nur im Wege. Wenn sie bei Gericht damit durchkommen, kann der Canyon aufgefüllt und ihr Besitz instand gesetzt werden. Allerdings nicht, solange die Ausgrabungen gerechtfertigt sind. Was also bietet sich, um das Hindernis zu beseitigen, Besseres an, als die Höhle so zu verwüsten, dass sie für uns wertlos ist? Wir brauchen Wachen, Sam. Ich habe das Gefühl, dass das noch nicht alles war.«

Jared hatte Kopfschmerzen, gegen die auch Aspirin nichts ausrichten konnte. Zwölf Stunden waren seit dem Einbruch vergangen, und seine Stimmung war so schwarz wie sein Haar. Er hatte sich nicht mehr hingelegt; nach den Ereignissen der Nacht hatte das keiner. Der Polizei musste Rede und Antwort gestanden, eine möglichst genaue Beschreibung der Täter gegeben werden. Einer Inaugenscheinnahme des in der Höhle angerichteten Schadens war eine kurze Unterredung mit Sam Carter gefolgt. Als der ihm von Ericas Verdacht berichtete, dass die Hauseigentümer dahinter stecken könnten, war er derart in Rage geraten, dass er am liebsten schnurstracks ins Camp der Villenbewohner gestürmt wäre, Zimmerman an seinem Adidas-Jogginganzug gepackt und ihm ein Geständnis herausgequetscht hätte.
Als er in sein Wohnmobil zurückgekommen war, klingelten bereits die Telefone – Fernsehstationen, Reporter sowie Gruppierungen amerikanischer Ureinwohner, die sich über die Entweihung einer heiligen Begräbnisstätte der Indianer ereiferten und die angloamerikanischen Archäologen der Fahrlässigkeit bezichtigten, auch wenn Jared darauf hinwies, dass Dr. Tyler immerhin daran gedacht hatte, einen Geräuschmelder in der Höhle zu verstecken, und dass sie es gewesen war, die den Vandalen Einhalt geboten und somit verhindert hatte, dass noch mehr Schaden angerichtet worden war. Es half nichts. Die Stätte war entweiht. Jetzt drohte Unheil.
Jared schluckte noch ein Aspirin. Wenn er doch jetzt in den Club gehen könnte. Aber bis zur normalerweise dafür vorgesehenen Zeit waren es noch Stunden.
Immer wieder tauchte vor ihm die Szene in der Höhle auf, als Erica ihn mit ihren Tränen aus dem Gleichgewicht gebracht hatte. Dabei hatte er sie als resolute Frau eingeschätzt. Als er in die Höhle gekommen war, hatte sie ihm den Rücken zuge-

kehrt. Auf sein »Hoffentlich geben Sie sich damit zufrieden« war sie zu ihm herumgefahren, und die Tränen in ihren bernsteinfarbenen Augen hatten ihn schier die Fassung verlieren lassen. Als sie ihn daraufhin angeschrien hatte, war er zu verdattert gewesen, um überhaupt zu reagieren. Alles, was er denken konnte, war, dass sie sich plötzlich so zeigte, wie sie wirklich war, verletzlich, nicht länger Gegner, sondern Opfer, dass sie ihm eine ungeschützte Seite offenbarte, die in ihm unwillkürlich den Wunsch weckte, nichts mit alldem zu tun, sich niemals mit der Bewegung der Aktivisten eingelassen zu haben, Netsuya niemals begegnet zu sein, wieder in seiner Kanzlei in San Francisco zu sitzen und mit seinem Vater Urkunden, Grundstücksübertragungen und Verträge zu bearbeiten.

Dann war sie gegangen und er noch immer zu durcheinander gewesen, ihr nachzulaufen und seine Worte zurückzunehmen. Er hatte sie nicht verletzen wollen. Seine Bemerkung war auf den Zorn zurückzuführen, der ihn Tag und Nacht beherrschte. Netsuya war auf einem Indianerfriedhof beigesetzt worden. Als er den eingeschlagenen Schädel und die zertrümmerten Knochen der Medizinfrau gesehen hatte…

Er sah über das in der Sonne liegende Gelände hinweg zu Ericas Zelt. *Ein Babyphon.* Sie hatte nicht bei Radio Shack ein Hightech-Überwachungsgerät oder eine unpersönliche elektronische Ortungsanlage gekauft, sondern ein einfaches Babyphon, so als erwartete sie, nachts vom leisen Weinen der steinalten Frau geweckt zu werden.

»Commissioner Black?«

Ein Mann stand am Fliegengitter des Winnebago. Da die Sonne schien und es mild war, hatte Jared die Tür offen gelassen. »Ja?«, sagte er zu dem Unbekannten.

Der Mann reichte ihm eine Visitenkarte. »Julian Xavier,

Rechtsanwalt. Darf ich näher treten? Ich möchte etwas Vertrauliches mit Ihnen besprechen.«

Nachdem er es sich in einem der ledernen Clubsessel bequem gemacht hatte, legte sich der große, schlanke Mann mit der goldgefassten Brille seine Aktentasche aus Aalleder fürsorglich auf die Knie und erklärte, er spreche im Namen einer hochkarätigen Gruppe von Medizinmännern und Schamanen verschiedener Indianerstämme. »Sie befürchten, dass das, was hier in Emerald Hills geschieht, Commissioner, symptomatisch dafür ist, wie krank unsere heutige Welt ist. Sie sagen, dass Unheil über die Menschheit kommt, wenn die Höhle nicht verschlossen wird.«

Jared, der sich nicht wieder gesetzt hatte, wartete ab.

Xavier überprüfte seine tadellos manikürten Fingernägel. Ein Mann, der seine Worte genau abwägte. »Mir ist bekannt, dass Sie bereits die Interessen verschiedener Gruppierungen amerikanischer Ureinwohner vertreten, Commissioner, und dass Sie als Mitglied der NAHC zweifellos alle Hände voll zu tun haben. Dennoch würden meine Mandanten gern Ihre Dienste in Anspruch nehmen.«

Jared verschränkte die Arme. »Aber *Sie* vertreten sie doch bereits, Mr. Xavier. Warum dann noch mich hinzuziehen?«

Der Besucher zupfte an seinen doppelten Manschetten, die von goldenen Knöpfen gehalten wurden. »Weil Sie näher am Geschehen dran sind als ich. Ihr Engagement ist wohlbekannt, Sie verfügen über alle Fakten, über die entsprechenden Kontakte in Sacramento und so weiter. Vorteile, Mr. Black, die nach Meinung meiner Mandanten ihrem Anliegen dienlich sind. Darüber hinaus teilen sie Ihre Einstellung den Archäologen gegenüber.«

»Und wie ist meine Einstellung den Archäologen gegenüber?«

Xavier räusperte sich. »Nun, Sie vertreten die Ansicht, sie entweihen eine geheiligte Stätte, und würden es begrüßen, wenn sie so bald wie möglich verschwinden. Sie haben sich zu diesen Punkten deutlich genug geäußert, Commissioner.«

»Und was genau soll ich für diese Ihre Mandanten tun?«

»Wie ich bereits sagte, sind Sie sehr nahe am Geschehen dran und genießen gewisse Vorteile eines Insiders, die ein Outsider wie ich nicht haben kann. Lassen Sie mich noch hinzufügen, Commissioner, dass meine Mandanten für solch einen speziellen Fall entsprechende Mittel bereithalten und gewillt sind zu zahlen, was immer Sie verlangen.«

Jared starrte sein Gegenüber an. »Wer, sagten Sie, sind diese Leute?«

Ein rasches, trockenes Lächeln. »Ich bin leider nicht befugt, ihre Identität preiszugeben. Ehrlich gesagt, verstehe ich es selbst nicht so recht. Es hat mit Stammesgesetzen und Tabus und solchen Dingen zu tun.«

Jared nickte bedächtig. »Falls ich mich entschließe, den Fall zu übernehmen, bekäme ich dann eine Liste mit den Namen?«

»Nun, äh, nein, tut mir Leid. Wegen Stammesrivalitäten und weil sie irgendwelche Eide geschworen haben, können sie nicht riskieren, dass ihre Mitwirkung bekannt wird. Ist alles sehr kompliziert, wirklich. Aber lassen Sie mich Ihnen nochmals versichern, dass die Mittel bereitgestellt sind und auf Ihr Wort hin abgerufen werden können.«

»Was genau erwarten sie von mir?«

Xavier blinzelte ihm zu. »Dass Sie die Höhle schließen lassen natürlich. Beenden Sie die Entweihung durch die weißen Archäologen und schützen Sie den Leichnam und die Grabbeigaben jener Frau. Eine ehrenvolle Aufgabe, Mr. Black. Meine Mandanten sind heilige Männer, die an höchster Stelle im Sinne der amerikanischen Ureinwohner tätig sind. Man könnte sagen, sie sind das indianische Äquivalent eines Kardinalskollegiums.«

Während die Geräusche aus dem Lager durch die offenen Fenster drangen, dachte Jared kurz nach. »Mr. Xavier«, sagte er schließlich, »richten Sie Ihren Mandanten aus, dass meine Dienste nicht nötig sind. Der Staat wird aller Voraussicht nach auf Enteignung des Gebiets pochen, das heißt, man wird den Hausbesitzern einen fairen Preis für ihre Grundstücke anbieten. Die Häuser werden abgerissen, die Höhle daraufhin der Umweltschutzbehörde unterstellt und mit an Sicherheit grenzender Wahrscheinlichkeit Vertretern des entsprechenden Stammes zugesprochen. Sollte es nicht dazu kommen, werde ich den Antrag stellen, dass der Canyon auf unbefristete Zeit nicht aufgeschüttet wird, was bedeutet, dass die Hausbesitzer ebenfalls den Kürzeren ziehen. In beiden Fällen, Mr. Xavier, wird die Höhle unter Schutz gestellt.«

Nervöses Hüsteln. »Na ja, verstehen Sie mich bitte richtig, meine Mandanten wollen die Höhle nicht nur schützen lassen, sie möchten, dass sie versiegelt wird ... auf Dauer.« Wie um den kostbaren Inhalt seiner teuren Aktenmappe anzudeuten, legte er die Hand darauf und sagte: »Lassen Sie mich nochmals betonen, Mr. Black: Geld spielt bei meinen Mandanten keine Rolle, nicht wenn es darum geht, ein Sakrileg zu verhindern, das im Zusammenhang mit einer ihrer Grabstätten begangen wird. Das ist in der Vergangenheit zu häufig geschehen. Und natürlich verkennen sie nicht, dass Sie ein persönliches Interesse daran haben. Ihre Frau ...?« Er ließ die Andeutung im Raum hängen.

»Ja«, sagte Jared. »Meine Frau war Indianerin, und die Erhaltung von Grabstätten der Urbevölkerung war eines ihrer Anliegen.« Er überlegte abermals kurz, wobei er seinen Besucher, der sein stereotypes Lächeln beibehielt, ungeniert

musterte. »Mr. Xavier«, sagte Jared und stieß die Fliegengittertür auf. »Würden Sie kurz mitkommen?«
Xaviers Lächeln erstarb. »Mitkommen? Wohin?«
»Ich möchte mit Ihrer Hilfe ein paar Punkte klären. Dauert nicht lange.«

»Nach Durchsicht der geschichtlichen Daten«, diktierte Erica in ihren Kassettenrecorder, »bin ich zu dem Ergebnis gelangt, dass die Brille höchstwahrscheinlich jemandem aus der Crew von Juan Cabrillo gehörte, der 1542 in der Gegend von Santa Monica beziehungsweise Santa Barbara ankerte und kurz mit den Chumash-Indianern in Berührung kam. Warum aber wurde seine Brille in der Höhle vergraben? Wurde er selbst dort bestattet? Warum sollte ein Europäer in einer den Indianern heiligen Höhle bestattet worden sein?«
Sie drückte auf »Stopp«, schloss die Augen und rieb sich die Schläfen. Unmöglich, sich zu konzentrieren. Das schwer beschädigte Skelett. Obwohl Sam sie gelobt hatte, noch Schlimmeres verhütet zu haben, fühlte sie sich verantwortlich. Sie hatte geahnt, dass etwas passieren würde, und alles, was sie getan hatte, war, ein lächerliches Babyphon in der Höhle aufzustellen. Umsichtig hatte Sam das genannt, und Luke und die anderen hatten ihr anerkennend auf den Rücken geklopft. Und von jedem, der mit der Ausgrabung auf Emerald Hills zu tun hatte, wurde sie als Heldin angesehen.
Mit einer Ausnahme. »*Hoffentlich geben Sie sich damit zufrieden.*«
Ihre Gedanken wanderten abermals zu Jared und wie er letzte Nacht ausgesehen hatte, der nackte Oberkörper verdreckt und in Schweiß gebadet. Schlank, aber muskulös, und das warf erneut die Frage auf, wohin er sich jeweils abends verzog, unerreichbar für Telefon oder Piepser. Noch fragwürdiger war

sein Gesichtsausdruck, als er gesagt hatte: »Hoffentlich geben Sie sich damit zufrieden.« Zorn hatte sich darin gespiegelt, wie damals, als er vor dem Pavillon gestanden hatte, in stummem Zwiegespräch mit dem Ozean, und gleich darauf war so etwas wie Fassungslosigkeit zu erkennen gewesen. Etwa weil sie ihrem Herzen Luft gemacht hatte? Erica konnte sich kaum noch an die Worte erinnern, die ihr bei ihrer Attacke auf Jared Black und seine verdammte Arroganz herausgesprudelt waren. Es war direkt ein Wunder, dass sie ihm vor Wut nicht das Babyphon an den Kopf geschmissen hatte. Merkwürdigerweise hatte er überhaupt nichts erwidert. Warum hatte er nur stumm dagestanden und sie dann einfach gehen lassen, ohne zu versuchen, das letzte Wort zu behalten?

Sie war noch immer wütend auf ihn, ganz gegen ihre Art. Lange wütend zu sein war Vergeudung von Energie und Zeit und führte zu nichts. Aber jetzt ritt sie der Teufel. *»Hoffentlich geben Sie sich damit zufrieden.«* Ihr die Schuld in die Schuhe zu schieben für etwas, was allein sie zu verhindern gesucht hatte! Was immer sie vorgebracht hatte, es war nicht genug. Sie überlegte, ob sie zu seinem Wohnmobil hinübergehen und rufen sollte: »Und noch etwas, *Mister* Commissioner…«

Als sie jemanden auf ihr Zelt zukommen hörte, schob sie ihre Unterlagen beiseite. Bestimmt wollte Luke ihr einen Bericht über den Zustand der Höhle geben. Erica hatte sich zunächst die genaue Bestandsaufnahme des Schadens selbst vorbehalten, war dann aber, aufgewühlt von dem entsetzlichen Geschehen, geflohen und hatte Luke mit der Aufgabe betraut. *Komm mir jetzt bloß nicht damit an, dass noch weitere Knochen zertrümmert worden sind.*

Sie schrak zusammen, als sie Jared ihren Namen rufen hörte.

Sie ging zum Eingang und blinzelte in die Sonne. Er kleidete

sich neuerdings lässiger, stellte sie fest, und sie fand, dass das bunte Baumwollhemd und die Jeans ihm gut standen, und gleich darauf wünschte sie, sie täten es nicht.
»Dr. Tyler?«, sagte er. »Dürfen wir kurz stören?«
Sie warf einen Blick auf Jareds Begleitung, einen Fremden, der etwas verlegen wirkte und nervös an seinem Hemdkragen herumzupfte.
Sie bat sie nicht herein. »Was gibt's?«
»Das ist Mr. Xavier, der Anwalt einer Gruppe von Indianern, die meine Dienste in Anspruch nehmen möchten.«
Erica wartete.
»Mr. Xavier«, forderte Jared den Anwalt auf, »wären Sie so freundlich, Dr. Tyler zu wiederholen, was Sie mir vorhin angetragen haben?«
Der Mann lief augenblicklich vom Kragen bis hoch zum bereits zurückweichenden Haaransatz blutrot an. »Nun, ich ...«
»Wiederholen Sie einfach, was Sie mir gesagt haben. Dass Geld dabei keine Rolle spielt, so war's doch, oder?«
Xavier war völlig entgeistert, und Erica dachte schon, er würde gleich von einem Schlaganfall getroffen zu Boden sinken. Dann aber machte er auf dem Absatz kehrt und eilte davon.
»Was war das denn?«, wandte sich Erica an Jared.
»Ein Handlanger im Auftrag der Hausbesitzer. Hat mir Schmiergeld angeboten, damit ich die Höhle versiegeln lasse.«
Sie wollte bereits zurück in ihr Zelt, als Jared sagte: »Dr. Tyler, ich möchte mich entschuldigen für das, was ich gestern Nacht gesagt habe. Ich hatte mich nicht in der Gewalt, und meine Bemerkung war höchst ungehörig. Ich war einfach so schockiert, als ich sah, wie diese Vandalen gehaust haben.«
Sie warf ihm einen kurzen Blick zu, las Ehrlichkeit und Bedauern in seinen rauchgrauen Augen. Was hatte Sam gleich

wieder gesagt? »Jareds Frau? Heißt das, Sie wissen nichts davon?« Deshalb meinte sie: »Ich wollte gerade Kaffee machen. Möchten Sie auch einen?«
Er folgte ihr ins Zelt.
»Ich war auch schockiert«, kam Erica auf das Streitgespräch zurück, als sie eine Flasche Evian aus dem Kühlschrank holte und den Inhalt in die Kaffeemaschine goss. »Und vermutlich habe ich das eine oder andere gesagt, was ich nicht hätte sagen sollen, obwohl ich mich gar nicht mehr an meine Worte erinnere.«
Er lächelte. »Sie haben mich zurechtgewiesen, das war alles.«
»Mr. Black, uns beiden liegt die Frau, die in dieser Höhle begraben ist, am Herzen. Wir sollten uns nicht gegenseitig das Leben schwer machen.«
Er schüttelte den Kopf. »Ich halte das, was Sie tun, noch immer für ungerechtfertigt. Nennen Sie es meinetwegen Ausgrabung im Namen der Wissenschaft. Aber es ist und bleibt Grabräuberei. Und wozu? Für ein Schaustück im Museum?«
Die Hände in die Hüften gestemmt, sah sie ihn an. »Jetzt hören Sie mir mal gut zu. Als die Spanier vor zweihundertdreißig Jahren hier landeten und Missionen errichteten, wurden die Indianer in ihren Dörfern zusammengetrieben und entweder mit schönen Versprechungen oder mit Drohungen dazu gebracht, zum Christentum überzutreten. Sie durften ihre eigene Religion nicht mehr ausüben oder nach ihren Traditionen leben. Und dann starben die meisten an Krankheiten, die der weiße Mann eingeschleppt hatte. Die Eroberung vollzog sich derart schnell, dass innerhalb von zwei Generationen die Bräuche, die Geschichte und selbst die Sprache dieser Stämme untergingen. Mit Hilfe der Archäologie geht man

jetzt daran, diese verloren gegangenen Kulturen zu rekonstruieren. Und wenn Sie den Museen alle entsprechenden Artefakte entziehen, wie das die Indianer wollen, und sie wieder der Erde übergeben, dann ist das ein Schritt rückwärts. Wenn wir mit Schulklassen ein Museum besuchen, erklären wir den Kindern, wie die Menschen damals gelebt haben. Wenn wir das nicht tun, wachsen sie auf, ohne jemals zu erfahren, wie es früher einmal war.«

Ihre Worte hingen in der Luft. Jareds und ihr Blick trafen sich, dann wandte sich Erica der Kaffeemaschine zu, die bereits durchgelaufen war, und füllte zwei mit Comicfiguren bemalte Henkelbecher. »Unverschämt teurer Amaretto«, sagte sie, als sie ihm den Becher mit Daffy Duck reichte. »Das einzig Extravagante, das ich mir leiste«, fügte sie lächelnd hinzu, bemüht, die verkrampfte Atmosphäre aufzulockern.

Jared, der zum ersten Mal in ihrem Zelt war, sah sich so unauffällig wie möglich darin um, suchte nach Anhaltspunkten, die vielleicht etwas Licht auf diese Frau warfen, die für ihn weiterhin ein Rätsel war – einmal kämpferisch, dann wieder verletzbar, dann wieder kämpferisch, aber immer voller Enthusiasmus für ihre Arbeit. Ihr Zelt überraschte ihn. Es machte den Eindruck, seit Jahren bewohnt zu sein. Diese Dr. Tyler verstand es wahrhaftig, irgendwo anzukommen und dem Ort sofort ihren eigenen Stempel aufzudrücken. Er dachte an sein Wohnmobil, das er vorübergehend gemietet hatte. Der Winnebago war luxuriös eingerichtet und mit allen Annehmlichkeiten ausgestattet, aber die persönliche Note fehlte. Die entdeckte er hier: eine kleine Freiheitsstatue mit einer Uhr im Bauch; einen Miniatur-Totempfahl der Eskimos; eine Kinokarte für *König Salomons Diamanten*; einen Kalender der »Malibu-Wasserwacht«; etwas, was wie ein blühender Kaktus in einem Topf aussah, aber eine Kerze war;

eine angebrochene Schachtel Oreo-Kekse; schließlich ein Foto von Harrison Ford, signiert mit »Meiner Lieblingsarchäologin – Indiana Jones«. Er warf einen Blick auf ihren Computer. Das Mauspad war eine Alphabettafel für spiritistische Sitzungen. Als er eingehend ein Regal mit Unmengen von Beanie-Babys in Augenschein nahm, sagte Erica: »Meine Kuscheltiere. Ich schleppe sie immer mit mir rum.« Er entdeckte die Namensschildchen, die sie trugen: Ethel, Lucy, Figgy. »Sie kommen gut miteinander aus«, schmunzelte sie. »Meistens jedenfalls.«

Familienfotos, etwa von den Eltern oder Geschwistern, waren dagegen nicht auszumachen. Ein Stapel Post lag auf dem Bett – Zeitschriften, Rechnungen, Briefe, Rundschreiben –, alle an Erica adressiert, an ein Postfach in Santa Barbara.

Als er merkte, dass sie ihn beobachtete, errötete er leicht und rührte verlegen in seinem Kaffee herum. »Sie sind demnach in Santa Barbara zu Hause?«

Sie lehnte sich an ihren Arbeitstisch und nippte an ihrem Becher. »Dorthin lasse ich mir meine Post schicken. Eine feste Bleibe habe ich nicht. Im Augenblick« – sie machte eine ausholende Geste – »ist dies hier mein Zuhause.«

Er trank seinen Kaffee, spähte über den Rand des Bechers zu ihr hinüber, bemüht, sich seine Verwirrung nicht anmerken zu lassen. War das, was auf diesem engen Raum untergebracht war, alles, was sie besaß? »Ich hab mal einen Freund besucht, als er in New Mexico mit einer Ausgrabung zugange war. Sein Zelt war voll gestopft mit Artefakten. Seine private Sammlung. Er nahm sie auf all seinen Reisen mit.« Jared sah sich um. »Etwas Ähnliches hab ich wohl hier vermutet.«

»Ich sammle keine Antiquitäten. Davon halte ich nichts.«

Er war verblüfft. »Sagten Sie nicht eben ...«

»Sammlungen in Museen, dafür hab ich sehr wohl was übrig,

weil sie der Öffentlichkeit zugänglich sind und weil sie lehrreich sind und zum Verständnis beitragen. Für sich privat archäologische Objekte zu sammeln, lehne ich ab. Das verleitet nur zum Diebstahl. Solange es Sammler gibt, die Spitzenpreise für Grabbeigaben zahlen, solange wird man Gräber plündern. Schwarzhandel mit Antiquitäten leistet der von Ihnen geschmähten Grabräuberei nur Vorschub.«

Unwillkürlich musste Jared an die Objekte in seinem Haus in Marin County denken, echte präkolumbianische Kunstwerke, für die er ein schönes Sümmchen hingeblättert hatte – ohne sich je Gedanken darüber zu machen, wer die eigentlichen Leidtragenden solcher Transaktionen waren.

Er wollte gerade etwas zu den fiesen Taktiken von Zimmerman und den anderen Hausbesitzern anmerken und dass sie alle in den nächsten Tagen besonders wachsam sein müssten, als sie draußen die schweren Schritte von Stiefeln hörten. Gleich darauf platzte Luke herein. »Erica«, sagte er, »kommen Sie mit. Das müssen Sie sich ansehen!«

Sie stellte ihren Becher ab. »Was denn?«

»In der Höhle! Ich hab ein bisschen aufgeräumt – nein, nein, nichts angefasst, aber – Erica, das müssen Sie sich unbedingt ansehen!«

Die drei rannten zur Kante des Canyons und kletterten das Gerüst hinunter. In der Höhle kauerte sich Erica hin und entfernte mit einem Pinsel vorsichtig die Erde von dem eben zum Vorschein gekommenen Objekt. »Sieht aus, als wäre es in so was wie ein Tuch eingeschlagen worden«, murmelte sie. »Ist zwar verrottet, aber eine mikroskopische Analyse der Fasern ... Großer Gott!«, stieß sie aus. »Ein Reliquiar!«

Jared beugte sich interessiert vor. »Ein Reliquiar?«

»Ein Behältnis für Reliquien. Normalerweise für die Knochen oder Haare eines Heiligen.« Behutsam entfernte sie weitere

Erde. Eine aus Silber gefertigte Hand mit Unterarm kam zum Vorschein. »Eindeutig ein Reliquiar. Demnach dürfte außer der Lady noch jemand hier begraben sein.«
»Ein Heiliger? Wer denn, Erica?« Lukes Stimme drohte vor Aufregung überzuschnappen. »Wessen Knochen sind das? Können Sie das sagen?«
»Und wie kommt so was hierher?«, wunderte sich Jared.
Erica nahm einen weicheren Pinsel. »Nach dem Aufkreuzen von Cabrillo im Jahre 1542 gab es für die nächsten 227 Jahre keinen weiteren Kontakt mit Europäern. Meiner Vermutung nach tauchte derjenige, der dies hier nach Amerika brachte, nicht vor 1769 auf.«
Sie entfernte noch mehr Erde und zog das Licht näher heran. Als sie den in das Silber gravierten Namen las, stockte ihr der Atem. Ungläubig sah sie zu den anderen auf. »Ich würde sagen, unsere kleine Ausgrabung ist auf dem besten Weg, sich zu einer internationalen Angelegenheit zu mausern.«
»Wieso?«, fragte Jared.
»Weil ich dies hier«, und damit deutete sie auf den silbernen Arm, der aus der Erde ragte, »dem Vatikan melden muss.«

Kapitel 6

Teresa
1775

Teresa hatte zwei Wünsche: in Erfahrung zu bringen, was Bruder Felipe so quälte, und einen Weg zu finden, diese seine Not zu lindern.

»Wir pflücken nur die Blätter des Fingerhuts«, sagte Felipe soeben, und seine Stimme hörte sich wie immer für sie an wie ein Sommerwind, der beschwichtigend und unaufdringlich in einem Canyon raunte. Alles an Bruder Felipe war beschwichtigend und unaufdringlich – sein Gang, der nichts von der Eile manch anderer Padres verriet, sein freundliches Wesen, das im Einklang mit dem Garten stand, durch den er schritt. Seine Art zu essen, sich nach jedem Bissen Zeit zu lassen, so als genieße er das Geschenk der Natur. Wenn er die Arbeit unterbrach und die Hände in den weiten Ärmeln seiner Kutte verschränkte, das geschorene Haupt für einen Augenblick gebetserfüllter Reflexion neigte. Am eindrucksvollsten waren jedoch, wie Teresa fand, seine Augen, sanft und wie die eines Rehs, Türen zu einem stillen, entlegenen Ort, wo es weder Zorn noch Gewalttätigkeit gab, weder Schmerz noch Tod. Zuweilen, wenn Teresa das Leid ihres Volkes, das in erschreckendem Maße von Krankheiten heimgesucht wurde, nicht mehr ertragen konnte, blickte sie in Bruder Felipes moosgrüne Augen, und dann war ihr, als würde sie von ihnen aufgesogen und mitgerissen werden in jene wunderbare, friedliche Abgeschiedenheit.

So war es jedenfalls bis vor kurzem gewesen. In letzter Zeit war jedoch eine Veränderung mit Bruder Felipe vor sich gegangen, eine so unmerkliche Veränderung, dass vielleicht nur Teresa, die Tag für Tag mit ihm im Kräutergarten arbeitete, sie wahrnahm. Schon weil sie weniger in seinem Verhalten und in dem, was er sagte, zum Ausdruck kam, sondern vielmehr in dem umflorten, seltsam gehetzten Blick, der so ganz anders war als vor drei Jahren, bei seiner Ankunft in der Mission.
Teresa verzehrte sich in Liebe für den jungen Mönch, aber sie durfte sich ihm nicht erklären. Bruder Felipe war ein heiliger Mann, der sein Leben Gott und der Läuterung der Seelen geweiht hatte. Wie allen Padres der Mission waren ihm Gedanken um das Zusammenleben von Mann und Frau, um Liebe und körperliche Vereinigung fremd. Er hatte sich dem Zölibat verpflichtet, ein Gelübde, das es in Teresas Volk nicht gab, wiewohl man sich bei den Topaa die wundersame Geschichte von einem Helden erzählte, der eines Tages aus dem Meer kam und sich in die Medizinfrau des Clans verliebte. Dies hatte sich Generationen zuvor ereignet, zu einer Zeit, da den Medizinfrauen die Ehe noch nicht gestattet war und sie ein Leben in Keuschheit führen mussten. Nachdem der Held dann aber doch diese eine Medizinfrau zur Frau genommen hatte, wurde allen nachfolgenden die Ehe zugestanden, so auch Teresas Mutter, und deshalb hoffte Teresa ungeachtet dessen, dass sie zur neuen Medizinfrau des Clans bestimmt war, eines Tages ebenfalls zu heiraten. Aber nicht irgendjemanden. Sie wollte Felipe.
»Der Fingerhut«, sagte er gerade, und Teresa hörte aus seiner Stimme eine Gereiztheit heraus, die mit Sicherheit gestern noch nicht vorhanden gewesen war. Hatte er Heimweh? Sehnte er sich nach dem Land seiner Ahnen? Teresa hatte noch nie erlebt, dass jemand, ob Topaa oder Fremder, froh ge-

wesen wäre, längere Zeit von seinem Stamm fort zu sein. Die Padres dagegen weilten bereits seit sechs Jahren hier, errichteten ihre merkwürdigen Hütten, bauten seltsame Dinge an und weideten noch seltsamere Tiere, und nichts deutete darauf hin, dass sie über kurz oder lang wieder aufzubrechen gedachten. Aber Bruder Felipe war nicht wie die anderen Padres, die entschlossener wirkten. Felipe war sanftmütig, kaum der Jugend entwachsen, hatte ein blasses Gesicht, das umso schneller errötete, und ein schüchternes, hinreißendes Lächeln. Gelegentlich befand Teresa, Bruder Felipe sei gar kein menschliches Wesen, sondern ein guter Geist, den die Vorfahren gesandt hatten, damit er die Topaa beschütze, solange die Padres hier waren.

Teresa war vor drei Jahren in die Mission gekommen, damals, als man ihr Dorf mit der Zusage, hier würden sie verköstigt werden, hergelockt hatte. Sie hatte vorgehabt, mit ihrer Mutter über das Meer ins Dorf zurückzukehren, aber die Mutter war krank geworden und trotz der Fürsorge der Franziskanerpadres gestorben. Als Teresa sich dann mit ihren erst vierzehn Jahren und von Kummer und Schmerz niedergedrückt auf den Heimweg machen wollte, hatte Bruder Felipe, nicht anders als die anderen Padres, die jeden Topaa aufnahmen, der bereit war, fortan in der Mission zu leben, ihr angeboten, hier zu bleiben. Sie hatte in seine sanften grünen Augen geschaut, die sie an Waldseen und dunstverhangene Lichtungen denken ließen, und eingewilligt.

Und Bruder Felipe zuliebe hatte sie sich ein paar Monate später dazu durchgerungen, sich taufen zu lassen.

Was das Wasser auf dem Kopf zu bedeuten hatte, wusste Teresa ebenso wenig wie die mit ihr getauften Topaa, die in der Mission lebten und jetzt lernten, wie man Felder bestellte und erntete, wie man Kühe molk, Decken webte und Töpferwaren herstellte, und dies alles erträglicher fanden als das Leben im Dorf, wo man zur Beschaffung von Nahrung fischen gehen oder im Wald Eicheln suchen musste und häufig genug mit leeren Händen zurückkam. In der Mission bekamen sie genug zu essen und ein Dach, unter dem man schlafen konnte, solange sie nur »Vater unser« sagten und »Jesus« und »Amen«. Sie nahmen am morgendlichen Ritual des Priesters teil, erhoben oder setzten sich, knieten nieder, berührten Stirn, Brust und Schultern, wenn er ein Kreuz in die Luft zeichnete, sie ließen sich das hauchdünne Stückchen Brot auf die Zunge legen und plapperten Worte nach, die sie nicht verstanden. Bruder Felipe zufolge waren die Getauften jetzt erlöst. Wovon eigentlich?, fragte sich Teresa.

War dieses »Erlöstsein« der Grund dafür, dass sie die Mission nicht wieder verlassen konnten? Denn obwohl viele Topaa gern in der Mission blieben, gab es doch eine ganze Reihe, die lieber in ihr Dorf zurückgegangen wären – was aber, wie die Padres sagten, jetzt, nachdem sie die Taufe empfangen hatten, nicht mehr möglich war. Deshalb wurden sie nachts eingesperrt, und wer davonlief, den brachten Soldaten gewaltsam zurück. Wenn sie gewusst hätten, murrten so manche, dass das Wasser auf ihrem Kopf sie zu Gefangenen der Mission machen und ihnen verbieten würde, nach ihren Traditionen und ihrer Religion zu leben, hätten sie dieses Ritual nicht über sich ergehen lassen.

War die Folge davon, dass Teresas Volk krank wurde und starb?

Nach dem Tod der Mutter, so war es vorgesehen, sollte die Obhut der Höhle in Topaa-ngna auf Teresa übergehen, obwohl das Mädchen noch nicht bis zum Letzten in die Geheimnisse, die Mythen und den Zauber, in die entsprechenden Gebete und Riten eingeführt worden war. Starb ihr Volk

auch dahin, weil seit nunmehr drei Sommern niemand mehr die Erste Mutter aufgesucht hatte? Andererseits schreckte Teresa davor zurück, die Rituale in der Höhle ohne Hilfestellung zu vollziehen, schon weil einige Tabus so schwerwiegend waren, dass der kleinste Fehler so Entsetzliches wie ein Erdbeben oder eine Überschwemmung nach sich ziehen konnte.
War aber der Tod so vieler Stammesangehöriger nicht auch entsetzlich?
»Wir müssen darauf achten, die Blätter nicht zu beschädigen«, sagte jetzt Bruder Felipe mit seiner sanften Stimme.
Teresa gab sich entsprechend Mühe. Sie war ausersehen worden, Felipe im Garten, wo er Heilkräuter zog, zur Hand zu gehen, weil auch sie sich mit derlei Pflanzen auskannte. Nur dass unglücklicherweise weder sie noch Bruder Felipe ein Kraut gegen die Krankheit fanden, die zunehmend mehr Topaa-Leben forderte.
»So wird das gemacht.« Damit löste Bruder Felipe vorsichtig die Blätter des Fingerhuts ab. Er bediente sich der Sprache seiner Heimat, des Kastilischen, das Teresa inzwischen gelernt hatte und das sich alle Topaa und Tongva und Chumash aneignen mussten. Die Sprache war ebenso neu wie die Blume, die Felipe ihr zeigte und in der sich ein Geist verbarg, der Herzbeschwerden linderte. Überhaupt war der Garten voll von bislang unbekannten Blumen, die von einem Ort namens Europa stammten – Nelken, Nieswurz, Pfingstrosen. Und auf der anderen Seite des Zauns grasten nie zuvor gesehene und ebenfalls übers Meer mitgebrachte Tiere – Rinder, Pferde, Schafe. Auch auf den Feldern, auf denen ihr Volk und Mitglieder anderer Stämme jetzt mit gekrümmten Rücken hackten, jäteten oder säten, wuchsen nie zuvor gesehene Pflanzen – Weizen, Hafer, Mais. So viel Neues auf dem angestammten Boden ihres Volkes war für Teresa irgendwie verwirrend. Sie

hatte nicht gesehen, dass die Padres das Land um Erlaubnis gebeten hätten, es umzugraben oder von schwergewichtigen Tieren zertrampeln zu lassen oder den Lauf des Flusses zu verändern, indem sie Kanäle bauten, wo keine Kanäle gewesen waren. Würde die alte Ordnung zusammenbrechen und von Chaos abgelöst werden?

Teresa erinnerte sich gut an den Tag, da die Fremden aufgekreuzt waren. Elf Sommer hatte sie gezählt, und wie ein Lauffeuer hatte sich im Dorf die Nachricht verbreitet, Reisende aus dem Süden hätten das Land der Vorfahren betreten, ohne ihm den gebührenden Respekt zu erweisen. Die Eindringlinge tränken Wasser, ohne vorher die Erlaubnis des Flusses einzuholen, pflückten Früchte, ohne die Bäume zu fragen, brächen Äste ab und entzündeten Lagerfeuer ohne jegliches respektvolles Ritual. Alle Stämme kamen überein, dass die Fremden mit den geltenden Verhaltensweisen vertraut gemacht werden mussten.

Als sie aber dann den Eindringlingen entgegengetreten waren und ihnen ihre Speere und Pfeile gezeigt hatten, zum Zeichen ihrer Absicht, die Geister des Landes zu beschützen, hatten die Fremden eine Frau hochgestemmt, sodass alle sie sehen konnten. Da man sie für eine Medizinfrau hielt, verstummte das Volk und wartete auf eine Äußerung von ihr. Aber sie tat nichts dergleichen, bewegte sich auch nicht. War sie etwa tot? Aber sie hatte doch die Augen geöffnet und lächelte! In der Annahme, sie sei eine heilige Frau, legten die Häuptlinge daraufhin ehrfürchtig Bogen und Pfeile nieder, und ihre Mütter und Schwestern traten näher, um ihr Perlen und Samenkörner darzubringen. Als dann die Fremden eine Unterkunft für die mitgeführte Frau bauten und ihr Blumen zu Füßen legten, brachten ihr auch die Topaa und Tongva Opfergaben dar. Damals hatte sich Teresa gewundert, dass die

Frau so lange stillhielt, aber inzwischen wusste sie einiges über Bilder und dass dies keineswegs eine lebendige, sondern die Wiedergabe einer Frau war, auf etwas, das »Leinwand« genannt wurde. Dennoch bestand sowohl bei den Eindringlingen wie auch beim Volk Einstimmigkeit darüber, sie als »die hohe Frau« zu bezeichnen.

Nach sechs Jahren fragten sich Teresa und die Topaa noch immer, warum die Fremden hier waren. Sehr viel länger würden sie bestimmt nicht mehr bleiben, spekulierten Häuptlinge und Medizinmänner und -frauen, denn niemand konnte über einen größeren Zeitraum von seinen Ahnen getrennt sein. Noch dazu so weit weg von ihnen – nach ihren eigenen Worten hatten die Padres eine schier unvorstellbare Strecke zurückgelegt. Noch etwas anderes verstörte Teresa im Zusammenhang mit den Fremden, so großzügig sie sich auch gaben. Im Frühjahr war der Häuptling der Padres zu Besuch gekommen. Ein kleinwüchsiger Mann – die Topaa überragten ihn bei weitem –, der sich Junipero nannte, nach dem Wacholderbusch. Teresa hatte mitbekommen, dass Padre Serra ihm von einem Volk namens Indianer berichtete, das in einer Mission mit Namen San Diego einen Aufstand verursacht habe und dass dies höchst bedenklich sei. Daraufhin hatte Junipero zu den Padres gesagt: »Die geistlichen Väter sollten imstande sein, ihre Söhne, die Indianer, zur Strafe auszupeitschen.«

So vieles an der Einstellung der Padres verstörte Teresa. Die strenge Bestrafung beispielsweise, als die Priester merkten, dass die Frauen einen speziellen Kräutertrank zu sich nahmen, um eine Empfängnis zu verhüten. Dabei wusste doch jeder, dass die kontrollierte Empfängnis zum Besten des Stammes geschah und verhinderte, dass er zu groß wurde, weil dann die Versorgung mit Nahrung nicht mehr gewährleistet

wäre. Dass, wie die Götter die Topaa Generationen zuvor gelehrt hatten, zu viele Menschen nicht genug zu essen bedeutete und Hungersnot drohte. Aber die Antwort der Padres war, mehr anzubauen. Sie unterwiesen die Topaa im Säen und im Bewässern der Keimlinge und Pflanzen sowie im Ernten von Mais und Bohnen und Kürbissen, die sie als Samen aus ihrer weit entfernten Welt mitgebracht hatten. Da es also jetzt genug zu essen gäbe, sollten die Frauen nicht länger verhüten. Teresa jedoch sah Unheil darin, ein Muster, das die Götter zu Anbeginn der Schöpfung gewebt hatten, aufzulösen und auf die Vermehrung von Nahrung und Menschen bedacht zu sein, bis keine Handbreit Platz mehr im Land war.
Außerdem ging die Rechnung der Padres schon deshalb nicht auf, weil noch immer nicht genug angebaut wurde, um die Versorgung der Soldaten in den Garnisonen sicherzustellen, sodass inzwischen die Menschen in den Dörfern verhungerten und zusehends mehr Topaa, Tongva und Chumash in der Mission vorsprachen und den Padres die leeren Körbe mit der Bitte um Lebensmittel entgegenhielten. Und die Padres füllten sie, aber nur, wenn die Indianer blieben und Christen wurden. So kam es, dass Teresas Volk sich den Bauch mit Jesus und Weizen voll schlug und zuließ, fortan Juan und Pedro und Maria zu heißen.
Ihre Gedanken kehrten zurück zu Bruder Felipe und ihrem zunehmenden Bangen, eine Krankheit fresse seinen Geist auf.
Wenn Teresa in die Seele des jungen Mannes hätte sehen können, hätte sie dort ein Verlangen entdeckt, das ihn verzehrte wie ein Feuer. Felipe war aus einem einzigen Grunde in die Neue Welt gekommen: den Zustand der Ekstase zu erfahren. Bislang war ihm dies versagt geblieben. Eine Ekstase wie vor fünfhundert Jahren der selige Bruder Bernard de

Quintavalle, überlegte Felipe jetzt, als er auf die glockenförmigen Blüten in seinen Händen schaute und einen Augenblick lang vergaß, was er damit vorgehabt hatte. Seit Bernard das Ordensgewand der Franziskaner angelegt hatte, war er häufig durch die Kontemplation himmlischer Dinge in den Zustand göttlicher Ekstase versetzt worden. Welch eine Gnade, dieses wunderbare Gottesgeschenk zu erhalten! Felipe träumte häufig davon, fragte sich, wie Bruder Bernard zumute gewesen sein musste, als eines Tages während der Messe sein Geist zu Gott emporgehoben wurde und er wie versteinert und völlig entrückt, den Blick himmelwärts gerichtet, von der Morgenandacht bis zur None unbeweglich verharrte! Fünfzehn Jahre lang war Bruder Bernard mit diesem Geschenk belohnt worden, hatte Herz und Antlitz täglich zu Gott erhoben. Seine Gedanken waren derart allem Irdischen abgekehrt, dass Bernard gleich einer Taube über die Erde schwebte und zuweilen dreißig Tage auf dem Gipfel eines hohen Berges verharrte, in die Betrachtung göttlicher Dinge versenkt.
Felipe träumte davon, belohnt zu werden wie ein Weggefährte des heiligen Franziskus, Bruder Masseo nämlich, der, nachdem er sich betend in seiner Zelle gegeißelt hatte, einen Wald betrat und den Herrn unter Tränen anflehte, ihm göttliche Tugendhaftigkeit zu gewähren. Daraufhin war vom Himmel die Stimme Christi zu vernehmen: »Was gibst du hin für diese Tugendhaftigkeit, die du suchst?« Und Bruder Masseo antwortete: »Herr, ich schenke dir mit Freuden mein Augenlicht.« Und der Herr erwiderte: »Ich gewähre dir die Tugend der Reinheit und befehle dir, dein Augenlicht zu behalten.«
Die Stimme Christi vernehmen! Felipe erschauerte unter seiner schweren Wollkutte. Deshalb war er in diese Wildnis ge-

kommen: göttliche Erleuchtung zu erfahren, Sein Antlitz zu schauen. Als Gott ihn zum Missionsdienst berief, war Felipe umgehend diesem Ruf gefolgt. Welch eine Freude hatte in seinem Heimatdorf geherrscht, als bekannt wurde, dass man ihn für die Mission in Alta California auserwählt hatte! Wie stolz war sein Vater gewesen. Alle waren sie in der kleinen Kirche zusammengeströmt, um für Felipe und den Erfolg seiner Mission zu beten. Und wie erwartungsvoll hatte Felipes Herz gepocht, wie sicher war er sich gewesen, dass in diesem entlegenen Land sein Traum, dem Erlöser persönlich zu begegnen, in Erfüllung gehen würde.

Immer wieder auf der langen Reise um die halbe Welt hatte Felipe sich vorzustellen versucht, wie es vor sechs Jahren gewesen sein musste, an jenem Tag, da die Padres den Fluss Porciuncula erreichten und dort von einer Überzahl Eingeborener mit hoch erhobenen Speeren sowie Pfeil und Bogen bedroht wurden. In ihrer Todesangst hatten die Padres den Wilden ein Ölgemälde Unserer lieben Frau und schmerzensreichen Mutter entgegengehalten. Und ein Wunder war geschehen! Die Heiden hatten sofort erkannt, dass die Heilige Jungfrau unter ihnen weilte, und ihre Waffen niedergelegt.

Für Felipe war das ein Zeichen dafür, dass demütige Menschen hier Gnade finden würden.

Gnade...

Er vergaß die Blumen in der Hand und die junge Indianerin an seiner Seite und starrte lange zum Horizont. Und eine Stimme in ihm sagte: *San Francisco, der du Tag für Tag zum Herrn sprachst und der du im italienischen Porciuncula auf dem Sterbebett lagst und darum batest, auf dem Friedhof der Verbrecher bestattet zu werden – ich wünsche mir das Gleiche. Ich wünsche mir, dass mein Leichnam in einem bescheidenen Grab in verabscheuungswürdiger Erde ruht.*

Der Heilige hatte sich selbst als die »widerwärtigste Kreatur Gottes« bezeichnet. Auch Felipe drängte es, sich derart zu erniedrigen. Bespucken und mit Dreck bewerfen sollte man ihn; er würde die Demütigung ebenso willkommen heißen wie Francisco und seine Mitbrüder. Nur ...
Und jetzt meldete sich wieder die zusätzliche Pein, die ihn quälte und mit jedem Tag unerträglicher wurde, die Pein des Zweifelns und der Schuld und der Selbstverachtung. Ausgelöst worden war sie eines Nachts im Stall, als er unterwürfig im Kuhdung gelegen und um Ekstase gefleht und eine innere Stimme ihm plötzlich zugeraunt hatte: Du Anmaßender! Ist nicht der Wunsch nach Demütigung ein Zeichen von Hochmut? Wie kannst du demütig sein und hochmütig zugleich?
Heiliger Gott, drängte es Felipe jetzt in diesem Garten auszurufen, in dem er seiner Arbeit nachging, unterstützt von diesem jungen Mädchen, das erst kürzlich zu Christus gefunden hatte. Schau auf mich, den erbärmlichsten deiner Diener! Werde Zeuge der Bestrafung, die ich diesem elenden Körper zuteil werden lasse. Sieh mit an, wie ich mich kasteie und Essen und Trinken verweigere. Sieh diese Spuren der täglichen Geißelung meines nichtswürdigen Fleisches. Und gewähre mir nur einen kurzen Blick auf dein gesegnetes göttliches Antlitz!
Seine Schultern sackten ein. Es reichte nicht. Nach drei Jahren der Verleugnung, harter Arbeit und Selbsterniedrigung erkannte Felipe voller Verzweiflung, dass er nicht genug getan hatte, um mit einer Vision Christi belohnt zu werden. Er musste noch mehr tun. Aber was? *Wenn ich zurück nach Spanien könnte, würde ich auf Händen und Knien durch Europa rutschen, nach Porciuncula, wo mein gesegneter und so vollkommener San Francisco starb.*

Neugierig geworden, was Felipes Aufmerksamkeit in Anspruch nahm, schaute Teresa über den Garten und die Weideflächen und Weizenfelder zum Fluss, der sich durch die Ebene schlängelte. »Was siehst du, Bruder Felipe?«

»Porciuncula«, sagte er mit befremdender Stimme. »So haben wir ihn genannt, zum Gedenken an San Francisco.«

»Was genannt? Den Fluss?«

Sie wartete. Ihr Unbehagen nahm zu. »Bruder?«, fragte sie und berührte seinen Arm.

Als sehe er etwas, was keiner sonst sah, sagte er mit einer Stimme, die von weit her zu kommen schien: »Da gibt es eine bescheidene Kirche unweit von Assisi namens Porciuncula, das bedeutet ›kleines Stück‹. Man nannte sie so, weil sie so unscheinbar war, abgelegen und verfallen. San Francisco kam eines Tages dort vorbei, und als er erfuhr, dass sie nach den Engeln hieß, die Unserer lieben Frau bei ihrer Auffahrt in den Himmel beistanden, beschloss er, die Kirche instand setzen zu lassen und eine Weile dort zu leben. Und während er sich bei Unserer lieben Frau von den Engeln von Porciuncula aufhielt, im Jahre des Herrn 1209 war das, hatte er eine göttliche Erleuchtung, in der ihm sein Lebensweg aufgezeigt wurde. Jahre später, auf seinem Krankenlager, bat er darum, nach Porciuncula gebracht zu werden, um dort zu sterben. Und jetzt, fünfhundert Jahre nach seinem Tod, sind wir hierher gekommen und haben einen Fluss nach der Kirche benannt, die San Francisco so liebte.«

Er schloss die Augen und schwankte leicht.

»Bruder Felipe?« Teresa griff nach seinem Arm und erschrak, wie mager er sich unter dem wollenen Ärmel anfühlte. »Geht es dir nicht gut?«

Als er die Augen öffnete, musste er sich erst einmal wieder zurechtfinden. Er sah die kräftigen braunen Finger, die seinen

Arm umklammerten. Dann erinnerte er sich: Teresa. Er erntete mit Teresa die Blätter des Fingerhuts. Verschreckt schaute er sie an. Ihr glattes rundes Gesicht wirkte seltsam beruhigend, ihre geduldige Seele alt wie die Zeit. Etwas Besonderes war an diesem Mädchen, seiner ersten Bekehrten. Er wusste nur nicht, was. Sie unterschied sich irgendwie von den anderen Indianern in der Mission. Ihre Nase war größer, ihr Gesicht schmal mit dem spitz zulaufenden Haaransatz und dem klaren Blick, der auf seine Fragen wartete. Sie stand da wie die Verkörperung einer Antwort, nur dass sie für ihn so unerreichbar war wie die Sterne und die Sonne und der Mond.

Die Mission war um einen zentralen Platz gebaut: vier lange, strohgedeckte Hütten mit einem inneren Laubengang, der Kapelle, Werkstätten, Küche und Speiseräume, Vorratskammern und die Unterkünfte der Priester miteinander verband sowie mit dem so genannten *monjerio* – Nonnenkloster –, in dem alle Indianerinnen ab dem sechsten Lebensjahr jeweils nachts eingeschlossen wurden. Durch ein kleines Fenster konnten die eingesperrten Frauen hören, wie die Männer ihres Stammes sich unter dem Sternenhimmel des Lebens erfreuten, ihre Pfeife rauchten und wetteifernd Stöckchen in die Luft warfen. Die Padres hatten zwar versucht, diese Glücksspiele zu unterbinden, waren aber mehr oder weniger gescheitert, weshalb sie den Männern letzten Endes doch ihren Freizeitspaß zugestanden, vorausgesetzt, sie hielten sich streng an ihr tägliches Pensum an Gebet, Feldarbeit, noch mehr Gebet, noch mehr Arbeit.

Es war spät, die Tür zum Nonnenkloster war bereits versperrt. Teresa huschte zwischen den auf Matten und unter Decken lagernden Frauen umher. Die Anzahl der Kranken war heute Nacht größer. Sie husteten und keuchten und hatten hohes Fieber. Keine von ihnen vermochte etwas zu essen,

nur wenige Wasser zu sich zu nehmen. Das Fleisch an ihren Knochen schrumpfte dahin, ihre Lungen spuckten Blut. Sosehr sich Teresa auch bemühte, ihnen mit Bruder Felipes Tees und Aufgüssen und ihren eigenen Topaa-Heilmitteln zu helfen – die Krankheit, die bislang bei ihrem Volk unbekannt gewesen war, breitete sich zusehends aus. Das lag, wie Teresa mutmaßte, an Geistern, die die weißen Männer mitgebracht hatten, Geister, die nicht hierher gehörten, sondern in eine andere, entlegene Welt. Die weißen Männer starben nicht, wenn diese Geister sich in ihren Körper einnisteten. Manche wurden nicht einmal krank. Umso weniger konnten sich die Topaa sowie die anderen Stämme dieser sie heimsuchenden Geister erwehren.
Viele der Frauen hatten in der Mission Schutz vor den Soldaten gesucht, gesetzlosen Männern, Trunkenbolden, die wehrlose Eingeborene zu Pferd verfolgten, sie wie Tiere mit dem Seil einfingen und vergewaltigten. Und weil die Ehemänner und Brüder dieser Frauen mit ihren Speeren und Pfeilen nichts gegen die Musketen der Soldaten ausrichten konnten, war es sicherer, die Dörfer zu verlassen und Zuflucht bei den Padres zu suchen. Aber zu welchem Preis! Dicht an dicht lagen sie in der Hütte; Teresa hörte das Durcheinander von Dialekten, wenn die Tongva versuchten, sich mit den Chumash zu verständigen, wenn weinende Babys beschwichtigt wurden; sie sah junge Mädchen mit angsterfüllten Blicken auf dem Boden kauern und sich wahrscheinlich fragen, wie sie einen Ehemann finden sollten, wer die Abstammung der Familie überprüfen würde. In einer anderen Ära, einem anderen Leben wäre Teresa möglicherweise der Gedanke vom »Zusammenbruch der Gesellschaftsstruktur« gekommen. In dieser Nacht voller Fragen stand für sie nur so viel fest, dass alles um sie herum aus den Fugen geriet.

Am hintersten Lager kauerte sie sich leise zu der Frau, die auf der Seite lag, das Gesicht der Wand zugekehrt. Bei der Taufe hatte sie den Namen Benita erhalten; sie war von Soldaten vergewaltigt und davon schwanger geworden. Als sie eine Fehlgeburt erlitt, unterstellten ihr die Padres, sie hätte, da unverheiratet, abgetrieben. Zur Strafe wurden ihr Eisen um die Füße gelegt; sie war öffentlich ausgepeitscht worden, man hatte ihr den Schädel rasiert und sie gezwungen, in Sackleinen herumzulaufen und ihr Haupt mit Asche zu bestreuen. Außerdem musste sie bei der Arbeit das rot gefärbte Abbild eines aus Holz geschnitzten Kindes tragen und sich sonntags, zur Zeit der Messe, vor die Missionskirche stellen und die Verachtung und den Hohn der Kirchgänger über sich ergehen lassen. Diese Bestrafung diente dazu, Indianerinnen zu zwingen, ungewollte Kinder auszutragen; Abtreibung, sagten die Padres, sei Sünde. Was die Padres allerdings nicht zu verstehen schienen, war, dass es diese seltsamen Krankheiten waren, die so häufig zu Fehlgeburten bei den Topaa führten. Da gab es böse Geister, die die Frauen mit Fieber und Atemnot quälten und die die Padres als »Lungenentzündung« bezeichneten, oder solche, die Ausschlag verursachten und von den Padres als »Syphilis« und »Gonorrhö« bezeichnet wurden, allesamt neue Geister für die Topaa, so neu wie die ihnen bislang unbekannten Gräser oder Tiere oder Blumen. Und sie verfügten nicht über entsprechende Abwehrkräfte.
Benita lag im Sterben. Es war nicht ihr Körper, der krank war, sondern ihr Geist. Sie hatte nichts getan, damit das ungeborene Kind ihren Leib verließ. Aber die Padres glaubten ihr nicht. Sie wollten an ihr »ein Exempel statuieren«, hatten sie gesagt. Ein Exempel statuierten sie auch an getauften Ehemännern und Brüdern, die wieder ihr früheres Leben aufnehmen wollten: Sie wurden von Soldaten gejagt und in die Mis-

sion zurückgebracht und in einen so genannten »Verschlag« gesperrt, wo sie dem allgemeinen Spott ausgesetzt waren.
Teresa lehnte sich zurück und sinnierte über die Frauen und Mädchen nach, die in dieser Unterkunft zusammengepfercht waren, ohne frische Luft, ohne wärmendes Feuer, ohne eine Schamanin, die dafür sorgte, dass die Geister nicht von einem Körper zum anderen übersprangen. Eine einzige Frau, die vom Masern- oder vom Typhusgeist besessen war, genügte, um alle anderen Frauen krank zu machen, da der böse Geist von einer nach der anderen Besitz ergriff.
Den Padres schien das nicht einzuleuchten. Wie so vieles andere auch.
Warum bestanden sie darauf, in der Sommerhitze in ihren kratzigen Wollkutten zu schwitzen, wenn es sinnvoller war, nackt herumzulaufen? Warum zwangen sie die Frauen, sich zu bedecken, und sagten, ihre Brüste seien unzüchtig? Warum nannten sie die Menschen in Bausch und Bogen »Indianer«, wo es doch so viele unterschiedliche Stämme gab, mit jeweils einer eigenen Sprache, eigenen Mythen und Vorfahren? Diese Sterbende hier, überlegte Teresa, ist eine Yang-na. Sie und ich stammen von unterschiedlichen Linien ab. Ich kenne ihre Verhaltensweisen nicht und sie nicht die meinen. Und diese Frauen da drüben, das waren Tongva, ohne jegliche Beziehung zu meinem eigenen Volk. Aber das verstehen die Padres nicht.
Teresa hatte sich bemüht, die Tradition des nächtlichen Erzählens von Geschichten und Mythen weiterzuführen, die Generationen bis zurück zu den ersten Vorfahren miteinander verbanden. Aber die Padres rissen die Clans und sogar Familien auseinander, brachten Brüder in einer Mission unter, Schwestern in einer anderen; Großeltern wurden von Enkeln getrennt und Cousins von Cousinen, sodass die Geschichten,

die nachts erzählt wurden, nicht immer die des eigenen Stammes waren. Teresa befürchtete, dass, wenn es so weiterging, die Älteren sterben würden, ohne ihr Wissen an die Jüngeren weitergegeben zu haben. Deshalb erzählte sie ihren mitgefangenen Geschlechtsgenossinnen, wie die Erste Mutter, die vom Osten her gekommen war, ein Erdbeben ausgelöst hatte, als sie versehentlich auf das Erdloch einer Schildkröte trat. Sie erzählte von dem Fremden, der vom Meer her gekommen war und den Topaa Zauberaugen gebracht hatte. Vielen jedoch bedeuteten Teresas Mythen nichts; sie hatten ihre eigenen. Und als bei der Geschichte von dem Mann aus dem Meer ein kleines Mädchen fragte: »War das Jesus?«, wurde deutlich, dass die eigenen Legenden sich langsam mit denen der Christen vermischten, und noch schlimmer war, dass die Jüngsten Teresa gar nicht mehr verstanden, weil sie nur noch spanisch sprachen. Da sie bei ihrer Taufe zudem spanische Namen erhalten hatten, vergaßen sie nach und nach den, den sie in ihrem Stamm gehabt hatten.
Teresa umfasste den ledernen Beutel, der ihr an einer Schnur um den Hals hing und den uralten, von der Ersten Mutter weitergereichten Geisterstein enthielt.
Hatte er etwas mit den Krankheiten ihres Volkes zu tun? Ihre eigene Mutter war an Lungenentzündung gestorben, und jetzt kämpften andere mit Husten und hohem Fieber. Lag es daran, dass keine Geschichten mehr erzählt wurden? Als sie über die verängstigten und leidenden Frauen blickte, machte sie sich selbst Vorwürfe. *Ich hätte nicht hier bleiben dürfen. Ich hätte zurückgehen und die Höhle beschützen sollen. Wer nimmt sich jetzt der Ersten Mutter an? Niemand, und deshalb ist Fluch über uns gekommen.*
Sie wusste, was zu tun war. Um ihr Volk zu retten, musste sie die Höhle aufsuchen, auch wenn das verboten war und man sie

streng bestrafen würde. Deshalb musste sie dafür sorgen, dass die Soldaten, die dann bestimmt wie jedes Mal, wenn einer weglief, nach ihr suchen würden, sie nicht fanden. Dabei hatte sie vor der Strafe weniger Angst als davor, niemals wieder eine Gelegenheit zu bekommen, die Höhle zu betreten.
Sie musste an Felipe denken. Es zerriss ihr das Herz, ihn zu verlassen und dann zwangsläufig nie mehr zurückkommen zu können. Aber ihr Volk war krank und starb dahin, und um ihm beizustehen, musste sie auf ewig ihrem geliebten Felipe entsagen.
Die Fensteröffnung war gerade groß genug. Ihre Freundinnen halfen ihr hinauf und wünschten ihr alles Gute, auf Topaa und mit Worten, die Teresa nicht verstand. Sie ihrerseits versprach, sich nicht erwischen und die alten Bräuche nicht in Vergessenheit geraten zu lassen. Dann glitt sie lautlos wie eine Katze in die Nacht.

Als Erstes schlich sie sich in den Kräutergarten, von einem Schatten zum nächsten, immer weiter in die Dunkelheit. Sterne und Mond erhellten ihren Weg. Zwischen den Kräutern und Pflanzen pflückte sie Blüten und dunkelgrüne Blätter, dann huschte sie am Stall entlang, von wo aus sie nach Osten zu dem alten Pfad finden würde, der ins Gebirge führte.
Als sie ein eigenartiges Geräusch hörte, blieb sie stehen.
Sie spähte durch einen Spalt in der Stalltür, ohne zunächst ausmachen zu können, was sich dadrinnen abspielte. Und dann hielt sie vor Schreck den Atem an. Im Schweinestall, zwischen zwei Verschlägen, lag Bruder Felipe auf den Knien und geißelte sich den nackten Oberkörper mit sechs knotenbesetzten Lederriemen, die von einem Holzgriff zusammengehalten wurden. Sein Rücken war blutüberströmt.

Teresa stieß die Tür auf und stürzte auf ihn zu. »Bruder Felipe!«, rief sie und sank neben ihm nieder. »Was tust du da?«
Er schien sie nicht zu hören, schlug weiter auf sich ein.
»Halt ein!« Sie entriss ihm die Peitsche. »Was soll das, Bruder?«
Felipe starrte auf seine Hand, dann wandte er ihr den Kopf zu und blickte sie mit leeren Augen an. »Teresa ...«
Angesichts seines zerschundenen und von früheren Wunden mit Narben übersäten Rückens brach sie in Tränen aus. »Warum tust du das?«
»Ich ... möchte, dass Gott mich für würdig erachtet.«
»Das verstehe ich nicht. Wenn dein Gott dich erschaffen hat, wie kannst du dann nicht würdig sein? Erschafft er etwa unwürdige Geschöpfe?« Sie fuhr ihm sanft über die roten Striemen auf seiner weißen Haut, hätte sich am liebsten an seinen Rücken gepresst, auf dass ihre Tränen ihn heilten und ihre Liebe sich wie Balsam über ihn ergoss.
Felipe fing an zu schluchzen. Wie sollte er ihr erklären, dass er sich nach Ekstase sehnte? Wie San Francisco mit den Wundmalen gezeichnet werden, wilde Tauben zähmen und den Fischen im Meer predigen wollte? Er wünschte sich eine Erscheinung – wenn der Herr und die Jungfrau Maria San Francisco und seinen Getreuen erschienen war, warum dann nicht auch ihm?
Teresa schaffte Wasser aus dem Trog herbei und tat ihr Möglichstes, seine Wunden zu versorgen. Sie riss das untere Ende ihres Rocks ab und entfernte mit dem Stofffetzen das Blut, betupfte vorsichtig die Stellen, wo die Haut aufgeplatzt war. Weil sie die ganze Zeit über weinte, nahm sie Bruder Felipes geschundenen Körper durch einen Tränenschleier wahr.
Er kniete noch immer, überließ sich ihrem Tun wie ein Kind,

seine knöcherne Brust erbebte unter herzzerreißendem Schluchzen.
Als Teresa schließlich alles Blut abgewaschen und ihn abgetrocknet hatte, half sie ihm aufzustehen. Sie half ihm, ins Oberteil seiner grauen Kutte zu schlüpfen, gab ihm dadurch etwas von seiner Würde zurück. Dann blickte sie ihm in dem dunklen, primitiven Stall in die Augen und sagte: »Verrate mir doch, was dir fehlt, Bruder Felipe.«
Seine Kehle war rau, seine Stimme vertrocknet. »Ich suche Glückseligkeit in Vollendung.«
»Und was ist das?«
»Ich werde es dir sagen. An einem Tag im Winter zog San Francisco mit Bruder Leo von Perugia zu Unserer lieben Frau von den Engeln, und beiden machte die bittere Kälte zu schaffen. Da sagte San Francisco zu Bruder Leo, der vor ihm ging: ›Wenn es gottgefällig wäre, dass die Mönche der Welt ein leuchtendes Beispiel von Heiligkeit und religiöser Erbauung geben, dann wäre dies nicht Glückseligkeit in Vollendung.‹ Und nach einer weiteren Meile sagte er: ›Bruder Leo, wenn es den Mönchen gegeben wäre zu bewirken, dass die Lahmen wieder gehen, die Blinden sehen, die Tauben hören und die Stummen reden können, dann wäre dies nicht Glückseligkeit in Vollendung.‹ Und etwas später: ›Bruder Leo, wenn die Mönche alle Sprachen beherrschten und in allen Wissenschaften Bescheid wüssten, wenn sie die Heilige Schrift von Anfang bis Ende deuten könnten und die Gabe der Prophezeiung besäßen, wenn sie in der Lage wären, in die Zukunft zu sehen und alle Gewissen und Seelen zu erforschen, dann wäre dies nicht Glückseligkeit in Vollendung.‹ Und wiederum später rief er mit lauter Stimme: ›Wenn die Mönche mit Engelszungen sprechen und den Lauf der Sterne erklären könnten und die Eigenschaften aller Pflanzen kennen würden und

aller Vögel und Fische, aller Tiere und Menschen, Bäume, Felsen und Wasser, so wäre dies nicht Glückseligkeit in Vollendung. Und wenn die Mönche die Gabe besäßen, durch ihre Predigten alle Ungläubigen zum Glauben an Christus zu bekehren, wäre auch das nicht Glückseligkeit in Vollendung.‹
Daraufhin blieb Bruder Leo stehen und sagte zu dem Heiligen: ›Dann sag mir, was Glückseligkeit in Vollendung ist.‹
Und San Francisco erwiderte: ›Wenn wir die heilige Maria von den Engeln erreichen, durchnässt vom Regen und zitternd vor Kälte und schmutzbespritzt und ausgehungert, und wenn wir am Tor läuten und uns dem Pförtner als zwei Brüder im Geiste zu erkennen geben und er uns wütend der Lüge zeiht und sagt, wir seien Betrüger und führten alle Welt hinters Licht, um die Armen ihrer letzten Habe zu berauben, und uns in Schnee und Regen stehen lässt, und wenn wir dann abermals klopfen und der Pförtner uns mit Gewalt fortjagt, und wir, vor Kälte und Hunger schier am Ende, erneut klopfen und den Pförtner unter Tränen bitten, uns Unterkunft zu gewähren, er uns aber zu Boden streckt, uns im Schnee wälzt und mit einem Stock auf uns einprügelt, wenn wir all diese Beleidigungen und Grausamkeiten und Schändlichkeiten mit Geduld und Freude ertragen, indem wir an die Leiden unseres Herrn denken, die wir aus Liebe zu ihm zu teilen bereit sind, dann, Bruder Leo, ist das Glückseligkeit in Vollendung.‹«
Teresa war sprachlos.
»Als San Francisco starb«, fügte Felipe bekümmert hinzu, »war er fast blind, weil er im Leben so viel geweint hatte.«
»Dein Gott will, dass du dein ganzes Leben lang weinst?«
»San Francisco wurde von Gott dazu berufen, das Kreuz Christi im Herzen zu tragen, danach zu leben, es zu predigen. Wahrlich ein Gekreuzigter war er, durch seine Taten wie in seinen

Werken. Aus Liebe zu Christus suchte der Heilige Schande und Verachtung. Er war selig, wenn er geschmäht wurde, und traurig, wenn man ihn ehrte. Er zog als Pilger und Fremder durchs Land, mit nichts weiter als dem gekreuzigten Christus. Ich möchte wie er sein. Und auch wie Bruder Bernard, der, als er nach Bologna kam, von den Kindern auf der Straße verlacht und verhöhnt wurde, weil er so merkwürdig und so ärmlich gekleidet war. Sie hielten ihn für einen Verrückten. Er aber ließ ihren Spott freudigst und geduldig über sich ergehen, aus Liebe zu Christus. Um noch mehr verachtet zu werden, setzte sich Bruder Bernard sogar auf den Marktplatz, und als ihn dann eine Schar Kinder und Erwachsene umringte und sie über ihn herfielen und ihm die Kutte vom Leib rissen und mit Steinen und Unrat bewarfen, schickte er sich stillschweigend und glückselig lächelnd in sein Los und kam mehrere Tage hintereinander wieder, um sich weiterhin beleidigen und demütigen zu lassen, bis eines Tages die Menschen in der Stadt befanden, dass dieser Mann ein bedeutender Heiliger sein müsse.

Auch ich möchte so sein!«, entrang es sich Felipe. »Aber dazu bedarf es der Demut im Herzen. Wie kann ich mir wünschen, bedeutend zu sein, und gleichzeitig Demut bezeugen? Was mich zermartert, ist, dass die Sünde des Hochmuts und der Eitelkeit diese Glückseligkeit, nach der ich trachte, vereitelt.«

Höchst beunruhigt stellte Teresa fest, dass nicht nur ihr Volk von Krankheit heimgesucht wurde, sondern auch der weiße Mann. Sie grassierte demnach auf dem Land und in der Luft und in den Pflanzen und im Wasser und musste in die Schranken gewiesen, die Welt wieder ins Gleichgewicht gebracht werden.

Sie streckte die Hand aus.

Sie nahmen ein Maultier und schlugen den vom Mond beschienenen Pfad ein, der von der Mission aus in östlicher Richtung verlief, vorbei an den Pechgruben und Sümpfen, bis sie zu den Ausläufern der Berge gelangten, in eine Gegend, die die Padres Santa Monica genannt hatten. Von dort aus und noch immer im Schutze der Dunkelheit zogen sie weiter, bis sie zu einer Ansammlung von Findlingsblöcken kamen, die mit uralten Symbolen des Raben und des Mondes gekennzeichnet waren. Von hier aus, sagte Teresa, müssten sie zu Fuß gehen. Felipe, von einer Macht vorangetrieben, die stärker war als er selbst, folgte gehorsam und viel zu sehr in den eigenen Kummer und Schmerz verstrickt, um zu fragen, warum er einen Fuß vor den anderen setzte.
Als ihnen im Tal eine Klapperschlange über den Weg lief, wich er erschrocken zurück, worauf Teresa ihm bedeutete, er solle auf seine Schritte achten, dann würde ihnen die Schlange nichts tun. »Sie ist unser Bruder und wird uns erlauben weiterzugehen, wenn wir ihr den gebührenden Respekt erweisen.« Und tatsächlich, als sie auf Zehenspitzen vorbeischlichen, trollte sich die Schlange.
Kurz vor Erreichen der Höhle sagte Teresa leise: »Wir nähern uns jetzt einem heiligen Ort. Dort wirst du Heilung finden.«
Als Erstes legte sie Blumen auf dem alten Grab nieder, weil man, wie sie Felipe erklärte, der Mutter immer etwas mitbringen müsse. Dann baute sie eine kleine Feuerstelle, die sie unter Zuhilfenahme ihres Werkzeugs entzündete. Gleich nachdem sie die dunkelgrünen Blätter aus dem Missionsgarten auf die Flammen gelegt hatte, stieg beißender Rauch empor: der vertraute Geruch von Marihuana, das Felipe als Heilkraut in seinem Garten anbaute. Als der Feuerschein auf die Symbole an der Wand fiel, erzählte Teresa Felipe die Ge-

schichte von der Ersten Mutter, wie sie sie von ihrer Mutter und ihrer Großmutter gehört hatte, bis zurück zur ersten Geschichte.

Die Augen auf die befremdenden Symbole an der Wand geheftet, hörte Felipe schweigend zu, und allmählich schien sein Schmerz ein wenig nachzulassen, wurde ihm leichter ums Herz.

Der Rauch breitete sich in der Höhle aus, es wurde warm und anheimelnd, und während Teresa, die sich jetzt Marimi nannte, fortfuhr, mit leiser Stimme die Geschichte ihres Stammes vorzutragen, von den Mythen zu berichten, wie man sie ihr vermittelt hatte, entledigte sie sich nach und nach der Kleider, die zu tragen die Padres sie gezwungen hatten: der Bluse und des Rocks, des Unterkleids und der Schuhe, bis sie vor der Ersten Mutter stand, wie die Natur sie erschaffen hatte.

Der junge Mönch zeigte sich keineswegs so entsetzt, wie er vor kurzem noch gewesen wäre. Der Weihrauch mit seiner heilenden Kraft stieg ihm in Nase, Kopf und Lungen, und er fand überhaupt nichts mehr dabei, in dieser alten Höhle mit einem nackten Indianermädchen zusammen zu sein und sich Geschichten anzuhören, die er einstmals als heidnisch und verwerflich bezeichnet hätte.

Und je länger er dem Rhythmus ihrer Stimme lauschte, desto mehr übertrug sich dieser Rhythmus auf ihn, so als antworteten sein Pulsschlag und seine Atemzüge, seine Nerven und Muskeln Teresas gleichmäßigem Singsang. Ohne zu merken, was er tat, streifte jetzt auch er Kutte, Sandalen und Lendentuch ab, bis er ebenfalls in demütiger Nacktheit vor der Ersten Mutter stand.

Mit dem Abwerfen des schweren Wollstoffs schienen ihm Schuppen von den Augen und Fesseln von der Seele zu fallen.

Er verspürte mit einem Mal eine Unbeschwertheit, die er nicht für möglich gehalten hätte und die ihm ein Lächeln entlockte.
Und dann berührte etwas seine Haut, wie Schwingen, wie Flüstern. Gebannt sah er die goldbraunen Finger die Narben alter Wunden auf seinem Körper liebkosen. Mit Tränen in den Augen nahm Teresa seinen erbärmlichen Zustand wahr, die hervortretenden Rippen und Knochen, die verrieten, dass Felipe in seinem Bemühen um Ekstase sich kasteit, selbst geschändet hatte. Wie misshandelt diese armen Gliedmaßen waren! Wie zerschunden die empfindsame Haut!
»Mein armer Felipe«, schluchzte sie. »Wie sehr hast du gelitten.«
Ihre Arme umschlangen ihn und zogen ihn an ihre warmen Brüste. Er vergrub das Gesicht in ihrem Haar, drückte sie an sich. Er spürte ihre Tränen auf seiner Brust, seine eigenen versickerten in ihren schwarzen Flechten. Gemeinsam weinten sie, hielten einander im heißen mystischen Rauch fest.
Und dann geschah es, dass Felipe nach oben zu schweben begann, aus seinem Körper heraus. Es war, als ob Engel ihn auf ihren Flügeln emportrügen, bis hinauf zur Decke der Höhle, von wo aus er unter sich zwei von Gott erschaffene Wesen erblickte, die sich in ihrem natürlichen Zustand umfangen hielten und ihre Herzen gegenseitig mit Liebe erfüllten. Er sah, wie der Mann das Mädchen auf ein Lager aus Blumen bettete, und er sah die graue Kutte eines Franziskaners. Das lange schwarze Haar des Mädchens umfloss sie wie ein Wasserfall; ihr Gesicht spiegelte höchste Erregung wider. Felipe sah den geschundenen und mit Narben übersäten Rücken des Mannes und wie die Hände des Mädchens die Wunden liebkosten. Sie küssten sich, lange und liebevoll, so dass Felipe lächeln musste. Und dann fing er zu seiner Verwunderung an zu la-

chen. Sein ätherischer Körper fühlte sich warm an und überall feucht, ein himmlisches Gefühl, das ihm das Herz hob, bis er meinte, vor Lust und Wonne und Erfüllung vergehen zu müssen. Er hörte den Mann in Ekstase aufschreien und bemerkte, dass auf den schwarzen Wimpern des Mädchens Tränen wie Diamanten funkelten.

Und mit einem Mal war die Höhle erfüllt von wundersam hellem Licht, und überall sah Felipe Menschen! Und als ob der Fels geschmolzen wäre, konnte er bis zum Horizont schauen, Menschen aller Art erkennen, die sich in gleißende Unendlichkeit erstreckten. Dies, so erkannte er urplötzlich, waren die Seelen all jener, die vor ihm gelebt und jetzt ihren Platz im Licht Gottes gefunden hatten. Angeführt wurden sie von den Propheten Elias und Moses, beide in gleißenden Gewändern. Und zwischen ihnen stand Jesus, zu einer Lichtsäule verklärt. Über allem schwebte die Mutter Gottes, einmal eine strahlende Taube, dann eine lichtumkränzte wunderschöne Frau, die ihre Liebe und Gnade allen auf Erden zuteil werden ließ.

Felipe jubelte laut auf und merkte, wie sein Körper sich öffnete und seine Seele geradewegs himmelwärts schoss.

Und dann brachten ihn die Engel wieder sanft zur Erde, zurück in die Höhle und die Wärme und zu dem Mädchen, wo er in den denkbar tiefsten Schlaf sank.

Als er aufwachte, war er zunächst überrascht, nackt zu sein. Dann aber besann er sich darauf, dass dies ganz natürlich war und Gott ihn und alle Menschen so erschaffen hatte und dass daran nichts Anstößiges war. Hatte sich nicht auch San Francisco seiner Kleider entledigt und gesagt: »Vater unser, der du bist im Himmel«?

Felipe sah auf die noch schlummernde Teresa. Dies war die

Antwort, die er gesucht hatte, das Geheimnis des Mädchens, das ihm zu denken gegeben hatte. Er hatte beobachtet, wie sie zu Pflanzen gesprochen, dem Wind zugeflüstert, den Regen angesungen hatte. Sie fürchtete nicht die Tiere, sondern verstand sie und pflegte mit ihnen einen Umgang wie seinerzeit San Francisco auch, nicht aber er, Felipe. Sie stellte sich nicht wie andere Menschen über die Natur, sondern auf eine Stufe mit ihr. Dies war die wahre Definition von Demut! Sie war die ganze Zeit um ihn herum gewesen, um ihm dies zu veranschaulichen, aber in seiner Blindheit hatte er das nicht erkannt.

Freudentränen schossen ihm in die Augen; wie einstmals San Francisco weinte er hemmungslos. Bruder Felipe war nach California gekommen, um Ekstase zu erfahren, und sein Wunsch hatte sich erfüllt.

Noch vor Tagesanbruch kehrten sie in die Mission zurück, wortlos und mit erfülltem Herzen und dem Wissen, dass in jener Nacht ein heilender Zauber stattgefunden hatte. Teresa kletterte durch das Fenster zurück ins Nonnenkloster, Felipe begab sich zu seiner Zelle.

Er verweilte jedoch nicht in der Mission. Tags darauf, noch ehe die Sonne ihren Höchststand erreichte, war er unterwegs nach Westen, mit nichts weiter im Gepäck als einem Laib Brot und einem kleinen Bündel, das er im Ärmel verbarg. Ehrfurcht und Beseligung und Freude durchströmten ihn. Er spürte keinen Schmerz, es gab keine Fragen mehr. Mit einem Mal war alles zurechtgerückt, und er *verstand.*

Als der Heilige 1226 starb, setzte man ihn in der Kirche des heiligen Georg in Assisi bei. Vier Jahre später wurde sein Leichnam heimlich in die mächtige Basilika umgebettet, die Bruder Elias hatte erbauen lassen. Im Verlauf dieser heimlichen Umbettung entfernte ein von religiösem Wahn besessener Bruder den kleinen Finger der rechten Hand des Heiligen und versteckte ihn in einem kleinen Kloster in Spanien. Im Laufe der Jahre wurde die Reliquie in verschiedenen Behältnissen aufbewahrt, jedes kostbarer und kunstvoller als das vorige, bis sie schließlich in einem silbernen Reliquiar in Form einer menschlichen Hand mit Unterarm ihre letzte Ruhe fand. Als die Padres Vorbereitungen trafen, nach Neu-Spanien zu segeln und ihre Mission in Alta California zu erfüllen, wurde ihnen das Reliquiar anvertraut, um durch die Gegenwart des Heiligen im fernen heidnischen Land den Erfolg ihres Vorhabens sicherzustellen.

Jetzt war es Felipes Geschenk für die Erste Mutter.

Er zog sich bis auf sein Lendentuch aus und wickelte das Reliquiar sorgsam in seine Kutte, die er anschließend im Boden der Höhle vergrub. Dann, eingedenk der vierzig Tage und Nächte, die San Francisco gefastet, das heißt nur einen halben Laib Brot gegessen hatte, aus Ehrerbietung dem Herrn gegenüber, der vierzig Tage und Nächte gefastet hatte, ohne *irgendetwas* zu sich zu nehmen, verließ Felipe die Höhle mit nichts weiter als seinem Rosenkranz und dem Laib Brot und zog nicht etwa bergab zum Ausgang des Tales und damit wieder in Richtung der Mission, sondern aufwärts, das Gesicht der Sonne zugekehrt, ein verklärtes Lächeln auf den Lippen, höher und höher, bis er zwischen Wildnis und Himmel verschwand.

Kapitel 7

Wenn Los Angeles ein Herz hätte, überlegte Erica, wäre das die Olvera Street.

Ihre Stimmung hob sich merklich, als sie die lange Ladenzeile in dieser bunt gepflasterten Straße entlangschlenderte, in der Marionetten feilgeboten wurden, Lederartikel, Ponchos, Sombreros, Heiligenstatuen und mexikanisches Essen, derweil eine Mariachi-Gruppe eine flotte Version von *Guantanamera* erklingen ließ. Erica kam vom Mittagessen, hatte sich ein scharf gewürztes Chili Relleno im malerischen Patio eines Restaurants gegönnt, der vergessen ließ, dass man sich mitten in einer Großstadt mit fünf Millionen Einwohnern befand.

Auf dem Rückweg von der Mission San Gabriel war sie kurz entschlossen von der Autobahn abgefahren. Was sie dazu bewogen hatte, konnte sie sich nicht erklären; sie wusste nur, dass sie nachdenken wollte. Der Besuch hatte nichts erbracht. Obwohl die Bücher der Mission bis zur Gründung im Jahre 1771 zurückgingen, fand sich kein Hinweis darauf, dass die Indianer oder die Padres sich jemals mit der Herstellung von Objekten der Art befasst hatten, wie Erica eines davon heute Morgen in der Höhle gefunden und über das sie sich in der Mission Aufklärung erhofft hatte. Jetzt jedenfalls bewegte sie sich gut gelaunt zwischen Scharen von Touristen und Einheimischen, die die Sehenswürdigkeiten besichtigten, die zur verborgenen und romantischen Seele von Los Angeles gehörten. In der Kirche Unserer lieben Frau von den Engeln, 1818 von Indianern aus Baumstämmen erbaut, die von den San-Gabriel-Bergen heruntergeschafft worden waren, fanden jeweils am Samstagmorgen *quinceañeros* statt, Feierlichkeiten anlässlich der Geschlechtsreife fünfzehnjähriger Mädchen, eine ungemein fröhliche Zeremonie, die dem Vernehmen nach auf alte Eingeborenenrituale zurückging und die die katholische Kirche zu unterdrücken versuchte. Da gab es das prächtige Sepulveda-Haus, 1887 in viktorianischem Stil errichtet, oder das Pelanconi-Haus aus dem Jahre 1855, der erste Ziegelbau in Los Angeles, und nicht zu vergessen das Avila Adobe, das vermutlich älteste Haus weit und breit, das aus dem Jahre 1818, siebenunddreißig Jahre nach der Stadtgründung, stammte. Alle, so Ericas Vermutung, vibrierend vor Leidenschaft und Geschichten aus der Vergangenheit.

Als sie zur Plaza kam, einem von einem mächtigen Feigenbaum dominierten Park im mexikanischen Stil, war sie froh, gerade noch rechtzeitig von der Autobahn abgebogen zu sein. Abgeschiedenheit war zwar gelegentlich ganz angenehm, aber hin und wieder zog es einen doch ins Gedränge. Sämtliche Bänke waren belagert, entweder von Touristen, die ihren Füßen eine Pause gönnten, oder von in die Lektüre der *Los Angeles Times* oder *La Opinión* vertieften Einheimischen.

Und dann sah sie die Gespenster, schemenhafte Gestalten in altmodischer Aufmachung, und Pferde und Wagen, räudige Hunde, windschiefe Häuser aus Lehm, mit Planken belegte Gehsteige. An den Anblick von Gespenstern war Erica gewöhnt, selbst in Downtown Los Angeles um die Mittagszeit. Die Toten verzogen sich nie ganz. Die Archäologie legte Zeugnis davon ab. Sie sah Frauen mit Sonnenschirmen, einen krummbeinigen Mann mit einem Sheriffstern, Pelzjäger hoch zu Ross, kraftstrotzende Hombres, die Ausschau nach einer Kneipe hielten. Das heutige Los Angeles wurde als raues Pflaster erachtet. Und vor hundertfünfzig Jahren? Da war es die Endstation des Wilden Westens.

Erica fiel ein modernes junges spanisches Pärchen auf, eng umschlungen, die Köpfe zusammengesteckt. Offensichtlich auf Hochzeitsreise. Sie hatte noch nie überlegt, dass man seine Flitterwochen in Los Angeles verbringen konnte, aber jetzt erschien ihr die Plaza mit ihrem mexikanischen Flair, den Blumen, der Musik, dem guten Essen, den kostümierten Menschen und der heiteren Atmosphäre genau der richtige Ort für Verliebte.

Der Anblick eines asiatischen Kellners, der mit fleckiger weißer Schürze an einem Laternenpfahl lehnte und die Morgenausgabe der *Times* las, holte sie in die Wirklichkeit zurück. Emerald Hills sorgte einmal mehr für Aufruhr, diesmal mit dem Zusatz »verhext« in der Schlagzeile. Ein auflagenstarkes Revolverblatt hatte Berichte von Sister Sarah und ihrem seltsamen Treiben im Canyon der Geister wieder ausgegraben. Angeblich hatte Sister Sarah erklärt, der Gedanke, dort ihre Kirche der Geister zu errichten, sei ihr durch die Vision von einer »Frau in langen Gewändern« gekommen. Und auch wenn Erica diese Vision eher als theatralisches Getue abtat, hatte der Bericht die Aufmerksamkeit vermehrt auf die Höhle gelenkt; inzwischen gaben Arbeiter an, auf dem Gelände ein mulmiges Gefühl zu haben.

Eine weitere groß ausgewalzte Geschichte ging durch die Presse. Nach Auffinden des Reliquiars mit den Überresten des heiligen Franziskus hatte Erica Verbindung zum Vatikan aufgenommen und dort erfahren, dass das Reliquiar 1772 nach Kalifornien gebracht und ab 1775 in den Büchern der Mission als vermisst verzeichnet worden war, desgleichen ein gewisser Bruder Felipe, der unter nicht geklärten Umständen verschwunden und vermutlich Grizzlys zum Opfer gefallen war. Warum aber, so fragte sich Erica, vergrub ein Franziskanermönch Knochen des heiligen Franziskus in einer entlegenen Höhle? Noch dazu in einer Indianerhöhle?

Wie nicht anders zu erwarten, hatte der Vatikan unverzüglich einen Vertreter entsandt. Nicht etwa wegen der Bedeutung des Reliquiars an sich (davon gab es Tausende auf der Welt) oder weil Franziskus ein Heiliger von Rang war. Nein, dahinter steckte Taktik. Junipero Serra war selig gesprochen worden – die Vorstufe zur Heiligsprechung –, aber gegen seine Kanonisierung regte sich heftiger Widerstand: Immer mehr Einzelheiten darüber, wie seinerzeit die Mönche der Mission die Indianer behandelt hatten, kamen ans Licht, und die katholische Kirche sah sich heftiger Kritik ausgesetzt. Dass man die Knochen eines Heiligen in einem indianischen Grab gefunden hatte, warf beträchtliche Fragen auf.

Obwohl das Reliquiar inzwischen auf dem Weg nach Rom war, hatte es in der Presse so viel Beachtung gefunden, dass sich am Sicherheitszaun von Emerald Hills Schlangen von Schaulustigen bildeten, die alle hofften, einen Blick auf den Ort werfen zu können, an dem man Knochen des heiligen Franziskus gefunden hatte. Gläubige mit kranken Kindern oder Angehörigen im Rollstuhl beteten den Rosenkranz, während sie auf Einlass warteten. Latinos bestanden darauf, *La Primera Madre* gehe auf eine Erscheinung der Jungfrau Maria in der Höhle zurück, was die Medien zu einem Vergleich mit der Höhle in Lourdes veranlasste. Ein Pressefoto mit dem in schützendes Plastik gehüllten Skelett und dem schweren Eisengitter, das jetzt den Zugang zur Höhle verwehrte, vermittelte den Eindruck, es handle sich hier um ein

religiöses Geheimnis. Und der Eingang sah auch tatsächlich aus wie ein Ort, an dem Wunder geschehen.
Als Erica an diesem Morgen die Anhöhe hinuntergefahren war, hatte sie unten, wo die Straße in den Pacific Coast Highway mündete, gesehen, wie Polizisten zwei junge Männer verhaftet hatten, die offenbar eine Straßensperre errichtet und ein Schild angebracht hatten, auf dem es hieß: *Emerald Hills Ausgrabungsstätte – $ 5.– pro Person.* Sie hatte grinsen müssen. Eins musste man den Angeleños lassen: Sie waren geschäftstüchtig.
Sie wandte sich wieder dem Geschehen zu, das mit hohen Absätzen oder in Schnürschuhen an ihr vorbeieilte, griff dann in ihre Tasche und holte einen kleinen Stoffbeutel heraus, dessen Inhalt sie sich auf die Handfläche schüttete: ein schlichtes Kruzifix aus Blech mit dem Aufdruck *Anno Domini 1781.*
»Möglicherweise zum Gedenken an ein besonderes Ereignis«, hatte der Priester in der Mission gemeint, als Erica erwähnte, das Kreuz habe sorgsam und liebevoll auf Blüten gebettet in der Erde gelegen. »Etwa eine Geburt«, hatte er noch hinzugefügt.
Eine Geburt? Wessen Geburt?
»*Sind Sie hier geboren, Dr. Tyler?*«, hatte Jared gefragt, als der Zufall es wollte, dass sie am selben Tisch in der Cafeteria zu sitzen kamen. »Weil Sie so viel für kalifornische Geschichte übrig haben«, hatte er noch rasch angemerkt.
Nicht nur die Frage hatte sie überrascht, sondern auch, wie aufmerksam er sie beobachtete, und einen Augenblick lang hatte sie sich geschmeichelt gefühlt bei dem Gedanken, er könnte sich für sie interessieren. Dann aber hatte sie sich gesagt: Von wegen freundschaftliches Interesse. Er studiert mich, genauso wie ich ihn studiert habe. Ist das nicht genau das, was Feinde tun? Versuchen, die Stärken und Schwächen

des Gegners herauszufinden? Sie hatte wie immer gesagt: »Ich bin aus San Francisco.« So stand es jedenfalls in ihrer Geburtsurkunde. In Wahrheit war alles ein bisschen komplizierter.

Die freundliche Sozialarbeiterin im Krankenhaus, die da sagte: »Also Erica heißt du? Hast du denn keinen Familiennamen? Also gut, Erica, kannst du mir sagen, ob der Mann, der dich hergebracht hat, dein Daddy ist?«

Darauf Erica: »Ich glaube nicht.« Sie war zwar erst fünf, merkte aber schon damals, wenn ein Erwachsener verblüfft war.

»Was meinst du mit ›Ich glaube nicht‹?«

»Ich habe viele Daddys.«

*Die Sozialarbeiterin, die etwas aufschrieb, und Erica, die fasziniert war von den leuchtend rot lackierten langen Fingernägeln und dem Goldreif, der an der Hand der netten Dame blitzte. »Und die Frau, die mit dir zusammen eingeliefert wurde, war das deine Mutter?« Dann die rasche Berichtigung: »*Ist *das deine Mutter?« Weil sie Erica noch nicht gesagt hatten, dass die Frau auf der Unfallstation gestorben war.*

»Lebt Ihre Familie noch immer in San Francisco?«, hatte Jared weitergefragt.

»Ich habe keine Familie«, hatte sie erwidert. »Es gibt nur mich.« Nicht unbedingt gelogen, da sie es nicht wusste.

Später, in einem anderen Raum, die freundliche Sozialarbeiterin: »Und, hast du was rausgefunden?«

Und der Glatzköpfige, der nicht ahnt, dass die kleine Erica mithören kann: »Hab's doch geahnt. Dachte mir gleich, dass die Kleine aus einer Hippie-Kommune stammt. Die Frau voll gedröhnt mit einer Überdosis, der Kerl, der sie herbrachte, wie der schon angezogen war. Also, die Kommune hab ich ausfin-

dig gemacht. Die Kleine scheint sich selbst überlassen worden zu sein. Die Mutter soll mit einem Motorradfreak abgehauen sein. Was den leiblichen Vater betrifft – die Mutter war bereits schwanger, als sie in die Kommune kam, und hat dort das Kind bekommen. Den Vater hat sie nie erwähnt. Waren höchstwahrscheinlich gar nicht verheiratet.«

»Hast du den Namen der Mutter in Erfahrung gebracht?«

»Sie nannte sich Mondschein. Mehr war nicht rauszukriegen. Dürfte schwer sein, sie oder den Vater ausfindig zu machen. Vor allem, wenn sie nicht verheiratet waren. Wahrscheinlich gibt's nicht mal 'ne Geburtsurkunde für die Kleine.«

»Ich habe eine ausstellen lassen. Als Geburtsort wurde San Francisco eingetragen.«

»Wie geht's jetzt weiter?«

»Eine Adoption wird schwierig sein, sie ist immerhin schon fünf.«

»Meinst du? Es gibt durchaus Ehepaare, die ein älteres Kind möchten, erst recht ein so hübsches Mädchen wie die Kleine da.«

»Ja, nur dass irgendwas bei ihr nicht zu stimmen scheint ...«

Aufzuwachsen in dem Bewusstsein, von der Mutter im Stich gelassen worden zu sein, von Fürsorgeheim zu Fürsorgeheim weitergereicht zu werden und dazu die ständig wechselnden Sozialarbeiterinnen – all dies hatte dazu geführt, dass Erica sich in eine Phantasiewelt zurückgezogen hatte. Geschichten wurden ihr kleines Floß, Ausgedachtes ihre geistige Nahrung.

In der vierten Klasse hatte sie von einem gut aussehenden Mann geträumt, der in Militäruniform das Klassenzimmer betritt und in einem Ton, der keinen Widerspruch duldet, sagt: »Ich bin General MacIntyre. Ich komme direkt vom

Kriegsschauplatz und möchte meine Tochter mit nach Hause nehmen.« Sie würden sich vor allen Mitschülern – Ashley und Jessica und Tiffany, dem Trio Infernale der Grundschule in der Campbell Street – umarmen und Hand in Hand von dannen ziehen. In der fünften Klasse dann sah sie sich im Krankenhaus nach einer Gehirnoperation mit dem Tode ringen, weil sie eine Bluttransfusion brauchte, die nur von einem nahen Verwandten kommen konnte, und wie dann ihre Eltern an ihr Bett stürzten und sagten, sie hätten sie überall gesucht und dann ihr Foto in der Zeitung mit der Überschrift »Kann jemand diesem kleinen Mädchen helfen?« entdeckt. Sie waren sehr wohlhabend und spendeten Geld für einen neuen Krankenhausflügel, der nach ihrer Tochter benannt werden sollte.

In der sechsten Klasse legte Erica ein »Familienalbum« mit den Fotos wildfremder Leute an, unter die sie schrieb »Mom und ich am Strand« oder »Daddy bringt mir das Radfahren bei«. In der siebten Klasse, als mit der Pubertät ein neues Dringlichkeitsbewusstsein erwachte, fing sie an, in regelmäßigen Abständen bei Fürsorgeanstalten anzurufen, um in Erfahrung zu bringen, ob ihre Mutter sich dort gemeldet hatte.

Die Sozialarbeiter wechselten einander ab, die Fürsorgeheime, die Schulen, die Umgebung. Erica kam sich vor wie die Kugel in einem Flipperautomaten, ständig von Sperren und Metallfedern abprallend, nie zur Ruhe kommend. Sie wurde flexibel, gewitzt, angepasst. Es gab Heime mit einer ganzen Schar von aufmüpfigen und streitsüchtigen Mädchen; Erica kam dennoch durch, weil man gern ihren Geschichten zuhörte. Sie gab vor, aus der Handfläche und aus Teeblättern lesen zu können, und sagte jedem eine glückliche Zukunft voraus.

Und hörte nie auf, fest daran zu glauben, dass ihre Eltern eines Tages auftauchen würden.
Ist es wirklich ein Andenken an eine Geburt? überlegte sie, als sie jetzt das Kruzifix auf ihrem Handteller betrachtete. Aber wessen Geburt? Sie warf einen Blick auf die restaurierten Gebäude um sich herum, fragte sich nochmals, was sie so spontan bewogen haben mochte, in diesen alten Teil von Los Angeles zu kommen, als ihr eine Bronzetafel ins Auge fiel, die die Inschrift trug: *Pueblo de Los Angeles, gegründet 1781 A. D.* Und plötzlich ging ihr ein Licht auf.
Das Kruzifix erinnerte nicht an eine Geburt, sondern an eine Gründung ...

Kapitel 8

Angela
1781

Was für eine Gegend, um eine Siedlung zu gründen! dachte Hauptmann Lorenzo ingrimmig. Der Fluss meilenweit entfernt, kein Hafen, kein natürlicher Schutz entlang der Küste. Alle großen Städte auf der Welt lagen an Flüssen oder strategisch günstigen Häfen, dieses Gebiet dagegen mitten im Niemandsland!

Lorenzo wusste, dass Gouverneur Neve mit Bedacht diese Gegend für den neuen Pueblo ausgesucht hatte. Auch wenn es keinen Hafen gab und keinen schiffbaren Fluss. Die Siedler sollten Ackerbau und Viehzucht betreiben, und diese flache neblige Ebene war für diese Zwecke bestens geeignet. Neve zeigte sich, wie Lorenzo befand, entsprechend zufrieden. Konnte er auch sein, jetzt, da er seinen Auftrag erfüllt hatte, zwei Siedlungen in Alta California zu gründen, eine im Norden und eine im Süden, die eine nach dem heiligen Franziskus benannt, die andere nach der Jungfrau Maria.

»Dios mío«, sinnierte Lorenzo vor sich hin. Die Stadt nach dem Fluss hier zu benennen, der wiederum nach einer Kapelle im fernen Italien benannt worden war! Noch dazu war der Name derart bombastisch und vollmundig, dass man ihn nicht aussprechen und gleichzeitig seine Bohnen essen konnte: *El Pueblo de Nuestra Señora la Reina de Los Angeles del Río de Porciúncula* – Die Stadt Unserer lieben Frau, Königin der

Engel des Flusses Porciuncula. Man machte sich bereits darüber lustig, lachte und sagte, Porciuncula sei ironisch und bedeute »kleine Portion«, und entspräche das nicht dem, was die Regierung ihnen dafür gewähre, dass sie hier siedelten? Und wie es sich mit den Engeln verhielte? Die waren nun wirklich nirgendwo zu entdecken, nur eine Gruppe hundsgewöhnlicher Landarbeiter, aus Mexiko herbeigeschafft, gab es hier, genauer gesagt elf Familien unterschiedlichster Rassen, darunter Indios, Schwarzafrikaner, Mulatten, Mestizen, sogar einen Chinesen von den Philippinen! Lorenzos mexikanische Soldaten, dazu die spanischen Padres mit ihren schnatternden Indianern aus der Mission vervollständigten den Kreis der Zuschauer, als Gouverneur Neve daranging, die Zeremonie einer weiteren Stadtgründung zu vollziehen. Engel waren keine darunter.

Lorenzo war unter denen gewesen, die ausgeschickt worden waren, um Mexikaner zu überreden, sich in Alta California niederzulassen. Jeder Siedler sollte eine Parzelle für ein Haus erhalten, dazu zwei bewässerbare Felder und zwei Felder Brachland. Ferner sollte jeder das Recht erhalten, auf den gemeinnützigen Flächen sein Vieh zu weiden und Brennholz zu lagern. Jeder Familie wurde für drei Jahre ein monatliches Entgelt in Höhe von zehn Pesos in Aussicht gestellt, dazu Kleidung und Geräte, zwei Kühe und zwei Stiere, zwei Mutterschafe, zwei Ziegen, zwei Pferde, drei Stuten und ein Maultier. Im Gegenzug mussten sich die Siedler verpflichten, das Land mindestens zehn Jahre lang zu bewirtschaften.

Obwohl Lorenzo das Angebot für verlockend hielt, war es ihm und Hauptmann Rivera nicht gelungen, die erforderliche Anzahl von Kolonisten anzuwerben. Was sie denn in dieser gottverlassenen Gegend erwarte?, hieß es. Natürlich würde der Kontakt mit zu Hause unmöglich sein. Schließlich hatten

sie sich, ohne die versprochene Zahl erreicht zu haben, zum beschwerlichen Marsch nach Norden aufgemacht – lediglich dreiundzwanzig Erwachsene und einundzwanzig Kinder, darunter Lorenzos eigene Tochter, die unterwegs gestorben war.
Und jetzt sind wir hier, dachte er, während er auf das Ende der Reden wartete und mit zusammengekniffenen Augen zu den in Dunstschleier gehüllten fernen Bergen und dem Ozean spähte. An diesem entlegenen Ort, abgeschnitten von der Zivilisation und den Eingeborenen zahlenmäßig weit unterlegen. Obwohl er selbst ein *criollo* war, ein Mexikaner spanischer Abstammung, verachtete er im Gegensatz zu seinen Kumpanen die Indianer keinesfalls. Er bewunderte im Gegenteil ihren Hang zum Glücksspiel und die Geschicklichkeit, die sie darin bewiesen, und hielt dies für den einzigen Lichtblick bei seiner Zusage, sich ebenfalls an diesem unwirtlichen Ort niederzulassen, sobald er für den übernommenen Auftrag, Siedler zu werben, wie abgesprochen entschädigt, das heißt aus dem Militärdienst entlassen worden war. Wenn er sich hier erst einmal häuslich eingerichtet hatte, wollte Lorenzo ein beschauliches Dasein führen, Viehzucht betreiben, jagen und dem Glücksspiel nachgehen.
Nur: Was für ein Leben würde das jetzt sein? Lorenzo versank in dumpfes Brüten. Seine Frau, Doña Luisa, kam nicht über den Tod ihrer Tochter hinweg. Und noch schlimmer war, dass sie Lorenzo nicht mehr in ihr Bett ließ.
Er konzentrierte sich wieder auf die Zeremonie, die unter einer erbarmungslosen Sonne stattfand. Über dem Ganzen kreisten zwei rotschwänzige Falken. Die neue Plaza war bereits mit Begrenzungspfosten abgesteckt, anhand derer man die darumliegenden Parzellen ablesen konnte. Eine feierliche Prozession, an ihrer Spitze der Gouverneur von Alta Califor-

nia und im Gefolge Indianer von der Mission mit einem riesigen Banner, das die Jungfrau Maria zeigte, hatte bedächtigen Schritts den Platz umrundet, aus einiger Entfernung abwartend beobachtet von den Yang-na-Indianern, denen das Land gehörte.

»Wir sind hier als Diener Gottes, um Seelen zu retten«, sagte jetzt der Padre aus der Mission. Seelen! dachte Hauptmann Lorenzo zynisch. Dabei sind wir nur hier, weil die Krone befürchtet, dass die Russen noch mehr Wild in Alta California jagen und sich im Norden ansiedeln. Und weil die Briten ein gieriges Auge auf die Küste von California geworfen haben und wir deshalb hier nachdrücklich spanische Präsenz beweisen müssen. Ist es nicht vielmehr unser Auftrag, in kürzester Zeit mit so vielen katholischen spanischen Bürgern wie möglich aufzuwarten, die Heiden zu bekehren und zu ermutigen, sich zu vermehren, weil es, je größer die Anzahl katholischer spanischer Bürger, desto schwieriger für eine andere Nation wird, Anspruch auf dieses Land zu erheben? Hauptmann Lorenzo war vor dreizehn Jahren am Spanischen Hof gewesen, als der spanische Botschafter in Russland berichtet hatte, die Russen planten, das Gebiet um die Monterey Bay zu besetzen. Der spanische König hatte prompt gehandelt.

Und wir sind das Ergebnis dieses Handelns, stellte Hauptmann Lorenzo fest, derweil der Padre ein Gebet über die neue Plaza sprach. Lorenzo war es egal, ob den Heiden Jesus nahe gebracht wurde oder nicht. Sein Interesse galt Rindern und Pferden. Das gesamte Gebiet, so weit das Auge reichte, stand zur Verfügung. Reich werden konnte man damit …

Sein Blick fiel auf seine Frau, Doña Luisa, die zusammen mit der Gattin des Gouverneurs und den Ehefrauen der anderen Offiziere im Schatten eines über vier Pfosten gespannten Strohdachs saß. Was für eine schöne Frau, durchschoss es ihn,

dazu von einer Seelenstärke, die in diesem wilden Grenzgebiet nötig sein würde. Kreolin wie er selbst, entstammte Luisa einem spanischen Adelsgeschlecht. Das kam in ihrer steifen Haltung zum Ausdruck und in ihrem zurückhaltenden Mienenspiel. Ihre Tränen hob sie sich für zu Hause auf. Wenn sie nur mehr Kinder hätten! Aber Selena war der Mittelpunkt von Luisas Universum gewesen, und jetzt war dieser Mittelpunkt wie eine Kerze erloschen. Was sollte eine hochwohlgeborene Dame hier, wo alle Arbeiten von Indianern verrichtet wurden, anfangen? Nein, für so etwas wie Kochen und Nähen würde Luisa die zarten Hände nicht rühren. Sie sah ihre Aufgabe darin, sich um die Kinder ihres Mannes zu kümmern, sie zu unterrichten und aufs Leben vorzubereiten. Aber es gab keine Kinder, und so, wie die Dingen lagen, würde sich daran nichts ändern.
Abermals bemühte sich Lorenzo um Konzentration auf die Zeremonie. Anschließend sollte ein Fest zur Erinnerung an die Gründung des Pueblos stattfinden, von dem er sich alsbald zurückzuziehen gedachte, hoffentlich ohne den Gouverneur und die Padres allzu sehr zu verstimmen.
Auf der anderen Seite der neuen Plaza, auf einem Grundstück, auf dem dereinst aus Lehmziegeln eine Kirche gebaut werden sollte, zollten die Indianer aus der Mission der Zeremonie respektvoll Aufmerksamkeit. Die mit der Jahreszahl gestempelten Blechkreuze, die sie an einem Hanfband um den Hals trugen, hatte man ihnen geschenkt, um sie dafür zu gewinnen, an der neun Meilen langen Prozession teilzunehmen, von der Mission bis dorthin, wo der neue Pueblo entstehen sollte. Auch Teresa hatte, obwohl sie krank war und Ruhe brauchte, gebeten, dabei sein zu dürfen, weil sich hier eine Gelegenheit zur Flucht bot.
Sie hatte ihre fünfjährige Tochter Angela mitgebracht, so ge-

nannt, weil sie die Tochter eines Heiligen und in der Höhle der Ersten Mutter empfangen worden war.
Teresa dachte immer wieder zärtlich an Bruder Felipe, der vor fast sechs Jahren verschwunden war und, wie gemunkelt wurde, die Knochen des heiligen Franziskus aus der Mission gestohlen hatte. Er sei nach Spanien zurückgekehrt, hieß es allgemein. Er habe sich von Gott abgewandt und würde in der Heimat gesegnete Reliquien verkaufen und das Leben eines reichen Mannes führen. Teresa wusste es besser: Bruder Felipe war zu seinem Gott gegangen.
Wegen der Schmerzen in der Brust, die ihr die Krankheit des weißen Mannes verursachten, versuchte sie, so flach wie möglich zu atmen. Ihr Blick streifte die Soldaten und die neuen Siedler, die höchst zufrieden zu sein schienen, »Anspruch« auf dieses Land erhoben zu haben, während die Yang-na verständnislos im Abseits standen und nicht begriffen, dass ihnen das Land ihrer Väter genommen wurde. Teresa war entsetzt. Diese Leute, die einstmals als Gäste angesehen worden waren, hatten vor, sich auf einem Gebiet anzusiedeln, das ganz anderen Ahnen gehörte!
Sie hielt Ausschau nach einer Möglichkeit, sich davonzustehlen. Von dem Augenblick an, da man gemerkt hatte, dass sie schwanger war, hatten die Padres der Mission die »Rumtreiberin« im Auge behalten und einer getauften und pflichtbewussten Indianerin aufgetragen, gut auf das Mädchen aufzupassen. Denn irgendwie musste sie ja ausgerissen sein, auch wenn sich das nicht beweisen ließ. Und wenn einem Indianer die Flucht gelang, so die Padres, dann würden es alle versuchen, und die Folge wäre ein Massenexodus zurück in die Dörfer, und es gäbe niemanden mehr, der die Feldarbeit verrichtete oder Kirchen baute. Seit Teresas Abstecher in die Höhle vor sechs Jahren waren die Regeln verschärft worden,

die Strafen unbarmherziger. Es war mehrmals zu gewaltsamen Aufständen unter den Missionsindianern gekommen, die sich gegen die Unterdrückung durch die Padres auflehnten. Bewaffnete Soldaten hatten eingegriffen, und die Indianer, die nichts gegen Gewehre ausrichten konnten, wurden aufs Neue unterjocht.
Deshalb hatte sich Teresa auf diesem Gründungsfest eine Chance ausgerechnet, wenn nämlich die Padres durch das Zusammensein mit den Soldaten und Siedlern abgelenkt sein würden. Trotz des Fiebers, das ihr schier die Haut versengte, und trotz der Schmerzen in der Lunge war sie fest entschlossen, mit Angela ein für alle Mal zu fliehen.

Die Besitzurkunde der Spanischen Krone in der Tasche, ritt Hauptmann Lorenzo die Grenzen seiner zukünftigen Ranch ab: im Süden bis zum kleinen Flusslauf, der noch keinen Namen hatte und den er deshalb Ballona taufte, nach der Heimatstadt seines Vaters in Spanien; im Osten bis zum Sumpfgebiet, auf der Urkunde als *la ciénaga* ausgewiesen; im Norden bis zu *la brea,* den Pechgruben mit einem alten Trampelpfad, der in östlicher und westlicher Richtung entlang der nördlichen Begrenzung verlief. Das Land war ihm nicht gänzlich übereignet, sondern als Weideland zur Verfügung gestellt worden, mit der Aussicht, dass er in ein paar Jahren, wenn er es gut bewirtschaftet hatte, Anspruch darauf erheben und es unter seinem Namen eintragen lassen konnte. An jenem Tag, so stand für ihn bereits fest, würde er sein neues Zuhause Rancho Paloma nennen.
Viertausend Morgen. Indianische Arbeiter waren bereits dabei, Lehmziegel zu formen. Eine Gruppe stand mitten im Schlamm, stampfte mit den Füßen auf dem mit Stroh vermischten Lehm herum; eine andere Gruppe presste das Ge-

misch in hölzerne Formen; eine dritte löste die bereits von der Sonne getrockneten Ziegel aus den Formen und schichtete sie für den Bau auf. Die Indianer waren billige Arbeitskräfte, wurden mit Essen entlohnt und mit Perlen, dem Einsatz für ihre endlosen Glücksspiele. Sie hatten ihre Dörfer verlassen und an der Grenze von Lorenzos Grundstück Hütten errichtet. Fragte sich nur, ob sie, wenn sein Haus fertig war, ihr altes Leben wieder aufnehmen würden. Hoffentlich nicht. Lorenzo brauchte Arbeitskräfte für seine Rinder und Pferde.

Welch schöne Ranch dies einmal sein würde! Bald stünde hier ein Haus mit Stallungen und anderen Nebengebäuden, im Schatten von Bäumen, die Hauptmann Lorenzo per Schiff aus Peru kommen lassen wollte. Er stellte sich Rosenrabatten und Springbrunnen vor, mit Platten ausgelegte Wege und luftige Arkaden. Das Haus sollte mit polierten Holzfußböden ausgelegt und mit Luisas schweren Möbeln eingerichtet sein, die aus Mexiko gekommen waren, auf von Ochsen gezogenen Karren, und die, mit Leinwandbahnen abgedeckt, nur darauf warteten, ihren endgültigen Platz zu finden: kunstvoll geschnitzte Pfostenbetten, Kommoden, Schränke, Tische. Außerdem hatte Luisa Silber mitgebracht sowie Tapisserien, Zinngefäße und Steppdecken, Kerzenleuchter für die Kaminaufsätze, Servierplatten für die Küche. Das Haus würde einer Königin würdig sein, dachte Lorenzo stolz.

Und dann fiel ihm ein, wie Luisa eben noch in der Siedlung in scharfem Ton ihre indianischen Dienerinnen angefahren hatte, die darum bemüht waren, mit Öl und Tüchern die Möbel ihrer Herrin zu polieren und in Schuss zu halten. Seit sie ihr kleines Mädchen in der Sonora-Wüste beerdigt hatten, war Luisa geradezu versessen auf die Pflege ihrer Stühle und Truhen. Würden etwa diese Möbel zu Luisas Kindern werden? Würde ihr der Zustand ihres kostbaren Schreibtischs bald mehr am Herzen liegen als das Wohlbefinden ihres Mannes?

Plötzlich sah er die Zukunft in düsterem Licht vor sich: Doña Luisa, kinderlos und ohne Freunde – die Frauen der Siedler waren kaum die geeignete Gesellschaft für eine hochwohlgeborene spanische Dame –, würde mit den Jahren immer verbitterter werden, stumm zwischen ihren Möbeln herumschleichen, nach angelaufenem Silber und Staub Ausschau halten, ihren indianischen Mädchen wegen ihrer Fruchtbarkeit gram sein und ihnen das dadurch vergelten, dass sie ihnen unsichtbare Schlieren hier und nicht vorhandene Flecken dort ankreidete. Sich selbst sah Lorenzo vernachlässigt, vergessen, Trost suchend in den Armen braunhäutiger Frauen, während er bei sich zu Hause keinerlei Freude fand, die, *Dios mío,* einem Mann doch zustand! Um Derartiges erleben zu müssen, war er wahrlich nicht nach California gekommen!

Ein neues Baby musste her. Nur dass Doña Luisa seine Avancen zurückwies und Lorenzo, Gentleman, der er war, sie niemals zwingen würde und auch nichts dafür übrig hatte, mit einer Frau zu schlafen, die sich tot stellte.

Seine gute Laune war dahin. Lorenzo beschloss deshalb, auf die Jagd zu gehen. Als er sein Pferd in Richtung der Berge von Santa Monica herumwarf, überlegte er: Etwas Großes sollte es sein. Nur Rotwild oder ein Grizzly konnten ihn heute befriedigen.

Während die Padres und der Gouverneur feierten und die neuen Siedler einen ersten Blick auf das ihnen zugeteilte Land warfen und darüber beratschlagten, was sie hier bauen und dort anpflanzen würden, schnappte sich Teresa klammheimlich ein Maultier und schlug, ihr Töchterchen im Arm, den alten Pfad ins Gebirge ein.

Am späten Nachmittag gelangten sie an ihr Ziel, saßen ab, und Teresa, die bei jedem Atemzug einen stechenden Schmerz in der Brust spürte, führte Angela an den Zeichen des Raben und des Mondes vorbei zum kleinen Tal und in die Höhle.
Die Sonne ging in einem so schrägen Winkel unter, dass ihre Strahlen jetzt direkt auf die bemalte Wand fielen. »Das hier ist die Geschichte der Ersten Mutter«, sagte Teresa. Die Geschichten drohten in Vergessenheit zu geraten, da in den Dörfern immer weniger Menschen lebten und abzusehen war, dass es sie eines Tages gar nicht mehr gab. Die Stämme, die in die Mission gezogen waren, hatten sich miteinander vermischt – Tongva mit Chumash, Kemaaya mit Topaa –, und die Padres bezeichneten sie einheitlich als Gabrielino oder Fernandeño, je nachdem, wie die Mission hieß. Nachts wurden entweder die falschen Geschichten erzählt oder gar keine. Das heißt, um die Ahnen der Topaa noch schneller in Vergessenheit geraten zu lassen, erzählte man ihnen von Jesus und Maria. Teresa jedoch wollte Angela mit den richtigen Geschichten vertraut machen und ihr einschärfen, sie weiterzugeben und damit das Wissen um ihre Vergangenheit zu erhalten.
»Du sollst nicht so leben wie die Eindringlinge«, sagte sie und nahm das Kreuz ab, das sie um den Hals trug. »Sie verstehen unser Volk nicht.« Die Mienen der Padres, als sie ihnen gesagt hatte, sie sei schwanger! Das stundenlange Verhör – wer war der Mann? –, ihr Beharren darauf, dass dieser Vater, wer immer er war, in die Mission geholt und getauft werden sollte. Aber Teresa hatte beharrlich geschwiegen. Wie jede Topaa wusste sie, dass sie niemandem Rechenschaft über ihren Körper schuldete. Diese Männer, die sich »Vater« nannten, obwohl sie das Gelübde der Keuschheit abgelegt und schon

deshalb keine Kinder zeugen durften, versuchten den Eingeborenen Vorschriften zu machen, wie sie sich zu verhalten hatten! Eine derartige Unverschämtheit würde sich kein männlicher Topaa herausnehmen.
Teresa vergrub das auf Blütenblätter gebettete Kruzifix und erklärte Angela, dies sei ein Geschenk für die Erste Mutter. Bei ihrem Fieber und krank, wie sie war, wurde ihr gar nicht bewusst, dass dieser Akt auch etwas Symbolisches an sich hatte, dass sie damit ihre neue Religion in den Armen der alten begrub.
Sie nahm den Geisterstein vom Hals und hängte ihn Angela um. Dann kniete sie sich vor das Kind, umfasste seine Schultern. »Dein Name ist Marimi«, sagte sie. »Du bist nicht mehr Angela. Ich werde dich in ein Dorf bringen, dessen Bewohner nichts von dem spanischen Gott wissen, der sein Volk anweist, anderen ihr Land und ihre Habe zu stehlen. Du wirst aufwachsen nach Art der Topaa und der Ersten Mutter.«
Sie legte dem kleinen Mädchen, diesem Engel, den sie von einem Heiligen empfangen hatte, die Hand an die Wange und sagte: »Mein Liebling, du bist etwas Besonderes, eine Auserwählte. Die Schmerzen, die du zuweilen im Kopf spürst, rühren nicht von einer Krankheit her, sie sind vielmehr ein Geschenk, und eines Tages wirst du das begreifen. Bis dahin …«
Ein Hustenanfall schüttelte sie. Sie krümmte sich vor Schmerzen.
»Mama!«, schrie das Kind auf.
Teresa hielt den Atem an, bis der Schmerz verebbte. Der weite Weg von der neuen Plaza hierher hatte sie völlig erschöpft. Es war ihr nicht klar gewesen, wie schwer krank sie war. »Hör zu, was ich dir zu sagen habe, meine Tochter. Dein Name ist ab jetzt Marimi, verstehst du? Du bist nicht mehr Angela.

Diesen Namen haben dir die fremden Christen gegeben, die nicht hierher gehören. Du bist Marimi, die neue Hüterin der Höhle. Hast du verstanden?«
»Ja, Mama.«
»Sprich ihn nach, Tochter. Sag mir deinen Namen.«
»Ich bin Marimi, Mama.«
»Gut … Und jetzt gehen wir. Westlich von hier liegen Dörfer, die die Eindringlinge niemals betreten haben. Dort sind wir in Sicherheit. Die Soldaten werden uns nicht finden.«
Sie wandte sich dem Ausgang der Höhle zu, als unversehens ihre Beine nachgaben und sie zu Boden stürzte. »Ich kann nicht mehr weiter«, sagte sie atemlos. »Marimi, hör gut zu. Du musst Hilfe holen. Geh das Tal hinunter und dann aufs Meer zu. Schaffst du das?«
Das Kind nickte feierlich.
»Dort liegt ein Dorf … einige aus unserem Volk leben noch dort. Sag ihnen, dass ich hier bin, in der Höhle der Ersten Mutter, und dass ich krank bin. Wiederhol es mir, mein Kind, damit ich weiß, dass du verstanden hast.«
Angela wiederholte die Anweisungen. Teresa lehnte sich an die Wand. »Sie haben Medizin, die mich gesund macht. Und dann werden wir bei ihnen bleiben, bei unserem eigenen Volk. Geh jetzt, mein Kind. Aufs Meer zu. In das Dorf. Und bringe sie her. Ich warte solange.«
Die Kleine kletterte das Tal hinab, war derart bedacht darauf, das ihr Aufgetragene zu erfüllen, dass sie darüber die Orientierung verlor. Wo immer sie sich hinwandte, sah sie enge Täler, weitere Felsen, aber kein Meer, kein Dorf. Sie fing an zu weinen.
Da stand plötzlich ein halb nackter Mann vor ihr, mit langem, zerzaustem Haar, sonnenverbrannter Haut und grimmig wirkendem Gesicht.

Angela wollte weglaufen, aber sie war gefangen. Der wilde Mann stand zwischen ihr und dem Ausgang des engen Tales. Verblüfft starrte er, der um so vieles größer war, auf sie herab. Er war ausgemergelt, sein nur mit einem zerfetzten Lendentuch bekleideter Körper mit Narben und Wunden übersät. Aber er besaß wache grüne Augen, in denen es gleich darauf aufblitzte. »Warum weinst du, mein Kind?«
Seine Stimme war überraschend sanft. Angelas Tränen versiegten. »Meine Mama ist krank, und ich kann das Dorf nicht finden.«
Er zwinkerte, sah sich um. »Wo ist sie?«
»In der Höhle.«
Der Mann erstarrte. Die Höhle. Er erinnerte sich an eine Höhle … war das Jahre her oder erst gestern gewesen? Die Höhle, in der er Ekstase erfahren hatte und von der Hand Gottes berührt worden war und seither jeden Tag mit Jesus dieses Gebirge durchstreifte.
Er runzelte die Stirn, sah sich das Mädchen genauer an. Dieser Haaransatz, der Schnitt ihrer Augen, die vollen Lippen. Teresa!
Und noch etwas. Ein Grübchen an ihrer rechten Wange. Seine eigene Mutter … Längst verblasste Erinnerungen drängten hervor. Seine Schwester. Das gleiche Grübchen.
»Weine nicht, meine Kleine.« Als er jetzt lächelte, wurden abgebrochene Zähne sichtbar. »Ich weiß, wo deine Mama ist. Ich kenne die Höhle. Wir werden ihr helfen und sie gesund machen.« Er streckte Angela eine knorrige Hand hin, und das Kind ergriff sie.
»Stehen bleiben!«, donnerte urplötzlich eine Stimme und hallte als Echo von den Wänden des Canyons wider.
Angela und der wilde Mann fuhren herum. Am Fuße des Tals stand ein spanischer Offizier. »Lass sie los!«, befahl er.

Mit ausgestreckten Händen trat Bruder Felipe einen Schritt vor, wollte den Zusammenhang erklären. Aber der Abzug war schneller; die Kugel der Muskete traf ihn mitten ins Herz, riss ihm die Füße weg.
Angela schrie auf. Lorenzo eilte auf sie zu und schloss sie in die Arme, zog sie mit sich, fort von dem toten Mann. Als er aus dem Canyon heraus war und wieder an der Stelle, wo er sein Pferd angebunden hatte, setzte er die Kleine ab und versuchte, sie zu beruhigen. »Er kann dir nichts mehr tun, meine Kleine. Der wilde Mann ist weg.«
Sie starrte ihn wortlos an. »*Hablas español?*«, fragte er.
Sie nickte. Und rief dann verzweifelt nach ihrer Mutter.
Ein hübsches Kind, dachte er, vor allem der in der Mitte der Stirn spitz zulaufende Haaransatz verleiht dem Gesichtchen etwas Reizvolles, Herzförmiges. Etwa im gleichen Alter wie unsere Tochter, als sie starb.
Ihrer Kleidung nach war sie eine Indianerin aus der Mission. Ausreißer? »*Cómo te llamas?*«, fragte er.
»Ich muss zu meiner Mama«, antwortete sie auf Spanisch. »Sie ist krank.«
»Krank?« Er sah sich im Tal um, in dem es allmählich dunkel und kühl und die Schatten immer länger wurden. Die Mutter war demnach mit ihrer Tochter durchgebrannt und hatte sich in diesem hügeligen Gelände vor den Padres versteckt. Und sie war krank. Wenn die Nacht hereinbrach, würde die Frau schutzlos den Berglöwen und Grizzlybären ausgeliefert sein, die sich hier herumtrieben.
Ein Gedanke nahm Gestalt an. »Ich bringe dich zu deiner Mutter, wenn du mir verrätst, wie du heißt«, sagte Lorenzo und lächelte.
Sie rieb sich mit den Fäusten die Augen. Kopfschmerzen meldeten sich an. Mama hatte ihr etwas von einem neuen Namen

gesagt, aber sie konnte sich nicht mehr darauf besinnen. Deshalb erwiderte sie: »Angela.«

Er setzte das Mädchen auf sein Pferd, und eine Weile ritt sie schweigend in seinen Armen dahin. Als sie dann aber merkte, dass sie sich von den Bergen entfernten, und anfing zu weinen und wieder nach ihrer Mama zu rufen, legte ihr Lorenzo die Hand über den Mund und trieb sein Pferd zur Eile an. Mit der Zeit, so seine Überlegung, würde sie, zumal sie noch so jung war, ihre Mama schon vergessen, vor allem wenn seine Frau sie wie eine eigene Tochter willkommen heißen und mit Liebe überschütten würde.

Als er, das mundtot gemachte Kind in den Armen, weg von den Bergen und dem Meer über die Ebene galoppierte und daran dachte, dass Luisas Trauerzeit nun ein Ende hätte und sie ihn wieder in ihr Bett lassen würde, sagte sich Lorenzo, dass die heutige Jagd in der Tat zufriedenstellend ausgefallen war.

Kapitel 9

Nach dem Tod seiner Frau ist er total ausgerastet.«

Erschrocken fuhr Erica herum. Ginny Dimarco hatte nicht nur kalte Augen, auch ihr Lächeln war eisig. Sie war Erica hinaus auf das Pool-Deck gefolgt, weg vom Lärmen der Gäste und der Gypsy Kings mit ihrem »Hotel California«, das aus monströsen Lautsprecherboxen röhrte. Trotz der kühlen Nacht paddelten ein paar Gäste in dem geheizten Schwimmbecken herum. Der Strand unterhalb des Decks jedoch war dunkel und verwaist.

Erica wusste, dass an Jared Black ebenfalls eine Einladung für die Cocktailparty im Strandhaus der Dimarcos gegangen war, er aber abgesagt hatte. Wahrscheinlich wollte sich Ginny Dimarco jetzt für den Korb rächen, den sie sich als Gastgeberin eingehandelt hatte, und abschätzig über den nicht Erschienenen tratschen. Schließlich war Black Leiter der Kommission zur Wahrung von Besitzansprüchen der Indianer, und die Gastgeberin, eine wohlhabende und prominente Kunstliebhaberin, hegte einen ganz persönlichen Traum: Ihr schwebte ein Indianermuseum vor, das ihren Namen tragen sollte.

Es war kaum fünf Minuten her, als Erica das feudale Haus der Dimarcos am Malibu Beach betreten hatte, einen Schaukasten für Pueblo-Töpfereien, Korbwaren von der Westküste, Zuni-Fetische, Kachina-Puppen, Eskimo-Totempfähle und

Kwakiutl-Masken. Und sofort war Ginny auf sie zugestürzt und hatte mit geradezu fiebrig glänzenden Augen gefragt: »Na, wie klappt denn die erneute Zusammenarbeit mit Jared Black?«

Erica hatte eigentlich überhaupt keine Lust gehabt, die Party der Dimarcos zu besuchen; erst nachdem Sam ihr klargemacht hatte, dass so etwas gut fürs Image sei und es sich bezahlt mache, reichen Leute, auf deren Subventionen man angewiesen sei, Honig ums Maul zu schmieren, hatte Erica ihr einziges Cocktailkleid angezogen – ein schlichtes, streng geschnittenes »Kleines Schwarzes« mit Spaghettiträgern – und sich das Haar mehr oder weniger damenhaft aufgesteckt. Die hohen Absätze und die Nylonstrümpfe waren nach Wochen in Socken und Arbeitsstiefeln gewöhnungsbedürftig. »Ich arbeite nicht *mit* ihm.«

»Dann herrscht also Krieg zwischen Ihnen.« Ein scharfes, schrilles Lachen. Und nach einer kurzen Pause, den Blick auf Erica geheftet: »Schade, dass Mr. Black heute Abend bereits anderweitig vergeben war. Einige meiner Gäste hätten ihn gern kennen gelernt. Wichtige Leute.« Die Augen von Ginny hatten feindselig gefunkelt. »Die Einladung ist vor Wochen ergangen«, hatte sie vielsagend hinzugefügt.

Erica wusste, dass man von ihr eine plausible Erklärung erwartete, eine Rechtfertigung für Jareds kaum verzeihlichen Schnitzer. Konnte es sein, dass Ginny Jareds Namen als Lockvogel benutzt hatte und der eine oder andere Gast in der Absicht hergekommen war, ihn zu treffen, sich mit ihm zu unterhalten und darauf zu hoffen, auf diese Weise Kontakte in Sacramento anzuknüpfen? Erica hatte einmal tief durchgeatmet und die Bemerkung hinuntergeschluckt, Jared sei im Camp geblieben, um sich im Fernsehen die Wiederholung einer Folge von »Miami Vice« anzusehen, als sich ein Gast zu ihnen gesellte und Ginny zu der gelungenen Party gratulierte. Erica hatte die Gelegenheit beim Schopf gepackt und war hinaus aufs Pool-Deck geflohen, um sich dem Partygeschwätz zu entziehen und frische Meeresluft zu atmen, um allein zu sein und zu versuchen, Ordnung in ihr Gefühlschaos zu bringen.

Nach und nach, fast unmerklich, hatte sich Jared in ihren Gedanken und Träumen eingenistet. Es schien ihr, als flüstere er ihr zu: *Der, den du siehst, ist nicht der, der ich in Wahrheit bin*. Erica spürte, dass sie dieser Stimme nicht mehr aus dem Weg gehen konnte. Sie musste erforschen, warum sie sich zunehmend mit Jared beschäftigte, musste die Ursachen ergründen und verstehen. Aber ihre Gastgeberin war ihr mit dem Jagdinstinkt der Beutemacherin gefolgt. »Sie wissen doch, dass er nach dem Tod seiner Frau total ausgerastet ist?«, wiederholte sie jetzt, ihren Raubvogelblick auf Erica gerichtet.

Warum diese bösartige Attacke? fragte sich Erica. Bis ihr der Verdacht kam, dass Ginny wohl hoffte, Erica würde, wenn sie wieder im Camp war, dem ungehobelten Commissioner die Hölle heiß machen und ihm vorhalten, welch unverzeihlichen Fauxpas er sich da geleistet hatte.

»Gleich nach der Beerdigung«, fuhr Ginny fort, so als habe Erica sie dazu aufgefordert, »verschwand er. Seine Familie startete eine Suchaktion, war außer sich vor Sorge. Na ja, meiner Meinung nach haben sie wohl nicht ernsthaft geglaubt, er könnte sich das Leben nehmen, aber gemunkelt wurde schon.«

Erica blinzelte die Frau an. Jared? Selbstmord?

»Wussten Sie das nicht?«

»Ich war in Europa.«

»Das war damals das Tagesgespräch schlechthin. Dass Jared

untergetaucht war und die Polizei ihn nicht aufspüren konnte. Einem Zufall ist es zu verdanken, dass ein Team von Meeresbiologen ihn vier Monate später auf einer der Channel Islands entdeckte. Völlig verwildert. Er war splitterfasernackt und fischte mit einem Speer in einer Lagune. Mit Bart und langem Haar und braun wie eine Nuss, hieß es.«

Auf den Dünen tauchten jetzt dunkle Gestalten auf – Familien, die scharenweise hier einfielen, ihren Wagen am Pacific Coast Highway abstellten und mit Taschenlampen und Säcken zum Strand liefen, um wie jedes Jahr Jagd auf den Ährenfisch zu machen. Erica, in Gedanken bei einem Mann, der sich in seiner Verzweiflung zwischen Treibholz und Schnepfen und Seetang herumtrieb, nahm sie nur schemenhaft wahr.

»Sie mussten regelrecht Jagd auf ihn machen«, legte Ginny nach und stellte befriedigt fest, dass sie ihren Gast in Bann gezogen hatte. »Er hielt sich nämlich in irgendwelchen Höhlen versteckt. Wie einem Tier sind sie seiner Spur gefolgt. Gefangen haben sie ihn dann schließlich, indem sie abwarteten, bis es dunkel wurde und sie den Schein seines Lagerfeuers ausmachen konnten.«

Erica erinnerte sich an das Glas in ihrer Hand. Den Blick auf den fernen Horizont gerichtet, dorthin, wo die Sterne den Ozean berühren, setzte sie es sich an die Lippen. Heller Zorn überwältigte sie.

»Natürlich herrschte große Aufregung«, plapperte Ginny weiter, »als die Biologen ihn nach Hause brachten. Vater Black bestand auf einer psychiatrischen Untersuchung, wollte seinen Sohn sogar zur Beobachtung in eine Anstalt stecken. Aber Jared ließ sich lediglich die Haare schneiden, rasierte sich den Bart ab und nahm dann seine Arbeit wieder auf, so als sei nichts gewesen. Normal ist das jedenfalls nicht, oder?

Nichts dagegen, dass ein Mann trauert, wenn seine Frau stirbt, aber muss man es derart übertreiben?« Sie lachte, dass die Brillanten an ihrem Hals im Mondlicht funkelten. »Ich kann wohl kaum damit rechnen, dass mein Wade sich in einen Indianer verwandelt, nur weil ich gestorben bin!«

Ericas Hand krampfte sich um das Glas. Am liebsten hätte sie der Frau den Wein ins Gesicht geschüttet. Stattdessen zwang sie sich, zu den Lagerfeuern zu schauen, die jetzt am Strand aufflackerten.

Der Ährenfisch gehört zu einer auf die kalifornische Küste beschränkten Spezies, ist etwas mehr als zwei Handspannen lang und hat ein kleines Maul. Keine Zähne. Jeweils von März bis August finden an den Stränden Südkaliforniens nächtliche Laichläufe statt – dann lassen sich Tausende von Ährenfischen auf den Wellen ans Ufer tragen, wo die Weibchen den feuchten Sand aufwühlen und dort ihre Eier ablegen, um die sich die Männchen tummeln, um sie zu befruchten. Anschließend reiten sie gemeinsam auf den Wellen zurück aufs Meer, bis zum nächsten Lauf – sofern sie nicht vorher von Fischern gefangen werden, die die Wellenkämme beobachten und dann den ahnungslosen Ährenfisch mit bloßen Händen fangen und in Säcke stopfen.

Erica hatte schon am Ährenfischfang teilgenommen, hatte die Taschenlampe gehalten oder den Sack, und beim anschließenden mitternächtlichen Barbecue hatte man sich in ausgelassener Stimmung an den Fischen gütlich getan, die das Pech gehabt hatten, sich erwischen zu lassen. Heute allerdings stimmte das Schauspiel sie unerklärlicherweise traurig.

Er ist total ausgerastet. Erica stellte sich den Altar vor, den Jared, wie sie vermutete, für seine Frau im Schlafzimmer seines Wohnmobils errichtet hatte. Wahrscheinlich standen dort ein Porträt von Netsuya und frische Blumen, die er täglich er-

neuerte, vielleicht sogar Kerzen. Und bestimmt sprach Jared jeweils abends vor dem Zubettgehen mit ihr und morgens beim Aufwachen auch.
Sie griff sich an den Hals, bekam plötzlich keine Luft mehr. In einiger Entfernung brachen sich schaumgekrönte Wellen am Ufer, zwei Kinder rannten schreiend wie Möwen und Taschenlampen schwenkend den Strand entlang. Ein heller Lichtstrahl bohrte sich in Ericas Augen.
Die gleißende Sonne der wilden, vom Wind umtosten Channel Islands.
Gleich darauf prallte etwas an ihre Brust, wie eine unsichtbare Schockwelle. Sie keuchte.
»Sehen Sie sich das an«, lachte Ginny spröde. »Der Ährenfisch hat nicht die Spur einer Chance.« Sie schüttelte den Kopf. »Wo sonst als in Südkalifornien würden sich Fische ans Ufer katapultieren? Nicht mal eine Angel braucht man! Kein Wunder, dass unsere Indianer mit Krieg nichts im Sinn hatten.«
Erica starrte sie an. Dann stellte sie ihr Glas auf einem kleinen Tisch ab, entschuldigte sich und ging ins Haus.
Sie bahnte sich den Weg vorbei an gut gekleideten Gästen und Kellnern in roten Westen, die auf Tabletts Champagner und Appetithäppchen anboten, wühlte sich angesichts des zunehmenden Drucks in der Herzgegend blindlings durch die vielen Menschen, bis sie vor Sam stand, dem sie abrupt mitteilte, dass sie sofort aufbrechen müsse. Kaum hatte er ihr die Autoschlüssel ausgehändigt und versichert, er würde schon jemanden finden, der ihn später ins Camp mitnahm, stürzte sie aus dem Haus der Dimarcos und raste den Pacific Coast Highway entlang, schneller als die Flut die zum Tode verurteilten Fische ans Ufer spülte.

Nachdem sie den Motor abgestellt und die Scheinwerfer ausgeschaltet hatte, blieb Erica noch eine geraume Weile im Wagen sitzen, legte die schweißbedeckte Stirn aufs Lenkrad, schloss die Augen und versuchte, dem Grund ihres Unwohlseins nachzuspüren.

Was war auf dem Pool-Deck der Dimarcos passiert? War das ein Herzanfall? Eine Anwandlung von Panik? Der Schmerz war noch zu spüren, hinter ihrem Brustbein, engte sie ein, hinderte sie durchzuatmen. »*Sie entdeckten ihn auf einer der Channel Islands, splitterfasernackt und mit einem Speer fischend …*«

Erica wäre am liebsten hemmungslos in Tränen ausgebrochen. Aber sie konnte nicht weinen. Als sie vorsichtig durchatmete und versuchte, sich wieder zu fangen, merkte sie, dass der Druck auf ihrer Brust anhielt, so als hätte sich dort etwas eingenistet, etwas Unheimliches und Schwergewichtiges, wie ein Vogel, der sich gegen ihren Willen dort niedergelassen und die vom langen Flug verstaubten Flügel angelegt hatte.

Es gelang ihr, aus dem Auto zu steigen und auf das erleuchtete Camp zuzustolpern. Gänsehaut überzog ihre nackten Schultern. Der Mond spielte in den Ästen über ihr Verstecken, ohne sie aus den Augen zu lassen – wie die Augen der Geister, die in Ericas Vorstellung im Topanga-Waldgebiet hausten. Sie warf einen Blick hinüber zu Jareds Wohnmobil. Kein Licht. Demnach war er noch nicht von seinem nächtlichen Ausflug Gott weiß wohin zurück. Und wenn er da wäre, was sollte sie ihm sagen?

Als sie auf ihr Zelt zuging, bemerkte sie, dass die Klappe des Eingangs nicht in der Weise gesichert war, wie sie sie bei ihrem Aufbruch zurückgelassen hatte.

Zögernd trat sie ein, knipste das Licht an und sah sich um. Ihre Sorge galt vor allem dem Fund von heute Nachmittag auf

Ebene IV. Aber das Objekt lag noch genauso auf ihrem Arbeitstisch, wie sie es dort deponiert hatte. Und der metallene Aktenschrank war auch verschlossen. Da sie in ihrem Zelt zudem weder Geld noch Schmuck aufbewahrte, war ihr schleierhaft, weshalb jemand einen Einbruch verübt haben sollte. Dennoch stand für sie fest, dass jemand hier gewesen war.
Dann entdeckte sie sie. Auf ihrem Kopfkissen. Eine gewöhnliche Axt, wie man sie in jedem Haushaltswarengeschäft bekam, nur dass diese hier mit ungegerbten Lederstreifen umwickelt und mit Federn verziert war und wohl einen Tomahawk symbolisieren sollte. Erica wusste, was das bedeutete.
Eine Kriegserklärung.
Ein Zittern überfiel sie. Jemand hatte ihre Privatsphäre verletzt, so wie Ginny Dimarco die von Jared. Einen Augenblick lang sah Erica im wahrsten Sinne des Wortes rot. Dann stürzte sie wieder hinaus in die kalte Nacht und stapfte ungeachtet der Tatsache, dass sie noch im Cocktailkleid war und hohe Absätze trug, mit dem Tomahawk in der Hand über das Camp zum Zelt der Cafeteria. Die Indianer hielten sich nicht wie üblich in einer Ecke auf und spielten Dart; es war, als hätten sie geahnt, dass Erica bei ihnen aufkreuzen würde. Sie entdeckte sie schließlich draußen, am Rande des Camps, um ein Lagerfeuer herum – ein Kreis Krieger, damit beschäftigt, mit kleinen Pfeilen auf ein Brett zu zielen, das an einen Baum genagelt war.
Beim Näherkommen fiel ihr ein Bulle von einem Mann mit langen grauen Indianerzöpfen auf, der den Ton anzugeben schien. Sie hatte ihn noch nie gesehen. Er trug eine Bomberjacke aus Nylon, die am Rücken mit einem zähnefletschenden Tiger bestickt war. Darunter stand in leuchtend roten und gelben Buchstaben *Vietnam, Juni 1966*. Als er sich jetzt um-

drehte, wurden an einer Schulter die militärischen Insignien eines geflammten Speers und der Schriftzug *199. Infanterieregiment* sichtbar. Der Bulle hatte buschige, gefurchte Brauen und einen fleischigen Unterkiefer. Herausfordernd und höhnisch grinsend meinte er: »Na, wenn das nicht unsre Freundin, die Anthropologin, ist.«
»Wer sind Sie?«, fuhr sie ihn, der sie trotz ihrer hohen Absätze um einen Kopf überragte, an. »Sie gehören nicht zu unserer Crew.«
Er setzte eine Bierdose an die Lippen und genehmigte sich, die zu Schlitzen verengten Augen auf sie gerichtet, einen langen Zug.
Erica hielt ihm den Tomahawk hin. »Gehört der Ihnen?«
Der Riese wischte sich mit seiner Pranke den Mund ab. »Wissen Sie«, sagte er, »ich muss immer dran denken, wie damals im Reservat, in dem ich aufwuchs, ihr weißen Schnepfen von der Universität angetanzt seid und den Sommer damit verbracht habt, uns unter die Lupe zu nehmen.«
Erica hob die Waffe höher. »Ob das Ihrer ist, habe ich gefragt.«
»Ihr seid mit euren Kameras und Schreibblöcken rumgegockelt, in Minishorts, um eure langen Beine zu zeigen und die Indianerjungs aufzugeilen, habt euch dabei aber ängstlich an eure überspannten Anthro-Freunde mit ihren Pseudo-Safariwesten und lächerlichen Rucksäcken geklammert. Ihr habt wohl gemeint, wir wären scharf auf euch, wie? Dabei haben wir uns ins Fäustchen gelacht, wenn ihr euch eure Scheine fürs Semester aus den Geschichten zusammengeschrieben habt, die wir euch auftischten, ganz recht, die wir uns ausdachten. Wir wären doch nicht so blöd gewesen, euch unsere wirklichen, heiligen Geschichten zu erzählen!«
Als Erica etwas darauf erwidern wollte, kam er drohend auf

sie zu. »Wir haben erfahren, dass Sie vorhaben, das Skelett einem DNS-Test zu unterziehen. Da werden Sie allerdings eine Überraschung erleben. Sie werden auf keinen Fall irgendwelche Zellen eines meiner Vorfahren abkratzen und unter ein Mikroskop legen. Wir brauchen keine Laboruntersuchungen, die uns sagen, wer unsere Ahnen waren.«

Er kam noch einen Schritt näher, und als Erica sich durch die Bäume zum Camp umschaute, lachte er auf. »Wirklich dumm, dass niemals die Kavallerie bereitsteht, wenn man eine braucht, wie?« Nur dass er statt Kavallerie »Kalvarie« sagte.

Jetzt hörte man Schritte über trockene Zweige näher kommen, und plötzlich trat Jared Black, seine allabendliche Sporttasche in der Hand, in den Kreis des Lagerfeuers. »Charlie, was zum Teufel hast du hier zu suchen?«

Der Blick des Riesen wurde stumpf und verschlagen. »Mein Name lautet Kojote, Mann.«

»Du gehörst nicht hierher. Unbefugtes Betreten nennt man das.«

»Dies ist ein freies Land. Indianerland. Von Ozean zu Ozean.«

Auf Jareds fragenden Blick hin händigte Erica ihm den Tomahawk aus. »Der war in meinem Zelt.«

»Erkennt den jemand von euch?« Anstatt zu antworten, nahmen die Männer ihr Dartspiel wieder auf. Daraufhin holte Jared mit dem Tomahawk aus, wippte nach hinten und schleuderte die Axt mit so viel Kraft, dass sie im Zentrum der Dartscheibe landete und diese in zwei Teile spaltete. Jared wandte sich an Kojote. »Ein Schloss knacken und einbrechen ist ein schweres Vergehen. Schreib dir das hinter die Ohren.«

»Gesetze des weißen Mannes, nicht unsere.« Kojote stieß den Mittelfinger in die Luft. »Ihr Anglos habt alles getan, uns kalifornischen Indianern unser Land und unsere Identität wegzunehmen. Die Verträge, die man um 1850 herum ausgehandelt hatte, wurden niemals vom Senat ratifiziert, deshalb durften wir unsere Territorien nicht behalten. Die Anzahl der Indianer Kaliforniens wurde vom Amt für indianische Angelegenheiten zu niedrig beziffert, und so erhalten wir von allen Indianergebieten den niedrigsten Pro-Kopf-Konsolidierungssatz. Scheiße, Mann, die Hälfte unserer Stämme ist nicht mal staatlich anerkannt und kriegt deshalb kein Geld wie andere Indianer. Die kalifornischen Indianer müssen auf Wirtschaftshilfe und staatliche Unterstützung verzichten, weil man uns in der Vergangenheit unser Land weggenommen hat, eine Enteignung, die zum Himmel schreit. Also schmier dir dein ›schweres Vergehen‹ sonst wo hin.«

Jared packte den bulligen Mann beim Hemd und sagte leise: »Was immer du ausheckst – ich rate dir, deinen Kram einzupacken und sofort zu verschwinden.«

Kojote wich zurück, strich sich das Hemd glatt. »Eins lass dir gesagt sein, Mann. Wir nehmen dieses Kuschenmüssen nicht länger hin. Wir organisieren uns, wir machen mobil. Du hältst uns für einen Haufen Einfaltspinsel, aber da wirst du noch eine Überraschung erleben. Du erlaubst diesen Leuten da, herzukommen und hier zu beten« – er deutete mit dem muskulösen Arm hinüber zum Sicherheitszaun auf der anderen Seite von Emerald Hills Way, wo eine Gruppe New Agers Hand in Hand ein Mantra sangen. »Eine Beleidigung ist das für uns, wenn diese Christen mit ihrer komischen neuen Religion hierher kommen, zu *unserer* Andachtsstätte, und Frömmigkeit heucheln. Was würdet ihr sagen, wenn wir mit Federn und Perlen geschmückt einen Regentanz im Petersdom aufführten? Die Zeiten ändern sich, Mann. Wir haben Gerichtsverfahren gegen Verlage laufen, die Lexika rausge-

ben, in denen sich das Wort ›Squaw‹ findet, eine Bezeichnung, die für unsere Frauen diskriminierend ist. Wir bringen Botaniker dazu, Pflanzenbezeichnungen, die ihr Anglos *squaw-weed* und *squaw-bush* nennt, abzuändern, und verlangen von Zoologen, sich was anderes für *squaw-fish* auszudenken. Selbst die Bezeichnung ›Indianer‹ werden wir abschaffen, wir stammen doch nicht aus Indien, Mann. Und amerikanische Eingeborene sind wir auch nicht, wir sind die *ersten* Amerikaner. Also sperr die Augen auf, weißer Anwalt, und erkenne die Macht der Söhne von Sitting Bull und Crazy Horse.«
Jared fasste Erica am Ellbogen und führte sie eilig von der Indianergruppe weg. »Wir müssen verdammt aufpassen«, sagte er leise. »Kojote ist nicht zum Spaß hier, der Typ will Zoff. Unsere indianischen Arbeiter sind ja generell apolitisch und nicht militant und nur aufs Geldverdienen aus. Aber Kojote kann sehr überzeugend auftreten. Er gehört zum engeren Kreis der Roten Panther.«
Wie ein elektrischer Stromschlag durchfuhr es Erica, als Jared unvermittelt ihre bloße Haut berührte. Sie dachte nicht länger an Kojote und den Tomahawk, auch nicht an die Indianer, nicht einmal mehr an die Ausgrabung in der Höhle. Jared war bei ihr, auf Tuchfühlung, und alles, was Ginny Dimarco mit ihrer Geschichte über ihn bei ihr ausgelöst hatte, stieg wieder auf. »Die Roten Panther?«, hörte sie sich sagen. Sie hätte ihn lieber zu den Channel Islands befragt. Ob er gefunden hätte, was er dort suchte?
»Ein radikaler Ableger der Bewegung indianischer Amerikaner, die seit Alcatraz und Wounded Knee ständig nach Gelegenheiten suchen, als Diskriminierte auf sich aufmerksam zu machen. Sie haben es auf unsere Höhle abgesehen.«
Der Druck in ihrer Brust verstärkte sich. »Wer ist dieser Kojote?«

»Eigentlich heißt er Charlie Braddock. Hat versucht, bei allen möglichen Stämmen unterzukriechen, ob bei den Suquamish in Washington oder den Seminolen in Florida. Niemand wollte ihn aufnehmen, weil er keinen Abstammungsnachweis beibringen konnte. Letztendlich hat er sich einem vom Staat nicht anerkannten Stamm angeschlossen, bei dem ein solcher Nachweis nicht erforderlich ist.«
»Heißt das, er ist gar kein richtiger Indianer?«
»Wenn in Charlies Adern indianisches Blut fließt, hat er's vom Roten Kreuz bekommen. Ehe er sich der Indianerbewegung anschloss, gab er ein kurzes Gastspiel als Söldner in Afrika, und davor kutschierte er Rettungsfahrzeuge, bis er verhaftet wurde, weil er sich als Arzt ausgab. All diese Geschichten vom Reservat, in dem er gelebt haben will, sind frei erfunden. Charlie ist im San Fernando Valley geboren und aufgewachsen und hat eine Highschool für Weiße besucht. Und diese Jacke, die er trägt – er hat niemals in Vietnam gedient. Als er einberufen wurde, hat er sich klammheimlich nach Kanada verdrückt und dort gewartet, bis alles vorbei war. Kann von Glück reden, dass er nicht erwischt wurde. Unterschätzen darf man ihn jedenfalls nicht. Er ist gefährlich, sowohl für die Weißen wie auch für die Indianer.«
Als sie den erleuchteten Teil des Camps betraten, nahm Jared seine Sporttasche in die andere Hand, verzog plötzlich das Gesicht und fasste sich an die Seite.
Erica sah ihn erschrocken an. »Alles in Ordnung mit Ihnen?«
»Geht schon.« Dabei sah er keineswegs aus, als ginge es ihm gut. Erica bemerkte jetzt, dass er blass war und trotz der kühlen Nachtluft schwitzte. »Alles in Ordnung, wirklich. Nur eine kleine Verletzung. Eine dumme Verletzung.«
»Wie ist das passiert?«

Er versuchte zu lächeln. »Statt zick hab ich zack gemacht.«
»Soll ich die Krankenschwester holen?«
Er schüttelte den Kopf. »Wenn ich was brauche, dann einen Drink. War ein langer Tag.« Sein Blick glitt über ihr noch immer mit Strassspangen aufgestecktes Haar, dann über ihre nackten Schultern. »Hübsches Kleid«, befand er.
Ihre Lungen verengten sich. »Ich komme geradewegs von der Dimarco-Party.«
Er verharrte noch immer inmitten der Eichen und Zelte und der vorbeikommenden Leute, so als ob er und Erica ganz allein wären, am Ende der Welt, und nichts anderes zählte als sie beide. »Trotzdem hübsch«, sagte er leise.
Ihr Herz setzte kurz aus. *Nach dem Tod seiner Frau ist er total ausgerastet.*
»Ganz schön mutig, was Sie da eben gemacht haben. Sich Charlie und seine Bande vorzuknöpfen.«
»Ich habe gelernt, mit solchen Typen umzugehen.« *»Nichts ist wirkungsvoller als der direkte Augenkontakt. Merk dir das, Erica. Wenn dich eine von diesen Radauschwestern bedrängt, durchbohre sie mit deinen Blicken. Wenn dir eine ganze Gruppe ans Leder will, such dir eine aus und nagle sie mit Blicken fest. Sie wird kuschen, und die andern werden es ihr gleichtun. Und wenn du vor Gericht stehst, schau dem Richter in die Augen. Nirgendwo anders hin. Nicht zu deinem Anwalt oder dem Gerichtsdiener oder dem Reporter. Du wirst staunen, was man mit Blicken bewirken kann.«*
Mit »Radauschwestern« meinte die Stimme aus der Vergangenheit die ihr körperlich weit überlegenen Fürsorgezöglinge, mit denen Erica es in Juvenile Hall zu tun bekommen hatte. Sie hatten sie an den Haaren gezogen und als »letzten Dreck« verhöhnt.
»Ich werde den Wachen einschärfen, auf Kojote zu achten *und*

auf Ihr Zelt«, sagte Jared. »Was dagegen, noch auf einen Drink mit reinzukommen? Schon damit Sie mir erzählen können, was mir auf der Party entgangen ist.«

Erica war erst einmal in Jareds Wohnmobil gewesen, zu Beginn des Projekts. Sie erinnerte sich noch, dass im »Wohnzimmer«-Trakt hinter dem Fahrer- und den Beifahrersitzen ein Ledersofa sowie zwei lederne Clubsessel standen, zwischen die ein Fernseher mit Videorecorder geschoben war. Dann kam der großzügige »Bürotrakt«, ausgestattet mit Faxgerät und Telefonen und einem Computer sowie Stapeln von Geschäftspapieren und Gesetzesbüchern, und dahinter schloss sich eine kleine Küche mit allen Schikanen an – Kühlschrank, Spülmaschine, Herd plus Backröhre, Mikrowelle und sogar eine höchst raffinierte Espressomaschine. Durch die Schlafzimmertür hatte sie ein großes Bett erspäht.
Als sie jetzt hinter Jared das Wohnmobil betrat und er das Licht anknipste, musste sie feststellen, dass eine geradezu umwerfende Veränderung stattgefunden hatte.
Der Schreibtisch war durch einen Zeichentisch ersetzt worden. Entwürfe für Häuser und Bürogebäude klemmten am schwarzen Brett, über anwaltlichen Memos und Presseerklärungen zum Emerald Hills Project. Wo sich in ihrer Erinnerung früher Schachteln mit Kugel- und Filzschreibern und stapelweise Schreibblöcke befunden hatten, lagen jetzt Reißzeug und Bleistifte. Am meisten überrascht war sie, auf dem kleinen Esstisch, der, wenn er nicht gebraucht wurde, zusammengeklappt und weggeräumt werden konnte, das maßstabgetreue Modell einer zauberhaften, modernen Villa mit Swimmingpool und Gartenanlage zu entdecken. »Ist das eine Auftragsarbeit?«, fragte sie hingerissen.
»Nein, ein Hobby«, sagte er, wenngleich ein wenig Stolz in

seiner Stimme mitschwang und ihm ihre Reaktion offensichtlich schmeichelte. Er hatte spätabends viele Stunden darauf verwandt, aus Pappe und Balsaholz dieses Modell nach seinen Plänen zu basteln, mit allen Details, bis hin zu den winzigen Messingknöpfen an den Türen.

Das Innere war möbliert, auch kleine Figuren fehlten nicht.

»Wer ist das?«, fragte Erica.

»Die Figuren? Das ist nur wegen des Maßstabs.«

Sie überlegte, ließ den Blick durch die geräumigen kleinen Zimmer wandern, stellte sich vor, wie man darin lebte. »Das sind die Arbogasts«, sagte sie dann. »Sophie und Herman Arbogast und ihre Kinder Billy und Muffin. Sophie geht keinem Beruf nach, arbeitet aber ehrenamtlich am Saint John's Hospital und macht Führungen durch das Getty-Museum.« Sie spähte hinunter in die oberen Zimmer, deren Boden teilweise ausgespart war und von denen aus Treppen im Nichts endeten. »Herman ist Herzchirurg und steckt in einer Midlife-Krise. Er ist drauf und dran, sich mit der Krankenschwester aus seiner Ordination auf ein Verhältnis einzulassen. Er meint, Sophie ahnt nichts davon, aber von wegen; sie hofft sogar, dass es dazu kommt, weil sie selbst seit einem Jahr eine Affäre mit Hermans Partner hat.« Sie bückte sich und schaute in die großzügige Küche und den angrenzenden Raum. »Billy ist völlig aus dem Häuschen, weil er demnächst vom Wölfling zum Pfadfinder aufsteigt, und Muffin schwebt auf Wolken, weil sie endlich ihre Pickel los ist und sich einbildet, ein bestimmter Junge, den sie aus ihrem Geschichtskurs kennt, sei in sie verknallt.« Sie richtete sich auf und sah Jared an. »Ein wunderschönes Haus.«

Als sie bemerkte, dass sein Blick unverwandt auf ihr ruhte, errötete sie. »Schreckliche Angewohnheit von mir, Geschichten zu erfinden.«

Er schüttelte den Kopf und lächelte. Dann öffnete er die Schiebetür und verschwand im Schlafzimmer.
Dies gab Erica Zeit, diese seltsame Metamorphose, die in Jareds Privatleben vor sich zu gehen schien – Gesetzesbücher machten Zeichenstiften Platz, anwaltliche Unterlagen Blaupausen –, näher in Augenschein zu nehmen. Es war, als würde der Architekt den Anwalt verdrängen, Anspruch auf sein früheres Leben geltend machen. Als ob etwas in Jareds Innerem herausdrängte, versuchte, Gestalt und Inhalt anzunehmen.
Er kam aus dem Schlafzimmer zurück, hielt sich die Seite, ging ins Bad, wo er sich das Hemd über den Kopf zog, um einen Blick auf seine Rippen zu werfen. Im Spiegel, der in Ericas Blickfeld war, zeichnete sich ein garstiger Bluterguss ab.
»Haben Sie sich«, fragte sie, »beim Tomahawk-Training verletzt?«
Er steckte den Kopf durch die offene Tür. »Wie bitte?«
»Da gehen Sie doch jeden Abend hin, zum Training fürs Tomahawkwerfen, oder?«
Er sah sie verwundert an. Dann lachte er, um sich gleich darauf zu verkrampfen. »Nein, zum Fechten.« Er kam mit einem Erste-Hilfe-Kasten zurück.
»Zum Fechten?!«
»Florett, Degen, Säbel«, sagte er und holte zu einer eleganten Angriffsbewegung aus, die ihn jedoch vor Schmerz zusammenzucken ließ. »Ich habe mich nicht konzentriert, und mein ungemein versierter Gegner hat mich erwischt.«
Erica stellte sich ihn unwillkürlich vor, wie er *en garde* stand und »Für Frankreich und die Königin!« rief und dann leichtfüßig und geschickt, ausweichend und antäuschend das Rapier durch die Luft schwirren ließ, begleitet von dem Auf-

schrei »Touché!«. Der Sport eines Edelmannes. Ein tödlicher Sport.
Als er jetzt eine Elastikbinde aus der Schachtel nahm und die Plastikumhüllung sowie die Metallklipse entfernte, wurde sich Erica seiner körperlichen Nähe bewusst, wie eng das Wohnmobil eigentlich war und dass sie beide sehr nah beieinander standen und nicht sehr viel anhatten – er ohne Hemd, sie im freizügigen Cocktailkleid. »Lassen Sie mich das machen«, sagte sie, nachdem seine diversen Versuche, sich die Bandage um die Brust zu wickeln, gescheitert waren.
Sie legte das eine Ende der Bandage auf sein Brustbein und bedeutete ihm, es dort festzuhalten, führte dann die Binde um seinen Brustkasten herum, wickelte weiter. Er versuchte, keine Miene zu verziehen, aber dass er Schmerzen hatte, war unverkennbar.
Unverkennbar war auch, dass er ganz leicht nach Irish Spring duftete. Sein schwarzes Haar ringelte sich noch vom Dampf der Dusche im Nacken, seine Haut dagegen fühlte sich warm und trocken an, und darunter zuckten straffe Muskeln. Jede Nacht, ohne Ausnahme, verausgabte sich Jared Black bei einem körperlich wie geistig anspruchsvollen Sport. Warum? Um fit zu bleiben? Oder gab es tiefere Gründe, die ihn dazu trieben, mit dem Säbel auf andere Männer loszugehen?
Als er plötzlich aufstöhnte, hielt Erica inne. »Tut mir Leid«, sagte sie. »Könnte es sein, dass da was gebrochen ist?«
»Nein. Ist nicht so schlimm, wie's aussieht. Es tut nur weh, wenn mein Herz klopft.« Sie wickelte weiter. »Wo haben Sie gelernt, derart behutsam und vorsichtig zu sein?«, fragte er.
»Beim Umgang mit zerbrechlichen Objekten.«
Ihre Blicke trafen sich. »Ich bin nicht zerbrechlich.«
Sie nahm es ihm nicht ab. Etwas in Jared war überaus emp-

findlich, schon weil er sich so viel Mühe gab, es zu überspielen. Sie wäre dem gern auf den Grund gegangen, aber man kann ja nicht gut zu jemandem sagen: »Ich habe gehört, dass Sie mal total ausgerastet sind.« Deshalb begnügte sie sich mit der Bemerkung: »Schade, dass Sie nicht mit auf die Party gekommen sind.«

»Lieber lass ich eine Wurzelbehandlung über mich ergehen.«

»Ich dachte, Sie mögen die Dimarcos. Immerhin tun sie eine ganze Menge für die Angelegenheiten der Ureinwohner.«

»Pseudo-intellektuelle Liberale sind das, die Geld in Filme wie ›Der mit dem Wolf tanzt‹ pumpen, aber niemals auf die Idee kämen, einen Indianer zum Abendessen einzuladen. Waren denn Indianer auf der Party?«

»Soviel ich gesehen habe, einer, ein Häuptling von einem der Coachella-Valley-Stämme.«

»Ich wette, er trug einen Anzug von Armani und fuhr im Porsche vor. Diese Casino-Bosse sind reich. Von den Erlösen aus Glücksspielen tröpfelt nur ganz wenig bis hinunter zu den Menschen in den Reservaten. Hat Ginny Ihnen ihren Vortrag über Keine-Seife-im-Reservat gehalten? Ist ihr Lieblingsschocker auf Damenkränzchen, ein Garant dafür, dass die Scheckbücher aufgeklappt werden. Die armen Indianer! Nicht mal Seife haben sie in den Reservaten.«

Erica wickelte die Bandage stramm über seine Brust, griff dabei mit der anderen Hand um seinen Rücken, sodass sie ihn kurz in den Armen hielt und ihre Gesichter sich für einen Augenblick ganz nahe waren. »Nein, diese Geschichte ist mir erspart geblieben. Dafür hat sie mir ihre Theorie unterbreitet, der zufolge der Ährenfisch der Grund dafür ist, dass die Spanier die Eroberung Kaliforniens als ein Kinderspiel betrachteten.«

Noch immer wickelte sie, fasste um ihn herum, jetzt ohne ihn zu berühren. »Gefällt mir, wenn Sie Ihr Haar so tragen wie jetzt«, sagte Jared leise. »Hoppla, da ist ein Ausreißer.« Er schob ihr die Locke, die sich verselbständigt hatte und herunterhing, wieder unter die Strassspange.
Erica spürte Verlangen in sich aufsteigen. Am liebsten hätte sie einfach ihren Kopf an seine Schulter gelehnt, ihn festgehalten, ihren Widerstand aufgegeben und mit ihm ihre Schwäche ausgekostet. Aber sie beherrschte sich, wickelte weiter. Als sie das Ende der Bandage fachmännisch mit Klammern fixierte, murmelte Jared, den Blick unverwandt auf sie gerichtet: »Bei der Liebe Gottes, *mon trésor*.«
»Wie bitte?«
»Ihre Augen haben die Farbe von Amontillado-Sherry.« Er lächelte. »Und Ihre Wangen die von Washington-Äpfeln.«
»Schrecklich, dass ich immer gleich rot werde. Ich beneide Frauen, denen man nicht anmerkt, was in ihnen vorgeht.« Sie trat zurück. »Fertig. Für die Zukunft gebe ich Ihnen den guten Rat, nicht mit Messern herumzuspielen.«
»Säbeln.«
»Womit auch immer.« Sie unterdrückte ein Grinsen.
»Ich hab nichts übrig für Frauen, denen man nicht anmerkt, was in ihnen vorgeht. Steht Ihnen gut, wenn Sie rot werden. Wie Ihr Kleid.«
Jetzt glühten ihre Wangen. Seine Augen tauchten einen Herzschlag lang in ihre, dann wandte er sich ab, um das Band von einem Paket aus der Reinigung zu zerreißen und aus der Plastikhülle ein frisches Hemd herauszuziehen. »Möchten Sie Wein oder lieber Scotch?«
Erica zögerte ganz kurz. »Wein. Weiß, wenn Sie haben.«
Sie sah zu, wie er das Hemd anzog – es sah nach Seide aus und maßgefertigt und teuer –, wie geschmeidig sich der Stoff sei-

nem breiten Rücken anpasste, wie er alle Knöpfe bis auf den obersten schloss und sich dann die Hemdzipfel in die Hose stopfte.

Während er die Gläser füllte, war draußen das leise *pling, pling* von Regentropfen zu vernehmen, die auf dem Dach des Wohnmobils zerplatzten. Beide schauten nach oben, so als wäre die Decke durchsichtig und gäbe den Blick auf die unerwartet aufgezogenen Wolken am Nachthimmel frei. Die intime Atmosphäre verdichtete sich. Erica räusperte sich. »Haben wir wirklich etwas von den Roten Panthern zu befürchten?«

»Wenn es nach denen ginge, hätte ich Ihre Arbeit schon vor Wochen einstellen sollen.« Er reichte ihr ein Glas. »Wissen Sie eigentlich, dass inzwischen neun Stämme Besitzansprüche auf die Höhle angemeldet haben?«

Ihre Brauen zogen sich zusammen. »Ich wusste nicht mal, dass überhaupt jemand sie haben wollte!«

»Zurzeit kämpfen achtzig kalifornische Stämme um staatliche Anerkennung. Das Problem ist, dass dazu ein gesetzlich anerkannter Nachweis ihrer Abstammung erforderlich ist. Ein hier ansässiger Stamm, der eine Beziehung zur Höhle und damit zu dem Skelett geltend machen kann, hat bessere Chancen, ins Verzeichnis der staatlich anerkannten Indianerstämme aufgenommen zu werden und somit Unterstützung zu beanspruchen.« Er schüttete Eis in seinen Scotch. »Der Haken dabei ist, dass die bereits anerkannten Stämme gegen die Anerkennung weiterer Stämme sind, weil sich dadurch die Summe der Unterstützung, die sie jeweils erhalten, verringern würde. Sie und ich stecken also in einer ziemlich unangenehmen Zwickmühle.«

Schweigend nippten sie an ihren Gläsern.

»Warum gehen Sie zum Fechten?«

Er lehnte sich an die Küchenanrichte. Keiner von beiden schien sich setzen zu wollen. »Um mich abzureagieren. Es ist ein Ventil. Wenn ich nicht mit jemandem die Klingen kreuze, wär's möglich, dass ich mich zu etwas hinreißen lasse, was mir dann Leid täte.«

»Auf wen sind Sie denn so wütend?«

»Auf mich.«

Sie wartete.

Er sah in seinen Drink und lauschte dem Regen, grübelte lange, rang sich zu einem Entschluss durch. »Netsuya war eine Frau«, sagte er, »wie mir noch keine begegnet ist.« Seine Stimme war sanft wie der Regen. »Sie war exotisch, temperamentvoll, leidenschaftlich. Aber mit ihr verheiratet zu sein, war nicht einfach. Sie mochte keine Angloamerikaner und brauchte geraume Zeit, um ihre Liebe zu mir mit ihrer Aufgabe unter einen Hut zu bringen. Häufig besuchte sie Veranstaltungen, zu denen mir der Zutritt verwehrt war.«

Er holte tief Luft, woraufhin sich sein Gesicht schmerzhaft verzerrte, nahm einen Schluck Scotch. Erica spürte, dass er dabei war, eine sehr private Tür aufzustoßen. »Als Netsuya erste Anzeichen einer Schwangerschaft bemerkte«, sagte er, »suchte sie keinen normalen Arzt auf, sondern vertraute sich einer Poma an, einer Hebamme aus ihrem Freundeskreis. Sie wollte das Baby zu Hause bekommen, womit ich durchaus einverstanden war. Aber da wusste ich noch nicht, dass ich nicht bei der Geburt dabei sein durfte. Wegen irgendwelcher geheimnisvollen Rituale, denen beizuwohnen Männern nicht gestattet ist. Ich musste das respektieren.«

Abermals nippte er an seinem Glas, ohne sich allerdings zu entspannen. Erica hatte sogar den Eindruck, als müsste er sich überwinden, überhaupt weiterzureden. »Ich wollte, dass sie einen approbierten Arzt hinzuzieht, aber sie weigerte sich.

Weiße Männer, sagte sie, fungierten jetzt seit zweihundert Jahren auch als Geburtshelfer, nur weil sie den weißen Hebammen ihre Tätigkeit neideten. In ihrem Volk dagegen bekämen Frauen seit Tausenden von Jahren ihre Babys ohne das Zutun männlicher weißer Ärzte. Als ich daraufhin eine Ärzt*in* vorschlug, lehnte sie wiederum ab. Es kam zum Streit. Ich sagte, es sei auch mein Baby, und dass ich ein Mitspracherecht hätte. Aber Netsuya bestand darauf, dass es letztendlich ihr Körper sei, und damit setzte sie sich durch.«
Jared schenkte sich nach. Sein Blick streifte den Giebel des Modellhauses, so als überlegte er, wie sich die Arbogasts bei der Geburt von Muffin und Billy verhalten hatten. »Als die Wehen einsetzten, rief sie ihre Hebamme. Sie kam mit einer Gehilfin, ebenfalls einer Vollblutindianerin. Die drei Frauen verzogen sich ins Schlafzimmer und sperrten die Tür zu.«
Jared legte eine Pause ein, lange genug, um sich noch einen Schuss Whisky nachzuschenken und einen Eiswürfel zu versenken. »Die Wehen zogen sich stundenlang hin. Ich durfte mich zwischendurch immer mal wieder zu Netsuya ans Bett setzen, derweil die Hebamme Kräutertee kochte und die Gehilfin das Zimmer mit heiligem Rauch erfüllte und indianische Gebete singsangte. Als das Baby kam, wurde ich hinauskomplimentiert, weil meine Anwesenheit tabu war. Ich blieb draußen vor der Tür stehen und lauschte. Netsuya schrie laut auf, dann wurde es still. Ich wartete auf die ersten Laute des Babys. Als sie ausblieben, ging ich hinein.«
Das Eis in seinem Drink klirrte. Der Regen auf dem Dach trommelte lauter.
»Da war ...« Er umspannte das Kristallglas, wie um sich daran festzuhalten, starrte in seinen Whisky, die Stimme, mit der er weitersprach, klang gepresst. »Da war so viel Blut. Und die Hebamme – nie werde ich ihren Gesichtsausdruck vergessen.

Sie war völlig fassungslos. Ich packte Netsuya in Decken und brachte sie hinunter ins Krankenhaus. An die Fahrt erinnere ich mich nicht mehr, nur dass ich die Hand auf der Hupe hatte und rote Ampeln überfuhr. Die Ärzte taten, was sie konnten, um meine Frau und meinen Sohn zu retten, aber es war zu spät.«

Er schwieg. Erica stand wie versteinert da. »Das tut mir aufrichtig Leid«, sagte sie schließlich.

Auf Jareds Stirn pochte eine Ader. »Es vergeht kein Tag«, stieß er heraus, »an dem ich nicht an meinen Sohn denke und mir vorstelle, wie er wohl jetzt als Dreijähriger sein würde. Ich kann Netsuya nicht verzeihen, was sie getan hat. Und mir selbst auch nicht.«

»Aber Sie trifft doch keine Schuld. Niemand ist schuld. So etwas passiert eben.«

»So etwas *darf* nicht passieren.« Er blitzte sie wütend an. »Es hätte verhindert werden können. Das hat mir der behandelnde Arzt später gesagt, als er mich fragte, ob Netsuya während der Schwangerschaft Drogen eingenommen hätte. Nicht mal ein Aspirin habe sie geschluckt, erklärte ich ihm. Und dass in ihrer Gegenwart niemand rauchen durfte. Sie sei derart auf ihre Gesundheit bedacht gewesen, dass sie nur Kräutertees trank und zusätzlich Kräuter zu sich nahm. Daraufhin fragte mich der Arzt, was für Kräuter das gewesen wären.

Ich erinnerte mich, dass Netsuya regelmäßig die Hebamme aufgesucht und sich dort ein Gemisch aus zweilappigem Ginkgo, Knoblauch und Ingwer besorgt hatte, laut Hebamme zur Vorbeuge einer Thrombose. Jetzt weiß ich, dass diese Kräuter das Blut verdünnen, eine Blutung somit langsamer zum Stillstand kommt, und nach Meinung des Arztes war genau dies die Ursache für den Blutsturz.«

Sein gehetzter, verdunkelter Blick richtete sich auf Erica. »Die

Leute meinen immer, hat er gesagt, dass sie, wenn sie irgendwelche Kräuter zu sich nehmen, etwas für ihre Gesundheit tun, während sie in Wirklichkeit dadurch manchmal ihr Leben aufs Spiel setzen. Und dass dies zunehmend ein Problem sei, da immer mehr Leute auf Kräuter abfahren; es sei für Chirurgen inzwischen schon zur Routine geworden, vor einer Operation ihre Patienten danach zu fragen, weil bestimmte Kräuter die Blutgerinnung hemmen, und dass, wenn Netsuya zu einem Arzt gegangen wäre, er sie davor gewarnt hätte. Sie und das Baby wären nicht…« Er wandte sich ab, und einen Augenblick lang glaubte Erica, er würde das Glas an die Wand schmeißen.
Jetzt verstand sie seine allabendlichen Verabredungen mit Säbeln, das sich selbst verordnete ständige Rendezvous mit scharfen Klingen und Spitzen. Natürlich war er dann entsprechend gepolstert, trug ein Visier, und die Säbel waren stumpf, aber das tat nichts zur Sache. Es war der Kampf an sich, den es auszutragen galt und bei dem die Luft mit seiner Wut und seinem Kummer zerfetzt, seine Dämonen immer wieder in einer sich endlos wiederholenden Auseinandersetzung mit Schuld und Zorn und Selbstzerfleischung erschlagen werden mussten.
»Lieber Gott…« Seine Stimme brach. »Ich habe sie beide umgebracht.«
Sie trat einen Schritt auf ihn zu. »Nicht doch, Jared. Es war nicht Ihre Schuld.«
Er wirbelte herum. »War es wohl! Ich hätte dazwischenfunken müssen. Es war auch mein Kind. Das Baby hätte bestmöglich ärztlich versorgt werden sollen. Stattdessen lieferte ich es auf Gedeih und Verderb der Ignoranz und dem Aberglauben aus.«
Erica suchte nach Worten, wollte beschwichtigen. »Netsuya

war doch eine gebildete Frau. Sie hat sich informiert und dann eine Entscheidung getroffen. Es war richtig von Ihnen, ihre Wünsche zu respektieren.«
Jared starrte in seinen Scotch, seine Hand umklammerte das Glas derart fest, als wollte er es zerquetschen. »Albträume quälen mich«, sagte er leise. »Ich renne, will irgendwo hin und komme immer zu spät. Schweißgebadet wache ich dann auf.«
Sie schwiegen beide, lauschten dem Regen. Ericas Gefühle lagen blank, so als wäre sie nackt bis auf die Haut den Elementen ausgesetzt. Sie irgendwie zu ordnen, zu bändigen, war unmöglich. Da war Jared mit seinem Schmerz und seinen Schuldgefühlen. Und da war ihr eigener Dämon, boshaft gekrümmt hinter ihrem Herzen. Es drängte sie, Jared zu trösten, sie sehnte sich danach, die Arme um ihn zu legen, seinen Mund auf ihrem zu spüren. Aber sie bewegte sich nicht.
»Ich habe noch nie mit jemandem darüber gesprochen«, sagte er. »Sie sind die Erste.«
Wie konnte sie ihm nur Trost spenden? Im Heim hatte man ihr gesagt, sie solle aufhören herumzujammern, sie sei schließlich nicht die Einzige, die Kummer habe. Die Lehrer hatten ihr geraten, sich durchzusetzen, dann würden die anderen aufhören, sie zu triezen; die Sozialarbeiter hatten sie eine Heulsuse genannt. Erica konnte sich nicht erinnern, irgendwann einmal getröstet worden zu sein. Möglicherweise in der Hippie-Kommune, als ihre Mutter sie noch liebte. Kinder mussten lernen, wie man einen anderen tröstet; zu lieben und zu hassen lernten sie ja auch. Sie brauchten jemanden, der ihnen die Geheimnisse des Tröstens erklärte, sie ihnen vorlebte.
»Du liebe Zeit«, sagte Jared und stellte unvermittelt sein leeres Glas ab. »Jetzt habe ich Sie viel zu lange aufgehalten.« Ein

brüchiger Seufzer. »Dabei hatte ich gar nicht vor, meine Lebensgeschichte vor Ihnen auszubreiten.«

Voller Entsetzen wurde Erica bewusst, was sie getan hatte. Sie hatte gezögert. *Das* war das Geheimnis, um jemanden zu trösten – man tat es spontan, man stand nicht da und überlegte erst mal, was jetzt angebracht wäre. Erica hielt den Atem an. Wenn sie doch nur die Uhr um eine lächerliche Minute zurückdrehen könnte, bis dorthin, wo er gesagt hatte »Sie sind die Erste«. Dann würde sie auf ihn zugehen, die Arme um ihn legen, sich mit ihrer Wärme an ihn schmiegen und ihm zu verstehen geben, dass da jemand war, der ihn gern hatte.

Stattdessen hatte sich der Augenblick zu lang hingezogen, wurde kalt und hohl, als Jared, jetzt mit dem Rücken zu ihr, abermals nach der Scotchflasche griff. »Wird höchste Zeit für mich, dass ich gehe«, sagte sie und stellte ihr Glas ab. »Ich habe meine Fenster offen gelassen.«

Sie wartete.

Und dann ging sie zur Tür und trat hinaus in die regnerische Nacht.

Bis sie ihr Cocktailkleid ausgezogen hatte und in einen bequemen Jogginganzug geschlüpft war, hatte der Sturm zugenommen, was sich in ihrem Zelt wie verhaltenes Heulen anhörte. Erica stellte sich vor, wie die Ährenfischjäger jetzt zu ihren Autos hasteten und die Fische selbst wie seit Tausenden von Jahren weiterhin ihren Ritt über die Wellenkämme absolvierten, ohne befürchten zu müssen, gefangen zu werden. Dann richtete sie ihre Aufmerksamkeit auf das Objekt auf ihrem Arbeitstisch, den erstaunlichen Fund von heute Nachmittag auf Ebene IV.

Bei seiner Entdeckung war sie überwältigt gewesen, hatte sich darauf gestürzt wie ein Schatzsucher auf einen Goldklumpen.

Jetzt, da all ihre Gedanken um Jared kreisten, fragte sie sich zerstreut, was das Objekt eigentlich darstellen sollte und warum sie ihm eine derartige Bedeutung beigemessen hatte.
Sie zwang sich, die vor ihr liegende Aufgabe anzupacken. Genau das hatte sie ein Leben lang getan, und das hatte sie immer davor bewahrt, im eigenen Kummer zu ertrinken. *Denk nicht an den Dämon, der dir im Nacken sitzt, dann existiert er nicht.* »Das Haar ist schwarz, ohne Spuren von Grau«, sprach sie in ihr Diktiergerät, mit einer Stimme, die ein wenig zu laut klang, »zu einem vierzehn Zoll langen Zopf geflochten, der allem Anschein nach unten am Nacken abgeschnitten wurde. Vermutlich der Zopf einer Frau.« Mit einer Pinzette angelte sie etwas heraus, was wie eine rosa Flocke aussah. »Der Zopf scheint zusammen mit Blütenblättern vergraben worden zu sein«, sagte sie und wendete die spröde Flocke unter Licht um, besah sie sich eingehend unter einer Lupe. »Bougainvillea«, ergänzte sie dann.
Sie schluckte angestrengt. Die Enge in ihrer Brust war noch immer zu spüren, wie ein düsteres, schwarz gefiedertes Wesen, das im Schatten außerhalb des Pool-Decks der Dimarcos auf der Lauer gelegen und nur darauf gewartet hatte, dass Erica einen Anflug von Schwäche zeigte und nicht aufpasste, um in sie einzudringen und sich in ihrer Brust einzunisten.
»Da die Bougainvillea erst nach 1769 nach Kalifornien gelangte und der Zopf in einer tieferen Schicht gefunden wurde als der, in der wir die Ein-Cent-Münze entdeckten, andererseits aber in einer höheren Schicht als in der, in der das Blechkruzifix lag, muss das merkwürdige Ritual, in dessen Verlauf dieser Zopf abgeschnitten wurde, zwischen 1781 und 1814 stattgefunden haben.« Sie legte eine Pause ein, ihr Blick ging ins Leere, ihre Hände verharrten über dem Fundstück. *Wir kommen der Sache zeitlich näher,* überlegte sie.

Sie nahm den Zopf in beide Hände, spürte das Gewicht dieser Flechten, die einmal die Zierde einer jungen Frau gewesen waren. Warum wohl hatte man sie ihr derart rigoros abgeschnitten? In einem Jahrhundert, in dem die Frauen ausnahmslos ihr Haar lang trugen, schien diese radikale Handhabung auf eine Bestrafung hinzudeuten oder auf eine Disziplinierung oder Demütigung. Eins stand zumindest fest: Das Opfer war keine Amerikanerin. Das war in der Schicht, in der man den Zopf gefunden hatte, auszuschließen. Es konnte sich demnach um eine Spanierin handeln, die möglicherweise von ihren moralisch empörten Brüdern in die Höhle geschleppt und dann auf diese Weise bestraft worden war, weil sie die Ehre der Familie besudelt hatte. Oder aber es handelte sich um einen Racheakt der mexikanischen Schwestern eines jungen Mannes, der Selbstmord begangen hatte, nachdem er von der Trägerin des Zopfs abgewiesen worden war. Oder hatte man sie gezwungen, sich einem in Vergessenheit geratenen indianischen Opferritual zu unterwerfen?
Erica schloss die Augen und merkte, dass ihr Tränen über die Wangen liefen. Dieses Haar hatte einst warm auf dem Rücken einer Frau gelegen, hatte, wenn sie rannte, auf und ab gewippt, hatte im Wind geflattert, war gebürstet worden, gewaschen, gestreichelt, vielleicht geküsst. Und schließlich liebevoll mit Bougainvilleablüten durchflochten worden, um später rücksichtslos abgeschnitten zu werden.
Sie drückte den Zopf an die Brust und dachte daran, wie Jared nach ihrer Locke im Nacken gefasst und sie wieder unter die Strassspange geschoben hatte. Welch vertrauliche Geste, und welch überwältigende Gefühle dadurch geweckt wurden! Unvermittelt überschwemmte Erica ein Schmerz, wie eine Flutwelle kalten, unsäglichen Kummers. Ein Schluchzer entrang sich ihr. Die Beklemmung in ihrer Brust nahm zu. Sie

stellte sich Jared auf seiner einsamen Insel vor, wie er vor seinen Rettern floh, um für sich zu bleiben. Und noch früher, bei einer halsbrecherischen Fahrt ins Krankenhaus, von Schuldgefühlen und Angst wie von Schwertern durchbohrt. »*Es hätte verhindert werden können …*«

Schlagartig wurde ihr klar, was sich da hinter ihrem Herzen wie ein boshafter Kobold eingenistet hatte. Die Realität. Jareds und ihre eigene. Jetzt wusste sie, warum sie in letzter Zeit häufig über ihn nachgedacht hatte. Weil er so allein war.

Wir alle brauchen jemanden, der auf uns aufpasst, nur dass nicht alle von uns in der glücklichen Lage sind, jemanden zu haben. Ich. Jared. Die Lady in der Höhle. Wir sind allein umso verwundbarer, wenn man uns angreift.

Wie sie die Lady vor Unbill beschützte, wollte sie mit einem Mal Jared vor allen Ginny Dimarcos der Welt beschützen. Nur dass sie nicht einmal wusste, wo sie damit anfangen sollte.

Kapitel 10

Luisa
1792

Sie würden weggehen. Doña Luisa und ihre Tochter Angela.
Nur dass Angela nichts davon ahnte. Auch Hauptmann Lorenzo nicht, Luisas Ehemann. Ebenso wenig die Padres in der Mission oder die anderen Siedler in und um das Dorf Los Angeles. Luisa behielt dieses Geheimnis für sich, wollte es so lange bewahren, bis sie und Angela in Spanien waren, genauer gesagt in Madrid. Dort würden sie bleiben und nie wieder nach Alta California, in dieses Leben in Gefangenschaft zurückkehren.
Luisa war sich bewusst, dass man das, was sie vorhatte, nämlich ihren Mann zu verlassen, als schändlich erachten würde. Aber das war es nicht. Sie wollte ihm von Spanien aus schreiben und ihn bitten nachzukommen. Wenn er sich weigerte, dann war er der Sündenbock, weil er seine Frau und sein Kind im Stich ließ.
Außerdem würde die Heilige Mutter Gottes, die jedem ins Herz sehen konnte, wissen, dass Luisa das Richtige tat. Das allein gab den Ausschlag.
Sie hielt sich in ihrem Garten auf, wo sie Kräuter erntete. Weil die Seereise lange dauern und gefährlich sein würde, pflückte sie mehr als die übliche Menge Opium. Die Medizin war für Angela bestimmt.

Die Sechzehnjährige war ein Findelkind und litt seit dem Tage, da Lorenzo sie aus den Bergen mitgebracht hatte, an Kopfschmerzen. Das Opium war weniger dafür gedacht, bei einem entsprechenden Anfall lindernd zu wirken, sondern vielmehr um zu verhindern, dass Angela redete. Beim ersten Mal hatte sie unversehens aufgeschrien, sich den Kopf gehalten und das Bewusstsein verloren. In einem Delirium, das die neuen Eltern in Angst und Schrecken versetzte, hatte das kleine Mädchen ausgerufen: »Alles steht in Flammen! Sie verbrennen!«, und hysterisch geschrien. Als Angela dann wieder zu sich gekommen war, konnte sie sich an nichts erinnern, und Luisa hatte alles als einen bösen Traum abgetan. Als aber dann am selben Abend noch ein Feuer in den Bergen von Santa Monica ausbrach und sieben Tage lang wütete, bis es schließlich von einem Sommergewitter gelöscht wurde – später erfuhr man, dass mehrere Indianerfamilien in dem Inferno umgekommen waren –, war Luisa doch recht besorgt um ihr Adoptivkind gewesen. Da Angela, als Lorenzo sie gefunden hatte, Missionskleidung trug und spanisch sprach, nahm Luisa an, dass die Kleine getauft und Christin war. Aber sie wusste, dass alles heilige Wasser der Welt nicht die Herkunft eines Menschen wegzuwaschen vermochte. Wenn das Kind eine Indianerin war, lief Angela, sollte sich ihre prophetische Gabe herumsprechen, dann nicht Gefahr, der Hexerei beschuldigt zu werden? In Spanien wurden Hexen zwar nicht mehr verbrannt, aber wer konnte wissen, was die Padres der Mission mit ihrer Neigung, ihre Indianer streng zu bestrafen, unternehmen würden? Deswegen hielt Luisa seither Opium bereit, um Angela ruhig zu stellen, wenn sie von einem Anfall heimgesucht wurde. Mit der Folge, dass, obwohl das junge Mädchen weiterhin in Abständen Kopfschmerzen plagten, glücklicherweise keine weiteren prophetischen Äußerungen erfolgt waren.

Luisa hielt inmitten des leuchtend roten Mohns inne, stützte sich im Kreuz ab und reckte sich. Die Steife in ihren Gliedern gemahnte sie daran, dass sie kürzlich ihren vierzigsten Geburtstag gefeiert hatte – ihr neunzehntes Jahr außerhalb Spaniens. 1773 war sie im Alter von einundzwanzig Jahren mit ihrer Familie nach Mexiko-Stadt übersiedelt, da ihr Vater einen Ruf an den wissenschaftlichen Lehrstuhl der dortigen Universität erhalten hatte, einen hoch angesehenen Posten. Und weil zudem ein Onkel von ihr der Vizekönig von Neu-Spanien war und ein anderer der *alcalde*, der Bürgermeister von Guadalajara, hatte Luisa das privilegierte Leben der Oberschicht genossen. Noch vor Ablauf eines Jahres hatte sie den schneidigen, gut aussehenden Hauptmann Lorenzo kennen gelernt, ihn geheiratet und ihr erstes Kind bekommen. Wunschlos glücklich hatte sie sich gewähnt.
Und dann waren sie, einem unseligen Traum folgend, von Neu-Spanien in den Norden gezogen und hatten auf dem Weg dorthin ihr Töchterchen begraben müssen. Seither hatte sich Luisa mit dem Gedanken getragen, dieser gottverlassenen Kolonie den Rücken zu kehren. Jetzt, elf Jahre später, sah es ganz danach aus, als sollte ihr Plan endlich Wirklichkeit werden.
Sie hatte Lorenzos Einwilligung zu der Reise einholen müssen, gegen die er zunächst Einwände erhoben hatte. Wer sollte ihm in der Zeit ihrer Abwesenheit den Haushalt führen? Wer die Indianerinnen beaufsichtigen und dafür Sorge tragen, dass er und seine Männer zu essen bekamen? Luisa hatte ihm freigestellt, sich unter den Frauen eine auszusuchen, der er vertraute; sie hatte sogar durchblicken lassen, dass er diese Frau im Haus aufnehmen könne, wusste sie doch, dass er eine indianische Mätresse hatte. Dann hatte sich Luisa der Unterstützung von Padre Xavier versichert, ihm angeboten, auf der

Rückreise Rosenkränze und Gebetbücher mitzubringen und auch liebend gerne das eine oder andere aus der Mission mitzunehmen, damit der Bischof in Compostela, wo die Gebeine von Santiago bestattet waren, seinen Segen darüber spreche. Aber erst als sie Lorenzo in Aussicht stellte, ihm von ihrem Bruder und ihren Cousins in Madrid Geld für seinen Rancho zu beschaffen, hatte er schließlich der Reise zugestimmt. Als Nächstes musste ein Kapitän ausfindig gemacht werden, der willens war, zwei weibliche Passagiere mitzunehmen. Es war der Eigentümer der *Estrella,* der sich zu guter Letzt damit einverstanden erklärte, nachdem er die Höhe der Summe erfuhr, die Luisa zu zahlen bereit war. Luisa und ihre Tochter verfügten also jetzt über eine schriftliche Reiseerlaubnis, sie hatten für ihre Passage bezahlt, und morgen sollte die *Estrella,* die zurzeit vor der Halbinsel Palos Verdes ankerte, in See stechen.

Als sich Luisa der nächsten Reihe Mohnblumen zuwandte, sah sie Angela mit wehendem Haar auf ihrem silbergrauen Araber Sirocco über die Felder galoppieren, in einem geschlitzten langen Rock, der ihr erlaubte, anstatt im Damensattel nach Männerart zu reiten. Sie hatte die Arme um den Hals des Hengstes gelegt, sodass sich ihr schwarzes Haar mit der silbernen Mähne des Arabers vermischte. Angela und Sirocco waren unzertrennlich. Jeweils bei Tagesanbruch, noch vor ihrer Morgenschokolade, sattelte das Mädchen ihr Pferd und ritt der aufgehenden Sonne entgegen. Eine Stunde lang galoppierten die beiden dann dahin, kamen atemlos und in bester Laune nach Hause, Sirocco in seinen Stall, Angela zum Frühstück und zum Unterricht bei ihrem Privatlehrer. Als sie von der bevorstehenden Reise nach Spanien erfuhr, hatte sie gefragt, ob sie Sirocco mitnehmen dürfe, woraufhin Luisa gemeint hatte, dass eine solche Reise für das Pferd anstrengend und möglicherweise gefährlich sei und dass das Tier während ihrer Abwesenheit mit Sicherheit bestens versorgt würde. Der Gedanke, dass ihre Tochter ihr geliebtes Tier niemals wiedersehen würde, war zwar schmerzlich, aber ihre Freiheit war ihr dieses Opfer wert. In Madrid wollte sie ihrer Tochter freie Hand bei der Wahl eines neuen Pferdes lassen; vielleicht würde sie mit der Zeit Sirocco vergessen.

Luisa beobachtete, wie Angela jetzt auf den Hof ritt, absaß und das Tier einem Stallknecht überließ, um dann auf das Haus zuzugehen. Ein bildhübsches junges Mädchen, befand sie, hochgewachsen und gertenschlank, selbstbewusst und anmutig. Dazu gut erzogen, des Lesens und Schreibens kundig, auch über Geschichtskenntnisse verfügte sie und sogar über Grundlagen in Mathematik. Umso weniger wusste sie, wie es in der Welt zuging. Vielleicht gar zu wenig, überlegte Luisa besorgt. Die Missionspadres übten in der Kolonie großen Einfluss aus, und ihr Diktum, dass Frauen unterwürfig zu sein und ein zurückgezogenes Leben zu führen hätten, wurde von den meisten Familien befolgt. Dementsprechend hatte sich Angela nur sehr selten, etwa zu Besuchen in der Mission und an Feiertagen zur Messe sowie zu kurzen Streifzügen durch das kleine Dorf Angeles, vom Anwesen ihres Vaters entfernt, war also nur vertraut mit einer auf viertausend Morgen begrenzten Welt.

Luisa wollte ihrer Tochter mehr bieten. Der Angeles-Pueblo bestand aus etwa dreißig von einer Mauer umgebenen Lehmziegelhäusern. Eine Stadt oder Kathedralen und Paläste, Universitäten und Krankenhäuser, Springbrunnen und Denkmäler hatte Angela noch nie zu Gesicht bekommen, auch keine gedrängten, engen Gassen, die sich auf sonnendurchflutete Plazas öffneten. Und erst die vielen Leute überall, auf den Märkten und Straßen! Hier dagegen konnte man mei-

lenweit reiten, ohne einer Menschenseele zu begegnen. Umherstreifenden Indianern, das ja, aber das war nicht das Gleiche.
Angela sollte Erfahrungen sammeln, Menschen kennen lernen, erleben, was Unabhängigkeit und ein freier Wille bedeuteten und Macht aus eigener Kraft, nicht durch einen Ehemann. Dies war Luisas Meinung nach in dieser Hinterlandkolonie nicht möglich, zumal die Padres einen viel zu starken Einfluss ausübten.
Wie war es denn Eulalia Callis ergangen, der Frau von Gouverneur Fages, als sie ihren Mann öffentlich der Untreue bezichtigte? Fages hatte geleugnet, und als Callis gegen den Rat ihres Beichtvaters ihre Anschuldigungen aufrechterhielt, wurde sie verhaftet und monatelang in einem bewachten Raum in der Mission San Carlos eingesperrt. Während sie dort in Gefangenschaft war, verdammte Padre de Noriega sie von der Kanzel aus und drohte wiederholt, sie in Ketten zu legen, auspeitschen zu lassen und zu exkommunizieren. Obwohl die übrigen Siedler die Frau verteufelten, weil sie den guten Namen ihres Mannes verunglimpft hatte, war Luisa für sich zu der Überzeugung gelangt, Eulalias Verlangen nach einer Scheidung sei eine Strategie, um zu überleben. Sie hatte vier Schwangerschaften in sechs Jahren durchgestanden, als Erstes einen Sohn bekommen, im Jahr darauf eine Fehlgeburt erlitten, dann, erneut schwanger, die gefährliche Reise nach California unternommen, war nach der Geburt der Tochter schwer krank geworden, um bereits ein Jahr später ein Baby zu begraben, das nur acht Tage alt geworden war. Was sie zu dieser spektakulären Tat getrieben hatte, war Luisa klar: Eulalia Callis hatte darauf gebaut, nach Mexiko zurückkehren zu dürfen und somit ihr eigenes Leben und das der ihr verbliebenen beiden Kinder zu retten.

In Alta California konnte eine Frau nicht über sich selbst bestimmen. Nach den Gesetzen des Staates wie auch der Kirche unterstand männlichen Familienmitgliedern sogar das Sexualverhalten der Frau. Apolinaria del Carmen, eine verwitwete Nachbarin, war von ihrem Sohn fast totgeprügelt worden, als er sie mit einem ihrer indianischen *caballeros* im Bett überraschte. Apolinaria war von den Siedlern geächtet und von der Kirche exkommuniziert worden; als sie ein Jahr später starb, erbte ihr Sohn den Rancho.

Und dann war da die traurige Geschichte von Maria Teresa de Vaca, die am Tag ihrer Geburt einem gewissen Dominguez, einem Soldaten im Dienste der Mission San Luis, zur Ehe versprochen worden war. An ihrem vierzehnten Geburtstag hatte man sie dann gezwungen, diesen Dominguez zu heiraten, obwohl der inzwischen auf die fünfzig zuging und kaum noch Zähne im Mund hatte! Im Pueblo wurde man nicht müde, sich darüber zu ereifern, als das arme Ding dreimal weglief, bis es mit Prügeln unterwürfig gemacht wurde, sich schließlich in ihr Los schickte und jetzt ihr viertes Kind erwartete.

Ein derartiges Schicksal, so schwor sich Luisa, sollte Angela erspart bleiben. Die Heilige Mutter Gottes sah für ihre Töchter nicht vor, wie Rinder verkauft und in Besitz genommen zu werden.

Angela betrat den Garten. Das schimmernde schwarze Haar fiel ihr über Schultern und Rücken, ihre Augen funkelten vor Begeisterung über den Ausritt mit Sirocco. »Guten Morgen, Mamá! Schau mal!« Sie deutete auf ihren Korb mit der ersten Jicama, die sie gezüchtet hatte, eine knollenförmige Wurzel von der Struktur einer Kartoffel und dem Geschmack der süßen Wasserkastanie. Dieses einer großen Rübe nicht unähnliche Gemüse entwickelte sich unter der Erde, an den

Wurzeln von Ranken mit hübschen weißen oder purpurnen Blüten. Angela hatte die Samen vor sechs Monaten ausgestreut und war auf ihre erste Ernte sichtlich stolz. Luisa nahm den Korb entgegen und beschloss, die Jicama roh zu servieren und sie mit Zitrone, Chilipulver und Salz zu verfeinern – seinerzeit in Mexiko-Stadt ein beliebter Imbiss.

»Und noch etwas, Mamá: Ich habe genau den richtigen Platz für einen neuen Obstgarten gefunden. Hoffentlich überlässt Papá ihn mir. Sind nur ein paar Morgen, unten am Schwemmland.«

Luisa konnte sich nicht erklären, weshalb Angela auf die Idee verfallen war, auf dem Rancho Obstbäume zu pflanzen. Ging es auf die Padres von der Mission zurück, die Alta California gerade mit den ersten Orangen vertraut machten, dass Angela so versessen darauf zu sein schien, den Rancho Paloma in eine Obstplantage zu verwandeln? Wahrlich, im Zusammenhang mit ihrer Tochter gab es da so manches, was ihr rätselhaft war. Zum Beispiel die nicht nachzuvollziehende Rastlosigkeit, die sie jeweils im Herbst überfiel. Dann war Angela stundenlang mit Sirocco unterwegs, sprach mit niemandem, galoppierte einfach drauflos, so als wollte sie davonfliegen. Dann wiederum konnte es passieren, dass sie plötzlich innehielt und unbeweglich zu den Bergen hinüberschaute. Dieses absonderliche Verhalten fiel für gewöhnlich in die Zeit der jährlichen Eichelernte der Indianer, die man dann, aus entlegenen Dörfern kommend, tagelang die Alte Straße entlangziehen sah, ihre Babys und all ihre Habe auf dem Rücken. Ein seltsamer, befremdender Zug.

»Übrigens, Mamá, ich habe Padre Ignacio getroffen. Er lässt fragen, ob wir ihm Papier mitbringen könnten. Und Bücher für Aufzeichnungen.«

Jeder bat um etwas von zu Hause. Auf diesem abgelegenen

Vorposten, wo gelegentlich ein Jahr verging, ehe eine Lieferung ihren Empfänger erreichte, war man zwar bemüht, nützliche Dinge wie Kerzen, Schuhe, Decken und Wein selbst herzustellen. Aber mit der Fertigung von Papier klappte es nicht. Auch nicht mit der von Seide oder Gegenständen aus Silber und Gold. Einige Siedler hatten Luisa Briefe anvertraut und Geschenke für Familien in Spanien.

Dankend nahm Angela ihre allmorgendliche Tasse heiße Schokolade von einer indianischen Dienerin entgegen. Nachdem sie einen Schluck getrunken hatte, sagte sie: »Stell dir vor, Mamá, da tauchte doch heute aus dem Nichts heraus ein Schwarm Seemöwen am Himmel auf! Sie kreisten mit lautem Geschrei um mich herum, und dann machten sie auf einen Schlag kehrt und flogen nach Westen, dem Meer zu. Das ist ein Omen, dass unsere Reise glücklich verläuft, ganz bestimmt, Mamá!« Ein Schreck durchzuckte Luisa unvermittelt. Wenn Lorenzo herausfand, dass sie vorhatte, nie mehr wiederzukommen, würde er sie für den Rest ihres Lebens einsperren. Deshalb hoffte sie inständig, dass Angelas Seemöwen wirklich als gutes Omen anzusehen waren, auch wenn sie sich nicht ausschließlich auf Zeichen oder Vorahnungen verließ und sicherheitshalber noch die Fürsprache der Heiligen und der Mutter Gottes erflehte.

Als Angela ins Haus ging, um dort weiterzufrühstücken, wandte sich Luisa wieder ihrer Arbeit zu. Wie wohltuend warm sich die Sonne von California auf ihrem Rücken anfühlte! Der Mohn, den sie sich jetzt vornahm, war eine spezielle Sorte, aus importierten Samen gezogen. Da man aus dem hier einheimischen Mohn kein Opium gewann, hegte und pflegte Luisa diesen hier ganz besonders, pflanzte ihn jeweils nach dem Herbstäquinoktium, dem 23. September, wässerte und düngte die jungen Triebe, zwickte die ersten Blü-

tenstängel ab, damit anstatt lediglich einer viele Knospen trieben. Und täglich schaute sie nach ihnen, weil es darauf ankam, mit dem Melken der Samenkapseln genau in dem Augenblick zu beginnen, wenn der graue Ring, der die Blütenblätter gehalten hatte, dunkel wurde. Das Melken besorgte Luisa jeweils morgens: Sie ritzte die Kapseln mit einem scharfen Messer ein, um dann tags darauf die weißflüssige Masse abzukratzen und in der Sonne trocknen zu lassen.
Das Geheimnis einer reichen Opiumernte lag darin, dass man die Kapseln richtig einritzte: nicht zu tief, weil sonst die Pflanze rasch abstarb, sondern nur gerade so weit, dass sich im Laufe von zwei Monaten immer wieder Milch nachbildete. Doña Luisa vom Rancho Paloma war bekannt dafür, im Los-Angeles-Pueblo genau das richtige Händchen für derlei Dinge zu haben. Um ihr Laudanum – eine Tinktur aus Alkohol und Opium – riss man sich förmlich.
Während sie vorsichtig die klebrige weiße Substanz aus den Hülsen herausholte und in einen kleinen Lederbeutel tat, dachte sie daran, dass man zu Hause in Madrid, wenn man ein Schmerzmittel brauchte, einfach die nächste Apotheke aufsuchte. Aber hier, in diesem entlegenen Winkel des spanischen Reiches, gab es keine Apotheken. Früher einmal waren Arzneimittel auf dem Landweg aus dem mexikanischen Sonora gekommen, aber nach dem blutigen Aufstand der Yuma-Indianer am Colorado vor elf Jahren war diese Route geschlossen worden. Und da ausländische Schiffe sich nicht in der Nähe der Küste von California blicken lassen durften, die Siedler somit gezwungen waren, auf das unzuverlässige Versorgungsschiff aus Mexiko zu warten, hatte sie damit begonnen, in ihrem eigenen Garten Heilkräuter zu züchten. Der eine oder andere suchte insgeheim Schamanen und Medizinmänner der Indianer auf, viele aber wandten sich an Doña

Luisa, die über einen schier unerschöpflichen Vorrat an frischen Kräutern, Salben, Cremes und Tinkturen verfügte.
Jetzt, da sie mit ihrer morgendlichen Beschäftigung fast fertig war und auch noch Zymbelkrautstängel für die Herstellung von Wundsalben sowie Bilsenkrautblätter für Umschläge bei rheumatischen Beschwerden gepflückt hatte, sah sie von der Alten Straße her einen Trupp Reiter auf sich zukommen. Eine Wolke schob sich vor die Sonne, tauchte kurz die Landschaft in Schatten. Luisa überkam ein Frösteln. Sie wusste, was die Männer herführte.
Lorenzo riss sich bei der Arbeit auf dem Rancho nicht unbedingt ein Bein aus. Um die Felder und das Vieh kümmerten sich in erster Linie zu *vaqueros* ausgebildete Indianer, während er mit seinen Freunden den Tag beim Glücksspiel, auf der Jagd und mit Faulenzen in der Sonne verbrachte. Den Männern, die da näher kamen, stand der Sinn allerdings nicht nach Würfelspiel oder nach der Jagd auf Wild, es ging ihnen vielmehr darum, mit Lorenzo um seine Tochter zu feilschen.
Angela war eine Trophäe, um die zu kämpfen sich lohnte.
Seit sich die Gründung von Los Angeles in den südlichen Provinzen von Mexiko herumgesprochen hatte, drängten immer mehr Siedler auf der Suche nach einem besseren Leben in den Pueblo. Das Problem dabei war, dass die meisten Zuzügler unverheiratete Männer waren. Um ihnen Ehefrauen zu verschaffen, hatte der Gouverneur, der darauf bedacht war, dieses wilde Grenzgebiet zu bevölkern, den Vizekönig von Mexiko mehrmals inständig gebeten, *doncellas* – gesunde junge Mädchen – nach California zu entsenden. Ohne Erfolg. Daraufhin hatte er schlicht und einfach »hundert Frauen« angefordert. Als auch dies ergebnislos verlief, blieb dem Gouverneur nur noch, sich bereit zu erklären, Findelkinder auf-

zunehmen, Waisenmädchen, die dann prompt in Mexiko zusammengetrieben, nach California gebracht und dort auf Familien verteilt worden waren.

Die Männer, die Lorenzo heute mit freudigen Rufen und Wein willkommen hieß, begehrten Angela weniger deshalb, weil sie das heiratsfähige Alter erreicht hatte und entzückend aussah, sondern weil sie *hispana* war: Durch die Ehe mit einer Frau, in deren Adern rein spanisches Blut floss, konnte ein Mann, dessen Blut gemischt war, für die gemeinsamen Kinder die *legitimidad y limpieza de sangre* beantragen, den offiziell anerkannten »Nachweis der Reinheit des Blutes«, eine Bestätigung, dass ihr Blut unbefleckt war von jüdischem, afrikanischem oder jedwedem anderen nichtchristlichen Blut; ein solcher Nachweis sicherte ihnen in der Kolonie eine herausragende Stellung und gesellschaftliche Anerkennung.

Niemand wusste, wie es sich in Wahrheit mit Angela verhielt – dass sie keineswegs *hispana* war, sondern eine Indianerin. Luisas »Gottesgeschenk«.

Sie erinnerte sich noch an den Tag und die Stunde, als Lorenzo den kleinen Engel mitgebracht hatte. Luisas Knie waren wundgescheuert, weil sie ständig auf den Knien gelegen und zur Heiligen Jungfrau gebetet hatte. Ihr Kind, in der Wüste von Sonora begraben, war gestorben, nicht aber ihre Mutterliebe. Sie hatte ein Ventil für diese Gefühle gebraucht, zumal es kein Grab gab, das sie besuchen und pflegen und jäten und bepflanzen konnte, auch keinen Stein, um Blumen darauf zu legen, nicht einmal einen grasüberwachsenen Hügel, zu dem sie hätte gehen können, um dort Trost zu suchen. Während Lorenzo seinen Pflichten als *patrón* nachkommen musste und sich dadurch ablenkte, blieben Luisa nur Selenas Kleidchen, die nun niemand mehr tragen würde. Sie hatte die Heilige Jungfrau angefleht – *Verhilf mir nochmals zu einem Kind, und ich werde mich in deinem Namen der Verrichtung guter Werke widmen* –, und da war Lorenzo heimgekommen, mit einem Kind in den Armen. »Mama! Mama!«, hatte die Kleine geweint. Sie hatte das Kind in die Arme geschlossen, und augenblicklich war alles an aufgestauter Liebe wie ein reinigender Bach aus ihrem Herzen geströmt. Die heilige Maria hatte ihre Gebete erhört! Luisa würde zwar immer um die Kleine trauern, die da in der Wüste begraben war, aber diesen Engel wollte sie von ganzem Herzen lieben und wie versprochen ihr Leben der Verrichtung guter Werke widmen.

Niemand hatte sich über das plötzliche Auftauchen in Hauptmann Lorenzos kleinem Lehmziegelhaus gewundert. Jeder in der Kolonie war viel zu sehr mit eigenen Problemen beschäftigt, um sich über familiäre Angelegenheiten anderer den Kopf zu zerbrechen. Wenn man die hellhäutige Luisa auf Angelas dunkleren Teint ansprach, sagte sie, das Kind habe wohl dem olivfarbenen Hautton von Lorenzos Mutter den Vorzug gegeben, was ihrer Meinung nach nicht unbedingt gelogen und somit keine Sünde war und durchaus ein Körnchen Wahrheit beinhaltete. Insgeheim hielt sie Angela nicht für eine Vollblut-Indianerin. Sie glich zwar den Eingeborenen, die in der Mission lebten, aber ihre Haut war heller und ihr Gesicht weniger rund. Gut möglich, dass das Kind von einem spanischen Soldaten abstammte.

Der Wind trug die Stimmen von Lorenzos Besuchern in den Garten, in dem Luisa werkelte. Sie hatte für diese Männer nur Verachtung übrig. Arrogante Angeber waren das, dabei floss nicht ein Tropfen reinrassigen Bluts in ihren Adern.

Luisa war Spanierin von hoher Geburt und in einem Land aufgewachsen, in dem die gesellschaftlichen Abstufungen klar umrissen waren: Da gab es zum einen den Adel, dann die Schicht der wohlhabenden Kaufleute und schließlich die Bauern. Eine Vermischung fand höchst selten statt. Die Reinerhaltung des Bluts war oberstes Gebot. Selbst in Neu-Spanien, wo die Spanier nach der Unterwerfung der eingeborenen Bevölkerung zweihundert Jahre lang regierten, wurde die strikte Rassentrennung beibehalten. Die *peninsulares* – in Spanien geborene Weiße – bildeten die neue Aristokratie in Mexiko, was unter den in Mexiko geborenen Weißen – den *criollos* – für Verstimmung sorgte. Nur *peninsulares* durften mit Don und Doña angesprochen werden, und eine nicht standesgemäße Heirat kam für sie nicht in Frage. Dann waren da die Mestizen, deren Abstammung halb spanisch, halb indianisch war – eine amorphe Massengesellschaft aus Ladeninhabern, Handwerkern, Dienstboten. Auf der sozial niedrigsten Stufe standen die *indígenas* – die eingeborenen Indianer –, die hauptsächlich für schwere Arbeiten eingespannt wurden. Derart streng waren die Regeln von Rasse und Klasse, dass ein *indígena*, der sich in europäischer Kleidung erwischen ließ, ausgepeitscht wurde. Luisa als *peninsulara* hatte diese Klassenstruktur durchaus zugesagt.

In Alta California dagegen waren die gesellschaftlichen Abstufungen nicht klar abgegrenzt. Beinahe jeder war irgendein Mischling; weiße Europäer bildeten eine seltene Ausnahme. Es war schwer, den Status des Einzelnen auszumachen. Obwohl Doña Luisa keinen Zweifel daran hegte, welcher Rang ihr und Lorenzo in dieser Gesellschaft zukam, gab es inzwischen wohlhabende Rancheros indianisch-spanischer Abstammung, die in Mexiko einfache Bauern gewesen waren! Wie eine Suppe, in der alles Blut zusammengerührt wurde, kam ihr das vor und widersprach ihrem Klassenbewusstsein. Lorenzo, als *patrón* mit fünfhundert Stück Vieh, dazu Angehöriger der spanischen Aristokratie *und* Offizier im Ruhestand, wurde zwar respektvoll behandelt, aber – eine bodenlose Ignoranz der Siedler im Grenzgebiet – der gleiche Respekt wurde Antonio Castillo gezollt, einem Mann mexikanisch-afrikanischer Herkunft, der mit einer Indianerin aus der Gegend verheiratet war. Und warum? Weil er der Schmied des Pueblo war! Das, was ein Mann tat, zählte hier mehr als seine Abstammung, was Doña Luisa als rückschrittlich ansah und einer jungen Gemeinde abträglich.

Da jedoch der Anblick von Lorenzos Gästen abermals unheilschwangere Gefühle in ihr hochkommen ließ – bis zu ihrer Flucht waren es keine zwanzig Stunden mehr –, verzog sich Luisa in die kühle Kammer, in der sie ihren Vorrat an Kräutern und Medizinen aufbewahrte.

Ihr Wohnhaus war nicht so geräumig, wie Lorenzo dies zehn Jahre zuvor versprochen hatte, reichte aber aus, um Zeugnis von ihrem höheren Status abzulegen. Aus Lehmziegeln errichtet und mit einem Strohdach gedeckt, umfasste es vier Schlafzimmer, ein Speisezimmer, einen Raum, in dem man Gäste empfing, sowie eine große Küche, in der nicht nur für den Hauptmann, seine Gemahlin und seine Tochter gekocht wurde, sondern auch für die Indianerinnen, die sich um die Wäsche kümmerten und nähten und die Speisen zubereiteten und Kerzen fertigten, sowie für deren Männer, die *vaqueros* und *caballeros*.

Die Männer mit ihren leeren Versprechungen, dachte Luisa abschätzig, während sie Blätter und Stängel sortierte und sie getrennt in Körbe schichtete. Nicht nur das von Lorenzo zugesagte herrschaftliche Haus war ein Luftschloss geblieben; auch der um seine Existenz kämpfende Pueblo entsprach bei weitem nicht Gouverneur Neves ursprünglichen Vorstellungen. Hier biete sich die Gelegenheit, hatte er vor elf Jahren bei der feierlichen Übergabe erklärt, eine Stadt zu errichten, wie es sie nirgendwo in Europa gebe, eine Stadt nämlich, für die man, bevor der erste Bewohner sich hier niederließ, einen Lageplan ausarbeiten würde. Er hatte für den Pueblo eine Blaupause angefertigt, in der die Umrisse der Plaza skizziert waren, die Anordnung der Felder und Weiden, der königlichen Ländereien. Einer unkontrollierten Besiedelung werde ein Riegel vorgeschoben, hatte Neve versprochen. Dabei bauten Neuankömmlinge schon jetzt ihre Häuser dort, wo es ihnen passte, sodass abzusehen war, welches Durcheinander in dieser anheimelnden Stadt eines Tages herrschen würde.

Sie legte das Opium zum Trocknen aus – später würde es zu einer klebrigen schwarzen Kugel gerollt und in einem Lederbehälter verstaut werden – und erforschte noch einmal ihr Gewissen. Nein, befand sie dann, es gab keinen Grund, sich schuldig zu fühlen, weil sie weglief. Hatte sie nicht ihr Versprechen der Heiligen Jungfrau gegenüber erfüllt?

Luisa war stolz darauf, wie viele Indianerinnen sie zum Christentum bekehrt hatte. Jetzt sah man sie jeden Sonntag in angemessener Kleidung in der Kapelle, und wenn eine von ihnen heiraten wollte, musste der zukünftige Ehemann zum Christentum übertreten. Weil sie eine gerechte und großzügige Herrin war, verhielten sich die meisten ihrer Dienerinnen ihr gegenüber loyal, eiferten ihr sogar nach. Doña Luisa trug das lange schwarze Haar zu einem Zopf geflochten, der am Hinterkopf zu einer Schnecke zusammengesteckt war, und darüber eine kurze Mantilla aus schwarzer spanischer Spitze, die sie erst beim Zubettgehen abnahm. Dementsprechend bedeckten auch ihre Dienerinnen ihr Haar mit einem Tuch. Sie beteten den Rosenkranz und nannten ihre Töchter Maria und Luisa. Dass eine weglief und in einem Indianerdorf ihr früheres Leben wieder aufnahm, kam nur selten vor. Immer mehr Unterkünfte breiteten sich auf den Ranchos aus, errichtet von Indianern, die sich entschlossen hatten, für die

Kolonisten zu arbeiten; sie lernten, mit Pferden umzugehen, sich um das Vieh zu kümmern, wurden Silberschmiede und Zimmerleute. Jetzt, da sie jeden Abend Fleisch vorgesetzt bekamen, hielten sie es nicht länger für nötig, jährlich einmal in die Berge zu ziehen und Eicheln zu sammeln. Nur noch ganz wenige taten dies, um den Geschichten zu lauschen und Heiraten zu vereinbaren, aber mit jedem Jahr wurde die Zahl derer, die sich zur Zusammenkunft in den Wäldern einfanden, kleiner. Das fünftägige Fest, seit Generationen zu Ehren von Chinigchinich, dem Schöpfer, abgehalten, wurde von christlichen Feiertagen und dem Fest von Santiago, dem Schutzpatron Spaniens, abgelöst.
In der Kammer reihten sich Unmengen von Körben, alle gefertigt von Luisas Indianerinnen. Manche waren kunstvoll verziert, mit Mustern, denen angeblich eine tiefere Bedeutung innewohnte. Die Frauen hatten Luisa, während sie die Körbe flochten, bereitwillig die ihnen überlieferten Geschichten erzählt, hatten der Señora von der Erschaffung der Welt berichtet und von den von Großvater Schildkröte ausgelösten Erdbeben. Die kleine Angela hatte anfangs ganz ähnliche Geschichten erzählt, von Kojoten und Schildkröten und einer Ersten Mutter, die aus dem Osten gekommen und Begründerin eines neuen Stammes gewesen war, aber Doña Luisa hatte Angela diesen heidnischen Hokuspokus ausgetrieben, indem sie ihr christliche Legenden und spanische Märchen nahe brachte – die Geschichte der beiden Schwestern Elena und Rosa, die im Königreich von Sapphira lebten und von ihrer Patin, der Glücksfee, verwandelt wurden; die Geschichte des jungen Gonzalito, der mit Hilfe von Tieren mit Zauberkräften eine Prinzessin und ihr Königreich vor einem bösen Zwerg erlöste; die Abenteuer der vier Prinzen, die auszogen, um um die Hand der Prinzessin Aurora anzuhalten. Ge-

schichten, mit denen Luisa aufgewachsen war und die sie an Angela weitergegeben hatte.
Durch das offene Fenster sah sie, dass Lorenzo mit seinen Gästen noch immer im Schatten der Rosenlaube saß und trank. Einer der Männer, der die anderen um einen Kopf überragte, weckte ihre Aufmerksamkeit. Juan Navarro. Luisa mochte ihn nicht. Seine Augen strahlten keinerlei Wärme aus, ließen an die eines kalten Meeresungeheuers denken. Und sein Lächeln wirkte unnatürlich, war mehr ein Fletschen der Lippen, ein krampfhaftes Entblößen der Zähne. Es wurde gemunkelt, Navarro sei vor der Inquisition nach Alta California geflohen, die ihn des Lesens verbotener Bücher bezichtigt habe. Seinen Lebensunterhalt sicherten ihm die Toten. Navarro hatte die Gräber der Azteken geplündert und war mit deren Gold, Silber, Türkisen und Jade zu Reichtum gelangt. Gewiss, es handelte sich dabei um heidnische Gräber, weshalb man nicht von Entweihung sprechen konnte. Dennoch – Luisa empfand es als Leichenschändung, einem Toten einen Ring abzuziehen und ihn sich dann womöglich selbst an den Finger zu stecken. Weshalb Navarro hier auftauchte, war klar: Als ein Mann niederer Herkunft wollte er in die Aristokratie einheiraten.
Wieder durchfuhr sie ein Schreck, den sie aber rasch beiseite wischte. Sollte Navarro bei Lorenzo um Angelas Hand anhalten, würde Luisa der Eheschließung zustimmen – vorausgesetzt, die Hochzeit wurde für einen Zeitpunkt *nach* ihrer Rückkehr aus Spanien anberaumt.
Sie verließ die Trockenkammer und ging durch das Haus, vorbei an ihren Dienstboten, die Möbel polierten und die gefliesten Böden schrubbten, zog sich dann in ihren privaten Bereich zurück, in dem Truhen gepackt und reisefertig bereitstanden. Dies hier war Luisas Refugium; Lorenzo hatte es

nach Fertigstellung des Hauses niemals betreten. Er verbrachte die Nacht in seinen eigenen Räumlichkeiten, sah Frau und Tochter nur zum Abendessen. Dass er ihnen nicht lange nachtrauern würde, war abzusehen. Möglich, dass er erst einmal toben würde, wenn feststand, dass sie nicht zurückkamen, aber bald schon würden seine Kumpane zum Würfelspielen hier aufkreuzen, der Wein würde fließen, und mit der Zeit würden die beiden Frauen, die hier im Haus Platz beansprucht hatten, in Vergessenheit geraten. An Trost würde es Lorenzo nicht mangeln. Schließlich gab es da nicht nur seine Indianer-Mätresse, sondern auch die indianischen Bastarde, die er gezeugt hatte.

Luisa setzte sich an ihren Frisiertisch und öffnete den Deckel eines Holzkästchens, holte unter dem Samt, mit dem es ausgeschlagen war, einen kleinen Messingschlüssel hervor. Neue Hoffnung strömte von dem Metall auf sie über, als sie die Hand um ihn schloss. Er gehörte zu einer kleinen Schatulle, die sie Padre Xavier anvertraut hatte.

Das Versteck hatte sich ihr ganz zufällig angeboten, vor zehn Jahren, als Antonio Castillo, der Hufschmied, in höchster Aufregung aus dem Pueblo angeritten kam. Sein Kind habe hohes Fieber, hatte er vorgebracht, ob die Señora helfen könnte? Luisa hatte mit speziellen Kräutern das Kind vor dem Tode bewahrt, worüber Señora Castillo überglücklich war und darauf bestanden hatte, dass Luisa als Zeichen ihrer aller Dankbarkeit einen goldenen Ring annehmen müsse. Luisa hatte das Geschenk abgelehnt, aber der Ring wurde ihr förmlich aufgedrängt, sodass sie ihn schließlich angenommen hatte und Señora Castillo freudestrahlend abgezogen war. Als dann Luisa mit Kräutertees nach den Rezepten einer alten Indianerin einer jungen Frau bei einer schwierigen Geburt beigestanden hatte, hatte ihr der dankbare Ehemann eine kleine silberne Brosche geschenkt. Nach einiger Zeit war Luisa davon abgekommen, die Annahme von Geschenken zu verweigern. Sie sah nicht ein, warum man nicht im Namen der Heiligen Jungfrau gute Werke verrichten *und* dafür bezahlt werden sollte. Ließen die Padres in der Mission nicht auch während der Messe den Teller für die Kollekte herumgehen?

Lorenzo wusste nichts von Luisas heimlichem Versteck. Nach Erhalt der ersten wertvollen Stücke war sie in Sorge gewesen, er würde sie finden und verjubeln. Mit den Siedlern und Soldaten frönte Lorenzo dem Karten- und Würfelspiel, und bei den Indianern konnte es darum gehen, wie viele Finger ein Spieler hinter seinem Rücken hochhielt. Es kam auch vor, dass Lorenzo mit befreundeten Rancheros unter einem Baum mit Blick auf den Camino Viejo lagerte und sie darum wetteten, welche Farbe das Pferd hatte, das als nächstes vorbeitrottete. Deshalb hatte Luisa ihr Schatzkästchen der Obhut von Padre Xavier anvertraut, den sie in den nachfolgenden Monaten und Jahren immer dann aufsuchte, wenn Lorenzo dem Glücksspiel nachging oder auf der Jagd war, und von Zeit zu Zeit weitere Preziosen bei ihm deponiert, so als leitete er eine Bank. Auch Geld befand sich in der Schatulle: achteckige Silberstücke, mexikanische Pesos, spanische *reales* und sogar ein paar Golddublonen. Ein königliches Lösegeld.

Es war einzig für ihre Tochter bestimmt. Angela sollte unabhängig sein, selbst wenn sie heiratete. Hätte Luisa dieses Geld besessen, als ihre Tochter in der Wüste von Sonora starb, wäre sie umgekehrt und nach Mexiko zurückgegangen. Aber sie war auf Lorenzo angewiesen. Angela sollte dies nicht passieren. Luisa wollte ihr die wertvollen Münzen in Madrid aushändigen und gleichzeitig rechtsverbindliche Dokumente ausstellen lassen, aus denen hervorging, dass Angelas Ehe-

mann, wer immer das eines Tages sein mochte, keinen Zugriff auf das Geld hatte.
Als es an der Tür klopfte, ließ sie den Schlüssel rasch wieder in seinem Versteck und das Kästchen in der Schublade verschwinden. Dann bat sie den, der draußen stand, einzutreten.
Zu ihrem Erstaunen war es Lorenzo. Selbst auf diese Entfernung hin war ihm der übermäßige Genuss von Alkohol anzumerken. Luisa verkrampfte die Hände im Schoß. Jetzt, weniger als einen Tag vor ihrer Abreise, wollte sie ihr Vorhaben nicht aufs Spiel setzen. Als sie jedoch sah, dass sein Blick über die Truhen mit Kleidung und Geschenken schweifte, setzte ihr Herz aus. Er hatte es sich anders überlegt!
Sie blieb kerzengerade sitzen. Egal, ob er in Erfahrung gebracht hatte, dass sie vorhatte, in Spanien zu bleiben. Lorenzo wachte nie vor Mittag auf. Sie würde sich mit Angela vor Tagesanbruch hinausschleichen und zur Küste begeben …
»Kann sein, dass zwischen uns nicht alles gestimmt hat«, sagte er mit belegter Stimme, als wäre er nicht gewöhnt, mit ihr zu reden. »Jedenfalls war's nicht so, wie's zwischen Mann und Frau sein sollte. Aber ich habe dich geliebt, Luisa. *Dios mío,* ich habe dich geliebt.«
Trotz eines Anflugs von Grau in seinem Haar und der vom Aufenthalt im Freien gegerbten Haut war Lorenzo noch immer ein gut aussehender Mann. Seine Haltung verriet den Soldaten, der er gewesen war. Aber er beeindruckte sie nicht mehr wie früher, damals in Mexiko, als sie jung und verliebt gewesen waren. Seit dem Tag, da sie ihre gemeinsame Tochter zur letzten Ruhe gebettet hatten, hatte Luisa ihm ihren Körper verweigert. Vor elf Jahren, bei ihrem Anrufen der Heiligen Jungfrau, sie möge ihr ein weiteres Kind schenken, hatte sie auf ein Wunder gehofft, denn selbst im Hinblick darauf, nochmals zu empfangen, hätte sie Lorenzo nicht in ihr Bett

gelassen. Ein Wunder war geschehen – die Jungfrau hatte ihr ein bereits größeres Kind geschickt und neben der Demütigung der körperlichen Vereinigung auch noch die mit der Niederkunft einhergehenden Schmerzen erspart.
Sie verhielt sich ganz still. Er sprach wie ein Mann, der zu einem Geständnis anhebt. Sie stellte sich darauf ein.
»Du kannst nicht nach Spanien fahren.«
Sie blieb ruhig. »Läuft die *Estrella* nicht aus?«
»Die *Estrella* läuft aus, aber du bleibst hier.«
»Ich verstehe nicht.«
»Wir haben nicht das Geld für die Passage.«
»Aber ich habe Kapitän Rodriguez bereits bezahlt.«
»Ich habe es mir zurückerstatten lassen.«
Sie starrte ihn ungläubig an. »Du hast es dir zurückerstatten lassen?«
»Das Geld schuldete ich anderen. Noch weitaus mehr sogar.« Lorenzo wirkte verlegen, fühlte sich wohl fehl am Platze in diesem Zimmer voller Blumen und bunter Teppiche und kleiner Heiligenbilder. »Ich hab eine Pechsträhne gehabt. Spielschulden angehäuft. Außerdem viel Geld in ein Schiff investiert, das nach China unterwegs war, mit einer Ladung Pelze im Austausch für Gewürze, dann aber vor den Philippinen gesunken ist.« Er brach ab, schaute mal hierhin, mal dorthin, nur nicht zu seiner Frau.
»Unser gesamtes Geld ist weg?« Sie war bemüht, sich nicht anmerken zu lassen, wie empört sie war. Dieser Narr! Wer gab ihm das Recht, ihr gemeinsames Vermögen durchzubringen? Aber Luisa behielt die Nerven. Verlier jetzt nicht die Beherrschung, beschwor sie sich. Muntre ihn auf. Halt ihn hin. Tu irgendetwas, bis du mit Angela auf der *Estrella* bist. »Dann verkaufen wir eben etwas.«
Er ließ den Kopf hängen. »Da gibt's nichts zu verkaufen.«

»Da ist doch so vieles, was uns gehört, Lorenzo«, sagte sie nachsichtig und wies auf die kostbaren Möbel, das Bett, das Silber, die Wandbehänge.

»Frau, dir gehören nicht mal die Knöpfe an deinem Kleid.« Weder Missmut noch Ungeduld noch Verärgerung lagen in seiner Stimme. Wie eine Feststellung hörte es sich an, wie eine Bemerkung zum Wetter.

Sie blickte hinunter auf die Perlenknöpfe an ihrem Mieder, dann zu ihm auf. »Wie kannst du alles verloren haben?«

»Ist nun mal so. Mehr gibt's dazu nicht zu sagen. Ich hab mein Bestes versucht.«

Die Niederlage war in seinen Augen abzulesen, sogar Bestürzung und Enttäuschung. Wo war ihr tapferer Hauptmann, der ihr so viel versprochen hatte? Hatte er selbst seinen Stolz verspielt? »Und der Rancho ... gehört uns nicht mal mehr der?«, hauchte sie.

Seine Züge hellten sich auf. »Was die angeht, Luisa, da gibt's eine gute Nachricht! Ich habe einen zahlungskräftigen Mann gefunden, der für meine Schulden aufkommt. Als Gegenleistung wird ihm der Rancho mit allem Drum und Dran überschrieben, aber wir werden weiter hier leben!«

Sie runzelte die Stirn. »Wie das? Er bezahlt deine Schulden, und du gibst ihm unser Zuhause. Warum sollte er uns gestatten, hier zu bleiben?«

»Weil ... Ich habe ihm darüber hinaus Angela versprochen. Zur Braut.«

Luisa saß wie versteinert da.

»Ihr werdet mir beide noch mal dankbar dafür sein«, fügte er rasch hinzu. »In Europa sind gefährliche Zeiten angebrochen. Das Fieber der Revolution breitet sich aus wie ein Buschfeuer. Bauern schlagen Königen den Kopf ab. Es ist vernünftiger, wenn ihr beide hier bleibt, wo es sicher ist.«

»Wer«, hob sie an, obwohl sie bereits den Namen des Mannes kannte und entsprechend unglücklich war. Es gab ja nur einen im Pueblo von Angeles, der so viel Geld besaß. »Wer soll meine Tochter heiraten?«

»Navarro.«

Luisa schloss die Augen und bekreuzigte sich. »*Santa María*«, sagte sie tonlos. Der Mann, der die Toten beraubte.

»Tut mir Leid, aber so wird es geschehen.«

Sie überlegte, nickte dann langsam. »Dann soll es so sein. Angela wird Navarro heiraten. Wenn wir aus Spanien zurück sind.«

»Aber ich sagte doch bereits, dass ihr nicht fahren könnt. Wir haben nicht das Geld für eure Passage.«

»Ich habe eigenes Geld.« Sie war auf seinen überraschten Blick gefasst, und einen Augenblick lang empfand sie so etwas wie Triumph. Aber der Augenblick zog sich dahin, und Lorenzo sah sie so merkwürdig an, dass sie unwillkürlich in Panik geriet. »Was ist denn?«, fragte sie.

Ein rauer Seufzer entrang sich ihm. Mit einem Mal spürte Lorenzo jeden einzelnen Tag seiner fünfzig Jahre. »Dieses Geld ist auch weg.«

Sie reckte das Kinn. »Du weißt doch gar nicht, von welchem Geld ich spreche.«

»Das weiß ich verdammt noch mal sehr wohl.« Etwas von seinem Stolz kehrte zurück, vor Entrüstung röteten sich seine Wangen. »Als du seinerzeit Padre Xavier für deine Geheimniskrämerei einspannen wolltest, kam er noch am selben Tag zu mir und informierte mich. Die ganzen elf Jahre über hab ich davon gewusst.«

Völlig entgeistert starrte sie ihn an. Die Schatulle! »Er hatte nicht das Recht, dir etwas davon zu erzählen!«

»Hatte er durchaus!«, kam es dröhnend von Lorenzo. »Du

bist meine Frau, verdammt noch mal, und alles, was dir gehört, gehört mir. Und jetzt ist es weg«, fügte er, da ihm ihr Blick Unbehagen bereitete, etwas leiser hinzu. »Das Gold hab ich schon vor langer Zeit an mich genommen, und jetzt, Frau, Schluss damit. Kein Wort mehr davon.«

Luisa sprang auf. »Ich werde dir Angela nicht überlassen!«

»Frau, hast du das etwa vergessen?«, bellte er. »Angela gehört mir! Ich hab sie gefunden. Also kann ich mit ihr auch tun und lassen, was ich will!«

Damit stürmte er hinaus und knallte die Tür hinter sich zu.

In Luisas Gedanken herrschte Chaos, als sie jetzt versuchte, einen Ausweg zu finden. Sie und Angela mussten unbedingt weg von hier. Aber sie besaßen kein Geld! Kein Kapitän würde ihnen helfen. Und wenn sie in eine andere Stadt flohen, würde man sie aufspüren und zurückbringen.

Die Jicama fiel ihr ein, die Angela erstmals geerntet hatte und deren Samen hochgiftig waren. Es würde ganz einfach sein: die Samen in Wasser legen, damit sich das Gift löste, und dann abends Lorenzos Wein damit versetzen. Bis zum Morgen wären sie frei.

Ebenso schnell, wie er sich eingestellt hatte, verflüchtigte sich der schändliche Gedanke. Lorenzo ermorden – nein, dazu war sie nicht fähig.

Luisas Schultern sackten ein, als ihr bewusst wurde, wie ohnmächtig sie war. Und dann gestand sie sich ein, dass es falsch gewesen war, Lorenzo abzuweisen und ihn auf diese Weise dafür zu bestrafen, sie in diese Ödnis gebracht zu haben. Die vergangenen elf Jahre zogen nochmals an ihr vorbei. Wenn sie doch irgendwie die Zeit zurückdrehen könnte! Sie würde ihm verzeihen, ihn in die Arme schließen und ihm Kinder schenken, aus ihm einen liebevollen Ehemann und Vater machen, der in erster Linie an seine Familie dachte und nicht an

seine kostspieligen Glücksspiele und Investitionen in Schiffe, die dann untergingen.
Aber es gab kein Zurück. Kein Entrinnen. Kein Gebet zur Jungfrau vermochte ihr jetzt zu helfen. Und schuld daran war sie selbst.
Mit hölzernen Bewegungen holte Luisa noch einmal das Kästchen aus der Schublade. Diesmal war es nicht der unter dem Futter versteckte nutzlose Schlüssel, auf den sie aus war, sondern das, was sie vor elf Jahren in dem Kästchen deponiert hatte.
Angela hatte es, als Lorenzo sie im Gebirge fand, um den Hals getragen: einen in weiches Rehleder gehüllten kleinen schwarzen Stein. Luisa hatte es nicht über sich gebracht, ihn wegzuwerfen; vielleicht hatte sie geahnt, dass er sie eines Tages mit der Wahrheit konfrontieren würde – dass Angela nicht ihre Tochter war, sondern die einer anderen Frau.
Irgendwie war es Luisa gelungen, den Gedanken zu verdrängen, dass Angela eine Indianerin aus der Mission war. Der Stein gemahnte sie wieder daran, dieser Stein, der der Mutter etwas bedeutet haben musste, sonst hätte sie ihn dem kleinen Mädchen nicht umgehängt. Jetzt, da die Mittagsstunde in diesem Land anbrach, für das sich Luisa nie begeistert und in dem sie sich nie heimisch gefühlt hatte, dachte sie zum ersten Mal über die Mutter dieses Kindes nach. Warum waren die beiden ins Gebirge gezogen? Warum war die Mutter nicht in die Mission zurückgekehrt, um ihre Tochter zu suchen? War sie tot, oder hatte sie in diesen vergangenen elf Jahren um ihr Kind getrauert wie Luisa um das ihre, das in einem kleinen Grab in der Wüste lag?
Sie versuchte, sich Angelas leibliche Mutter vorzustellen. Obwohl auf Rancho Paloma viele Indianerinnen arbeiteten, hatte Luisa sie niemals bewusst angesehen. Und wenn sie

ausritt und gelegentlich in ein Dorf kam, in dem ungetaufte Indianer nackt herumliefen und ihre eigentümlichen Pfeifen rauchten, hatte sie sie als Kreaturen abgetan, mehr oder weniger auf der Stufe von stumpfsinnigen Tieren.
Nur dass Tiere ihren Töchtern keinen beschützenden Talisman um den Hals hängen.
Heilige Mutter Gottes, schrie es in ihrem Herzen auf. Habe ich unrecht getan, einer Frau ihr Kind wegzunehmen? Lorenzo hat mir das Kind gebracht, als ich vor Kummer den Verstand zu verlieren drohte und meine Knie, auf denen ich so viele Stunden lag und betete, wund waren. Ich habe das Kind als Geschenk von dir angesehen. War es das wirklich? Oder nur eine Prüfung, wie stark und aufrichtig ich bin, eine Prüfung, die ich nicht bestanden habe?
Gott, vergib mir, was ich getan habe! Ich habe mein Eheversprechen nicht eingehalten, sodass mein Mann sich von mir abgewandt hat. Ich habe einer Frau ihr Kind weggenommen. Jetzt werde ich dafür bestraft. Angela muss Navarro heiraten, und ich werde Spanien niemals wiedersehen.

Hauptmann Lorenzo jagte im Galopp den Camino Viejo dahin, bedacht darauf, Abstand von dem Blick zu gewinnen, mit dem Luisa ihn angesehen hatte. Glaubte sie denn, es sei so einfach, Brachland in eine gewinnbringende Ranch umzuwandeln? Verdammt harte Arbeit erforderte das. Und abgesehen von den sengenden Sommern und den Regengüssen, die die Senke überschwemmten, den Feuersbrünsten, die nicht in den Griff zu bekommen waren, den Krankheiten, die seinem Vieh zusetzten, und den Missernten musste man sich auch noch mit ungehobelten Indianern herumärgern! Anfangs war es deren traditionelle jährliche Zusammenkunft bei den Pechtümpeln gewesen, die Lorenzos Zorn erregt hatte,

weil die Indianer ausgerechnet dort ein riesiges Lager errichteten, wo Lorenzo Mais angebaut hatte. Die Verwüstung seiner Ernte im ersten Jahr hatte ihn derart in Rage versetzt, dass er diese gesamte Bande von Wilden am liebsten ausgepeitscht hätte. Wenn er Zäune zog, rissen die Indianer sie nieder. In einem meilenlangen Zug trotteten sie über die Alte Straße, die entlang der nördlichen Begrenzung seines Anwesens verlief, bauten sich Unterkünfte aus Ästen, die sie von seinen Bäumen abrissen, taten sich gütlich an Lämmern und Ziegen aus seinen Herden. Man konnte ihnen einfach nicht klar machen, dass dies jetzt *sein* Land war und dass die Tiere, die sie töteten und aßen, nicht wild waren, sondern *ihm* gehörten.
Weiterhin waren da ihre nächtlichen Überfälle auf das Vieh. Nicht um sich Nahrung zu beschaffen, sondern aus Protest. Den Padres gelang es einfach nicht schnell genug, die Eingeborenen zu bekehren und einzugliedern; noch immer gab es unter den nicht getauften Indianern widerspenstige Grüppchen mit starken Anführern, die hin und wieder versuchten, einen größeren Aufstand gegen die Siedler zu organisieren. Einer war sogar von einer Frau angeführt worden! Noch dazu einer jungen Frau, einer vom Stamm der Gabrielino! Sie hatte die Häuptlinge und Krieger aus sechs Dörfern zu einer Revolte gegen die Soldaten und die Padres aus der Mission angestachelt. Deshalb hatten sich Lorenzo und andere Rancheros gezwungen gesehen, die Grenzen ihrer Ländereien unter den Schutz eigens angeheuerter berittener Wachposten zu stellen. Wahrlich unhaltbare Zustände.
Luisa konnte das natürlich nicht verstehen. Sie saß zu Hause, ließ sich von vorn bis hinten bedienen, führte ein angenehmes Leben. Und hortete heimlich Geld für eine zweifelhafte Reise nach Spanien! Es stand ihr nicht zu, ihm Vorwürfe zu machen für seine Bemühungen, es zu etwas zu bringen. War

es ihm anzulasten, dass er Pech gehabt hatte? Sie sollte vielmehr dankbar sein, dass Navarro es auf ihren Rancho abgesehen hatte und außerdem ihre Tochter heiraten wollte. Jetzt konnte das Leben weitergehen wie früher, die drohende Armut war gebannt.

Weibsbilder! dachte Lorenzo missmutig. Als er dann sein Pferd in einen entspannten leichten Galopp fallen ließ und auf das Dorf Los Angeles mit seinen zweihundert Seelen zuritt und die warme, trockene Sonne wohlig auf seinen Knochen spürte, als er den Staub der Straße roch und das Summen der Insekten hörte, besserte sich seine Laune zusehends. Er war heilfroh, dass Navarro den Rancho übernahm und von nun an alle Probleme auf dessen Schultern lasten würden.

In Vorfreude auf den Nachmittag, den er in der angenehmen Gesellschaft von Francisco Reyes, dem *alcalde* des Pueblo, mit Würfelspiel und erlesenem Madeira zu verbringen gedachte, kam Hauptmann Lorenzo zu dem Schluss, dass Bankrott zu gehen ein Segen sein konnte.

»Die eheliche Pflichterfüllung ist kein Vergnügen«, klärte Luisa mit ernster Miene ihre Tochter auf, »aber gottlob jeweils nur von kurzer Dauer. Dein Mann wird rasch zur Sache kommen und gleich danach einschlafen.« Dies traf nach Luisas Meinung auf alle Männer zu; nicht einen Augenblick lang überlegte sie, dass sie bei ihrer Hochzeit mit Lorenzo noch Jungfrau gewesen war und niemals mit einem anderen geschlafen hatte.

Sie hielt sich mit ihrer Tochter in dem Schlafgemach auf, das für das frisch verheiratete Paar hergerichtet worden war. Das Eheversprechen war in Gegenwart des Priesters erfolgt, die Eheschließung im amtlichen Register vermerkt worden, und nach einer schicklichen Zeitspanne hatte Luisa ihre Tochter an der Hand genommen und sie dem Kreis der Feiernden entzogen. Zusammen mit einer Indianerin half sie Angela jetzt aus dem Brautkleid.

Angelas Gedanken drehten sich nicht um das mit Bougainvilleablüten bestreute Brautbett, sondern um die Zitronen- und Orangenbäume, die sie pflanzen wollte. »Ich habe Señor Navarro von meinem Vorhaben erzählt, und er findet es gut. Auch einen Weingarten anzulegen hält er für eine hübsche Idee.«

Unter dem wachsamen Auge einer Anstandsdame hatte Navarro vor drei Monaten, an dem Tag, da die *Estrella* ohne ihre beiden weiblichen Passagiere in See stach, begonnen, Angela den Hof zu machen. Von da an erschien er täglich, setzte sich mit ihr unter den Zinnkrautbaum, den Lorenzo für viel Geld aus Australien hatte kommen lassen, und dann unterhielten sie sich über das Wetter, über Padre Xaviers letzte Predigt, über eine neue Pferdezüchtung, wobei sie sich höflich mit Señor beziehungsweise Señorita ansprachen. Zuweilen saßen sie auch nur stumm da. Nach drei Monaten waren sie füreinander noch immer Fremde, die Heiratsabsichten hegten.

Mit einem wehmütigen Seufzer räumte Luisa Angelas Unterröcke weg. »Du hast Glück. Navarro ist überaus großzügig.« Sie versuchte, nicht an die langen goldenen Ohrringe zu denken, die sie trug, ein Geschenk von Navarro an seine Schwiegermutter. Sie stammten, hatte er gesagt, von der Mumie einer Aztekenprinzessin. Mit diesem Mann, überlegte Luisa, halten Geister Einzug im Haus; es ist so gut wie sicher, dass die Geister der Indios aus Mexiko hier auftauchen und Anspruch auf den ihnen geraubten Schatz erheben.

Sie warf einen Blick auf die messingbeschlagene Schatulle auf der Frisierkommode, die Navarros Hochzeitsgeschenk für

Angela enthielt und erst geöffnet werden sollte, wenn das neu vermählte Paar allein war.
Einen Gedanken zumindest fand Luisa tröstlich: Navarro würde Angela immer treu sein. Er war, wie sie wusste, nicht auf Eroberungen aus, sondern auf Besitz; er handelte nicht aus dem Herzen heraus, sondern mit Überlegung; er war weder impulsiv noch leidenschaftlich, sondern kalt und berechnend. Für die Befriedigung seiner sexuellen Bedürfnisse würde seine Frau sorgen, er brauchte also keine andere.
Angela griff nach der Hand der Mutter. »Mach dir keine Sorgen um mich, Mamá. Ich komme schon zurecht.«
Die Ironie, dass eine Tochter die Mutter beschwichtigte statt umgekehrt, machte Luisa zunächst sprachlos. Dann sah sie Angelas gelassenen Blick und fragte sich, ob das Wissen, das sie gelegentlich dort zu entdecken meinte, möglicherweise einfach nur Geduld war. »Vielleicht, mein Kleines, empfindest du ja für Navarro mit der Zeit so etwas wie Liebe.«
»Mamá, mir geht es einzig darum, dass wir auf dem Rancho bleiben können. Hier gehöre ich hin, und hier möchte ich sterben.«
Luisa erschrak. Wie konnte eine sechzehnjährige Braut in ihrer Hochzeitsnacht vom Tod sprechen! War das etwa das indianische Blut in ihr, das sich da meldete?
Angela hätte ihrer Mutter gern gesagt, wie überglücklich sie war, in diesem Haus zu sein, wie sehr sie Alta California und den Rancho Paloma liebte. Ihr Herz hing daran. Wenn sie ausritt, geschah es manchmal, dass sie Sirocco an einem Baum festband und sich ins Gras legte und in den Himmel schaute. Und dann zu spüren meinte, wie die Erde die Arme ausbreitete, um sie zu umfangen. Es war, als sei sie ein Teil dieses Landes, obwohl sie das Licht der Welt in Mexiko erblickt hatte, an das sie sich ebenso wenig erinnern konnte wie an die lange

Reise, die sie mit ihren Eltern und den anderen Siedlern unternommen hatte, um den neuen Pueblo zu gründen. Als ob ihr Leben erst begonnen hätte, als sie fünf Jahre alt war, auf weiter zurück vermochte sie sich nicht zu besinnen.
Obwohl zuweilen – im Traum oder wenn der Wind ihr einen bestimmten Duft zutrug oder sie ein bestimmtes Geräusch hörte – merkwürdige Bilder in ihr hochstiegen und sie kurz das Gefühl hatte, jemand ganz anderes zu sein.
Da die Hochzeit in großem Stil gefeiert worden war, hatte man zur Aushilfe Indianerfrauen aus der Mission geschickt. Eine half Angela jetzt beim Entkleiden, räumte dann alles sorgfältig weg. Als Angela das schlichte Blechkreuz sah, das die Frau an einer Schnur um den Hals trug, blitzten in der jungen Braut plötzlich eigenartige Bilder auf, die ihr irgendwie bekannt vorkamen. Da war eine Höhle. Und eine Frau, die sie beschwor, Geschichten zu bewahren. Hatte Mamá sie als kleines Mädchen in eine Höhle mitgenommen? Und wenn ja, weshalb?
Nachdem sie ihr Brautkleid – das enge Mieder aus rosa Seide und den voluminösen, mit winzigen Röschen bestickten Rock aus weißer Seide – abgelegt hatte, zog Angela ihr langes Baumwollnachthemd an und setzte sich hin, damit ihr die Mutter das lange, dicke Haar bürsten konnte. In jedem Bürstenstrich lag Trauer, auch in Luisas dunklen Augen, die ins Leere zu starren schienen.
Schließlich zogen sich Luisa und die Indianerin zurück, ließen Angela der Ankunft von Navarro harren.
Er klopfte an die Tür, genauso wie die Mutter es vorhergesagt hatte. Aber anstatt dann die Lampe herunterzudrehen und sich im Dunkeln zu entkleiden, ließ er, als er seine Jacke und die Stiefel auszog, das Licht an. Und während Angela, die Hände im Schoß gefaltet, mit klopfendem Herzen und ver-

schüchtert auf der Bettkante hockte, schenkte sich Navarro einen Brandy ein und machte es sich in einem Sessel am Feuer, das seine Haut seltsam bleich erscheinen ließ, bequem.
Er streckte die Hand aus. »Was machst du denn da? Komm her und lass dich anschauen.«
Er hatte die Schatulle mit dem Hochzeitsgeschenk für sie auf den kleinen Tisch neben sich gestellt, und als Angela beklommen vor ihm stand, hob er den Deckel. Gleißendes Gold blitzte auf. Er sah Angela an, musterte eingehend ihren Körper von oben bis unten, ließ seinen Blick am längsten auf ihrem Haar verweilen.
»Das Ding kannst du ausziehen«, sagte er schließlich.
»›Das Ding‹, Señor?«
»Das Ding, das du anhast.« Er vollführte eine ruckartige Bewegung mit dem Handgelenk. »Zieh es aus.«
Ihre Stirn furchte sich. »Ich verstehe nicht.«
»Hat dir deine Mutter denn nichts gesagt?«, fragte er ungeduldig und stand auf. »Wir sind jetzt verheiratet. Sind Mann und Frau. Das Nachthemd ist überflüssig.«
Angela schoss das Blut ins Gesicht. Sie drehte sich um und nestelte an den obersten Knöpfen herum.
»Nein«, sagte er. »Sieh mich an.«
Er setzte sich wieder und nippte an seinem Brandy, während Angela umständlich die Knöpfe öffnete. Dann streifte sie sich das Nachthemd zögernd erst über die eine, dann die andere Schulter, bemerkte zum ersten Mal, wie befremdend kalt Navarros Augen waren. Das Herz klopfte ihr bis zum Halse, als sie langsam aus den Ärmeln schlüpfte und schließlich aus dem Hemd stieg, das sie sich gleich wieder verschämt vorhielt.
Navarro stand auf und entriss ihr das Nachtgewand. »So was brauchst du ab sofort nicht mehr.«

Trotz der Hitze, die vom Feuer ausging, zitterte Angela heftig. Schützend kreuzte sie die Arme über ihren Brüsten, ließ sie auf Navarros schneidenden Blick hin wieder sinken. Mit gierigen Blicken verschlang er sie, nahm keinerlei Rücksicht auf ihre Schamhaftigkeit. Dann öffnete er die Schatulle und entnahm ihr ein Paar Ohrringe, weitaus prächtiger als die, die er Luisa geschenkt hatte.
»In Peru«, sagte er und befestigte den Schmuck an ihren Ohrläppchen, »habe ich eine alte Stadt in den Anden entdeckt, von der niemand weiß. Ich und meine Männer haben monatelang gebuddelt, bis wir dann auf Gräber mit Hunderten von Mumien stießen. Eigenartigerweise hauptsächlich von Frauen. Und aus den Unmengen von Gold zu schließen, das mit in der Erde lag, alle von adligem oder königlichem Geblüt.«
Angela erstarrte zu Eis, als er jetzt mit Smaragden besetzte silberne Armbänder hervorholte und sie ihr um beide Handgelenke schlang. »Die Frauen«, sagte er, »wurden in sitzender Haltung mumifiziert, dann wurde ihr Leichnam mit Stroh umwickelt und anschließend in prächtige Stoffe gehüllt und mit Gold und Silber und Juwelen geschmückt.«
Als Letztes nahm Navarro einen atemberaubenden Halsschmuck aus Platin und goldenen Perlen heraus, der mit Jade und Türkisen eingelegt war. »Ich werde dir jetzt verraten, wer ich bin«, sagte er, während er Angelas Haar anhob und die Schließe in ihrem Nacken zuhakte. »Als Cortez vor zweihundertvierzig Jahren die Azteken unterwarf, befand sich unter seinen Leuten ein Navarro, der mithalf, die Städte in Schutt und Asche zu legen. Der Sohn dieses Navarro wie auch später sein Enkel wurden Zeugen, wie die Eingeborenen von Neu-Spanien nach und nach Pocken, Fieber und Influenza zum Opfer fielen. Millionen Indios starben, ganze Dörfer und Städte wurden ausgelöscht.«

Seine langen, schlanken Finger drapierten den Halsschmuck auf ihren Brüsten. Angela zuckte unter seiner Berührung wie auch wegen des kalten Metalls auf ihrer Haut zusammen.

»Meine Vorfahren«, sagte er, wobei er mit der Fingerspitze die Konturen ihrer schwellenden Brüste nachfuhr, »nahmen das entvölkerte Land in Besitz und brachten es zu Wohlstand. Wir besaßen Minen und Sklaven, wir regierten Neu-Spanien. Das liegt mir im Blut, Angela, das Vermächtnis des Starken, den Schwachen auszubeuten, auf Kosten der Toten zu leben. Meine Bestimmung und die der Söhne, die du mir schenkst, ist, Einfluss zu besitzen und Macht über andere auszuüben.«

Er trat einen Schritt zurück, um das Arrangement auf sich wirken zu lassen. Im Schein des Feuers schimmerte Angelas junger Körper, das kostbare Geschmeide wirkte auf ihrer zart getönten Haut noch verführerischer.

»Zur Liebe, Angela, bin ich unfähig. Erwarte also von mir keine zärtlichen Gefühle. Wozu ich dagegen in der Lage bin, ist, dich zu der am meisten beneideten Frau in Alta California zu machen.«

Er kam wieder auf sie zu, griff hinter sie, nach ihrem langen Haar, legte es ihr über die rechte Schulter, drapierte die schweren Flechten, wie er das vorhin mit dem Gold und den Juwelen getan hatte. »Meine Mutter war eine ausgesprochene Schönheit. Die Männer konnten nicht den Blick von ihr wenden. Eines Tages brannte sie mit einem Liebhaber durch. Fünf Jahre hat mein Vater sie gesucht, bis er sie endlich in ihrem Versteck auf der Insel Hispaniola aufstöberte. Er hat sie beide umgebracht, wie ihm das zustand. Mir wird dergleichen nicht passieren.« Er zog das lange Haar über ihre Brüste, berührte dabei ihre Brustwarzen, beobachtete ihren Ge-

sichtsausdruck, wartete auf eine Reaktion. »Auch du bist eine Schönheit, Angela, und sie gehört mir. Dieses Haar, dieser Körper, all dies ist mein.«
Sein Atem ging jetzt schneller. Schweiß trat ihm auf die Stirn. »Dein Haar, das war das Erste, was mich an dir fesselte. Dicht wie kostbarster Samt, einzigartig wie tiefschwarzer Opal. Es war vor allem dieses Haar, das ich begehrte.« Er ließ es durch seine Finger gleiten, hob es an, legte es ihr wieder über die Schulter. »Jetzt, als verheiratete Frau, wirst du es hochstecken. Aber wenn wir allein sind, hast du es offen zu tragen, so wie jetzt.«
Er stellte sich hinter sie, so dicht, dass Angela seinen Atem auf ihrem Nacken spürte. »Beug dich vor«, flüsterte er rau.
Die Stimme blieb ihr im Hals stecken. »Señor?«
Sie fühlte drängende Hände auf ihren Schultern. »Mach schon!«
Sie tat wie geheißen, als Navarro sie plötzlich an den Haaren zurückriss. »Halt still!«, befahl er.
Sie wehrte sich verzweifelt. Als sie den schmerzhaften, unerwarteten Stoß spürte, schrie sie auf. Er herrschte sie an, keinen Mucks von sich zu geben, wegen der Hochzeitsgäste draußen auf dem Hof, und Angela schickte sich in ihr Los, biss sich auf die Zunge, um keinen Laut entschlüpfen zu lassen. Er zog kräftiger an ihrem Haar, etwa so wie an den Zügeln eines Pferdes, zwang sie dadurch, den Kopf so weit nach hinten zu legen, dass sie kaum atmen konnte.
Derweil er seine Attacke fortsetzte, kniff Angela vor Schmerz und dem Gefühl unendlicher Erniedrigung die Augen zusammen und spannte die Wangenmuskulatur an. Wenn sie aufwimmerte, riss er ihr den Kopf noch weiter nach hinten, sodass sie meinte, er würde ihr das Genick brechen. Hinter ihren geschlossenen Lidern verschleierte es sich rot. Sie rang

nach Luft. Seine Stöße waren brutal, wie ein Messer. Heiße Tränen brannten in ihren Augen.
Als er endlich von ihr abließ, sank sie ächzend zu Boden. Navarro knöpfte sich die Hose zu und goss sich noch einen Brandy ein. »Deine kindischen Pläne um Obstgärten und Weinberge kannst du übrigens begraben. Die Ländereien gehören jetzt mir, und ich allein bestimme, wie damit verfahren wird. Ich werde den Bestand an Vieh und Schafen vergrößern und mehr Weideflächen anlegen. Dein Revier, Frau, ist das Schlafzimmer und die Küche.«
Sie tastete blindlings nach der Bettkante und wollte sich hochziehen, aber Navarro befahl ihr, auf den Knien zu verharren. »Und Ausritte finden ab sofort auch keine mehr statt. Für die Frau von Navarro ziemt es sich nicht, wie ein Caballero über die Felder zu galoppieren. Ich habe bereits einen Käufer für Sirocco. Er holt ihn morgen früh ab.«
»Nein! Nicht! Bitte, Señor …«
Er ging zurück zu seiner Brandyflasche. »Ich dulde nicht, dass du mich weiterhin Señor nennst. Schließlich sind wir verheiratet. In Gesellschaft anderer bin ich für dich Navarro. Wenn wir dagegen allein in diesem Zimmer sind, wirst du mich mit ›mein Gebieter‹ ansprechen.«
Entsetzt schaute sie ihn an, sah seine eiskalten Augen und in ihnen ihre Zukunft und wie machtlos sie sein würde. Ihr Verstand arbeitete rasch. »Ich werde mich daran halten, Señor«, sagte sie mit trockenem Mund. »Ich werde alles tun, was Sie von mir verlangen, wenn Sie mir nur eine Bitte erfüllen: Schicken Sie meine Mutter nach Spanien.«
Er schüttelte den Kopf. »Die Anwesenheit deiner Mutter hier ist mir Garantie für deinen Gehorsam. Sie und dein erbärmlicher, nichtsnutziger Vater bleiben hier, solange ich das für richtig halte.«

Sie fing an zu weinen. »Dann werde ich Sie hassen«, stieß sie unter Schluchzen aus.
Er zuckte die Schultern. »Hasse mich ruhig, das ist mir egal. Ich verlange gar nicht, dass du mich liebst. Nur Söhne sollst du mir schenken und dir deine Schönheit bewahren. Darauf bestehe ich. Und jetzt nenne mich ›mein Gebieter‹.«
Sie blieb stumm.
»Na schön. Dann werde ich noch heute Abend deine Eltern fortjagen. Bin gespannt, wie lange sie überleben, mittellos, wie sie sind.«
»Nein! Bitte! Ich flehe Sie an.«
»Dann tu, was ich sage, und dein Vater erhält weiterhin von mir ein Taschengeld für seine Spielchen, und deine Mutter kann im Luxus leben. Hast du mich verstanden?«
Angela unterdrückte ein Schluchzen. »Ja … *mein Gebieter …*«
Er strich ihr übers Haar. »Sehr gut. Und jetzt, meine Liebe, die Nacht ist noch jung. Was probieren wir als Nächstes aus?«

Als sie aufwachte, stellte sie fest, dass sie im Bett lag, nackt unter den Decken, und dass ihr alles wehtat. Neben ihr schnarchte Navarro in tiefem Schlaf. Obwohl Angela versuchte, nicht an all das Entwürdigende zu denken, zu dem er sie gezwungen hatte, war sie sich darüber im Klaren, wie ihre Ehe in all den Jahren und dunklen Nächten, die ihr bevorstanden, verlaufen würde.
Ein Schluchzen entrang sich ihr. Erschrocken blickte sie hinüber zu Navarro. Er schlief weiter.
Er rührte sich noch immer nicht, als sie lautlos aus dem Bett schlüpfte und sich hinausschlich. Sie nahm ein Bad, obwohl sie wusste, dass sie nie wieder sauber werden würde, zog danach nicht etwa ihr Nachthemd an, sondern griff zu ihrem Reit-

kostüm, zum allerletzten Mal. Ohne zu überlegen, ohne etwas zu fühlen, flocht sie sich das Haar zu einem Zopf, ohne die zarten Blütenblättchen der Bougainvillea zu bemerken, die sich vom Kopfkissen darin verfangen hatten. Dann stahl sie sich aus dem schlafenden Haus in den Stall, sattelte leise Sirocco, führte ihn über den Hof hinaus auf die Felder, wo sie aufsaß und den Camino Viejo in westlicher Richtung einschlug, an den Pechtümpeln und weiter am Schwemmland vorbei, auf die Berge zu, deren Umrisse sich gegen die Sterne abzeichneten. Sie wusste weder, wohin sie ritt, noch warum sie das tat. Ein Instinkt trieb sie vorwärts und dazu Angst und das Gefühl, gedemütigt worden zu sein. Was heute Nacht geschehen war, durfte keine Menschenseele erfahren. Sie ritt weiter, auch wenn oder vielleicht weil ihr jeder Galoppsprung Schmerzen bereitete und sie daran erinnerte, was Navarro ihr angetan hatte und zweifellos ihr weiteres Eheleben lang antun würde. Allmählich spürte sie, wie ihre Hilflosigkeit in Zorn umschlug. Sie jagte vorwärts, so als wollte sie mit ihrem geliebten Sirocco über die Begrenzung der Erde hinausstürmen.
An den Ausläufern des Gebirges, dort, wo das Dorf lag, in dem ungetaufte Indianer noch immer nach Art ihrer Vorfahren lebten, schlug sie einen Pfad ein und gelangte zu einer Gruppe von Findlingsblöcken mit eigentümlichen Zeichnungen, die ihr plötzlich wie die Darstellung eines Raben und die des Mondes erschienen. Von hier aus ging es in einen engen Canyon, und ohne zu wissen, was sie bewogen hatte, diesen Ort aufzusuchen, lenkte sie das Pferd den steinigen Weg hinauf.
Eine Ahnung, die sie selbst nicht verstand, führte sie bis an den Eingang einer Höhle. Und als sie den dunklen Raum betrat, überkam sie ein ungemein vertrautes Gefühl. *Hier bin ich schon mal gewesen.*

Sie wollte sich nur kurz ausruhen. Sie hatte sich zur Flucht entschlossen, wollte einfach so lange weiterreiten, bis sie einen Unterschlupf fand und vor Navarro und seinen Grausamkeiten in Sicherheit war.
Alles an Tränen und Schluchzen, was sie hatte unterdrücken müssen, drängte mit einem Mal aus ihr heraus. Bitterlich weinend brach sie auf dem lehmigen Boden zusammen, betete zur Jungfrau Maria. Nach einer Weile flüsterte ihr eine innere Stimme zu: *Du kannst nicht weglaufen, meine Tochter. Du hast jetzt Pflichten, denen du dich nicht entziehen darfst. Aber du besitzt Mut, den Mut derer, die vor dir waren.*
Angela richtete sich auf. Ihr Tränenstrom versiegte. Lange dachte sie über das nach, was ihr die Stimme zugeraunt hatte, und es wurde ihr klar, dass sie ihre Mutter nicht verlassen konnte. Wenn sie weglief, würde Luisa vor Kummer vergehen; außerdem würde Angela dadurch nur Schande über die Familie bringen. Und wahrscheinlich würde Navarro beide Eltern verstoßen.
In der Stille und Abgeschiedenheit der Höhle merkte Angela, wie eine unendliche Ruhe über sie kam, ähnlich wie sie Vögel überkommt, die gerade noch aufgeregt herumflattern und sich jetzt für die vor ihnen liegende lange, dunkle Nacht zur Ruhe begeben.
Sie wusste, was zu tun war.
Sie ging zurück zu Sirocco, der an irgendwelchem Grünzeug vor der Höhle herumknabberte, zog aus ihrer Satteltasche ein Messer heraus, begab sich wieder in die dunkle, stille Höhle. Dort griff sie nach ihrem Zopf und schnitt ihn sich in Nackenhöhe ab. Als die dicke Flechte gleich einer unbeweglichen Schlange in ihrer Hand lag und sie die kühle Luft an ihrem nackten Hals spürte, sagte sie sich: Ich habe seine Macht über mich gebrochen.

Sie legte den Zopf in die kalte Erde der Höhle, ohne ein Gefühl des Triumphes. Auch der Gedanke, einen Sieg davongetragen zu haben, kam ihr nicht: Nur allzu gut wusste Angela, dass Navarro sie für das, was sie getan hatte, bestrafen würde. Aber diese Geste des Widerstandes war nötig gewesen, um nicht den Verstand zu verlieren. Sie war ein letztes Aufbäumen, zu dem sie ihrem Mann gegenüber den Mut fand, und sie schwor sich, dass die Erinnerung an diesen Augenblick ihr Kraft für die kommenden Jahre schenken würde.

dem ovalen Tisch Platz, genau gegenüber von Sam. Mehrere Herren waren so höflich aufzustehen; Sam bedachte sie lediglich mit einem finsteren Blick. »Das ist Dr. Tyler, meine Assistentin«, stellte er dann vor. »Sie nimmt als *Beobachterin* teil.«
Erica faltete die Hände auf dem Tisch und bemühte sich, ihren Unmut zu unterdrücken, als Harmon Zimmerman mit seinen Ausführungen begann. Um nicht die Beherrschung zu verlieren und etwas zu äußern, was sie dann bedauern würde, vermied sie es, sowohl Sam wie auch Jared anzusehen.
Harmon Zimmerman, der Sprecher der Hauseigentümer, untermauerte seine Analyse der Situation mit Diagrammen und graphischen Darstellungen, die er verteilte, bekräftigte sein Anliegen mit stapelweise Papier. Keines dieser Dokumente gelangte zu Erica; man hatte nicht mit der Teilnahme einer achten Person gerechnet. Der Weißhaarige mit den Zöpfen, der rechts neben ihr saß, gewährte ihr Einblick in das ihm ausgehändigte Material.
Erica hörte kaum zu, was Zimmerman vortrug, derart zornig war sie darüber, dass Sam und Jared sich verschworen hatten, ihr diese Zusammenkunft zu verheimlichen.
Am Morgen nach der Cocktailparty bei den Dimarcos hatte sie ihren Augen nicht getraut, als sie sah, dass Sam Ginny und Wade Dimarco im Camp herumführte. Weitere Personen waren dabei gewesen, ein Mann hatte fotografiert, ein anderer sich Notizen auf seinem Clipboard gemacht. Sie hatte Sam gefragt, was das zu bedeuten habe, und er hatte nur gemeint: »Pure Neugier, wie bei allen anderen auch.« Die Dimarcos waren nicht die Ersten, die Sam auf einen Rundgang über das Gelände mitgenommen hatte; es war eine Art Auszeichnung, jemandem Zutritt zu einem Projekt zu gewähren, das der breiten Öffentlichkeit nicht zugänglich war. Was jedoch beim

Besuch der Dimarcos auffiel, war, dass sie keinen einzigen Blick in die Höhle geworfen hatten. War es denn nicht die Höhle, um die sich alles drehte? Erica hatte hin und her überlegt, und als sie nochmals den Abend bei den Dimarcos, der für sie ein so jähes Ende gefunden hatte, Revue passieren ließ, fiel ihr nachträglich eine Szene ein, die sie damals gar nicht bewusst zur Kenntnis genommen hatte: Sam und Wade Dimarco, die Köpfe zusammengesteckt wie Verschwörer.
Sofort war sie misstrauisch geworden. Sam heckte irgendetwas aus. In den darauf folgenden Tagen gab er sich ein wenig zu leutselig, ein wenig zu gut gelaunt, wie um seine Nervosität zu kaschieren. Und heute Morgen dann hatte Erica gesehen, wie Sam in seinem besten Anzug und fröhlich pfeifend das Camp verließ. Wenige Minuten später war auch Jared losgefahren, wie aus dem Ei gepellt und mit einer Aktentasche. Zum Glück hielt sich die Aushilfssekretärin noch in seinem Wohnmobil auf, der Erica weismachte, sie habe die Adresse vom Ort der Zusammenkunft verlegt, hoffentlich komme sie noch rechtzeitig hin. Auf diese Weise hatte sie in Erfahrung gebracht, dass Jared und Sam eine Verabredung in Century City hatten, in einem Gebäude, in dem die Anwaltsfirma besagter Sekretärin ihren Konferenzraum für eine Tagung zur Verfügung gestellt hatte.
Als Zimmerman sich jetzt darüber ausließ, welch finanzielle Einbußen die Hausbesitzer hinzunehmen hätten, weil durch die Ausgrabung die Regressforderungen gegen die Baufirmen und die Versicherungsgesellschaften verzögert würden, blickte Erica schließlich doch hinüber zu Jared. Hatte er damals, am Abend der Dimarco-Party, als sie ihm die geprellte Rippe bandagiert und er ihr vom tragischen Tod seiner Frau erzählt hatte, bereits von diesem heimlichen Treffen gewusst? Hatte er, als er sie scheinbar ins Vertrauen zog, bereits eine

geheime Abmachung mit den hier Anwesenden getroffen? Sie meinte jedenfalls zu wissen, weshalb diese Männer heute zusammengekommen waren.
Barney Voorhees, seinerzeit mit der Erschließung und dem Bauvorhaben Emerald Hills betraut, wies als Nächster mit Dias von Karten und Lageplänen, Urkunden, Verträgen und Genehmigungen nach, dass er den Canyon einwandfrei und rechtmäßig erschlossen habe und es nicht ihm anzulasten sei, wenn die zuständige Behörde nicht genügend Unterlagen über Bodenbeschaffenheit und geologische Besonderheiten besitze. Auch er brachte vor, dass die noch andauernde Ausgrabung jedweden Schritt in Richtung einer für alle Beteiligten finanziell zufrieden stellenden Lösung verzögere. Die Archäologen, sagte er rundheraus, trieben ihn in den Ruin.
Als Nächstes stellte der Vertreter des Landverwaltungsamts eine Art Staffelei auf und hob zu einem gut vorbereiteten, mit graphischen Darstellungen und Diagrammen aufgepeppten Referat an, redete wie Zimmerman und Voorhees von Dollars und Cents und sprach sich dafür aus, dass der Staat Kalifornien die archäologischen Arbeiten in Topanga beenden und stattdessen darangehen solle, Emerald Hills Canyon unter Denkmal- und Naturschutz zu stellen.
Jetzt war Wade Dimarco an der Reihe. Er beeindruckte die Teilnehmer dadurch, dass er die Beleuchtung herunterdimmte und die Mitte des Tisches hochfuhr, sodass jeder plötzlich einen Monitor vor sich hatte. Sein zehnminütiges Video war ein Meisterstück an Computer-Simulation und Spezialeffekten – die Zuschauer wurden auf eine virtuelle Tour durch das Museum geführt, das er auf Emerald Hills zu erbauen gedachte. Mehr als einmal kam die kommentierende Stimme im dem Video auf die Formulierung »zum Wohle der kalifornischen Steuerzahler« zurück, um die Botschaft zu un-

terstreichen, je schneller man die Grabungen in der Höhle einstellte, desto eher würde das neue Indianermuseum dem Staatssäckel Einnahmen bescheren.
Der nächste Redner war Häuptling Antonio Rivera vom Stamm der Gabrieliño, den Erica als den wiedererkannte, den Jared zu Beginn des Projekts in die Höhle gebracht hatte, in der Hoffnung, er könne die Wandmalerei einem Stamm zuordnen. Rivera, ein Mann im fortgeschrittenen Alter, dessen kupferfarbenes, verwittertes Gesicht mit den kleinen, wachen Augen von unzähligen Linien und Runzeln durchzogen war, referierte mit feierlich gedämpfter Stimme über die heiligen Stätten der amerikanischen Ureinwohner, wobei er sich des sprachlichen Mischmaschs der Vororte von Los Angeles bediente, der für jemanden, der in einer spanisch sprechenden Umgebung aufgewachsen ist und sich zugleich jahrelang amerikanische Filme und Fernsehsendungen angeschaut hat, typisch ist. Häuptling Rivera verteilte Mappen mit Farbaufnahmen von heiligen Stätten im Südwesten in verschiedenen Stadien von Vernachlässigung, Verfall und Vandalismus. »Weil niemand sie beschützt hat«, meinte er bekümmert. »Mein Volk ist arm, und wir sind zahlenmäßig nicht viele. Dies waren einst unsere Kirchen.« Mit zitternder Hand hob er das Foto eines Gesteinshaufens hoch, auf dem mystische Petroglyphen mit obszönen Worten übersprayt worden waren. »Die Höhle in Topanga war unsere Kirche. Die steinernen Wände, der Lehmboden, die dort verewigten Symbole, all das ist uns heilig. Wir möchten unsere Kirche zurückhaben.«
Jared ergriff das Wort. Die von ihm vertretenen Indianer bestünden auf Einstellung des Projekts, um ihre Vorfahren würdig und in aller Form auf einem Indianerfriedhof bestatten zu können. Was er verteilte, waren ein Gesuch mit Tausenden von Unterschriften sowie Briefe von Stammesoberen, mit de-

nen sie an das Gewissen aller religiösen Menschen, Indianer wie Weiße, appellierten.

»Wie einige von Ihnen wissen«, sagte er eindringlich, »wurde die Kommission zur Wahrnehmung von Besitzansprüchen der Indianer im Jahre 1976 ins Leben gerufen, um der Forderung kalifornischer Ureinwohner zu entsprechen, ihre Begräbnisstätten offiziell unter Schutz zu stellen. Menschliche Überreste aus längst vergangener Zeit, von Arbeitern beim Bau von Siedlungen und Straßen freigelegt, hatte man achtlos in der Sonne liegen lassen. Dann bemächtigten sich Archäologen und Andenkensammler dieser sterblichen Überreste, ohne Rücksicht auf die Gefühle oder die religiöse Einstellung der Indianer. Zusätzlich zu der sinnlosen Zerstörung von Begräbnisstätten wurden menschliche Überreste von Archäologen für künftige Forschungsprojekte in weit verstreute Magazine eingelagert.«

Seine dunklen Augen glitten über die Gesichter seiner Zuhörer, verweilten für den Bruchteil einer Sekunde länger auf Erica. »Der eigennützige Umgang mit diesen Überresten entspricht dem Verhalten der Weißen gegenüber den Indianern zwischen 1850 und 1900, einer Zeit, in der neunzig Prozent der indianischen Bevölkerung Kaliforniens durch Krankheit, Hunger, Gift oder Gewehrschüsse ausgerottet wurden. Ob lebendig oder tot – die kalifornischen Ureinwohner wurden nicht mit gebührender Achtung behandelt.

Ich bin hier, um dafür Sorge zu tragen, dass mit der Frau von Emerald Hills nicht ebenso verfahren wird. Wir möchten, dass sie unverzüglich aus der Höhle geholt wird, damit sie auf einem dafür vorgesehenen Indianerfriedhof beigesetzt werden kann.«

Erica spürte, wie ihr Körper und ihr Herz auf seinen Anblick und seine Worte reagierten. Als Frau begehrte sie ihn; ver-

standesmäßig jedoch lehnte sie ihn ab. Sie kam sich vor wie in einer Berg-und-Talbahn der Gefühle, auf einer Fahrt, auf die sie sich nie wieder einlassen wollte. Das hatte sie sich vor langer Zeit geschworen. *Die Pflegemutter, die Erica lieb zu gewinnen gewagt hatte und die da sagte: »Wir möchten dich adoptieren, Erica. Mr. Gordon und ich möchten, dass du unsere Tochter wirst.« Umarmungen und Küsse und Tränen und Versprechungen. Und die elfjährige Erica, die ihren Träumen nachhängt und sich alles Mögliche zusammenphantasiert und ihren Wunschvorstellungen Flügel verleiht, weil sie weiß, bald und endlich einer richtigen Familie anzugehören, mit einem Brüderchen und einem Hund und einem eigenen Zimmer. Schluss mit den Terminen beim Vormundschaftsgericht, Schluss mit dem Versuch, sich auf die Sozialarbeiter einzustellen, die sich schneller abwechselten als die Jahreszeiten. Und dann: »Tut mir Leid, Erica, jetzt wird doch nichts daraus. Und weil wir dich nicht adoptieren können, halten es Mr. Gordon und ich für das Beste, dich in einem anderen Pflegeheim unterzubringen.«*
Für Erica gab es nur eine Erkenntnis: Hochfliegende Hoffnungen, etwa darauf, sich zu verlieben, waren die bitteren Enttäuschungen nicht wert. Denn die folgten unweigerlich. Das wusste sie.
Der letzte Redner war Sam. Mit eigenen Graphiken und Zahlenreihen zeigte er die Kosten auf, die bei einer Fortsetzung der Ausgrabungen auf den Steuerzahler zukämen, und stellte den finanziellen Aufwand dem Gewinn an historischen Erkenntnissen gegenüber. »Von den Kosten her ist das ein Fass ohne Boden.« Er sah einen Teilnehmer nach dem anderen an. »Ein Fass ohne Boden«, wiederholte er, so als hätte er endlich den passenden Vergleich gefunden.
Erica starrte ihn an. Seine Worte bestätigten ihren Verdacht

über den Anlass dieses geheimen Treffens: Die hier Versammelten wollten aus diversen Gründen die Einstellung des Grabungsprojekts Emerald Hills – die Hausbesitzer, weil sie für ihre Einbußen großzügig abgefunden werden wollten, die Baufirma, um den Bankrott abzuwenden, die Indianer, um die Höhle zugesprochen und damit möglicherweise eine einträgliche Touristenattraktion zu bekommen, die Dimarcos, um mit einem Museum ihren Namen zu verewigen. Über Jareds persönliches Motiv war sich Erica nicht im Klaren; vielleicht hatte er nicht mal eins, und außerdem, redete sie sich ein, interessierte sie das gar nicht. Sie war aus einem einzigen Grund hier, und darauf musste sie sich konzentrieren.
»Meine Herren«, kam Sam zum Ende der Tagesordnung. »Wir haben alle Fakten aufgezeigt bekommen und scheinen uns einig zu sein. Wer spricht sich dafür aus?«
Zimmerman hob die Hand, aber noch ehe er seine Zustimmung abgeben konnte, sagte Erica: »Antrag zur Geschäftsordnung.«
Sieben Gesichter wandten sich ihr zu.
Sam runzelte die Stirn. »Was haben Sie zur Geschäftsordnung anzumerken, Dr. Tyler?«
»Ich hatte noch keine Gelegenheit, *meine* Argumente vorzutragen.«
Seine buschigen Brauen wölbten sich. »Dr. Tyler, Sie arbeiten für den Staat, und die Argumente des Staats habe ich bereits dargelegt. Alle Parteien sind gehört worden. Wir können also zur Abstimmung kommen.«
»Darf ich fragen, wo diese Tagesordnung veröffentlicht wurde?«
Sam blinzelte, lief langsam vom Kragen her rot an.
Erica ließ nicht locker. »Dr. Carter, es dürfte Ihnen bekannt sein, dass, wann immer im Staat Kalifornien eine Kommis-

sion oder Behörde eine Maßnahme in Erwägung zieht, die entsprechende Agenda vorab bekannt gegeben werden muss. In den hiesigen Zeitungen oder unten in der Lobby habe ich keine entsprechende Notiz entdeckt. Kann es sein, dass ich sie übersehen habe?«

Sam reckte die Schultern. »Es gab keine. Dies ist lediglich die erste Lesung, und für die braucht die Tagesordnung nicht veröffentlicht zu werden.«

»Dann kann also heute weder etwas beschlossen noch in die Wege geleitet werden, richtig?«

Über den Tisch hinweg tauschten Sam und Erica einen langen Blick, während die übrigen Teilnehmer in Schweigen verharrten. »Ja«, meinte Sam schließlich.

»Deshalb habe ich etwas zu sagen.«

Sich ihrer Mission bewusst, stand sie auf und sprach mit fester, klarer Stimme. »Heute Vormittag haben wir etwas über Zahlen und Statistiken erfahren. Es wurde von Ökologie gesprochen und von den Rechten der Indianer, von Studien über Umweltbelastung, finanziellen Einbußen und Erträgen. Vertreter des Volkes und des Umweltschutzes sind zu Wort gekommen. Ein Mann« – sie nickte respektvoll Häuptling Rivera zu – »sprach sich sogar für die Höhle aus. Ich bin hier, um mich für jemanden einzusetzen, der nicht für sich selbst sprechen kann. Für die Frau von Emerald Hills.«

»Was?!«, platzte Zimmerman heraus. »Lady, haben Sie denn nicht gehört, was er« – er deutete auf Jared – »gesagt hat? Dass die Indianer die Knochen zurückhaben wollen, um sie auf einem richtigen Friedhof zu bestatten?«

»Das genügt nicht. Die Frau in der Höhle war einstmals in ihrem Volk und bei ihren Nachfahren bekannt. Sie hat ein Recht darauf, ihren Namen wiederzubekommen. Genau das will ich...«

»Herrgott noch mal, das ist doch nur ein Haufen Knochen.«
Erica bedachte Zimmerman mit einem kühlen Blick. »Sir, ich habe Sie nicht unterbrochen, als Sie das Wort hatten. Wären Sie so freundlich, mir gegenüber die gleiche Höflichkeit walten zu lassen?«
»Ich dachte, wir wären hier fertig«, wandte sich Zimmerman an Sam. »Haben Sie vor, jeden hier reinzulassen und diese Zusammenkunft endlos in die Länge zu ziehen?«
Noch ehe Sam etwas erwidern konnte, warf eine andere Stimme leise ein: »Ich würde gern hören, was die junge Dame zu sagen hat.«
Erica sah hinüber zu dem betagten Indianer. »Vielen Dank, Häuptling Rivera.«
»Ich würde auch gern hören, was Dr. Tyler vorzubringen hat«, meinte Jared lächelnd. Ein Lächeln, über das Erica hinwegging.
»Also gut, Dr. Tyler«, sagte Sam, augenscheinlich alles andere als erfreut. »Fahren Sie fort, aber fassen Sie sich bitte kurz.« Ostentativ warf er einen Blick auf seine Armbanduhr.
Erica setzte sich kerzengerade hin. »Meine Herren, ich kann weder mit Tabellen noch Graphiken, noch mit Dias oder einem Video aufwarten, auch nicht mit kostspielig aufgemachten Mappen voll inhaltsschwerer Worte. Alles, was ich habe, ist dies.« Damit griff sie in ihre Handtasche und zog einen großen braunen Umschlag heraus, den sie dem links neben ihr sitzenden Mr. Voorhees reichte. »Würden Sie sich das einmal ansehen und dann herumgehen lassen?«
Während die anderen teils ungeduldig, teils neugierig warteten, öffnete Voorhees den Umschlag und zog ein Schwarzweißfoto heraus. »Großer Gott!«, entfuhr es ihm unwillkürlich. »Soll das ein schlechter Scherz sein?«
»Bitte lassen Sie das Bild herumgehen, Mr. Voorhees.«

Der Angesprochene reichte das Foto an den Mann vom Landverwaltungsamt weiter. »Was zum Teufel ist das?«, fragte dieser, nachdem er einen Blick darauf geworfen hatte.

»Erica«, mischte sich Sam ein. »Was haben Sie da mitgebracht?« Er streckte die Hand aus, aber das Foto landete zunächst bei Jared, der ebenso erschrak wie die beiden anderen.

»Was Sie da sehen, meine Herren«, sagte Erica, »ist ein Foto aus dem städtischen Leichenschauhaus. Der offizielle Stempel befindet sich auf der Rückseite. Die Abbildung zeigt eine junge Frau, etwa Mitte zwanzig, die vor drei Tagen auf einem Feld gefunden wurde und vermutlich irgendwelchen üblen Machenschaften zum Opfer gefallen ist. Ihre Identität ist nicht bekannt. Bis die Polizei herausgefunden hat, um wen es sich hier handelt, ist sie als Jane Doe #38511 registriert.«

Erica hatte kurz daran gedacht, für jeden Konferenzteilnehmer einen Abzug machen zu lassen, sich dann aber eine größere Wirkung ausgerechnet, wenn sie nur eine einzelne Aufnahme herumgehen ließ und einen nach dem anderen mit dem einsamen Opfer konfrontierte. Was das Foto zeigte, war grauenhaft. Die Augen der jungen Frau waren geschlossen, doch niemand konnte hier an Schlaf denken. Sie war eindeutig nicht friedlich verschieden; dunkle Spuren des offenbar vorausgegangenen Kampfes verunstalteten ihr einst hübsches Gesicht, und am Hals zeichneten sich deutlich Würgemale ab.

Jared gab das Foto weiter an Sam, der es nach einem flüchtigen Blick darauf Zimmerman hinschob. »Allmächtiger!«, rief der Filmproduzent aus und zuckte zusammen, so als hätte Sam ihm eine Schlange aufgedrängt.

»Diese junge Frau«, fuhr Erica fort, »liegt nackt und bloß auf einem Tisch im Leichenschauhaus. Sie war die Tochter von irgendwelchen Eltern, vielleicht die geliebte Schwester oder Frau von jemandem. Es steht ihr zu, dass man um sie trauert und sie in Erinnerung behält.«

»Ich bleib dabei, dass die Frau in der Höhle nur ein Haufen Knochen ist«, grummelte Zimmerman.

»Unter diesem Fleisch, Mr. Zimmerman«, sagte Erica und deutete auf das Foto aus dem Leichenschauhaus, »verbirgt sich ebenfalls ein Haufen Knochen, wie Sie es zu nennen belieben. Die Frau hier ist seit drei Tagen tot, die Frau von Emerald Hills seit zweitausend Jahren. Für mich macht das keinen Unterschied. Deshalb schlage ich vor, wir unterziehen die Überreste aus Emerald Hills einem DNS-Test, um die Stammes...«

»DNS-Test!«, empörte sich Wade Dimarco. »Ist Ihnen klar, was für Kosten damit verbunden wären? Für den Steuerzahler, wenn ich hinzufügen darf?«

»Wie lange würde denn so was dauern?«, knurrte Voorhees, der Bauunternehmer.

»Sam«, ging Dimarco erregt auf Ericas Vorgesetzten los, »Sie haben doch selbst gesagt, das Projekt sei bereits jetzt ein Fass ohne Boden. Wie viel Geld und Zeit sollen wir denn noch darauf verschwenden?« Und zu Jared gewandt: »Ihren Worten zufolge haben Sie bereits Vorkehrungen für die Umbettung des Skeletts getroffen. Ist's nicht so?«

Jared nickte. »Die Stammesverbände von Südkalifornien wünschen, dass ihnen die Obhut der sterblichen Überreste anvertraut wird.«

»Wir haben nicht das Recht, nur wegen ein paar Dollars diese Frau einfach unter den Teppich der Bürokratie zu kehren«, konterte Erica. »Die historischen Funde in der Höhle beweisen, dass ihre Nachkommen Wert darauf legten, die Erinnerung an sie zu bewahren. Mr. Commissioner«, sprach sie Jared an und zog gleichzeitig ein Stück Papier aus ihrer Tasche, »darf ich Ihnen etwas vorlesen?«

Trotz des ungeduldigen Murrens der anderen nickte Jared zustimmend.

»›Aufgabe der Kommission zur Wahrnehmung von Besitzansprüchen der Indianer‹«, zitierte Erica, »›ist es, die Begräbnisstätten amerikanischer Ureinwohner vor Vandalismus und leichtsinniger Zerstörung zu schützen; für den Fall, dass irgendwo menschliche Überreste amerikanischer Ureinwohner sowie entsprechende Grabbeigaben gefunden werden, Maßnahmen zu treffen, um die höchstwahrscheinlichen Nachkommen entsprechend in Kenntnis zu setzen; rechtliche Schritte einzuleiten, um schweren und irreparablen Beschädigungen an geheiligten Schreinen, rituellen Feierstätten, geweihten Friedhöfen und Andachtsstätten auf öffentlichem Grund vorzubeugen; ein Verzeichnis von geheiligten Orten zu führen.‹ Dies sind die Statuten Ihrer eigenen Kommission, Mr. Black.«

»Sie sind mir bekannt.«

»Ich hielt es für angebracht, Sie daran zu erinnern, dass Ihr vorrangiges Ziel ist, die höchstwahrscheinlichen Nachkommen ausfindig zu machen. Stimmen Sie mir zu, dass eine sofortige Umbettung des Skeletts in direktem Widerspruch zu diesem Ziel steht?«

Sie hielt das mittlerweile wieder bei ihr gelandete Foto aus dem Leichenschauhaus hoch. »Ich frage Sie, meine Herren, halten Sie es für angebracht, wenn die Behörden davon absehen herauszufinden, wer diese Frau ist?« Sie sah einen nach dem anderen an. »Wenn das Ihre Frau wäre, Mr. Zimmerman, oder Ihre Tochter, Mr. Dimarco, oder Ihre Schwester, Sam, würden Sie dann nicht darauf dringen, dass die Behörden ihre sterblichen Überreste mit Achtung und Ehrfurcht behandeln und alles in ihrer Macht Stehende tun, sie ihrer Familie zu übergeben?«

Erica legte die Hände flach auf den Tisch und beugte sich vor. »Lassen Sie mich meine Arbeit in der Höhle zu Ende führen. Sehr lange kann es nicht mehr dauern. Sobald der DNS-Test bewilligt ist, sollten wir zumindest die Stammeszugehörigkeit des Skeletts in Erfahrung bringen. Und vielleicht gibt es ja in der Mythologie dieses Stammes, welcher das auch sein mag, die Geschichte von einer Frau, die aus dem Osten durch die Wüste hierher kam. Möglicherweise kennt man sogar ihren Namen.«

Sam Carters kleine, kluge Augen musterten Ericas Gesicht, entdeckten darin die altvertraute Leidenschaft, die Ernsthaftigkeit. Hätte er sie doch bloß zu den Abalonemuscheln nach Gaviota zurückgeschickt! »Das wird niemals bewilligt, Dr. Tyler. Was Sie da vorschlagen, ist, einen Batzen Steuergelder für etwas auszugeben, was man in der Öffentlichkeit als Verschwendung von Zeit und finanziellen Mitteln anprangern wird.«

»Im Gegenteil. Ich rechne sogar mit der Unterstützung der Steuerzahler.« Erica zog einen Zeitungsausschnitt aus ihrer Tasche. »Diese Frau hier hat ihre Hilfe angeboten.« Sie ließ den Ausschnitt reihum wandern. Sams Gesicht verfinsterte sich, als er bei ihm landete. Diese Kolumnistin der *Los Angeles Times* war für ihn keine Unbekannte. Neben ihrer Tätigkeit als Journalistin war sie auch Gründerin und Präsidentin der Liga »Schluss mit Gewalt gegen Frauen« und hatte sich vor allem dadurch einen Namen gemacht, dass sie in Abständen in ihrer Kolumne ein Foto einer unbekannten Leiche unter der Überschrift *Kennen Sie mich?* abdruckte.

»Sie hat sich bereit erklärt, ein Foto der Frau von Emerald Hills zu veröffentlichen«, sagte Erica.

Unten in der Lobby holte Jared sie ein. »Ein wirklich überzeugender Auftritt, Dr. Tyler.«
Sie sah ihn an. »Haben Sie ernsthaft geglaubt, dass Sie mit diesem Kuhhandel durchkommen?«
Die Kinnlade fiel ihm herunter. »Wie darf ich das verstehen?«
»Dass Sie und Ihre Spießgesellen im Rahmen einer konspirativen Zusammenkunft ...«
»Meine Spießgesellen! Wovon reden Sie überhaupt? Das Treffen war keineswegs geheim.«
»Warum hat man dann mir nichts davon gesagt?«
Er sah sie verständnislos an. »Ich dachte, das sei geschehen. Sam sagte, er habe Sie informiert, aber Sie seien verhindert.«
Die Aufzugstüren öffneten sich, und Sam Carter trat in Begleitung von Zimmerman und Dimarco in die Lobby. Erica stellte sich ihm in den Weg. »Was wird hier eigentlich gespielt, Sam? Wozu das Ganze?«
Sam bedeutete seinen Begleitern, schon vorzugehen. »Ich habe die Zusammenkunft im Interesse der anderen Parteien einberufen und sehe keinen Grund, mich Ihnen gegenüber zu rechtfertigen.«
»Von wegen erste Lesung, Sam. Sie wollten heute abstimmen, war's nicht so? Sie haben gegen die Richtlinien der Kleinen Hoover-Kommission verstoßen. Sie hatten vor, hinter verschlossenen Türen eine Entscheidung zu fällen, die die Öffentlichkeit betrifft, dabei wurde die Öffentlichkeit gar nicht informiert.«
Er wollte an ihr vorbei, aber sie wich nicht zurück. »Die Dimarcos stecken dahinter, oder? Was haben sie Ihnen versprochen? Den Posten des Kurators in ihrem Museum?«
Seine Augen verengten sich. »Was unterstellen Sie mir da?«

»Als ich Sie zusammen mit den Dimarcos sah, ahnte ich, dass da etwas im Busch war. Aber, na ja, möglicherweise hätte ich mir keine weiteren Gedanken gemacht, wenn ich nicht eines Morgens auf der Suche nach Ihnen in Ihr Zelt gekommen wäre und da gerade ein Fax aus Ihrer Maschine tickerte. Ich schnüffle nicht rum, Sam, aber als ich das offizielle Wappen im Briefkopf sah, wusste ich, dass es sich nicht um was Privates drehte und ich somit befugt war, das Schreiben zu lesen. Und wissen Sie was, Sam? Ich kapierte gar nicht, was da drinstand. Das Memo war unterzeichnet vom Finanzminister und dem Inhalt nach eine Genehmigung für Sie, ›entsprechend Ihrem geplanten Vorhaben zu verfahren‹. Natürlich fragte ich mich, was für ein Vorhaben. War denn das nicht das, woran wir bereits arbeiteten – die Ausgrabungen in der Höhle –, unser offizielles Vorhaben? Welche Pläne sollten Sie darüber hinaus haben?
Und dann fiel mir ein, dass Sie mal davon gesprochen hatten, Sie würden gern die Arbeit im Gelände mit einem angenehmen Büro- oder Museumsjob vertauschen. Welch glückliche Fügung, dass den Dimarcos zufällig der Bau eines Museums vorschwebte!«
»Deshalb also sind Sie ins Leichenschauhaus gefahren und haben sich ein Foto besorgt, das schockieren sollte.«
»Können Sie mir verraten, wie ich mich sonst gegen Sie alle durchsetzen soll? Die Kolumne wird erscheinen, Sam. Und ich wette, die Öffentlichkeit schlägt sich auf meine Seite.«
»Warum bedeutet Ihnen das so viel, dass Sie dafür Ihren Job, Ihre Karriere aufs Spiel setzen?«
»Weil ich selbst vor vielen Jahren ebenso schutzlos war wie die Frau von Emerald Hills. Ich war wie sie in Gefahr, von einer Dampfwalze überrollt zu werden. Ich war ein Vorgang mit einer Nummer, Sam, man scherte sich nicht mal darum, dass

ich auch einen Namen hatte. Ich stand kurz davor, in den Mühlen eines herz- und seelenlosen Kinderfürsorgesystems zerquetscht zu werden, als ein Fremder auftauchte und sich für mich einsetzte. Ich habe mir geschworen, mich eines Tages dafür erkenntlich zu zeigen und einem anderen auf die gleiche Weise zu helfen. Genau das werde ich jetzt tun, Sam. Und wenn ich dafür nach Washington fahren und den amerikanischen Kongreß aufrütteln muss – ich werde mich durchsetzen.«

»Trotz des Einspruchs hier ansässiger Indianerstämme«, kam die Stimme des Nachrichtensprechers aus dem Autoradio, »ließ die Regierung von Kalifornien gestern verlauten, dass das DNS-Testprogramm am Skelett von Emerald Hills durchgeführt wird. Die Entscheidung fiel nach tagelangen Diskussionen, an denen auch Vertreter kalifornischer Stämme, des Innnen- und des Justizministeriums sowie der Kommission zur Wahrnehmung von Besitzansprüchen der Indianer teilnahmen. Spezialisten für DNS-Analysen von jahrhundertealten sterblichen Überresten haben darauf hingewiesen, dass sich die Untersuchungen schwierig und langwierig gestalten werden und möglicherweise nicht den eindeutigen Nachweis der Stammeszugehörigkeit des Skeletts erbringen. Die Vereinigten Stämme Südkaliforniens haben die Entscheidung kritisiert und fordern weiterhin eine Umbettung der Gebeine.«
Jared stellte das Radio ab. Er befand sich auf dem Rückweg nach Topanga, nachdem er für fünf Tage in Sacramento gewesen war und dort an einer außerordentlichen Sitzung der NAHC teilgenommen hatte, die anberaumt worden war, nachdem Kojote und seine Roten Panther aus Protest gegen die Fortsetzung der Grabungsarbeiten in der Höhle auf dem Pacific Coast Highway ein »menschliches Bollwerk« errichtet

und einen Verkehrsstau von mehreren Meilen verursacht hatten. Sie würden, hatten sie geschworen, ihren Kampf fortsetzen, bis das Grab ihrer Ahnin versiegelt wäre. Auch Sam Carter war bei der Dringlichkeitssitzung anwesend gewesen. Wie die Dimarcos verfolgte er jetzt eine andere Taktik und hatte sich dafür eingesetzt, den Archäologen die Weiterarbeit in der Höhle so lange zuzugestehen, bis der höchstwahrscheinliche Nachkomme feststand. Die Dimarcos ihrerseits betonten, ihr Meinungsumschwung habe nichts mit der negativen Presse und dem Druck feministischer Verbände zu tun, die als Folge von Ericas Einsatz für eine Fortsetzung des Projekts auf den Plan getreten waren. Das Foto aus dem Leichenschauhaus, das zusammen mit einem Foto des Skeletts von Emerald Hills in der *Los Angeles Times* veröffentlicht worden war, hatte die beabsichtigte Wirkung gezeigt.

Als Jared jetzt aus dem Auto stieg, sah er etwas Rotes und Gelbes durch die Bäume blitzen. Einen auf eine Jacke aufgestickten asiatischen Tiger.

Er runzelte die Stirn. Was hatte Kojote schon wieder hier zu suchen? Aufgrund eines Gerichtsbeschlusses war ihm und seiner Bande untersagt worden, sich auf dem Gelände blicken zu lassen. Und wie verstohlen dieser Charlie herumschlich! Immer wieder schielte er dabei über die Schulter hinweg in Richtung Höhle, um dann irgendetwas auf die Ladefläche eines Pick-ups zu werfen.

»Hey…«, rief Jared den Riesen an.

Aber Charlie saß bereits am Steuer und preschte in einer Wolke von Dreck und Staub vom Parkplatz.

Jared machte sich auf zur Höhle, mit immer schnelleren Schritten, zu guter Letzt im Dauerlauf. Sein Gefühl sagte ihm, dass Charlie nichts Gutes im Schilde führte und in der Höhle Gefahr im Verzug war.

»Hat Ähnlichkeit mit den heiligen Fetischen, wie sie Medizinmänner und Medizinfrauen zu tragen pflegten«, sagte Erica, die zusammen mit Luke an der Ausgrabungsstätte kauerte und den kleinen schwarzen Stein in Augenschein nahm, den sie in einem Lederbeutel in der Erde gefunden hatte.
»Scheint sehr alt zu sein«, meinte Luke. »Zwei-, vielleicht dreihundert Jahre.«
»Ja, aber seltsamerweise befand er sich in derselben Schicht wie die amerikanische Ein-Cent-Münze, was bedeutet, dass dieser Geisterstein erst 1814 oder später hier zurückgelassen wurde. Das heißt«, sagte sie und sah Luke an, »*nach* der Gründung von Los Angeles und somit ein Hinweis darauf, dass dieser Stamm auch noch zu Beginn des neunzehnten Jahrhunderts seine Rituale praktizierte.«
»Erica? *Erica!*«
Sie schaute zum Eingang der Höhle. »War das Jared?«
»Hörte sich so an. Scheint mächtig aufgeregt zu sein.«
Erica sprang auf und klopfte sich die Erde von den Jeans. Jared war aus Sacramento zurück! Seit er sie überzeugen konnte, dass es zwischen ihm und Sam keine Geheimabsprache gegeben hatte und er wirklich davon ausgegangen war, sie wüsste von der Zusammenkunft in Century City, befand sich Erica wieder auf ihrer Berg-und-Talbahn der Gefühle. Sie folgte Luke zum Ausgang der Höhle, gespannt darauf, was Jared zu berichten hatte, voller Sehnsucht, ihn lächeln zu sehen, seine Nähe zu spüren und das Prickeln, das sich damit verband, als unversehens ein ohrenbetäubender Knall die Luft zerfetzte und eine Druckwelle Erica den Boden unter den Füßen wegriss. Dann erfolgte ein heftiges Donnern, die Höhle erbebte, Gesteinsbrocken prasselten von der Decke.
»Luke!«, schrie sie auf.
Das Licht erlosch, die Höhle tauchte in abgrundtiefe Finster-

nis. Die Luft war mit einem Mal voller Staub. Auf Händen und Knien und ohne etwas zu erkennen, kroch Erica im Dunkeln herum. »Luke?«, krächzte sie und hustete.
Obwohl sie die Augen weit aufriss, konnte sie nicht das kleinste Fünkchen Helligkeit ausmachen. Vorsichtig kroch sie weiter, eine Hand tastend ausgestreckt, bis sie an einen Felsblock geriet, wo ihrem Orientierungssinn nach gar keiner sein sollte. Sie lauschte. Noch immer rieselte Staub von der Decke. Blind wie ein Maulwurf machte sie sich an dem unvermuteten Hindernis zu schaffen. Weiteres Gestein löste sich von oben.
»Luke?«, fragte sie. »*Luke!*«
Aber alles, was sie hörte, war ihr eigener rasselnder Atem in einer Stille, die der eines Grabes gleichkam.

Kapitel 12

Marina
1830

Lieber Gott, betete Angela Navarro im Stillen. *Bitte lass morgen alles gut gehen. Mach, dass die Hochzeit stattfindet, ohne dass es zu einem Zwischenfall kommt.*

Ihre Jüngste, ihr »Kleines«, heiratete aus Liebe, eine Ausnahme, die an ein Wunder grenzte. Wenn nur Navarro sich nicht quer stellte! Selbst zu diesem Zeitpunkt noch war er imstande, alles zu verderben.

Angela war wie immer auf der Hut. Mit dieser Wachsamkeit, gepaart mit geschicktem Taktieren, hatten sie und ihre Kinder überlebt. Sie besaß ein Gespür für die Stimmungen ihres Mannes, beobachtete sein Verhalten und stellte sich darauf ein. Wenn Navarro beim ersten Löffel Suppe die Brauen hochzog, rief Angela rasch das Mädchen, das bei Tisch bediente, und gab Anweisung, diese »völlig ungenießbare« Suppe – die ihr selbst köstlich dünkte – abzutragen. Wenn einer ihrer Söhne Schmutzspuren auf den polierten Fußbodenfliesen hinterließ, schalt sie sich lauthals, so gedankenlos gewesen zu sein, sich nicht die Füße abgetreten zu haben, und dann bekam ihre Wange und nicht die eines ihrer Söhne Navarros Handrücken zu spüren. Zum Glück merkte Navarro meist nicht, welchen Manipulationen er da aufsaß. Was Angela wiederum zwang, ständig Augen und Ohren offen zu halten. Für die Missgeschicke, die ihr trotz allem gelegentlich

unterlaufen waren, hatten sie und die Kinder schwer büßen müssen. Ein falsches Wort, ein Blick, der ihm nicht behagte, und schon griff er zum Lederriemen, und dann hagelte es Hiebe auf Frau, Kinder und Dienstboten gleichermaßen.
Dies hatte sie über die Jahre hinweg gelehrt, die Kinder im richtigen Augenblick aus seiner Schusslinie zu bringen und von sich aus zu schimpfen anzufangen, um dadurch Navarros Wutausbruch zuvorzukommen oder für alles die Schuld auf sich zu nehmen, nur damit die Dienstboten und die Kinder seinen Jähzorn nicht zu spüren bekamen. Sie wusste, wann Unterwürfigkeit ihrerseits ihn besänftigte oder in Raserei versetzte, und wie sie ihn rasch wieder dazu bringen konnte, friedfertig zu sein. Es war, als würden beide ihre Geschicklichkeit in einem ausgeklügelten Spiel erproben, nur dass Navarro nichts davon ahnte. Allerdings hatte es Angela viel Kraft abverlangt, die Kinder ständig vor Navarros Gewalttätigkeiten zu beschützen, Unheil abzuwenden, niemals sie selbst zu sein, sondern sich immer nur Navarros Launen anzupassen. Wenn jetzt Marina das Haus verließ, konnte Angela endlich aufatmen. Obwohl sie noch keine Vorstellung davon hatte, was sie dann, wenn kein Kind mehr da war, um das sie sich kümmern musste, mit ihrer Zeit anfangen würde. Ihren einstmaligen Traum, auf der Rancho Zitrusfrüchte und Wein anzubauen, hatte sie längst begraben; ihre Kinder und deren Wohlergehen waren wichtiger gewesen.
Während sie besorgt das hektische Treiben in der Küche – einer sehr viel größeren als der in den Tagen von Doña Luisa – überwachte, in der es jetzt heiß und rauchig war, weil auf großen offenen Kaminen Fleisch brutzelte und in massiv gemauerten, dickbauchigen Öfen Brot gebacken wurde und Schmorgerichte garten, nahm sie sich einen Moment für sich Zeit. So vieles noch gab es für das morgen stattfindende Fest

zu tun, dass sie nicht einmal dazu gekommen war, ihre Frühstücksschokolade auszutrinken. Dies holte sie jetzt nach, genoss das gehaltvolle Getränk aus Kakao, Zucker, Milch, Maisstärke, Eier und Vanille in kleinen Schlucken, nicht zuletzt um sich zu sammeln und zu der Gewissheit zu gelangen, dass alles wie geplant vonstatten gehen würde.
Sie schaute zum Fenster hinaus und ließ wie so oft im Laufe der Jahre ihre Gedanken über Weiden und Felder fliegen, hing Erinnerungen aus den Tagen nach, da sie unbeschwert und glücklich mit Sirocco ausgeritten war. Damals war die Landschaft von weniger Bäumen durchzogen gewesen, es hatte weniger *vaqueros* gegeben, weniger Menschen. Auf dem Camino Viejo ging es inzwischen lebhafter zu, lösten Wagen und Pferde und Maultiere einander ab. Angela dachte zurück an die eigenartige, jeweils im Herbst stattfindende Völkerwanderung der Indianer, die sich auf dieser alten Straße nach Westen zu bewegt hatte, ins Gebirge, zur Eichelernte. Tausende von Eingeborenen waren da auf den Beinen gewesen und mit all ihrer Habe in Richtung Meer gewandert, so als folgten sie einem Ruf aus vergangener Zeit. Seit langem schon hatte Angela nicht mehr beobachtet, dass irgendwelche Indianer sich im Herbst in den Westen aufmachten. Waren sie davon abgekommen, Eicheln zu suchen?
Als ihr Blick über die endlosen Viehherden schweifte und sie die Staubwolken sah, die unter den Hufen aufstoben, mischten sich sorgenvolle Gedanken in Angelas friedvolle Tagträumereien.
Navarro überbeanspruchte das Weideland. Er ließ nicht zu, dass sich der Boden erholte und erneuerte. Er schien zu vergessen, dass Rinder, die über das Meer herbeigeschafft worden waren, eine zusätzliche Belastung für den Boden bedeuteten, und dass man deshalb umso mehr darauf achten musste, die

Natur im Gleichgewicht zu halten. Aber ihm zu raten, die Herden zu verkleinern und einige Hektar Weideland ungenutzt zu lassen, hatte Angela nicht gewagt, aus Angst, sich für eine derartige Bemerkung einen raschen und schmerzhaften Schlag einzuhandeln.

Sie zwang sich, nicht weiter ihren Befürchtungen nachzuhängen; schließlich gab es Grund genug, an diesem Tag fröhlich zu sein. Und so trat sie zu Marina, die am Fenster an der südöstlichen Seite der Küche lehnte.

Die über beide Ohren verliebte achtzehnjährige Marina beobachtete aufmerksam das Treiben auf dem Camino Viejo, auf dem man mit Wagen und Pferden aus dem Dorf Los Angeles zu den Buchten von Santa Monica unterwegs war, mit einem Zwischenstopp bei den Pechtümpeln. Angela wusste, dass ihre jüngste Tochter Ausschau nach Pablo Quiñones hielt, einem geschickten Silberschmied, der als Sohn mexikanischer Eltern in California geboren war.

Niemals hatte Angela ein derart verliebtes junges Mädchen gesehen! Wie eine Blume, die sich der Sonne entgegenreckt, lehnte Marina am offenen Fenster, ihr schlanker Leib förmlich bebend vor Erwartung. Und erst ihr Gesicht! Die Augen weit aufgerissen und suchend, die Lippen leicht geöffnet, mit angehaltenem Atem darauf wartend, dass ihr geliebter Pablo auf der Straße aufkreuzte. Wie oft war Marina mit geröteten Wangen und leuchtenden Augen angerannt gekommen, nach einem Stelldichein mit Pablo im Schatten des Pfefferbaums! Stunden verbrachten sie dort, unter den wachsamen Blicken einer älteren Gouvernante, plauderten angeregt, lachten unbeschwert, erfüllt von jugendlichem Überschwang. Welch ein Unterschied zu der kurzen und von Schweigsamkeit geprägten Phase, in der Navarro um sie, Angela, geworben hatte. Marina dagegen sprudelte über vor Begeisterung. »Stell dir

vor, Mamá«, konnte sie dann sagen, »Pablo war schon an so vielen Orten. Sogar in San Diego! Stell dir das mal vor.«
Angela konnte es sich nicht vorstellen. Eine Stadt, die zweihundert Meilen entfernt lag, konnte ebenso gut zwei*tausend* Meilen weit weg sein. Welchen Reiz vermochte das auf eine Achtzehnjährige auszuüben, deren Zuhause und alles ihr Vertraute hier war?
Angela wusste eben nicht, was es hieß, verliebt zu sein. Es mochte eine Zeit gegeben haben, da sie sich in Navarro hätte verlieben können, aber das lag lange zurück, als sie noch eine andere gewesen war.
Als sie unvermittelt die Kinder schreien hörte, trat sie erschrocken an das Fenster, das auf Korrale, Schafpferche und Ställe hinausging, und sah ihre Enkel und Enkelinnen einen Zaun hochklettern, um von dort aus zuzuschauen, wie Männer hoch zu Ross einen wilden Grizzly in den Korral brachten.
Die *vaqueros* hatten das Tier in den Bergen von Santa Monica eingefangen und es zum Rancho Paloma gezerrt, wo es morgen Abend, im Rahmen des Hochzeitsfestes, mit einem Stier kämpfen sollte. Der Grizzly widersetzte sich vehement seiner Gefangennahme, ruderte mit den Fängen herum, spreizte die Tatzen und brüllte wutentbrannt, derweil die Berittenen die Stricke festhielten, Pferde scheuten und wieherten und Staubwolken aufwirbelten und die Kinder in die Hände klatschten und vor Vergnügen johlten.
Angela beobachtete ihre Enkel, wie sie da nebeneinander auf dem Zaun hockten und das Schauspiel verfolgten – gesunde kleine Rangen im Alter von sechzehn bis hinunter zum Kleinkind –, und mit einer Mischung aus Traurigkeit und Freude musste sie daran denken, dass jetzt auch Marina, ihre jüngste Tochter, heiratete und das Haus verließ, zum Glück aber in der näheren Umgebung blieb.

Dies würde die letzte Hochzeit sein, die in diesem Haus gefeiert wurde. Die erste war ihre eigene gewesen, vor achtunddreißig Jahren, als man sie zu einer Verbindung mit einem Mann mit kühlem Verstand und eiskaltem Herzen gezwungen hatte. Fast vier Jahrzehnte waren es her, dass sie sich in der Höhle in den Bergen ihren Zopf abgeschnitten hatte, und dennoch spürte sie noch immer die Blutergüsse als Folge der Prügel, die Navarro ihr am darauf folgenden Morgen verabreicht hatte, als er beim Aufwachen feststellte, dass sie sich das Haar abgeschnitten hatte. Damit war die Bestrafung aber noch nicht zu Ende gewesen. Navarro hatte sich vorbehalten, Angela auf immer wieder neue Weise daran zu erinnern, wer ihr Gebieter war. Unter anderem befahl er ihr, sich nackt auszuziehen, und dann fesselte er sie an einen Stuhl, auf dem sie die ganze Nacht ausharren musste. Er nötigte sie zu obszönem und entwürdigendem Tun, das sie stillschweigend ertrug, weil dies nur nachts geschah, wenn sie allein waren. Wenn dann morgens die Sonne aufging, gelang es ihr mehr oder weniger, sich einzureden, Navarros Grausamkeiten seien nur ein böser Traum gewesen. Er achtete darauf, dass Spuren seiner Brutalität niemals sichtbar waren, sodass selbst die Zofe, die Angela beim Ankleiden half, nichts merkte. Und wenn Angela einmal meinte, sie könne seine Torturen nicht länger ertragen, dachte sie an ihre Kinder und wie gut Navarro für sie sorgte und an dieses schöne Heim, das er gestaltet hatte.

Hass empfand sie für Navarro nicht. Er tat ihr Leid, weil keine Liebe und somit auch keine Freude in ihm wohnte und weil niemand ihn gern hatte, nicht einmal seine Kinder. Und auf unerklärliche Weise war sie ihm darüber hinaus dankbar – für die Kinder, die er ihr geschenkt, und dass er Wort gehalten und ihren Eltern gestattet hatte, bis zu ihrem Tod in diesem Haus zu leben, dass er ihren geliebten Rancho zum schönsten

und blühendsten in Alta California hatte werden lassen. Dafür hatte sie sich an ihren Teil der Abmachung gehalten und war mit vierundfünfzig noch immer eine Schönheit.
Der Lärm und die Geschäftigkeit in der riesigen Küche rissen sie aus ihren Gedanken. Diese vielen Frauen, die da eifrig Mehl mahlten, Tortillas formten, Gemüse putzten, Teig kneteten und schnatterten und lachten! Und noch so vieles andere gab es zu tun! Seit Wochen waren die Vorbereitungen auf der Hacienda im Gange. Zum Auftakt der Festlichkeiten war die große Hochzeitsprozession mit Braut und Bräutigam hoch zu Ross vorgesehen, ein Umzug durch das Dorf Los Angeles und zurück, Marina mit einem breitkrempigen, mit Federn besetzten Hut und gekleidet in hellen Samt, Pablo in bestickter Jacke und Hose, das Zaumzeug seines Pferdes reich mit Silber beschlagen. Danach sollte inmitten von importierter Jakaranda, Zinnkraut und Pfefferbäumen das Hochzeitsbankett stattfinden, umrahmt von einer Mariachigruppe, Tänzen und Feuerwerk.
Zu diesem Anlass hatte sich die gesamte Familie Navarro eingefunden; Marinas Brüder und Schwestern, alle älter als sie und bereits verheiratet, waren samt Ehegatten und Kindern erschienen, und selbst Carlotta, Marinas achtzehn Jahre ältere Schwester, hatte die lange Reise aus Mexiko-Stadt nicht gescheut und war mit ihrem zweiten Ehemann, dem Grafen D'Arcy, und ihrer sechsjährigen Tochter Angelique gekommen.
Angela wandte sich dem Herd zu, wo die Köchin aus Zwiebeln, Knoblauch, dem Mark von Pfefferschoten, Oregano und einer Mehlschwitze die rote Chilisoße zubereitete. Sie nahm aus dem großen Tiegel eine Kostprobe, kräuselte die Stirn, griff sich dann eine kleine frische Tomate, die sie flink in winzige Stücke schnitt und dann in den Tiegel einrührte. Jetzt

war an der Soße nichts mehr auszusetzen. Als sie erneut einen Blick aus dem Fenster warf, sah sie einen hochgewachsenen, grimmig dreinschauenden Mann mit großen Schritten dem Korral zustreben, wo er sich eines der auf dem Zaun hockenden kleinen Mädchen schnappte: Jacques D'Arcy, Carlottas zweiter Ehemann und hingebungsvoller Vater von Angelique, zerrte sein Töchterchen weg von dem grausamen Schauspiel um den Bären und nahm die Kleine mit zu einer Rosenhecke, wo er Platz nahm, Angelique auf seinen Schoß zog und ihr eine Blüte ins Haar steckte.

Abermals verdüsterten sich Angelas Gedanken. Navarro verabscheute Carlottas zweiten Ehegatten. Nach dem Tode ihres ersten Mannes, einem Californio, den Navarro ausgesucht hatte, war Navarro davon ausgegangen, dass seine Tochter von Mexiko-Stadt nach Alta California zurückkehren und einen hier ansässigen Ranchero heiraten würde. Stattdessen hatte sie sich in einen Mann verliebt, dessen Familie vor der Revolution in Frankreich nach Mexiko-Stadt geflohen war und sich dort niedergelassen hatte. Navarro hasste diesen Franzosen und weigerte sich, auch nur ein Wort mit ihm zu wechseln, worauf der brüskierte Jacques D'Arcy erklärt hatte, er bleibe sowieso nur Carlotta zuliebe.

Obwohl es angenehm warm war, fröstelte Angela, als sie jetzt Ausschau nach Navarro hielt. Viel brauchte es nicht – ein wenig Wein, eine Bemerkung, die er als Beleidigung empfand –, und schon würde er D'Arcy zu einem Duell herausfordern. Es wäre nicht das erste Mal. Damals hatte sein Gegner den Kürzeren gezogen.

Als sie mitbekam, wie liebevoll sich D'Arcy mit seinem Töchterchen beschäftigte, ahnte Angela, dass der Grund, an der bevorstehenden Hochzeit teilzunehmen, weniger der war, Carlotta einen Gefallen zu erweisen, als vielmehr der, seine kleine

»Prinzessin« bei Laune zu halten. Die Sechsjährige, die nach der Großmutter benannt worden war, wurde von einer mürrisch dreinschauenden *Azteca* beaufsichtigt, die mehr war als eine Kinderfrau: Sie war eine *curandera* – eine Heilerin – und kannte so die uralten medizinischen Geheimnisse der Azteken. Auffallend war ihre Kleidung: Über einem bunten Rock trug sie einen schenkellangen, ebenfalls mehrfarbigen ärmellosen Überwurf. Ihr langes Haar war, einem Paar Hörnern nicht unähnlich, zu zwei länglichen, mit Stoff umwickelten Gebilden oberhalb der Stirn hochgesteckt. Ihre Ohrläppchen, in denen goldene Stifte steckten, waren so lang, dass sie ihren Hals streiften. Carlotta zufolge stammte die Frau aus einem Dorf, in dem man auch heute noch in der Tradition der Vorfahren vor dem Auftauchen von Cortez lebte und wo das Wissen um Heilung als ein Geheimnis gehütet wurde, das niemals mit den Eroberern geteilt worden war. Carlotta und D'Arcy hatten die Frau in ihre Dienste genommen, weil Angelique in Abständen von Anfällen heimgesucht wurde, den gleichen, die auch Angela zu schaffen machten. Und Marina.
Von all ihren Kindern hatte einzig Marina diesen Hang zu Ohnmachtsanfällen geerbt. Arme kleine Marina! Beim ersten Mal hatte sie schreckliche Halluzinationen gehabt und sich laut schreiend an die Mutter geklammert. Das war etwas, was sie vor allem verband. Niemand sonst konnte verstehen, was da passierte. Pablo Quiñones hatte Angela hoch und heilig versprochen, Marina beizustehen, wenn sie einen solchen Anfall bekam. Angela jedoch ahnte, dass allein sie ihrer Tochter helfen konnte. Schon deshalb war sie froh, dass ihre Tochter sich in einen jungen Mann aus der Gegend verliebt hatte und somit in der Nähe bleiben würde.
Für eine Mutter war es eigentlich ein Unding, eines ihrer Kinder zu bevorzugen, aber Angelas Herz ging seine eigenen

Wege. Hier waren die beiden Töchter, die sie am meisten liebte, die älteste und die jüngste. Carlotta, ihr erstes Kind, hatte sie bereits mit achtzehn zur Welt gebracht. Danach waren viele weitere gekommen, von denen einige nicht lange gelebt und in dem kleinen Familiengrab unter einem Pfefferbaum ihre letzte Ruhe gefunden hatten, andere wiederum, starke, kräftige Burschen, waren zu Männern herangewachsen, darunter drei, die es an Arroganz mit Navarro aufnahmen, sowie ein eher Schüchterner und einer, der ständig lachte. Dann waren da noch die beiden weiteren Mädchen, zwei praktisch veranlagte und gut verheiratete Frauen. Neun überlebende Kinder bei vierzehn Schwangerschaften. Marina war die Jüngste; Angela hatte sie mit sechsunddreißig Jahren bekommen. Zwei Kinder, die darauf folgten, waren nicht einmal ein Jahr alt geworden; mit einem dritten hatte Angela eine Fehlgeburt erlitten. Danach konnte sie nicht mehr empfangen, und somit blieb Marina, zumal die anderen bereits erwachsen, verheiratet und weggezogen waren, ihr »Kleines«.

Ihre Jüngste Marina zu nennen, ging auf einen Traum während dieser Schwangerschaft zurück, als sie noch gar nicht wissen konnte, dass sie ein Mädchen bekommen würde. Ein ausgefallener Name, den sie in einem Traum vernommen hatte, in dem sie sich an einem unheimlichen Ort befand und nicht nur ein seltsames Bild an der Wand sah, sondern auch Hände, die fieberhaft ein Kruzifix in der Erde verscharrten. Und eine Stimme hatte ihr etwas zugeraunt – Marini? Marimi? Nach einem Namen klang das nicht. Marina! Ja, das musste es sein, was sie im Traum gehört hatte. Ein hübscher Name.

Angela vermochte nicht länger das angstverzerrte und gleichzeitig wütende Gebrüll des Grizzlys zu ertragen, der auf dem Rücken lag und versuchte, sich seiner Fesseln zu entledigen. Sie kehrte dem erbärmlichen Schauspiel den Rücken zu, als ihr unwillkürlich durch den Kopf schoss: *Der Bär hat nicht eingewilligt, sich zu unserem Vergnügen einfangen und hierher schleppen zu lassen.*

Woher kam diese Überlegung? Sie entsprach einem dieser seltsamen Gedanken, die sie jeweils völlig unerwartet überfielen, aufblitzten wie ein Fisch, der hell glänzend ganz kurz auf der Wasseroberfläche auftaucht und dann wieder verschwindet. Manchmal durchzuckten sie diese irrwitzigen Eingebungen, die Worte waren oder Bilder, derart schnell, dass sie sich im Nachhinein nicht mehr daran erinnern, ihnen nicht mehr nachspüren konnte.

Angela zwang sich, nicht länger solchen Ungereimtheiten nachzuhängen und sich stattdessen auf die gewaltige Aufgabe zu konzentrieren, für das leibliche Wohl derart vieler Gäste und Arbeiter Sorge zu tragen, die zu diesem festlichen Anlass erwartet wurden.

Rancho Paloma hatte sich zu einer riesigen Hacienda entwickelt, stellte jetzt einen Wirtschaftsbetrieb dar, der unzählige Arbeiter beschäftigte und neben Ackerbau und Viehzucht auch andere Bereiche umfasste. Navarro hatte sich an das in der Hochzeitsnacht gegebene Versprechen gehalten und es zu Wohlstand gebracht. Auch das Dorf Los Angeles erlebte einen Aufschwung. Überall gab es jetzt Farmen mit Obstplantagen, Grünflächen und Weingärten. Neben der Rancho Paloma waren andere Ranchos entstanden: La Brea, La Cienegas, San Vicente und Santa Monica. Und weiter entfernt größere wie Los Palos Verdes, San Pedro, Los Felis – Hunderttausende Morgen, deren Besitzer so berühmte Namen wie Dominguez, Sepúlveda oder Verdugo trugen. Die Zahl der Einwohner des Pueblos war auf nahezu achthundert angewachsen.

Als Angela sah, dass Marina jählings nach dem Fensterrahmen fasste – eine spontane, erschrockene Geste –, folgte sie der Blickrichtung ihrer Tochter. War Pablo aufgetaucht? Nein. Der Reiter, der da durch das Tor kam, war nicht Quiñones, sondern ein Amerikaner, mit dem Navarro in letzter Zeit geschäftlich zu tun hatte: Daniel Goodside, der Kapitän eines Schiffs, der Angela aus unerklärlichen Gründen beunruhigte.
Navarros Geschäfte mit den *Yanquis* waren anfangs illegal gewesen. Heimlich hatte er sich mit amerikanischen Händlern in den kleinen Buchten um Santa Barbara getroffen und Rindshäute gegen Gold eingetauscht. Inzwischen war alles legalisiert worden und problemlos abzuwickeln. Ironischerweise verachtete Navarro die Americanos noch mehr als die Franzosen, nahm sie aber als notwendiges Übel in Kauf – ein wenig besser als Parasiten, dafür als Handelspartner eine unerschöpfliche Quelle für Reichtum. Angela selbst hielt die Americanos für merkwürdige Geschöpfe. Der erste, den sie zu Gesicht bekommen hatte, »Piraten-Joe«, war vor zwölf Jahren, als Kalifornien noch unter spanischer Herrschaft stand, bei einem Überfall im Hinterland der Küste von Monterey gefangen genommen worden. Als sich herausstellte, dass er ein vorzüglicher Zimmermann war, warf man ihn nicht ins Gefängnis, sondern schickte ihn nach Los Angeles, zur Überwachung der Bauarbeiten für eine neue Kirche und die Plaza. Damals war Angela zweiundvierzig gewesen und hatte zum ersten Mal einen Menschen mit blondem Haar gesehen. Das gesamte Dorf war zur Baustelle geströmt und hatte zugeschaut, wie Indianer Holz aus den Bergen herbeischleppten und der große blonde Fremdling Anweisungen erteilte. Nach Fertigstellung der Kirche heiratete Joseph Chapman eine mexikanische Señorita und ließ sich in Los Angeles nieder. Sie-

ben Jahre später, nachdem Spanien seine Besitzansprüche in Kalifornien aufgegeben hatte, tauchte ein gewisser Jedediah Smith, ein Mann aus den Bergen, in der Mission San Gabriel auf, wurde aber nicht verhaftet, weil Ausländern der Aufenthalt in Kalifornien nicht länger untersagt war.
Vor acht Jahren, als die Kalifornier Kenntnis davon erhielten, dass sich Mexiko von Spanien losgesagt hatte, dienten sie sich der mexikanischen Regierung an, die daraufhin unverzüglich die Provinz für den internationalen Handel mit englischen und amerikanischen Schiffen öffnete. Vor allem das Geschäft mit Häuten und Talg kurbelte die Wirtschaft an. Häute von Schlachtvieh wurden von Rancho Paloma nach Neu-England verschifft und dort zu Sätteln, Pferdegeschirren und Schuhen verarbeitet; der Talg wurde geschmolzen und dann zu Kerzen geformt. Im Zuge des aufblühenden neu erschlossenen Markts waren immer mehr Americanos nach California gekommen; in den Straßen von Los Angeles hatte man sich mittlerweile an ihren Anblick gewöhnt.
Angela fragte sich, was ihre Mutter, Doña Luisa, die im Familiengrab beigesetzt worden war, wohl zu diesen Veränderungen sagen würde. Luisa war in dem Jahr gestorben, als Mexiko sich von Spanien losgesagt hatte; für die Neunundsechzigjährige schien damit das persönliche Band zu ihrem geliebten Heimatland unwiderruflich zerrissen zu sein, sodass sie keinen Sinn darin sah, noch länger zu leben. Auch Lorenzo ruhte in dem Familiengrab. Bei einem Glücksspiel war es zum Streit gekommen, in dessen Verlauf er getötet worden war.
Angela sah, dass Captain Goodside vom Pferd stieg und den Hut abnahm. Wie Piraten-Joe wies sein Haar die Farbe von reifem Weizen auf. »Pablo kommt schon noch«, beschwichtigte sie ihre Tochter, auf deren Gesicht sich Enttäuschung ab-

zeichnete. Das arme Mädchen hatte den ganzen Vormittag über auf ihren Verlobten gewartet, aber nur Fremde waren durchs Tor gekommen!

»Ach Mamá«, seufzte Marina auf, um sich dann abzuwenden und aus der Küche zu stürzen.

Angela tauschte lächelnd einen Blick mit ihrer Tochter Carlotta, die die Zubereitung der *dulce de calabaza* – kandiertem Kürbis – überwachte und noch genau wusste, was es hieß, achtzehn und ungeduldig zu sein. Dann verließ sie ebenfalls die Küche und trat aus dem Haus in den Säulengang, von dem aus man durch anmutige Bögen in einen Garten mit Blumenbeeten und Büschen und tief herabhängenden Weiden und Pfefferbäumen gelangte. Vor zusammengeschobenen, mit einer Plane abgedeckten Stühlen hielt sie inne.

Ihre Hochzeitsüberraschung für Marina und Pablo. Diese vier gepolsterten antiken Sessel stammten aus dem Jahre 1736 und entsprachen im Stil denen, die für den königlichen Palast in Madrid gefertigt worden waren. Beeinflusst vom französischen König Louis V., waren sie mit Rosenholz furniert, durch das sich Intarsien aus Ebenholz zogen, in tiefroter, mit Goldfäden durchwirkter Seide gepolstert und mit goldenen Fransen eingefasst. Doña Luisa hatte sie 1773 nach Mexiko mitgebracht und nach ihrer Hochzeit mit Don Lorenzo zusammen mit ihrem anderen Mobiliar von einem Ochsengespann nach Alta California karren lassen. Sie galten als die kostbarsten Möbelstücke in der Provinz, und jetzt sollten sie an Marina übergehen.

Beim Weitergehen erspähte Angela drei Männer, die sich bei den Stallungen aufhielten und dort ein Pferd bewunderten, das Navarro, der trotz seiner über sechzig Jahre noch immer über die Kraft eines Stiers verfügte, unlängst erworben hatte. Neben Navarro erkannte Angela ihren künftigen Schwiegersohn, Pablo mit seinem jungenhaften Gesicht, gedrungen und mit dem Hang, stämmig zu werden. Ob Marina wusste, dass er inzwischen eingetroffen war? Der dritte war Kapitän Goodside, der Navarro ein wenig überragte und dessen absonderlich breitkrempiger Strohhut sein Gesicht überschattete.

Angela versuchte zu erahnen, wie Navarro aufgelegt war. Schon einmal hatte er eine Hochzeit platzen lassen, in letzter Minute, aus einer Laune heraus. Der Bräutigam – ihr Sohn – hatte vor Wut geschäumt, und die Familie der Braut wäre um ein Haar handgreiflich geworden. Diesmal konnte Angela nichts Bedrohliches im Verhalten ihres Mannes erkennen. Pablo Quiñones entlockte ihm sogar ein Lachen.

Dann sah sie Marina, die, hinter einem Baum versteckt, die Männer beobachtete. Angela erschrak. Bestimmt würde ihre impulsive Tochter gleich auf Pablo zulaufen. Sei vorsichtig, Kind, beschwor sie sie aus der Ferne. Lass dich nicht von deinem Vater erwischen. Nach der Hochzeit habt ihr genug Zeit füreinander.

Eine von Navarros Charaktereigenschaften war, dass er nicht vertragen konnte, wenn andere, seine Kinder eingeschlossen, glücklich waren. Überschwängliche Freude stimmte ihn verdrießlich.

Wie Angela feststellte, hing dem Yankee auch heute die schmale rechteckige Schachtel an einem Lederriemen über der Schulter. Was da wohl so Wichtiges drin war, dass er sich nie von ihr trennte? Obwohl Americanos mittlerweile der Aufenthalt in California gestattet war, misstraute Angela ihnen noch immer. Nach jahrelangem illegalem Handeltreiben wurde man nicht über Nacht ein honoriger Mann.

Sie wollte gerade ins Haus zurück, als sie auf dem Pfad von der Alten Straße her eine Gestalt auf einem Maulesel näher

kommen sah. Seiner grauen Franziskanerkutte nach handelte es sich um einen Padre aus der Mission, der jetzt sein Tier zügelte und die Gesichter der *vaqueros* eingehend musterte. Das machte deutlich, warum er hier war. Von seinen Indianern mussten mal wieder ein paar weggelaufen sein.
Es war ein Leichtes, willige Arbeitskräfte für die viertausend Morgen der Rancho Paloma zu finden. Die Indianer zogen das Leben auf den Ranchos dem in den Missionen vor; viele waren sogar auf dem Sprung, sich in den Städten nach einer Bleibe umzusehen. Der Pueblo von Los Angeles zählte inzwischen mehrere hundert Einwohner, und viele von ihnen benötigten Hauspersonal oder Handlanger für schwere Arbeiten. Um zu verhindern, dass den Padres der Missionen ihre Indianer wegliefen – wer sollte sich dann um das Vieh und die Weinberge der Kirche kümmern und für die Padres Stoffe weben und Kerzen ziehen?–, hatte der Gouverneur von California verfügt, dass jeder getaufte Indianer, der ohne Erlaubnis der Padres in der Stadt angetroffen wurde, mit zehn Peitschenhieben zu bestrafen sei.
Aber, überlegte Angela, kämpften der Padre und seine Ordensbrüder nicht auf verlorenem Posten? Zumal es hieß, dass mexikanische Behörden die Missionen, die die Spanier einst gefördert hatten, schließen und das Land an Privatleute verkaufen wollten. Was aber sollte dann aus den Indianern werden? Die meisten hatten ihr Leben lang in den Missionen gelebt und wussten nicht, wie es außerhalb zuging. Andererseits musste Angela zugeben, dass sie über die Indianer so gut wie nichts wusste; sie waren für sie mehr oder weniger Gestalten, die zur Landschaft gehörten – Männer mit Sombreros und Decken, Frauen in langen Röcken und Tüchern. Obwohl noch immer im Land heftige Kämpfe zwischen Californios und Indianern stattfanden. Erst kürzlich hatte man einen Rancho in

San Diego überfallen und die Töchter auf Nimmerwiedersehen verschleppt; in Santa Barbara hatte es einen Aufstand der Chumash gegeben, und die Temecula-Indianer waren plündernd durch San Bernardino gezogen.

Der Padre unterzog das Gesicht jedes Indianers einer genauen Prüfung, also suchte er offenbar nach einem ganz bestimmten.

Die Augen vor der Sonne schützend, ließ Angela den Blick erst über die Grünflächen wandern, auf denen Männer Unkraut jäteten und Dünger verteilten, dann zu den Korralen und Stallungen, der Molkerei und dem Getreidespeicher, dem Schuppen der Gerberei, dem Waschplatz – überall war man emsig am Arbeiten. Den weißhaarigen Alten an der Olivenpresse, der krummgebeugt den Ochsen unermüdlich im Kreis herum bewegte, derweil der große Stein in der Mitte die Oliven zu Mark und Öl zermalmte, kannte sie nicht. Als er aus dem Schatten in die Sonne trat, sah sie seine markanten indianischen Gesichtszüge.

Jetzt schaute der Alte auf, erstarrte, als er den Padre bemerkte, und hetzte dann davon.

Der Priester raffte den Saum seiner Kutte, sodass die mit Sandalen bekleideten nackten Füße zum Vorschein kamen, und hastete dem Mann hinterher, während er lauthals »Stehen bleiben!« brüllte. Sogleich rannten scharenweise Arbeiter, Familienangehörige und Besucher herbei, um in Erfahrung zu bringen, weshalb es der Padre derart eilig hatte.

Angela gelangte als Erste zum Torbogen vor der *lavandería,* wo der Priester den Indianer gestellt hatte. Der alte Mann hatte sich auf die Knie geworfen und flehte händeringend den Padre an.

»Bitte, Padre!«, sagte Angela atemlos. »Seien Sie nicht zu streng mit ihm.«

»Dieser Mann ist getauft und Christ, Señora. Er gehört zur Mission.« Und nachsichtiger: »Sie sind wie Kinder, Señora, sie müssen gezüchtigt werden. Haben Sie Ihre Söhne und Töchter nicht auch bestraft, wenn es angebracht war?«
»Aber er ist ein alter Mann, Padre, und er hat Angst.«
Zu ihrer Verblüffung zerrte der Alte jetzt ungestüm an ihrem Rock, bat in einem Mischmasch aus Spanisch und der Sprache seines Volkes um Beistand. Er war unverkennbar verzweifelt.
»Wäre es nicht möglich, Padre, dass er in sein Dorf zurückkehrt?«
Traurig schüttelte der Priester den Kopf. »Als der Familie Sepúlveda die Ländereien von San Vicente und Santa Monica zugeteilt wurden, löste sie alles zugunsten von Weideland auf. Dieser Mann hier wurde in den Ruinen eines verlassenen Dorfes am Fuße der Berge auf der Suche nach Nahrung aufgegriffen. Er war nackt, Señora, und am Verhungern. Er wurde zu uns gebracht, damit wir ihm zu essen geben und ihn kleiden und zu Christus hinführen.«
Angela sah den Priester an. Nein, sagte sie sich, ein böser Mensch ist dieser Padre nicht.
Und mit Blick auf den Alten dachte sie: Er will doch nichts weiter als frei sein.
Es lag in ihrer Hand, ihn zu retten. Wenn sie dem Padre sagte, sie wolle den alten Mann hier behalten, würde er Verständnis zeigen. Immerhin war sie die Frau von Juan Navarro.
Aber da kam bereits Navarro wutentbrannt auf sie zugestiefelt. Er hatte die Situation erfasst und auch die Rolle, die Angela dabei spielte. Er gab dem Padre die Erlaubnis, den alten Indianer mitzunehmen, und bellte die Umstehenden an zu verschwinden. Jetzt, da er mit seiner Frau allein war – Pablo hatte sich zu Marina gesellt und der Americano war

taktvoll zu den Ställen zurückgegangen –, packte er Angela am Arm und sagte leise: »*Ich* treffe auf dieser Ranch die Entscheidungen, nicht du. Du hast mich lächerlich gemacht.«

Geräuschlos huschte Marina über den Hof. Ihre schlanke Gestalt warf im Mondlicht einen langen Schatten. Sie tastete sich an den Steinmauern entlang, achtete darauf, auf dem unebenen Boden nicht zu straucheln oder über ein Werkzeug zu stolpern. Auf welche Weise ihr Vater sie bestrafen würde, wenn er herausbekam, was sie vorhatte, wagte sie sich nicht auszumalen. Aber nicht ihr Verstand, sondern ihr Herz hatte sie um diese späte Stunde aus dem Haus getrieben. Ihr junger Körper glühte vor Liebe, und ihre Gedanken kreisten unentwegt um den morgigen Tag, um die Hochzeit, die am Abend gefeiert wurde, und um das Brautgemach danach.
Sie ging am Schlachthof vorbei, wo tagsüber reger Betrieb herrschte: Nach dem Schlachten wurde das Vieh sofort gehäutet, die Haut von Fleischresten befreit und dann zum Trocknen in der Sonne ausgebreitet. Nachts roch es hier weniger streng, und die Fliegen schliefen. Der einzige Beweis des blutrünstigen Geschehens am Tage waren die großen Stapel steifer Häute – »Yankee-Dollars« –, die darauf warteten, auf Handelsschiffe verladen zu werden. Vor der Talgkammer standen die riesigen eisernen Bottiche, in denen das Fett der toten Rinder geschmolzen wurde. Den Talg, den man auf diese Weise gewann, benötigte man für die Herstellung von Kerzen und Seife, oder aber man lagerte ihn in großen Ledersäcken ein, für den Handel mit ausländischen Schiffen. Marina schlüpfte in die Talgkammer. Hunderte von langen, dünnen Wachskerzen hingen hier nebeneinander an den Wänden und von der Decke. In der Mitte des Raums stand der unförmige Behälter zum Kerzenziehen, die hölzernen Arme behängt mit

Dochtfäden, die verschieden dick mit Talg ummantelt waren. Die Apparatur war jetzt, da sie nicht in Betrieb war, stumm, während sie tagsüber ununterbrochen quietschte, wenn sie sich, von einem Indianer mit der Hand angekurbelt, drehte und tauchte, drehte und tauchte und in einem Arbeitsgang Hunderte von Kerzen produzierte.

Eigentlich komisch, überlegte Marina, dass es in einem Raum voller Kerzen so finster war. »Bist du da?«, flüsterte sie ins Dunkel. »Bist du gekommen, Liebster?«

Stiefel scharrten auf dem Steinfußboden. Ein Streichholz flammte auf, und gleich darauf verbreitete eine Laterne ihr mildes Licht.

Marina hielt den Atem an, als sie ihr Gegenüber ausmachte – den Americano. Für einen Augenblick war sie wie vom Donner gerührt, starrte Daniel Goodside an, sah sein blondes, vom matten Lichtschimmer umrahmtes Haar, die blauen Augen, die wie der Mittagshimmel leuchteten, die gleichsam erstaunt leicht geöffneten Lippen. Und dann flog sie ihm entgegen und warf sich in seine Arme, empfing seinen Kuss und klammerte sich verzweifelt an ihm fest, als wollte sie ihn nie wieder loslassen.

Niemals würde sie den Tag vergessen, an dem sie – drei Monate war das jetzt her – ausgeritten und an der Grenze des Anwesens einem Fremden begegnet war, der auf einem Hocker saß und in einem großen Buch Skizzen entwarf. Seine Jacke lag ordentlich zusammengefaltet im Gras, sein Hemd leuchtete strahlend weiß, und ein großer Strohhut verbarg sein Gesicht. Als er sie näher kommen hörte, schaute er auf, erhob sich langsam und riss sich den Hut vom Kopf, und sie gewahrte dieses Haar, das die Farbe von reifem Weizen hatte, diese Augen, die so blau waren wie Kornblumen. Und sein Bart erst! Wie Schaffell war er, kurz geschoren und ein ver-

stecktes Lächeln umspielend. Er hatte die Krawatte gelockert, sodass sie seinen gebräunten Hals sah, und der Stoff seiner Reithosen umspannte kräftige, muskulöse Beine. Wie ein junger Gott war er ihr vorgekommen.
Und dann hatte er sie auf Spanisch gegrüßt! Wo sie doch bislang geglaubt hatte, Yankees seien lediglich des Englischen mächtig. Und wie gut und zudem fast akzentfrei er ihre Sprache beherrschte! Mehr als ein Gott – ein Zauberer, ein Magier. Knisternde Stille hatte sie damals umfangen, einen Augenblick lang, als sie sich stumm gegenüberstanden, derweil ein sommerlicher Windhauch sein sonnengelbes Haar zauste und Marinas Herz sich auftat wie eine Prunkwinde unter den Strahlen der Sonne. Und dann hatte der Fremde gesagt: »Verzeihen Sie, Señorita, dass ich Sie so anstarre. Aber beim Besuch Ihrer Stadt der Engel habe ich mich gefragt, nach welchen Engeln sie benannt wurde. Nun weiß ich es.«
Jetzt, da sie sich an ihn schmiegte, seinen Geruch einsog, seine starken Hände spürte und, das Ohr an seine Brust gepresst, dem tiefen Timbre seiner Stimme lauschte, als er sagte: »Was soll nur aus uns werden?«, stieg in Marina ein Schluchzen hoch und hinderte sie am Atmen. Seit drei Monaten hatte sie Freude und Kummer durchlebt, Ungewissheit und Träume. Sie hatte geglaubt, Pablo zu lieben – bis sie Daniel begegnet war. Aber sie war Pablo versprochen, und das Wunder, von diesem Versprechen entbunden zu werden, um das sie Abend für Abend gebetet hatte, war nicht eingetreten. Und jetzt musste sie Abschied von Daniel nehmen, der morgen mit der Flut auslief.
»Ich werde sterben«, flüsterte sie an seiner Brust. »Ohne dich kann ich nicht leben.«
»Ich auch nicht, liebste Marina«, sagte er und strich ihr, diesem bezaubernden Engel in seinem Arm, übers Haar. »Gott

hat mir die Aufgabe auferlegt, fremde Länder zu erforschen, und ich werde deine Kraft und deine Güte brauchen, auf dass sie mich auf diesem schwierigen Pfad leiten. Bevor ich dir begegnete, war ich voller Furcht. Wenn ich übers Meer schaute, erzitterte meine Seele bei dem Gedanken, mich in die Hände der Barbaren zu begeben. Und dann bist du, eine freundliche und sanftmütige Seele, in mein Leben getreten und hast mich beschwichtigt. Du erinnerst mich immer wieder an Gottes Gnade und daran, dass wir niemals allein sind. Ich sehe Tage der Versuchung auf mich zukommen, und ich habe Angst, ohne dich zu versagen.«

Drei goldene Monate lang hatten sie gemeinsam einem wunderbaren Traum nachgehangen, waren Hand in Hand am Rande des Schwemmlands entlanggewandert, wo niemand sie entdecken konnte. Daniel hatte von den Wundern in der Welt erzählt, Marina sie sich vorgestellt. Als er ihr gesagt hatte, was er ihr alles zeigen wollte, hatte Marina ihm geglaubt. Sie hatten sich Illusionen hingegeben. Aber vor der Realität gab es kein Entrinnen, auch nicht vor ihrer Heirat mit Quiñones. Und jetzt war der Tag angebrochen, da ihre Illusionen in sich zusammenstürzten.

Marina hielt die Luft an. Sie wusste, was jetzt kam – die verbotenen und bis jetzt nicht geäußerten Worte, die aber, wie sie spürte, aus Daniel herausdrängten. »Komm mit mir mit«, sagte er. »Werde meine Frau.«

Liebe schwappte über sie hinweg wie eine Meereswoge, aber auch Schmerz und Angst und Kummer. Nach nichts unter Gottes Sonne verlangte sie es mehr, als Daniels Frau zu werden und mit ihm durch die Welt zu ziehen. Aber sie kannte den Preis für eine derart selbstsüchtige Handlungsweise.

So ungern sie sich aus seiner schützenden Umarmung löste, wich sie jetzt doch zurück, weil sie zumindest einen kleinen

räumlichen Abstand für das brauchte, was sie ihm zu sagen hatte. »Ich kann nicht mit dir gehen, Daniel. Mein Vater ist ein stolzer und aufbrausender Mann. Sein Zorn wäre grenzenlos, wenn ich ihn hintergehen und Schande über die Familie bringen würde.«
»Aber du wärst weit weg von ihm, Marina.«
»Nicht um mich habe ich Angst. Er würde meine Mutter für mein Tun bestrafen. Grausam bestrafen, solange sie lebt. Wie könnte ich unter solchen Umständen mit dir, meinem geliebten Daniel, glücklich sein?«
Er umfasste ihr Gesicht. »Liebe«, flüsterte er, »ist ein so großes Mysterium, dass sie alles andere außer Acht lässt.« Wieder küsste er sie, leidenschaftlicher diesmal, und ihr Körper antwortete.
»Gott im Himmel«, sagte er mit rauer Stimme und war sich bewusst, dass sie an einer gefährlichen Klippe angelangt waren. Es wäre so einfach. Auf dem Boden lag Stroh. Niemand würde etwas erfahren.
»Es darf nicht sein«, raunte er ihr ins Ohr. »Ich will es nicht, nicht auf diese Weise. Wenn wir nicht als Ehemann und Ehefrau zusammen sein dürfen, werde ich mich mit deinen Küssen zufrieden geben.«
Eng umschlungen standen sie da, hörten das verzweifelte Brüllen des Grizzlys in seinem Gehege, das Klirren der Ketten bei seinem Versuch, sich zu befreien.
Marina weinte leise vor sich hin, bis sie sich entschlossen von Daniel losriss und ihn ein letztes Mal lange ansah. »Ich muss jetzt gehen. Vater könnte uns überraschen.«
Er hielt sie an den Schultern zurück. »Ich werde mich bis morgen um Mitternacht im Haus von Francisco Marquez aufhalten«, sagte er eindringlich. »Mit der Flut laufe ich dann aus. Ich bete von ganzem Herzen, Liebste, dass du die Kraft

aufbringst, mit mir zu kommen. Wenn ich aber nichts von dir höre, werde ich das als ein Zeichen Gottes hinnehmen, dass wir nicht füreinander bestimmt sind. Und solltest du Quiñones heiraten, wünsche ich dir ein langes und glückliches Leben an seiner Seite. Ich werde dich nie vergessen, und niemals werde ich eine andere so lieben wie dich, meine liebste, liebste Marina.«

»Mamá! Komm schnell! Irgendwas ist mit Marina los! Ich glaube, sie hat einen ihrer Anfälle!«

Mehr brauchte Carlotta nicht zu sagen. Angela stürzte bereits zur Küche hinaus, wo Dienstboten damit beschäftigt waren, Gläser für die ankommenden Gäste mit Wein zu füllen. In einer Stunde sollten die Hochzeitsfeierlichkeiten beginnen.

Sie betrat Marinas Zimmer, fand ihre Jüngste jämmerlich schluchzend auf dem Bett liegen. Und ihr Brautkleid hatte sie auch noch nicht angezogen! Angela schickte alle, die Marina beim Ankleiden hatten helfen wollen, einschließlich Carlotta, fort, umfasste die Schultern ihrer Tochter. »Bist du krank, Kleines?«, fragte sie liebevoll. »Soll ich das Laudanum holen?«

»Ich bin nicht krank, Mamá! Ich bin unglücklich!«

Angela wischte ihr die Tränen ab. »Wo das doch der glücklichste Augenblick deines Lebens sein sollte. Wie kannst du da nur weinen? Sag mir, was dir fehlt, mein Kind.«

Marina warf sich der Mutter an die Brust. Stockend brach all ihr Kummer aus ihr heraus. Verwundert hörte sich Angela Marinas Beichte an. Sie war in den Americano verliebt? Wann sollten denn die beiden Zeit und Gelegenheit gefunden haben, ihre Gefühle füreinander zu entdecken? »Marina«, sagte sie streng und half ihrer Tochter, sich aufzusetzen, um ihr dann prüfend ins Gesicht zu sehen. »Sag mir die Wahrheit. Warst du mit ihm allein?«

Marina senkte den Kopf. »Während der Siesta, wenn alle schliefen.«
»Du warst allein mit einem *Amerikaner*?«
»Er ist ein hochanständiger Mann, Mamá! Wir haben nichts weiter getan als uns unterhalten. Wunderbare Gespräche waren das!« Derart ungestüm sprudelten die Worte aus ihr heraus, dass Angela völlig perplex war. »Daniel ist kein Händler wie andere Yankees, Mamá, er ist ein Forscher. Er reist um die Welt, entdeckt ungeahnte Wunder und Orte, die niemand kennt. Er malt sie, Mamá, zeichnet sie auf, als Erinnerung an die vielen Menschen, die er kennen lernt. Er hat mir von einem Land erzählt, in dem die Bewohner auf großen Tieren mit Höckern auf dem Rücken reiten, und von einer Region, in der die Leute in Häusern aus Schnee wohnen.«
»Was für ein Unsinn, Marina.«
»Nicht doch, Mamá! Das hat er sich nicht ausgedacht, das gibt es wirklich. Und ich möchte mir das alles anschauen. Ich sehne mich danach, China kennen zu lernen und Indien und Boston. Ich möchte Tee trinken und Kaffee, ich möchte Capes tragen und Turbane und um ein Lagerfeuer tanzen und mit einem Schlitten durch den Schnee fahren. Du und ich, wir haben Schnee nur von weitem gesehen, Mamá, auf den Gipfeln der Berge. Daniel dagegen ist darin herumgestiefelt und hat sogar im Schnee geschlafen!«
Marinas heiße Hände umschlossen die der Mutter. »Daniel hat mir von Häusern erzählt, die so hoch sind, dass sie in den Wolken verschwinden, von Kirchen so groß wie ganze Städte und von Palästen mit Hunderten von Zimmern. Er ist über Straßen gezogen, die zweitausend Jahre alt sind, Mamá, und er hat von einem Fluss gesprochen, der sich Nil nennt und an dem riesige steinerne Löwen stehen, die von mythischen Wesen zu Anbeginn der Zeit dort hingestellt wurden.«

Angela verstand nicht einmal die Hälfte dessen, von dem ihre Tochter da sprach, aber das tat nichts zur Sache. Was sie überwältigte, waren Marinas leuchtende Augen, die von jugendlicher Begeisterung kündeten und dem brennenden Verlangen, Wissensdurst und Abenteuerlust zu stillen. Ein Leuchten, das Angela weder in ihrem eigenen Spiegelbild noch in den Augen eines ihrer anderen Kinder je entdeckt hatte.
Und dann dämmerte ihr unversehens, was sich hinter Marinas Worten verbarg: Der Americano wollte Marina mitnehmen! Weit weg! »Was gibt es denn an diesen anderen Orten, was wir nicht haben?«
»Mamá, wenn du zum Horizont schaust, fragst du dich dann nicht, was dahinter liegt?«
Unwillkürlich sperrte sich Angela gegen diesen Goodside, der Marina solche Flausen in den Kopf gesetzt hatte. »Jenseits des Horizonts ist nichts«, erwiderte sie schroff. »Es gibt nur ein Hier, diese Welt, *unsere* Welt. Was außerhalb ist, gehört anderen, geht uns nichts an. Hier ist, woran unser Herz hängt und wo unsere Seele sein möchte.«
»*Deine* Seele, Mamá, nicht meine.«
Marinas Worte trafen sie wie ein Schlag. *Bin ich denn die Einzige,* schoss es ihr durch den Kopf, *die die Poesie der Bäume vernimmt, wenn der Wind in ihren Zweigen flüstert? Die Einzige, deren Herz dem Schrei des rotschwänzigen Falken über mir antwortet? Die Einzige, die Erdbeben nicht fürchtet und sich sagt, das sei nichts weiter als ein schlafender Riese, der sich auf seinem Lager herumwälzt?*
»Schau, Mamá.« Marina kniete sich hin und zog unter dem Bett eine Schachtel hervor, in der sich großformatige Bögen aus dickem Papier befanden, alle bemalt mit farbenfrohen Bildern. »Aquarelle nennt man so etwas, Mamá. Schau, wie schön sie Daniel gelungen sind.«

In der Tat. Der Amerikaner hatte nicht nur die Landschaft von California eingefangen, sondern auch die Stimmung. Hingerissen ging Angela Blatt für Blatt durch, konnte förmlich die Sommerhitze riechen, das Summen der Insekten hören, die Trockenheit in der Luft schmecken. Er hatte ein Wachtelpärchen gemalt, das mit seinem Federschopf einander zunickte. Und den friedlichen blauen Pazifik, mit weißen Segeln am Horizont. Einfühlsame Bilder, befand sie, mit liebevollem Herzen ausgeführt.

»Daniel sagt, so ein Licht wie in California gibt es nirgendwo auf der Welt. Er sagt, es ist schärfer und klarer und dass die Farben leuchten. Mein Daniel«, fügte Marina zärtlich hinzu, »ist ein Künstler.«

Angela meinte ihren Ohren nicht zu trauen. *Mein* Daniel? Als jetzt von draußen zu hören war, wie die Musikanten ihre Instrumente stimmten und mit dem Eintreffen der Gäste Worte der Begrüßung durch die Luft schwirrten, überkam sie eine schreckliche Vorahnung. »Denk doch mal an Pablo«, beschwor sie ihre Tochter und merkte, dass ihr das Herz bis zum Halse klopfte. Wenn Navarro von dieser Geschichte mit Daniel Wind bekam! »Er ist ein so netter junger Mann. Du wirst es gut bei ihm haben.«

Marina ließ den Kopf hängen. »Ja, Mamá, gewiss. Ich werde Pablo heiraten.«

»Wirklich? Nach all dem?«

Mit Tränen in den Augen sah Marina auf. »Ich werde Pablo heiraten, weil ich es versprochen habe. Ich werde dir keine Schande bereiten, Mamá.«

»Aber … glücklich bist du darüber nicht.«

Wieder neigte Marina den Kopf. »Mein Herz wird immer Daniel gehören. Aber Pablo ist ein guter Mann, und ich werde mich bemühen, ihm eine gute Frau zu sein.«

Angela blickte ihre Tochter an. Wie war es nur möglich, dass ein so edler, starker Geist aus ihr und Navarro hervorgegangen war?

»Dann solltest du dich jetzt ankleiden, sonst fangen die Gäste an, Fragen zu stellen.« Als Angela das Nähkästchen der Schneiderin beiseite schob, das für allerletzte Änderungen am Brautkleid hergebracht worden war, drängten sich ihr unwillkürlich weit zurückliegende Erinnerungen auf: die Mutter, die für die geplante Reise nach Spanien gepackt hatte, und wie niedergeschlagen sie gewesen war, als sie dann doch nicht fahren konnten. Jetzt, da Angela daran zurückdachte, kam ihr der Verdacht, dass die Reise vielleicht doch nicht ausschließlich zu Doña Luisas Vergnügen geplant worden war, wie sie damals mit ihren sechzehn Jahren angenommen hatte. Waren Mutters Worte nicht gewesen: »Ich möchte, dass du es einmal besser hast«? Und wie zusehends in sich gekehrt Luisa danach geworden war, so als wäre ihre Seele nach und nach geschrumpft, wie eine Kerze, deren Flamme immer kleiner wird und dann verlischt.

Und jetzt fiel es ihr wie Schuppen von den Augen: Die Mutter hatte niemals die Absicht gehabt, aus Spanien zurückzukehren! Und dafür, dass sie ihren Ehemann verließ, war sie sogar bereit gewesen, gegen weltliches und kirchliches Gesetz zu verstoßen. Exkommuniziert worden wäre sie – Luisa, diese gottesfürchtige Frau! Vielleicht sogar eingesperrt. *Sie wollte es für mich tun.*

Und dann eine andere Erinnerung: Navarro, der sich über Angelas Namenswahl für das Baby erregte. »Marina? Du willst unsere Tochter nach einer Schiffsflotte nennen?«

Für Angela beinhaltete »Marina« mehr als den spanischen Begriff für Marine, schloss den Ozean mit ein, das Meer und beschwor das Bild von quicklebendigen Wesen, die sich in völ-

liger Freiheit tummelten. Welch Ironie des Schicksals, dass sich Marina in einen Kapitän verliebt hatte! War der Traum etwa eine Prophezeiung?
Noch immer ruhte ihr Blick auf dem gesenkten Haupt ihrer Tochter, ihren hängenden Schultern, die Resignation erkennen ließen – wie der alte Indianer, als er mit dem Padre mitgegangen war. Und neben der Musik und dem Lachen konnte Angela durch die offenen Fensterläden das jämmerliche Brüllen des Grizzlys hören, der gegen seinen Willen seiner Freiheit beraubt und in einen Verschlag gesperrt worden war.
»Dieser Daniel«, fragte sie schweren Herzens, »ist Protestant?«
Marina hob den Kopf. »Er ist ein guter und frommer Mann, Mamá«, sagte sie, und ihre Augen begannen wieder zu leuchten. »Er sieht es als Gottes Auftrag an, die Welt zu erforschen und dabei zu denen zu gehen, die noch nie etwas von Jesus Christus gehört haben. Warum …« Sie kräuselte die Stirn. »Wieso fragst du?«
Angela lauschte dem fröhlichen Stimmengewirr draußen, sog die warme Abendluft ein, die wie süßer Balsam war, und wusste, dass sie sich zeitlebens an die kleinste Kleinigkeit dieses Augenblicks erinnern würde: an den Musiker, der eine Note nicht richtig traf, dass ein Feuerwerkskörper gezündet wurde und Pablos Vater dröhnend auflachte, wie die heilige Teresa auf dem kleinen Bild an der Wand im Kerzenlicht ihr zuzublinzeln schien. »In die Stadt kannst du nicht«, sagte sie schließlich. »Du musst mit Daniel einen Treffpunkt vereinbaren.«
Marina sah sie verständnislos an. »Wie meinst du das?«
»Wo ist Daniel Goodside jetzt? Kannst du ihm noch vor seiner Abreise eine Nachricht zukommen lassen?«
»Ich gehe nicht mit ihm«, sagte Marina entschlossen. Un-

willkürlich schossen ihr die Tränen in die Augen, rannen ihr übers Gesicht, und ein Schluchzen hinderte sie am Weitersprechen.

Angela umfing ihre Schultern. »Kind, du besitzt etwas Seltenes und sehr Schönes. Nur wenigen ist vergönnt, einer solchen Liebe zu begegnen, du darfst sie nicht einfach durch die Finger rinnen lassen.« Angela ahnte, dass auch in ihrem Herzen Reste solch leidenschaftlicher Glut glimmten, nur gab es in ihrer Vergangenheit keinen Mann, der sie zu einer Flamme entfacht hätte. Auch für die Zukunft war dies wohl nicht mehr zu erwarten. Ihre Tochter hingegen sollte unbedingt ihre Chance wahrnehmen, tief empfundene, niemals endende Liebe zu erfahren.

»Ich gehe nicht fort«, sagte Marina nochmals, leise, ohne die Mutter anzusehen.

»Warum nicht? Du wirst es bestimmt bereuen, wenn du Daniel ziehen lässt.«

Jetzt blickte Marina der Mutter ins Gesicht. Ihre Augen verrieten Angst und Kummer. »Warum nicht, mein Kind?«, bedrängte Angela sie. »Was verschweigst du mir?«

»Ich kann dich nicht verlassen, Mamá.«

Angela erschrak.

»Wegen Vater«, fügte Marina hinzu. »Ich kann dich nicht mit ihm allein lassen.«

Entsetzt hielt sich Angela die Hand vor den Mund. »Was sagst du da, Tochter?«

»Mamá, ich weiß doch Bescheid. Wie Vater dich behandelt.«

»Was redest du denn da!« Angela durchfuhr ein Stich, der ihren Körper zu spalten schien. Lieber Gott, lass es nicht wahr sein. Mach, dass meine Qualen all die Jahre hindurch unentdeckt geblieben sind!

Aber die Augen ihrer Tochter verrieten ihr die furchtbare

Wahrheit. Marina wusste von Navarros Misshandlungen. Andere vielleicht auch. Beschämt und gedemütigt, griff sich Angela an den Magen und wandte sich ab.
»Mamá.« Marina streckte die Arme nach ihr aus.
Alle Farbe war aus ihrem Gesicht gewichen, als sie, das Kinn gereckt und den Schmerz unterdrückend, wie sie es mit den Jahren zu tun gelernt hatte, ihre Tochter ansah. »Umso mehr sollte dies ein Grund für dich sein, von hier fortzugehen«, sagte sie, gegen ihre Tränen ankämpfend. »Alles, was ich von dem Tag an, an dem ich deinen Vater heiratete, durchgemacht habe, würde nur tausendmal schlimmer werden, wenn du jetzt bliebest. Nur dadurch, dass du einem Mann folgst, den du liebst, werde ich die Kraft haben, mich mit meinem Leben abzufinden.«
Marina sank der Mutter in die Arme, und trotz der dicken Wände, die nichts nach draußen dringen ließen, weinten sie sich beide leise an der Schulter der anderen aus, klammerten sich aneinander in dem Wissen, dass dies ihr letztes Zusammensein war. Dann richtete sich Angela auf. »Kannst du Daniel eine Nachricht zukommen lassen und irgendwo ein Treffen vereinbaren?«
»Er ist im Haus von Francisco Marquez. Er wollte dort auf ein Wort von mir warten, muss aber um Mitternacht auslaufen.«
Angela nickte. »Dann heißt es rasch handeln. Viel Zeit bleibt uns nicht.« Sie ging zu der Tür, die zur äußeren Kolonnade führte, und spähte hinaus. Wie sie gehofft hatte, wartete dort Carlotta, ging bereits ungeduldig auf und ab. Angela winkte sie herein, schloss hinter ihr die Tür und klärte sie kurz über die veränderte Situation auf.
»Santa María!«, entfuhr es Carlotta, und sie bedachte ihre jüngere Schwester mit einem bewundernden Blick.

»Du musst jemanden mit einer Botschaft ins Haus von Francisco Marquez schicken«, sagte Angela und nahm bereits an Marinas kleinem Schreibtisch Platz, griff nach Papier und Feder. »Wichtig ist, dass diese Botschaft unbedingt vor Mitternacht den Empfänger erreicht.« Sie faltete das Blatt zusammen und übergab es Carlotta. »Wem können wir vertrauen?«

»Für so etwas ist niemand besser geeignet als mein Ehemann Jacques!«, kam es spontan von Carlotta, die von der Romanze und dem Ränkespiel begeistert war. »D'Arcy ist sofort dabei, wenn es darum geht, mit einem Liebesbrief zu einem heimlichen Galan zu reiten, und er ist der Letzte, der irgendwas verraten würde!«

»Dann mach schnell und lass dich nicht erwischen. Und sobald D'Arcy aufgebrochen ist, erzählst du allen, Marina hätte Kopfschmerzen, sie müssten sich noch gedulden.«

Nachdem Carlotta fort war, setzte sich Angela abermals an den Schreibtisch. »Ich weiß von einer Höhle, in der du Daniel treffen kannst.« Hastig skizzierte sie auf einen weiteren Bogen Papier einen Lageplan. »Die Höhle liegt in einem Canyon, zu dem du an einer Felsformation vorbei gelangst, auf der diese Zeichnungen zu erkennen sind.« Sie reichte Marina das Blatt Papier.

Das Mädchen warf einen erstaunten Blick darauf. »Woher kennst du diesen Ort, Mutter?«

»Ich war vor Jahren dort, als ich ebenfalls verzweifelt war. Und... vorher, glaube ich, auch schon, nur kann ich mich nicht erinnern, wann. Leider ist es mir nicht möglich, dir Geld zuzustecken, aber das hier, das musst du unbedingt mitnehmen.« Sie griff in die Tasche ihres Kleides. »Deine Großmutter, sie ruhe in Frieden, gab mir dies in der Nacht, in der sie starb. Sie sagte, das sei etwas Besonderes, ein Glücks-

bringer.« Angela verstummte. In der Nacht ihres Todes hatte Doña Luisa merkwürdige Dinge geäußert. Gewissensbisse schienen sie zu plagen, regelrecht zerknirscht hatte sie gewirkt wegen etwas, was für Angela keinen Sinn ergab. Hatte das etwas mit den eigenartigen Träumen zu tun, die Angela zeit ihres Lebens verfolgten – Träume von der Höhle mit geheimnisvollen Bildern und einem wilden Mann aus den Bergen, der mit einer Gewehrkugel erschossen worden war? Hatte sich das wirklich zugetragen, oder entsprang das der Phantasie eines Kindes, entzündet an Geschichten, die sie gehört hatte?
Sie schloss Marinas Finger um den Geisterstein. »Geh jetzt«, sagte sie. »In der Höhle bist du in Sicherheit, bis Daniel eintrifft.«
Sie umarmten sich noch einmal, wischten sich gegenseitig die Tränen von den Wangen. In dem Augenblick jedoch, als Marina ihr Cape zuhakte und nach ihren Handschuhen griff, wurde die Tür aufgerissen, und Navarro stand wie ein Rachegott vor den beiden Frauen. »Was soll das? Ich hörte, wie Carlotta zu D'Arcy sagte, dass etwas mit Marina los ist.« Dann bemerkte er das Cape und die Reisetasche. »Hast du den Verstand verloren?«, donnerte er.
»Sie wird Quiñones nicht heiraten«, sagte Angela.
»Du hältst den Mund, Frau. Mit dir befasse ich mich später.« Er wandte sich an Marina. »Zieh dein Hochzeitskleid an.«
»Ich kann nicht, Papá.«
»*Dios mío*, wo bleibt die gute Erziehung, die ich dir habe angedeihen lassen!«
»Du hast sie nicht erzogen«, warf Angela ein. »Sondern ich. Und ich erlaube ihr zu gehen.«
Sein Arm schoss so schnell vor, dass Angela ihn nicht kommen sah. Der Schlag, der sie traf, war heftig genug, um sie fast

ans andere Ende des Zimmers zu schleudern. Jetzt stürzte er sich auf seine Tochter.
Angela rappelte sich hoch, schüttelte den Kopf, um wieder klar denken zu können. Ihr Blick fiel auf die glänzende Schneiderschere auf der Frisierkommode. Ein Schritt darauf zu, und schon lag die Schere in ihrer Hand, fuhr durch die Luft und bohrte sich tief in Navarros Rücken.
Aufbrüllend wie ein Stier, drehte er sich langsam um und sah Angela erstaunt an, ehe er mit dem Gesicht nach unten auf dem Boden aufschlug und verstummte.
Die beiden Frauen waren zunächst wie versteinert, dann kniete sich Marina neben den Vater und legte ihm die Hand an den Hals. »Er ist tot«, flüsterte sie mit vor Angst weit aufgerissenen Augen.
Auch Angela kauerte sich neben Navarro und durchwühlte wortlos die Taschen seines Anzugs. Die Münzen, die sie fand, tat sie in ein Täschchen, das sie Marina in die Hand drückte. »Geh jetzt. Beeil dich. Niemand darf dich sehen. Wenn die Quiñones etwas erfahren, werden sie die Verfolgung aufnehmen.«
»Aber Mamá …«
Angela drängte ihre Tochter zu der Tür, die auf den inneren Hof hinaus führte, über den Marina fliehen konnte, ohne gesehen zu werden. »Geh und sorge dafür, dass sie dich nicht finden.« Mit Tränen in den Augen fügte sie hinzu: »Hierher zurückkommen kannst du nicht mehr. Wenn du einmal diesen Weg beschritten hast, musst du ihn bis zu Ende gehen. Und wenn deine Brüder und vermutlich auch die Quiñones sagen, du hättest unsere Familien entehrt, so sage ich, dass es schlimmer ist, gegen sein Herz zu entscheiden. Sobald du in Sicherheit bist, meine Tochter, schick Carlotta nach Mexiko eine Nachricht. Sie wird einen Weg finden, mich zu infor-

mieren. Aber für lange Zeit darf niemand erfahren, wo du dich aufhältst. Geh jetzt. Geh mit Gott und meiner Liebe.«

Marina sah noch, wie sich die Mutter einen Stuhl zu Navarros Leichnam heranzog. »Was hast du vor?«, fragte sie.

»Hier zu warten, bis ich Gewissheit habe, dass du es geschafft hast.« Damit nahm Angela Platz und faltete die Hände im Schoß.

Marina ritt wie der Wind; der volle Mond wies ihr den Weg. Ihr Herz galoppierte im Rhythmus der Pferdehufe, während sie inbrünstig betete, dass Daniel die Nachricht erhalten und sie abholen würde.

Ihr Vater lag tot auf dem Boden ihres Zimmers! Und Mamá saß bei ihm und sah ungerührt ihrem Schicksal entgegen.

Ab dort, wo El Camino Viejo allmählich versandete, hielt sich Marina an die Skizze ihrer Mutter, fand den kleinen Canyon und, von Findlingsblöcken verborgen, die Höhle. In deren Eingang hockte sie sich auf den Boden, um auf Daniel zu warten, und zählte, in gleißendes Mondlicht getaucht, das Geld in ihrem Schoß. Münzen aus den Taschen ihres Vaters – Pesos, Reales und ein amerikanisches Ein-Cent-Stück. Beim kleinsten Geräusch machte ihr Herz vor Schreck einen Satz, flatterten ihre Hände. Wie der eisige Atem eines Geistes fuhr ein kalter Wind durch das enge Tal und in die Höhle hinein.

Die Zeit verrann, und Marinas Angst stieg ins Unermessliche. Wie spät war es inzwischen? Hatte es D'Arcy zum Hause von Marquez geschafft? Oder war er aufgehalten worden?

Da, unvermittelt – Pferdehufe, die sich über das Geröll einen Weg suchten.

Marina hielt den Atem an.

Ein Reiter saß ab.

Rasch stopfte sie das Geld zurück in ihr Täschchen und stand auf. Dass ihr dabei eine Münze entglitt und zu Boden fiel und der Geisterstein ebenfalls, merkte sie nicht.
»Daniel!«, rief sie laut. »Bist du es?«

Kapitel 13

Dunkelheit.

Erica wusste nicht, ob ihre Augen geöffnet oder geschlossen waren. Wo befand sie sich? Sie versuchte sich zu erinnern, versuchte, die Situation einzuschätzen. Ihr Schädel brummte, auf ihrer Brust lag ein Druck, der ihr das Atmen erschwerte. Ihre Hände brannten.

Nach einer Weile merkte sie, dass sie auf schmutzigem Boden lag. Und da fiel es ihr wieder ein: Sie war in der Höhle. Es hatte eine Explosion gegeben, einen Einsturz. Luke war im Geröll verschüttet. Und sie hatte in panischer Angst versucht, mit bloßen Händen einen Weg zu graben, und sich dabei die Finger aufgerissen. Deswegen brannten sie so. Wie lange hatte sie hier bewusstlos gelegen? Die Luft war gefährlich dünn. Wie viel Zeit blieb ihr noch? Und wie nah mochten die Retter sein, die bestimmt an der anderen Seite des Erdrutsches arbeiteten?

Sie versuchte sich aufzurichten, aber sie hatte nicht die Kraft dazu. So blieb sie auf der Erde sitzen. Der Geruch von Schmutz und Staub stieg ihr in die Nase. »Hilfe …«, flüsterte sie kraftlos.

Da sah sie jemanden über sich stehen, mit geschürzten Lippen, den Finger vorwurfsvoll erhoben. Mrs. Manion, Ericas Lehrerin aus der vierten Klasse. Was tat die denn hier in der

Höhle? *Ich scheine zu halluzinieren. Oder zieht mein Leben vor meinen Augen vorüber? Aber passiert das nicht nur beim Ertrinken?* Jetzt tauchten neben der Lehrerin noch andere Gesichter auf, reale Gestalten aus Ericas Vergangenheit und Phantasiegebilde. Sie versuchten, ihr etwas zu sagen.

Da wurde sie bewusstlos.

Als Erica wieder zu sich kam, lauschte sie angestrengt in die Dunkelheit. Um sie herum herrschte tödliche Stille. Versuchte denn niemand, sie hier herauszuholen? Hatten sie aufgegeben?

Noch mehr Gestalten erschienen, gespenstisch, winkten ihr zu. »Nein ...«, wisperte sie in der Angst, sie wären gekommen, um sie ins Reich der Toten zu begleiten. Oder führten sie sie woandershin? Zurück in die Vergangenheit ...

Er hieß Chip Masters und war einer der Obercoolen von Reseda High. Als er Erica und ihre Freundin zu einer Spritzfahrt mit noch anderen Jugendlichen im neuen Wagen seines Vaters einlud, wie konnte sie da widerstehen? Mit sechzehn rieb Erica sich an den strengen Regeln des Mädchenheims, in dem sie derzeit lebte. Chip versprach Geheimnis und Abenteuer.

Es gab Bier im Auto. Obwohl sie den Geschmack nicht mochte, nahm sie ein paar Schluck, um mit den anderen mitzuhalten. Sie übernahmen abwechselnd das Steuer – Ventura, White Oak, Sherman Way. Und rauf auf den Freeway. Wieder runter bei Studio City. Und genau als Erica am Steuer saß, stellte eine Polizeistreife die Sirene an und bedeutete ihr, rechts ran zu fahren. Erica wurde von Panik gepackt. Sie hatte keinen Führerschein. Und dann sprangen die anderen wie der Blitz aus dem Auto und rannten davon, während Erica wie benommen hinter dem Steuer sitzen blieb.

Auf der Revierwache versuchte sie die Polizisten davon zu überzeugen, dass sie keine Ahnung hatte, dass der Wagen gestohlen war. Woher hatte sie dann die Schlüssel? wollten sie wissen. Was glaubte sie denn, wessen Auto das war? Wer waren ihre Kumpane, die raussprangen, als sie den Wagen anhielt? Doch Erica hatte in den vielen Erziehungsheimen den Ehrenkodex der Teenager gelernt, dass man Freunde nämlich niemals verpfiff.

Sie wurde des schweren Autodiebstahls beschuldigt und bis zur Gerichtsverhandlung in eine Jugendanstalt gesteckt. Dort erzählten ihr die taffen Insassen Horrorgeschichten über die California Youth Authority Camps – die Erziehungslager der kalifornischen Jugendbehörde. »Du bist hübsch und 'ne Weiße. Pass bloß auf, wenn du unter der Dusche bist.«

Vor Gericht zu stehen, war für Erica nichts Neues. Als Mündel unter Amtsvormundschaft musste sie jedes Mal, wenn sich ihr Rechtsstatus änderte, vor ein Vormundschaftsgericht. Nur dass sie diesmal vor einem Strafgericht stand, und wenn man sie für schuldig befand und zum Erziehungslager verurteilte, dann war sie »am Arsch«, wie die Jung-Knastis ihr versicherten.

Es war September, der schlimmste Monat im San Fernando Valley, wenn die Hitze und der Smog ihren Höhepunkt erreichten. Erica war verängstigt und deprimiert wie nie zuvor. Nicht nur, dass Chip Masters und die anderen aus der Clique keinen Finger zu ihrer Verteidigung rührten, auch ihre Heimleiterin erklärte, sie toleriere kein schlechtes Benehmen, und verweigerte Erica ein Leumundszeugnis. Noch nie im Leben hatte sie sich so verloren und elend gefühlt, und nun drohte ihr auch noch eine harte Strafe hinter Gittern und Stacheldraht.

Erica saß in einem der Gänge des Obersten Gerichts und war-

tete darauf, dass ihre Strafsache aufgerufen wurde. Bei der Anhörung sollte entschieden werden, ob ihr Fall unter das Jugendstrafrecht oder das Erwachsenenstrafrecht fiel. Ein Jugendlicher rempelte eine ältere Dame an und riss ihr die Tasche vom Arm. Andere kamen der Dame zu Hilfe, halfen ihr auf und führten sie zum Fahrstuhl. Von ihrer Bank aus entdeckte Erica die Geldbörse der Dame, die unter einen Stuhl geschliddert war. Sie nahm die Börse auf, sah das ganze Geld darin und rannte der alten Dame nach. Sie erreichte sie gerade noch, bevor sich die Fahrstuhltür schloss.

Das Ergebnis der Anhörung war verheerend. Der Richter befand, Erica sei mit allen Wassern gewaschen und reif genug, daher sollte ihr Fall nach dem Erwachsenenstrafrecht verhandelt werden. Als Erica von ihrer Fürsorgerin aus dem Gerichtssaal geführt wurde, wurde ihr plötzlich übel. Sie stürzte in die Toilette, während die Fürsorgerin draußen auf dem Flur wartete. Und während sie noch in diesem weiß gekachelten, nach Desinfektionsmitteln riechenden Raum stand, sich die Augen ausweinte und daran dachte, dass dies das Ende sei – denn ganz bestimmt würde ihr niemand ihre Geschichte abnehmen und man würde sie aufgrund eines schwerwiegenden Verbrechens ins Gefängnis stecken –, kam eine gut gekleidete Dame mit Aktenkoffer herein, stutzte und fragte sie dann, was sie denn für Probleme hätte. Erica platzte mit ihrer ganzen Geschichte heraus, und zu ihrer Überraschung erklärte die Dame, dass sie ihr helfen wolle. »Ich habe gesehen, wie du der alten Dame ihre Geldbörse zurückgegeben hast. Du hättest sie behalten können. Niemand hat dich beobachtet. Du hast mich auf der anderen Seite am Zeitungsstand nicht bemerkt. Das alles sagt mir einiges über deinen Charakter. Ein Mädchen, das eine volle Geldbörse zurückgibt, stiehlt kein Auto.«

Wie sich herausstellte, war die Dame Anwältin und stand auf gutem Fuß mit dem Richter. Sie führte Erica sofort wieder in den Gerichtssaal und erklärte dem Mann auf der Richterbank, dass diese Jugendliche von einem Pflichtverteidiger und somit unzulänglich vertreten worden war. Sie bat darum, zum Rechtsbeistand für die minderjährige Beklagte bestellt zu werden und ersuchte um eine sofortige Neuanhörung. Der Richter musterte Erica eindringlich und sagte: »Diese Dame interessiert sich für deinen Fall. Bist du damit einverstanden?«

»Ja.«

»Dann werde ich meine letzte Verfügung streichen, diese Frau zu deiner Prozessvertreterin ernennen und deinen Fall an das Jugendgericht verweisen. Du bekommst hier eine letzte Chance, Mädchen. Hoffentlich weißt du dein Glück zu schätzen.«

Hatten die Retter aufgegeben? Glaubten sie, sie sei unter dem Erdrutsch begraben? Sie spürte einen harten, steinähnlichen Gegenstand in ihrer Hand. Wie war der dahin gelangt, und warum hielt sie ihn so fest umklammert?

Und dann: Geräusche! Ein dumpfes Klopfen. Scharrgeräusche. Gedämpfte Stimmen. »Ja …«, flüsterte sie mit trockener Kehle. »Ich bin hier … hört nicht auf …«

»Macht schon!«, rief Jared. »Beeilt euch! Die Luft wird ihr knapp!« Erica war seit nunmehr fast acht Stunden in der Höhle verschüttet.

Das Rettungsteam grub wie besessen, um das Geröll und die Erde vor dem Höhleneingang wegzuschaffen. Sie benutzten Schaufeln, Eimer, Spatel und die bloßen Hände. Die Sanitäter standen bereit.

»Wartet!«, rief Jared aufgeregt und bedeutete ihnen mit den Händen, still zu sein. »Ich glaube, ich habe etwas gehört…«

Von der Einsturzstelle vernahmen sie ein schwaches Rufen.

»*Hallo?* Kann mich jemand hören?«

»Das ist Erica! Sie lebt! Grabt weiter!«

Endlich, nach weiteren angstvollen Minuten, stießen sie auf eine schmale Öffnung in der Erde. Sie hörten, wie Erica mit schwacher Stimme rief: »Könnt ihr mich sehen? Jared, sind Sie das?«

Er stürzte sich auf das Erdreich, bis das Loch groß genug war, dass er mit einem Helfer Erica heraushieven und ihr auf die Beine helfen konnte. Sie war vollkommen verdreckt und zitterte am ganzen Körper. »Luke! Ist er verletzt?«

»Er ist okay. Er konnte sich gerade noch mit einem Sprung vor dem Einsturz retten. Was ist mit Ihnen? Sind Sie okay, Erica?«

»Ja, ja«, erwiderte sie schwach. Sie löste ihre verkrampften Finger und blickte erstaunt auf die kleine rosa Figur in ihrer Hand. »Ich habe mir den Weg freigegraben… Ich weiß nicht, in welcher Schicht ich das gefunden habe… ist es aztekisch? Wie kommt eine aztekische Gottheit so weit nach Norden…?«

Unvermittelt zog Jared sie an sich und küsste sie auf den Mund.

Erica klammerte sich einen Moment lang an ihn, dann versagten ihre Beine.

»Alles okay?«, fragte Jared noch einmal.

»Oh ja. Alles bestens«, erwiderte sie.

Dann brach sie ohnmächtig zusammen.

Kapitel 14

Angelique
1850

Sie versteigerten Frauen. Schon wieder.

Seth Hopkins fand diesen Brauch einfach widerlich. Offiziell war die Sklaverei in Kalifornien verboten, die Behörden von San Francisco waren jedoch machtlos, da die Schiffskapitäne das Recht auf ihrer Seite hatten und unbezahlte Schiffspassagen einfordern konnten, auch wenn das bedeutete, dass weibliche Passagiere an den höchsten Bieter verkauft wurden.

Seth kam es so vor, als hätte sich die Zahl der verlassen im Hafen modernden Schiffe seit seinem letzten Besuch vervielfacht. Sobald ein Schiff in den Hafen einlief, gingen Kapitän und Mannschaft Hals über Kopf von Bord und machten sich auf zu den Goldfeldern. Geschäftstüchtige Männer hatten einige der Klipper auf Land gesetzt und sie zu Hotels umgebaut, doch der Wald von Masten und Spieren von gut fünfhundert weiteren aufgegebenen Schiffen erstreckte sich immer noch weit in die Bucht von San Francisco hinein. Deshalb hatte die *Betsy Lain* so weit draußen ankern und Fracht und Passagiere mit einem Boot an Land bringen müssen. Seth hielt einen Moment lang mit dem Bepacken seines Wagens inne, um den widerlichen Auflauf von Männern mit anzusehen, die der Fracht der *Betsy Lain* begierig entgegensahen. Es hatte sich schnell herumgesprochen, dass der Klipper aus Boston *Frauen* brachte.

Nachdem sie die Zollschuppen passiert hatten, machten sich einige der Frauen hastig auf den Weg und, wie Seth aus Erfahrung wusste, auf die Suche nach ihren Ehemännern, die ihre Familien verlassen hatten, nachdem sie vom Goldfieber gepackt worden waren. Die übrigen Frauen, die ihre Schiffspassage nicht bezahlt hatten, würden jedermann auf der Pier angeboten, der den erforderlichen Preis bezahlte, und gerieten damit in eine furchtbare juristische Knechtschaft.

Aus allen Teilen der Welt kamen Frauen und Männer nach Kalifornien in der Hoffnung, hier ein neues Leben beginnen zu können. Manche Frauen waren auf der Flucht vor ihrem Mann, andere auf der Suche nach einem Mann. Die einen kamen, um sich hier zu verlieren, die anderen, um sich hier zu finden. In Kalifornien war alles möglich. Das Land und seine Ressourcen waren grenzenlos und Gold für jedermann zu gewinnen. Und am wichtigsten von allem, es gab keine gesellschaftlichen Regeln, keinen Status. Hier galt ein Bauer so viel wie ein König, solange er Geld besaß. Keiner stellte irgendwelche Fragen. Hier konnte ein Mann sogar dem Stigma des Ex-Sträflings entkommen.

Mit Widerwillen sah Seth zu, wie die weiblichen Passagiere der *Betsy Lain* wie Vieh in einen mit Tauen abgezäunten Bereich auf der Pier getrieben wurden, wo man sie zwischen Frachtstücken, Gepäck und Kisten pferchte, während eine wachsende Horde Männer sich um sie scharte und begierig auf den Beginn der Versteigerung wartete. Viele von ihnen waren Betreiber von Bordellen, Fandango-Bars, Spielhöllen und Tanzschuppen. Sie suchten sich immer die jüngsten und hübschesten Frauen aus und zwangen sie zur Prostitution, bis sie ihre Schulden bezahlt hatten. Es gab aber auch redliche, hart arbeitende Männer in der Menge, Minenarbeiter und Pelztierjäger, die sich einsam fühlten und nach einer liebevol-

len weiblichen Hand verlangten. Eine anständige Heirat war das, was diese Männer anboten.
Mit seinen zweiunddreißig Jahren war Seth Hopkins nie verheiratet gewesen, und er verspürte den Wunsch dazu auch nicht. Die Erfahrung hatte ihn gelehrt, dass der Ehestand nur eine andere Form der Knechtschaft war. Ihm behagte das einsame Leben zwischen Wald und grünen Wiesen, solange er nur weit genug von den Kohlengruben Virginias weg war.
Er wandte sich wieder seinem Wagen zu und zurrte die aufgetürmten Vorräte mit Stricken fest. Ihm missfiel das Chaos im Hafen von San Francisco, wo quiekende Schweine verladen wurden, wo Rinder blökten und Hunde bellten, wo Karren und Wagen vorüberknarrten, Menschen brüllten, stritten und feilschten und Pferde mit lautem Hufgetrappel überall ihren Mist fallen ließen. Die Luft war von Rauch durchzogen und von dem beißenden Gestank stehender Gewässer und verrotteten Fischs erfüllt, was die sommerliche Mittagshitze unerträglich machte. Seth wollte so schnell wie möglich zurück in sein Camp, wo die Luft sauber und klar war und wo man seine eigenen Gedanken hören konnte.
Der Kapitän des Klippers, ein untersetzter, bulliger Mann in blauer Seemannsuniform, erklomm einen Holzblock und eröffnete die Versteigerung. Er zeigte auf die erste Frau in der Reihe, eine kräftige Vierzigjährige, die zornig und ängstlich zugleich um sich blickte. »Diese da schuldet mir fünfzig Dollar. Wer bietet fünfzig Dollar?«
Mrs. Armitage, in der Seth die Besitzerin des Armitage Hotels in der Market Street wiedererkannte, rief: »Kann sie kochen? Ich brauche eine Köchin!«
»Ist 'ne Näherin dabei?«, rief eine andere Frau. »Ich zahl 'nen Spitzenpreis für jede, die mit Nadel und Faden umgehen kann!«

Ein Pferdegespann hielt an, und eine Gruppe von zwölf bunt gekleideten Frauen, die sich abseits gehalten hatten, stieg fröhlich ein. Seth wusste, dass sie für Finch's Fandango-Bar und sein darüber liegendes Bordell bestimmt waren. Ein Mann mit dem verwitterten Gesicht eines Goldgräbers drängte sich durch die Menge und rief: »Wie viel für die Blondine da? Ich brauch 'ne Frau, und zwar schnell!« Die Menge johlte.
Die Frauen wechselten ebenso rasch den Besitzer wie das Geld und ebenso schnell, wie die Gebote fielen. Einige Frauen gingen freiwillig, andere sträubten sich, wieder andere weinten sogar. Seth wollte gerade seinen Kutschbock erklimmen, da fiel sein Blick auf eine Frau, die sich von den übrigen unterschied. Sie hatte sich nicht mit den anderen in einer Reihe aufgestellt, sondern saß kerzengerade auf ihrem großen Reisekoffer, die Hände im Schoß gefaltet. Ihr Gesicht wurde vom Rand der riesigen, mit Federn besetzten Schutenhaube beschattet, die mit Bändern unter dem Kinn befestigt war. Es war jedoch ihr Kleid, das Seths Aufmerksamkeit erregte. Noch nie zuvor hatte er Seide von so einer Farbe gesehen – oder besser gesagt, solchen *Farben*, denn sie changierte mit jeder Bewegung der Dame oder wenn eine Brise vom Meer das Material erfasste. Wenn sie einatmete, schillerte das Oberteil von meergrün bis türkis, wenn sie aufstand, verwandelte sich das Dunkelblau des Rocks in Saphirblau. Seth wurde bei diesem Anblick an Pfauenfedern erinnert, an Schmetterlingsflügel oder an Gezeitentümpel an einem Sommertag. Der Effekt war hypnotisierend.
Die Frau versuchte nun offenbar, dem Zahlmeister etwas zu erklären. Als der Wind umsprang, konnte Seth ihre Worte hören, die mit einem harten, spanischen Akzent gesprochen wurden. »Ich habe gesagt, Señor Boggs wird meine Passage bezahlen.«

Der Zahlmeister, ein rotgesichtiger Mann mit einem kurzsichtigen Zwinkern, überflog die Menge. »Sehe keinen Boggs. Ist wohl auswärts. Sorry, Lady, ich muss Ihre Passage kassieren. Ich muss Sie einem der Männer da überlassen.«

»Was soll das heißen, ›überlassen‹?«

»Jeder, der bereit ist, Ihre Passage zu bezahlen, kann Sie mitnehmen. Sie sind sein Eigentum, bis Sie Ihre Schulden abbezahlt haben.«

Sie reckte das Kinn, und Seth sah dunkle Augen aufblitzen. »Ich bin keine von der Sorte, Señor, und wenn mein Mann noch am Leben wäre, würde er Sie zum Duell fordern, um meine Ehre zu verteidigen.«

Der Zahlmeister zeigte sich unbeeindruckt. »Die Vorschriften der Reederei, Lady. Ich muss die vollen Kosten für jeden Passagier kassieren. Woher sie bezahlt werden, ist nicht meine Sache. Aber ich muss sie hier in mein Hauptbuch eintragen.«

»Dann wird mein Vater bezahlen.«

Der Zahlmeister rümpfte die Nase. »Und wo könnte der sein?«

»Nun ... im Moment kann ich das nicht sagen. Er ist hier.«

»Wo?«

»In Kalifornien.«

Der Mann wurde ärgerlich. »Hören Sie, Boggs ist nicht da, also muss ich die Schiffspassage von einem dieser Männer da kassieren. So sind nun mal die Vorschriften.« Er packte sie am Arm.

»Das können Sie nicht tun, Señor!«

»Hören Sie, Lady. Ich sehe keinen Boggs und habe keine Zeit. Muss die Belege bis Mittag der Reederei aushändigen.«

»Nehmen Sie Ihre Hände weg!«

Der Zahlmeister überflog die Passagierliste. »Ihr Name ist

D'Arcy? Mal herhören, Gentlemen! Hier haben wir eine echte Französin. Heißt *Dörzii*! Wer bietet was?«

»Auf so eine hab ich grad gewartet«, murmelte einer der Männer. »He, Süße«, rief er. »Lüpf mal den Rock und zeig uns deine Fesseln!«

Seth erklomm seinen Wagen und griff nach den Zügeln. Eines hatte er im Gefängnis gelernt, dass das Leben nicht fair war. Und dass es klüger war, sich nicht in anderer Leute Angelegenheiten zu mischen. Außerdem gehörte die Frau bereits Boggs. Sie wusste also, worauf sie sich einließ.

Doch irgendetwas hielt ihn zurück. Seth drehte sich noch einmal nach der Frau um. Der Zahlmeister hatte sich einen Moment von ihr abgewandt, um einen Streit zwischen zwei Käufern zu schlichten. Boggs, dachte Seth. Er kannte den Mann. Cyrus Boggs war vor zwei Jahren als Priester auf der Bildfläche erschienen, hatte sich dann jedoch einträglicheren Geschäften zugewandt. Derzeit besaß er ein Bordell in der Clay Street und war bekannt dafür, unbescholtene junge Frauen mit Zeitungsannoncen als Lehrerinnen oder Kindermädchen nach San Francisco zu locken, wobei er ihnen anbot, ihre Überfahrt zu bezahlen. Bei ihrer Ankunft sperrte er sie dann in seinen Puff – in winzigen, fensterlosen Kabuffs mussten die hilflosen Frauen bis zu dreißig Männern am Tag zu Diensten sein.

Mit einem Seufzer ließ Seth die Zügel sinken, sprang vom Kutschbock und ging zu der Frau zurück. »Entschuldigen Sie, Lady. Habe ich richtig gehört, Sie erwähnten Boggs?«

»Sí«, sagte sie und kramte in ihrem Täschchen. Seth bemerkte, dass sie kleine Hände hatte, ihre Handschuhe waren aus feinstem Glacé. »Als mein Mann tot ist«, fuhr sie fort, »nimmt die Regierung unsere Farm wegen Steuern. Ich besitze kaum noch etwas. Und dann sehe ich das.« Sie reichte Seth einen Zeitungsausschnitt.

»Tut mir Leid, ich kann kein Spanisch. Was steht drin?«
»Es ist ein, wie sagt man bei Ihnen, *anuncio*. Dieser Mann sagt, er sucht Lehrerin für junge Damen. Hier ist sein Name und Adresse. Ich schreibe ihm einen Brief.« Sie förderte ein zusammengefaltetes Blatt Papier zutage. Seth las die falschen Versprechungen, die es enthielt.
Er reichte ihr den Brief zurück. »Dieser Brief und die Anzeige sind reiner Schwindel. Boggs hat Sie unter falschen Versprechungen hierher gelockt.«
Die Frau blickte ihn verständnislos an. Er sah dunkle Augen mit einem schwarzen Wimpernkranz und schwarze Locken, die sich unter dem Schutenhut lösten.
Er räusperte sich. Er wusste nicht, wie er diese heikle Angelegenheit erklären sollte. »Boggs ist ein Gauner. Er wird Ihnen nicht helfen. Sagten Sie nicht, Ihr Vater sei hier?«
»Sí! Seinetwegen komme ich. Er ist reich. Er wird meine Passage bezahlen.«
Als Seth sah, wie dreist die Männer sie anstarrten, musste er daran denken, dass vor einer Woche erst eine Horde Männer, zum größten Teil entlassene amerikanische Soldaten, die nach Beendigung des Krieges gegen Mexiko untätig herumhingen, ein Zeltlager am Telegraph Hill namens Little Chile überfallen und eine Mutter und ihre Tochter vergewaltigt hatten. In diesen Zeiten waren Leute spanischer Herkunft nicht sicher in San Francisco, und schon gar nicht eine Spanierin, die allein reiste. Wenn der Vater dieser Frau nicht bald auftauchte, würde es Boggs tun, und wenn der es nicht tat, würde einer jener Männer für diese D'Arcy zahlen und sie weiß Gott wo hinbringen.
»He, Sie da!« Der Zahlmeister kam zurück. »Lassen Sie die Finger von der Frau!«
Trotz seines festen Vorsatzes, sich nie in anderer Leute Ange-

legenheiten zu mischen, konnte Seth nicht tatenlos mit ansehen, wie Unrecht geschah.

Er bot an, für die Schiffspassage zu zahlen, und zückte ein Bündel Banknoten. Ein anderer Mann erhöhte das Gebot augenblicklich, und der Zahlmeister nahm es an. Seth packte ihn am Arm und zischte ihm ins Gesicht: »Freundchen, ich will hier keinen Ärger. Sie haben den Preis für die Überfahrt der Dame genannt, und ich habe angeboten, ihn zu zahlen.«

Der Zahlmeister schaute auf die Finger, die sich schmerzhaft in seinen Arm bohrten, dann in das Gesicht des hochgewachsenen Fremden, der ihn unerschrocken anblickte. Er riss sich los. »Na schön. Machen Sie das mit dem Käpten da drüben klar.«

»Vielen Dank, Señor«, sagte Angelique, als Seth ihren Reisekoffer hinter der Absperrung hervorzog. »Ich bin in Ihrer Schuld. Wie kann ich Ihnen zurückzahlen?«

Seth blinzelte in die Sonne. Es wurde Zeit, dass er wegkam. »Ich habe mein Camp bei Devil's Bar, nördlich von Sacramento. Wenn Sie Ihren Vater gefunden haben, können Sie mir das Geld zurückzahlen.« Er tippte zum Gruß den Finger an seinen Hut und ging zu seinem Pferdewagen.

Beim Aufsteigen blickte er sich noch einmal um. Sie stand wie verloren neben ihrem Reisekoffer. Die Männer begannen, sich um sie zu scharen und anzumachen. »Bist du wirklich Französin? Brauchst'n Platz zum Schlafen? Ich kann dir versichern, dass du hier 'ne Menge Kohle machen kannst.«

Seth ging zurück und schob die protestierenden Männer beiseite. »Wissen Sie wirklich nicht, wohin Sie gehen sollen?«

»Nur Señor Boggs ...«

»Moment mal ...«, begann einer der Männer.

»Und Sie haben keine Ahnung, wo Ihr Vater sein könnte?«

»Ich komme ihn suchen. Deshalb antworte ich Mr. Boggs

anuncio. Ich komme nach Kalifornien, meinen Vater suchen. Und während ich suche, ich arbeite als Lehrerin. Sie verstehen?«

»Ihr Vater ist Goldsucher?«

Angesichts der energischen Art des Fremden verloren die Männer das Interesse und wandten sich wieder der Versteigerung zu, wo gerade eine Frau mit Baby für dreißig Dollar angeboten wurde.

»Nein, nein.« Angelique versuchte, Seth Hopkins ihre Situation zu erklären. »Als meine Mutter gestorben ist, mein Vater geht nach New Orleans zu seinem Bruder dort. Sie gehen nach Kalifornien, schreibt er mir in einem Brief, als Pelztierjäger.« Sie zog ein anderes gefaltetes Blatt Papier hervor.

Seth überflog es kurz und reichte es zurück. »Ich kann auch kein Französisch. Er ist ein Trapper, sagen Sie? Dann wird er im Norden sein. Es sei denn, er sucht nach Gold. Dann ist er in einer der tausend Goldgräberkolonien.« Er rieb sich das Kinn. »Hören Sie, wahrscheinlich finden Sie ihn eher, wenn Sie nach Sacramento gehen.« Er fragte sich, warum er sich auf diese Sache einließ. Die Hitze musste seinem Verstand geschadet haben. »Ich kann Sie hinbringen.«

»Oh! Sie waren schon so freundlich, Señor. Diese Männer werden mir helfen.«

»Diese Männer …«, setzte er an. »Egal. Sacramento ist Ihr Ziel, glauben Sie mir. Es ist näher an den Goldfeldern. Und Sie können sich dort nach Ihrem Vater umhören. In den Camps gibt es Reiseprediger, Bezirksrichter, Minenarbeiter, Unterhaltungskünstler, Trapper und jede Menge buntes Völkchen auf der Durchreise. In den Goldgräbercamps macht das Wort schnell die Runde, und Ihr Vater wird bald davon erfahren, dass Sie nach ihm suchen. Wie heißt er denn?«

»Jacques D'Arcy. Er ist ein Graf«, fügte sie stolz hinzu.

Seth hätte liebend gern 25 Cent für jeden ›Grafen‹, ›Baron‹ und ›Prinzen‹ in San Francisco genommen, von denen die meisten nur Schwindler waren. Seiner Meinung nach lebte die Hälfte der Männer hier sowieso unter falschem Namen.

»Oh«, rief sie aus, als sie die Pferdekutsche erblickte. »Ist es weit nach Sacramento?«

»Wir fahren nicht mit der Kutsche nach Sacramento. Nur bis zur Anlegestelle, dann geht es mit dem Dampfer flussaufwärts weiter.«

Während Seth auf der Suche nach einem anständigen Hotel für Miss D'Arcy durch Sacramentos Straßen kutschierte, dankte Angelique dem Himmel, dass sie den Dampfer hinter sich gelassen hatten. Mr. Hopkins' Ankündigung, sie würden mit dem Schiff über Nacht flussaufwärts reisen, hatte in Angelique die Vorstellung von einer gemütlichen Kabine geweckt, wo sie endlich ihr Korsett ablegen, vielleicht sogar ein Bad nehmen und sich Tee bringen lassen konnte. Die Reise von Mexiko hierher war ein einziger Albtraum gewesen. Als Angelique sich in Acapulco auf der *Betsy Lain* einschiffte, war das Schiff nach Boston bereits hoffnungslos überfüllt gewesen. Die Nachtfahrt auf dem Dampfer hatte sich jedoch als noch größerer Albtraum herausgestellt. Weil alle Kabinen bereits besetzt waren, hatten sie und Mr. Hopkins auf Deck inmitten ihrer Habe schlafen müssen – zusammen mit Hunderten anderer Menschen – die meisten von ihnen Männer – ja sogar mit Pferden, Eseln und Schweinen! Nur der Gedanke an ihren Vater hatte sie durchhalten lassen. Papá würde alles wieder in Ordnung bringen. Er hatte sich immer um sie gekümmert und würde es auch jetzt wieder tun.

Sacramento war eine junge, aufstrebende Stadt am Zusammenfluss zweier Flüsse. Angelique, die aus einer dreihundert

Jahre alten Stadt kam, die ihrerseits auf den Ruinen einer noch älteren Siedlung stand, staunte darüber, dass Sacramento noch vor einem Jahr lediglich eine Zeltstadt und davor ein Indianerdorf gewesen war. Jetzt gab es hier Ziegelbauten, Holzhäuser, Kirchtürme und sauber gepflasterte Straßen. Aber ein Hotel oder eine Pension für sie zu finden stellte sich als äußerst schwierig heraus.
Nachdem er bereits eine Stunde lang in dem gemieteten Pferdewagen herumkutschiert war und nicht ein Hotel, nicht eine Pension Gnade vor ihm fand, wurde Seth klar, dass er Miss D'Arcy hier ebenso wenig sich selbst überlassen konnte wie in San Francisco. In den Fenstern verkündeten Schilder: »Mexikaner oder Fremde brauchen nicht erst anzufragen.« Und die Leute starrten dreist und, wie Seth fand, ziemlich ungeniert auf dieses höchst ungleiche Paar – er in einem grobgewirkten Hemd und Nietenhosen, die Dame an seiner Seite in einem schillernden blaugrünen Gewand, das einfach nicht Farbe bekennen mochte. Er konnte sich gut vorstellen, was in den Köpfen der Leute vorging, und befürchtete, dass Angeliques Ansehen als attraktive junge Frau ohne Begleitung in Frage gestellt würde. Er durfte sie nicht im Stich lassen. Obwohl sie in *seiner* Schuld stand, fühlte er sich für sie verantwortlich. Es gab nur eine Lösung. In Devil's Bar wäre sie besser aufgehoben und, wie er sich selber einredete, näher an den Gerüchten, die sie zu ihrem Vater führen würden.
»Im Lager gibt es einige anständige Frauen«, meinte er. »Ich bin sicher, eine von denen wird Sie gerne aufnehmen.«
Angelique akzeptierte gnädig. Während sie kerzengerade an Seth Hopkins' Seite saß und sich auf ein heißes Bad, eine richtige Mahlzeit und ein schönes, sauberes Bett freute, musterte sie verstohlen das Gesicht eines jeden Mannes auf der Straße und stellte sich das freudige Wiedersehen mit ihrem Vater

vor. Sie dachte an die Geburtstagsfeiern, als sie noch klein war und ihr Papá ihr eine Krone und einen Thron gebastelt hatte. Und als sie dann erwachsen war, hatte er ihr sogar den Ehemann ausgesucht, was kein gewöhnlicher Mensch machen würde. Einen D'Arcy, einen entfernten Verwandten, der versprechen musste, Angelique in der für sie gewohnten Art zu behandeln. Und genau das hatte Pierre getan, bis zu jenem Tag, da er durch die Hand amerikanischer Soldaten fiel.

»Wirst du zu deiner Familie nach Los Angeles gehen?«, hatte Pater Gomez sie am Tag ihrer Abreise von Mexico City gefragt.

Angelique hegte jedoch keinerlei Absicht, die Familie ihrer Mutter aufzusuchen. Wie oft hatte sie während ihres Heranwachsens mit anhören müssen, wie schäbig Großvater Navarro ihren Vater behandelt hatte. Nein, sie wollte mit denen nichts zu tun haben. Trotzdem fühlte sie sich seltsam berührt, als die *Betsy Lain* in Los Angeles vor Anker ging und sie sich beim Blick über die dunstige Ebene fragte, ob die Familie überhaupt noch dort lebte. Sie erinnerte sich nur noch vage an ihren letzten Besuch auf Rancho Paloma vor zwanzig Jahren, da war sie sechs Jahre alt gewesen. Eine Hochzeit sollte stattfinden, dann war etwas passiert – Tante Marina war verschwunden, und alle wurden nach Hause geschickt. Danach hatte es mit der Familie ihrer Mutter keinen Kontakt mehr gegeben.

Während der Pferdewagen sie durch eine flache, parkähnliche, mit Eichen bestandene Landschaft trug, warf Angelique hin und wieder einen verstohlenen Blick auf den Mann an ihrer Seite. Mr. Hopkins hat ein interessantes Gesicht, stellte sie im Stillen fest. Sonnengebräunt und voller Falten, mit einer langen, geraden Nase und tief liegenden, gedankenvollen Augen. Wenn er den Hut abzog, um sich die Stirn zu wischen, sah sie dichtes, welliges Haar, das von der Sonne in einen warmen Goldton getaucht wurde. Ihr gefiel der Klang seiner Stimme, sie war angenehm sanft, und er sprach immer mit höflichen Worten. Er hatte etwas Solides und Aufrichtiges. Sie fühlte sich sicher bei Seth Hopkins.

Seth wiederum wurde von Gedanken ganz anderer Art bewegt. Während sie schweigend dahinfuhren und das besiedelte Gelände allmählich hinter sich ließen, war er bemüht, seine unerwartete Reisebegleitung nicht allzu sehr anzustarren. Sie saß wie eine Königin auf dem Kutschbock, den Rücken kerzengerade, den Sonnenschirm in perfektem Winkel zur Sonne gestellt. In seinen zweiunddreißig Jahren war ihm so ein exotischer Anblick noch nicht untergekommen. Gleichzeitig erstaunte sie ihn. Schwer zu glauben, dass sie wirklich so naiv war, wie sie sich im Hafen von San Francisco gegeben hatte. Er schätzte ihr Alter auf etwa fünfundzwanzig, und sie war verheiratet gewesen. Also musste sie doch über die Realitäten des Lebens Bescheid wissen. Und dennoch hatte sie wie ein Kind in ihrer Situation gewirkt.

Diese Frau war kein Kind, ermahnte er sich selbst und versuchte, seine Blicke von ihrer schmalen Taille, dem weiblichen Schwung der Hüften und den Brüsten, die sich gegen die blaugrüne Seide pressten, fern zu halten. Unter diesem Rüschenrock mussten sich Hunderte von Unterröcken verbergen. Über ihren Brauen und über den rosigen Lippen zeichnete sich ein leichter Feuchtigkeitsfilm ab. Sie roch schwach nach Rosen. Er versuchte, ihre Hautfarbe zu bestimmen. Sie war keine Angelsächsin, ihr Teint also nicht hell. Sie war aber auch nicht braun oder dunkelhäutig wie eine Zigeunerin. Honigfarben, entschied er und spürte, wie ihm die Galle hochstieg bei dem Gedanken an ›Reverend‹ Cyrus Boggs und seine miesen Absichten.

Er warf ihr einen fragenden Blick zu, als sie eine Phiole aus dem Täschchen hervorholte und einen winzigen Schluck daraus nahm. Sie legte das Fläschchen zurück und sagte: »Eine Medizin nach einem Rezept meiner Urgroßmutter. Ein Apotheker in Mexico City bereitet sie mir für die Reise. Wenn ich Kopfschmerzen fühle, trinke ich, und es geht mir wieder gut.«

»Und wenn Sie es nicht trinken?«

»Machen Sie sich keine Sorgen, Señor, mir geht es gut.« Sie würde ihm nichts von den Erscheinungen oder den Stimmen erzählen, die sie während ihrer Anfälle erlebte. Er würde sie für verrückt oder noch Schlimmeres halten.

»Hören Sie«, sagte er mit gedämpfter Stimme, obwohl sie völlig allein waren und nur die Pferde sie hören konnten. »Sie lassen besser das mit dem ›Señor‹. Die Leute hier sind nicht scharf auf Mexikaner. Der Krieg ist ihnen immer noch frisch in Erinnerung.«

Das war er auch für Angelique. Ihr Ehemann war in der Schlacht bei Chepultepec gefallen, und sie würde nie vergessen, welche Ängste sie beim triumphalen Einmarsch der amerikanischen Truppen in Mexico City ausgestanden hatte. »Aber ich bin Spanierin«, sagte sie. »Die Familie meiner Mutter sind Kalifornier. Sie waren die ersten Siedler in Los Angeles.« Sie kramte in ihrem Täschchen und zog eine Daguerreotypie in einem ovalen Rahmen hervor. »Meine Mutter war eine wunderschöne Frau, wie Sie können sehen.«

Seth betrachtete Carlotta Navarro D'Arcys hohe Wangenknochen, die mandelförmigen Augen, den sinnlichen Mund und die Olivenhaut. In ihren Adern floss mehr als nur spanisches Blut. Das konnte ein Blinder sehen. Und die Tochter kam ganz nach der Mutter. Wortlos reichte er das Bild zurück. Jetzt wurde ihm einiges klar über die exotischen Gesichtszüge

der jungen Frau, derer sie sich selber offenbar gar nicht bewusst war – es hatte mit ihrer Familie zu tun, die nach Kalifornien gekommen war, als es hier nur Indianer gab.
Schließlich erreichten sie eine Landschaft mit hohen Fichtenwäldern, tiefen Schluchten und gewaltigen Bergrücken. Die Luft war kristallklar und rein. Sie kamen noch vor Einbruch der Dunkelheit nach Devil's Bar.
Angelique lehnte sich erwartungsvoll in ihrem Sitz vor. Sie war neugierig auf diese Stadt in den Bergen. Während der langen Fahrt hatte sie sich ein Bild zurechtgelegt – sie sah Ziegelbauten, Ladengeschäfte entlang gepflasterter Straßen, eine Kirche mit einem großen Platz davor, mit einem Springbrunnen in der Mitte, saubere Gehwege, schöne Innenhöfe, die von Bäumen beschattet wurden. Da hier Goldgräber lebten – reiche Männer! –, würde die Stadt womöglich noch schöner sein, als sie sich erträumte.
Der Pferdewagen fuhr durch eine Biegung, der Wald trat zurück und gab den Blick frei auf eine große Lichtung. Und auf dieser Lichtung standen ...
Angelique blieb der Mund offen stehen.
Zelte!
Reihen von Zelten, mit dem einen oder anderen Blockhaus oder einer Holzbaracke dazwischen. Die Straßen, wenn man sie so nennen konnte, waren voller Unrat und achtlos hinterlassener Abfälle, Hunde streunten herum, Fliegen summten in der Hitze. Es gab keine Gehwege. Keinen Springbrunnen, keine Kirche. Keinen schattigen Innenhof, wo eine Dame sich zum Tee zurückziehen konnte. Nicht ein Backsteingebäude oder Haus aus Adobeziegeln zu entdecken.
Und erst die Menschen! Männer in staubiger Arbeitskleidung mit tief in die Stirn gezogenen, verbeulten Hüten, und die Frauen in einfachen Baumwollkleidern, die mit dem Saum

durch den Dreck schleiften! Alle, selbst die Frauen, schienen etwas zu tragen oder zu schleppen – schwere Säcke, Hacken und Schaufeln, volle Wassereimer, ganze Armladungen voll Brennholz. Wenn die Leute so reich waren, warum lebten sie dann so ärmlich? Sie sah Männer Holzplanken zu einem Sarg zusammenhämmern. Und weiter oben, hügelan, gab es ein gerodetes Areal, das von Holzkreuzen und Grabmarkierungen übersät war.

Angesichts dieser Tristesse in Grau- und Brauntönen, dieser kargen Hügel mit ihren Baumstümpfen, vereinzelten Wildblumen und Flecken verdorrten Grases sank Angelique der Mut. Der Gestank war beinahe so unerträglich wie die brütende Hitze. Eine dicke Rauchglocke hing über dem kleinen Tal. Angelique zog ein parfümiertes Taschentuch hervor und drückte es an die Nase.

Plötzlich kam eine Horde Männer angaloppiert. Sie riefen »Heureka!« und schossen mit ihren Pistolen in die Luft. Die Hufe der Pferde wirbelten ganze Dreckklumpen auf, einer davon landete in Angeliques Schoß. »Oh!«, rief sie in Panik. »Sind das *banditos*?«

Seth lachte. »Bloß ein paar Goldgräber, die einen Fund gemacht haben. Die werden heute Abend im Saloon ein paar Runden ausgeben!«

Als der Pferdewagen in das Camp einbog, traten die Leute vor ihre Zelte, um zu gucken. »He, Seth Hopkins! Wieder zurück?«

Seth brachte den Wagen vor einem zweigeschossigen Holzgebäude mit der Aufschrift *Devil's Bar Hotel, Inhaberin Eliza Gibbons* zum Stehen. Schnell hatte sich eine Menschenmenge um den Wagen geschart, die ungläubig die junge Frau an Seths Seite anstarrte. Angelique blieb sitzen, während Seth die Kisten und Schachteln ablud und der eine oder andere seine Einkäufe in Empfang nahm, die Seth für ihn in San Francisco getätigt hatte. Sie freuten sich, ihn heil zurückzuhaben, und zogen zufrieden mit ihrer Habe ab. Nicht einer, der Angelique neugierig begaffte, richtete das Wort an sie.

Eine Frau tauchte in der Tür des Hotels auf. Sie lächelte freundlich, während sie sich die Hände an einem Handtuch trocknete. Seth rief ihr etwas zu, was Angelique nicht verstand, und die Frau lachte auf. Sie war von mittlerer Statur, um die dreißig, ihr Haar gescheitelt und zu einem strengen Knoten gebunden. Zu ihrem einfachen Kleid trug sie, wie Angelique zu ihrem Entsetzen bemerkte, Männerstiefel. Eine gewisse Vertrautheit lag in der Art, wie sie Seth am Arm berührte.

Nachdem die letzten Kisten abgeladen waren, stellte Seth Angelique die Frau als Eliza Gibbons, die Besitzerin des Hotels, vor. Die Frau nickte kurz, und obwohl sie lächelte, konnte Angelique eine erschreckende Härte in ihrem Blick erkennen.

»Ich hatte gehofft ...«, setzte Seth an und hielt sogleich inne. Er sah die Blicke der Männer, die Miss D'Arcy ebenso ungeniert beäugten wie die in San Francisco, und ihm wurde klar, dass sie hier nicht eine Spur sicherer sein würde. Er hatte die ganze Sache nicht richtig durchdacht, als er in Sacramento beschlossen hatte, die Frau hierher zu bringen. Er hatte sich vorgestellt, sie bei einer der Frauen unterbringen zu können, und musste sich nunmehr eingestehen, dass er sich böse verrechnet hatte. Keine der verheirateten Frauen würde sie aufnehmen, nicht bei der Art, wie ihre Ehemänner sie anstarrten. Andererseits konnte man sie auch nicht sich selbst überlassen, nicht bei der Art, wie die Männer sie mit den Augen verschlangen. Blieben also noch die ledigen Frauen. Doch die einzigen unverheirateten weiblichen Wesen des Ortes waren die

Damen aus dem Saloon und Eliza Gibbons, die Besitzerin des Vierzimmerhotels. Und wie Seth Eliza einschätzte, würde sie nach nur einem Blick auf Miss D'Arcys kostbare Garderobe ihren üblichen Zimmerpreis verdreifachen. Den wiederum Seth würde begleichen müssen, bis Miss D'Arcy ihren Vater gefunden hatte. Mit einem Mal ging ihm auf, dass die Rettung einer Dame in Not nicht so einfach vonstatten ging, wie er gedacht hatte.

Es gab nur einen Platz in ganz Devil's Bar, von dem er sicher sein konnte, dass sie dort unbehelligt blieb – seine Hütte. Er winkte den Freunden zum Abschied, erklomm den Kutschbock, nahm die Zügel auf und sagte zu Angelique: »Hören Sie, ich arbeite von morgens bis abends auf meinem Claim und habe keine Zeit für Hausarbeit. Also bezahle ich für eine Hilfe. Meinen Sie, Sie könnten den Haushalt für mich führen? Ich würde Ihnen das Gleiche zahlen wie einem von Eliza Gibbons' Mädchen.«

Angelique strahlte ihn an. »Señor Hopkins, in Mexiko führe ich große Hacienda, während mein Mann im Krieg ist. Ich bin sehr tüchtig.«

Sie ließen das Hotel hinter sich und die Menschen, die sogleich zu tratschen und zu spekulieren anfingen – und Eliza Gibbons, die dem Pferdegespann mit rätselhaftem Blick folgte.

Seths Blockhütte lag ein Stück weiter unten in der Schlucht und war das letzte Haus an der staubigen Straße. Er half Angelique vom Wagen, dann schlug er die Zeltbahn zurück, die als Tür diente, und ließ sie eintreten. Die Hütte bestand aus einem einzigen Raum. Angelique blieb wie angewurzelt stehen und musterte die rohen Holzbalken, die rußgeschwärzte Feuerstelle, den nackten, schmutzigen Boden, den rußigen Kanonenofen, die schmale Bettstelle und den Tisch, der so aussah, als ob man ihn nicht mehr gesäubert hätte, seit er ein Baum war. Es gab keine Fenster, nur eine zweite Tür im hinteren Teil der Hütte.

»Sie können heute Nacht hier schlafen, ich kampiere bei Charlie Bigelow. Morgen besprechen wir dann die Einzelheiten.« Er stand schon in der Tür.

»Sie wollen fort?«

»Der Wagen und die Pferde gehören mir nicht. Sie waren nur tageweise gemietet. Sie werden sich schon zurechtfinden. Essen ist drüben in der Kammer. Der Brunnen ist hinter dem Haus, gerade durch die Tür da.« Er machte eine Pause und räusperte sich verlegen. »Der, ähm, ist unter dem Bett. Sie können ihn in den Fluss leeren.«

Sie wandte sich suchend um. In der Dunkelheit erspähte sie einen weißen Emailnachttopf unter dem Bett. Der Schock machte sie stumm.

Seth ging hinaus und schloss die Zeltbahn hinter sich. Angelique stand völlig im Dunkeln. Sie hatte sich immer noch nicht vom Fleck gerührt, als sie draußen Stimmen hörte. »Sie ist eine respektable Witwe«, erklärte Seth den paar Leuten, die ihm bis zu seiner Hütte gefolgt waren. »Sie ist auf der Suche nach ihrem Vater. Jemand was gehört von einem Jack D'Arcy, französischer Trapper? Bringt's in Umlauf, wir müssen ihn finden.«

»Du hast was verpasst, Seth. 'ne Horde von der Selbstschutzgruppe aus Johnston's Creek kam hier durch auf der Jagd nach Rothäuten, die ihr Camp überfallen haben. Kamen 'ne Woche später zurück und sagten, sie hätten die Diebe auf Randolph Island gestellt. Das ging wie beim Scheibenschießen, sagten sie. Die werden uns keinen Ärger mehr machen.«

Die schweren Tritte und Stimmen entfernten sich, und Angelique war nun ganz allein in dieser unwirtlichen Hütte, wo die letzten Spuren des Tageslichts durch die Ritzen der Bretterwand drangen.

Immer noch wie unter Schock und zu erschöpft, irgendetwas anderes anzufangen, hatte Angelique sich auf dem Bett zusammengerollt. In die einzig verfügbare Decke geschlagen, hatte sie eine Nacht voller Albträume verbracht, bis sie bei Tagesanbruch aufschreckte, weil Seth draußen vor der Tür stand und sich durch Rufen bemerkbar machte.

Angelique brauchte eine Weile, bis ihr einfiel, wo sie war. Noch ehe sie die Augen aufschlug, galt ihr erster Gedanke den Hausmädchen. Sie würde sie anweisen, alle Betten in der Hacienda neu zu beziehen, nachdem ihre Decke so muffig roch. Sie würde erst einmal alle Räume gut lüften, und die Mädchen sollten die Möbel mit Lappen und Öl bearbeiten. Frische Blumen in den Zimmern würden den Modergeruch vertreiben. Wer machte eigentlich draußen diesen grässlichen Lärm? Leute, die sich englische Brocken zuwarfen und mit ihren Pferde viel zu nahe am Haus vorbeiritten. Und wo blieben die Vögel, die sie morgens in dem Eisenholzbaum vor ihrem Fenster zu wecken pflegten?

»Miss D'Arcy? Sind Sie wach?«

Die Realität traf Angelique wie ein Schlag. Rasch sprang sie aus dem Bett und ordnete sich das Haar. Bestürzt blickte sie auf ihr Kleid hinunter. Sie hatte in ihren Sachen geschlafen, und überall juckte es sie von der Strohmatratze. »Treten Sie ein, Señor.«

Seth schob die Zelttür beiseite. Mit ihm drang milchiger Morgendunst durch die Öffnung. Der kleine Raum war im Nu von seiner Gestalt und männlichen Präsenz ausgefüllt. Er warf Angelique ein verlegenes Lächeln zu, das sogleich wieder verschwand, als er den leeren Tisch und den kalten Herd erblickte. »Ich wollte eigentlich frühstücken, aber ich nehme an, Sie wussten nicht genau, wann ich kommen würde. Und Sie kennen meine Gewohnheiten nicht. Normalerweise ziehe ich zu meinem Claim am Fluss, sobald die Sonne aufgeht. Ich mag Kaffee, Eier und Zwieback zum Frühstück, Speck, wenn ich es mir leisten kann. Na schön, ich werde heute bei Eliza frühstücken. Mit dem Alltag können wir dann morgen beginnen.«

Er nahm sich noch kurz die Zeit, Angelique den Fluss hinter dem Haus zu zeigen, den Brunnen und wie er bedient wurde. Er zeigte ihr den Holzverschlag, in dem Kartoffeln, Zwiebeln, Rüben und Möhren lagerten. Und Eicheln, wie er stolz erklärte. Noch vom letzten Herbst. Wieder in der Hütte, erklärte er ihr, wie die Lampen funktionierten. Der Docht musste täglich beschnitten, das Öl aufgefüllt werden. Zu ihren Aufgaben gehörte auch, die Asche aus dem Kanonenofen zu leeren, den Morgenkaffee zu kochen, zu waschen und zu bügeln. Angelique folgte ihm stumm. Seit ihr beim Aufwachen klar geworden war, dass es keine Bediensteten gab, die ihr heißes Badewasser oder Frühstücksschokolade brachten, und dass sie den Nachttopf selber ausleeren musste, bewegte sie sich nur noch in stumpfer Apathie.

Seth hatte mittlerweile ein kleines Haushaltsbuch hervorgezogen und eine neue Seite aufgeschlagen. »Angelique« schrieb er in die erste Rubrik. »Derzeit liegt der Tarif für Hemdenwaschen und -bügeln bei einem Dollar pro Stück«, sagte er und deutete auf den Haufen schmutziger Wäsche in der Ecke. »Ich wollte die Sachen heute zu Eliza bringen, aber jetzt ist das Ihre Aufgabe. Ich bin ein ehrlicher Mann, Miss D'Arcy. Ich werde Sie um keinen einzigen Penny betrügen.« Er schloss das Buch und legte es in die Schublade zurück. »Ich muss jetzt zu meinem Claim. Während ich weg war, hat Charlie Bigelow ein Auge für mich draufgehalten. Zum Abendbrot bin ich zurück. Mir ist alles recht, was immer Sie kochen.«

Dann war er fort.

Angelique blieb wie angewurzelt stehen. Als er sie gefragt hatte, ob sie ihm den Haushalt führen könnte, hatte sie das so verstanden, dass sie den Bediensteten Anweisungen geben sollte.

Ohne Fenster war es in der Hütte schrecklich dunkel. Sie schlug die Zeltleinwand an der Vordertür und die an der Hintertür zurück, es kam aber immer noch nicht genügend Licht in die Hütte. Dann würde sie eben die Lampen anzünden. Angesichts der zwei Öllampen musste Angelique sich jedoch eingestehen, dass sie noch nie selber eine Lampe hatte anzünden müssen und auch gar nicht wusste, wie das ging. Also würde sie einfach die Türen offen lassen und sich mit dem Tageslicht begnügen.

So, und nun zum Essen. Angelique verspürte einen Bärenhunger.

Sie stand vor der verkrusteten Bratpfanne, die Seth ihr gezeigt hatte. Was sollte sie mit der anfangen? Im Vorratsschrank fand sie Reis und Mehl, Salz und Gewürze, Olivenöl, Kaffeebohnen, Backpulver, Zucker, einen Topf mit Rindertalg, ein paar Konserven, eingemachte Früchte, Stockfisch in einem großen Tongefäß. Sie hatte keine Ahnung, was sie mit alledem anstellen sollte. Sie brach sich ein Stück Brot und einen Kanten harten Käse ab und biss gierig hinein. Mit Widerwillen musterte sie den Haufen schmutziger Wäsche in der Ecke. Erwartete Seth wirklich von ihr, dass sie das Zeug für ihn wusch? Zu Hause brauchte sie nur das Einsammeln und spätere Verstauen der Haushaltswäsche zu beaufsichtigen. Sie hatte keine Vorstellung, was in der Zwischenzeit damit geschah. Während sie das Brot und den Käse verschlang und sich nach ihrer Morgenschokolade sehnte, lauschte sie den Geräuschen des erwachenden Lagers draußen vor der Tür. Es waren ungewohnte, fremde Töne, rau und derb, gar nicht zu vergleichen mit dem angenehmen sanften Morgenerwachen auf ihrer Hacienda vor den Toren von Mexico City. Als sie darüber nachsann, warum keinerlei Vogelstimmen zu hören waren, fielen ihr die kargen Hügel rund um das kleine Tal und die vielen Baumstümpfe wieder ein.

Die Vögel haben sich verflüchtigt, und das sollte ich ebenfalls tun.

In dieser engen, schmutzigen Hütte, die einem Mann gehörte, den sie kaum kannte, mitten in einer elenden Goldgräberkolonie mitten in einer gottverlassenen Wildnis, wurde Angelique sich erst bewusst, welch horrenden Fehler sie begangen hatte. Nicht, dass sie nach Kalifornien gekommen war. Sie hatte gar keine andere Wahl gehabt. Nach dem Tod ihres Mannes hatte die mexikanische Regierung ihren Besitz konfisziert – die Hacienda, die Weiden, das Vieh –, um rückständige Steuern zu begleichen, und ihr gerade noch einen Koffer voll Sachen gelassen. Ihr großer Fehler war gewesen, nach Devil's Bar zu kommen.

Sie überlegte fieberhaft, wie sie nach Sacramento zurückkommen und ein Hotel finden konnte, um dort auf ihren Vater zu warten. Aber dann fiel ihr wieder ein, dass sie in Seth Hopkins' Schuld stand. Nicht nur wegen der hundert Dollar, schließlich hatte er sie vor einem Kriminellen beschützt oder es zumindest so dargestellt.

Sie gab sich innerlich einen Ruck – die D'Arcys pflegten nichts schuldig zu bleiben – und sprach sich selber Mut zu: So schlimm wird es schon nicht werden.

Als Erstes schleppte sie Wasser vom Fluss für ein Bad, und

musste dabei feststellen, dass sie keine Ahnung hatte, wie schwer Wasser sein konnte. Sie holte frische Sachen aus ihrem Koffer, wobei sie die richtige Kleidung sehr sorgfältig auswählte und einige Zeit damit zubrachte, die zu den Farben des Kleides passenden Ohrgehänge auszuwählen. Sich anzukleiden stellte sie vor ein neues Problem. Angelique hatte das noch nie selber tun müssen. Wie sollte sie ihr Korsett schnüren? Sie gab sich große Mühe mit ihrem Haar, bürstete es ausgiebig und steckte es mit Kämmen fest. Sie cremte sich das Gesicht und die Hände, putzte ihre Schuhe, bürstete ihre Reisekleidung aus, wusch ihre Unterwäsche und hängte sie zum Trocknen auf.

Bis sie so weit mit ihren persönlichen Belangen fertig war, war es Mittag, und die Hütte lag immer noch im Dunkeln. Also hantierte sie mit Streichhölzern und den Lampen, bis sie herausfand, wie man sie anzündete und für den Rest des Tages am Brennen hielt. Bei Licht betrachtet, merkte sie erst, wie schmutzig der Fußboden war. Sie griff sich einen Besen und begann zu fegen, als sie neben dem Kochherd auf eine merkwürdige Erhebung stieß: einen Zapfen von undefinierbarer Substanz, mehrere Zentimeter hoch. Sie beugte sich darüber, um ihn näher zu betrachten, da wanderte ihr Blick unwillkürlich nach oben, bis er zu dem Haken kam, an dem die Bratpfanne hing.

»*Santo cielo!*«, rief sie aus. Offenbar pflegte Seth Hopkins die Bratpfanne nach dem Gebrauch nicht erst auszuwaschen, sondern hängte sie so, wie sie war, an den Haken und ließ das Fett abtropfen.

Sie stieß auf nur wenige persönliche Dinge von Seth: Abgesehen von dem Rasierbecher, dem Pinsel und dem Rasiermesser gab es eine Daguerreotypie von einer Frau, der Seth sehr ähnlich sah, und vier abgegriffene Bücher. Angelique nahm die Gedichtsammlung auf, blätterte durch Burns, Keats, Shakespeare und Coleridge, bis das Buch von selbst auf einer Seite von Shelleys Gedichten auseinander fiel, als ob Seth sie schon hundert Mal gelesen hätte: »*So erwache ich aus Träumen von Euch aus dem ersten süßen Schlaf.*« Die anderen drei Bücher waren *Viehzucht, Das Leben Napoleons* und Washington Irvins *Sketch Book*, wobei ein Papierschnitzel die Seite mit »*Die Legende von Sleepy Hollow*« markierte.

Die Hände in die Seiten gestemmt, überblickte Angelique die merkwürdige Behausung, die ihrer Meinung nicht einmal für einen Schweinestall gereicht hätte, und beschloss, einiges zu ändern. Sie arbeitete eine gute Stunde lang, bis die Hütte in ihren Augen etwas freundlicher wirkte. Dann nahm sie das Abendessen in Angriff.

Als Seth kurz nach Sonnenuntergang auftauchte, rief er vorsorglich Angeliques Namen, ehe er in die Hütte trat, und dann blieb ihm buchstäblich der Mund offen stehen. Aus allen Ecken stürmten Farben auf ihn ein. Von einer bunt bestickten spanischen Stola, die über das Bett gebreitet war, von kleinen bemalten Heiligenfiguren, von einem kleinen gerahmten Bild, das Maria mit dem Jesuskind zeigte. Votivkerzen flackerten in kleinen roten Glasgefäßen. Ein Damenfächer hing aufgeklappt an der Wand, seine knallgelben Blumenmuster sprangen unmittelbar ins Auge. Von einem Haken baumelte ein hellblauer Schutenhut, der mit hellrosa Bändern und Flamingofedern geschmückt war. Auf dem umgedrehten Pulverfass, das als Nachttisch diente: eine aztekische Statuette aus rosafarbener Jade, ein großer Kristallbrocken aus tiefblauem Azurit, eine kleine, mit Rosen bemalte Vase. Das Pulverfass selbst war unter einem Schultertuch aus schimmernder, smaragdgrüner Seide verborgen. Am Fußende des Bettes steckte ein aufgespannter türkisfarbener Sonnenschirm mit grünen

Rüschen. Blutrote Hyazinthen, die, wie er wusste, in Flussnähe wuchsen, standen in einem Wasserglas.
Seth musste mehrere Male zwinkern, als wollte er seinen Augen nicht trauen. Was hatte diese Frau mit seiner Hütte angestellt?
Dann sah er den Rauch, der aus dem Herd kräuselte.
»Was ist passiert? Wo ist mein Abendbrot?«
Sie wedelte hilflos mit den Händen. »Ich versuche, Señor. Aber ich weiß nicht wie.«
Er sah sie ungläubig an. »Wieso wissen Sie nicht, wie man ein einfaches Abendessen kocht?«
»Woher sollte ich das wissen?«
»Weil Sie eine Frau sind und – großer Gott, Sie haben fast das ganze Kerosin verbraucht!«
»Das hier ist *un calabozo*. Ein dunkles Verlies! Ich brauche Licht!«
»Lassen Sie die Türen offen.«
»Dann kommen die Fliegen.«
Seth musterte die Frau von oben bis unten. »Wieso sind Sie voller Ruß?«
Worauf sie ihm schilderte, wie sie versucht hatte, den Ofen in Gang zu bringen und stattdessen dicke Rauchschwaden herausgequollen waren. Also erklärte er ihr, dass man zuerst die alte Asche vom Rost rütteln und in einen Eimer schaufeln muss. Dann zeigte er ihr, wie man den Rauchabzug einstellt.
»Haben Sie keine Schürze?«
Angelique zuckte nur mit den Schultern.
»Wir brauchen Kaffee zum Abendbrot«, erklärte er mit einem Seufzer und drückte ihr den Kaffeetopf in die Hand. Er machte Feuer im Ofen und verschwand nach draußen. Wenige Minuten später kehrte er mit Fleischpasteten und Brat-

kartoffeln zurück. »Aus Elizas Küche«, sagte er und setzte das Essen auf dem Tisch ab. »Hat mich vier Dollar gekostet.«

»Ist das viel Geld?« Angelique hatte keinerlei Vorstellung davon, was das Leben kostete.

Er ließ sich am Tisch nieder, ohne erst zu warten, bis sie sich gesetzt hatte. »Das ist ein Vermögen! Nicht die Goldsucher werden hier reich, sondern die, die Ware verkaufen. In Virginia kostet ein Taschentuch ganze fünf Cents. Hier kostet es fünfzig Cents!«

Er bediente sich zuerst mit Kaffee, dann schenkte er ihr ein. Als er den Becher an die Lippen führte, stutzte er. Er kostete das Gebräu und verzog das Gesicht: »Was haben Sie mit dem Kaffee gemacht?«

»Wie Sie sagen, Señor. Den Kaffee in den Einsatz gegeben und den Topf aufgesetzt.«

Seth nahm den Deckel ab und schnappte nach Luft. »Sie haben ja ganze Bohnen genommen! Die müssen vorher gemahlen werden. Na ja. Halb so schlimm. Von jetzt an werden Sie's besser machen.«

Sie wollten gerade mit dem Essen anfangen, als sich vor der Hütte ein fürchterlicher Lärm erhob. Angelique sprang vor Schreck von ihrem Stuhl auf und lief zur Tür, aber Seth aß ungerührt weiter. Draußen sah Angelique einen Mann im Dämmerlicht stehen, der einen schottischen Dudelsack spielte.

»Das ist Rupert MacDougal«, erklärte Seth, als Anquelique wieder eintrat. »Er läutet den Feierabend ganz gern mit seinem Dudelsackspiel ein. Zu unserem Leidwesen kennt er nur eine einzige Melodie.«

Für Angeliques Begriffe hatte Seth seltsame Tischmanieren. Er aß, die Ellbogen auf dem Tisch, und gebrauchte die Gabel wie eine Schaufel. Es waren nirgendwo ein Tischtuch oder

Servietten zu finden gewesen, aber Seth schien daran gewöhnt zu sein, sich den Mund mit dem Handrücken abzuwischen.
Während Angelique in eine Kartoffel biss, die überraschend gut schmeckte, fragte sie: »Wo ist Ihre Goldmine, Señor Hopkins?«
»Ich habe keine richtige Mine. Meine Art der Goldsuche ist anders – ich suche in den Flüssen nach Waschgold. Ich siebe den Sand oder Schlamm aus dem Flussbett durch und sammle die Goldablagerungen. Mir steht nicht der Sinn danach, Löcher in die Erde zu bohren und nach Goldadern zu suchen, wie einige Männer das tun. Das hat mir zu Hause in Virginia schon gereicht, wo die Kohlengruben das Land und die Männer zerstörten. Ich finde, wenn die Natur Gold herumliegen lässt, dann haben wir das Recht, es aufzusammeln. Aber Land aufzureißen, das Gott geschaffen hat, liegt mir nicht.«
Sie beäugte das kleine Schraubglas, das er mitgebracht hatte. Goldflocken und -flitter schwammen darin in Wasser. »Was werden Sie mit Ihrem Goldfund anstellen?«
Er fuhr sich mit der Hand über den Mund, dann machte er sich über die zweite Fleischpastete her. »Ich würde gerne eine Farm haben. Keine Tiere. Das ist nicht das, was mir vorschwebt. Irgendwas Friedliches mit viel Grün. Was mit Gemüseanbau vielleicht.«
»Haben Sie denn Erfahrung?«
»Ich komme aus einer Bergarbeiterfamilie. Aber Gemüseanbau kann man lernen.«
»Wir haben in Mexiko Avocados angebaut«, sagte Angelique. »Die Pflanzen sind aber sehr empfindlich. Zu viel Wind und zu viel Sonne ist nicht gut für sie. Vielleicht Orangen, ja? Zitronen wären auch hübsch. Das kommt darauf an, wo Sie Ihre Farm anlegen. Mandarinen und Grapefruit lieben die Hitze,

aber Zitronen brauchen Nebel. Und ich kenne eine Orange, die süßer schmeckt, wenn sie nicht so nah an der Küste wächst.«

Seth blickte sie überrascht an. »Woher wissen Sie das alles?«

Sie zuckte die Schultern. »Ich weiß es eben.«

Nach dem Abendessen holte Seth die Blechschachtel hervor, die das Haushaltsbuch, Tinte und Feder und diverse Papierzettel enthielt. Mit einem Bleistiftstummel schrieb er eine Liste auf die Rückseite eines Handzettels, der einen Zirkus ankündigte, und reichte ihn Angelique. »Bringen Sie das morgen zu Bill Ostler. Er soll Ihnen die Sachen auf der Liste geben und für mich anschreiben. Ich werde heute Nacht wieder bei Charlie Bigelow kampieren und wahrscheinlich die ganze nächste Zeit, solange Sie hier sind.«

Als er am nächsten Morgen zum Frühstück erschien – Eier und Toast, den Angelique bis zur Unkenntlichkeit ruiniert hatte –, erklärte er: »Ich werde besser bei Eliza frühstücken. Machen Sie für heute Abend Reis mit Speck. Bei Reis können Sie nichts falsch machen. Er wird im Wasser über dem Feuer gekocht.« Er deutete auf die Feuerstelle, über der ein schwerer schwarzer Topf an einem Haken hing. »Den Speck finden Sie in dem Fass dort. Wenn man ihn in Lake legt, verdirbt er bei der Hitze nicht.« Er hielt einen Moment inne. »Können Sie Brot backen? Na schön, fragen Sie Ostler, er gibt Ihnen alles, was Sie brauchen.«

Ostlers Kaufladen lag weiter oben an der staubigen Straße, die an Zelten, Blockhütten und langen Leinen voller Wäsche vorbeiführte. Der Laden selbst bestand aus einer leinwandgedeckten Bretterbude. In den Wandregalen stapelten sich Gläser, Dosen, Flaschen, Werkzeug, Geschirr, Küchenutensilien, Medizinfläschchen, ja sogar Stoffballen. Angelique hatte für ihren Auftritt ein Kleid aus taubengrauer Seide mit rosa Spitzenbesatz gewählt. Die rosa Federn an ihrem Hut waren einen Ton dunkler und passten genau zu ihren Handschuhen und dem Sonnenschirm. Als sie den Laden betrat, waren drei Frauen gerade damit beschäftigt, in Schachteln mit Nähgarn und Knöpfen zu kramen, die Seth Hopkins aus San Francisco mitgebracht hatte. Angelique musste einen Moment stehen bleiben, bis sich ihre Augen an das Halbdunkel gewöhnt hatten.

Bill Ostler, ein Mann mit rotem Haarschopf und dickem Bierbauch, ächzte »Ach du meine Güte« und kam hinter dem Verkaufstresen hervorgeschossen, dass er beinahe das Fass mit sauren Gurken umgestoßen hätte. »Miss D'Arcy! Was für eine Freude! Was kann ich für Sie tun?«

Angelique spürte förmlich die Blicke der drei Frauen in ihrem Rücken, als sie Ostler die Einkaufsliste reichte. Als sie ihn fragte, wie man denn Brot machte, hörte sie, wie sich die Frauen zuflüsterten: »Stellt euch das vor. Eine Frau, die nicht weiß, wie man Brot bäckt.«

Sie wollte gerade mit ihren Einkäufen wieder gehen, da entdeckte sie noch einen Ballen bedruckten Kattuns und bedeutete Ostler mit den Händen, wie viel Meter sie wünschte.

In der Hütte schnitt sie den Stoff in mehrere Bahnen und nagelte sie zu einem 60 x 90-cm-Rechteck an die Wand. Den Rest verwendete sie als Tischdecke.

Dann machte sie sich an das Reiskochen. Sie füllte einen Topf mit Wasser und holte mit einem Messbecher Reis aus dem Sack. Eine Tasse schien nicht genug zu sein. Vier Tassen würden für sie und Mr. Hopkins eine ordentliche Mahlzeit ergeben. Sie legte den Deckel auf den Topf, hängte ihn über das Feuer und überließ ihn sich selbst. Als sie endlich das Feuer im Herd entfacht und eine Speckseite in die Pfanne gezwängt hatte, sprang der Deckel vom Topf und fiel mit lautem Schlag auf die Feuerstelle. Zu ihrem Entsetzen stieg der Reis im Topf auf, quoll über die Ränder und tropfte ins Feuer.

»Heilige Jungfrau Maria!«, rief sie und attackierte den Topf mit dem Messer, das sie noch in der Hand hielt.

Als Seth abends nach Hause kam, roch die ganze Hütte nach angebranntem Reis und verkohltem Speck. Angelique stand an der Hintertür und wedelte den Rauch mit ihrer neuen Schürze hinaus.

»So ein Teufel«, kreischte sie und trat nach dem Herd.

Seth blickte ungläubig auf den Inhalt der Pfanne. »Sie haben die *ganze* Speckseite genommen? Sie sollten nur einen oder zwei Streifen abschneiden!« Sein Blick blieb an dem Kattun an der Wand hängen. »Was ist denn das?«

»Vorhänge«, erklärte sie verdrossen. Sie rieb sich die Nase und hinterließ einen Schmutzfleck.

»Aber hier gibt es doch kein Fenster.«

»Sí, aber sieht es nicht so aus, als ob da eins wäre?«

Er musterte das Tischtuch, auf dem ein Glas mit frischen Blumen stand. »Wo haben Sie die Äpfel her? Der Händler kommt erst am Samstag wieder vorbei.«

»Ich kaufe sie bei Señor Ostler.«

»Was? Der kauft sie beim Gemüsehändler und verdreifacht den Preis! Keine frische Ware mehr von Ostler. Warten Sie, bis der Händler am Samstag kommt!«

Seth holte Zwieback und Dörrfleisch aus der Vorratskammer. »Ist halb so schlimm«, beschwichtigte er sie, als er sah, wie geknickt sie war. »Ich hab schon Schlimmeres erlebt.«

Sie schaute sich in der Hütte um. »Was könnte schlimmer sein als das hier?«

Er warf ihr einen raschen Blick zu. Bei jedem anderen hätte diese Frage wie eine Beleidigung geklungen. Die Frau schien

es jedoch nicht so zu meinen. »Das Gefängnis«, sagte er knapp, als sie sich zu Tisch setzten.
Ihre Augen wurden vor Verwunderung ganz rund. »Sie waren im Gefängnis?«
Er schälte einen Apfel und reichte ihr eine Hälfte. »Ich sah, wie ein Mann eine Frau zusammenschlug. Ich sagte ihm, dass er aufhören sollte, aber sein Blick war rasend. Ich wusste, dass er sie umbringen würde. Also habe ich ihn daran gehindert.«
»Sie ... haben ihn getötet?«
Seth schüttelte den Kopf. »Sein Rückgrat gebrochen. Jetzt hat er zwei nutzlose Beine. Wird keinen mehr verprügeln.«
Er kaute. Schluckte. »Sie haben mich wegen versuchten Totschlags verurteilt. Ich habe ein Jahr im Gefängnis gesessen. Keine Arbeit. Einzelhaft. Mein Essen wurde mir unter der Tür durchgeschoben. Ein Jahr lang habe ich keine Menschenseele gesehen oder gesprochen.«
Sie beschlossen ihr Mahl in Schweigen. Als er gesättigt war, stand Seth auf und hob eine Ecke des Tischtuchs an. »Das hier muss zu Bill Ostler zurück.«
»Aber es ist zerschnitten. Er wird es nicht zurücknehmen.«
»Dann muss ich das auf die Summe draufschlagen, die Sie mir schulden.«
Seth sah, dass sie den Tränen nahe war, und lenkte ein. »Sie haben das hier richtig hübsch gemacht.« Er entdeckte die kleine aztekische Statue auf dem umgedrehten Fass und nahm sie in die Hand. »Das ist rosa Jade. Sehr selten, sehr kostbar.«
»Mehr als das, Señor Hopkins. Dieser Talisman gehörte einmal Montezumas Königin. Er stellt die Göttin des Glücks dar. Er ist ein Glücksbringer, den ich von meiner aztekischen Kinderfrau bekommen habe, und er hat viel Kraft.«

»Sie glauben also, dass die Göttin Ihnen Glück bringt?«
»Sie wird mich zu meinem Vater führen«, erklärte Angelique mit großer Zuversicht.
»Im Moment sollten Sie sie besser darum bitten, Ihnen das Kochen beizubringen.«
Obwohl er die Worte in ein Lächeln gekleidet hatte und obwohl Angelique merkte, dass sie nicht als Beleidigung gemeint waren, geriet sie in Rage. Was er von ihr erwartete, war einfach zu viel! Diese entwürdigende Situation war die hundert Dollar nicht wert, die sie ihm schuldete.
Als Seth sich wie jeden Abend auf den Weg zu Charlie Bigelow machen wollte, hielt sie ihn zurück. »Einen Moment bitte. Ich muss noch etwas wissen.«
»Ja?«
»Señor Boggs.«
»Ja.« Sie sah, wie sich sein Kiefermuskel spannte.
»Sie sagten, er sei ein schlechter Mensch.«
»Ja«, erwiderte er, und sie wartete. Nach einem kurzen Moment holte er tief Luft. »Sie hätten es nicht lange bei ihm ausgehalten. Frauen wie Sie tun das nicht.«
»Er hätte mich arbeiten lassen?«
Seth blickte in ihre unschuldigen, weit aufgerissenen Augen, und wusste nicht, wie er sich ausdrücken sollte. »Die Ladys, die über dem Saloon wohnen«, sagte er. »Das hätte Cyrus Boggs auch mit Ihnen gemacht.«
Einen Herzschlag lang geschah gar nichts. Eine tiefe Röte schoss Angelique ins Gesicht, dann wurde sie aschfahl. »Morgen«, erklärte sie, »werde ich keinen Reis mehr anbrennen.«

Seth übernachtete weiterhin in Charlie Bigelows Zelt, ging aber jeden Morgen zu seiner Hütte, um dort zu frühstücken, sich ein frisches Hemd anzuziehen und seinen Mittagsimbiss einzupacken, den Miss D'Arcy ihm bereitet hatte. Nachdem sie auch nicht wusste, wie man Wäsche wäscht, hatte er sich sein erstes sauberes Hemd seit Miss D'Arcys Ankunft für einen astronomischen Betrag bei Ostler kaufen müssen. Daraufhin zeigte er ihr, wie man Wasser über dem Feuer aufsetzt, wie man den Holzbottich vor der Hütte füllt, wie man Seifenflocken von dem Seifenblock schabt und die Wäsche in der Lauge einweicht. Es gelang ihm sogar, ihr beizubringen, wie man ein Frühstück bereitet, aber das hielt nicht lange vor. Das Brot war jedes Mal entweder verbrannt oder nicht durchgebacken, und der Kaffee geriet entweder zu stark oder zu dünn. Sein Mittagsimbiss bestand ausnahmslos aus Räucherwurst, wenigen genießbaren Scheiben Brot und Äpfeln, die vom fliegenden Händler stammten. Am Ende eines jeden Tages kam Seth zum Abendbrot nach Hause, das meistens ruiniert war, worauf er bei Eliza zwei fertige Mahlzeiten holte. Nach dem Abendessen, während Angelique das Geschirr spülte, nahm Seth sein Schraubglas mit den Tageseinnahmen zur Hand – Goldflitter, -staub und -körner. Er wusch und trocknete das Gold, wog es auf einer kleinen Waage und steckte es in einen Lederbeutel, den er in einer verschließbaren Lade verstaute. Wenn es Zeit wurde, schlafen zu gehen, verabschiedete er sich und zog zu Charlies Hütte. Ansonsten verlief sein Leben in Devil's Bar nicht anders als vor der Ankunft seines unerwarteten Hausgastes. An jedem Wochenende ritt er nach American Fork, wo er sein Gold schätzen ließ und in der Bank deponierte. Samstagabends holte er den großen Waschbottich hervor, füllte ihn mit heißem Wasser von der Feuerstelle und schrubbte sich den Alltagsdreck herunter. Dann zog er frische Sachen an und ging in den Saloon, wo er mit Llewellyn, Ostler und Bigelow Whiskey trank und Karten spielte. Danach schaute er im Hotel vorbei, wo er, nachdem der Speisesaal geschlossen hatte, für ein Weilchen mit Eliza Gibbons ›zusammensaß‹, wie er es nannte. Er hatte keine Vorstellung, was Miss D'Arcy in ihrer Freizeit trieb, glaubte jedoch kaum, dass sie kochen lernte.

Während er, die brennende Sonne im Rücken, am Flussufer kniete, ein Gemenge aus Sand und Kies in seinen Siebtrog schaufelte, das Sieb ins Wasser tauchte und behutsam wippte, hoffte er inständig auf einen Nugget, der die von Miss D'Arcy verursachten Kosten decken würde. Natürlich konnte sie nichts dafür. Sie gab ihr Bestes und beklagte sich kaum, dennoch verdarb sie bald jedes Essen, versengte seine Hemden mit dem Bügeleisen und verbrauchte zu viel Lampenöl. Sollte sie ihren Vater je finden, hatte Jack D'Arcy hoffentlich genug Geld mit der Pelztierjagd verdient, um sich um seine kostspielige Tochter zu kümmern.

Er tauchte den Siebtrog wieder ins Wasser, und während er ihn langsam mit einer kreisenden Bewegung schwenkte, sodass Sand und Schlamm über den Rand gespült wurden, ließ er seine Gedanken zu dem Franzosen wandern. Seth hatte bisher jeden Neuankömmling im Lager nach einem Trapper namens D'Arcy befragt. Jetzt begann er, sich Sorgen zu machen. Er hatte davon gehört, dass Indianer des Öfteren Trapper überfielen, weil sie den Indianern ihre Beute streitig machten und ihnen allmählich ihre Lebensgrundlage zerstörten. Bei blutigen Gefechten im Norden hatte es eine Menge toter weißer Männer gegeben.

Seth tauchte das Sieb aufs Neue ins Wasser, drehte und schwenkte es in immer größerem Neigungswinkel, bis der Sand ausgewaschen war und nur noch ein goldhaltiger Bodensatz im Siebtrog übrig blieb. Bei dieser Tätigkeit wanderte Seths Blick zu den dunkelbrauen Kieseln im Flussbett, die in der Sonne aufblitzten, und sie erinnerten ihn an Angeliques

Augen. Besonders dann, wenn sie ihre kurzen Wutausbrüche hatte und mit einem »Heilige Jungfrau!« dem nicht aufgegangenen Brot oder dem angebrannten Pudding einen Schlag versetzte. Und die Art, wie das Wasser über die Steine plätscherte, klang wie ihr perlendes Lachen, das gewöhnlich ihren Wutausbrüchen folgte, wenn sie sich selber schalt und eine schwarze Locke aus ihrem Gesicht strich. Als sich ein Eisvogel auf der Jagd nach Fischen, die es hier längst nicht mehr gab, auf einem Ast über dem Fluss niederließ, fand Seth, dass sein blaugraues Gefieder die gleiche Farbe hatte wie Angeliques Kleid, das sie mit Soße bekleckert und mühsam zu reinigen versucht hatte.
Er schüttelte den Kopf. So, wie Angelique immer wieder in seinen Gedanken auftauchte, hatte es den Anschein, als sei sie ihm zu seinem Claim gefolgt.
Er zwang sich, an etwas anderes zu denken: Was würde sich ändern, wenn Kalifornien als selbständiger Bundesstaat anerkannt wurde? In welcher Gegend sollte er sich eine Farm kaufen? Würde der Winter in diesem Jahr früher einsetzen? Doch irgendwie gingen seine Gedanken eigene Wege und drehten sich bereits wieder um Miss D'Arcy. Vergangenen Sonntag zum Beispiel, als der Wanderprediger nach Devil's Bar gekommen und der Saloon zur Kirche umfunktioniert worden war. Miss D'Arcy hatte sich verspätet. Als sie in der Eingangstür erschien, drehten sich alle nach ihr um und verstummten. Sie trug eines ihrer schönsten Kleider mit einem zauberhaften Schleier aus spanischer Spitze über Kopf und Schultern. In den behandschuhten Händen hielt sie ein Gebetbuch und einen Rosenkranz. Während sich eisige Stille ausbreitete – in dieser überwiegend protestantischen Kolonie begegnete man Katholiken mit einigem Argwohn –, war Miss D'Arcy jedoch nicht nach vorne gekommen, sondern hatte in

einer der hinteren Reihen neben den Prostituierten Platz genommen.
Da Gold schwerer wog als Sand, blieb es unten im Siebtrog liegen, während der Sand über den Rand geschwemmt wurde, und Seth konnte die Flocken und Körner mit der Messerspitze herauspicken. Behutsam goss er das restliche Wasser ab, befeuchtete sich den Finger, holte die letzten Goldflitter heraus und steckte sie in sein Schraubglas. Es war eine harte, zeitraubende, zermürbende Arbeit. Manchmal erbrachte ein Tag mit Goldwaschen gar keinen Gewinn. An anderen Tagen wiederum stieß Seth auf Nuggets so groß und hell wie die Sonne.
Seth hockte sich auf die Fersen und wischte sich den Schweiß von der Stirn. Sein Blick wanderte über den Fluss zu den Überresten des Indianerdorfs auf der anderen Seite. Seth war einer der Ersten gewesen, der an diesem Seitenfluss seinen Claim abgesteckt hatte. Als er hier ankam, herrschte im Dorf noch blühendes Leben. Die Indianer hatten vom anderen Ufer aus schweigend zugesehen, wie sich der verrückte weiße Mann durch den Schlamm wühlte. Dann waren andere weiße Männer mit Picken und Schaufeln gekommen, hatten größere Siebtröge und hölzerne Goldwaschrinnen errichtet, mit denen sie Kies und Schlamm aus dem Flussbett wuschen. In kürzester Zeit waren die Fische aus dem Fluss verschwunden, die Indianer hatten ihr Dorf verlassen und sich zu neuen Jagdgründen aufgemacht.
Manch einer von ihnen hatte sich sogar selber auf die Suche nach dem Gold eingelassen. Obwohl sie persönlich keine Verwendung für das Edelmetall hatten, wussten sie mittlerweile, dass man damit Lebensmittel und Decken kaufen konnte. Einige hatten sich auch als Arbeiter auf den Farmen der weißen Männer oder in Sägemühlen, wie Sutter's Sawmill, verdingt. Als er mit Miss D'Arcy auf dem Weg von Sacra-

mento an Sutter's Mill Halt gemacht hatte, um die Pferde zu tränken, hatten sie mehrere hundert Indianer in der Mittagssonne herumsitzen sehen. Sobald das Essen in Trögen herausgebracht und auf die Erde gesetzt worden war, hatten sich die Indianer kniend darüber hergemacht, als ob sie am Verhungern wären.

Die meisten Indianer hielten sich jedoch in den Bergen versteckt. Unter den weißen Männern gab es einige, die meinten, dass hier kein Platz mehr sei für die Indianer, und sie mit Waffen verfolgten. Unterdessen versuchte die Bundesregierung, die Eingeborenen zusammenzuziehen und in Reservate zu verbannen. Einige wenige Dörfer wurden noch von Frauen bewohnt, aber aufgrund zunehmenden Menschenraubs verschwanden auch sie mit der Zeit. Als das Goldfieber ausbrach, ließen die Menschen in Kalifornien alles stehen und liegen und brachen zu den Goldfeldern auf. Farmen und Ranches standen plötzlich ohne Arbeitskräfte da, reiche Leute ohne Bedienstete. Als Folge davon blühte der Handel mit verschleppten Indianerfrauen und -kindern. Sie wurden nach Süden gebracht und als billige Arbeitskräfte verkauft.

Während Seth sich in der Sonne ausruhte, betrachtete er die Farben der Wildblumen, das Blau des Himmels – Dinge, die er jahrelang nicht bemerkt hatte. Erinnerungen an seine Gefängniszeit drängten sich auf, wo man damit experimentiert hatte, Strafgefangene zum Zwecke der Rehabilitation zu isolieren. Was die Gefängniswärter nicht wissen konnten, war, dass sich die Einzelhaft für Seth Hopkins nicht besonders von der dumpfen Stille in seinem Vaterhaus oder der Dunkelheit in den Bergstollen unterschied. Am Tag, da er entlassen wurde, hatte der Wärter ihm zugerufen: »Na, hoffentlich haben Sie hier was gelernt.« In der Tat hatte Seth gelernt, dass jeder Mensch auf dieser Welt auf sich allein gestellt war. Jeder

wird allein geboren und muss allein überleben. Und keiner kann darauf vertrauen, dass ihm ein anderer hilft.
Als er nach seinem Sieb griff und sich für die nächste Runde zermürbender Arbeit rüstete, stand mit einem Mal ein eigenartiges Bild vor seinem inneren Auge: Miss Angelique D'Arcy lag schlafend in seinem Bett, ihr üppiges schwarzes Haar auf seinem Kopfkissen ausgebreitet.

Die Menschen von Devil's Bar wurden allmählich in einen Zauberbann gezogen. Da war sich Eliza Gibbons ganz sicher. Und der Zauber ging aus von der gerissenen Miss D'Arcy, der schönen französischen Witwe, die Seth im Hafen von San Francisco aufgelesen und wie eine streunende Katze mit nach Hause genommen hatte. Eliza war weder blöd noch blind und deshalb wahrscheinlich als Einzige immun gegen die Zauberkräfte dieser Person. Es war beinahe so, als ob eine Art Wahn die Leute von Devil's Bar ergriffen hätte.
Zunächst hatte Eliza geglaubt, dass etwas passiert wäre, als diese Person an jenem Samstagmorgen zu aller Überraschung in ihrem Hotel auftauchte, während Seth der Bank in American Fork seinen routinemäßigen Besuch abstattete. In der kleinen Hotelhalle und im Speisesaal tummelten sich die Einwohner von Devil's Bar, die Elizas guten Kaffee genossen oder ihre Post und Zeitungen abholten, die mit der Morgenkutsche eingetroffen waren. Bei Eliza pflegte man sich zu treffen, Neuigkeiten auszutauschen, zu klatschen und vor allem die Mühsal einer ganzen Woche auf den Goldfeldern zu vergessen. Als Seths französische Witwe unerwartet in der Tür stand, verstummten alle Gespräche augenblicklich.
Nie würde Eliza diesen Anblick vergessen, als mit einem Mal alle die Köpfe drehten und ungläubig diese Person anstarrten. Im nächsten Moment taten die Männer etwas, das Eliza mit

offenem Mund staunen ließ: Sie erhoben sich von ihren Sitzen und zogen den Hut. Noch keiner anderen Frau aus der Siedlung war solch eine Ehre widerfahren. Am wenigsten Eliza selbst, die fest davon überzeugt war, dass ihr, Eliza Gibbons, unter allen Frauen zuerst dieser Vorzug gebührte. Hatte man nicht ihr den Vertrag mit der Postkutschenlinie zu verdanken, sodass Post und Zeitungen direkt ins Hotel geliefert wurden? Hatte sie sich nicht für den Bau eines Kühlhauses eingesetzt, in dem die Leute ihre Schinken und Butter frisch halten, ihr Wildbret für besondere Gelegenheiten und sogar Bill Ostler seine heimlichen Flaschen Champagner kühlen konnten? Waren ihre Fleischpasteten nicht berühmt von hier bis Nevada? Und was war der Dank? Alle jammerten und klagten über ihre hohen Preise.

Das Benehmen der Männer an jenem Samstagmorgen hatte Eliza in Aufregung versetzt. Besonders als Mrs. Ostler diese Person bei nächster Gelegenheit mit einem freundlichen »Guten Morgen« grüßte und alle anderen Damen im Chor einfielen!

Wie Miss D'Arcy erklärt hatte, wollte sie Mr. Hopkins etwas zum Abendessen kaufen, und hatte Brathuhn mit Kartoffelpüree und einer Soße aus Hühnerklein erstanden. Eliza hätte diese Person gern darauf hingewiesen, dass die Gerichte nur für Hotelgäste bestimmt waren, aber wie konnte sie das, wenn es nicht stimmte und jedermann um sie herum hören konnte, dass sie log? So war ihr nichts anderes übrig geblieben, als die Frau mit einem Korb voll ihrer besten Küchenerzeugnisse davonziehen zu lassen, wobei sie hätte schwören mögen, dass diese Person auch noch vorgeben würde, sie hätte alles selber gekocht.

Aber das war noch nicht alles gewesen. Zum Beispiel jener Samstagabend, als eine Gruppe Fiedler ins Camp kam, um einen Tanzabend nach guter alter Art abzuhalten, der dann in einem einzigen Tumult endete, weil alle Männer mit Angelique tanzen wollten. Und dann der Tag, als ein paar Trapper aus den Bergen mit ihren Indianerfrauen in das Hotel kamen, und Eliza drauf und dran war, sie hinauszusetzen, als Angelique hereingestürmt kam. Sie hatte von ihrer Ankunft gehört, fragte sie, ob sie ihren Vater kannten, und als sie dann feststellte, dass sie Franzosen waren, hatten sie alle angefangen, in einer fremden Sprache zu schnattern, und Llewellyn, dieser hartschädelige Waliser, hatte sie hernach gebeten, ihm Französischunterricht zu geben! Ingvar Swenson schickte Miss D'Arcy ein Dutzend frischer Eier als Willkommensgruß; Mrs. Ostler wollte Miss D'Arcys Meinung zu der Garnfarbe wissen, die sie für ein neues Umschlagtuch ausgesucht hatte, und Cora Holmsby bat Miss D'Arcy um Rat bei der Auswahl ihres Parfüms!

Die Krönung war jedoch der Vorfall mit den Pfirsichen gewesen.

Eliza hatte mit einem Farmer im Tal ein geheimes Abkommen über eine Wagenladung Pfirsiche für das Lager getroffen, mit der Garantie, dass alle kaufen würden. Dafür sollte Eliza prozentual am Erlös beteiligt werden. Da Pfirsiche wirklich Mangelware waren, scharten sich die Leute, wie zu erwarten war, um den Händler und wedelten mit Banknoten und Beuteln mit Goldstaub. Und dann war diese Person aufgetaucht, hatte sich durch die Menge gedrängt, was von schädlichen Früchten gemurmelt und dass sie alle ernsthaft krank davon würden.

Ein Tumult hatte sich erhoben, der Farmer schimpfte wütend herum und warf die Arme in die Luft, Miss D'Arcy versuchte die Leute davon abzuhalten, nach den Pfirsichen zu greifen, und dann kam auch noch Seth Hopkins dazu und versuchte,

die Menge zu beruhigen. Auf die Frage, warum die Früchte ihrer Meinung nach schädlich seien, hatte diese Person noch nicht einmal eine Erklärung abgeben können. Sie hatte Seth bloß mit diesen betörenden Augen angesehen und gesagt: »Bitte, Sie werden alle krank, wenn Sie essen.«
Zu Elizas völliger Überraschung hatte Seth erklärt: »Nun, dann sollten wir die Pfirsiche vielleicht besser nicht kaufen«, und alle hatten die bereits ausgesuchten Früchte zurückgelegt.
Während die anderen noch herumstanden und nicht wussten, was sie tun sollten, der Farmer Beschimpfungen in einer für alle unverständlichen Sprache ausstieß, war Eliza an den Wagen getreten und hatte einen ganzen Scheffel Pfirsiche gekauft. Die anderen taten es ihr sofort nach, kauften dem Mann praktisch seinen Wagen leer und ließen ihn mit einem zufriedenen Lächeln davonziehen.
Was Eliza jedoch am stärksten im Gedächnis haften geblieben war, war die Art, wie Seth sich dieser Person gefügt hatte, als ob sie ihn verhext hätte. Genau da beschloss Eliza, dass es Zeit war, die Dinge selber in die Hand zu nehmen.
Und so kam es, dass sie an diesem späten Sommerabend, mit dem Zirpen der Grillen und einer Ahnung von Herbst in der Luft, Seth Hopkins eine ordentliche zweite Portion von ihrem Pfirsichkuchen vorlegte. »Sie weiß Dinge«, murmelte er zwischen zwei Bissen und spülte den saftigen, süßen Pfirsichkuchen mit kalter Milch hinunter. »Ich weiß nicht, wie oder warum, aber Miss D'Arcy weiß einfach Dinge. Sie sagt, sie hat das ganze Camp nach dem Verzehr der Pfirsiche krank umfallen sehen. Wie eine Vision.« Er fuhr mit dem Löffel am Tellerrand entlang, um das letzte bisschen Sirup einzufangen. »Manche Menschen haben das zweite Gesicht, weißt du. Meistens Frauen.«

Eliza verstand nichts von Visionen oder zweiten Gesichtern, aber eine gerissene Frau erkannte sie auf den ersten Blick. Nachdem der Pfirsichverkäufer abgezogen war, hatte Eliza eine ganze Ladung Pfirsichkuchen gebacken, damit die Leute, die den Händler verpasst hatten, doch noch in den Genuss der Pfirsiche kamen. Einen Kuchen hatte sie sogar zu Seth bringen lassen und am nächsten Tag erfahren müssen, dass diese Person ihn weggeworfen hatte! Alle im Lager hatten ihren Kuchen gegessen und erklärt, dass es keinen besseren in der ganzen Gegend gäbe. Wie kam diese Person dazu, ihren Kuchen wegzuwerfen? Eliza wusste genau, dass diese Geste weniger mit Miss D'Arcys Sorge um Seths Gesundheit zu tun hatte als vielmehr damit, ihren Anspruch auf ihn geltend zu machen. Eliza wusste, was diese Person im Schilde führte. Auch wenn Seth es nicht merkte.

Das ging nun schon eine ganze Weile so. Wann immer Seth und Eliza samstagabends auf der Veranda ihres Hotels beisammensaßen, gab er Widersprüchliches von sich. Sprach er einerseits davon, dass er bald die Geduld mit Miss D'Arcy verlieren würde, die ihn immerhin eine Stange Geld kostete, so schwärmte er im nächsten Moment von ihrem Parfüm oder von ihrer Art zu lachen. Eliza spürte, was Seth selber noch gar nicht wahrnahm: dass auch er immer mehr in den Bann dieser Person geriet.

Eliza hatte nicht damit gerechnet, in Bezug auf Seth Konkurrenz zu bekommen. Einer der Gründe, aus dem Osten nach Kalifornien zu ziehen, war für sie der gewesen, dass dort zehn Männer auf eine Frau kamen. Selbst eine Frau wie sie, ein ›spätes Mädchen‹ von dreißig Jahren, hatte immer noch gute Chancen, sich einen Fang wie Seth Hopkins zu schnappen. Sie hatte acht Monate lang daran gearbeitet, dass er sie irgendwann ›unter ehelichen Aspekten‹ betrachten würde, hatte ihn mit Kuchen und Fleischpasteten becirct, seine männliche Kraft gelobt, wann immer er die eine oder andere kleine Reparaturarbeit an ihrem Hotel verrichtete. Nie war ein Wort der Kritik über ihre Lippen gekommen, selbst wenn er sich den Mund an seinem Ärmel abwischte, statt die Serviette zu benutzen, oder wenn er rülpste, ohne sich dafür zu entschuldigen. Sie äußerte auch keinen Gedanken darüber, dass er seinen Claim auf den von Charlie Bigelows ausdehnen sollte, da der sein Gebiet nicht hundertprozentig nutzte. Sie drängte ihn auch nicht, statt des Siebtrogs eine richtige Goldwaschrinne zu verwenden – da er immer wieder erklärte, die Goldwäscher stromaufwärts sollten nicht so gierig sein, weil für die Goldwäscher stromabwärts dann nichts mehr abfiel. Sie verkniff sich jeden Kommentar, wenn er erklärte, er wollte nur so viel verdienen, wie er für ein behagliches Leben brauchte, während alle anderen in Devil's Bar darauf brannten, eines Tages reicher als der sagenhafte König Midas zu sein. Eliza fand, es wurde allmählich Zeit, Seth mit dem Gedanken vertraut zu machen, dass sie zwar gute Freunde waren und sich gegenseitig halfen, wie das bei Nachbarn üblich war, dass er jedoch dringend eine Frau brauchte und sie sich einen Mann an ihrer Seite wünschte, was nur einen logischen Schluss zuließ. Und da musste diese Miss D'Arcy auftauchen, die ihn mit ihren schönen Kleidern und ihrer weiblichen Hilflosigkeit um den Finger wickelte.

»Dauert nicht mehr lange«, sagte Seth und stopfte sich seine Pfeife. »Dann wird Kalifornien ein Bundesstaat.«

»Wenn das passiert, tun sie hoffentlich was gegen all diese Fremden, die hier reinströmen. Wie ich höre, gibt es jetzt auch Chinesen in American Fork?«

Er blickte sie erstaunt an. »Sind wir nicht *alle* Fremde, Eliza?«

Sie lächelte gekünstelt. »Aber gewiss. Ich habe nur Spaß gemacht.«

Er nickte und widmete sich wieder seiner Pfeife. »Jeder hier kommt von irgendwo anders her. Bis auf die Indianer. Ich schätze mal, Gott hat sie direkt hier erschaffen.«

Eliza sagte nichts darauf. Sie hasste die Ureinwohner Kaliforniens und fand, man sollte sie so schnell wie möglich loswerden. Dem Himmel sei Dank für Männer wie Taffy Llewellyn und Rupert MacDougal, die gelegentlich Säuberungsaktionen in der Gegend vornahmen. Wenn es nach Seth Hopkins ginge, wäre Devil's Bar bald von Wilden umgeben. »Geht es mit Miss D'Arcy denn jetzt besser?«, fragte sie bei dem Gedanken an eine weitere verhasste Person.

Seth zog an seiner Pfeife. »Ein echtes Problem, Eliza. Sie ist ja hübsch verpackt, aber sie ist absolut nutzlos. Ich hab versucht, ihr ein paar Dinge beizubringen, aber sie scheint Angst vor dem Herd zu haben. Wenn das Fett in der Pfanne spritzt, springt sie zurück. Sie will sich ihre schönen Kleider nicht schmutzig machen. Und alle Waschbären und Füchse der Umgebung lieben meine Hütte mittlerweile, weil sie so viel Abfall nach draußen wirft. Neulich komme ich abends nach Hause, da sehe ich Miss D'Arcy aus der Hütte rennen mit der brennenden Bratpfanne in der Hand. Sie hat sie einfach in den Fluss geworfen. Ich musste bei Bill Ostler eine neue Pfanne kaufen, und du kannst dir vorstellen, was mich *das* gekostet hat!«

Er streckte die Beine unter dem Tisch aus und schlug sie übereinander. »Ich hab noch keine Frau getroffen, die weder kochen noch nähen kann. Keine wie du, Eliza. Du bist eine tüchtige Frau. Du brauchst dir keine Gedanken um dein Aussehen zu machen, ob du hübsch bist oder so. Und du weißt einen Dollar zu schätzen.«

Elizas Lippen wurden schmal. »Vielleicht hält sie ja nicht lange durch, und du bist sie los.«
»Sehe ich noch nicht kommen. Sie arbeitet ihre Schulden bei mir ab. Und sie sucht ihren Vater. Ich kann sie doch nicht einfach an die Luft setzen. Wo sie doch so hilflos ist.«
Eliza hätte gerne etwas zu dem Thema Miss D'Arcy und ihre Hilflosigkeit beigesteuert, aber sie verkniff sich das. »Bist du sicher, dass es *überhaupt* einen Vater gibt?«, fragte sie stattdessen.
»Warum sollte sie lügen?« Seth klang ehrlich überrascht.
Eliza sagte nichts dazu. Wie konnte ein Mann wie Seth zweiunddreißig Jahre alt werden und nicht wissen, dass es Frauen gab, die alles sagen würden, nur damit ein Mann sich um sie kümmerte.
»Na ja«, meinte er. »Solange muss ich mich halt mit Charlie Bigelows Schnarchen abfinden und mit verbrannten Bratkartoffeln zum Abendbrot.«
»Bei mir bekommst du immer ein gutes Essen. Brathühnchen, Zwieback und Soße. Dein Lieblingsgericht.«
Er lachte. »Eliza, du verlangst ein Vermögen für dein Essen.«
»Ich könnte dir einen Sonderrabatt einräumen, das weißt du.«
»Nix da. Das wäre den anderen gegenüber nicht fair, die genauso hart arbeiten wie ich. Ich bestehe darauf, den vollen Preis zu zahlen, und damit basta.«
Eliza behielt ihre Gedanken für sich. Es gab Zeiten, da hasste sie Seth Hopkins mit seinem Sinn für Fairness und Ehrlichkeit. »Na, dann kann man dich ja nur dafür loben, dass du deiner Christenpflicht nachkommst und diese arme Person rettest.«
»Das hat nichts mit Christenpflicht zu tun. Ich konnte sie doch nicht auf Gedeih und Verderb einem Typen wie Boggs ausliefern. Jeder andere Mann hätte so gehandelt wie ich.«

Jeder andere Mann, sagte Eliza sich im Stillen, hätte diese Person in einen goldenen Käfig gesteckt und sie angehimmelt. Nicht aber ein Seth Hopkins. Was Frauen anging, trug er wirklich Scheuklappen. Er hatte einmal von einer Liebsten in der Heimat erzählt, die dann einen anderen geheiratet hatte. Bei all ihren Gesprächen über das Mädchen hatte Seth nie das Wort Liebe erwähnt. Eliza begann sich zu fragen, ob er zu jenen Männern zählte, die zur Liebe unfähig waren. Das Höchste, was eine Frau von ihm erwarten durfte, waren Treue und Geborgenheit. Nun, mehr erwartete Eliza auch nicht von einem Mann. Sie war sich sowieso nicht sicher, ob es die romantische Liebe wirklich gab, die von den Dichtern immer hochgejubelt wurde. Männer konnten so wunderbar Süßholz raspeln, wenn sie eine vermeintliche reiche Erbin vor sich hatten, wusste sie aus bitterer Erfahrung, und dann wie der Blitz verschwinden, wenn sie merkten, dass sie keinen Penny auf der Naht hatte. Nein, da war ihr Seths ungehobelte Art tausendmal lieber. Wenigstens wusste sie bei ihm, woran sie war. Und wenn sie einmal heiraten sollten, brauchte sie ja nicht in ihn verliebt zu sein.

»Sag mal, soll ich ihr vielleicht ein wenig helfen? Soll ich Miss D'Arcy die Grundregeln des Kochens beibringen?«

Seth schien ein Stein vom Herzen zu fallen. »Meine Güte, Eliza! Ich wäre dir ja so dankbar! Ich glaube, Miss D'Arcy könnte die Hilfe einer älteren Frau wirklich gebrauchen!«

Das Gesicht von Eliza Gibbons, die nur fünf Jahre älter als Miss D'Arcy und zwei Jahre jünger als Seth war, versteinerte, ihr Blick glich glühenden Kohlen. Sie meisterte ein tapferes Lächeln: »Überlass das nur mir. Ich werde der armen Miss D'Arcy helfen, sich in der Küche zurechtzufinden.«

Sie konnte es nicht fassen. Die Kartoffeln waren schon wieder angebrannt!
Während sie auf die braune Matsche in dem Kochtopf blickte, stiegen ihr die Tränen in die Augen. Wie kriegten die anderen Frauen das bloß hin? Entweder war bei ihr der Herd zu heiß oder die Hitze zu schwach. Wenn sie sich darauf konzentrierte, das Fleisch zu braten, brannte das Gemüse an. Wenn sie den Eintopf umrührte, fing das Brot an zu verbrennen. Wie sollte sie alles gleichzeitig handhaben? Als sie die verkohlten Abfälle ins Freie warf, wohl wissend, dass die Waschbären und Füchse sich später daran delektieren würden, stellte sie sich Seth Hopkins' Reaktion vor: Wenn sie ein Essen ruiniert oder Löcher in seine Hemden gebrannt hatte, wurde er nie wütend oder schroff. Er pflegte einfach zu sagen: »Das lernen Sie noch und machen es das nächste Mal besser.« Seth Hopinks war der gutmütigste Mann, den sie kannte. Sie konnte sich kaum vorstellen, dass er beinahe einen Menschen getötet hätte. Und dennoch hatte er genau deswegen im Gefängnis gesessen, wie er sagte. Zu dieser Art von Rage schien er gar nicht fähig zu sein. Vielleicht liebte er diese Frau, die er beschützen wollte? Gab es womöglich eine verborgene Seite an Seth Hopkins, einen Quell der Leidenschaft, der nur auf die richtige Frau wartete, eine wie sie, die wusste, was Leidenschaft bedeutete?
Sie schalt sich selbst für derlei Gedanken – immer häufiger ertappte sie sich dabei, wie sie Träumereien über Seth Hopkins nachhing, seine Gestalt, seine männliche Kraft, seine schönen Gesichtszüge, ja selbst bei der Vorstellung, wie es wäre, von ihm geküsst zu werden – und ging wieder in die Hütte mit ihren schummerigen Winkeln, ihrem Modergeruch und ihrer Einsamkeit. Angelique hatte Nägel in die Wände getrieben, um ihre Kleider daran aufzuhängen, damit sie die Flecken und kleinen Risse darin bearbeiten konnte.

Ihre Garderobe peinlichst in Ordnung zu halten, war oberstes Gebot für sie und beanspruchte beinahe ihre ganze Aufmerksamkeit. Und es hielt sie davon ab, verrückt zu werden.
Angelique hätte nie gedacht, dass das Leben so hart sein konnte. Sie entwickelte bereits Blasen und Schwielen an den Händen, und ihre Muskeln schmerzten die ganze Zeit. Es gab nur Arbeit, Arbeit, Arbeit und keinerlei Zerstreuung oder Vergnügen. Nicht einmal der Wanderzirkus machte Halt in Devil's Bar, weil das Lager zu klein war und den Aufwand nicht lohnte. Das einzige Klavier stand im Saloon, zu dem die Frauen keinen Zutritt hatten. Ablenkung brachten lediglich die samstagabendlichen Schlägereien, der gelegentliche Faustkampf auf der Straße, das mitternächtliche Getöse, wenn die Schwarzbrenneranlage von Llewellyn, dem Waliser, mit lautem Knall explodierte und das ganze Lager aufschreckte oder wenn Charlie Bigelow keine weitere Kostprobe von Rupert MacDougals Dudelsackkonzerten mehr ertrug, mit seinem Gewehr aus dem Zelt gerannt kam, auf die Sackpfeifen zielte und ausrief: »Lern endlich 'ne andere Melodie oder ich schicke dich und deinen verdammten Blasebalg geradewegs ins Jenseits!«
Die Geburt des Swenson-Babys hatte zumindest einen Lichtblick dargestellt. Nachdem Kinder in diesem Teil des Territory zu den Seltenheiten gehörten, strömten die Goldgräber von überall her, um der Mutter die Ehre zu erweisen und Gaben für das Kind zu bringen. Selbst Indianer kamen und brachten Glasperlen und Federschmuck. Angelique sah, wie erwachsene Männer beim Anblick des Babys weinten, und so viel Ehrerbietung und Huldigung ließen sie an die Heilige Nacht und die Geburt des Jesuskindes denken (obwohl später alle Männer betrunken waren und das Camp mit Schlägereien und Pistolenschüssen aufschreckten).

Am schlimmsten aber war ihr Heimweh. Sie gierte nach Chilis und Tortillas. Ihr Ohr sehnte sich nach dem Klang einer spanischen Gitarre. Sie vermisste den Bummel über die riesigen Märkte in Mexico City, wo sie in Töpferwaren, Textilien und kunstvollen Holzschnitzereien stöbern konnte. Sie wünschte, sie könnte mit jemandem Spanisch sprechen.
Sie hob die kleine aztekische Statue auf und umschloss sie fest mit den Fingern. In der vertrauten Form spürte sie eine Verbindung zur Heimat und sprach im Geiste ein kleines Gebet für die Gottheit, sie möge ihr Kraft schenken. Dann küsste sie die kühle Jadefigur und stellte sie an ihren Platz zurück.
»Hallo? Miss D'Arcy?«
Angelique drehte sich um und sah Eliza Gibbons in der Türöffnung stehen. »Oh! Miss Gibbons!« Sie zog hastig einen Stuhl heran und wischte den Staub von der Sitzfläche. »Was für eine Ehre. Bitte kommen Sie herein.«
Eliza musterte das grüne Satinkleid der jungen Frau über den zahlreichen Unterröcken, die Aquamarine, die an ihren Ohrläppchen funkelten. Als ob sie sich für einen großen Ball herausgeputzt hat, höhnte Eliza insgeheim. Aber da klebte Mehlstaub an ihrem Gesicht und in den Haaren, und bei näherer Betrachtung konnte man Flecken auf dem Kleid entdecken, die noch so viel Seife nicht hatten verschwinden lassen können. Kein Wunder, dass diese Person nicht kochen konnte. Der Zustand ihrer Kleider war ihr ja wichtiger als Seth Hopkins' Mahlzeiten.
»Ich muss gestehen, dass ich es versäumt habe, Ihnen einen Besuch abzustatten«, begann Eliza immer noch im Stehen. »Mr. Hopkins gab uns zu verstehen, dass Ihr Besuch nur von kurzer Dauer sein würde.«
»Ich dachte, mein Vater würde mich bald finden.«
»Und nun naht der Winter. Wenn erst der Regen einsetzt,

wird das Reisen schwierig und keine Verbindung mehr möglich sein.«

Winter! dachte Angelique mit Grausen. An diesem Ort würde sie den Winter nicht überleben.

»Ich habe Sie beim Kochen gestört«, bemerkte Eliza.

»Ich bin ein hoffnungsloser Fall. Ich mache dem armen Mr. Hopkins nur Arbeit, statt ihm zu helfen.«

»Wie ich sehe, kochen Sie gerade eine Suppe?«

»Ich habe es schon einmal versucht. Aber Mr. Hopkins sagt, meine Suppe hat keinen Geschmack.«

Eliza legte ihren Hut ab. »Womit würzen Sie denn?«

»Señora Ostler sagt mir, ich soll zwei Prisen Salz dazugeben. Und das mache ich so.«

»Einfach so? Grade mal zwei Prisen Salz für den ganzen Topf?«

»Sí.«

»Dann ist das das Problem. Mrs. Ostler meinte zwei Prisen Salz *pro Portion*. Das hier ist ein großer Topf, das sind mindestens zehn Portionen. Geben Sie Salz in Ihre Hand. Da, sehen Sie. Genau so viel muss in den Topf.«

Angelique machte große Augen. »So viel?«

Eliza lächelte. »Das bringt Geschmack in die Suppe. Jetzt verrate ich Ihnen noch ein kleines Geheimnis aus meiner Küche«, sagte sie und griff nach dem Glas mit dem Zuckersirup. »Mr. Hopkins wird finden, das ist die beste Soße, die er je gegessen hat...«

Als Seth an diesem Abend nach Hause kam, waren Angeliques Hoffnungen hochgeschraubt. Er setzte sich an den Tisch und blickte überrascht auf den Teller, den Angelique mit einem kleinen Augenzwinkern vor ihn hinstellte. Er beäugte die Soße. Dann hob er den Teller und schnupperte daran.

»Ist etwas nicht in Ordnung?«, fragte sie.

»Diese Soße... sieht ganz anders aus. Riecht auch anders.«
Angelique lächelte. »Ich habe die geheime Zutat genommen.«
Seth probierte zuerst die Suppe. Genussvoll schob er einen großen Löffel voll in den hungrigen Mund. Eine Sekunde später spuckte er alles wieder aus. Er spülte rasch mit einem halben Glas Wasser nach, dann wischte er sich den Mund ab und fragte: »Was haben Sie mit der Suppe gemacht?«
Angelique blickte ihn verständnislos an. »Was soll mit ihr sein?«
»Sie schmeckt grässlich!«
Tödliches Schweigen fiel über den Tisch, nur das Summen der Fliegen war zu hören. Nach einer Weile erhob sich eine aschfahle und sichtbar um Fassung ringende Angelique ganz langsam von ihrem Stuhl. »Mr. Hopkins, Sie haben mich vor einem schrecklichen Schicksal bewahrt, und ich bin Ihnen auf ewig zu Dank verpflichtet. Aber das hier ist keine gute Situation für uns beide, und ich denke, ich sollte gehen.«
Er blickte sie erschrocken an. »Gehen! Ich habe bloß gefragt, was Sie mit der Suppe angestellt haben. Sie schmeckt...«
»Sie schmeckt falsch. Alles, was ich mache, ist falsch. Und es wird auch nie besser.« Sie ging erhobenen Hauptes zu dem umgedrehten Fässchen neben dem Bett, nahm die rosa Jadefigur zur Hand, schaute sie einen langen Moment an, trat wieder an den Tisch und setzte die Statuette vorsichtig ab. »Als Bezahlung für meine Schulden«, erklärte sie leise. »Sie ist mehr wert, als ich Ihnen schulde. Aber ich zahle und wir sind quitt. Ich werde die Postkutsche nach Sacramento nehmen, wenn sie in drei Tagen hier durchkommt.«

Praktisch jedes ihrer Kleider wies irgendwelche Flecken auf. Sie hatte alles Menschenmögliche versucht, ihre Kleidung in

Ordnung zu halten, sie vor Fett und Soße, Kaffee und Saft, Ruß und Schmutz zu bewahren. Eine Schürze half auch nicht viel, und in Bill Ostlers Laden gab es keine wirksamen Fleckenmittel. Wenn sie erst in Sacramento war, würde sie mit Freuden ihre gesamte Garderobe wieder in Ordnung bringen.

Während Angelique ein Kleidungsstück nach dem anderen in den Reisekoffer legte, versuchte sie, nicht an den Mann zu denken, den sie verlassen würde. Seth tauchte immer wieder in ihren Gedanken und Träumen auf, manchmal als edler Retter, manchmal als leidenschaftlicher Liebhaber. Wann hatte er sich in ihr Herz gestohlen? Wieso hatte sie das nicht vorhergesehen?

In den vergangenen drei Tagen hatte Seth sich nicht mehr blicken lassen, und ihr Herz schlug schneller, als sie Schritte vor der Hütte hörte. Aber es war nur Bill Ostler, der den Kopf durch die Tür steckte. »Hörte, dass Sie fortgehen, Miss. Ich wäre ja schon eher gekommen, aber meine Frau hat 'ne böse Erkältung erwischt. Hab die ganze Nacht an ihrem Bett zugebracht.« Angelique bemerkte die Schatten unter seinen Augen und die hochroten Wangen. »Zu schade, dass Sie fortgehen, Miss D'Arcy. Sie waren das Beste, was Seth widerfahren konnte. Er hätte ein bisschen Glück verdient. Hat er Ihnen erzählt, dass er im Gefängnis saß?«

»Ja. Er sagte, er hätte beinahe einen Mann umgebracht, der eine Frau geschlagen hat.«

»Hat er Ihnen auch erzählt, dass der Mann sein eigener Vater war und die Frau seine Mutter? Der alte Hopkins hat sie so schwer am Kopf erwischt, dass sie fast blind davon geworden ist. Da hat Seth beschlossen, mit der Grausamkeit seines Vaters Schluss zu machen. Er hat nichts bereut. Deshalb haben sie ihn im Gefängnis auch so hart rangenommen. Sagen Sie, dürfte ich Sie um einen Schluck Wasser bitten? Meine Kehle ist fürchterlich trocken.«

Sie reichte ihm einen Becher mit Wasser.

»Also dann, auf Wiedersehen, Miss D'Arcy. Es war mir ein Vergnügen.«

Sie war gerade dabei, die Bänder ihres Hutes unter dem Kinn zu einer Schleife zu binden, als Seth schließlich auftauchte. Er sah aus, als ob er tagelang kein Auge zugetan hätte.

Er bemerkte ihre Reisekleidung, den Hut und die Handschuhe, den für die Postkutsche bereitstehenden Reisekoffer neben der Tür, und sagte müde: »Ich habe in den letzten drei Tagen über einiges nachgedacht.« Er nahm ihre Hand, legte den Jadetalisman hinein und schloss ihre Finger über der kleinen aztekischen Göttin. Dann zog er das Haushaltsbuch aus der Lade und riss die mit *Angelique* überschriebene Seite heraus. »Es war ein Fehler, Sie mit hierher zu bringen. Sie wissen ja jetzt, wo ich wohne. Wenn Sie Ihren Vater gefunden haben, kann er ja herkommen und Ihre Schulden begleichen. Aber ich werde Sie nicht halten.« Er schaute sich um. Die Hütte erschien ihm trostlos und leer. Angelique hatte alle Farben entfernt, selbst die Vorhänge von einem Fenster abgenommen, das gar nicht existierte. »Ich werde Sie nach Sacramento begleiten und darauf achten, dass Sie eine anständige Unterkunft finden.« Er rieb sich die Stirn.

»Geht es Ihnen nicht gut, Mr. Hopkins?«, fragte Angelique besorgt und dachte an Bill Ostler.

»Um ehrlich zu sein, mir ging es schon mal besser. Charlie Bigelow hat sich 'ne böse Erkältung eingefangen. Wahrscheinlich hat er mich angesteckt. Wenn ich mich nur einen Moment setzen dürfte ...«

Angelique zog einen Stuhl heran und gab Seth ein Glas Wasser zu trinken. »Wie lange fühlen Sie sich schon so schlecht?«

»Zwei, vielleicht drei Tage. Ich dachte, das geht wieder weg, aber es scheint schlimmer zu werden. Und jetzt ... mein Kopf ...«

»Sie sollten sich hinlegen.«

Er widersprach nicht. Als er vom Stuhl aufstand, knickten ihm die Beine ein, und Angelique musste ihn um die Taille fassen, um ihn zu stützen.

»Das wird schon wieder«, murmelte er, als sein Kopf auf das Kissen sank. »Ich muss nur mal einen Moment die Augen zumachen. Sie gehen besser nach draußen. Die Postkutsche wird gleich hier sein. Sagen Sie denen, dass es zwei Passagiere sind.«

Angelique zog ihren Handschuh aus und legte Seth die Hand auf die Stirn. Seth glühte vor Fieber.

Sie musste an Bill Ostler und seine Frau denken. Der Pfirsichhändler vor einer Woche fiel ihr wieder ein und ihre Vision, dass das ganze Lager krank wurde.

Sie warf einen Blick auf die Tür. Die Postkutsche würde in wenigen Minuten eintreffen. Da stöhnte Seth vor Schmerzen laut auf.

Angelique legte den Hut ab und zog sich einen Stuhl an das Bett. Eine Viertelstunde später hörte sie die Postkutsche die Straße hinunterrattern. Sie blieb an Seths Seite sitzen.

Als er bei Einbruch der Dämmerung erwachte, brachte sie ihn dazu, einige Schluck lauwarmen Kaffees zu trinken. Doch das Obst und den Zwieback, die sie ihm anbot, lehnte er ab. Er verkündete, er müsse jetzt zu Charlie Bigelow und versuchte aufzustehen, aber er war zu schwach. Angelique machte es ihm so bequem wie möglich. Dann eilte sie zu Ostlers Laden und kaufte Decken und ein Kopfkissen. Damit würde sie sich später auf dem Boden ein Bett bauen.

Am folgenden Tag ging es Seth noch schlechter.

Während Angeliques Hand auf seiner Stirn lag, fühlte sie ihm den Puls. Für so hohes Fieber schlug er unnatürlich langsam. Mit Schrecken erinnerte sie sich an ein Fieber, das vor zehn Jahren Mexico City heimgesucht hatte. Die hohe Temperatur und der langsame Puls hatten bei den Ärzten höchsten Alarm ausgelöst, denn sie signalisierten nur eins: *febre tifoidea* – Typhus!

In jähem Entsetzen schloss sie die Augen. Sie hatte Recht gehabt mit dem Pfirsichhändler. Er war das, was die *doctores* in Mexiko einen Überträger nannten. Er hatte die Krankheit nach Devil's Bar gebracht. Angelique stand vor Angst und Hilflosigkeit wie gelähmt da. Menschen starben an Typhus, selbst gesunde junge Männer.

Während sie verzweifelt überlegte, was sie tun, wen sie um Hilfe bitten sollte, erwachte Seth und starrte sie aus fiebrig glänzenden Augen an. »Sie sind noch da«, flüsterte er. »Könnte ich bitte etwas Wasser haben?« Plötzlich beugte er sich über den Bettrand und erbrach sich. »O Gott, wie Leid mir das tut«, stöhnte er und sank wieder in die Kissen. Zu Angeliques Entsetzen hatte er sich auch noch beschmutzt.

Da brach alles, was in den vergangenen Wochen geschehen war – die Überfahrt auf der *Betsy Lain,* die Versteigerung, Devil's Bar –, wie eine schwarze Sturzflut über ihr zusammen. Sie konnte nicht mehr! Weinend stürzte sie aus der Hütte, rief nach ihrem Vater, verwünschte diesen Ort, hasste Seth Hopkins.

Tränenblind floh sie aus dem Lager, platschte durch den Fluss und erklomm die Anhöhe mit ihren trostlosen Baumstümpfen.

Oben angelangt, lief sie in den Wald, wo sie sich zu Boden warf und hemmungslos weinte. Sie ließ ihrem Gefühl der Einsamkeit, der Hilflosigkeit und ihrem Heimweh einfach freien Lauf. Da durchzuckte ein jäher, scharfer Schmerz ihren Kopf, und sie hatte ihre Medizin nicht zur Hand. Sie musste den Anfall über sich ergehen lassen, diese abscheuliche Fallsucht, die sie von ihrer Großmutter Angela geerbt hatte. Während sie von schmerzhaften Krämpfen geschüttelt wurde, stiegen Bilder in ihr auf, Visionen. Keine Halluzinationen oder Ahnungen, sondern Erinnerungen an längst vergangene Tage, als sie sechs Jahre alt war: diese merkwürdige Zeit auf Rancho Paloma, als es doch eine Hochzeit geben sollte, dann aber etwas passierte und sie alle überstürzt abreisten. Angelique wusste nicht warum, aber auf einmal kamen ihr die hysterischen Anfälle ihrer Mutter von damals wieder in den Sinn. Carlotta, die Angelique nur als starke, tüchtige Frau in Erinnerung hatte, bloß noch ein Nervenbündel! Es hatte irgendetwas mit Tante Marinas rätselhaftem Verschwinden und mit Großvater Navarro zu tun. Aber was jetzt aus Angeliques bruchstückhaften Erinnerungen herausragte, scharf und deutlich wie die Bergspitzen um sie herum, waren Großmutter Angelas Gesicht – blass und wunderschön – und ihre Stimme, so klar wie der Vogelruf in den Wäldern hier, als sie sagte: »Ich habe getan, was getan werden musste. Ihr könnt sagen, dass es falsch war, und vielleicht war es auch falsch, aber es musste getan werden.« Und dann war Carlotta in Panik ausgebrochen: »Sie werden dich mitnehmen, Mutter! Sie werden dich hängen! Du musst fliehen. Du musst dich verstecken!« Und Großmutter, so gefasst und so stark: »Ich werde weder fliehen noch mich verstecken. Ich werde alles ertragen, was Gott mir auferlegt. Navarro-Frauen kennen keine Furcht.«

D'Arcy hatte seine Frau und Tochter am folgenden Tag fortgebracht, und Angeliques Erinnerungen an das Geschehen waren mit der Zeit verblasst. Nur jetzt, im schmerzhaften

Griff dieser heftigen Kopfschmerzen, fragte sie sich, was in jener schicksalhaften Nacht geschehen war und warum ihre Mutter gefürchtet hatte, dass man Großmutter Angela ins Gefängnis sperren und hängen würde. Wohin war Tante Marina verschwunden, und hatte man sie je wiedergesehen?

Wer ist in jener Nacht mit donnernden Pferdehufen davongeritten?

Allmählich löste sich der Bann. Die Kopfschmerzen verebbten, die Stimmen und Visionen verschwanden wie Träume bei Morgenlicht. Als Angelique die Augen aufschlug, schien sie den Wald um sich herum zum ersten Mal richtig zu sehen, zu hören und zu riechen. Welche Erhabenheit! Welche Schönheit! Sie holte tief Luft, und es war, als atmete sie neue Kraft. Atmete die Seele der Wälder. *Navarro-Frauen kennen keine Furcht.* Angelique schaute sich in dem waldigen Paradies um, in dem sie sich auf einmal befand. Durch die hohen Baumstämme blickte sie auf das heimelige Goldgräbercamp, das sie kurz zuvor noch so gehasst hatte. Und sie schwor sich: Ich werde tun, was getan werden muss.

Als sie wieder in die Hütte trat, fand sie Seth auf dem Boden liegen. Er hatte versucht, sich auszuziehen und zu waschen, und war dann zusammengebrochen. Die Laken und die Decke waren völlig verschmutzt. Sie bezog das Bett mit dem letzten sauberen Laken, bettete Seth in die Kissen und deckte ihn mit seiner für den Winter reservierten Steppdecke zu. Dann hastete sie zu Elizas Hotel und erfuhr von dem Zimmermädchen, dass Eliza und vier Hotelgäste ebenfalls erkrankt waren. Die Köchin war noch wohlauf, sie versorgte Angelique mit Brot, Suppe, Wurst und Eiercreme. Nachdem sie sich vier saubere Laken vom Zimmermädchen hatte geben lassen, eilte Angelique zu Bill Ostler, der behauptete, in Ordnung zu sein, obwohl seine Augen fiebrig glänzten. Er warnte sie: »Das hohe Fieber kann gefährlich werden, wenn man es nicht schnell runterkriegt. Es kann zu Anfällen und bleibenden Hirnschäden führen. Sogar zum Tod. Halten Sie Seths Haut feucht und fächeln Sie ihm Kühlung zu. Geben Sie ihm viel kaltes Wasser zu trinken. Und waschen Sie auf keinen Fall seine Laken. Es muss alles verbrannt werden, die Kleidung, die Bettwäsche, alles.«

Schließlich lieh sie sich von Llewellyn, dem Waliser, ein Faltbett, auf dem sie selber schlafen würde.

Als sie zu Seth zurückkehrte, hielt er sich den Bauch und stöhnte. Angelique wärmte das Essen aus dem Hotel auf, aber er konnte nichts bei sich behalten.

Seine Temperatur erhöhte sich schrittweise über drei Tage lang und blieb dann konstant. Auf die Brechanfälle folgte Durchfall, also holte Angelique noch mehr Laken aus dem Hotel und verbrannte die verschmutzte Wäsche hinter der Hütte. Seth lag apathisch auf dem Bett, bemüht, seine Schmerzen nicht zu zeigen, aber Bill Ostler hatte sie gewarnt, dass Typhus den Darm angriff, dass es zu äußerst schmerzhaften Geschwüren oder sogar zu Darmbluten kommen konnte.

Seth musste unbedingt gewaschen werden. Angelique wischte ihre Bedenken beiseite, schließlich war sie ja einmal verheiratet gewesen, und wusch Seth im Bett von oben bis unten aus einer Schüssel mit warmem Wasser, wobei sie aus Taktgefühl seine Lenden bedeckt ließ. Bei dieser Gelegenheit entdeckte sie Narben auf seinem Rücken. Sie zog die Lampe näher und betrachtete sie genauer. Die Narben liefen kreuz und quer über seinen Rücken, sie formten das reinste Gittermuster. Da sie erst ein paar Jahre alt waren, mussten sie von der Gefängnispeitsche stammen. Die vernarbten Stellen an seinen Hand- und Fußgelenken konnten nur von Handeisen und Beinschellen herrühren. Die Tränen stiegen ihr in die

Augen. »Heilige Schmerzensmutter«, wisperte sie und bekreuzigte sich, während ihre Tränen auf die Narben tropften. »Du armer, armer Mann.«

Das Fieber blieb unverändert hoch, Seth glitt zunehmend ins Delirium. Auf seiner Brust und seinem Bauch trat ein blassrot-fleckiger Ausschlag auf, und schließlich fiel er in einen ohnmachtsähnlichen Schlaf. Von Angst gepackt versuchte Angelique verzweifelt, das Fieber mit feuchten Umschlägen zu senken. Sie war Tag und Nacht auf den Beinen, machte feuchte Wickel, fächelte Seth Kühlung zu, flößte ihm kaltes Wasser ein. Wenn sie einmal einnickte, raffte sie sich sogleich wieder auf und machte weiter. In Erinnerung daran, dass die mexikanischen Damen sich in der größten Sommerhitze die Handgelenke und Schläfen mit Kölnischwasser betupften, badete sie Seth in ihrem Toilettenwasser, damit der verdunstende Alkohol ihm Kühlung brachte. Als ihre Duftwässer aufgebraucht waren, eilte sie zum Saloon, der verlassen dalag, und griff sich die letzte Flasche Whiskey, um Seth darin zu baden.

Nachdem sie auch die letzten Laken verbrannt hatte, wollte sie neue aus dem Hotel holen, aber es gab keine mehr. Auch bei Bill Ostler nicht. Devil's Bar lag unter einer stinkenden Rauchglocke von den vielen Feuern, in denen Bettwäsche und Kleidung verbrannt wurden. Wieder in der Hütte, zog Angelique ihren Reisekoffer hervor, holte ihre Unterröcke aus weicher Baumwolle heraus und bezog das Bett damit. Als die Unterröcke verbraucht waren, riss sie ihre Kleider in Stücke, bettete Seth auf smaragdgrüne Seide oder rosa Satin und warf die verschmutzten Sachen auf den schwelenden Haufen hinter der Hütte. Sie setzte den Haufen erneut in Brand und schaute zu, wie ihre Seidenkleider verkohlten und in Rauch aufgingen.

Da nun alle ihre Kleider als Bettwäsche dienten, öffnete Angelique die Lade, in der Seth seine Sachen aufbewahrte, und holte ein paar jener merkwürdigen Hosen hervor, die aus blauem Drillich gemacht und deren Taschen mit Kupfernieten beschlagen waren. Dazu zog sie eines seiner grob gewirkten Wollhemden an, stopfte es in die Hose und band sich einen Strick um die Taille, um der Hose Halt zu geben. Sie hatte auch längst keine Zeit mehr, große Umstände mit ihrer Frisur zu machen, also kämmte sie sich die Haare aus und flocht sie zu zwei langen Zöpfen. Als Bill Ostler sie das erste Mal so sah, war er richtig erschrocken. »Jesus, ich dachte, ich sehe 'ne Squaw«, stammelte er.

Da Seth keine feste Nahrung aufnehmen konnte, überwand Angelique ihre Angst vor dem Herd – Kochen war jetzt eine Frage von Leben und Tod. Sie lernte, wie man das Feuer in Gang hielt, wie man Reis richtig kocht, gab Salz und Zucker dazu, damit Seth zu Kräften kam. Haferflockenbrei. Rinder- und Gemüsebrühe. Kalter Tee.

Als ihre Vorräte aufgebraucht waren, ging Angelique wieder zum Hotel. Sie konnte niemanden entdecken. Der Speisesaal und die Küche lagen wie ausgestorben da. Im ersten Stock hörte sie jemanden stöhnen, dann fürchterlich würgen. Hinter dem Haus lag ein stinkender, schwelender Haufen Bettwäsche. Angelique hastete weiter zu Bill Ostler, der nunmehr ernsthaft krank war und sich nur noch an die Tür schleppte.

»Kann ich irgendwas für Sie tun?«, bot Angelique an.

»Es liegt in Gottes Hand, Miss D'Arcy. Bei Typhus weiß man nie, wen es erwischt. Die Entscheidung liegt allein beim Allmächtigen.« Er brach zusammen, und Angelique half ihm ins Bett. Sie sah Mrs. Ostler, vom nahen Tod gezeichnet. Sie bediente sich im Laden mit Ware und ließ einen Beutel mit Goldstaub auf dem Tresen zurück.

Sie ging noch bei den Swensons vorbei in der Hoffnung, ein paar Eier erstehen zu können, und fand Ingvar, der versuchte, seiner Frau zu helfen. Als Angelique zu Mrs. Swenson ins Zimmer trat, sah sie das schlafende Baby in ihrem Arm. Sie schaute genauer hin und bekreuzigte sich.

»Mr. Swenson, Ihr Baby ...«

»Ich weiß. Sie lässt es mich nicht begraben, das arme Wurm.«

Bis auf streunende Hunde lag das Lager verlassen da. Angelique entdeckte neue Grabstellen auf der Anhöhe und fragte sich, wer da begraben lag und wer noch die Kraft aufgebracht hatte, die Gräber zu schaufeln. Der Gestank von Krankheit hing über der Siedlung. Angelique erkannte diesen Geruch wieder. Sie erinnerte sich an die Typhusepidemie, die Mexiko vor Jahren heimgesucht hatte, und sie erinnerte sich an die Bestattungen, bei Tag und bei Nacht. Bis die Krankheit sich ausgetobt hatte, würde in Devil's Bar noch so manches Grab dazukommen.

Sie blieb ständig an Seths Seite. Wenn er sich vor Schmerzen wand und im Delirium umherwarf, wiegte sie ihn in den Armen. Und wenn sie ihn aufrichtete, um ihm Essen einzuflößen, wenn sie ihm das Gesicht streichelte, empfand sie eine ungeahnte Zärtlichkeit für ihn.

Jede Nacht fiel sie zu Tode erschöpft ins Bett.

Am siebzehnten Tag nach ihrer geplanten Abreise mit der Postkutsche blickte Angelique in Seths gequältes Gesicht und auf den ausgezehrten Körper. Seths Augen lagen tief in den Höhlen, sein Haar war schütter geworden. Und seit Tagen schon hatte er die Augen nicht mehr geöffnet. Sie wusste, dass ein Mensch nicht zwei Wochen lang im Fieber brennen und überleben konnte. Aber was sollte sie tun? Schwach vor Hunger und erschöpft von den endlosen Nächten ohne Schlaf

starrte sie wie in Trance auf den kranken Mann, aber es war kein Fieber in ihrem Blick, es war die Krankheit der Seele.
In Devil's Bar herrschte Grabesstille. Kein Honky-Tonk-Klavier klimperte mehr im Saloon, kein Getrappel von Pferdehufen war mehr zu hören, kein Quietschen von Wagenrädern, keine menschlichen Stimmen. Angelique konnte sich nicht mehr erinnern, wann sie zuletzt mit einem Menschen gesprochen hatte. Als sie nach Charlie Bigelow schauen wollte, hatte sie ihn tot in seinem eigenen Dreck liegend vorgefunden, er war ohne Pflege mutterseelenallein gestorben. Es kamen auch keine Besucher mehr nach Devil's Bar, und die letzte Postkutsche war vor vielen Tagen durchgekommen. Man hatte sie aufgegeben, überließ sie ihrem Schicksal, ließ sie einfach sterben.
Gegen Mitternacht, die Lampe brannte die letzten Tropfen Öl nieder und Angelique saß an Seths Bett, da spürte sie eine merkwürdige Ansammlung von Schatten um sich herum. Zunächst hielt sie sie für die Geister von Charlie Bigelow, dem Swenson-Baby und Eliza Gibbons' zwei Zimmermädchen. Dann merkte sie, dass sie nicht von Geistern, sondern von ihren eigenen Erinnerungen heimgesucht wurde – Erinnerungen, die sie so lange unterdrückt, Dinge, die ihre Mutter ihr über ihre Familie in Kalifornien erzählt hatte. Zum Beispiel, wie Angelique sich aus abgöttischer Liebe zu ihrem Vater von den Navarros abwandte, weil sie ihn so schmählich behandelt hatten. Aber jetzt fiel ihr wieder ein, dass Großmutter Angela Jacques D'Arcy wie einen Sohn aufgenommen hatte. Sie erinnerte sich, wie ein Kavallerist zur Hacienda geritten kam, um sie vom Tod ihres Mannes bei der Schlacht von Chepultepec zu informieren, und sie sich noch nie so verlassen wie damals gefühlt hatte. Ihr Vater war bereits fortgegangen, und ihre Mutter war tot. Sie hatte niemanden mehr.

Nun fielen ihr alle ihre Cousins wieder ein. Da war etwas mit einem Bären, der in einen Korral gebracht wurde, und Angelique stand inmitten einer Schar von Kindern, die alle mit ihr verwandt waren. Sie hatte noch nie darüber nachgedacht, aber sie gehörte tatsächlich zu einer großen Familie. Was für ein Trost musste eine Familie in Zeiten wie diesen sein!

Und jetzt waren sie tatsächlich alle da, in ihrer Erinnerung, und sie spendeten ihr Trost. Aber noch mehr: Sie leisteten ihr Beistand in höchster Not.

Großmutter Angela am Küchentisch, an den die sechsjährige Angelique gerade heranreichte. Sie bereitete etwas in einer Tasse zu, erklärte dem Kind, wie die Zauberkraft der Rinde das Fieber senkte.

Ohne nachzudenken rannte Angelique aus der Hütte, stolperte zum Fluss und folgte im Mondlicht seinen Windungen, bis sie an einen Weidenbaum kam. Sie stürzte sich auf die Rinde, riss an ihr mit den Fingern, bis sie sich abschälte. Dann hastete sie in die Hütte zurück, legte die Rinde in kochendes Wasser, ließ den Sud abkühlen und versuchte, Seth etwas davon einzuflößen. Er hustete und spie um sich. Sie setzte ihm den Becher erneut an die Lippen. Er konnte nicht trinken. Also tunkte sie ein Taschentuch in den Tee und drückte es zwischen Seths Lippen aus. Stunde um Stunde saß sie so da und flößte Seth das Gebräu ein.

Schließlich nahm sie ihren Rosenkranz zur Hand, kniete sich vor das Bett, bettete ihren Kopf an Seths Brust und begann inbrünstig zu beten. Sie schlief in dieser Haltung ein und wurde erst wach, als sie seine Hand auf ihrem Haar spürte.

Das Fieber war gesunken, die Krise überstanden.

Obwohl Seth immer noch krank und sehr geschwächt war, konnte Angelique ihn zwischendurch allein lassen, um den anderen im Camp zu helfen. Sie kümmerte sich um die Kranken, kochte riesige Mengen Bohnen für die Gesunden, half bei den Bestattungen, beim Verbrennen von Kleidern und Bettwäsche und teilte das Geheimnis ihres Zaubertees. Abends saß sie an Seths Bett und las ihm aus *Viehzucht* vor. Zunächst entlockten ihm ihre Leseproben nur ein schwaches Lächeln, wenn sie zum Beispiel vortrug: »›Zum Eierlegen ist die Weiße Leghorn-Henne am besten geeignet.‹« Später dann, als es ihm schon besser ging, lachte er laut, wenn sie in ernstem Ton vorlas: »›Die Holsteiner Kuh produziert viermal mehr Milch als die herkömmliche Milchkuh . . .‹«

Schließlich, nach Wochen, hatte sich der Typhus aus Devil's Bar zurückgezogen. Die letzte Bestattung lag schon ein paar Tage zurück, die Menschen nahmen ihr Tagewerk wieder auf, inspizierten ihre Claims und ließen den Schrecken hinter sich. Seth, der nunmehr bereits auf einem Stuhl sitzen konnte, schaute Angelique mit klaren Augen, die nicht mehr von Krankheit umschattet waren, an und erklärte: »Ich habe einen Bärenhunger.«

Sie machte ihm etwas Handfestes zu essen, und er staunte über ihre perfekten Kartoffelpuffer: weich in der Mitte, knusprig an den Rändern und genau richtig gewürzt. Während er kaute, erkundigte er sich nach dem Befinden der anderen.

»Ingvar Swenson hat seine Frau und das Baby verloren. Mrs. Ostler ist tot.« Angelique hatte Mühe weiterzusprechen. Auf der Anhöhe lagen zweiunddreißig frische Gräber.

»Und Eliza?«, wollte er wissen.

»Miss Gibbons ist immer noch sehr krank.«

»Ich werde ihr einen Besuch abstatten, sobald ich wieder auf den Beinen bin. Habe ich im Delirium geredet?«

Angelique lächelte.

»Muss ich mich entschuldigen?«

»Sie sind einmal aufgewacht und haben gemeint, Sie hätten nicht gewusst, dass es Engel in der Hölle gibt. Sie haben auch von Ihrer Mutter gesprochen. Werden Sie nach Hause gehen?«

»Ich kann nicht nach Hause«, erwiderte er. »Sie wollen mich dort nicht.«

»Ihren Vater kann ich verstehen. Er ist böse auf Sie. Aber Ihre Mutter wird gewiss wollen, dass Sie heimkehren.«

»Als ich aus dem Gefängnis entlassen wurde, bin ich heimgegangen. Meine Mutter hat mir erklärt, ich sollte mich zum Teufel scheren. Sie sagte, ich hätte ihr einen nutzlosen Krüppel aufgehalst. Ich hätte ihn entweder töten oder in Ruhe lassen sollen. Sie sagte, ich hätte ihr das Leben hundertmal schwerer gemacht, als es schon war.«

»Sie wird ihre Meinung ändern. Sie ist immer noch Ihre Mutter.«

»Letztes Jahr habe ich ihr all mein Gold aus den ersten Monaten geschickt, Gold im Wert von fünfhundert Dollar. Sie schrieb mir zurück, ich sollte mein Geld behalten, mein Vater würde sich davon doch bloß Schnaps kaufen.« Seth schüttelte den Kopf. »Sie wollen mich nicht. Ich bin auf mich allein gestellt. Ich habe mich damit abgefunden.«

Angelique verspürte einen heftigen Stich im Herzen. Wie gern hätte sie ihn in die Arme genommen, mit ihm geweint und ihm gesagt, dass er nicht allein war, dass er von jemandem geliebt wurde. Aber sie brachte es nicht fertig, brachte die Worte nicht über die Lippen. »Ruhen Sie sich aus«, sagte sie stattdessen. »Bald werden Sie wieder bei Kräften sein und an Ihrem Claim arbeiten können.«

»Warum sind wir alle krank geworden und Sie nicht?«

»Ich habe keine Pfirsiche gegessen.«

»Ich werde mein Leben lang keine Pfirsiche mehr essen. Woher wussten Sie, dass wir sie nicht essen sollten?«

»In Mexiko erzählen uns die *doctores*, dass es Menschen gibt, die Krankheiten übertragen, selber aber nie krank werden. Wenn man Sachen isst, die sie gekocht haben, oder Wasser von ihnen trinkt, bekommt man das Fieber. Ich hatte eine Ahnung, dass der alte Mann so ein Überträger sein könnte.«
Seth musterte sie von oben bis unten. »Bis auf die Zöpfe sehen Sie wie ein Junge aus.«
»Ich habe keine Kleider mehr«, erklärte sie mit einem mühsamen Lächeln. Dann schlug sie die Hände vors Gesicht und brach in Tränen aus.

Sobald Seth sich wieder bei Kräften fühlte, stattete er Eliza Gibbons, die nun auch wieder genesen war, einen Besuch ab und ging dann an den Fluss, seinen Claim inspizieren.
Als er zurückkehrte, war Angelique am Packen. Sie brauchte keinen Reisekoffer mehr. Ihre gesamte Habe passte in einen Kissenbezug. Sie sagte: »Ich kam nach San Francisco in der Hoffnung, jemanden zu finden, der sich um mich kümmert. Mr. Boggs. Meinen Vater. Oder vielleicht sogar jemanden zum Heiraten. Ich hätte mir nie träumen lassen, jemals auf eigenen Füßen zu stehen. Aber jetzt kann ich waschen, kochen und wirtschaften. Ich habe sogar gelernt, richtig Amerikanisch zu sprechen. Ich werde von Camp zu Camp ziehen, von Goldgräbersiedlung zu Goldgräbersiedlung. Ich werde kochen und waschen und auf mich selber aufpassen, bis ich meinen Vater gefunden habe.«
»Sie dürfen nicht gehen!«
Sie wandte sich ab, den Tränen nahe. »Unsere Wege trennen sich hier, Mr. Hopkins. Sie werden zu Ihrem Claim am Fluss zurückgehen und zu Eliza Gibbons, die in Sie verliebt ist. Und ich gehe meinen Vater suchen.«
Seth packte sie bei den Schultern. »Angelique, hör auf damit!

Ich bin es, der dich braucht. Bevor du in mein Leben tratst, lebte ich in einer Welt ohne Farben. Meine Welt war braun, schwarz und grau. Aber du brachtest mir Regenbogen, Sonnenuntergänge und alle Blumen dieser Erde. Du lieber Gott, was habe ich bloß gemacht? Ich habe dich in dieser düsteren Hütte gehalten, so wie ich selbst einst in einer dunklen Kohlengrube und später in einer finsteren Gefängniszelle saß. Du bist für den Sonnenschein geschaffen, Angelique. Jeden Morgen bin ich an den Fluss gegangen, habe die Steine, die Bäume, die Vögel und die Sonne gesehen und dich im Dunkeln gelassen. Ich hätte mit dir Spaziergänge durch den Wald machen sollen. Ich habe dir noch nicht einmal meinen Claim am Fluss gezeigt. Ich habe dich eingesperrt, wie ich selber einmal eingesperrt war.«

Er nahm ihr Gesicht in seine Hände und sagte leise und dringend: »Hör mich an, Angelique. Ich habe genug vom Goldwaschen. Da ist immer noch Gold im Fluss, aber ich bin nicht gierig. Ich habe, was ich brauche. Was noch da ist, überlasse ich dem Nächsten. Außerdem bin ich reich. Die Bank in American Fork verwaltet mein Vermögen, das ich gerne mit der Frau teilen möchte, in die ich sehr verliebt bin und die ich für den Rest meines Lebens an meiner Seite haben möchte. Bitte sag, dass du meine Frau werden willst. Wie soll ich denn ohne deine Hilfe eine Farm aufbauen? Ohne dich, die auf den Wind hören wird, der ihr sagt, was sie tun soll?«

Und wie konnte sie ihm antworten, da er sie unvermittelt so leidenschaftlich küsste?

»Hallo? Jemand da? Hallo?«

Sie wandten sich um zu der fremden Gestalt in der offenen Tür. Es war ein Weißer in Hirschleder und Pelzmütze. »Man sagt mir, ihr Leute sucht nach einem Franzosen namens D'Arcy. Ich kann euch hinbringen, wenn ihr wollt.«

Es sollte eine lange Reise werden. Sie kauften Packesel und Ausrüstung für den Winter, dann zogen sie gen Norden. Unterwegs machten sie Halt in American Fork und gaben sich vor dem Friedensrichter das Jawort. Als sie hoch im Norden D'Arcys Grab erreichten, bedeckte Neuschnee die Erde.
Angelique kniete nieder und sprach ein Gebet. Dann schlang sie ihren Rosenkranz um das Holzkreuz. Es war der Rosenkranz, den sie zur Erstkommunion von ihrem Vater geschenkt bekommen hatte.
Der Trapper, der sie hergeführt hatte, sagte zu Angelique: »Da drüben ist die Squaw, mit der Ihr Dad gelebt hat.«
Hinter den Bäumen entdeckte Angelique eine Indianerin in Hirschleder, die langen grauen Haare zu Zöpfen geflochten.
»Haben nie geheiratet«, meinte der Trapper. »Aber Jack hat sie geliebt.« Er schnalzte mit der Zunge und schüttelte den Kopf. »Wird hart für sie werden. Kein Mann, der sie beschützt.« Er zuckte die Schultern. »Na ja, kann man nichts machen. Von ihrer Sorte ist kaum noch jemand da.«
Sie blickten einander wortlos an, die Frau aus den Wäldern und die Frau aus der Stadt. Beide mit langen Zöpfen und dunklen, mandelförmigen Augen. In der winterlichen Stille war dieser Moment von einem kurzen Zauber erfüllt. Dann wandte sich die Ältere um und verschwand zwischen den Bäumen.
Angelique schob ihre Hand in die von Seth. »Ich möchte nach Los Angeles zurück. Ich möchte wissen, ob es die Hacienda noch gibt und ob Großmutter Angela noch lebt.«
»Wir gehen auf der Stelle, mein Herz. Wir werden unsere Farm in Licht und Sonnenschein aufbauen und nie wieder in Dunkelheit leben.«

Kapitel 15

Erica musste ständig an Jareds Kuss denken.

Es war so unerwartet geschehen und so erregend gewesen, dass sie einen Moment lang geglaubt hatte, sie würde anfangen zu glühen und gleich explodieren. Und dann war sie ohnmächtig geworden. Sauerstoffmangel, hatten die Sanitäter gemeint. Weil sie so lange in der Höhle verschüttet war.

Nur daran konnte sie denken, selbst noch nach der sensationellen Entdeckung dieses Morgens, als sie das letzte Geröll von dem Erdrutsch beseitigt hatten. Selbst dann noch, als sie den geheimnisvollen Beutel aus Öltuch geöffnet und seinen Inhalt erkannt hatte, selbst als sie ihren Fund Jared gezeigt und seine spontane Reaktion gesehen hatte, ja selbst nachdem ihr die Tragweite dieses neuen Fundes erst richtig bewusst geworden war – sie konnte nur noch daran denken, wie Jared sie aus der Höhle gezogen und geküsst hatte.

Die Polizei hatte Charlie ›Kojote‹ Braddock gefasst. Er gestand, den Sprengstoff am Höhleneingang deponiert zu haben, um weitere Ausgrabungen zu verhindern. Und nachdem durch diesen Vorfall die Debatten bei allen Beteiligten neu angeheizt wurden – von denen, die die Höhle versiegeln wollten, bis zu jenen, die eine zukünftige Touristenattraktion darin sahen –, hatten Erica und Jared noch eiliger versucht, das höchstwahrscheinliche Eigentumsrecht an dem Skelett herauszufinden. Und es sah so aus, als ob der Beutel aus Öltuch, den Erica am Morgen in Schicht III gefunden hatte, ihnen einen entscheidenden Hinweis geben könnte.

Der Beutel enthielt ein Stück Pergament, vermodert, aber immer noch lesbar, das sich als Landzuweisung für ein Grundstück namens Rancho Paloma herausstellte, ausgestellt auf jemanden mit Namen Navarro. Die auf dem Dokument eingetragenen Grenzzeichen – *la cienegas* (die Marschen), *la brea* (der Teer), *El Camino Viejo* (die Alte Straße) – markierten einen Bezirk im Zentrum von Los Angeles aus der Gründerzeit, der heute noch existierte. Seit der Ansiedlung der Spanier hatte El Camino Viejo einige Namensänderungen erfahren – Orange Street, Sixth Street, Los Angeles Avenue und Nevada Avenue –, bis er seinen heutigen Namen erhielt: Wilshire Boulevard.

Und so saßen Erica und Jared nun im Stadtarchiv von Los Angeles, wo sie den Morgen damit zugebracht hatten, sich durch Unmengen von Registern zu arbeiten, die bis ins Jahr 1827 zurückreichten. Um sie herum stapelten sich Urkunden, Dokumente, Berichte, Folianten, Flurkarten, Fotografien, Computerdisketten und Videobänder. Jared sondierte Rechtstitel, Übertragungsurkunden und Landzuweisungen, während Erica ihre Suche auf Familiennamen konzentrierte.

Irgendwann lehnte sie sich zurück, streckte die steifen Glieder und genoss die kurze Auszeit, um Jared anzuschauen, der über alten Urkunden brütete. Sein Kuss war fordernd und zärtlich zugleich gewesen, und als sie die Lippen öffnete, hatte sie seine Zunge gespürt. Obwohl der Kuss nur einen winzigen Augenblick dauerte, hatte er mehr in ihr ausgelöst, als stundenlanges Händchenhalten und verstohlene Blicke es vermocht hätten. Jared hatte ein Feuer in ihr entfacht, das immer noch loderte, und als er jetzt nach seinem Kaffeebecher

griff, fand sie diese Geste ungemein erotisch. »Schon was entdeckt?«, fragte sie betont beiläufig.
Jared rieb sich den Nacken und schaute sie an. Erica hätte schwören mögen, dass sein Blick elektrische Funken sprühte. Diese dunklen Pupillen waren definitiv am Glühen. »Soweit ich feststellen kann, ist das Gebiet von Rancho Paloma aufgeteilt und 1866 an neu eingewanderte Amerikaner verkauft worden«, erklärte er in einem Ton, der deutlich verriet, dass er lieber über privatere Dinge als über alberne Urkunden gesprochen hätte. Dachte sie jedenfalls. In Wahrheit hatte sie keine Ahnung, was in Jared vorging. Dem einen impulsiven Kuss war kein weiterer mehr gefolgt.
»Ist also damals die Urkunde in der Höhle vergraben worden?«, folgerte sie. »Etwa im Jahr 1866?« Aufgrund der Explosion, des Einsturzes der Höhle und des anschließenden Wegräumens des Gerölls gab es keine Möglichkeit mehr, die genaue Schicht zu bestimmen, in der das Dokument vergraben worden war.
»Schon möglich. Vielleicht hat auch jemand den Verkauf verhindern wollen und gemeint, wenn er die Urkunde vergräbt, erreicht er seinen Zweck.«
»Aber warum in *unserer* Höhle? Warum die Besitzurkunde in der Höhle der Ersten Mutter vergraben?«
Jared rieb sich nachdenklich das Kinn. »Es kommt mir beinahe so vor«, murmelte er, »dass jemand das Land symbolisch an die Erste Mutter zurückgeben wollte, indem er die Urkunde in der Höhle vergraben hat.«
»Womöglich jemand, der in einer Beziehung zur Ersten Mutter stand, ein Verwandter vielleicht?«
Ihre Blicke trafen sich, und beiden kam gleichzeitig derselbe Gedanke: »Wenn das so ist«, stieß Erica erregt hervor, »und wenn wir heutige Nachfahren dieser ursprünglichen Navar-

ros finden können, dann haben wir gute Chancen, die Identität unseres Skelettes festzustellen.«
Jared schob seinen Stuhl zurück, stand auf und reckte die Arme über dem Kopf. Ericas Blick verfing sich in dem Muskelspiel unter seinem T-Shirt. »Was haben Sie über die Navarros herausgefunden?«, fragte er. Es fiel ihm schwer, sich auf die vorliegende Arbeit zu konzentrieren. Seine Gedanken kreisten immer noch um die unglaubliche Geschichte, die Erica ihm erzählt hatte, nachdem er sie aus der Höhle gezogen hatte.
Als sie aus ihrer Ohnmacht wieder erwacht war, hatte sich Jared zu ihr gesetzt. Sie war schwach und gleichzeitig voll fahriger Nervosität gewesen, und er versuchte, sie ein wenig zu beruhigen. Stockend hatte sie ihm dann erzählt, wie sie mit fünf Jahren ausgesetzt worden war und in Pflegeheimen lebte, bis sie von einer ihr völlig unbekannten Rechtsanwältin gerettet wurde. Das war auch der Grund, sagte sie, weshalb sie so verbissen um die Rettung der Frau von Emerald Hills kämpfte, weil es sonst niemand tun würde. Und jetzt verstand er auch ihre Beweggründe. Nach geltendem Recht stand die damals sechzehnjährige Erica bereits unter der Obhut des Staates. Eine falsche Darstellung ihres Falles vor Gericht hatte jedoch zu einem gravierenden Fehlurteil geführt und das Mädchen einer Bestrafung unterworfen, von der sie sich womöglich nie erholen würde. Die Rechtsanwältin hatte den *persönlichen* Aspekt des Falles herausgestellt. Erica war nicht bloß ein Name auf der Prozessliste, ein anhängiger Fall, sondern eine Person mit allen Rechten. Genau wie die Frau von Emerald Hills, die angeblich auch unter der Obhut des Staates stand, die jetzt aber begraben und für immer vergessen werden sollte.
Wie gerne hätte Jared Lucy Tyler gekannt. Nachdem sie

zur Prozessvertreterin der minderjährigen Beklagten ernannt worden war, hatte sie eine bessere Pflegestelle für sie gefunden und sie regelmäßig besucht. »Sie wurde meine treue Ratgeberin, mein Mentor«, hatte Erica erklärt. »Weiß der Himmel, was sie an mir fand, aber ich wollte ihr gefallen und es ihr recht machen. Ich denke, dass ich keinerlei Selbstwertgefühl besaß, und meine Motivation, etwas aus mir zu machen, rührte nicht aus meinem Glauben an mich selbst, sondern vielmehr aus meinem Glauben an sie. Nachdem ich mit der High School fertig war, nahm ich ihren Namen an. Sie starb in der Woche, als ich meinen Doktor machte. An einem Lymphom. Sie hatte mir nichts von ihrer Krankheit gesagt, um mich nicht von meinem Studium abzulenken.«

»Nicht viel«, antwortete Erica jetzt auf Jareds Frage nach den Navarros. Sie hatte sich ein großes Buch mit dem Titel *Kaliforniens Gründerfamilien* vorgenommen. »Hier steht nur, dass eine Familie namens Navarro einst auf Rancho Paloma gelebt hat. Weitere Informationen fehlen. Im Bezirk Los Angeles leben derzeit Tausende von Navarros. Selbst wenn wir jeden Namen einzeln überprüfen, würde das voraussetzen, dass die Navarros von Rancho Paloma in Los Angeles geblieben sind.«

Jared nickte. »Wie auch immer. Ich habe Hunger. An der Ecke gibt es einen *burrito*-Stand. Wollen Sie mit Rindfleisch oder Bohnen?«

»Huhn«, erklärte sie. »Und eine Cola light oder so was.«

Während sie ihm nachblickte, staunte sie aufs Neue über diese plötzliche und unerwartete Wende in ihrem Leben. Von all den Männern, die je versucht hatten, die Barriere zu ihrem Herzen zu überwinden, musste ausgerechnet Jared Black, ihr Erzfeind, als Sieger hervorgehen. Was nun? Sollte sie den nächsten Schritt tun? Aber woher sollte sie wissen, ob er mit diesem Kuss überhaupt etwas gemeint hatte? Oder ob er das mittlerweile bedauerte und wünschte, er könnte es ungeschehen machen? Auf einmal hatte sie Angst vor der Zukunft mit all ihren Versprechungen und Überraschungen.

Erica zwang ihre Gedanken in die Gegenwart zurück: Wo lag die Verbindung zwischen der Besitzurkunde und der Höhle?

Sie überschlug im Geiste den gewaltigen Fundus an historischem Beweismaterial, das ihnen für ihre Recherche zur Verfügung stand: Zeitungsarchive; Geburten-, Todes- und Heiratsregister; die Konzessionsbehörde; die Gemeindesteuerregister; Polizeiakten. Es gab Tausende Dokumente, Jahrbücher, Chroniken, Denkschriften, Aktenvermerke, Urkunden, Register, Statistiken, Listen, Hauptbücher, Gerichtsabschriften und amtliche Unterlagen.

Aber wo sollte sie beginnen?

Sie beschloss, mit den Registern anzufangen – um zu sehen, ob sie irgendwelche Navarros finden konnte, die zwischen 1865 und 1885 gestorben waren. Sie setzte sich an ein freies Computerterminal und rief die Datenbank auf. Die Eintragungen, die so weit zurückreichten, waren unvollständig, viele Namen mit einem Fragezeichen versehen. Als Jared zurückkam, sich neben sie setzte und die köstlichen *burritos* auswickelte, sagte sie zu ihm: »Vielleicht sollten wir einfach eine Zeitungsannonce aufgeben. ›Wer kann Auskünfte über den Verbleib von Mr. oder Mrs. Navarro, ungefähr aus dem Jahr achtzehnhundertsechsundsechzig ...‹«

Jared schüttelte nur den Kopf und lachte.

Erica nahm den Deckel von ihrer Cola. »Ich komme mir vor, als ob ich eine Vermisstenanzeige formuliere!«

Sie aßen eine Weile in völligem Schweigen und schauten dem Kommen und Gehen der anderen Besucher zu – Lehrer, Geschichtsforscher, Schriftsteller, Leute bei der Ahnenforschung –, bis Erica sich dabei ertappte, wie sie eine rothaarige junge Frau anstarrte. Die bat die Dame am Tresen um Hilfe bei der Suche nach der Abstammung einer Familie namens McPherson, die um die Jahrhundertwende nach Los Angeles gekommen war. »Das war die Familie meiner Mutter«, hörte Erica die junge Frau sagen.

Ericas Herz machte einen Sprung.

Rasch legte sie ihren *burrito* beiseite, setzte sich wieder an den Computer, schloss die Datei mit den Registern und öffnete die Datenbank der Polizei von Los Angeles über erledigte und nicht anhängige Fälle. Die Suchwörter waren nach Bezirk, Abteilung und Datum getrennt aufgelistet. Sie wählte *Vermisste Personen* und starrte lange Zeit auf den Bildschirm, ehe sie sich des Gedankens bewusst wurde, der allmählich Gestalt in ihr annahm: *Ist das Verschwinden meiner Mutter je registriert worden*?

Sie hatte vor Jahren schon einmal versucht, nach ihrer Familie zu forschen, aber damals hatte noch keine Datenbank existiert. Die Suche hatte darin bestanden, Unmengen von Aktenordnern und Karteien durchzusehen, ein zeitaufwendiges und letzten Endes aussichtsloses Unterfangen. Aus einem plötzlichen Impuls heraus gab Erica jedoch nicht den Namen Navarro ein, sondern ›1965‹, das Jahr, in dem ihre Mutter bei der Hippiekommune gelandet war. Sie fügte noch ›weiblich‹, ›Weiße‹, ›schwanger‹ und ›unter dreißig Jahren‹ ein. Wohl wissend, dass dies ein Schuss ins Blaue war, trommelte sie nervös mit den Fingern, während sie auf das Ergebnis wartete. Wie standen denn die Chancen? Es war nur eine vage Vermutung, dass ihre Mutter durchgebrannt war und ein Hippie wurde. Sie konnte auch mit Wissen ihrer Eltern weggelaufen sein. Womöglich waren sie sogar froh gewesen, sie los zu sein, und hatten erst gar keine Vermisstenanzeige aufgegeben.

Als das Ergebnis auf dem Bildschirm erschien, überflog Erica aufgeregt die Namen der als vermisst gemeldeten Mädchen. In dem fraglichen Jahr waren eine Menge Teenager durchgebrannt, einige davon schwanger. *Jede von denen könnte meine Mutter sein.*

Mit Hilfe des Rollbalkens blätterte sie zurück und las die Liste noch einmal aufmerksam durch, wobei sie die Namen lautlos mit den Lippen formte in der Hoffnung, dass ihr einer davon bekannt vorkam.

Und dann: *Monica Dockstader. Siebzehn Jahre alt. Braunes Haar, 1,67 Meter, 63,5 Kilogramm, im vierten Monat schwanger. Zuletzt gesehen an der Greyhound-Bushaltestellte, Palm Springs.*

Dockstader. Irgendetwas rührte sich im hintersten Winkel ihres Gedächtnisses. Und dann das Datum! Juli. Das bedeutete, dass Monica Dockstaders Baby im November auf die Welt kommen sollte. Ericas Geburtsmonat.

Erica ging zum Haupttresen und bat um die Mikrofilme der Zeitungen aus dem Jahr 1965, wobei sie ihre Suche auf die *Los Angeles Times* und den *Herald Examiner* beschränkte. Sie setzte sich an ein Sichtgerät und legte mit zitternden Fingern den ersten Film ein.

Es dauerte nicht einmal fünfzehn Minuten.

»O mein Gott!«

Jared hob den Kopf. »Was gefunden?«

»Ich glaube, ich habe ...«, Erica wandte sich mit weit aufgerissenen Augen zu ihm um. Ihre Stimme war heiser, »... meine Mutter gefunden ...«

Mit einem Satz stand Jared hinter ihr und überflog mit gefurchter Stirn die Schlagzeile auf dem Monitor: »*Erbin des Palm-Springs-Dattelimperiums verschwunden. Suche läuft. Belohnung ausgesetzt.*« Der 35 Jahre alte Artikel war relativ kurz und mit Erklärungen der Eltern des Mädchens versehen, die sie baten, wieder nach Hause zu kommen. »Sie lebt derzeit unter dem Namen Moonbeam«, hatte Kathleen Dockstader, Monicas Mutter, der Polizei erklärt.

»Moonbeam ...«, murmelte Erica. Das hatte der glatzköpfige Mann vor dreißig Jahren auch zu dem Fürsorgebeamten gesagt. »Sie lebte unter dem Namen Moonbeam.«

»Sieht so aus, als sei sie nicht gekidnappt worden«, meinte Jared. »Sie ist einfach abgehauen. Und dieser Fall hat nur deshalb so viel Aufmerksamkeit in der Presse erregt, weil die Familie reich war. Wenn das stimmt, was hier steht, besaßen die Dockstaders damals den ältesten und größten Dattelexport der Vereinigten Staaten. Ich frage mich, ob sie noch im Geschäft sind.«

Erica fuhr nachdenklich mit der Hand über den Bildschirm. Waren diese beiden verzweifelten Menschen da auf dem Zeitungsfoto ihre Großeltern?

Jared schob sich näher an den Bildschirm heran. »Du meine Güte, Erica! Schauen Sie sich mal das Foto da unten auf der Seite an. Das Mädchen, Monica Dockstader. Sie könnte eine jüngere Ausgabe von Ihnen sein!«

»Kommt Ihnen hier irgendwas bekannt vor?«, fragte Jared, während er seinen Porsche vom Highway 111 auf die Dockstader Road lenkte.

Ericas Blick wanderte über die Reihen stattlicher Palmen, die sich offenbar kilometerlang hinzogen, und über die lohfarbene Wüste mit den schwarzen Bergketten dahinter, deren schneebedeckte Gipfel in der untergehenden Sonne rosa erglühten. »Nein. Ich wurde im Norden in einer Hippiekommune geboren und habe die, soweit ich mich erinnern kann, nicht verlassen, bis ich ins Krankenhaus nach San Francisco gebracht wurde. Ich war damals fünf Jahre alt und kam dann zu verschiedenen Pflegeeltern. Ich glaube nicht, dass ich je hier gewesen bin.«

Sie hatten im Internet eine Website über die Dockstader Farm gefunden, einer Dattelplantage von über tausend Morgen Land im Coachella Valley nahe Palm Springs. Zu dem Anwesen gehörten noch ein Restaurant und eine Geschenkboutique, außerdem wurden Besichtigungstouren der Plantage und der Verpackungsanlage inklusive Kostproben für die Besucher angeboten. Auf der Website gab es auch einen Abschnitt »Alles über unsere Familie«. Erica hatte erwartet, dort etwas über die Geschichte der Dockstaders zu finden, es war aber nur die Beschreibung der Firmenfamilie – vom Vizepräsidenten angefangen bis hinunter zum Dattelpflücker.

Erica hatte gleich vom Stadtarchiv aus angerufen, dabei aber erfahren müssen, dass Mrs. Dockstader keine Termine mehr annahm und erst nach einer sechsmonatigen Ferienreise wieder erreichbar sein würde. Erica hatte kurz erwogen, der Sekretärin zu erklären, wer sie war – Mrs. Dockstader würde für ihre lang vermisste Enkelin bestimmt Zeit haben –, sich dann aber überlegt, dass es besser wäre, einfach gleich hinzufahren. Nachrichten dieser Art vermittelte man nicht über das Telefon oder über eine Sekretärin, außerdem drängte die Zeit, da Mrs. Dockstader am nächsten Tag bereits abreisen wollte.

Sie fuhren an einem Schild mit der Aufschrift »Erbaut 1890« vorbei, passierten den Besucherparkplatz und folgten einem schmalen, asphaltierten Weg, der von massiven Eichen und Weidenbäumen flankiert wurde. Dann kamen sie an ein Verbotsschild »Privatgrundstück. Kein öffentlicher Zutritt«. Jared ignorierte es und fuhr einfach weiter. Erica schloss die Augen. Ihr Herz klopfte heftig. Sie wusste, was sie am Ende des Wegs erwartete: ein riesiges, reich verziertes viktorianisches

Gebäude, um 1900 erbaut, voller Antiquitäten und Familiengeschichte, und drinnen Kathleen Dockstader, eine gütige, großmütterliche zweiundsiebzigjährige Witwe mit arthritischen Händen und weißem Haar. Erica konnte beinahe ihren Lavendelduft riechen, als die alte Dame unter Tränen sagte: »Ja, ich bin deine Großmutter« und sie liebevoll in die Arme schloss.

Der Weg endete auf einer geschwungenen Auffahrt. Die Eichen und Weidenbäume gaben den Blick frei auf einen herrschaftlichen Rasen, elegante Brunnen und ein Haus, das sich wie eine architektonische Zukunftsvision ausnahm. Halb mit blendend weißem Gips, halb mit Glas verkleidet, stellte sich der Wohnsitz der Dockstaders als schlichtes eingeschossiges Gebäude mit kühlen, klaren Linien ohne irgendwelche Schnörkel oder Verzierungen heraus. Halb Santa Fe, halb Gewächshaus, dachte Erica. Ein Rolls-Royce parkte vor dem Haus, und ein Mann in Butleruniform war gerade dabei, ein teures Kofferset und eine Golftasche im Kofferraum zu verstauen.

Jared brachte den Wagen zum Stehen und sah Erica an. »Bereit?«

»Ich bin so nervös.« Spontan griff sie nach seiner Hand. »Danke, dass Sie mitgekommen sind.«

»Das hätte ich mir nicht entgehen lassen wollen«, meinte er und drückte ihre Hand. »Diese Frau sucht seit fünfunddreißig Jahren nach Ihnen. Sie hat sogar einen beachtlichen Finderlohn ausgesetzt.« Jareds Lächeln wurde breiter. »Hoffentlich hat sie Riechsalz zur Hand.«

Erica schaute in Jareds Augen, die gar nicht mehr so düster erschienen, sondern vielmehr in einem ausdrucksvollen Grau leuchteten, das sie an Offenheit und Aufrichtigkeit denken ließ. »Ich habe mich mein Leben lang etwas gefragt... ist meine Mutter je zu der Kommune zurückgegangen und hat nach mir gesucht? Womöglich wusste meine Mutter gar nichts davon, dass dieser Mann mich und die Frau in ein Krankenhaus nach San Francisco brachte, wo sie an einer Überdosis starb. Und wenn sie mich nun die ganze Zeit über gesucht hat?«

»Vielleicht ist sie ja nach Hause gekommen, vielleicht ist sie ja hier«, meinte Jared mit einem Blick auf die Gips-Glas-Konstruktion, die wie ein Architektenmodell inmitten perfekter Bäume und Büsche stand.

An der Haustür erschien ein eher abweisend aussehender Butler. »Bitte, es ist dringend«, flehte Erica. »Sagen Sie Mrs. Dockstader, dass wir wegen ihrer Tochter hier sind.«

Sie wurden in eine Halle geführt, die in sanften Wüstenfarben gehalten war. Der Kalksteinboden schimmerte wie Glas, und über einem Oberlicht wölbte sich der wolkenlose Wüstenhimmel. Man ließ sie gute dreißig Minuten warten. Währenddessen setzte die Dämmerung ein, und überall im Haus sprang gedämpftes Licht an.

Die Frau, die schließlich erschien, hatte nichts Freundliches noch Großmütterliches an sich. »Ich bin Kathleen Dockstader«, sagte sie knapp zu Jared. »Was soll das mit meiner Tochter?«

Erica war einen Moment lang einfach sprachlos. Mit ihrer tiefen Sonnenbräune, den rosa Bermudashorts und dem weißen Polohemd, das blonde Haar von einem Augenschirm mit dem Aufdruck *Dinah Shore Golf Classic* zurückgehalten, sah Kathleen Dockstader, fit und athletisch, um Jahre jünger aus, als sie wirklich war.

Schließlich fand Erica ihre Stimme wieder. »Mein Name ist Erica Tyler, Mrs. Dockstader, und ich glaube, mit gutem Grund annehmen zu können, dass ich Ihre Enkelin bin.«

Jetzt ließ sich die Frau herab, Erica anzusehen. Sie stutzte, ihr Gesicht versteinerte. Dann fragte sie kühl: »Wieso?«

Obwohl Erica sich eigentlich wünschte, sie würden sich gemütlich hinsetzen und man würde ihr Eistee anbieten, damit ihr trockener Mund die richtigen Worte finden würde, holte sie tief Luft und erzählte Mrs. Dockstader ihre Geschichte. Sie endete mit der Vermisstenmeldung und dem Zeitungsartikel im Stadtarchiv.

»Miss Tyler«, begann Mrs. Dockstader ungeduldig. »Ich bin auf dem Weg zu einer Golftour rund um die Welt. Mein Flug geht heute Abend. Ich habe keine Zeit für abstruse Spekulationen. Zeigen Sie mir Beweise.« Sie hielt eine Hand auf, deren sonnengegerbte Haut und kräftige Venen einzig Zeugnis von ihrem wahren Alter ablegten. »Geburtsurkunde? Briefe? Fotografien?«

»Ich habe nichts.«

Die Frau kräuselte die Lippen. »Also nur eine Geschichte, die ich Ihnen abkaufen soll.« Sie wandte sich zum Gehen. »Sie verschwenden bloß meine Zeit.«

»Mrs. Dockstader«, stieß Erica hervor, Verzweiflung in der Stimme. »Ich erinnere mich an ein Leben in den Wäldern mit einer Menge Leute. Ich glaube, es war eine Hippiekommune. Ich erinnere mich an eine Autofahrt von den Wäldern in die Stadt. Der Mann am Steuer hatte lange Haare und einen Bart, und er brachte mich und eine Frau ins Krankenhaus. Er blieb nicht lange. Er sagte, er sei nicht der Ehemann der Frau und ich nicht sein Kind, und er wüsste auch ihren Namen nicht. Ich erinnere mich vage an eine nette Frau, eine Fürsorgerin, die mir Fragen stellte. Mich nach meinem Namen fragte, nach meinem Geburtstag, solche Dinge halt. Ich sagte ihr, dass ich Erica hieße, aber nie einen Nachnamen hatte. Aber ich wusste, wie alt ich war, wusste meinen Geburtstag, also stellten sie mir eine Geburtsurkunde aus. Sie erkundigten sich bei den Leuten in der Kommune. Ich hörte einen Mann sagen, dass meine Mutter, die sich Moonbeam nannte, mit einem Biker davongefahren sei und mich bei den Hippies gelassen hätte. Und so kam ich unter Amtsvormundschaft. Das ist alles, was ich weiß. Das ist alles, was ich Ihnen sagen kann.«

Kathleens Mund verzog sich zu einem herben Lächeln. »Glauben Sie, ich weiß nicht, worauf Sie's angelegt haben? Ich kenne Ihre Sorte. Sie wollen sich nur bei reichen alten Witwen einschmeicheln.«

»Verzeihen Sie, Ma'am«, wandte Jared ein. »Aber ich würde Sie kaum alt nennen.«

Sie maß ihn mit eisigem Blick. »Lassen Sie Ihre Schmeicheleien. Ich bin alt und reich und ohne Erbin. Das macht mich zur Zielscheibe für Pseudokünstler und Glücksritter. Sie sind nicht die Erste, die vorgibt, meine Enkelin zu sein. Nicht einmal Anastasia Romanow hat so viele Nachahmer gehabt. Die Geschichte vom Verschwinden meiner Tochter im Jahr 1965 ist gemeinhin bekannt, ebenso wie die Tatsache, dass sie schwanger war. Ich habe in allen Zeitungen des Landes inseriert. Ich habe Belohnungen ausgesetzt. Sie wären überrascht, wie viele ›Enkelinnen‹ plötzlich aus der Versenkung auftauchten. Ich muss zugeben, Ihre Geschichte mit der Hippiekommune ist neu, aber ein wenig melodramatisch. Wenn Sie mich jetzt bitte entschuldigen wollen.«

»Ich will kein Geld. Ich bin nicht gekommen, um auf *irgendetwas* Ansprüche zu erheben. Ich will lediglich herausfinden, woher ich komme und wer meine Familie ist. *Wer* ich bin.«

»Junge Frau, meine Hoffnungen sind schon so oft enttäuscht worden, dass ich mittlerweile den Punkt erreicht habe, wo es mich nicht mehr kümmert. Welche Masche Sie sich auch ausgedacht haben mögen, sie funktioniert hier nicht.«

»Aber … habe ich denn gar keine Ähnlichkeit mit Ihrer Tochter? Vorhin noch, als Sie hereinkamen, Ihr Gesichtsausdruck …«
»Sie sind auch nicht die Erste, die Ähnlichkeit mit einer Erbin hat und versucht, Kapital daraus zu schlagen. Und meine Tochter hatte keine besonderen Kennzeichen. Sie war einfach nur hübsch, so wie Sie.«
»Wer war mein Vater?«
Aristokratische Augenbrauen hoben sich. »Woher sollte ich wissen, wer Ihr Vater war?«
»Ich meine, wer hat Ihre Tochter geschwängert?«
Die Frau schnaubte ungehalten. »Ich muss darauf bestehen, dass Sie mein Haus verlassen.«
»Mrs. Dockstader, hat meine Mutter je unter schlimmen Kopfschmerzen gelitten, so was wie Migräne? Und hat sie dabei Dinge gesehen, Stimmen gehört? Oder *Sie* vielleicht?«
Die Hausherrin war an die Wand getreten und drückte nun einen Knopf der internen Sprechanlage. »Sicherheitsdienst, würden Sie bitte herkommen? Wir haben Besucher, die vom Grundstück begleitet werden müssen.« Damit verließ sie den Raum.
»Mrs. Dockstader!« Erica lief ihr hinterher. »Glauben Sie mir, alles, was ich erzählt habe, ist wahr …« Sie verstummte.
An der gegenüberliegenden Wand des mit weißer Teppichware ausgelegten und mit weißen Plastiken geschmückten Wohnzimmers hing über einem Kamin aus hellem Kalkstein ein riesiges Ölgemälde mit zwei Sonnen, die eine flammend rot, die andere strahlend gelb.
Jared nahm Ericas Arm. »Wir sollten besser gehen, sonst lässt sie uns noch verhaften.« Dann hielt auch er inne und blickte fassungslos auf die Wand. »Du meine Güte«, stieß er hervor. »Das Bild aus der Höhle!«

Erica sah sich vergeblich nach Kathleen Dockstader um. Im nächsten Moment tauchte ein stämmiger Mann im Blazer in der Tür auf. Auf seiner Dienstmarke stand *Dockstader Farms Security*. Erica und Jared verließen wortlos das Haus, sprangen in den Porsche und preschten die Zufahrt hinunter.
Als sie sich wieder in den Hauptverkehr gefädelt hatten, nahm Jared kurz den Blick von der Straße, um Erica anzusehen. Sie saß kerzengerade, mit kantigem Profil, den Blick starr auf die Windschutzscheibe gerichtet. In ihren Augen schimmerten Tränen. Wie gerne hätte er angehalten, sie in die Arme genommen und geküsst wie damals, als er sie aus der Höhle gezogen hatte. Er wollte umdrehen, zu Mrs. Dockstader zurückfahren und ihr unmissverständlich klar machen, was für ein herzloses Biest sie war. Er sehnte sich nach einem Drachen, den er erschlagen konnte.
»Alles okay?«, fragte er stattdessen.
Sie nickte wortlos, die Lippen fest zusammengepresst.
An einer roten Ampel mussten sie anhalten. Zur Rechten sah Jared die Golfplätze und exklusiven Hotelanlagen, die aufwendig illuminiert waren, als wollte man den heraufziehenden Sternen trotzen, und vor sich die Fahrzeugkolonne, die endlose Kette von Restaurants, Geschäften und Tankstellen und die vielen roten Bremslichter. Dann schaute er zur Linken, wo eine Straße steil bergan führte, an Büschen, Wildblumen und Felsen vorbei. Als die Ampel auf Grün sprang, bog Jared kurzerhand nach links ab. Erica widersprach nicht.
Die Sterne funkelten bereits am Himmel und der Mond ging gerade auf, als sie eine Anhöhe erreichten, die dicht mit Fichten bestanden war und in wäldlicher Stille lag. Erica hatte noch kein Wort gesprochen, seit sie das Dockstader-Grundstück verlassen hatten, und saß auch weiterhin stumm neben Jared, als er den Porsche am Waldrand zum Stehen brachte und die

Scheinwerfer ausschaltete. Sogleich schienen die Sterne klarer, der Himmel wirkte näher. Die Luft war frostig.
Jared wandte sich Erica zu und wartete.
»Sie ist meine Großmutter«, begann Erica nach einer Weile. »Und sie weiß es.« Ihr Gesicht war erschreckend blass. »Haben Sie ihren Blick gesehen, als sie hereinkam? Sie hat mich erkannt. Warum hat sie mich abgewiesen, nachdem sie so viel Geld und Mühe darauf verwendet hat, mich zu finden?« Erica senkte den Blick auf die Hände in ihrem Schoß. »In der Vermisstenmeldung steht, dass Monica im vierten Monat schwanger war, das bedeutet, dass ihr Baby im November 1965 auf die Welt kommen sollte. *Ich* bin im November 1965 geboren. Warum weist meine Großmutter mich zurück?«
»Man kann den Menschen nicht ins Herz schauen.« Jared schob den Arm über die Sitzlehne, bis er mit den Fingerspitzen Ericas Haar berührte. Die Dunkelheit des Waldes schien das Auto einzuhüllen, wie um seinen Insassen mehr Privatsphäre zu verschaffen. Oder vielleicht um zu lauschen, was sie sich sagten. »Als Netsuya starb«, sagte Jared leise, »lief ich weg und versteckte mich vor der Welt. Ich wurde von Marinebiologen gefunden. Als sie mich zu Hause ablieferten, war alles, was meinem Vater einfiel, dass ich die Familie blamiert hätte. Er hat sich später entschuldigt und wollte alles zurücknehmen, aber gesagt ist gesagt. Seitdem sind die Dinge zwischen uns nicht mehr wie früher.«
Jared streichelte eine Locke in Ericas Nacken. Sie zitterte. Die Nacht verdichtete sich, die Sterne funkelten immer heller. Goldene Augen leuchteten im Buschwerk. Ein Nachtvogel ließ ganz in der Nähe seinen einsamen, hohlen Ruf erklingen.
»Als ich noch jung war«, fuhr Jared fort, »wollte ich immer Architekt werden, aber mein Vater bestand darauf, dass ich Anwalt wurde. Also wurde ich Anwalt. Ich hatte ihn immer

bewundert und respektiert, aber an jenem Tag, als er mir vorwarf, ich hätte die Familie blamiert, sah ich einen völlig fremden Menschen vor mir, einen Mann, den ich nicht mochte. Ich dachte damals, dass ich ihm nie würde vergeben können. Heute jedoch ...« Er seufzte und blickte geradeaus auf die Bäume. »Seit ich Ihre Geschichte kenne und Mrs. Dockstaders Reaktion gesehen habe, glaube ich, dass Eltern und Großeltern, Schwestern und Brüder auch nur Menschen sind mit allen Schwächen. Geben Sie ihr Zeit, Erica. Ich bin ganz sicher, dass ihr die Sache nachgehen wird. Spüren Sie das nicht auch?«

Als Erica ihn schließlich anblickte, hatten ihre Augen den gleichen Bernsteinton wie die der Tiere draußen in der Nacht. »Aber das Bild, Jared. Es hat mit der Vision zu tun, die mich seit meiner Kindheit immer wieder in meinen Träumen heimsucht.«

Jared zog die Brauen hoch. »Vision? Was meinen Sie damit?«

Erica öffnete den Wagenschlag und stieg aus. Jared folgte ihr. Unter ihnen lag das Coachella Valley wie ein schwarzer See mit reflektierenden Sternen bis zum Horizont. Sie blieben einen Augenblick schweigend stehen, atmeten tief die kalte Nachtluft und den würzigen Duft von Fichten und Walderde ein. Schließlich wandte Erica sich einem Trampelpfad zu, der vom Mondlicht erhellt wurde.

Jared hielt Schritt mit ihr, während sie redete: »Das Bild in der Höhle – seit meiner Kindheit erscheint es mir immer wieder in einem Traum. Deswegen hatte ich Sam auch gebeten, mich mit dem Projekt zu beauftragen, nachdem ich das Bild in den Fernsehnachrichten gesehen hatte. Sam sollte ruhig glauben, dass ich mich nach dem Fiasko mit dem Schiffswrack von Chadwick um den Auftrag riss. Dass ich meinen Ruf wiederherstellen wollte. Aber das war nicht der wahre Grund. Weil ich von dem Bild mein ganzes Leben lang geträumt hatte, hoffte ich, eine Antwort in der Höhle zu finden. Stattdessen gibt es nur ein Rätsel mehr.«

Sie kamen an einen Fluss, der gurgelte und wisperte, als ob er geheimnisvolle Dinge erzählte. Erica begann zu frösteln. Jared zog sein Jackett aus und legte es ihr um die Schultern. »Sie haben Mrs. Dockstader nach Kopfschmerzen gefragt. Warum?«

»Ich leide darunter, seit ich denken kann – keine normalen Kopfschmerzen, eher wie Migräne. Heftige, starke Schmerzen. Meine Lehrer meinten immer, dass ich ihnen etwas vormache. Sie behaupteten, ich wollte damit Aufmerksamkeit schinden oder eine Klassenarbeit schwänzen. Eine Schulkrankenschwester glaubte mir und ließ mich von einem Arzt untersuchen. Aber ich war ja ein Sozialfall, also beschränkte sich der Doktor darauf, mir in die Ohren zu leuchten und mich ›Ah‹ sagen zu lassen. Erst als ich auf dem Campus im College zusammenbrach, wurde mein Fall ernst genommen. Ich habe alle möglichen Programme und Tests durchlaufen, musste zu Migränespezialisten, zu Neurologen, ja sogar zu Psychologen. Keiner kann sagen, woher die Kopfschmerzen rühren, aber worüber sich alle am meisten wundern, sind die visuellen und akustischen Erscheinungen, die manchmal mit den Anfällen einhergehen.«

Die Lichtung, durch die sich der Fluss wand, lag im fahlen Mondlicht; die Felsblöcke, die Weidenbäume und das plätschernde Wasser trugen einen silbrigen Ton. Es schien so, als ob alle Farbe aus der Welt gewichen wäre und nur noch gespenstische Schatten herrschten. »Was für Erscheinungen?«, fragte Jared und bemerkte, wie bleich Ericas sonnenwarme Haut im Mondlicht wirkte.

»Ich sehe Dinge. Manchmal höre ich auch Dinge.«
»Warum haben Sie mir nichts von den Träumen erzählt?«
»Ich wollte nicht, dass Sie über mich lachen.«
»Ich lache nicht.«
Sie schauten einander an. »Ich weiß.«
»Was sind das für Visionen?«
Erica rieb sich den Arm. »Der erste Anfall, an den ich mich erinnern kann, begann mit fürchterlichen Kopfschmerzen. Ich weiß nicht mehr, ob ich einschlief oder einfach wegtrat, auf jeden Fall sah ich plötzlich Tausende von Schmetterlingen im Klassenzimmer. Wunderschön, strahlend schön, sie flatterten überall herum. Als ich wieder zu mir kam, befand ich mich im Büro der Schwester. Meine ersten Worte waren: ›Wo sind die Schmetterlinge hin?‹ Und die Schwester sagte: ›Welche Schmetterlinge?‹ Deswegen bin ich auch nie adoptiert worden. Wegen der Kopfschmerzen. Niemand will ein krankes Kind adoptieren.«
Ericas Blick wanderte über die nahen Berggipfel, die die Sterne überlagerten. Ihr suchender Blick vermittelte den Eindruck, als erwartete sie, hoch dort oben jemanden stehen zu sehen. »Ich habe eine Zeit lang in einem Zustand gelebt, da hatte ich immer alles fertig gepackt, falls meine Eltern mich holen kämen. Wann immer ich zu anderen Pflegeeltern gebracht wurde, habe ich die Fürsorgerin angerufen und sie gebeten, meiner Mutter meine neue Adresse mitzuteilen. Manchmal habe ich sogar bei der Fürsorge nachgefragt, ob meine Mutter sich gemeldet hätte. Hat sie aber nicht.« Ericas Ton wurde bitter. »Sie wollte mich einfach nicht mehr.«
Jared fasste sie am Ellenbogen. »Das können Sie doch nicht wissen.«
»Und der Biker, mit dem sie auf und davon ist?«, konterte sie.

»Das haben Sie nur von jemandem, der es angeblich vom Hörensagen wusste. Vielleicht wollte sie nur übers Wochenende wegfahren. Vielleicht wollte sie Sie ja holen, aber irgendwas ist dazwischengekommen. Erica, möglichweise werden Sie nie erfahren, was wirklich passiert ist.«
Mit einem verdrossenen Kopfschütteln kniete sie am Fluss nieder und tauchte die Hand ins Wasser. Jared versuchte sich zu erinnern, was er über Pumas in dieser Gegend gehört hatte, und sondierte mit raschem Blick die Umgebung. Selbst auf diese kurze Entfernung war ihr Auto nicht mehr durch die Bäume zu erkennen, genau wie die Lichter von Palm Springs. Er wandte sich Erica wieder zu, die gerade einen Schluck Gebirgswasser nahm. Als sie sich die Hände an ihrem Rock abrieb, fragte er: »Da ist noch mehr, nicht wahr? Etwas, das du mir verheimlichst?« Er war unvermittelt zu einem vertraulichen »Du« übergegangen.
Sie wich seinem Blick aus und schüttelte den Kopf.
»Erica, als du da unten in der Höhle eingeschlossen warst, bin ich vor Angst bald wahnsinnig geworden. Ich wusste nicht, ob du tot bist oder lebendig.« Jared schwieg einen Moment, dann sprach er leise weiter. »Zum ersten Mal seit Netsuyas Tod empfinde ich wieder etwas für einen anderen Menschen. Ich glaube, es hat angefangen, als ich dich mit dem Tomahawk vor Charlie Braddock stehen sah. Du hast in deinem Cocktailkleid und hohen Hacken dagestanden und drohend eine Axt diesem Riesenkerl unter die Nase gehalten. Und dann bei Sams Geheimtreffen in Century City, die Art, wie du ihm und den anderen die Stirn geboten hast, wie du für die Rechte einer Frau gekämpft hast, die vor zweitausend Jahren gestorben ist. Du bist eine Kämpferin, Erica. Und als ich dich so sah, wurde ich daran erinnert, dass ich bis zu Netsuyas Tod auch ein Kämpfer war.«

Erica ging ein paar Schritte, bis sie im Mondlicht Felsbilder auf einem der Felsblöcke entdeckte: Strichzeichnungen menschlicher Gestalten mit Pfeil und Bogen, die große Tiere jagten. Sie fuhr mit den Fingerspitzen darauf entlang und flüsterte: »Die sind so alt.« Tränen stiegen ihr in die Augen. »Ich habe immer mit alten oder toten Dingen zu tun. Ich will *leben*, Jared!«

Er fasste sie an den Schultern. »Dann lass mich zu dir. Sag mir, was dich noch alles bedrückt.«

Erica begann zu schluchzen. »Jared, hat meine Mutter mich wegen meiner Krankheit verlassen?«

Er blickte sie ungläubig an. »Großer Gott, glaubst du das wirklich?«

»Wegen dieser Kopfschmerzen war ich ein schwieriges Kind! Deswegen hat mich niemand adoptiert! Eine Familie hat es mit mir probiert – die Gordons. Die waren so lieb und haben alles versucht, aber Mrs. Gordon konnte meine Anfälle nicht mehr ertragen, die praktisch jederzeit und überall auftreten konnten. Also haben sie mich wieder der Jugendfürsorge übergeben.«

»Erica, du darfst dir nicht die Schuld dafür geben, dass deine Mutter dich verlassen hat. Du warst damals ein Baby. Mein Gott, hast du deshalb nie geheiratet, bist nie eine Verbindung eingegangen? Wegen der Kopfschmerzen und der Ohnmachtsanfälle? In den ganzen Wochen, seit wir an Topanga arbeiten, habe ich nichts davon bemerkt.«

»Ich bin sehr vorsichtig«, sagte Erica, und die Tränen liefen ihr über die Wangen. »Ich kenne die Anzeichen. Wenn ich ein bestimmtes Ziehen im Nacken verspüre oder wenn es in meinen Ohren anfängt zu summen, weiß ich, dass ich einen meiner Anfälle kriege. Dann ziehe ich mich zurück und verhalte mich ruhig, bis alles vorbei ist. Ich kann keinem anderen

Menschen so eine Verantwortung aufbürden. Und ich habe Angst davor, Kinder zu bekommen, weil diese Veranlagung erblich sein könnte.«

»*Ich* könnte mich um dich kümmern.« Jared zog sie an sich und küsste sie innig. Erica legte die Arme um seinen Hals. So blieben sie einen langen, atemlosen Moment eng umschlungen stehen.

Dann löste sich Jared ein wenig von ihr. »Erica, ich habe in den letzten Jahren wie eine Art Stellvertreter meiner selbst gelebt. Mein Herz war nicht bei der Sache in dem Kampf um die Höhle von Emerald Hills. *Du* bist diejenige, die mit aller Kraft gekämpft hat. Ich habe dich vor vier Jahren schon bewundert, als wir uns in dem Reddman-Fall gegenüberstanden. Und vergangenes Jahr habe ich dich bewundert, wie du den ganzen Chadwick-Vorfall gemeistert hast. Es war nicht deine Schuld, dass das Schiffswrack reiner Schwindel war. Chadwick hat die weltbesten Unterwasserarchäologen getäuscht. Du warst nur ein Puzzlestück in dem gesamten Manöver. Zu deinen Aufgaben gehörte, die Echtheit der chinesischen Tonwaren zu bescheinigen, und das hast du mit Bravour gemeistert, weil die Keramiken tatsächlich echt waren. Und dann die Art, wie du Stellung in der Angelegenheit bezogen hast und deine öffentliche Entschuldigung, das war ebenfalls bewundernswert. Ich habe jedoch nichts getan seit Netsuyas Tod. Ich habe mich hinter einer Maske versteckt und hohles Zeug geredet. Durch dich lerne ich wieder, was es heißt, zu leben und für eine Sache zu kämpfen.«

Er nahm ihr Gesicht in seine Hände. »Ich hätte nie gedacht, dass ich mich je wieder verlieben könnte, und jetzt bist du hier, meine Kriegerin, und du bist gut und stark und weise.«

Er küsste sie wieder, erst langsam und zärtlich, bis der Kuss fordernder wurde, heiß und verzehrend. Leidenschaft, Sehnsucht, Verlangen stiegen in ihnen beiden auf, schlugen sie in ihren Bann. Jared strich mit heißen Fingern über Ericas Rücken, ihre bloßen Arme, das Haar. Dann zog er sie hinunter auf das kühle Gras, und die Sterne hoch über ihnen, so alt und fern, funkelten mit einem Mal in neuem Licht.

Kapitel 16

Angela
1866

Sie wurde von Gespenstern gequält.
Nicht von Gespenstern menschlicher Natur, sondern von Gespenstern der Vergangenheit; Gespenstern von Bäumen und Sonnenuntergängen, von Liebe und Trauer, von Worten, die im Zorn gesprochen worden waren. Angela selbst war auch eines dieser Gespenster, die sie am Morgen ihres neunzigsten Geburtstags heimsuchten. Es folgte ihr, wisperte von längst vergangenen Zeiten.
Die Gespenster spukten auch den ganzen Tag über in ihrem Kopf, während sie ihren Geschäften auf der Hacienda nachging, und zum ersten Mal seit fünfundachtzig Jahren erinnerte Angela sich wieder an Dinge aus der fernsten Vergangenheit. Die verlorenen Jahre hatte sie sie stets genannt, denn ihre Erinnerung reichte nur bis zu ihrem sechsten Geburtstag in diesem Haus zurück. Ihr Haar war mittlerweile weiß geworden, weiß wie der Schnee, der die San Gabriel Mountains im Winter bedeckte. Sie hielt sich immer noch gerade, ging ohne Stock, und ihr Verstand war messerscharf. Nur, dass sie seit dem Erwachen an diesem Morgen ihres neunzigsten Geburtstags von quälenden, lange vergessenen Bildern heimgesucht wurde. Und sie konnte sie nicht verscheuchen.
Wie eine Schar unerwarteter Festgäste waren die Erinnerungen an jahrzehntelang zurückliegende Begebenheiten über

sie hereingebrochen und bevölkerten ihre Gedanken, während sie noch im Bett lag und die Sonnenstrahlen des neuen Tages auf ihrer Bettdecke verfolgte. Auf unerklärliche Weise hatte sie an die Körbe denken müssen, die von den Indianerfrauen geflochten wurden, und sich daran erinnert, dass jedes geflochtene Muster eine Geschichte bedeutete. Und dann hörte sie sich als Achtjährige Doña Luisa fragen: »Mami, warum hat man den Ort nach Engeln benannt?« Und Luisa hatte geantwortet: »Weil er auf heiligem Boden gegründet wurde. Gäbe es einen besseren Grund?« Geschichten von Kojote, dem Trickreichen, und Großvater Schildkröte, der die Erdbeben machte, kamen ihr wieder ins Gedächtnis. Und dann erinnerte Angela sich an einen warmen Nachmittag, vor langer Zeit, als die neue Plaza von Gouverneur Neve eingeweiht wurde und jeder ein kleines Blechkreuz geschenkt bekam. Sie hatte mit ihren Eltern dagestanden … oder nur mit ihrer Mutter? Zu jener Zeit, vor fünfundachtzig Jahren, belief sich die Zahl der mexikanischen Siedler auf ganze vierundvierzig. So eine kleine Schar … Angela runzelte die Stirn. Aber nein, da standen auch noch andere Menschen, die sich etwas abseits der Feierlichkeiten hielten, ausdruckslose, stumme Zuschauer. Die Indianer. Sie hatten damals zu Tausenden hier gelebt. Wie viele waren von ihnen übrig geblieben? Ein paar hundert.

Dennoch gab es da eine Lücke in ihrem Gedächtnis, als ob sie noch etwas vergessen hätte.

Nachdem sie ihre Morgentoilette gemacht und sich mit Hilfe ihrer Zofe angekleidet hatte, ihre Frühstücksschokolade getrunken und ihr erstes Gebet verrichtet hatte, war sie sogleich in die Küche gegangen, weil sie sich dachte, dass dieses nagende Gefühl, etwas vergessen zu haben, mit den Vorbereitungen für das Festessen zusammenhing.

In Angelas großer Familie mischten sich inzwischen spanische, mexikanische und amerikanische Traditionen, und so mussten alle Geschmacksrichtungen berücksichtigt werden. Neben Tortillas, Tamales und Frijoles würde es spanische Fischgerichte und amerikanische Steaks geben. In der riesigen Küche mit ihren drei gewaltigen Kochherden, massiven Tischen und der großen Feuerstelle herrschte um diese frühe Stunde bereits emsiges Treiben. Indianerinnen waren am Kochen und am Tratschen, und die Luft war von exotischen Gerüchen und lautem Palaver erfüllt. Angela inspizierte das *puchero,* ein Schmorgericht aus in Lagen geschichteten Kalbsknochen, Fleisch, Gemüsen und Früchten, das stundenlang köcheln musste. Ein *puchero* durfte niemals umgerührt werden. Angela hob den Deckel ab und sah, dass das Gericht perfekt vor sich hin schmorte.
Nachdem alles in der Küche seinen bewährten Gang zu nehmen schien, grübelte Angela darüber nach, ob ihre Gedächtnislücke womöglich die Musikanten und die Tänzer betraf. Oder hatte sie vielleicht vergessen, jemanden einzuladen? Waren genug Stühle, Teller, Gartenlichter vorhanden? Obgleich diese Feier zu Ehren ihres Geburtstages veranstaltet wurde, bestand Angela darauf, sich persönlich um die Vorbereitungen zu kümmern.
Sie machte an einem der Fenster Halt und ließ den Blick über die dunstige Hügellandschaft schweifen. Der Frühling war vorbei, die Hochwasser vorüber, jetzt war es Sommer, die Zeit des Dunstes. Bald würden die Wüstenwinde einsetzen, die den Dunstschleier aufs Meer trieben und die Luft aufklaren ließen, und danach kam die Zeit der Brände, wenn die Berghänge in Buschfeuern loderten. Es lag ein gewisser Trost in der Wiederkehr der Jahreszeiten und dem geregelten Kreislauf der Natur. Gutes Kalifornien, dachte sie versonnen. Nur

hin und wieder bebte die Erde, um die Angeleños daran zu erinnern, dass sie sterblich waren.
Angela wanderte weiter durch das Haus auf der Suche nach etwas, das die Lücke in ihrem Gedächtnis schließen würde. Sie blieb vor dem Zimmer stehen, das vor sechsunddreißig Jahren von Marina bewohnt wurde. Dort auf dem Bett hatte die Achtzehnjährige geweint und ihre Liebe zu einem Yankee gestanden. Seither hatte Angela nichts mehr von ihrer Tochter gehört, und in den folgenden sechsunddreißig Jahren war nicht ein Tag vergangen, an dem Angela nicht einen heimlichen Gruß über den fernen Horizont geschickt und ein stilles Gebet an die Heilige Jungfrau Maria gerichtet hätte, sie möge über Marina wachen und sie beschützen.
In dem langen Korridor kam sie an der Sitzgarnitur mit den vier antiken Polstersesseln vorbei, die Doña Luisa vor langer Zeit nach Kalifornien mitgebracht hatte. Der Seidenbrokat war abgewetzt und ausgeblichen, das Holzfurnier an Beinen und Lehnen wies Blessuren und Spuren von den Attacken unzähliger Enkel und Urenkel auf. Die Sessel waren als Hochzeitsgeschenk für Marina gedacht gewesen. Aber Marina war weggelaufen, die Sessel waren geblieben.
Angela fuhr gedankenverloren mit den Fingern über das antike Holz: Wir fünf sind gemeinsam aus Mexiko gekommen. Aber warum kann ich mich nicht mehr an die Reise von Mexiko hierher erinnern? Warum fangen meine Erinnerungen erst mit meinem sechsten Geburtstag an?
Angelas Gedankengänge wurden von Stimmen unterbrochen. Zwei ihrer Enkel kamen den Säulengang herunter. »Seit der Dürrezeit geht es mit dem Vieh nicht mehr so gut.« Diese Worte riefen eine andere Erinnerung in ihr wach. Vieh. Die fünfjährige Angela sieht Fremde auf der Hacienda ankommen mit erschreckend großen Tieren. Dieses Land war nicht

für Rinder geschaffen. Die Tiere kamen aus Übersee. Deshalb gingen sie hier ein.

»Captain Hancock hat festgestellt, dass Erdöl in seinen Boden einsickert. Das macht das Land für Ackerbau und Weiden nutzlos. Wir sind gar nicht so weit von den Teergruben entfernt. Bei uns könnte auch Öl im Boden lagern. Wir müssen Großmutter dazu bringen, die Ranch zu verkaufen, solange das Land noch gut ist.«

»Jeder verkauft. Die Picos und die Estradas haben viel Land an amerikanische Neusiedler wie George Hearst und Patrick Murphy verkauft. Wir wären gut beraten, wenn wir das auch täten.«

Die Männer waren in Begleitung von Frauen in weiten, wippenden Reifröcken. Angela trug keines dieser schweren, lästigen Drahtgestelle unter ihren Kleidern, sie begnügte sich mit einem schlichten Unterrock. Außerdem hatte sie vor fünfzehn Jahren das Korsett abgelegt. Die Frauenmode, befand sie, wurde immer mehr zu einer Tortur.

Sie begrüßte ihre Enkelsöhne und deren Frauen mit einem warmen Lächeln und offenen Armen. Sie freute sich jedes Mal von Herzen, wenn die Familie zusammenkam.

Navarro fehlte natürlich. Er war vor zwanzig Jahren gestorben, genau sechzehn Jahre nach der Nacht, da Angela ihn niedergestochen hatte. Als Angela in dieser Schicksalsnacht sah, dass Navarro noch lebte, hatte sie einen Arzt rufen lassen, der die Wunde nähte und verband und den Mann mit Angelas Hilfe ins Bett legte. Der Arzt war für sein Schweigen bezahlt worden, und als Navarro das Bewusstsein wiedererlangte, hatte er seiner Frau und der ältesten Tochter verboten, irgendjemandem den wahren Grund für seinen Zustand zu verraten – von der eigenen Frau niedergestochen zu werden, war eine zu große Demütigung für einen Mann.

Ja, und Marina fehlte natürlich auch.
Sechs Monate nach der Flucht ihrer Schwester in ihrer Hochzeitsnacht hatte Carlotta einen Brief von Marina erhalten, in dem sie schrieb, dass es ihr gut ging. Carlotta hatte ihr geantwortet, dass ihr Vater nicht tot sei, dass er die Stichwunde überlebt hatte und sie, falls sie je wieder einen Fuß über die Schwelle seines Hauses setzte, töten würde, weil sie mit einem Amerikaner durchgebrannt war. Danach hatte Carlotta nie wieder etwas von ihrer Schwester gehört, und als Navarro dann schließlich gestorben war, wusste die Familie nicht, wo sie Marina erreichen konnte, um ihr zu sagen, dass sie unbesorgt nach Hause kommen könnte. Sie wussten nicht einmal, ob sie überhaupt noch lebte.
»Wir wollten dich zum Fotografen bringen, Großmutter«, erklärten die Enkelsöhne und nahmen sie, jeder einen zerbrechlichen Arm fassend, in die Mitte. »Er macht sich gerade für die Aufnahme bereit. Er meint, das Licht sei jetzt genau richtig.«
Aber da war etwas, das Angela vergessen hatte. Wenn sie nur wüsste, was.

Im September 1846, bei Ausbruch des mexikanischen Krieges, gab es einen Aufstand gegen das amerikanische Militär, das das Dorf Los Angeles besetzt hielt. Ein amerikanischer Pelztierjäger namens John Brown ritt fünfhundert Meilen in sechs Tagen, um Commodore Stockton in Monterey den Aufstand zu melden. Amerikanische Truppen wurden umgehend in Marsch gesetzt, und kurz darauf schickte der *New York Herald* einen Jungreporter namens Harvey Ryder als Berichterstatter an den Schauplatz.
Das geschah vor zwanzig Jahren. Ryder war nie mehr nach New York zurückgekehrt.

»Schon komisch, wenn man sich das überlegt«, sagte er gerade zu dem Fotografen, der seinen Apparat unter den Banjanbäumen bei der Navarro-Hacienda aufstellte. »Die Spanier kamen vor dreihundert Jahren auf der Suche nach Gold hierher, und als sie keines fanden, haben sie Kalifornien abgeschrieben. Gaben es an die Mexikaner und die verloren es an die Vereinigten Staaten. Und dann wurde Gold gefunden.« Er lachte. »Ich möchte wetten, ihr König wünscht sich, er hätte diese Goldmine nie aufgegeben! Die sollten den Amerikanern lieber dankbar sein. Ohne uns wäre das Gold nie gefunden worden. Es würde immer noch im Boden stecken, und Los Angeles wäre immer noch ein Kuhdorf mit fünfhundert Seelen.« Er schob den Bowlerhut aus der Stirn. »Na ja, es ist immer noch ein Kuhdorf, aber jetzt eins mit *fünftausend* Seelen.«
Der Blick des Reporters folgte einer Indianerin, die mit langen, schwingenden Zöpfen einen Korb voller Früchte auf dem Kopf balancierte. »Der *New York Herald* hat mich als Kriegskorrespondent hergeschickt«, sagte er zu dem Fotografen, der zuhörte oder auch nicht. »Ich sollte über den Krieg mit Mexiko berichten, doch bis ich hier ankam, war alles vorbei. Aber dann, gleich nach dem Friedensvertrag, wurde hier Gold gefunden, und wie jeder andere auch bin ich nach Norden gezogen, mein Glück zu machen. Hab auch ein bisschen was gefunden. Nicht viel. Hab danach noch eine Weile in Oregon rumgehangen. Hab geheiratet, bin wieder geschieden. Hab sogar irgendwo ein paar Kinder. Dann hab ich in San Francisco einen alten Freund getroffen, der mir erzählte, dass der *Los Angeles Clarion* einen Reporter suchte.«
Die Bediensteten richteten den Garten für die Party her. Üppig bestückte Obstschalen wurden aufgestellt, von denen sich Ryder ungeniert bediente. »Die Gegend hier floriert ganz schön«, meinte er, während er sich eine Orange schälte. »Da

gibt's keinen Zweifel. Jeder kauft Ranchos auf und benennt Orte mit dem eigenen Namen. Traf neulich einen Zahnarzt namens Burbank, der hat sich im östlichen Teil vom San Fernando Valley spanisches Land gekauft. Und Downey, der vor ein paar Jahren noch Gouverneur war, hat seinen Rancho aufgeteilt und verkauft Parzellen. Einige behalten sogar die indianischen Namen bei, finden sie romantisch.« Er schüttelte den Kopf. »Als ob Pacoima oder Azusa romantisch klingt.«

Er steckte sich einen Orangenschnitz in den Mund, wobei ihm der Saft aufs Hemd spritzte. »Die Angeleños sind ein unberechenbares Völkchen. Man meint, die haben nur das Glücksspiel und Siestas im Sinn. Aber da hätte man sie mal sehen sollen, als der Bürgerkrieg ausbrach. Beim Thema Sklaverei und Sezession hat sich die Stadt augenblicklich in zwei Lager geteilt. Will sagen, mit Gewehren und Kanonen geteilt. Die Hälfte der männlichen Bevölkerung schloss sich den Konföderierten an oder kämpfte aufseiten der Union, die andere Hälfte blieb zu Hause und demolierte die Stadt bei besoffenen Faustkämpfen und Schießereien. Aber schlimmer als der Krieg war die Dürre von 1862, die der ganzen Viehwirtschaft den Garaus machte. Kurz danach brachen die Windpocken aus, die den Bestand der Indianer um die Hälfte dezimierten. Klingt irgendwie ironisch, weil die Indianer die Herden gehütet haben. Als das Vieh einging, schien es, als würden die Indianer nicht mehr gebraucht.« Er grinste und schaute den Fotografen Beifall heischend an. Der Mann konzentrierte sich auf seine Arbeit.

»Wir haben hier aber ein ernstes Problem mit Banditen. Meistens Nichtsnutze, wenn Sie mich fragen. Sie behaupten, sie wollen sich bloß an den Yankees rächen, weil die ihnen ihr Land gestohlen haben. Zum Teufel, das war kein Stehlen! Die meisten dieser alten spanischen Landzuweisungen waren ungültig. Kein amerikanischer Richter würde eine grob skizzierte Karte mit irgendeinem Namen darauf als legale Eigentumsurkunde anerkennen. Die Mexikaner haben nicht mal anständige Landvermessungen vorgenommen. Sind einfach losgeritten zu einer Gruppe von Bäumen und haben sie auf der Karte eingezeichnet, dann sind sie nach Süden zu einem Felsen geritten, haben den eingezeichnet, dann rüber zu einem Bach, haben den eingezeichnet und alles für rechtsgültig erklärt. So haben sie das Land den Indianern weggenommen. Die Amerikaner dagegen haben alles ordentlich gemacht, kamen mit Landvermessern und Anwälten und haben das Land offen und ehrlich erworben. Aber das wollen die *banditos* ja nicht kapieren.«

Er aß noch ein Stück Orange und untersuchte seine bunte Seidenweste auf eventuelle Saftflecken. »Gab 'ne Menge Lynchereien hier. 'ne hitzköpfige Gruppe von Texanern draußen in El Monte, nannten sich die El Monte Rangers, hätte doch beinahe einen Bürgerkrieg hier in der Stadt ausgelöst, als ein Kamerad namens Bean – Bruder von Roy Bean, dem Richter – tot in einem Feld bei der Mission gefunden wurde. Diese Meute hat auf alles in Sichtweite geschossen und bald alles aufgehängt, was sich nicht vom Fleck rührte.

Andererseits kann man es den Leuten auch nicht verdenken, dass sie zum Selbstschutz greifen. Wir haben hier einen Sheriff und zwei Deputies für den gesamten Bezirk und einen Marshal als Polizeichef für die Stadt. Die Leute müssen einfach das Gesetz selber in die Hand nehmen. Klar, Los Angeles ist kein Dorf mehr. Ist ja befördert worden. Fünftausend Menschen auf achtundzwanzig Quadratmeilen sind jetzt offiziell eine *Stadt* – zumindest nach kalifornischem Gesetz. Aber eins sage ich Ihnen, mein Freund. Ich habe Paris gesehen und London. Und Los Angeles ist *keine* Stadt.«

Er nahm den Hut ab und fächelte sich damit Kühlung zu. »Wird es aber eines Tages sein. Die Transatlantik-Eisenbahn wird gebaut, und mit ihr werden Scharen neuer Einwanderer aus dem Osten kommen, alle hungrig auf Land. Man sieht kaum noch Indianer. Waren mal an die Tausende, aber in den letzten fünfundzwanzig Jahren ist ihre Zahl ständig zurückgegangen. Die Missionen wurden aufgelöst, die Indianer laufen gelassen. Die sind einfach verschwunden, meistens in den sicheren Tod.«

Während er sich die Finger ableckte und dann mit seinem Taschentuch trocknete, blickte er sich suchend um. Er hatte ein paar Männer losgeschickt, die Familie für ein Gruppenbild zusammenzutrommeln. Außerdem sollte er das Familienoberhaupt, Señora Angela Navarro, interviewen und fragen, wie man sich mit neunzig fühlte.

»Irgendwas Mysteriöses ist 1830 in dieser Familie passiert«, fuhr er fort, während der Fotograf weiterhin mit seinen Gerätschaften hantierte, Fotoplatten bereitlegte und gelegentlich in die Sonne blinzelte. »Die jüngste Tochter ist an ihrem Hochzeitstag verschwunden, und Navarro, dem diese Ranch gehörte, legte sich mit einer unerklärlichen Krankheit ins Bett. War, wie ich hörte, wochenlang bettlägrig, und als er wieder aufstand, war er völlig verändert. Zeigte überhaupt kein Interesse mehr an der Ranch, sodass seine Frau die Leitung übernehmen musste.

Wie man sich erzählte, haben die Leute sie zuerst gar nicht ernst genommen, schließlich war sie bloß eine Frau und Navarro immer noch am Leben. Aber einmal, als der Winterregen einsetzte, warnte die Señora alle, dass es zu schrecklichen Überschwemmungen kommen würde. Ja, sie ließ ihre Arbeiter sogar Abflussgräben an den Abhängen ihres Anwesens ziehen. Die anderen Rancher hörten nicht auf sie, und als

dann das Hochwasser kam und die gesamte Ernte zerstörte, passierte nur Rancho Paloma nichts wegen der Abflusskanäle. Von da an haben sie auf sie gehört. Als sie die Viehzucht reduzierte und mit dem Anbau von Zitrusfrüchten und Wein anfing, erklärten die anderen Rancher sie für verrückt. Aber schauen Sie doch bloß, was auf den anderen Ranches los ist. Das Vieh stirbt weg, und die Besitzer müssen ihr Land verkaufen. Nicht so Angela Navarro. Eines Tages wird sie die reichste Frau von ganz Kalifornien sein.
Ich erinnere mich noch an meine erste Begegnung mit ihr 1846. Ich kam die Old Road herunter, als ich sie sah. Beeindruckend. O ja, ich hatte Reiterinnen in New York gesehen, aber Angela Navarro ritt wie ein Mann. Nicht im Damensitz! Und sie trug den breitkrempigen schwarzen Hut der mexikanischen Cowboys. Wie man sagt, hat sie ihr Grundstück jeden Tag abgeritten, hat die Orangen- und Zitrushaine inspiziert, die Reihen mit den Rebstöcken, die Avocadofelder, ja, sie gehörte praktisch zur Landschaft. Na ja, als das Alter dann seinen Tribut forderte, musste sie auf einen Pferdewagen umsteigen.«

Er zog seine Taschenuhr hervor und ließ den Deckel aufspringen. Wahrscheinlich kamen alle alteingesessenen Kalifornier und reiche amerikanische Neuansiedler zu dieser Feier. Behandelten sie wie eine königliche Hoheit. Als ob sie eine Königin wäre. Er lachte über seinen kleinen Scherz. Angela Navarro, Königin von Los Angeles!

»Abgesehen von der Leitung der Ranch«, fuhr er laut fort, obwohl der Fotograf wesentlich mehr mit seinen Chemikalien beschäftigt zu sein schien, was Ryder nicht weiter störte, stellte sein Monolog doch praktisch den Probelauf für den Artikel dar, den er zu schreiben gedachte, »setzte sie sich mit aller Energie für wohltätige Zwecke und das Gemeinwohl ein. Yes,

Sir, Navarros Witwe war die treibende Kraft in dieser Stadt. Ihr ist es zu verdanken, dass richtige Gehwege gezimmert wurden, damit die Damen auf den Straßen wandeln konnten, ohne ihren Rocksaum durch den Staub oder Matsch zu schleifen. Sie half 1856 bei der Gründung der Catholic Sisters of Charity, die ein Waisenhaus für Kinder jeder Konfession eröffneten. Sie legte den Grundstein für das erste Krankenhaus, und zweimal im Jahr, an Ostern und an Weihnachten, verteilt sie Lebensmittel und Kleidung an Witwen und Waisen. Als der Stadtrat im Jahr 1853 das erste Schulamt einrichtete, gehörte Angela Navarro zum Gremium der ersten Stunde, und als die erste staatliche Schule an der Ecke Spring Street gebaut wurde, bestand Angela Navarro darauf, dass die Schule Jungen wie Mädchen offen stand. So, damit Sie's wissen, Mister, Sie fotografieren hier nicht irgendjemanden.«

»Ich bin bereit«, sagte der Fotograf schließlich.

Angelas neun Kinder hatten über dreißig Enkel hervorgebracht und die wiederum eine unendliche Zahl von Urenkeln. Nicht alle hatten überlebt, so wie auch von ihren eigenen Kindern nicht mehr alle lebten. Carlotta war schon vor langem in Mexiko gestorben, aber Angelique und ihr amerikanischer Ehemann Seth Hopkins, der im Norden Gold gefunden und hier unten im Süden mit dem Anbau von Zitrusfrüchten begonnen hatte, waren mit ihren Kindern erschienen. Trotz dieser stattlichen Familie, die Angela insgeheim als ihren »kleinen Stamm« betrachtete, vermisste sie Marina immer noch schmerzlich.

Vielleicht war das die Lücke in ihrem Gedächtnis. Marina.

Der Fotograf ließ Angela auf einem großen, aufwendig geschnitzten Stuhl, der einem Thron ähnelte, Platz nehmen und versammelte ihre Söhne, Töchter, Enkel und Urenkelkinder

um sie. Sie trug ein feierliches schwarzes Kleid mit weißem Spitzenkragen und Manschetten. Ein kleiner weißer Spitzenschleier bedeckte ihr weißes Haar. Um die ganze Familie in einem Gruppenbild unterzubringen, musste der Fotograf die Schar noch einige Male umstellen und umgruppieren. Doch Kinder nörgelten, Babys greinten und die Männer verfluchten die Hitze, sodass die Fotositzung allmählich zu einer Tortur wurde. Einzig Harvey Ryder schien sich zu amüsieren. Er saß weiter hinten im Schatten, verspeiste gemütlich eine Orange und beäugte den dicken Hintern einer der Indianerinnen.
Mitten in diesem Durcheinander, dem Nörgeln, dem Wechseln von Sitzplätzen, dem Abnehmen und Wiederaufsetzen von Hüten und den gut gemeinten Ratschlägen für den Fotografen, erstarrte Angela mit einem Mal auf ihrem Stuhl. Ryder, dessen Instinkte sich mit den Jahren verfeinert hatten, bemerkte es sofort und sprang auf. Ein höchst seltsamer Ausdruck war in den Blick der alten Dame getreten.
Zunächst merkte keiner, dass Angela sich erhoben hatte. Erst als sie sich von der Gruppe wegzubewegen begann und der Fotograf sagte: »Entschuldigen Sie, Ma'am, wir brauchen Sie hier«, lief Angelique ihr besorgt hinterher.
»Großmama! Was hast du?«
Angela blieb am Rande des Gartens stehen, wo eine niedrige Steinmauer das Haus von den Wirtschaftsgebäuden trennte. Ihre Augen, obwohl tief in den Höhlen liegend und von Runzeln umgeben, waren immer noch klar und scharf, und ihr Blick richtete sich nun auf den Weg, der von der Old Road heraufführte.
Die anderen waren hinzugetreten, drückten ihre Sorge aus, bestanden darauf, dass Großmutter sich hinsetzte, überlegten laut, ob sie einen Arzt holen sollten, redeten und schnatterten

durcheinander, während Angela stocksteif dastand und unverwandt auf den Weg blickte.
Schließlich verstummten alle, und nun trug der Wind das entfernte Klappern von Pferdehufen und das Quietschen von Wagenrädern herbei. Bevor irgendjemand etwas erkennen konnte, kräuselte sich Angelas Mund zu einem kleinen Lächeln, und sie flüsterte nur ein Wort: »Marina.«
Im nächsten Moment erblickte die wie gebannt dastehende Familie drei Pferdewagen mit Menschen darauf, dazu Berge von Gepäck, die auf eine lange Reise schließen ließen. Auf dem Kutschbock des ersten Wagens saß ein einarmiger Mann mit weizenblondem Haar und weißem Bart und neben ihm eine hübsche Frau mittleren Alters in einem altmodischen Kleid mit Schutenhut. Den zweiten Wagen lenkte ein jüngerer Mann mit einer Frau an der Seite, die zwei Kinder in der Mitte. Und auf dem dritten Wagen hielt ein Jugendlicher die Zügel.
»*Dios mío*!«, stieß einer von Angelas Söhnen hervor, ein Mann in den Sechzigern, der Navarro nur im Aussehen, nicht vom Temperament her ähnelte. »Mamá!«, rief er aufgeregt. »Es ist Marina! Sie ist heimgekommen!«
Die Gesellschaft eilte den Besuchern entgegen, drängte sich um die Wagen wie eine Dorfgemeinschaft, die ihre Kriegsheimkehrer begrüßt. Angelique blieb mit Angela an der Gartenmauer zurück und beobachtete die Szene durch einen Tränenschleier hindurch. Als sie sich bei ihrer Großmutter unterhakte, spürte sie, wie die alte Frau vor Aufregung zitterte, und sah Tränen auf Angelas runzeligen Wangen schimmern. »Es ist wahrhaftig Tante Marina«, staunte Angelique.
Wie im Triumphmarsch zog die kleine Prozession zur Hacienda hinauf. Die Erwachsenen jubelten, die Kinder tobten

fröhlich um sie herum. Nur wenige aus der Familie erinnerten sich noch an Marina, aber alle kannten ihre Geschichte. Ihr unerwartetes Auftauchen glich einer himmlischen Erscheinung. Jeder der Anwesenden, selbst der betuliche Fotograf und der zynische Reporter, spürten die Magie dieses Tages.

Schließlich kamen die Wagen an der Gartenmauer zum Stehen. Marina blieb einen Moment lang sitzen und schaute auf ihre Mutter herunter. Dann ließ sie sich von ihren Brüdern vom Wagen helfen und warf sich in die Arme ihrer Mutter, als ob sie sich erst gestern und nicht vor sechsunddreißig Jahren Lebewohl gesagt hätten.

Die Gespenster waren wieder da. Sie flüsterten und wisperten, neckten sie und erinnerten sie an Dinge aus längst vergangenen Tagen. Durch die geschlossenen Läden erkannte Angela, wo der Mond stand: Es war beinahe Mitternacht.

Hellwach lag sie in ihrem Himmelbett, in dem sie ihre Kinder geboren hatte, und ließ den Festtag noch einmal vor ihren Augen vorüberziehen. Das Essen, die Musik, den Tanz. Alle ihre Freunde waren gekommen, die alten spanischen Rancheros, die mexikanischen Handwerker, die Neubürger aus Los Angeles. Selbst Würdenträger wie Cristóbal Aguilar, der Bürgermeister von Los Angeles, waren erschienen, und sogar der Gouverneur in Sacramento hatte Geburtstagswünsche telegrafiert. Und dann Marinas Heimkehr! Ein wahrhaft erfüllter Tag! Und doch gab es da immer noch diese leere Stelle in ihrem Gedächtnis, mit der sie am Vortag aufgewacht war.

In dieser dunklen, stillen Stunde, da ihre Gedanken völlig klar waren, wurde Angela allmählich bewusst, dass es weniger um etwas ging, das sie vergessen hatte, als vielmehr um etwas, das sie tun musste. Aber was?

Sie schlüpfte aus dem Bett und in ihre Pantoffeln. Mit einem Lächeln betrachtete sie ihre Geburtstagsgeschenke. Am meisten hatte sie sich über die aztekische rosa Jadefigur von Angelique gefreut und das Aquarell von Daniel, das er in China gemalt hatte. Als sie ihr Bedauern darüber ausdrückte, dass er durch die Kugel eines Banditen seinen Arm verloren hatte, hatte Daniel nur abgewunken: »Dem Herrn sei Dank, dass es nicht mein Künstlerarm war.«

Angela band sich ein Schultertuch um und steckte die Jadefigur ein. Vielleicht brauchte sie heute Nacht das Glück einer antiken Göttin. Sie entzündete eine Kerze und wanderte durch den dunklen, stillen Säulengang an geschlossenen Türen vorbei, hinter denen Menschen schliefen, bis sie zu einem Zimmer ganz am Ende kam.

Dies war ihr privates Arbeitszimmer, mit dem massiven schmiedeeisernen Kandelaber, den schweren Möbeln, den wandhohen Bücherregalen und dem Kamin, der so groß war, dass ein Mensch aufrecht darin stehen konnte. Auf dem Schreibtisch stapelten sich Briefe, Bittbriefe von Leuten, die sie um Geld oder um Rat baten oder Geschäfte mit ihr machen wollten. Da Angelas Sehkraft nachließ und ihre zittrige Handschrift unleserlich wurde, hatte sie eine Sekretärin eingestellt. Trotzdem saß sie jeden Tag an ihrem Schreibtisch, ging die Bücher, die Konten, die Belege und die Rechnungen durch.

Einst war dies Navarros Sitz der Macht gewesen, wo er wichtige Besucher empfangen, seine Gunst wie ein König gewährt oder Strafen wie ein Despot erlassen hatte. Hier hatte er seine Kinder gemaßregelt und seine Arbeiter getadelt, Verträge und Abkommen über gewaltige Geldsummen unterzeichnet, und mit legaler wie illegaler Ware gehandelt. In diesem Raum hatte er Freunden geholfen und Feinde zerstört. Er hatte einst sogar den Gouverneur von Kalifornien hier empfangen und die Arroganz besessen, sitzen zu bleiben, als der Mann eintrat. Navarro hatte auf seinem prächtigen Sitz gethront und Gut und Böse abgewogen. Und in all den Jahren seiner Herrschaft war es Angela nicht gestattet gewesen, sein Zimmer zu betreten.

Sie rief sich jene Nacht wieder ins Gedächtnis, als sie Navarro aufsuchte, der im Bett lag und sich von der Stichwunde erholte. Obwohl er überlebt hatte, hatte er viel Blut verloren, und eine später eintretende Infektion hatte ihn für Wochen ans Bett gefesselt. In jener Zeit hatte Angela die befristete Leitung der Ranch übernommen. Der lokale Brauch erlaubte es den Ehefrauen, in Abwesenheit des Ehemannes als *ranchera* zu fungieren. Sie war an sein Bett getreten, hatte auf ihn herabgesehen und erklärt: »Dieses Land gehört mir. Es ist mir egal, was du später machst, aber du wirst Rancho Paloma nie mehr leiten. Und wenn du mich oder eines der Kinder je wieder anrührst, werde ich dich endgültig töten.« Als er schließlich genesen war und sein Arbeitszimmer betrat, um seine Arbeit wieder aufzunehmen, hatte Angela an seinem Platz über den Geschäftsbüchern gesessen. Ihre Blicke hatten sich in einem kurzen, wortlosen Duell gekreuzt. Navarro hatte sich umgewandt und war still hinausgegangen. Das Arbeitszimmer hatte er seither nie mehr betreten.

Angela schloss eine Schublade auf und entnahm ihr einen Beutel aus Öltuch, den sie sich unter den Arm steckte. Sie verließ das Zimmer und tappte durch den Säulengang zurück, bis sie zum Schlafzimmer von Marina und Daniel Goodside kam.

Sie klopfte leise an die Tür, wohl wissend, dass Frauen mittleren Alters einen leichten Schlaf hatten und Männer dieses Alters wie ein Klotz schliefen. Während sie wartete, ging ihr Marinas wundersame Geschichte wieder durch den Kopf. Die

ersten zehn Jahre ihrer Ehe hatte Marina in Boston gelebt und fünf Kinder zur Welt gebracht. Nach Daniels Einsetzung als Pfarrer wurden sie mit einer Mission in China betraut. Sie zogen mit Kind und Kegel los und verbreiteten dort fünfundzwanzig Jahre lang Gottes Wort. Wie Marina ihrer Mutter schilderte, hatte sie mehrfach versucht, Briefe außer Landes zu schicken, als sie glaubte, nun sei es sicher zu schreiben und Navarro sei sowieso zu alt, um noch eine Bedrohung darzustellen. Es war jedoch schwierig gewesen. Viele Chinesen misstrauten den Fremden. Und der eine Brief, den Marina persönlich an Bord eines Klippers gebracht hatte, war mit dem Schiff in einem Sturm untergegangen.
Vor einem Jahr war Daniels Dienstzeit abgelaufen, und er wurde aus der Mission entlassen. Sie segelten zunächst nach Hawaii, wo Marina wieder mit einem Brief begann, es dann aber besser fand, persönlich zu erscheinen. Sie hatte sich keine allzu großen Hoffnungen gemacht, dass ihre Mutter noch am Leben war oder dass die Navarros überhaupt noch hier lebten. Aber dann ... ausgerechnet am Geburtstag ihrer Mutter heimzukommen!
Angela sah dies als ein Zeichen. Es sollte so sein. So wie Marina sie jetzt auf ihrer letzten Reise begleiten sollte.
Als Marina die Tür öffnete, flüsterte Angela ihr zu: »Zieh dich an. Du musst mitkommen.«
»Wohin?«
»Wir brauchen eine Kutsche.«
»Aber Mutter, es ist schon spät.«
»Die Nacht ist warm.«
»Kann das nicht bis morgen warten?«
Angela sagte: »Meine Tochter, die Vergangenheit spricht heute Nacht sehr eindringlich zu mir.« Und sie fügte hinzu: »Wir müssen Angelique auch mitnehmen.«

Angelique, zweiundvierzig Jahre alt und von sieben Schwangerschaften füllig geworden, hatte noch die Zeit gefunden, in einen weiten, unhandlichen Reifrock zu schlüpfen, der für die beiden anderen Frauen kaum noch Platz in der Kutsche ließ. Aber Marina, mit ihren vierundfünfzig Jahren und einer durch harte und entbehrungsreiche Jahre hageren Figur, trug nur ein einfaches Kleid, das seit fünfundzwanzig Jahren aus der Mode war. Und Angela war schmal und gebrechlich. Es gab also genug Platz für alle.
Ihre Tochter und Enkelin protestierten, als Angelas getreuer Kutscher ihnen in den Wagen half. Er hatte Angela fünfzehn Jahre lang über ihren Besitz kutschiert und keine Fragen gestellt, als er mitten in der Nacht geweckt wurde, um seiner Herrin in einer dringenden Angelegenheit zu Diensten zu sein. Marina und Angelique hatten schließlich eingesehen, dass es besser war mitzukommen, weil sie beide wussten, dass Angela diese Fahrt auch ohne sie unternehmen würde.
»Lass uns doch wenigstens Seth und Daniel mitnehmen.«
Aber Angela schüttelte den Kopf. Dies war Frauensache. Sollten die Männer ruhig schlafen.
Als sie in die Old Road einbogen und der Kutscher den Wagen ostwärts lenkte, geriet Marina in Panik: »Aber Mutter, es ist gefährlich, nachts in die Stadt zu fahren!«
»Uns wird schon nichts passieren.«
»Wie willst du das wissen?«
Da keine Antwort kam, wechselte Marina einen besorgten Blick mit ihrer Nichte. Schließlich klammerten sie sich an den tröstlichen Anblick ihres Kutschers, einen kräftigen Mann mit einem langen Säbel an der Seite und einem Messer und einer Pistole im Gürtel.
Sie fuhren schweigend durch die nächtliche Landschaft, und als sie einen vertrauten Eichenhain passierten, erklärte Ange-

lique ihrer Tante, dass die Ranch der Quiñones nicht mehr existierte. Pablo, der Marina vor sechsunddreißig Jahren heiraten sollte, hatte erst vor kurzem das Land an einen Amerikaner namens Crenshaw verkauft.
Sobald sie sich der Stadt näherten, stach ihnen der Gestank der Kanalisation in die Nase. Die Abwässer aller Häuser und Läden wurden durch Holzrohre in die Kanäle abgeleitet. Vor jedem Haus, vor jedem Ladengeschäft brannte eine Laterne, so schrieb es das Gesetz vor. Wie man gerüchteweise hörte, sollte Los Angeles bald Gasbeleuchtung bekommen. In den Saloons herrschte noch immer reger Betrieb, und die Honky-Tonk-Musik dröhnte bis ins Freie. In der Ferne knallten Revolverschüsse. Auf einem der Gehwege lieferten zwei Männer sich eine Schlägerei.
Und sie sahen Indianer, die in den Hauseingängen schliefen oder die Straße hinuntertorkelten, betrunken vom Schnaps des weißen Mannes.
Das Pferdegespann passierte die erste öffentliche Schule an der Ecke Spring Street. In der Temple und Main Street, wo bislang Gebäude aus Lehmziegeln standen, machten sich die Yankees breit mit ihren Häusern aus Holz und Backstein. Spanische Patios und Springbrunnen wurden durch neuartige Baustile mit so phantasievollen Namen wie Romanisch, Queen Anne, Kolonialstil verdrängt, und mit ihnen hielten Säulen, Giebel und Dachgauben Einzug. Vertraute Straßen trugen neue Namen: Die einstige *Calle Loma* hieß nun Hill Street, *Accytuna* hatte sich in Olive, *Esperanzas* in Hope und *Flores* in Flower Street verwandelt. Alles wegen der Yankees.
Als sie die Plaza umrundeten, auf der es immer noch nach dem Stierkampf des Nachmittags roch, flüsterte Angelique Marina zu, dass hier in Kürze ein neues Hotel gebaut werden

sollte, das auf jeder Etage ein Badezimmer haben würde, Gasbeleuchtung und ein französisches Restaurant. Mit seinen drei Geschossen würde es das höchste Gebäude von Los Angeles sein.

Marina winkte ungeduldig ab. »Mutter, wo sind wir?«

Aber auch Angela konnte es ihr nicht sagen. Nur, dass sie etwas vorantrieb.

Sie verließen das Stadtzentrum und fuhren Richtung Nordosten, drei Frauen in einer Kutsche mit einem schweigsamen Kutscher. Sie passierten Chez Ravine, einen Canyon, wo die Stadt ihren Armenfriedhof unterhielt, bis sie schließlich die alte Mission erreichten, die mit den schmalen Fensteröffnungen zwischen den kräftigen Stützpfeilern mehr einer Festung glich als einer Kirche. Nach der Eroberung Baja Californias durch die Mexikaner hatte der neue Gouverneur die Missionen aufgelöst und das Land Freunden und Verwandten geschenkt oder verkauft. San Gabriel hatte jahrelang vor sich hin gerottet. Seine Indianer verwahrlosten, die Mauern und Dächer stürzten ein, die Weinberge verkümmerten, bis die neue amerikanische Regierung den Besitz 1859 an die Kirche zurückgab. Aber es war nicht mehr so wie früher. Schäbige Blechbaracken und Hütten umgaben die einst so schöne Kirche.

Während sie in dumpfem Schweigen in der Kutsche saßen und der Kutscher auf Anweisungen von seiner Herrin wartete, erinnerte sich Angela vage an einen Garten, der einst hier stand, an eine Indianerin, die den Kräutergarten hegte und im Sonnenschein leise vor sich hin summte. Dann war sie von Fieber und einem schlimmen Husten gepackt worden und hatte der Einweihungszeremonie der neuen Plaza krank und schwach beigewohnt. Und danach, ein Eselritt zu den Bergen am Meer …

Angela hielt den Atem an. Auf einmal wusste sie es. Ein Wissen, das fünfundachtzig Jahre lang tief in ihrem Herzen verschüttet lag, brach sich Bahn und schwang sich in die Lüfte wie ein Vogel. *Ich bin hier geboren. Nicht in Mexiko, wie meine Mutter mir gesagt hat. Beziehungsweise, was Luisa mir verschwiegen hat. Denn Luisa war nicht meine leibliche Mutter.*

Jetzt begriff Angela auch, warum ihre Gedanken den ganzen Tag über mit Erinnerungen an ihre Kindheit erfüllt gewesen waren. *Denn wenn wir uns dem Ende nähern, kommen wir wahrscheinlich auch wieder an den Anfang.*

Sie erkannte nun ganz deutlich, was sie den ganzen Tag lang gequält hatte – das Gefühl, dass da etwas Unerledigtes war, eine Pflicht, die sie erfüllen musste. Jetzt wusste sie, was es war und warum sie diese mitternächtliche Fahrt durch Los Angeles angetreten hatte.

Sie war gekommen, um Lebewohl zu sagen.

Als sie sich den Bergen näherten, konnten sie das Meer riechen. Sie wussten, dass sie an der Ranch San Vicente Y Santa Monica, die den Sepúlvedas gehörte, vorbeiritten. Sie konnten die Schellen der in der Nähe grasenden Schafe hören.

Dann erreichten sie den Canyon. Angela erkannte die Felsen mit den Felsbildern, wusste aber nicht mehr, was sie bedeuten mochten. Es gab nur eine vage Erinnerung daran, wie jemand sie als Kind hierher gebracht und ihr erzählt hatte, dass sie nun Geschichten lernen würde. Aber das war dann nie geschehen. Angela verstand weder die Bedeutung der Höhle noch ihre Malereien oder ihr Gefühl, dass dies einmal ein wichtiger Ort gewesen sein musste. Sie erinnerte sich nur daran, dass sie in ihrer Hochzeitsnacht hierher geritten war und sich ihren Zopf abgeschnitten hatte.

Marina und Angelique begleiteten sie zur Höhle hinauf. Sie nahmen die alte Frau in die Mitte und leuchteten mit einer Kutscherlaterne. Auch Marina erinnerte sich: Sie kannte diesen Ort. Hier hatte Daniel sie gefunden, in jener Nacht, da sie ihr gemeinsames Leben begannen.

Sie halfen Angela, die Höhle zu betreten. Innen war es dunkel und klamm, und es roch nach dem Staub von Jahrhunderten. Die Laterne warf goldene Lichtstrahlen auf die Wände. Dort waren höchst seltsame Zeichnungen eingeritzt und daneben die Worte: *La Primera Madre* – Die Erste Mutter. Als sie das Bild mit den beiden Sonnen erblickten, stockte ihnen der Atem, so schön war es.

Angela bat ihre Tochter und Enkelin, sich hinzusetzen und still zu sein. Dann ließ sie sich mühsam auf dem kalten Boden nieder. Die Laterne in der Mitte des merkwürdigen kleinen Kreises warf surreale Lichteffekte auf die Gesichter der Frauen.

Angela saß einige Minuten schweigend da, bis sie in ihren Knochen und in ihrem Leib fühlte, was ihr so lange gefehlt hatte. Sie schloss die Augen. *Mama, bist du da?* Und augenblicklich spürte sie eine Präsenz, warm, liebevoll und beschützend. Mit einem Schlag wurde ihr bewusst, dass sie ihr ganzes Leben hindurch eine Lücke in ihrem Inneren verspürt hatte, eine kleine leere Stelle, durch die sie sich immer unvollständig gefühlt und in dem Glauben gelebt hatte, etwas Bestimmtes suchen zu müssen. Jetzt wusste sie, was es war: ihre Herkunft.

Sie begriff nun auch, warum sie hergekommen war und warum sie den Beutel aus Öltuch mitgebracht hatte. Er enthielt eine Urkunde mit der Landzuweisung an Menschen, die kein Recht auf dieses Land besaßen, dessen Vorbesitzer vertrieben worden waren. Zum Schrecken ihrer Begleiterinnen

begann Angela, mit ihren knochigen alten Händen den harten Boden der Höhle aufzugraben. Marina und Angelique wollten protestieren, aber sie wehrte ab, und in ihrer Stimme, in ihrem Ausdruck lag etwas, das sie gehorchen ließ.
Stumm schauten sie zu, wie das Loch größer wurde, bis Angela zufrieden schien. Sie wussten nicht, was in dem Beutel war und warum Angela ihn in das Loch legte. Wie gebannt verfolgten sie, wie Angela das Loch langsam wieder mit Erde füllte und auch die aztekische Jadefigur vergrub, die ihr aus der Tasche geglitten war. Einen Moment lang setzte Angelique zum Sprechen an, aber irgendetwas ließ sie verstummen. Die aztekische Gottheit, die sie durch harte und schöne Zeiten begleitet hatte, wurde nun der Erde in dieser geheimnisvollen Höhle übergeben.
Nachdem sie die Besitzurkunde für Rancho Paloma vergraben hatte, spürte Angela, dass endlich Frieden in ihr einkehrte. Das Land gehörte der Ersten Mutter und ihren Nachkommen, nicht den fremden Eindringlingen und den Eroberern, sondern dem ursprünglichen Volk, dem es gestohlen worden war. Als sie die Erde festklopfte, dachte Angela: *Ich muss es den anderen sagen. Marina, Angelique. Sie haben Indianerblut in den Adern. Daniel, Seth … ihre Kinder … sie alle stammen von der Ersten Mutter ab.*
Sie begann zu sprechen, hastig, drängend, weil sie wusste, dass ihre Zeit bemessen war: »Wir sind Indianer, vom Volk der Topaa. Wir stammen von der Ersten Mutter ab, die hier begraben liegt. Wir sind die Hüter dieser Höhle. Uns obliegt es, die Traditionen, Geschichten und die Religion unseres Volkes weiterzugeben. Wir müssen unsere Erinnerungen lebendig halten.«
Die beiden Frauen starrten sie an. »Was sagt Großmutter da, Tante Marina?«

»Ich verstehe sie nicht. Sie murmelt konfuses Zeug.«
»Ist das überhaupt eine Sprache, in der sie da spricht? Es klingt überhaupt nicht wie Spanisch.«
»Ihr müsst diesen Ort im Gedächtnis behalten«, fuhr Angela fort, ohne zu merken, dass sie Topaa sprach, die Sprache ihrer Kindheit. Ihre Mutter hatte sie Marimi genannt und ihr erklärt, dass sie eines Tages die Medizinfrau des Clans sein würde. »Ihr müsst den anderen von dieser Höhle berichten.«
Angela nahm Marinas Hand. »Ich habe dich Marina genannt. Ich habe die Botschaft in meinen Träumen missverstanden. Es sollte *Marimi* heißen.«
»Mutter, wir verstehen nicht, was du da sagst. Lass uns gehen. Wir bringen dich nach Hause.«
Aber Angela sagte sich: Ich bin *zu Hause*.
»Bitte, Mutter! Was ist mit dir? Du machst uns Angst.« Angelique und Marina streckten hilflos die Hände aus, legten die Arme um Angelas gebeugte Schultern.
Angelas Gedanken weilten indessen bei der Ersten Mutter, die allein durch die Wüste gewandert war, von ihrem Stamm ausgestoßen und schwanger. Aber sie hatte überlebt. Angela betrachtete ihre Tochter Marina. Trotz des harten Lebens in China und vieler Anfeindungen hatte sie die Kraft besessen, ihrem Mann beizustehen. Angelique, die in einem Goldgräberlager im Norden so viel hatte durchmachen müssen. Und dann Angela selbst. Egal, was Navarro ihr antat, sie behielt ihren Stolz, ihre Selbstachtung und ihre Würde. *Wir sind die Töchter der Ersten Mutter. Dies ist ihr Vermächtnis.*
Angela wusste jetzt, warum sie Marina und Angelique mitgenommen hatte. Zu einer anderen Zeit, an einem anderen Ort wären sie beide die Medizinfrauen ihres Stammes gewesen. Nur waren sie heute mit Amerikanern verheiratet und

hatten Kinder, die Charles, Lucy und Winifred hießen. Sie schloss die Augen und sah die Silhouette eines Raben vor einem tiefroten Sonnenuntergang. Er flog zum Land der Toten, wo die Ahnen hingegangen waren und darauf warteten, dass sie, Marimi, sich zu ihnen gesellte.

Kapitel 17

Sie brauchte keine Tricks. Die Geister, die ihr erschienen, waren weder Sinnestäuschungen noch die Auswüchse von Scharlatanerie oder Hokuspokus – wie Sister Sarah versicherte. Sie hatte nichts zu verbergen und hieß jeden in ihrer Kirche der Geister in Topanga willkommen, der ihren Séancen mit wissenschaftlicher Genauigkeit auf den Grund gehen und sie widerlegen wollte. Und so erschienen die Zweifler und Skeptiker mit Fotoapparaten, Tonbandgeräten, Wärmesensoren und Bewegungsdetektoren, ja mit den neuesten wissenschaftlichen Apparaturen, um ihr auf die Schliche zu kommen. Jedoch ohne Erfolg. Psychiater und Geistliche erklärten, die Erscheinungen seien das Produkt einer Massenhysterie – die Leute sähen eben das, was sie sehen *wollten*. Und Sister Sarah bestand darauf, dass ihre Geister real seien und sie selbst das menschliche Medium, mit dessen Hilfe sie aus dem Reich des Jenseits in das der Lebenden traten.

Erica klebte vor dem kleinen Fernseher in Jareds Wohnmobil. Als sie den Dokumentarfilm über die Spiritisten aus dem Jahr 1920 entdeckt hatte, konnte sie nicht ahnen, auf was für eine Goldgrube sie da gestoßen war: seltenes Archivmaterial über Sister Sarahs Predigten, bei denen sechstausend Menschen in Ekstase gerieten, wenn sich die verstorbenen Liebsten vor ihren Augen materialisierten. Und dann die charismatische

Sister Sarah in ihren fließenden Gewändern auf der Bühne, die Arme ausgestreckt, den Kopf zurückgeworfen, die Augen geschlossen, vor spiritueller Energie zitternd.
Sie war eine außergewöhnliche Schönheit gewesen. Ausschnitte aus den wenigen Filmen, die sie vor ihrer spirituellen Entdeckung gedreht hatte, zeigten eine dunkeläugige verführerische Frau, die entweder als Vamp, Göttin, Sirene oder Femme fatale abgestempelt wurde. Das Publikum vergötterte sie. Die Dokumentation enthielt auch privates Filmmaterial, das Edgar Rice Burroughs auf seinem Tarzana Rancho gedreht hatte, wo Sarah, Rudolph Valentino, Douglas Fairbanks und Mary Pickford regelmäßig verkehrten. In diesen frühen Tagen wurde Sarahs Talent entdeckt, als sie Freunden wahrsagte, sie bei wichtigen Entscheidungen beriet und sogar der Polizei bei der Suche nach einem Kind half, das in Baldwin Hills verschwunden war. Aufgrund blühender Mundpropaganda wurde Sarah immer öfter um private Séancen gebeten. Bald fanden ihre Auftritte vor zunehmend größerem Publikum statt, als Sarah nämlich feststellte, dass sie nicht nur einen Geist, sondern ebenso gut eine ganze Reihe von Geistern beschwören konnte. Die Leute beteten sie an. Sie eröffnete ihnen den Kontakt zu den Dahingeschiedenen. Und sie stellte das lebende Versprechen für eine Existenz nach dem Tode dar.
Während Sarah auf dem Videofilm die Arme erhob, die Augen gen Himmel drehte und ihr Publikum in atemloser Erwartung verharrte, schaute Erica auf ihre Armbanduhr. Wo blieb Jared bloß?
Er war schon vor Stunden weggefahren zu einer eilends anberaumten Zusammenkunft mit Vertretern des Verbands südkalifornischer Stämme, die er davon abzubringen hoffte, weiter die Einstellung des DNS-Testprogramms am Skelett

von Emerald Hills zu verlangen. Sie hatten in einem überraschenden Schachzug einen Gerichtsbeschluss erwirkt, der auf den Abbruch aller archäologischen und forensischen Untersuchungen in der Höhle abzielte. Und das würde die Identifizierung des Skeletts ein für alle Mal unmöglich machen. Erica war auf diese Weise vorübergehend von ihrer Arbeit in der Höhle entbunden, und sie wollte ihre Freizeit nutzen, um herauszufinden, woher das Bild in ihren Träumen rührte.

Wenn Mrs. Dockstader nicht ihre Großmutter war und Erica das Bild über Mrs. Dockstaders Kamin noch nie im Leben gesehen hatte, dann mussten ihre Kindheitsträume aus einer anderen Quelle stammen. Und es konnte durchaus sein, dass irgendwo eine Innenaufnahme der Höhle veröffentlicht worden war, nachdem Sister Sarah dieses Grundstück gekauft und den Canyon hatte aufschütten lassen.

Erica konnte sich nur mit Mühe konzentrieren.

Ihre Gedanken kreisten erneut um die Szene, wie sie und Jared sich unter freiem Himmel liebten. War es *das*, was man unter Verliebtsein verstand? Kein Wunder, dass die Menschen Gedichte darüber verfassten. Sie fühlte sich schwindelig vor Glück, töricht und wie im Fieberwahn. Und gleichzeitig hatte sie Angst, dass alles nur Illusion war oder dass sie ihn verlieren könnte, ehe er wirklich zu ihr gekommen war. Vielleicht gehörte das alles zu …

Sie starrte wie gebannt auf den Bildschirm. Restauriertes Filmmaterial aus dem Jahre 1922 zeigte Sister Sarah beim Betreten der Höhle. Erica rutschte vor Aufregung bis an die Sesselkante vor.

Die Kamera schwenkte vom Südrand der Höhle auf den Eingang. Sarah, in ihrem gewohnten weißen Kapuzenkleid, verschwand in der Dunkelheit, während ihre Gefolgschaft und die Reporter gespannt vor der Höhle warteten. Als Sarah

Minuten später wieder auftauchte, lag ein ganz neuer Ausdruck auf ihrem Gesicht. Im Off-Kommentar hieß es dazu: »Hat Sister Sarah in dieser Höhle eine spirituelle Erleuchtung erfahren, wie sie später behauptete, oder spielte sie uns nur etwas vor? Kurz danach erwarb sie das Grundstück, ließ den Canyon mit der Höhle zuschütten, sodass niemand mehr erfahren wird, was sie wirklich gesehen hat.«
Die Schlusssequenz des Dokumentarfilms aus dem Jahre 1928 zeigte eine sichtlich bewegte Sister Sarah vor Mikrophonen und Presseleuten, die ihren Anhängern Lebewohl sagte. Die Nachricht war unerwartet gekommen, gerade als die Kirche der Geister auf dem Gipfel ihrer Popularität stand. Sarah hatte keine Erklärung abgegeben, warum sie sich aus der Öffentlichkeit zurückziehen wollte, nur dass es ›Gottes Wille‹ sei. Sie verschwand dann von der Bildfläche, und trotz aller Bemühungen – Zeitungen schrieben Wettbewerbe aus, Reporter wetteiferten um die ganz große Story – hatte man nie wieder von ihr gehört.
Der Dokumentarfilm war zu Ende. Beim Ausschalten des Fernsehers dachte Erica: Alles dreht sich um die Höhle. Mich hat das Bild hierher gebracht, und andere hat es Jahrhunderte hindurch zu der Höhle gezogen – jene Leute, die ihre Brille, das Reliquiar, das Kruzifix, den Zopf, den Geisterstein, den aztekischen Talisman, die Eigentumsurkunde der Ranch hier gelassen haben. Sister Sarah. Welcher Zusammenhang besteht zwischen ihnen allen? Welche Verbindung gibt es zu dem Bild in Kathleen Dockstaders Haus? *Was gibt es für eine Beziehung zu mir?*
Was sie und Jared über die ersten Besitzer von Rancho Paloma herausgefunden hatten, war, dass die Navarros zu den bedeutenden Gründerfamilien von Los Angeles gehörten. Offenbar war das Familienoberhaupt, eine Frau namens Angela, die

treibende Kraft bei der Gestaltung der neuen Stadt gewesen. Zum Beispiel hatte sie einen Stadtpark durchgesetzt, in dem die Leute promenieren konnten und wo es keine Stierkämpfe wie auf der Plaza gab. Der Park war 1866 angelegt worden und hieß ursprünglich Central Park – sein heutiger Name war Pershing Square. Im San Fernando Valley trug eine Grundschule im Gedenken an sie den Namen Angela Navarro Elementary. Erica und Jared hatten weiterhin herausgefunden, dass Angela Navarro auf Rancho Paloma gelebt hatte und dort 1866 gestorben war und dass nach ihrem Tod ein juristisches Hickhack ausgebrochen war, weil die Familie keine Besitzurkunde für das Grundstück vorweisen konnte.

Weil sie in unserer Höhle vergraben wurde. Wer immer sie da versteckt hatte, wusste von dem Skelett und wer die Frau war. Und auch die Leute, die die Höhle über die Jahrhunderte besucht haben, wussten, wer die Frau war. Ein DNS-Test würde uns wenigstens die Richtung weisen.

»Hallo.«

Erica schaute auf in Jareds breites Lächeln. Ihr Herz machte einen Sprung. »Hallo.« Sister Sarahs Séancen waren nicht die einzigen Wunder, die hier geschehen waren. Jared hatte endlich seinen Vater angerufen und eine Stunde lang mit ihm gesprochen. Das war nicht viel, aber immerhin ein Anfang. Und Jared würde ein Haus für Erica entwerfen. Sie wollte so eines wie das der Miniaturfamilie Arbogast, hatte sie erklärt.

»Ich fürchte, ich habe schlechte Nachrichten. Ich konnte sie nicht überreden, den DNS-Test zu genehmigen.«

»Wir müssen es einfach weiter versuchen.«

Er verstummte, sein dunkler Blick umfasste sie wie eine Liebkosung. Erica fragte sich, ob dieses heftige Glücksgefühl über die Gegenwart des anderen je nachlassen würde. »Ich fürchte, ich habe noch mehr schlechte Nachrichten«, fuhr Jared fort.

»Die Gebeine sollen entfernt und auf dem örtlichen Indianerfriedhof beigesetzt werden.«

»Nein! Wann?«

»So schnell wie möglich. Tut mir Leid, Erica. Ich hätte nie gedacht, dass ich einmal so denken würde wie du, aber jetzt glaube ich auch, dass es falsch ist, ein Skelett zu entfernen, bevor man die kulturelle Zugehörigkeit bestimmt hat. Ich war nie ein religiöser oder spiritueller Mensch, wir wissen aber, dass die Frau in der Höhle so einer war und dass die Leute, die ihr hier die Ehre erwiesen haben, auch spirituelle Menschen waren. Wir müssen das respektieren und haben außerdem die Pflicht, die rechtmäßigen Verfügungsberechtigten für ihre letzte Ruhestätte zu finden.«

Er beugte sich über sie, um sie zu küssen.

Luke steckte den Kopf durch die Tür. »Ähm, Erica? Besuch für Sie. Sie meinten, es sei wichtig.«

Erica kletterte aus dem Wohnmobil. Sie musste in der Sonne blinzeln und schirmte die Augen mit der Hand ab. »Mrs. Dockstader!«

Vor ihr stand die alte Dame in weißen Hosen, einer eleganten blassrosa Bluse und offenen Sandalen. Über ihrer Schulter hing ein Täschchen an einer langen Goldkette. Ihre Augen waren hinter einer riesigen Sonnenbrille verborgen. »Erzählen Sie mir von den Kopfschmerzen«, sagte sie.

Jared bot Kathleen Dockstader und ihrem Anwalt für das Gespräch mit Erica sein Wohnmobil an, weil es bequemer war als Ericas Zelt oder der Labor-Caravan.

»Dr. Tyler«, begann die alte Dame. »Nachdem Sie gegangen waren, ließ ich meinen Anwalt ein paar Nachforschungen über Sie anstellen. Da Sie mir als Anthropologin im Regierungsauftrag mit ausgezeichneten Referenzen glaubwürdig vorkamen, beschloss ich, Ihrer Geschichte nachzugehen. Ich beauftragte einen Privatdetektiv mit der Nachforschung über Hippiekommunen und über Leute, die früher einmal in einer Kommune gelebt haben und sich so weit zurückerinnern konnten. Er stieß schließlich auf einen Mann, der eine Kneipe in Seattle betreibt und in den fraglichen Jahren in einer Kommune gelebt hat. Wie er sagte, erinnerte er sich an das Dockstader-Mädchen, eine durchgebrannte Erbin, die mit den Millionen ihrer Mutter nichts zu tun haben wollte. Damals wurde sie von allen bewundert. Im Nachhinein hielt er sie allerdings eher für verrückt. Der Detektiv fragte ihn, was aus dem Mädchen geworden sei. Der Mann erklärte, sie hätte die Kommune mit einem Musiker auf einer Harley Davidson verlassen.«

Kathleen machte eine Pause, fingerte nervös mit ihren Händen. Es war genauso, wie Jared vermutet hatte: Nach Ericas unerwartetem Auftauchen in ihrem Haus vor einer Woche hatte Mrs. Dockstader unaufhörlich über Erica nachgedacht und sogar ihre Golftour rund um die Welt abgesagt.

»Und dann ist da noch dieses da«, sagte sie und machte dem Anwalt ein Zeichen. Er nahm ein Buch aus seinem Aktenkoffer und reichte es ihr. Zu Ericas Überraschung war es das Jahrbuch ihrer High School von 1982, dem Jahr ihres Abschlusses. Kathleen schlug das Buch an einer markierten Stelle auf und entnahm ihm ein Schwarzweißfoto, das aus einem früheren Jahrbuch herausgeschnitten schien. Das Mädchen auf dem Foto hatte toupierte Haare, die in einer Außenrolle endeten. »Dieses Foto wurde 1965 aufgenommen«, erklärte Kathleen. »Da war Monica siebzehn.« Sie legte das Foto neben das von Erica. »Sie waren beide gleich alt auf diesen Fotos. Die Ähnlichkeit ist überraschend, finden Sie nicht?«

»Wir sehen aus wie Zwillinge«, murmelte Erica.

Kathleen klappte das Buch wieder zu und reichte es dem Anwalt zurück. »Was mich aber völlig überzeugte, dass Sie meine Enkelin sind, war der Moment, als Sie mich nach den Kopfschmerzen fragten. Meine Mutter litt unter unsäglichen Kopfschmerzen. Keine Migräne, sondern schubartige Schwächeanfälle, in denen sie Dinge sah und hörte. Visionen. Offenbar eine Veranlagung. Wie sie mir sagte, litt eine Großtante ebenfalls darunter. Niemand erfuhr etwas davon. Das war sozusagen unser Familiengeheimnis. Andere Mädchen, die sich als meine Enkelin ausgaben und sich schon Hoffnungen auf eine Belohnung oder die Erbschaft machten, wussten nichts von den Kopfschmerzen.«

»Mrs. Dockstader …«

»Nenn mich bitte Kathleen.«

»Warum ist meine Mutter weggelaufen?«

»Weil wir sie in ein Heim für ledige Mütter bringen und die Schwangerschaft geheim halten wollten. Später hätten wir das Kind bei einer von Hermans Schwestern untergebracht – Herman war mein Mann, Monicas Vater. Das Kind wäre als Nichte großgezogen worden. Wir glaubten, dass ein Kind Monicas Leben ruinieren würde.«

Kathleen seufzte leise, dann sah sie Erica direkt in die Augen.

»Dass sie davongelaufen ist, hat uns fast umgebracht. Sie war Hermans Prinzessin, sein Augapfel. Als sie fortging, ist etwas in ihm gestorben. Wir haben Anzeigen in allen großen Zeitungen des Landes aufgegeben und sie gebeten, mit ihrem Baby zurückzukommen. Aber … sie hat sich nie gemeldet.«

»Weißt du, wer mein Vater war?« Erica brachte nur ein Flüstern zustande.

»Monica wollte es nie sagen.« Kathleen nahm ein mit einem

Monogramm besticktes Taschentuch aus ihrem Schultertäschchen. »Ich habe keine Ahnung, wer es sein könnte. Sie war kein schlechtes Mädchen. Nur sehr lebhaft. Du ahnst ja nicht, wie oft ihr Vater und ich uns, nachdem sie fort war, gewünscht haben, wir wären anders mit ihr umgegangen. Sie wollte das Baby zu Hause bekommen. Sie wäre bei uns geblieben.« Kathleen blickte Erica mit tränenfeuchten Augen an. »Du wärst in unserem Haus groß geworden.«

»Ich weiß gar nicht, was ich sagen soll.«

Kathleen tupfte sich die Augen mit dem Taschentuch. »Ich auch nicht. Wir werden noch einige Zeit brauchen, bis wir uns daran gewöhnt haben.«

Sie schauten einander lange an. Die jüngere Frau forschte im Gesicht der Älteren nach Zeichen der Familienähnlichkeit – sie hatten beide den gleichen spitzen Haaransatz –, die ältere Frau blickte in ein Gesicht, das eines Tages das ihrer Tochter gewesen wäre.

»Ob es mir wohl gestattet ist«, sagte Kathleen, »die Höhle zu sehen?«

»Die Höhle?«

»Wenn ich darf.«

Jared begleitete die beiden über das Gerüst nach unten und half der alten Dame bei den Stufen. Erica zog einen Schlüssel für das Vorhängeschloss am Sicherheitstor aus der Tasche und schloss auf. Dann schaltete sie die Leuchtstofflampe ein, die die Höhle in ein surreales Licht tauchte. Es erhellte die Holzbalken und Streben, die in den Boden gezogenen Gräben, die Wand mit ihren scharlachroten und gelben Sonnen und rätselhaften Symbolen und schließlich die Lady, die unter einer durchsichtigen Abdeckung wie in einem gläsernen Sarkophag ruhte.

Kathleen blickte mit großen Augen auf diese Erscheinung,

ihre Stimme war nur noch ein Hauch. »Ich weiß alles über diese Höhle«, wisperte sie, wie um die schlafende Lady nicht zu stören. »Die Malereien an der Wand, die Worte *La Primera Madre*. Es ist alles genauso, wie ich es mir vorgestellt habe.«

Erica warf ihr einen überraschten Blick zu. »Du bist schon einmal hier gewesen?«

»Nein, nein. Dieser Canyon war bereits zugeschüttet, als ich noch ein Kind war. Aber ich weiß alles von einer Person, die hier *gewesen* ist.«

»Wer?«

Sie lächelte. »Die Frau, die das Ölbild mit den beiden Sonnen über meinem Kamin gemalt hat. Die Frau, die hier ein Refugium mit dem Namen ›Kirche der Geister‹ errichtet hat. Sister Sarah, meine Mutter. Deine Urgroßmutter. Ich war ihr Kind der Liebe. Ich war der Grund für ihr Verschwinden.«

»Meine Mutter hat immer gewusst, dass jemand in der Höhle begraben war«, erzählte Kathleen. Sie saß mit Erica in dem sonnendurchfluteten Wohnzimmer der Dockstaders in Palm Springs und blätterte mit ihr durch Erinnerungsalben voller Fotos, Zeitungsausschnitte und Andenken. »Sie spürte es, obwohl sie keinerlei Beweise hatte. Sie behauptete sogar, der Geist, der in der Höhle schwebte, hätte ihr aufgetragen, ihre Kirche an genau dieser Stelle zu errichten.«

»Was ist mit ihr geschehen? Warum ist sie verschwunden?«

»Sie liebte einen verheirateten Mann, dessen Frau ihm die Scheidung verweigerte. Als meine Mutter merkte, dass sie schwanger war, wollte sie ihre Anhänger nicht verstören und beschloss zu verschwinden. Sie zog in einen kleinen Ort, in dem es kein Kino gab und die Leute sie nicht erkennen würden. Ich wurde dort geboren, und sie hat mich ganz allein aufgezogen. Ich habe meinen Vater nie gesehen. Ich weiß auch gar nicht, ob sie danach überhaupt noch Kontakt mit ihm hatte. Es war alles sehr traurig. Meine Mutter starb, als ich zweiundzwanzig war. Sie wurde auf dem Friedhof des kleinen Ortes begraben, und bis heute weiß niemand, dass die Frau in jenem Grab die berühmte Sister Sarah ist.«

»Wolltest du deswegen, dass meine Mutter ihr Kind aufgeben sollte?«

Kathleen antwortete mit einem betrübten Lächeln. »Ich habe ihre Traurigkeit miterlebt. Sie hat sie zu verbergen versucht, aber ein Kind spürt so etwas. Ich wusste, dass sie als unverheiratete Mutter mit einem Kind eine Geächtete war. Sie gab sich als Witwe aus, also lebten wir mit einer Lüge. So ein Leben hatten wir Monica ersparen wollen.«

Erica konnte das alles kaum fassen. Sie kam sich vor wie jemand, der ausgehungert vor einer Festtafel sitzt. Die ganzen Fotos und Geschichten, all die Leute, die aussahen wie sie, die mit ihr verwandt waren, eine riesige Familie von Tanten und Onkeln, Cousinen, Großeltern und Urgroßeltern, die so weit zurückreichte.

»Das hier ist Ur-Ur-sowieso«, lachte Kathleen. »Daniel Goodside. Er war der Kapitän eines Boston-Klippers. Ich habe dieses Bild in einem alten Reisekoffer gefunden. Es gehörte zu einem anderen Porträt, das ebenfalls im Jahr 1875 geschaffen wurde. Es war das Bild einer Frau, aber schon zu vergilbt, um noch etwas zu erkennen. Auf der Rückseite stand geschrieben: Marina, Daniels Frau. Ich weiß gar nichts über Marina, kenne ihren Geburtsnamen nicht. Ich nehme an, sie stammte ebenfalls aus Boston. Wie du sehen kannst, fehlte ihm ein Arm. Den hat er wahrscheinlich im Bürgerkrieg verloren. Er war eine Art Künstler.«

Neben dem Porträt klebte ein kleines Aquarell von Daniel Goodside aus dem Jahr 1830 – ›*Medizinfrau vom Stamm der Topaa in der Mission San Gabriel Arcangel*‹.
»Topaa«, murmelte Erica. »Von dem Stamm habe ich noch nie gehört.«
Kathleen klappte das Album zu und erhob sich. »Vielleicht meinte er Tongva. Es gab damals viele Irrtümer und Verballhornungen von Namen und Worten. Komm, ich möchte dir das Grundstück zeigen.«
Sie hakte sich bei Erica unter. »Der Vater meines Mannes – also dein Urgroßvater – hat die ersten Dattelpalmen aus Arabien hier eingeführt und 1890 mit der Farm begonnen. Ich habe 1946, gleich nach dem Krieg, in die Familie eingeheiratet. Ich war damals achtzehn. Deine Mutter wurde zwei Jahre später geboren.«
Ihr Gespräch wurde von einem der Hausmädchen unterbrochen, das Erica ans Telefon rief. Es war Jared. »Du kommst am besten gleich zurück. Hier haben sich überraschende Dinge getan.«

Aus Jareds Wohnmobil drang dröhnendes Gelächter. Seine Besucherin war eine massige Frau mit roten Wangen und einem kräftigen Händedruck.
»Dr. Tyler, ich bin Irene Young und ich glaube, ich habe da etwas Interessantes für Sie. Ich unterrichte als Sportlehrerin in Bakersfield, aber mein Hobby ist die Genealogie. Ich betreibe Ahnenforschung über meine Familie, und als ich in der Zeitung las, dass Sie die Besitzurkunde für eine Ranch gefunden haben, die einer Familie Navarro gehörte, musste ich sofort herkommen.« Sie holte ein Lederetui aus ihrer Umhängetasche. »Ich habe meine Familie mütterlicherseits bis zu einer Familie Navarro zurückverfolgt, die auf Rancho Paloma

lebte. Hier ist ein Bild von ihnen.« Sie hielt ein altes Foto in einer Plastikhülle hoch. »Wie Sie sehen, steht etwas auf der Rückseite. Dieses Foto wurde 1866 aus Anlass des Geburtstags dieser Frau gemacht«, und sie deutete auf eine würdevolle alte Dame, die im Kreise ihrer Familie saß.

Irene fuhr fort, dass sie bereits einige Nachkommen der Leute auf diesem Foto kontaktiert hatte, dass sie aber zwei Personen nicht identifizieren konnte. Sie deutete auf ein Paar im Hintergrund.

Erica musterte den einarmigen Mann auf dem Foto. »Meine Güte! Das ist ja nicht zu fassen! Das ist Daniel Goodside. Mein Vorfahr!«

»Was?« Jared glaubte, sich verhört zu haben.

»Goodside?«, wiederholte Irene Young. »Ist das sein Name? Ich nehme an, er war mit der Frau neben ihm verheiratet.«

»Das müsste Marina sein«, sagte Erica in Erinnerung daran, was Kathleen ihr erzählt hatte.

»Sie hat starke Ähnlichkeit mit der Frau in der Mitte, die vermutlich das Familienoberhaupt ist. Sie heißt Angela Navarro. Das würde bedeuten, dass Goodsides Frau eine geborene Navarro ist.«

»Meine Großmutter sagte mir, dass sie Marinas Geburtsnamen nicht kannte und annahm, sie käme aus Boston. O mein Gott... bin *ich* etwa mit den Navarros verwandt?«

Irene deutete auf ein anderes Paar im Hintergrund. »Das sind meine Ur-Ur-Großeltern, Seth und Angelique Hopkins. Angelique war Marinas Nichte und die Enkelin von Angela.«

Erica nahm das Foto erneut zur Hand. Mit gefurchter Stirn griff sie sich ein Vergrößerungsglas und fuhr schweigend damit über das Bild. »Diese Frau ist eine Indianerin.«

»Ich konnte leider ihren Stamm nicht herausfinden. Ich nehme an, dass sie eine Missionsindianerin war...«

»Jared«, platzte Erica dazwischen. »Kathleen hat ein Aquarell, das Daniel gemalt hat – von einer Topaa-Frau!«

»Topaa? Glaubst du, die Leute auf dem Foto sind von diesem Stamm?«

»Es passt alles zusammen, siehst du das nicht?« Erica war plötzlich ganz aufgeregt. »Daniel hat Mitglieder des Topaa-Stammes gemalt. Er hat eine Frau geheiratet, die halb oder vielleicht ein Viertel Indianerin war. Eine Frau mit dem Namen Navarro. Und dann hat jemand die Besitzurkunde für Rancho Paloma – Navarros Land – in der Höhle von Topanga vergraben. Topanga! Keiner weiß, was das Wort wirklich bedeutet. Es gibt verschiedene Theorien, aber in einem sind sich die Wissenschaftler einig, dass nämlich ›*nga*‹ ›der Ort des‹ bedeutet. Wenn also ein Stamm mit Namen Topaa hier gelebt hat, dann ergibt alles einen Sinn.«

»Warum haben wir nie von dem Stamm gehört?«, wollte Irene wissen.

»Womöglich sind die Topaa als Erste zusammengetrieben und in die Mission gebracht worden. Dann haben sie sich vermutlich rasch assimiliert. Das würde auch erklären, warum wir nichts über sie wissen.«

Erica wandte sich an Jared. »Aufgrund dieser neuen Information können wir den Indian Council daran hindern, die Gebeine neu zu bestatten. Sie sind der einzige Beweis für einen verloren gegangenen Indianerstamm. Jetzt, wo wir den Stammesnamen kennen, besteht auch die Möglichkeit, einen höchstwahrscheinlichen Nachkommen zu finden.«

Jared lächelte undurchsichtig.

»Was ist denn?«

»Erica, so wie es aussieht, bist *du* der höchstwahrscheinliche Nachkomme.«

Sam zeigte sich unbeeindruckt, ebenso wie die Mitglieder des Indian Council, die mit einem Sarg und einem Medizinmann angerückt waren. Dr. Tylers Beweise waren ihnen zu dürftig, wenn man das überhaupt Beweise nennen konnte. Es sei Zeit, die Medizinfrau in indianischer Erde zur letzten Ruhe zu betten.

Erica jedoch weigerte sich, das Sicherheitstor zur Höhle aufzuschließen. Zu seinem Ärger konnte Sam seinen Schlüssel nicht finden, und den anderen hatte Jared. Sie standen auf dem Felsabbruch über der Höhle.

Erica versperrte ihnen den Weg, worauf Sam drohte, das Vorhängeschloss mit einem Bolzenschneider zu knacken. Erica schaute zum wiederholten Male auf die Uhr. Wo blieb Jared? Er hatte sie angerufen und ihr aufgetragen, die Leute hinzuhalten, bis er zurück sei. Er hatte aufgeregt geklungen, wollte ihr aber nicht sagen, warum. Doch das war inzwischen Stunden her.

»Wer, um alles, ist *das* denn?«, rief Luke plötzlich, und alle wandten sich um.

Jared kam langsam durch das Lager auf sie zu. An seiner Seite zwei kleine, braunhäutige alte Gestalten mit gebeugtem Rücken.

Es waren ein betagter Bruder und seine Schwester, die in Los Angeles lebten. Jared hatte sie durch die Abteilung für Indianische Studien an der Universität von Los Angeles gefunden, wo eine umfangreiche Datenbank über kalifornische Indianer erstellt wurde. Im Rahmen einer Feldstudie hatten Anthropologen die Elendsviertel der Städte nach ›nicht erfassten‹ oder ›vergessenen‹ amerikanischen Ureinwohnern durchkämmt.

Jared stellte die beiden als Maria und José Delgado vor. »Wir wussten, dass es irgendwo Indianer geben musste, die nicht missioniert wurden. Die in den Dörfern blieben und später in den Pueblo zogen und sich mit der mexikanischen Bevölkerung assimilierten, dabei aber nur untereinander heirateten. Diese beiden Leute erklären, sie seien in dem Glauben erzogen worden, sie gehörten zum Stamm der Topaa. Nur dass ihnen keiner glaubte, weil niemand je von den Topaa gehört hatte.«

Die alte Frau ergriff das Wort: »Vor vielen Jahren gingen wir zum Museum und sprachen mit den Leuten dort. Sie waren Gelehrte und sehr gebildet. Sie erklärten, dass wir uns irrten, dass es keinen Stamm der Topaa gibt und dass wir Gabrieliños sind. Dann kam ein Schriftsteller in unsere Gegend, der über die Geschichte der kalifornischen Indianer schreiben wollte, und wir sagten ihm, wir sind Topaa. Er hat ›Tongva‹ aufgeschrieben, weil er dachte, dass wir uns irren.«

Bruder und Schwester waren 1915 und 1916 geboren, beide inzwischen verwitwet. Sie lebten zusammen. Ihre ganze Kindheit und Jugend hindurch hatten sie Geschichten von einem Vorfahren gehört, der hundert Jahre alt wurde. Er war in der Mission geboren, und zwar, wie er glaubte, um 1830. Obwohl der Ahne nie in einem Dorf gelebt hatte, hatte er von anderen Ältesten in der Mission alles über das Dorfleben erfahren, die Geschichten über die Erste Mutter gehört und wie ihr spiritueller Führer, der Rabe, sie von Osten durch die Wüste geführt hatte. Und es war der Älteste gewesen, der sie gemahnte, dass sie keine Gabrieliños seien, wie der weiße Mann ihren Stamm nannte. Sie waren Topaa.

Die Erwähnung der Ersten Mutter ließ Erica aufhorchen. »Haben Sie das in den Nachrichten gehört oder aus der Zeitung?«

Die alte Frau lachte. »Zeitung! Ich lese nicht. Und mein Bruder auch nicht. Wir sehen auch keine Nachrichten im Fern-

sehen, immer nur böse Nachrichten, immer nur Mord und Totschlag. Mein Bruder und ich, wir lieben Gameshows.« Sie grinste zahnlos.
Erica wandte sich zu Jared um. »Das ist der Beweis, dass sie wirklich Topaa sind. Es gibt nur eine Möglichkeit, wie sie von der Höhle der Ersten Mutter wissen konnten, und zwar durch ihre Vorfahren.«
»Dieser Mann hat uns von der Höhle erzählt«, sagte die alte Frau. »Dürfen wir hinein? Dürfen wir die Erste Mutter sehen?«

Sie hatten sich alle in der Höhle versammelt, um Lebewohl zu sagen.
Sam und Luke verabschiedeten sich als Erste und wünschten Erica und Jared viel Erfolg. Eine Menge Arbeit lag vor ihnen. Die DNS-Analyse der Gebeine passte zu der von dem alten Indianerpaar, womit die schlafende Lady als Angehörige des Topaa-Stammes identifiziert war. José und Maria plädierten für die Errichtung eines Museums, in dem man sich über das Volk der Topaa informieren konnte. Die Erste Mutter sollte in der Höhle begraben bleiben. Das Grab sollte geschützt, die Höhle jedoch für die Öffentlichkeit zugänglich sein.
»Das hätte sie auch so gewollt«, meinte der alte Mann. »Die Leute kommen hierher in das Tal, um mit ihr zu reden und über ihren mühevollen Weg zu lesen.«
Kathleen verabschiedete sich als Letzte. Sie hatte ihre Weltreise abgesagt, um sich erneut der Suche nach Monica zu widmen. »Eine Sache gibt mir immer noch Rätsel auf«, sagte sie zu Erica. »Das Bild in meinem Wohnzimmer, das mit den zwei Sonnen, das meine Mutter gemalt hat. Du sagst, du hast dein ganzes Leben lang davon geträumt.«

»Seit ich klein war. Vermutlich hat jemand ein Foto davon gemacht und es in Sister Sarahs Biographie verwendet. Ich habe es dann irgendwo gesehen, in einem Buch oder einer Zeitschrift, und einfach vergessen.«

Kathleen schüttelte nachdenklich den Kopf. »Genau das wundert mich, denn das Bild wurde nach dem Verschwinden meiner Mutter gestohlen und offenbar später gefunden. Dann wurde es in der Asservatenkammer der Polizei verwahrt, bis der Eigentümer den Diebstahl melden würde. Vor fünf Jahren schließlich hat man das Bild bis zu mir zurückverfolgt, und so bin ich in seinen Besitz gekommen. Davor hat das Bild sieben Jahrzehnte lang vergessen in irgendeiner Ecke gelegen. Du siehst also, meine Liebe, dass du das Bild unmöglich vorher gesehen haben konntest.«

»Tja«, sagte Jared, als er und Erica allein waren mit der Ersten Mutter, die in ihrem durchsichtigen Sarkophag schlummerte. »Ironie des Schicksals. Ich hatte den Auftrag, einen höchstwahrscheinlichen Nachkommen zu finden, und die ganze Zeit war er hier direkt vor meiner Nase.« Er betrachtete die leuchtend bunten Sonnen an der Wand. »Wieso konntest du von den Sonnen träumen, wenn du das Bild vorher nie gesehen hast?«

Sie wusste keine Antwort darauf, obwohl sie mit dem Gedanken spielte, dass es möglicherweise eine Art Stammeserinnerung gab. »Die Sonnen stellen Kreise dar, und der Kreis war für die Topaa heilig, wie heute noch für viele amerikanische Ureinwohner. Vielleicht habe ich nur von dem Geheiligten geträumt. Oder es war eine Prophezeiung.«

»Eine Prophezeiung?«

Sie dachte an das betagte Topaa-Paar. »Dass wir eines Tages den Kreis schließen würden.«

Jared nahm sie bei der Hand, und mit einem letzten Blick auf die schlafende Lady sagte er: »Wer immer sie war, ihre Reise ist nicht zu Ende. Es ist an uns, sie fortzusetzen.« Als sie aus der Höhle in das Licht der Abendsonne traten, stieß ein Rabe von oben vor ihnen herab und zog eine Spur hinaus in das Tal.

Barbara Wood

Traumzeit

Roman

Aus dem Amerikanischen

von Manfred Ohl und Hans Sartorius

Band 16569

Als Joanna Drury 1871 in Melbourne von Bord ihres Schiffes aus England geht, ahnt sie noch nicht, was ihr in Australien bevorsteht und in welcher Weise sich ihr Schicksal hier erfüllen wird. Vierzig Jahre zuvor waren ihre Großeltern in Australien gelandet, ein junges Missionarsehepaar, das, auf der Suche nach dem wahren Garten Eden, im Landesinneren mit den Aborigines leben wollte. Vier Jahre später gab es keine Spur mehr von ihnen. Nur ihre kleine Tochter tauchte als verstörtes Kind, versehen mit wenigen geheimnisvollen Habseligkeiten, wieder an der Küste auf und wurde zurück nach England gebracht. Sie war die Mutter von Joanna, die nun den langen Weg zurückgeht. Es wird viele Jahre dauern und viele unverhoffte Wendungen geben, bis Joanna auf ihrem eigenen Traumpfad bis in das unerforschte Herz des Fünften Kontinents vorstößt.

Fischer Taschenbuch Verlag

fi 16569 / 1